Eva Woods
Die Glücksliste

Buch

Rachel Kenny ist dreißig und steht kurz vor der Scheidung – nur zwei Jahre nach ihrer Hochzeit hat ihr Mann Dan sie gebeten, aus ihrem liebevoll eingerichteten Haus in Surrey auszuziehen. Und weil sie bei ihm im Büro gearbeitet hat, ist sie auch gleichzeitig ihren Job los. Zum Glück hat sie ihre beiden besten Freundinnen – Cynthia und Emma – die sich um sie kümmern und versuchen, sie auf alle möglichen Arten aufzumuntern, auch gerne mal mit einem schönen Glas Rotwein. Was ihr außerdem immer hilft, ist, Listen zu schreiben – denn sie liebt fast nichts so sehr wie das Abhaken von To-do-Punkten. Auf der Suche nach einer neuen Bleibe lernt sie Patrick kennen, einen knurrigen, aber sehr attraktiven Singlevater, der noch dazu ein wunderschönes Zimmer zu vergeben hat. Spontan zieht sie bei ihm und seinem Sohn Alex ein. Währenddessen haben Cynthia und Emma die ultimative »Zurück ins Leben«-Liste für sie entworfen – mit Dingen, die sie schon immer mal hatten machen wollen. Rachel wirft sich ins Zeug und kann mit Patricks Hilfe bald einen Punkt nach dem anderen abhaken. Doch die größte aller Herausforderungen liegt noch vor ihr: ohne eine Checkliste zu leben – und zu lieben …

Autorin

Eva Woods lebt in London, wo sie schreibt und Creative Writing unterrichtet. Sie liebt Wein, Popmusik und Urlaub, und sie ist sich sicher, dass Onlinedating das schlechteste Brettspiel ist, das je erfunden wurde.

Besuchen Sie uns auch auf www.facebook.com/blanvalet und www.twitter.com/BlanvaletVerlag

Eva Woods

Die Glücksliste

Aus dem Englischen
von Ivana Marinovic

blanvalet

Die Originalausgabe erschien 2015
unter dem Titel »The Thirty List« bei Mills & Boon,
an imprint of Harlequin (UK) Limited, London.

Der Verlag weist ausdrücklich darauf hin, dass im Text
enthaltene externe Links vom Verlag nur bis zum Zeitpunkt
der Buchveröffentlichung eingesehen werden konnten.
Auf spätere Veränderungen hat der Verlag keinerlei Einfluss.
Eine Haftung des Verlags ist daher ausgeschlossen.

Verlagsgruppe Random House FSC® N001967

1. Auflage
Copyright der Originalausgabe © 2015 by Claire McGowan
Copyright © 2016 für die deutsche Ausgabe by Blanvalet Verlag,
in der Verlagsgruppe Random House GmbH,
Neumarkter Str. 28, 81673 München
Umschlaggestaltung: www.buerosued.de
nach einem Entwurf von © HarperCollinsPublishers Ltd 2015;
Design: www.emma-rogers.com | Umschlagabbildungen: Shuttersock
Redaktion: Melike Karamustafa
LH · Herstellung: kw
Satz: KompetenzCenter, Mönchengladbach
Druck und Bindung: GGP Media GmbH, Pößneck
Printed in Germany
ISBN: 978-3-7341-0290-5

www.blanvalet.de

*Für Alexandra Turner,
meine Lieblingsgrundschullehrerin*

Prolog

Wenn man den Filmen glauben will, gibt es diesen Moment im Leben, in dem sich alles fügt. Diesen Moment, wenn du alles hast, was du dir je gewünscht hast, und dein Happy End zum Greifen nah ist. Die Musik schwillt an, alle lächeln.

Nun, dies hier war mein Moment, mein Happy End. Und ich hatte mehr Angst als je zuvor in meinem Leben. Neben mir, unter dem Säulenvorbau der Kirche, war mein Dad damit beschäftigt, nervös seine Krawatte zu lockern und wieder festzuzurren, bereit für den kurzen Gang, den wir gemeinsam unternehmen wollten. Es handelte sich um maximal dreißig Sekunden, aber sobald diese vorbei waren, wäre nichts mehr wie zuvor. Ich wäre mit Dan verheiratet, jemandes Ehefrau.

»Alles in Ordnung, mein Schatz?«

»Nur ein bisschen ... na ja, du weißt schon.«

»Aufgeregt?«

Tatsächlich war ich vor Angst wie erstarrt, völlig unfähig, meine Mary-Jane-Schühchen im Vintagestil auch nur einen Schritt vorwärtszubewegen.

»Ich kann es dir nicht verdenken, mit all den Blicken, die gleich auf dich gerichtet sein werden.« Er schauderte. »Es ist wie dieser Albtraum, den ich immer wieder habe. Ich bin Kandidat bei *Glücksrad*, und mir fehlen nur drei

Buchstaben, aber das Wort will mir einfach nicht einfallen.«

»Ja, genauso ist es.«

»Nur dass ich in der Version hier Klamotten trage.«

»Danke, Dad.«

Im Inneren der Kirche ertönte bereits die Orgel. Ich hatte das nicht gewollt – wir waren nicht religiös –, aber Dans Familie bedeutete es unheimlich viel. Ich konnte seine Mutter sehen, deren gigantischer Hut fast die gesamte erste Reihe beanspruchte, und seinen gebrechlich wirkenden Vater, der sich auf einen Gehstock stützte. Letzten Monat hatte er einen Herzinfarkt erlitten, und er war immer noch sehr wackelig auf den Beinen. Ich hatte vorgeschlagen, die Hochzeit zu verschieben, doch Dan hatte nichts davon hören wollen. Ich umklammerte meinen Brautstrauß mit den Freesien, aus dem das Wasser auf den gebauschten Spitzenstoff meines Tea-Length-Kleides tropfte. Der um mein Gesicht geschlungene Schleier schien mir plötzlich die Luft zum Atmen zu nehmen.

»Dad?«

»Ja, mein Schatz?«

»Woher weiß man es? Ich meine, wie kann man sich sicher sein, die richtige Entscheidung getroffen zu haben, jemanden zu heiraten?«

»Äh ...« Er schien sich zutiefst unwohl zu fühlen, und das nicht nur wegen der Krawatte, die in seinen Hals schnitt. »Na ja, du lernst jemanden kennen und magst denjenigen, und dann schaust du, ob es irgendwie passt. Es ist nicht schwer. Nicht so wie *Glücksrad*.«

»Aber da gibt es wenigstens Regeln.«

»Du ... magst Dan doch, oder?«

»Natürlich! Natürlich mag ich Dan. Wir sind sehr glücklich.«

Acht Jahre mit kaum einem Streit, in denen wir ganz mühelos vom Miteinandergehen zum Zusammenwohnen und nun zum Einanderheiraten übergegangen waren. Natürlich waren wir glücklich. Wir hatten sogar gemeinsam ein Haus gekauft, draußen in Surrey. Gleich nach der Hochzeit würden wir unsere Sachen packen und Hackney verlassen, unser Londoner Viertel mit den ständig heulenden Polizeisirenen, den Falafelbuden und dem Lädchen im Erdgeschoss, das immer noch Paninisticker von der Fußballweltmeisterschaft 2002 verkaufte. Dan hatte es vor einigen Monaten ganz beiläufig vorgeschlagen, mitten in den Hochzeitsvorbereitungen. Dort hätten wir mehr Platz, weniger Kriminalität, einen Garten, all die Dinge, die man sich eben so wünschte. Ich hatte bereits meine Kündigung in der kleinen coolen Werbeagentur über einem Tattoostudio in Shoreditch eingereicht.

»Spätzchen«, sagte Dad, der wegen meiner Unfähigkeit, mich zu rühren, zunehmend beunruhigt schien. »Wir müssen da rein. Alle warten. Außer du …«

»Alles gut! Mir geht's gut! Ich bin nur nervös.« Durch den Türspalt hindurch konnte ich sehen, wie einige Gäste die Köpfe nach hinten wandten, um Ausschau nach mir zu halten. Leises Gemurmel war zu hören. Ganz vorne im Kirchenschiff warteten bereits meine Schwester Jess und meine besten Freundinnen Emma und Cynthia in ihren lavendelfarbenen Brautjungfernkleidern. Jess sah wie immer umwerfend aus. Der Pfarrer, ein Freund von Dans Familie, stand bereit. Das war er, mein Moment. Er wartete nur darauf, dass ich ihm entgegentrat.

Dad nahm sanft meinen Arm. »Komm schon, mein Schatz. Du willst doch keinen Rückzieher machen und das Ganze abblasen, oder? Denn wenn du das tust ...«

»Nein!« Ich liebte Dan. Wir hatten ein gemeinsames Leben aufgebaut. Ich erinnerte mich daran, was er mir gestern noch gesagt hatte, bevor er zu seinen Eltern fuhr, um bei ihnen zu übernachten.

»Ich werde dich niemals verlassen, Rachel. Ich verspreche dir, dass wir für immer zusammen sein werden.« Er hatte mir sogar über die Wange gestrichen, obwohl mein Gesicht unter einer verkrusteten Schicht Avocado-Gesichtsmaske steckte.

»Auch wenn ich so aussehe?«

Er hatte gelächelt. »Für mich siehst du immer toll aus.«

Dad tätschelte meine Hand. »Wenn du nicht zurückkannst, musst du eben vorwärtsgehen. Die Zeit ist um, mein Spätzchen.« Er begann die Melodie von *Glücksrad* zu summen. »Du-dum-du du-dum-du ...«

»Okay, okay, ich bin ja schon so weit.«

»Du weißt, was eine Heirat ist, mein Schatz?«

»Ein Wort mit sieben Buchstaben?«

»Es sind *sechs* Buchstaben. Ernsthaft, Mathe war noch nie deine Stärke. Egal, jedenfalls ist es kein Wort, sondern ein Satz.«

»Hm, das ist nicht gerade hilfreich.«

»Was ich damit meine, ist, dass es ein Anfang ist. Kein Ende.«

Ganz am anderen Ende des Mittelgangs konnte ich Dans Hinterkopf sehen. Seine Ohren waren unter der Last der Blicke, die auf ihm ruhten, rot angelaufen. Die Arme hatte er vor seinem taubengrauen Frack verschränkt. Ich dachte an unser gemeinsames Leben, unsere Freunde, unsere Familien. Das hier war richtig. Das hier war, was man tun sollte. Ich holte tief Luft.

»Okay, Dad. Dann mal los.«

»Exzellent. Bitte einen Konsonanten, Maren!«

Die Musik schwoll an. Und ich machte einen Schritt vorwärts.

1. Kapitel

Zwei Jahre später

Dinge, die an einer Scheidung zum Kotzen sind, Nummer drei: Exakt in dem Moment, in dem dein Leben am Tiefpunkt angelangt ist, und alles, was du brauchst, ein besonders inspirierender Song ist, um dich aus dem Tal der Tränen zu hieven und deine Seele mit Rat und Ansporn zu erquicken, kannst du die CD nicht finden, die du suchst. Und das nur, weil dein Exmann – dein sehr bald schon Exmann – sie eingepackt hat und du ihn nicht danach fragen kannst, weil du weißt, dass das wahrscheinlich nicht sehr weit oben auf der Liste seiner dringlichsten Angelegenheiten steht. Ich lag bäuchlings auf dem Boden und tastete unter die Regalwand, in der wir früher – *früher* – unsere CDs aufbewahrten. Wo zum Henker war sie? Warum bitte hätte er die KT Tunstall CD einpacken sollen? KT Bumsstall, wie er sie nannte.

Als meine Freundinnen unter dem Gewicht der Umzugskartons schwankend zurück ins Zimmer kamen, fanden sie mich immer noch auf dem Boden liegend vor, heulend und bei dem Versuch, meine eigene erquickliche Hintergrundmelodie zu summen, während meine

Stimme unter Tränen, Staub und dem Zwei-Flaschen-Chardonnay-Kater des Vorabends langsam, aber sicher erstickte.

»Rachel, was ist passiert? Hast du noch eine Socke von ihm gefunden? Hast du dir das Lied eures Hochzeitstanzes angehört?« Emma kam herübergeeilt und drückte auf dem Weg quer durchs Zimmer Cynthia ihren Karton in die Arme.

»Vorsicht, Emma! Da ist der Le-Creuset-Schmortopf drin. Willst du mich zum Krüppel machen?«

»KT...«, brabbelte ich. »Kann sie nicht finden... Brauche das Lied!«

»Welches Lied?«

»Das eine!« In den Untiefen meiner Trauer konnte ich mich nicht mehr an den Titel erinnern. »Das Lied zum Umstyling-Zusammenschnitt aus *Der Teufel trägt Prada*. Ihr wisst schon, das eine, das so geht – du, du, du-du, du-du-du. Ich brauche es! Damit ich in schicken Schuhen und hübschen Klamotten herumspazieren kann, obwohl meine Chefin gemein zu mir ist. Und dann wird alles gut!«

Emma und Cynthia wechselten einen bedeutungsvollen Blick, dann zog Cynthia ihr iPhone hervor und drückte darauf herum. »Meinst du das hier?«

Suddenly I see begann etwas blechern aus dem Telefon zu plärren.

Ich weinte immer noch. »Das hier ist der Tiefpunkt! Ich muss dieses Lied hören, um mich danach besser zu fühlen und in meinen High Heels herumzustolzieren, versteht ihr?«

»Du trägst doch überhaupt keine High Heels, Süße«, sagte Cynthia sanft. »Du sagst immer, das seien Werkzeuge des patriarchalen Systems zur Unterdrückung der Frau, erinnerst du dich?«

Meine Füße steckten in schlammverkrusteten lila Gummistiefeln, in die ich geschlüpft war, um einige der Pflanzen auszugraben, die ich im Garten gepflanzt hatte, weil ich gedacht hatte, ich könnte sie in eine Kiste packen und mitnehmen. Das war allerdings, bevor ich realisierte, dass die Idee vollkommen bescheuert war, da ich weder über einen Platz zum Leben, geschweige denn einen Garten verfügte. Das ist es nämlich, was geschieht, wenn man sich scheiden lässt: Man wird verrückt. Ich schluchzte laut auf. »Ich weiß, ich habe nicht einmal High Heels! Alles ist so unglaublich schrecklich!«

Emma und Cynthia verständigten sich in Form eines kurzen Augenverdrehens, dann rief Emma mir in ihrer Wir-haben's-mit-einer-Gestörten-zu-tun-Stimme zu: »Schau her! Wir stolzieren für dich herum, Liebes!« Und dann marschierten sie auf dem nackten Dielenboden meines schon bald Exwohnzimmers auf und ab, Emma in vernünftigen Laufschuhen und Cynthia in teuren braunen, kniehohen Stiefeln.

Wir hatten diverse kleine Veränderungen in Emmas Charakter bemerkt, seit sie Grundschullehrerin geworden war: erstens, eine exponentielle Zunahme an Rechthaberei; zweitens, die Gewohnheit uns zu fragen, ob wir noch mal aufs Klo müssten, bevor wir irgendwohin gingen; und drittens, den vollkommenen Verlust jedweden körperlichen Schamgefühls. Nun tänzelte sie über den Boden, in Begleitung einer augenrollenden Cynthia, die tapfer mit ihren langen Gliedmaßen herumwedelte, allerdings anhielt, als das Lied verstummte und dafür ihr Telefon klingelte. »Cynthia Eagleton. Um Himmels willen, nein! Ich habe doch gesagt, du sollst sie endlich rausschicken. Hör mal, Barry, das ist eine ernste Sache ... Was meinst du damit, das ist nicht dein Name? Egal, ich werde dich Barry nennen. Kannst du denn nichts selbst erledigen? Wie schaffst du es überhaupt morgens aus dem Bett? Mach es einfach.« Seufzend legte sie auf. »Ich schwöre euch, es ist das reinste Wunder, dass dieser Junge sich alleine die Nase putzen kann.«

»War es schwer, den Tag freizubekommen?«, fragte ich matt.

»Ihr kennt doch den Film *Gesprengte Ketten*? Tja, nur so schwer wie für Richard Attenborough und seine Kumpanen, aus diesem Strafgefangenenlager auszubrechen. Aber mach dir keine Sorgen, Süße. Ich bin hier, um zu helfen. Barry, oder wie auch immer er heißt, wird einfach lernen müssen, sich die Schnürsenkel selbst zu binden.«

Cynthia musste mit vielen Dingen in ihrem Leben fertigwerden. Und zwar nicht nur mit der Tatsache, dass ihre Mum es für angemessen gehalten hatte, sie Cynthia zu nennen – der Letzte Wille irgendeiner Großtante war ebenfalls daran beteiligt gewesen –, sondern auch mit der Tatsache, dass sie zehn Jahre älter war als ihre Geschwister und das einzige der Kinder, das von der ersten Liebe ihrer Mutter gezeugt worden war; einem Typen, der nach Jamaika abgeschoben wurde, noch bevor Cynthia das Licht der Welt erblickte. Aber sie hatte sich durchgebissen, inzwischen einen juristischen Spitzenjob, säte Angst und Schrecken bei ihren Kollegen, und sie hatte *wirklich* tolle Haare.

Emma schenkte mir ein sanftes Lächeln. »Es ist gut, dass du dir dieses Lied anhören willst, weißt du. Heißt das, du bist mit dem ganzen R.E.M.-Zeug durch? Sechzehn Interpretationen von *Everybody Hurts* in Folge?«

»Weiß nicht«, nuschelte ich in Richtung Fußboden.

»Ist eigentlich auch egal. Ich habe die CD im Garten vergraben, und ich werde dir ganz sicher nicht verraten, wo.«

»Oh.«

»Stehst du jetzt endlich vom Boden auf?«

»Ich weiß nicht.«

»Komm schon, du Schnecke. Du kriegst auch einen Aufkleber von mir.«

Da war ich also, Rachel Kenny, dreißig Jahre alt, unmittelbar vor der Scheidung, und musste von meinen Holzdielenböden, meinen Hortensien und Windspielen im Garten und meinem freigelegten gemauerten Kamin weggezerrt werden. All jene Dinge, die ich kaum eines Blickes gewürdigt, und trotzdem jeden Tag gesehen hatte, und die deswegen irgendwie zu mir gehörten. Meine Vorderseite war voller Staub vom Fußboden. Ich trug einen alten Collegepulli, teils, weil alles andere schon eingepackt war, und teils, weil ich ihn besessen hatte, bevor ich Dan traf, und hoffte, mich damit auf den damaligen Stand meiner Persönlichkeit zurücksetzen zu können. Das war die Art verquerer Logik, nach der ich momentan funktionierte. Dinge, die an einer Scheidung zum Kotzen sind, Nummer sieben: Du drehst komplett am Rad.

Endlich, nach zweimaligem Umkehren zum Haus, wegen Dingen, die ich vergessen hatte und die mir in dem Moment unglaublich wichtig erschienen (Haarbürste, Muffinbackblech, Wischmopp), saßen wir in dem Transporter, den Emma gemietet hatte.

»Fertig?«, fragte Cynthia an mich gewandt, während sie es sich auf dem breiten Fahrersitz bequem machte.

»Ich weiß nicht. Es ist ... Mein ganzes Leben war da drin. Ich weiß nicht, was ich jetzt tun soll.«

Sie drückte meinen Arm mit ihrer manikürten Hand. »Ich weiß, Süße. Aber wie sagt dein Vater immer?«

»Äh ... *Glücksrad* ist nicht mehr dasselbe, seit Maren ausgestiegen ist?«

»Nein, ich meine das andere: Wenn du nicht zurückkannst, musst du eben vorwärtsgehen.«

Ich sah zum Haus. Dan würde erst später wiederkommen. Ich wusste nicht einmal, wo er untergekommen war, während ich meine Sachen packte. So weit war es also mit uns gekommen. »Findest du, ich sollte ihm eine Nachricht hinterlassen? Ich meine, ich kann doch nicht einfach so ... *gehen*. Das kann nicht unser letztes Gespräch gewesen sein. Wir waren zehn Jahre zusammen!«

Wieder tauschten meine beiden besten Freundinnen einen Blick. »Wir haben doch schon darüber gesprochen, Rachel«, sagte Emma behutsam. »Ich weiß, dass es schwer ist, aber es muss einfach so sein.«

Wir fuhren los. Das Haus entfernte sich im Rückspiegel, bis es nur noch die Größe eines Legohäuschens hatte; bis ich beinahe das Gefühl hatte, ich könnte es aufheben und in die Tasche meines Kapuzenpullis stecken, doch da konnte ich es ohnehin nicht mehr sehen, weil mir die Tränen in die Augen stiegen, überquollen und auf meine staubbedeckte Brust tropften.

Emma reichte mir ein geblümtes Taschentuch, und Cynthia tätschelte mir die Hand, während sie die schicken Muttis in ihren protzigen Jeeps schnitt, die ihre Kinder von der Schule abholten.

Ich schloss die Augen. Dinge, die an einer Scheidung zum Kotzen sind, Nummer neun: Aus dem Zuhause ausziehen zu müssen, das du dir jahrelang aufgebaut hast, ohne einen anderen Ort, der auf dich wartet. Und auf halbem Weg auf der Autobahn fällt dir ein, dass du die KT Tunstall CD im Auto liegen gelassen hast, das ebenfalls nicht mehr deins ist, genauso wie der Rest deines Lebens.

Eine Liste der Dinge, die du findest, wenn du auszieht

1. *Eine Schachtel mit einem Durcheinander von Kabeln und Steckern, wovon kein einziger zu irgendeinem Gerät zu passen scheint, das du im Haus hast.*
2. *Eine kleine Schale voller Schrauben, wovon keine einzige zu irgendeinem deiner Möbelstücke zu passen scheint; was wiederum zu der Sorge führt, dass dein Esstisch eines Tages inmitten eines piekfeinen, kultivierten Brunchs zusammenbrechen könnte.*
3. *Einen einsamen Flipflop.*
4. *Ein Exemplar der Gelben Seiten, das nie aus seiner Plastikfolie genommen wurde, das du aber »nur für den Fall« behältst (womöglich für den Fall, dass ein Atomkrieg die komplette Telekommunikation lahmlegt, du aber trotzdem unbedingt eine Pizza bestellen musst).*
5. *Staub. Unmengen von Staub.*

Auf dem Weg von Surrey nach London brach ich vier Mal in Tränen aus. Das erste Mal an einer Tankstelle, während Emma an der Zapfsäule stand (Cynthia wollte keinesfalls Benzinflecken auf ihre grünen Lederhandschuhe bekommen). Dan und ich waren nach unserer Hochzeit viel unterwegs gewesen und hatten uns einen Wagen gekauft, einen vierzehn Jahre alten Mini Cooper. Damals, als wir uns noch was zu sagen hatten. Wir kauften uns die schlimmste Compilation-CD, die wir in einer Tanke finden konnten – *Siebzig Valentinstags-Rocker! Die fünfzig schönsten Straßenmelodien!* –, sangen während der Fahrt laut mit und knabberten Chips, wobei unsere Hände sich in der fettverschmierten Tüte berührten. Unwillkürlich fragte ich mich, ob ich nun für den Rest meines Lebens jedes Mal in Trauer versinken würde, wenn ich eine Tankstelle betrat. Kurz aussteigen, um mir ein Twix zu holen, könnte so ganz schön problematisch werden.

Eine tolle Sache am Heulen ist, dass es eine ziemlich praktische Art ist, die Zeit totzuschlagen, zumindest wenn einem Dehydration und das Glotzen der Leute nichts ausmachen. So verging die Fahrt für mich in einer verschwommenen Blase aus Autobahnen, gehicksten Schluchzern und Liebesliedern auf Mellow Magic FM, und im Nu waren wir vor Cynthias in Chiswick gelegenem Palast angelangt. Das Haus verfügte über drei Stockwerke und sogar einen Garten, in dem man gleich mehrere Schweine hätte halten können.

Wir hatten angehalten. Die Mädels sahen mich besorgt an. Ich wischte mir übers Gesicht und fühlte mich wie einer dieser Kriminellen, die in eine Decke gewickelt aus dem Gerichtsgebäude geführt werden muss. *Rachel Kenny, Sie haben Ihre Ehe vermasselt! Obwohl Sie drei Le-Creuset-Töpfe und eine Festzinshypothek hatten! Das*

Gericht befindet Sie für schuldig, eine komplette Vollidiotin zu sein!

»Komm schon, Süße«, sagte Cynthia. »Lass uns dich ins Bett bringen.«

»Ich bin kein Baby, ja?«

»Witzig«, sagte Emma, »denn mit all dem Geheule und Gerotze fühlt es sich eigentlich ziemlich so an.«

Ich schluckte. »Wenigstens habe ich noch meine Blase unter Kontrolle. Nicht so wie du damals nach dem ganzen Wodka Red Bull.«

Emma lächelte und tätschelte meine Hand. »Das ist mein Mädchen. Lass dich bloß nicht unterkriegen.«

Cynthia hatte ein Gästezimmer mit einem Bett mit weichen weißen Laken und einer Wasserkaraffe auf dem Nachttisch, dazu noch geheimnisvolle Dinge wie Kommoden und Läufer, die ich lediglich aus Designereinrichtungszeitschriften kannte. Nachdem ich unter die Decke geschlüpft war – völlig zerschlagen, meine gesamten Habseligkeiten in irgendwelchen Kartons und mit keinem blassen Schimmer, wo meine Zahnbürste sein könnte –, piepte mein Handy. Dan? Mein Herz vollführte eine Art Purzelbaum samt anschließendem Sturzflug – Schuldgefühle und Traurigkeit und noch irgendwas anderes, ich spürte alles gleichzeitig. Aber nein, natürlich war es nicht Dan. Ich bezweifelte, dass er sich je wieder bei mir melden würde. Es war Emma, die wissen wollte, ob es mir gut ging. Ich wusste nicht, was ich darauf antworten sollte, also schrieb ich stattdessen imaginäre SMS an Dan und tat so, als würde er noch mit mir reden und wäre gewillt zu hören, was ich zu sagen hatte.

Es tut mir leid. Es tut mir so schrecklich leid. Bitte, lass mich nach Hause zurückkehren.

Ich vermisse dich.
Ich schaffe das hier nicht allein.

Ich schickte sie nicht ab, und den Rest der Nacht blieb mein Telefon so still und dunkel wie die R.E.M. CD, die nun irgendwo unter meinen Blumenbeeten – *Ex*blumenbeeten – vergraben war, in einem Garten, den ich wahrscheinlich nie wieder sehen würde. Ich dachte daran, was Dan mir zwei Jahre zuvor gesagt hatte: *Ich werde dich nie verlassen, Rachel, das verspreche ich dir.* Ja, klar, von wegen. Aber andererseits hatte genau genommen keiner von uns beiden die Versprechen gehalten, die wir uns an jenem Tag gegeben hatten.

2. Kapitel

Als ich in Cynthias Gästezimmer zwischen weißen Baumwolllaken und künstlich gealterten Holzmöbeln im Shabby-Chic-Stil aufwachte (Warum überhaupt schäbig? Sie stehen immerhin in einem reizenden Haus in Chiswick. Ich habe den Ausdruck noch nie verstanden), wusste ich für einen Moment nicht, wo ich mich befand. War ich bei einem luxuriösen Bettenausstatter eingeschlafen? Dann, mit einem Mal, kam alles zurück, und ich spürte, wie die ersten Tränen des Tages in den Augenwinkeln lauerten. Die konnte ich heute nicht gebrauchen. Heute musste ich eine neue Bleibe finden. Ich machte mich im angrenzenden Badezimmer mit der Regendusche und der viktorianischen Badewanne mit Klauenfüßen frisch und schlüpfte in Jeans und Chucks. Dann bürstete ich mir die Haare, um wenigstens einigermaßen wie ein funktionierendes Mitglied der Gesellschaft auszusehen, was mir unter normalen Umständen schon schwer genug fiel.

Cynthia saß am hell gebeizten Esstisch und hatte eine Ausgabe des *Sunday Telegraph* vor sich liegen – sie hatte einen Tory, einen waschechten Konservativen, geheiratet; selbst deinen liebsten Freunden kann so etwas passieren – und Croissants und Kaffee danebenstehen. Im Gegensatz zu dem Bild, das ich an einem Sonntagmorgen in meiner Küche bieten würde – mit zahnpastaverkrustetem Pyjama und Butter im Haar –, steckte sie in einem grauen Wollkleid und genauso teuren, kniehohen Stiefeln.

»Da bist du ja. Und, bereit für den ersten Tag vom Rest deines Lebens?«

»Ich dachte, der wäre gestern gewesen?«

»Nein, das war der letzte Tag von... einem etwas anderen Teil deines Lebens.«

»Sehr überzeugend.«

»Croissant? Bagel? Rührei? Toast?« Cynthia war einer dieser Menschen, die einen als Gastgeber zu Tode verwöhnen würden, wenn man sie ließe.

»Croissants wären toll, danke. Hast du Tee da?« Es war auf eine tragische Weise uncool, aber ich hatte mir nie angewöhnen können, Kaffee zu mögen.

Cynthia fand ein paar schamhaft versteckte Teebeutel in einem der Küchenschränke, die sie so weit von sich gestreckt hielt, als handelte es sich dabei um Giftmüll oder wenigstens eine Lidl-Einkaufstüte. »Die müssen der Putzhilfe gehören.«

Natürlich hatten sie eine Putzhilfe.

Sie rüstete mich mit Tee, Croissants, Konfitüre und Teilen der Zeitung aus. »Wovon möchtest du dich am liebsten in Depressionen stürzen lassen? Dem stagnierenden Immobilienmarkt, den steigenden Preisen für Skiurlaube oder den Gefahren unkontrollierter Einwanderung?«

»Ich nehme die Einwanderung. Weißt du, du solltest sie dazu bringen, dich zu interviewen. Junge konservative Toryanhängerin und Juristin mit einem schwarzen illegalen Immigranten als Vater. Sie würden an ihrem

Teegebäck ersticken.« Oje, vielleicht hätte ich ihren Dad nicht erwähnen sollen.

Doch Cynthia erwiderte nur: »Ich bin keine Tory, ich habe nur einen geheiratet. Das kann jedem passieren.«

»Wo wir schon dabei sind, wo ist Rich?« Man konnte leicht vergessen, dass noch jemand anders in diesem Palast aus Weiß und Sisal lebte, Rich war fast nie da.

»Ist ins Büro gefahren.«

»Am Sonntag?« Natürlich war er im Büro. Ich hätte nicht fragen sollen. Es mochte sein, dass ich viel ärmer war als die meisten meiner Freunde – wenn wir die UN wären, wäre ich wohl so was wie der Jemen –, aber wenigstens konnte ich im Bett liegen und herumlümmeln, wann immer mir danach war. Das war unbezahlbar.

Ich las gerade einen Artikel über Immobilienpreise, als ich spürte, wie sich erneut die Düsternis über mich senkte. »Ich werde nie wieder auf dem Siegertreppchen der Hauseigentümer stehen. Hier steht eine Schuhschachtel zum Verkauf für schlappe hunderttausend Pfund. Angeblich ist es ein ›Kleinod‹, sehr ›kompakt‹ und aus ›umweltfreundlichen Baustoffen‹.«

»Du bist doch nicht ganz vom Siegertreppchen runter. Du bist dir nur mal kurz die Füße vertreten gegangen, das ist alles.«

»Wohl eher gestürzt.«

»Frank ist mal die Treppe runtergefallen und hat sich das Bein an drei Stellen gebrochen.«

Klang ganz nach mir, überlegte ich finster. Mit Karacho zurück auf die Erde gekracht, während alle anderen über mir weiter das verdammte Treppchen hochkraxelten. Es war wieder genauso wie damals beim Geräteturnen im Sportunterricht.

»Wie geht es Frank und deiner Mum?«

»Gut. Sie überlegen, sich einem Wohnwagenverein anzuschließen, so wird es auch richtig schön peinlich für Richs Eltern, wenn sie uns an Weihnachten besuchen kommen. Die denken, Wohnwagen sind was für Stallknechte und New-Age-Urlauber.«

Wieder fragte ich mich, wie es Cynthia damit ging, dass ihr leiblicher Vater nie versucht hatte, sie zu kontaktieren. Ich kannte sie so lange wie Emma. Wir drei hatten uns im ersten Semester an der Universität von Bristol kennengelernt, wo wir uns sofort zusammenschlossen, um einen Schutzwall gegen die Töchter aus gutem Haus mit ihren weizenblonden Haaren und Skianzügen und Bindestrich-Vornamen zu bilden. Doch manchmal hatte ich trotzdem immer noch keinen blassen Schimmer, was sie über bestimmte Dinge dachte.

»Du begibst dich heute also auf Wohnungssuche?«, fragte sie.

»Würg! Ja, was für ein Albtraum.«

»Du kannst hierbleiben, solange du willst, das weißt du doch?«

»Danke, aber ich glaube, ich und meine Sinnkrise brauchen etwas Raum für uns.«

Nachdem Cynthia mich mit ihrem BMW an der nächsten U-Bahn Haltestelle abgesetzt und hilfreich darauf hingewiesen hatte, wo sich noch Croissantkrümel in meinem Haaren versteckten, machte ich mich auf zu meiner ersten Besichtigung.

Zwei Jahre zuvor, als wir uns noch zu unseren guten Lebensentscheidungen gratulierten – heiraten, fünf Einheiten Obst und Gemüse pro Tag essen, eine private

Rentenversicherung abschließen –, hatten Dan und ich uns eine Doppelhaushälfte in einem Vorort gekauft. Nichts Großes, aber mit zwei Schlafzimmern, einem Badezimmer, das keine neuartige Schimmelspezies ausbrütete, und einem kleinen Fleckchen Wiese, von dem wir ganz gerührt dachten, dass unsere Kinder irgendwann darauf herumtollen würden, mit unserem Border Collie oder Golden Retriever. So weit waren wir nicht gekommen. Und wenn ich jetzt an einige der Orte zurückdachte, an denen ich davor gelebt hatte, graute es mir vor der Wohnungssuche. Ich dachte immer, ich wäre ein recht positiver Mensch. Ich meine, das war ich nicht, überhaupt nicht, aber ich dachte es gerne. Und ich versuchte, das zu versprühen, was meine buddhistische Freundin Sunita ein »kosmisches Ja zum Universum« nannte. Einen Tag mit Wohnungssuche in London zu verbringen reichte jedoch, um ein gigantisches »Nein, nein, zur Hölle, nein« ins Universum zu schleudern, ins Bett zurückzukriechen, sich die Decke über den Kopf zu ziehen und darüber nachzudenken, dass man sich eigentlich kein Bett leisten konnte, nicht einmal eine Decke.

Mein Tag verlief in etwa so: Das »sonnige Studio« in Sydenham entpuppte sich als Einzelzimmer mit Einzelbett in einer Wohngemeinschaft aus fünf Personen, von denen mir ein Kerl das Zimmer zeigte und dabei lediglich einen Feinrippschlüpfer mit Eingriff und ein T-Shirt mit einem witzigen Frauenschänderspruch trug. »Du findest Partys doch okay, oder? Eine unserer Regeln lautet aber, dass jeder ... na ja, seinen eigenen Marihuanavorrat hat. Ist einfach entspannter so.«

Nein.

Das »ruhige Mansardenzimmer« in Blackheath bestand aus einem schmalen Bett in der Erkernische des Wohnzimmers einer älteren Dame.

»Es gibt keine Tür?«, fragte ich und quetschte mich zum Fenster durch. Dies war definitiv der Ort, an den sich das Licht zum Sterben zurückzog, und es roch sehr streng nach Katzenpisse.

»Ach nein. Die Kleinen mögen es nicht, ausgesperrt zu werden.« Sie sagte das mit einem Gurren in Richtung einer der drei Katzen, die ich bisher entdeckt hatte. Einem schwarzen Kater mit einer Narbe über dem einen und einem heimtückischen Funkeln im anderen Auge. Der Bettüberwurf war aus etwa vierzig Jahre altem Chintz, und während die Dame mich herumführte, sprang eine andere, orangefarbene Katze von der Garderobe und zog dabei mit ihren Krallen über meinen Nacken. »Oh, er mag Sie!«

Nein.

Das »attraktive Zimmer in modernem Apartment mit Londoner Geschäftsmann« in den Docklands stellte sich als angenehmer Ort heraus, wenn auch mit ein bisschen zu viel »Chrom und Leder sind die einzigen dekorativen Materialien, nicht?« für meinen Geschmack. Dafür wurde ich mit einem geschätzten Abstand von drei Zentimetern von Mike, dem Wohnungsbesitzer, herumgeführt, der mir mindestens fünfmal versicherte, dass er das Geld nicht brauchte, weil er ja in der City einen ordentlichen Haufen Kohle verdiente, aber er gerne ein bisschen »weibliche Gesellschaft« um sich hätte.

Nein.

Das »zickenfreie Zusammenleben mit witziger Mitbewohnerin« entpuppte sich als das zum Schlafzimmer umfunktionierte Wohnzimmer von Mary aus Camden, die mir eine Liste mit den Hausregeln überreichte, kaum dass ich eingetreten war. Die erste lautete: Zieh deine Schuhe aus, wenn du reinkommst, und zieh dir die speziellen, mit Katzenköpfchen verzierten Pantoffeln über.

Nein, nein, zur Hölle noch mal, nein!

Eine Liste der Dinge,
die an der Wohnungssuche zum Kotzen sind

1. *Die Kosten: herauszufinden, dass du dreihundert Pfund Gebühr dafür zahlen musst, herumgeführt zu werden; zusätzlich zu dem Heidengeld an Miete, das du jeden Monat für ein feuchtes Zimmer berappen musst.*
2. *Die Lügen: Im Immobilienmakler-Jargon heißt »bezaubernd« lediglich »nur einen Schritt von der Gosse entfernt«, »einfach« bedeutet »nicht viel mehr als eine Schuhschachtel« und »ordentlich« so viel wie »du kannst die gegenüberliegenden Wände gleichzeitig berühren«. Die Hälfte der Wohnungen sind schon vermietet, und niemand taucht auf, nachdem man im Regen quer durch London marschiert ist, und das in Schuhen, die praktisch schon auseinanderfallen.*
3. *Die Neugierde: Wenn du allein etwas anmieten willst, werden sie dich fragen, warum du umziehen musst (ja, danke fürs Salz-in-die-Wunde-Streuen, Mr. Foxtons) und mit was du dein Geld verdienst. Rein formell bin ich nicht gerade die beste Anwärterin – ich bin arbeitslos und stecke mitten in einer Scheidung. Ich brauche ernsthaft einen Wisch von meiner Mum, in dem sie sich dafür verbürgt, dass ich mich ordentlich benehme und das Mobiliar nicht zu*

einem Nest anordnen werde wie die Leute bei Das Messie-Team – Start in ein neues Leben.
4. *Dich zu fragen, ob die seltsamen Gerüche/Flecken in den Wohnungen, die du besichtigst, einfach nur bedeuten, dass dir die Schauplätze der Ganglands-Schießereien gezeigt werden, oder ob sie allesamt über uralten indianischen Begräbnisstätten erbaut wurden.*
5. *Ziemlich vergleichbar mit Onlinedating, dieses schleichende Gefühl der allmählich sinkenden Hoffnungen und Ansprüche. »Na ja, ich denke, ich könnte schon hier draußen leben ... in einem Schuppen ... Und ja, ich schätze, es ist wirklich praktisch, dass man den Kühlschrank vom Bett aus öffnen kann ...«*

Das Einzige, was die Wohnungssuche erträglich machte, war, mir vorzustellen, ich würde nach Locations für ein neues krasses Fernsehformat suchen, wo Leute in den schäbigsten aller Wohnungen ermordet wurden – *CSI: Croydon*. Ich stöpselte meine Kopfhörer ein, während ich die Straße entlangtrottete und mich fragte, was Beyoncé in meiner Situation tun würde. Eine Frage, über die ich in stressigen Momenten häufig nachsann. Vermutlich würde sie einen Privathelikopter chartern und zu einer ihrer Villen fliegen, das nutzte mir momentan also nicht viel.

In dem Versuch mich mit Tee und einem Florentiner aufzumuntern, setzte ich mich in ein Café in Kentish Town. Dann kam die Rechnung über fünf Pfund, und mir wurde klar, dass ich mir bald womöglich überhaupt keine Cafébesuche mehr leisten könnte. Ich würde einer dieser Menschen werden, die Pullis strickten und ständig ihre selbst belegten, in Alufolie eingepackten Sandwiches mit sich rumtrugen wie in der Schule. Es war wirklich deprimierend zu realisieren, dass man in der Hackordnung kein bisschen höher stand als im Alter von sieben Jahren.

Ich blätterte auf dem Smartphone die Immobilienseiten durch auf der Suche nach einem Apartment, das unter siebenhundert Pfund lag und trotzdem nicht so aussah, als gäbe es dort Flöhe, Schimmel oder schmierige Vermieter. Konnte ich mir vorstellen, in Catford zu leben? Lag das überhaupt noch in London? Würde ich angesichts der Tatsache, dass ich zurzeit von zu Hause arbeitete, eine riesige WG verkraften? Und könnte ich alternativ in einem winzigen Studio wohnen und arbeiten, in dem sich die Kühlschranktür nicht öffnen ließ, ohne dass man das Bett verschob? Könnte ich meine Selbstständigkeit wieder so weit vorantreiben, dass ich tatsächlich was damit verdiente? Ich begann damit, Berechnungen auf die Serviette zu kritzeln, aber das war eindeutig zu beängstigend, also bestellte ich stattdessen einen weiteren Florentiner, nur um mir sofort wieder Sorgen um Geld und Kalorien und die Tatsache zu machen, mit dreißig wieder Single zu sein. Nein, nicht nur Single. Geschieden! Und da waren sie wieder, die ziemlich schrecklichen Gedanken – *Du solltest Dan anrufen und ihn anflehen, dich zurückzunehmen. Du kannst dir das nicht leisten, du kannst das nicht allein schaffen* –, als mein Handy klingelte.

Emma. »Bist du gerade beschäftigt?«

»Nein. Ich meditiere nur über den Scherben meines Lebens.«

»Oje, läuft es nicht gut?«

»Um es mal so auszudrücken, die einzige Person mit noch mehr Pech bei der Suche nach einer Bleibe ist wahrscheinlich Schneewittchen. Ich habe die meisten der sieben Zwerge heute kennengelernt. Grummel, Pimmel, Haschi ...«

»Erklär mir doch noch mal, warum du überhaupt ausziehen musstest? Es war auch dein Haus, und schließlich war er es, der ...«

»Ich kann mir die Hypothek alleine nicht leisten. Und du weißt, dass es für meine Arbeit besser ist, wenn ich in London wohne.« Arbeit, die ich überhaupt noch nicht hatte. Aber darüber dachte ich lieber gar nicht erst nach.

»Tja, check mal deine E-Mails. Ich habe dir gerade eben was geschickt.«

»Okay, lass mich kurz mein Handy rausholen.
Pause.

»Du bist an deinem Handy, Rachel.«

»Ach, stimmt ja. Was hast du mir geschickt?«

»Eine absolut großartige WG in Hampstead, ein hübsches Haus mit Garten, aber das Beste ist, es ist umsonst!«

»Was? Wie soll das gehen?« Ich musste wieder an Mike, den »Londoner Geschäftsmann«, denken.

»Es ist ein bisschen Hausarbeit und Haustiersitting dabei.«

»Haustiere?«, fragte ich argwöhnisch, wobei ich an das Katzenhaus dachte, das ironischerweise nicht in Catford gelegen hatte.

»Ja, ein Hund.«

»Oh mein Gott!«

»Ich weiß. Ruf sofort da an! Ich meine, sobald ich aufgelegt habe.« Manchmal fragte ich mich, ob meine Freundinnen mich für eine komplette Idiotin hielten.

»Danke schön. Aber bist du dir auch sicher, dass es keine Mädchenhändlermasche ist?«

»Da kann man sich nie ganz sicher sein.«

»Aha.«

»Ich habe die Adresse, nur für den Fall.«

»Danke.«

»Ich kann die Liederhefte für deine Beerdigung selbst basteln. Ich habe gerade eine neue Heißklebepistole gekauft.«

»Ich muss jetzt los! Tschüss!«

Ich legte auf und wartete, bis die E-Mail geladen war. Ich spürte ein aufgeregtes Flattern im Magen. Wenn man erst die Dreißig erreicht hatte, bescherten einem Immobilienseiten dasselbe Gefühl wie Datingportale in den Zwanzigern. Nicht dass ich jemals auf einer angemeldet gewesen wäre... Das Haus war wunderschön – drei Stockwerke aus rotem Backstein von Bäumen umgeben, und es gab sogar ein Erkertürmchen. Oh mein Gott! Ich las weiter. Fußbodenheizung, Zimmer mit eigenem Bad, eine riesige Küche mit Geschirrspülmaschine. Einige der Apartments, die ich mir angesehen hatte, verfügten nicht mal über eine Waschmaschine. Wo war der Haken? Wie ich aus meinen bisherigen Erfahrungen mit der Wohnungssuche gelernt hatte, gab es immer einen. Unter Mietpreis stand »entfällt«. Konnte das wirklich sein? Ich sah auf die angegebene Nummer, und bevor ich richtig darüber nachgedacht hatte, hatte ich sie auch schon gewählt. Immerhin war ich nur zehn Minuten von Hampstead entfernt.

Die Mailbox sprang an. Eine Männerstimme, tief und

abgehackt. Irgendwie vornehm. »Hier Patrick Gillan. Bitte hinterlassen Sie eine Nachricht.«

Anrufbeantworter waren mein persönlicher Erzfeind. Cynthia erzählte immer noch gerne, wie ich sie das eine Mal bei der Arbeit anrief, um ihr zu sagen, dass ich billige Flüge in die USA gefunden hatte, und wie ich damit endete, *Hotel California* in die Leitung zu plärren, während ihr gesamtes Büro auf Lautsprecher mithörte.

»Ähm ... Hi. Ich habe Ihre Anzeige gelesen. Ich bin auf der Suche nach einem Zimmer. Momentan habe ich nicht besonders viel Geld ...« Oh nein, das hätte ich nicht erwähnen dürfen. Es war genauso wie mit Jobs und Dates, die einzige Art und Weise, ein Zimmer zu bekommen, war, so zu tun, als ob man es gar nicht bräuchte. »Ähm ... Ich meine, ich habe vor umzuziehen und bin überaus interessiert an Ihrem Zimmer. Ich würde es sehr gerne baldmöglichst besichtigen. Ähm ... Ich bin gerade in der Nähe. Rufen Sie mich an. Oh ... äh, hier ist Rachel.«

Ich legte auf. Klassisch bescheuerte Mailboxnachricht. Ich hatte es geschafft, gleichzeitig gestört, überspannt und bedürftig zu klingen. Ich bezahlte an der Theke und trat in den Nieselregen hinaus, wo mir prompt ein knallroter im Regen glänzender Bus mit der Aufschrift *Hampstead* entgegenkam. Ich habe schon Leute sagen hören, sie hätten Momente erlebt, in denen sie das Gefühl gehabt hatten, dass ihnen das Schicksal höchstpersönlich auf die Schulter getippt und »Bitte, da lang« gesagt hatte. So wie einer dieser Touriführer mit den kleinen Fähnchen, die von chinesischen Urlaubern in gleichen Regenmänteln verfolgt wurden. Mir war das noch nie passiert. Und selbst wenn ich der Aufforderung jemals gefolgt wäre, wäre ich spätestens auf der Nordlinie in der U-Bahn stecken geblieben, und das Schicksal hätte sich zu einem anderen Termin aufgemacht. Aber an diesem Tag dachte ich: Scheiß drauf! Ich stecke mitten in einer Scheidung, ich habe nichts Besseres zu tun, und der Bus steht direkt vor mir. Also stieg ich ein. Und zehn Minuten später erwischte ich mich dabei, wie ich an der Tür zu Patrick Gillans Haus läutete.

3. Kapitel

Während ich auf den Stufen des hübschen Hauses in einer von Bäumen gesäumten Straße in Hampstead stand, begann drinnen, ein Hund zu bellen. Ich lächelte. Es gab ihn wirklich. Ich erhaschte einen Blick auf mein Spiegelbild im glänzenden Türknauf und seufzte. Meine Haare kräuselten sich vom Regen, und ich trug einen abgetragenen Regenmantel, löchrige Chucks und Jeans. Als ich noch im Büro arbeitete, hatten mich Strumpfhosen wie ein Fluch verfolgt. Ich hatte immer das Gefühl, Frischhaltefolie an allen möglichen Körperstellen kleben zu haben. Außerdem warfen sie an den Knöcheln immer Falten, und sobald jemand im Umkreis von zehn Kilometern ausatmete, hatte ich eine Laufmasche. Deswegen arbeitete ich, seitdem ich mich selbstständig gemacht hatte – ein Versuch, mir meine gegenwärtige Arbeitslosigkeit schönzureden –, meistens in Jeans ... na gut, häufiger im Pyjama.

In die Tür waren Buntglasscheiben eingelassen, hinter denen ich jemanden näher kommen sah, der vom einfallenden Licht in verschiedene Farben getaucht wurde. Ich setzte mein bestes Ich-bin-nicht-verrückt-Lächeln auf.

Der Mann, der die Tür öffnete, hielt ein Telefon in der einen Hand und mit der anderen einen bellenden West

Highland White Terrier am Halsband fest. »Klappe, Max!« Er, der Mann, nicht der Hund, trug Jeans und einen flauschigen grau-blauen Pullover. Er hatte lockiges Haar, das an einigen Stellen grau schimmerte, und eine mürrische Miene.

»Was wollen Sie? Ich habe nicht vor, bei den Gemeindewahlen teilzunehmen, bis Sie etwas gegen den skandalösen Zustand Ihrer Recyclingrichtlinien unternommen haben.«

»Nein ... äh, also ... ich habe Ihre Anzeige gelesen. Das Zimmer? Ich war in der Gegend und ...«

Er starrte mich einige Sekunden an, während der Hund versuchte, an mir hochzuspringen.

»Ich bin nicht verrückt«, schob ich schnell hinterher.

»Gut zu wissen.«

»Ich nehme an, das könnte auch jemand Verrücktes sagen.« Ich lachte nervös.

Er musterte mich von Kopf bis Fuß und seufzte. »Dann kommen Sie mal besser rein.«

Manchmal, wenn man einen Ort betrat, wusste man einfach, dass er für einen bestimmt war. Es roch richtig. Dan hatte meine Methode, ein Haus auszusuchen, gehasst. *Was meinst du damit, es fühlte sich nicht richtig an? Es hatte eine Außenterrasse mit Holzdielen und einen Privatparkplatz!*

»Das ist ja unglaublich«, entfuhr es mir. Die Buntglasscheiben tauchten den Flur in ein Kaleidoskop aus Farben. Der Fußboden bestand aus alten Parkettdielen, die ein bisschen abgetreten waren, und es roch nach Kaffee und den Narzissen, die in einem Marmeladenglas steckten, das auf einem Regalbrett stand. Ein durch und durch kultiviertes Heim stellte ich fest.

Eine Liste der Dinge,
die man in einem kultivierten Zuhause findet

1. *Schicke Duftkerzen*
2. *Eine Pinnwand oder ein Whiteboard, auf dem die Familienaktivitäten eingetragen sind*
3. *Eine Bio-Gemüsekiste*
4. *Kunstdrucke und verschwommene Schwarz-Weiß-Aufnahmen, die meine Mutter nicht im Traum aufhängen würde, weil: »Man kann ja nicht mal erkennen, was da darauf ist, oder?«*
5. *Einen Weinkühlschrank*
6. *Eine supermoderne schicke Kaffeemaschine, die aussieht, als sei sie von der NASA für den täglichen Gebrauch auf einer internationalen Weltraumstation entwickelt worden.*
7. *Mülltrennung, unbedingte Mülltrennung.*

Der Mann sah immer noch mürrisch drein. »Kommen Sie in die Küche. Ich stecke da gerade mitten in einer Sache. Ich hätte mich gefreut, wenn Sie sich etwas Zeit gelassen hätten, aber sei's drum.«

»Sind Sie sicher?«

»Habe ich doch gesagt, oder nicht? Wollen Sie einen Kaffee?«

»Oh, danke nein, ich trinke keinen Kaffee.« Ich hätte genauso gut sagen können, dass ich nichts vom Sockenwechseln hielt.

»Nicht?«

»Ich mag den Geschmack nicht, aber den Geruch schon, und ich liebe Kaffeecremetorte und diese Schokoriegel aus der Merci-Packung. Ist das nicht komisch? Ich meine, *niemand* mag die.«

Er blickte mich forschend an. Dann piepte das Telefon in seiner Hand, und er sah mit einem Stirnrunzeln aufs Display. »Dann einen Tee?«

»Gerne.«

»Wie möchten Sie ihn?«

»Mit Milch, ziemlich stark, aber trotzdem sehr milchig, falls das irgendwie Sinn ergibt.«

Sobald ich saß, flitzte der Hund quer durch die Küche und sprang auf meine Knie, wo er sich hechelnd mit dem Kinn auf meiner Schulter hinhockte.

»Uff, hallo.«

»Er ist ganz verrückt nach neuen Leuten. Entschuldigen Sie.«

»Ist schon okay, ich wünschte, ich hätte denselben Effekt auf Männer.«

Oh Mann, halt die Klappe, Rachel, halt bloß die Klappe.

Eine weitere Nebenwirkung, wenn man von zu Hause aus arbeitete – man vergaß, dass es Gedanken gab, die *im* Kopf bleiben sollten.

Patrick warf einen Blick in den Wasserkocher. »Also, Rachel, ich nehme an, das sind Sie? Warum wollen Sie das Zimmer?«

»Ganz ehrlich, ich brauche kurzfristig etwas, wo ich unterkommen kann. Ich arbeite zurzeit von zu Hause, also kann ich nicht in eine große WG ziehen.« Oder als Sexsklavin zu einem reichen Banker. Das ganze Sexsklavinnentum würde sich wahrscheinlich mit meinen Arbeitszeiten als Freiberuflerin überschneiden.

Seine Stirn war immer noch gerunzelt. »Und wo haben Sie bisher gewohnt?«

»Draußen in Surrey. Ich hatte da ein Haus.«

»Wollen Sie sich dann nicht wieder was Eigenes kaufen?«

Dinge, die an einer Scheidung zum Kotzen sind, Nummer fünfzehn: Du musst es Fremden erklären. »Mein Mann und ich trennen uns gerade. Er behält vorläufig das Haus, also muss ich ausziehen.« Ich knuddelte den Hund. »Ich stecke etwas in der Klemme, aber …«

»Sie sind nicht verrückt.«

»Nein.«

»Und Sie lassen sich scheiden.«

»Ja.«

Als er sich gegen den Küchentresen lehnte und die Hände aufstützte, konnte ich sehen, dass er keinen Ehering trug. »Willkommen im Klub.«

»Oh.«

»Nicht besonders lustig, oder?«

»Es ist zum Kotzen. Ich führe sogar eine Liste: Dinge, die an einer Scheidung zum Kotzen sind.«

»Wie viele Gründe stehen schon darauf?«

»Einige Hundert, und es werden immer mehr.«

»Wie wäre es mit dem hier?« Das Wasser hatte gekocht und das Handy piepte wieder, aber er starrte weiterhin aus dem Fenster. »Einen Untermieter finden zu müssen, damit er Hundesitten und sich um das Haus kümmern kann. Weil du selbst viel zu viel Zeit bei der Arbeit verbringst, weswegen dich deine Frau überhaupt erst verlassen hat, und weil sie sich in all der Zeit, die sie allein war, neue Hobbys zulegen musste, wie zum Beispiel eine Affäre mit dem Kerl von nebenan anzufangen?«

Ich folgte seinem Blick zu dem Haus, das man hinter dem Zaun erkennen konnte, und nickte langsam. »Das kommt gleich nach: Aus dem Haus ziehen zu müssen, das ihr euch in einem ruhigen Vorort gekauft habt, weil dein Ehemann dich nicht mehr dort haben will; aber nicht in der Lage zu sein, irgendetwas in London anzumieten, weil du so dermaßen pleite bist. Also ist deine einzige Option, in eine riesige WG zu ziehen oder mit verrückten Katzenmuttis zusammenzuwohnen oder mit Perversen oder... dich auf eine seltsame Anzeige zu melden, in der nichts von Miete steht.« Ich hielt inne. Auf dem Tisch lagen die guten Waitrose-Kekse, von denen ich mir schnell einen in den Mund stopfte, um mich selbst zum Schweigen zu bringen.

Patrick Gillan betrachtete mich neugierig. »Hören Sie, ich habe einen sehr fordernden Job, deswegen brauche ich tagsüber jemanden, der auf den Hund aufpasst, Lieferungen entgegennimmt und vielleicht ein paar Au-pair-Aufgaben übernimmt, aber ich kann mir keine Haushaltshilfe in Vollzeit leisten. Ich bin einfach... etwas unkonventioneller an die Sache rangegangen. Ich dachte, vielleicht könnte jemand das im Austausch gegen mietfreies Wohnen übernehmen. Um ehrlich zu sein, es war eine dieser übergeschnappten Ideen, die einen mitten in der Nacht überkommen. Ich bin quasi mit meinem Latein am Ende.«

Mietfrei. *Mietfrei!* Im Geiste zerriss ich die Berechnungen, die ich vorhin noch auf der Serviette angestellt hatte, und spürte, wie eine große Last von meinen Schultern abfiel. Ich würde nicht komplett pleite sein. Ich müsste mich nicht von selbst gemachten Sandwiches ernähren oder die Kosten für jedes Pizzabrötchen aufteilen, wenn ich eigentlich mit Freunden zum Essen verabredet war.

Er sah mich immer noch an. »Warum sind Sie hier, Rachel? Ich meine, ganz ehrlich?«

Ich war etwas verwirrt angesichts der plötzlichen Ehrlichkeit zwischen all den Lügen, die ich bisher bei der Wohnungssuche aufgetischt bekommen hatte. »Ganz ehrlich? Als wir heirateten, zogen wir nach Surrey, und mein Mann, ich meine, mein Ex«, es war hart, das Wort auszusprechen, »besorgte mir einen Job als Grafikdesignerin bei der Gemeindeverwaltung, wo er arbeitete. Als er mich bat auszuziehen, war ich am nächsten Tag ganz zufällig auch arbeitslos.«

Er starrte mich weiter an.

»Das Wasser hat gekocht«, bemerkte ich.

Er löste sich aus seiner Starre und holte einen Becher. »Sie sind also den ganzen Tag über zu Hause?«

»Meistens.« Ich hielt den Atem an. Das war bei den meisten Wohnungsbesichtigungen ein Problem gewesen, da die Vermieter zusätzliche Heizkosten und dergleichen befürchteten. »Ich werde auch nach festen Jobs Ausschau halten, aber momentan versuche ich, meine Arbeit auf selbstständiger Basis aufzubauen. Das habe ich bisher nebenher gemacht.«

»Und Sie mögen Hunde?«

»Ich liebe Hunde.« Ich kraulte Max am Kopf. »Ich wollte mir gerade einen zulegen, aber dann ... ist die ganze Geschichte dazwischengekommen.«

»Und es würde Ihnen nichts ausmachen, sich ein bisschen um den Haushalt zu kümmern, ans Telefon zu gehen, Pakete entgegenzunehmen, vielleicht das Abendessen in den Ofen zu schieben?«

»Natürlich nicht. Ich liebe es zu kochen. Und ich rauche nicht, und ich bin ... *recht* ordentlich. Und Sie würden wirklich keine Miete verlangen?« Ich blickte ihn argwöhnisch an. »Wo ist der Haken?«

Er lachte und sah sofort zehn Jahre jünger aus, fröhlich, sogar ein bisschen spitzbübisch. »Ich hatte mich gerade dasselbe über Sie gefragt. Ich nehme an, ich sollte Referenzen verlangen.«

»Nun, mein ehemaliger Vermieter ist mein Exmann und mein gegenwärtiger Chef bin zurzeit ich selbst. Können Sie beweisen, dass Sie kein irrer Killer sind?«

»Es wird schwer, das Gegenteil zu beweisen.«

»Hmm.«

»Rufen Sie doch irgendwelche Freunde an und sagen ihnen, wo Sie gerade sind.«

»Aber bis sie mich finden, bin ich doch längst tot.«

»Stimmt, aber wenigstens bekommen Sie dann ein schönes Begräbnis.«

Ich überlegte immer noch, als ich einen Knall hörte und die Hintertür aufflog. Ein Kind in roten Gummistiefeln, das einen großen triefenden Strauß Narzissen umklammert hielt, kam hereingestapft. Der Kleine war unglaublich süß. Glänzende dunkle Locken, braune Augen. Vielleicht vier oder fünf Jahre alt. »Schau, Daddy, ich habe noch mehr.«

»Das ist ja toll, Kleiner. Her damit.« Patrick sah über den Kopf des Kindes hinweg zu mir. »Jetzt ist es wohl nicht mehr zu leugnen: *Das* ist der Haken.«

»Cynthia«, zischte ich.

»Hallo? Wer ist da? Ich habe kein Interesse an einer Lebensversicherung. Im Gegensatz zu anderen war ich nicht so blöd, jemals eine abzuschließen.«

»Ich bin's. Rachel.«

»Ooh! Du bist also noch am Leben.«

Ich hatte ihr eine E-Mail geschickt, um sie über die potenzielle WG in Kenntnis zu setzen. Je mehr Leute Bescheid wussten, hatte ich mir gedacht, desto größer war die Wahrscheinlichkeit, dass man wenigstens meinen verstümmelten Leichnam finden würde. »Ich habe das Zimmer genommen. Meine Güte, das Haus ist unglaublich.«

Das Zimmer, in dem ich saß, hatte ebenfalls vereinzelte Buntglasscheiben in den großen Fenstern, die den Blick über den Heath Park eröffneten. Es befand sich im dritten Stock und war lichtdurchflutet. Ich könnte meinen Zeichentisch unter das Erkerfenster stellen. Es gab ein altes Holzbett, einen cremefarbenen Teppich und ein eigenes Badezimmer mit einer tiefen viktorianischen Klauenfußbadewanne. Auf dem Nachtschränkchen stand ein weiteres Marmeladenglas voller Narzissen.

»Das war Alex«, hatte Patrick erklärt, als er mich oben herumführte, »er hört gar nicht mehr auf zu pflücken.«

»Und ist es wirklich in Ordnung? Wie um alles in der Welt kommt es, dass es umsonst vermietet wird?«

»Na ja, hier wohnt noch ein Kind.«

»Würg.« Cynthia ging es mit Kindern wie anderen Leuten mit Schimmelsporen, einige Unglückspilze mussten mit ihnen leben, doch Vorsicht konnte sie davor bewahren, sich überhaupt erst bei ihr einzunisten.

»Der Vater lässt sich gerade scheiden. Und er hat anscheinend das Sorgerecht für das Kind.«

»Wo ist die Mutter?«

»Ich weiß nicht genau. Für eine Weile im Ausland, um dort zu arbeiten, glaube ich.«

»Verstehe. Er will eine Gratisnanny.«

»Na ja, tagsüber ist Alex in der Schule. Ich glaube, Patrick will einfach, dass jemand hier ist, der ans Telefon geht und ab und zu die Waschmaschine anschmeißt. Solche Sachen.«

»Versichere dich bloß vorher, dass es keine reguläre Ganztagsstelle ist, Süße. Du weißt doch, wie die Leute sind. Wo du schon mal da bist, könntest du auch das Abendessen machen und die Einkäufe, und das Badezimmer müsste neu verfugt werden. Von zu Hause arbeiten bedeutet immer noch arbeiten.«

»Ich weiß, aber wo soll ich denn sonst hin? Hier ist es eine Million Mal hübscher als überall dort, wo ich mir sonst etwas hätte leisten können.«

»Na gut, wenn du dich wohlfühlst.«

Ich merkte, dass ich mich nur selbst darin bestärkte hierzubleiben, und bevor ich wusste, wie mir geschah, hatte ich alles veranlasst, um meine Sachen abzuholen und noch am selben Abend einzuziehen. Ich, meine zehntausend Skizzenbücher, fünfzehn Paar Turnschuhe und Bob, der Ersatzhund-Bär, würden uns hier häuslich einrichten.

Alex, das offenbar gehorsamste Kind der Welt, war schon im Bett, als ich mit dem Transporter wiederkam. Patrick saß mit einem iPad und einem Glas Wein in der Küche. Der Geruch von Eintopf hing in der Luft, und ein Le-Creuset-Topf weichte in der Spüle ein. Es fühlte sich merkwürdig an. Wie nach Hause kommen, aber in ein Zuhause, das nicht meins war.

Patrick sprang so erschrocken auf, als ich eintrat, dass ich mich fragte, ob er schon vergessen hatte, dass er mir den Schlüssel gegeben hatte, oder noch schlimmer, ob er *mich* vergessen hatte.

»Hallo«, sagte ich.

»Hi. Hast du, ich meine Sie ... Ihr Zeug?«

»Ja. Und wir können gerne du sagen.«

»Oh, okay ... Ja, dann helfe ich dir wohl besser.«

Wir schleiften meine dürftigen Habseligkeiten die Treppen hinauf. »Was ist da drin, Steine?«, wollte Patrick wissen.

Ich musste zugeben, dass das zum Teil tatsächlich der Fall war. Ich sammelte sie für Zeichenübungen.

»Hast du Lust auf ein Glas Wein?«, fragte Patrick schließlich, als wir in einem Durcheinander aus Kartons und billigen blauen Ikea-Taschen in meiner neuen Bleibe standen.

Lust hatte ich schon, aber ich überlegte, dass es womöglich seltsam wäre, mit ihm herumzusitzen, außerdem hatte ich die Befürchtung, dass ich, seit meine Ehe den Bach hinuntergegangen war, schon viel zu viel getrunken hatte. »Danke, aber ich bin wirklich müde.«

»Dann überlasse ich dich deinem Chaos.«

Ich stellte mir gerne vor, ich wäre spontan und stets zu Späßen aufgelegt. Ein Mädchen, das nur mit ihren Klamotten im Rucksack auf einen Zug nach Madrid aufspringt und nicht einmal eine Rückfahrkarte gebucht hat. Ein Mädchen, das lieber Tickets am Flughafen ersteht, als sie online im Voraus für ein Drittel billiger zu kaufen. Eine von denen, die nicht weiß, was sie am nächsten Wochenende tun wird, aber ziemlich sicher ist, dass ein Musikfestival und ein vierundzwanzigstündiger Drogenmarathon mit dubiosen spitzbärtigen Typen eine große Rolle dabei spielen werden – und nicht ein

Ausflug zu Ikea wegen einer neuen Zeitschriftenablage. Aber ich war nicht spontan. Und außerdem hasste ich Ziegenbärte.

Dinge, die an einer Scheidung zum Kotzen sind, Nummer zweiundzwanzig: Nichts ist da, wo es sein sollte. Wenn du dein berühmtes Zitronenrisotto machen willst, stellst du fest, dass die Kochbücher noch in deinem alten Haus liegen. Und du hast es nicht einmal geschafft, das Sorgerecht für die Küchenmaschine zu ergattern. Wenn du wandern gehen möchtest, liegen deine Stiefel in dem Auto, mit dem dein Exmann immer noch tagtäglich zur Arbeit fährt. Wenn du dein blaues Kleid anziehen willst, fällt dir ein, dass es in der Reinigung ist und der Abholschein weiß Gott wo, und für einen Fetzen von New Look wirst du sowieso keine Fahrt von fünfzig Kilometern auf dich nehmen. Nichts ist, wo es sein sollte. Du nicht. Dein Herz nicht. Dein Leben nicht.

Letztendlich packte ich nichts aus, außer der Zahnbürste und dem Pyjama. Dann lag ich im Bett und lauschte den ungewohnten Geräuschen um mich herum, dem Tropfen alter Wasserleitungen, dem Knarzen des Dachbodens. Ich zog mein Handy hervor. Das Hintergrundbild zeigte immer noch ein Foto von vor zwei Jahren. Ein Selfie von Dan und mir auf unserer Hochzeit. Er drückte mir einen Kuss auf die Wange, und ich lächelte so breit, als könnte ich mir einen Moment, in dem wir nicht so glücklich wären, überhaupt nicht vorstellen. Ich dachte kurz daran, ihm eine SMS zu schicken, dass ich eine Bleibe gefunden hatte, aber ich wusste, dass es ihm egal war.

Noch so eine Sache, die an einer Scheidung zum

Kotzen ist: Du leidest und fühlst dich verloren und allein, und der einzige Mensch, dem du gerne davon erzählen würdest, ist derjenige, der nicht mehr mit dir reden will.

4. Kapitel

Als ich aufwachte, war es der erste Tag nach dem ersten Tag vom Rest meines Lebens. Nie sprach jemand über den Tag, an dem du mit deinen folgenschweren Entscheidungen klarkommen musst. Wenn du damit anfangen musst, einen Nachsendeantrag zu stellen und Umzugskartons zu öffnen. Mein Wunsch, ob des schrecklichen Schlamassels, den ich in meinem Leben angerichtet hatte, im Bett liegen zu bleiben und Trübsal zu blasen, war überwältigend. Als Selbstständige verfügte man normalerweise über diesen Luxus. Aber ich hatte keine Gelegenheit dazu, denn ich wurde um sechs Uhr morgens von einem Klopfen an der Tür geweckt. Mäuse? Geister? Ich räusperte mich. »Hallo?«

Unverständliches Genuschel.

Vielleicht ein schüchterner Geist? »Herein!«

Ich hörte ein Scharren an der Tür, dann öffnete sie sich mit einem Knarren, und im selben Augenblick flogen zwanzig Pfund aufgeregten Hündchens in mein Zimmer. Max sprang aufs Bett, wo er sich, die Pfoten in die Luft gestreckt, herumrollte, um mir zu bedeuten, dass ich alles mit ihm anstellen konnte, was ich nur wollte. Leider waren es nur Vierbeiner, die im Bett derartig überschwänglich auf mich reagierten.

In der Tür stand Alex mit noch mehr tropfenden Narzissen in der Hand. Er trug einen roten Gummistiefel, der andere Fuß steckte in einer gestreiften Socke, und einen ziemlich trendigen einteiligen Pyjama mit dem Bild von Thomas, der Lokomotive, vorne darauf.

»Hallo«, sagte ich.

»Schau mal.« Er sah mich aus seinen dunklen Augen an.

»Das sind aber hübsche Blumen.«

»Blumen für dich«, nuschelte er, kam hereingeflitzt und klatschte sie auf meinen Nachttisch, wo sie grüne Schleimspuren hinterließen.

»Für mich? Danke schön, Alex.«

»Mummy mag Blumen.«

Oje, wie unangenehm. »Das kann ich mir vorstellen. Und wie geht es Max heute?«

»Er darf nicht aufs Bett.«

»Darf er nicht? Dann ist er also ein ganz ungezogener Hund, was?«

»Ja. Kann ich auch ins Bett?«

»Okay, je mehr, desto lustiger.« Bevor Alex ins Bett kletterte, schlug ich ihm lieber schnell noch vor, den Gummistiefel lieber draußen zu lassen.

Er saß im Schneidersitz vor mir und sah mich an. »Wie heißt du?«

»Rachel.«

Ich suchte in meinem Hirn hektisch nach Gesprächsthemen für Vierjährige. Ich mochte Kinder, hatte aber immer noch widerstreitende Gefühle, wenn es darum ging, ob ich welche haben wollte oder nicht. Dan und ich waren nicht einmal in der Lage gewesen, uns einen Hund anzuschaffen. Ich konnte spüren, wie ganz tief in mir drin Panik aufstieg (ich bin pleite und dreißig und werde für immer alleine bleiben), also konzentrierte ich mich lieber auf Alex. Es ist schwer, in existenziellen Grübeleien zu versinken, wenn man einem Kleinkind gegenübersitzt, das kaum das zeitliche Konzept von »morgen«, geschweige den von »der Rest meines jämmerlichen Lebens« versteht.

»Na, wer ist denn das da auf deinem Schlafanzug?«

»Das ist Thomas.«

»Echt? Und wer ist deine Lieblingsfigur bei *Thomas*?«

Alex und ich plauderten gerade angeregt über Zeichentricklokomotiven – ich schaffte es, mich irgendwie mit dem Wissen durchzumogeln, das ich durch die Kinder meiner Schwester Jess hatte –, als ich Schritte auf der Treppe hörte. Kurz darauf platzte Patrick herein. Auch er trug einen todschicken einteiligen Pyjama mit Matrosenstreifen und dazu eine dicke graue Strickjacke.

»Alex, ich habe dir doch gesagt, du sollst Rachel in Ruhe lassen. Sie hat noch geschlafen.«

»Nein. Hat sie nicht«, erwiderte Alex mit inbrünstiger Überzeugung. »Habe ihr Na'ziss'n gebracht.«

»Ja, und auch darüber haben wir gesprochen, Kleiner. Wir müssen ein paar Blumen im Garten lassen, sonst gibt es bald keine mehr. Komm schon, runter da. Du auch, Max.«

Kind und Hund rutschten vom Bett. Max tapste hinaus und wedelte dabei fiepend mit seinem kleinen Schwanz. Alex klammerte sich an die Hand seines Vaters.

Patricks Blick blieb an meiner verführerischen Nachtwäsche hängen, einem Bruce Springsteen-T-Shirt und einer Fleecepyjamahose mit Schafen darauf. »Tut mir leid wegen den beiden.«

»Schon in Ordnung. Ist ganz lustig, so aufzuwachen.«
Sofort hatte ich Bedenken, er könnte glauben, ich meinte ihn in seinem gestreiften Einteiler, also sagte ich schnell: »Ich meine, mit Max und Alex... Ich wollte schon immer einen Hund.«

»Eine glückliche Fügung, denn es ist wirklich schwer, Max wieder loszuwerden. Vor ein paar Tagen habe ich ihn in meinen Mantel gekuschelt erwischt. Ich werde versuchen, die beiden aus deinem Zimmer fernzuhalten.« Dann sah er sich in dem Chaos aus Kartons und Tüten um und ließ den Blick über die auf dem Schreibtisch verstreuten Pinsel und die sich überall stapelnden Papierhaufen schweifen. »Du bist Künstlerin, oder? Ich habe nicht ganz kapiert, was genau du machst.«

»Eigentlich bin ich Grafikdesignerin, aber ich habe freiberuflich auch als Karikaturistin gearbeitet. Ich fertige Karikaturen von Leuten für Hochzeiten, Geburtstage und solche Sachen an, und manchmal auch für Zeitschriften.« Bereits als ich die Worte aussprach, merkte ich, dass es wie der unzuverlässigste Beruf der Welt klang, ähnlich wie Venushügeldekorateurin oder Zehennagelberaterin. Außerdem glich das Zimmer einer Müllhalde. »Ich bin noch nicht fertig mit Auspacken«, schob ich eilig hinterher.

Ich war nicht ordentlich. Ich tat gerne so, als hätte das was mit meinem künstlerischen Temperament zu tun, aber in Wirklichkeit war ich bloß schlampig und ziemlich vergesslich. Ich legte angebissene Toastscheiben irgendwo ab, wunderte mich dann, was mit ihnen geschehen war, und schob neue in den Toaster. Das hatte Dan in den Wahnsinn getrieben. Aber so läuft es nun mal, oder? Ganz am Anfang, wenn man verliebt ist, scheint es, als könnten einem diese Dinge nie im Leben etwas ausmachen. Es sind quasi nur winzige Krümel im Bett der ganz großen Liebe. Dann, mit der Zeit, zwicken dich die Krümel immer mehr, bist du nichts anderes mehr spürst. Sie kratzen, sie halten dich wach. Ich schätze, all die kleinen Krümel verklumpen sich am Ende zu einem dicken Brocken, der sich zwischen euch schiebt, immer größer wird und euch schließlich voneinander trennt. Okay, womöglich nicht die beste Beziehungsmetapher, mit der ich bisher aufwarten konnte.

Nachdem ich aufgestanden war, mir eine Dusche in meinem privaten Badezimmer gegönnt und ein paar meiner Habseligkeiten in die Einbauschränke gestopft hatte, blieb ich auf der Suche nach Inspiration bei Destiny's Childs *Survivor* in Endlosschleife hängen, während ich mit meinem Notizbuch auf dem Bett saß, um eine Liste zu schreiben. Eine Liste für den Rest meines Lebens. Ich mochte Listen. Es war meine Art, so etwas wie Ordnung in das verzweifelte Durcheinander meines Lebens zu bringen. Tatsächlich hatte ich sogar eine Liste meiner Lieblingslisten, solche, die ich jahrelang aufhob.

Eine Liste meiner liebsten Listen

1. *Dinge, die ich tun will, bevor ich sterbe. Ursprünglich: Dinge, die ich tun will, bevor ich dreißig werde; was, als ich damit anfing, ungefähr dasselbe bedeutete, wie tot zu sein. Du hast steife Knochen, und niemand will dich mehr nackt sehen.*
2. *Dinge, die ich an Männern nicht mag. Diese Liste umfasst viele verschiedene Kategorien, einschließlich Schuhwerk (keine farbigen und/oder spitzen*

Schuhe); Grammatik (keine Smileys, und er muss den Unterschied zwischen »dich« und »dir« kennen); Musikgeschmack (kein Metal, kein Techno, keine riesigen Kopfhörer, definitiv kein Folk).
3. *Dinge, die meine Schwester getan hat, um mir eins auszuwischen. Diese Liste habe ich genau genommen nirgends schriftlich festgehalten, aber ich führe sie auch so weiter. Ich vermute, dass sie ebenfalls eine über mich führt. Das ist ganz normal in Familien.*
4. *Und ganz zum Schluss mein Meisterwerk: die Liste der Dinge, die an einer Scheidung zum Kotzen sind. Es ist nicht abzusehen, dass ich diese zu einem baldigen Zeitpunkt vollenden werde.*

Ich öffnete mein Notizbuch mit dem hübschen rosa Seideneinband – für meine Listen nur das Beste – und begann, auf meinem Stift herumzukauen. Ich war immer fest davon ausgegangen, mein Leben würde aus Volvos und Supermarktausflügen, Hunden und Hypothekenzahlungen und in einigen Jahren vielleicht aus Babys bestehen. Meine Freundin aus dem Yogakurs riet mir, positiv über all die Dinge nachzudenken, die ich erreichen konnte, nun da ich mich »auf einem neuen Lebenspfad« befand. Buddhisten sagen immer solche Dinge. Ich wollte beispielsweise immer ganz viele Hobbys ausprobieren. Vielleicht eine Sprache lernen. Oder Kickboxen, das sah witzig aus und würde mir gelegen kommen, bei den ganzen schrecklichen Typen, mit denen ich mich, nun da ich Single war, verabreden müsste. Oh Gott, Verabredungen. Der Gedanke daran war so deprimierend, dass ich in Jeans und Pulli unter die Bettdecke kroch und mich dem panischen Gefühl überließ, für immer alleine zu bleiben.

Nach einer Weile klingelte mein Handy. Es war Emma. »Hallo! Na, liegst du im Bett und schiebst Panik, dass du für immer alleine bleiben wirst?«

»Nein. Na gut, ja, aber immerhin bin ich schon angezogen.«

»Braves Mädchen. Also, kannst du heute Abend kommen? Cynthia hat versprochen, dass sie um sieben Feierabend macht, und Ian will kochen.«

»Hilfst du mir dann mit meiner Liste?«

»Was für eine Liste?«

»Die Liste, was ich mit dem Rest meines Lebens anfangen soll.«

»Natürlich, für eine gute Liste bin ich immer zu haben.« Das stimmte. Es war einer der Hauptgründe, warum wir befreundet waren.

Ich sagte also zu und machte es mir bequem für eine schöne, ausführliche Liste meiner Lebenssorgen.

Eine Liste der Dinge, um die ich mir Sorgen mache

1. *Für immer alleine zu bleiben. Eine verrückte Katzenmutti (obwohl ich Katzen hasse) bzw. schräge Tante für Jess' Kinder zu werden, mit rot gefärbten Haaren, dröhnender Stimme und E-Zigaretten. Gegebenenfalls damit anfangen, Turban zu tragen.*
2. *Mich mit Männern verabreden zu müssen. Von einem dieser lüsternen Internetkiller ermordet zu werden, von denen die CHAT so gern berichtet, und in irgendwelchen Artikeln aufzutauchen, in denen meine Freundinnen traurig in die Kamera blicken und*

> *Fotos von mir hochhalten, als Warnung, sich nicht mit Barry aus Walsall in einer schmierigen Imbissbude zu treffen.*
> 3. *Nie Geld zu haben. Bei meinen Eltern einziehen und alle Folgen von Inspector Barnaby nacheinander ansehen zu müssen. Wenn sie sterben, sie auszustopfen und weiterhin Gespräche mit ihnen im Wohnzimmer zu führen.*
> 4. *Dass alle meine Freunde sich von mir abwenden, weil ich so langweilig bin, dass ich nur noch von meiner Scheidung sprechen kann und davon, wie sehr ich mir Sorgen mache, alleine zu enden.*

Ich musste mir für heute Abend unbedingt ein paar alternative Gesprächsthemen einfallen lassen. Immobilienpreise wären doch ganz gut.

5. Kapitel

Emma und Ian lebten in Acton, das sich unterhalb der Einflugschneise der vorbeirauschenden Flieger an den äußersten Rand Londons klammerte. Die Wohnung roch nach Curry und Schmieröl. Ian hegte eine tiefe Leidenschaft für Zweiräder aller Art – mit Motor und ohne –, und wenn man mal pinkeln musste, war es recht normal, Reifenschläuche und dergleichen in der Badewanne vorzufinden.

Emma öffnete die Tür in etwas, das stark an einen Pyjama erinnerte.

Einen Augenblick war ich verwirrt. »Habe ich mich im Datum geirrt? Ich würde ja gerne behaupten, dass das noch nie passiert ist, aber ...«

»Nein.« Sie sah verdutzt drein und nahm die Flasche Wein entgegen, auf der deutlich sichtbar der Fünf-Pfund-Preisaufkleber aus dem Tante-Emma-Laden ums Eck prangte. »Ach, du meinst meinen Einteiler. Ist der nicht total cool? Zeig dich, Schnuckelhase.«

Ian erschien in der Küchentür, die Pfanne in der einen, den Pfannenwender in der anderen Hand. Auch er trug einen Einteiler, nur hatte seiner die Form eines Hundes mit Öhrchen auf der Kapuze, Emmas war lila mit Sternen darauf.

»Sind die nicht super?« Emma strahlte. »So gemütlich, du würdest es nicht glauben. Wir haben schon ein Vermögen an Heizkosten eingespart.«

»Das ist ja cool«, sagte ich schwach.

Einteiler? Hatte eigentlich jeder außer mir eine E-Mail zu diesem neuesten Trend erhalten? Ich musste daran denken, wie Emma es damals zu gewissem Ruhm brachte, als sie an der Uni blankzog und unsere Abschlusszeremonie in eine Protestaktion gegen das anhaltende Angebot der Cafeteria von bösen Großkonzernen produzierter Schokoriegel verwandelte. Ihre Brüste hatten am nächsten Tag die Titelseite der örtlichen Zeitung geziert. Ihr Gesicht war zwar verpixelt, aber man konnte sie definitiv an dem *Danger-Mouse*-Höschen erkennen. Heute hieß ihr Motto wohl Einteiler und brechreizerregende Tierkosenamen.

Im Hintergrund flackerte eine Ausgabe von *University Challenge* über den Fernsehbildschirm, daneben war ein Whiteboard aufgebaut, auf dem die beiden ihre Punktezahl vermerkten. Auf der einen Seite stand *überprivilegierte Studenten* und auf der anderen *Emsie & Ian*. Derweil bewirteten sie mich zu Tode.

»Was zu trinken?«, fragte Ian, als er sich wieder auf den Weg zur Küche machte. »Bier? Wein? Wodka? Brennspiritus?«

»Oder zuerst ein Wasser?« Emma runzelte der Quizshow zugewandt die Stirn und brüllte: »*Schwimmblase!*«

»Brot? Chips? Das Essen ist so gut wie fertig. *Kaliumchlorat!*«

Ich hatte das Gefühl, *ich* sollte in einem dieser komischen Einteiler stecken, mit den beiden als meinen Helikoptereltern. »Ein Bier, bitte. Wer kommt denn sonst noch?«

»Ich habe Rose gefragt, aber sie verlässt wie üblich nicht ihren Postleitzahlbereich. *Säkularisation!* Sie meinte aber, sie würde dich gerne mal wiedersehen, um dir ihr Ohr zu leihen.«

Wohl eher, um mir die schmutzigen Details aus der Nase zu ziehen, während sie selbst in ihrem Zweikinderdoppelhaushälfteglück in Hendon schwelgte. Ich hatte langsam genug von all den besorgten, in Pärchenbeziehungen steckenden Freundinnen, die mich bemuttern wollten. »Irgendwelche Lebenszeichen von Cynth...?«

»...esizer? Nein, das sind nicht die Achtziger. Haha, Synthesizer, kapiert?« Ian bekam sich kaum noch ein über seinen dümmlichen Witz. »*Heinrich der Fünfte!* Ach, komm schon, das war aber einfach.«

Emma verdrehte die Augen. »Schnuckelchen, der war mies, selbst für deine Maßstäbe. Sie hat gesagt, dass sie um sieben losfährt. *Burkina Faso!*«

»Sicher, dass sie kommt?« Oft verließ Cynthia die Arbeit gar nicht und schickte am nächsten Morgen nur eine Assistentin zu La Perla, um frische Schlüpfer zu kaufen. Anscheinend nannte man das »seinen Traum leben«.

Ich hatte mich jedoch kaum durch meine fünfhundert Papadam-Fladen gefuttert, als sie auftauchte, Küsschen verteilte und mit ihren Einkaufstüten raschelte. »Hallo, Süße.«

Sofort fühlte ich mich schlecht, weil ich nur eine billige Flasche Wein mitgebracht hatte. Aber andererseits war ich pleite, während sie es sich leisten konnte, La-Perla-Höschen in die Tonne zu werfen, also war das wohl eher als relativ zu bewerten. Ich war sicher, dass es ein biblisches Gleichnis zu diesem Thema gab, nur ohne Unterhosen. Ich hatte allerdings das Gefühl, dass Jesus so oder so mehr der Marks&Spencer-Typ gewesen wäre.

»Haben sie dich aufgrund guter Führung frühzeitig entlassen?«, fragte ich, während Cynthia in der Küche Ian begrüßte.

»Aufgrund schlechter Führung. Anscheinend bringt das einen höheren Stundenlohn. Hmmmm, das riecht aber lecker. Das letzte Mal, dass ich gekocht habe, dachten wir noch, Ponys wären süß.«

»Probier mal.« Er hob den Löffel, damit sie kosten konnte, und sie schloss für eine Sekunde die Augen.

»*Die Kelvinskala!*«, brüllte Emma.

»Hmmmm, ich kann wirklich dieses ... Was-auch-immer-Gewürz schmecken, das ich bestimmt erkennen können sollte ...«

»Galgant.«

»Ja, genau das. Ich kann es definitiv rausschmecken, was auch immer es ist.«

»*Björn Borg!*«, brüllte Ian. »Gott, die Truppe diese Woche ist echt dämlich.«

»Ist das Essen bald fertig, Schnuckelchen? *Großer Fermatscher Satz!*«, rief Emma.

»Ist gleich so weit. Nicht *die* Teller, Zuckerschneckchen, die passen nicht.«

»Wir haben keine vier gleichen, Hase. Du hast einen zerbrochen, als du letzte Woche Luftgitarre zu *Sweet Child O' Mine* gespielt hast. *Die Appalachen!*«

»Ach ja, stimmt. Bei Sainsbury haben sie die gerade im Angebot. Soll ich welche kaufen?«

»Ja, und bring dann gleich auch Reinigungstücher mit, die sind alle. *Samuel Pepys!*«

Eine Liste der Dinge,
über die sich Emma und Ian in einem
ständigen schrägen Wettstreit befinden

1. University Challenge
2. Quizautomaten in Pubs
3. Kochen
4. Dieses Post-it-Ratespiel, bei dem man einen Zettel mit einem Namen auf der Stirn kleben hat
5. Jenga
6. Das glücklichste Pärchen der Weltgeschichte zu sein

Ich verkniff es mir, zu Cynthia hinüberzusehen. Teils, weil ich immer noch nicht glauben konnte, dass dies unsere rebellische Emma war, die sich einmal ein ganzes Jahr lang geweigert hatte, im Supermarkt einkaufen zu gehen, bis man endlich für Plastiktüten bezahlen musste. Aber auch, weil ich es vermisste, diese kleinen Dinge mit jemandem zu teilen. Geschirr hin und her zu reichen, kaum darauf zu achten, was man sagte, jemanden daran zu erinnern, Milch zu kaufen. All das.

Wie so viele Männer erwartete Ian eine regelrechte Lobeshymne für seine Kochkünste. Man musste das Essen eingehend begutachten, daran riechen, herumrätseln, welche Gewürze er wohl verwendet hatte, und erst dann bekam man die Erlaubnis reinzuhauen. Dan und ich hatten das Kochen aufgegeben, als alles anfing, den Bach runterzugehen. Wir kannten den Pizzalieferanten mit Vornamen. Ich hatte ihm sogar eine Weihnachtskarte geschrieben.

»Tja«, bemerkte Emma, während sie ihren Teller mit

einem Stück Naanbrot sauber wischte, »das ist dann wohl Rachels erster Abend allein bei uns.«

»Nicht wirklich«, bemerkte Ian. »Sie hatte ihn mindestens schon das ganze letzte Jahr über nicht mehr mitgebracht.«

»Er hatte immer so viel zu tun bei der Arbeit«, sagte ich abwehrend. »Er war schon dabei – manchmal zumindest.« Dinge, die an einer Scheidung zum Kotzen sind, Nummer vierunddreißig: Feststellen zu müssen, dass eigentlich niemand aus deinem Familien- oder Freundeskreis deinen Ehegatten leiden konnte; zu der Zeit, als du noch irgendwas daran hättest ändern können, haben sie nur leider darüber geschwiegen. Wir waren alle gemeinsam an der Uni gewesen, also hatten meine Freunde insgesamt gut zehn Jahre Zeit gehabt, um Dan kennenzulernen. Der Gedanke, dass er ohne einen Blick zurück auch aus ihrem Leben verschwinden würde, stimmte mich traurig.

»Es ist ihr erster richtiger Abend allein«, wiederholte Emma.

»Muss du ständig ›allein‹ sagen?« Ich saß über meiner dritten Portion Curry und war aller Voraussicht nach nur noch Sekunden von einem von Ians Wortwitzen entfernt, etwas in die Richtung, dass ich demnächst ins Korma fallen würde. Im Gegensatz zu jenen schwindsüchtigen tragischen Frauengestalten, die man aus Büchern kennt, trieb mich emotionales Elend in der Regel dazu, mir alles in Armesreichweite einzuverleiben.

Cynthia tätschelte meinen Arm. »Du bist nicht allein, Süße. Du bist eine unabhängige, großartige Frau.«

Sie hatte leicht reden. Sie würde nach diesem Essen zu Richie Rich in ihre Villa zurückkehren, samt Putzhilfe und einem Gärtner, der jeden Monat die Hecken schnitt.

»Jedenfalls«, begann Emma mit ihrer Würde-die Klasse-mir-bitte-ihre-Aufmerksamkeit-schenken-Stimme, »weiß ich, dass du dich momentan etwas durch den Wind fühlst, Rachel.«

»Das kannst du laut sagen«, schmatzte ich mit Curry in den Backen. »Isst jemand von euch das noch?«

Ian reichte mir den Rest Naan. »Deine Naan«, sagte er. »Kapierst du's? Wie bei deine Mum?«

»Würdest du mir bitte zuhören?« Emma warf mir einen ungeduldigen Blick zu. »Was du brauchst, ist ein Projekt. In allen Büchern steht, dass die ersten Monate nach einer Trennung die schlimmsten sind.«

»Du liest Bücher darüber?«

»Natürlich, ich möchte dir schließlich helfen.«

»Es ist schon etwas beängstigend, ein Buch mit dem Titel *Schritte durch die Scheidung* neben dem Bett deiner Freundin liegen zu sehen«, bemerkte Ian kauend.

»Man muss verheiratet sein, um sich scheiden lassen zu können«, entgegnete Emma spitz.

»Du hast also ein Projekt für mich?«

»Noch besser.« Sie lächelte triumphierend und zog ein kleines Notizbuch hervor. »Ich habe einen ganzen Projekt*plan*!«

Wir stöhnten gesammelt auf.

Cynthia seufzte schwer. »Emma, ich dachte, wir hätten bereits über die Sache mit den Einklebebüchern gesprochen.«

»Es ist doch nichts dabei! Nur ein bisschen Heißkleber und Serviettentechnik und Zeichnungen ...«

»Du willst doch nicht, dass wir schon wieder ein Veto

einlegen müssen. Du erinnerst dich an meine Hochzeitseinladungen?«

Ich zuckte zusammen. »Ich dachte, wir hätten uns darauf geeinigt, dass wir nicht mehr darüber reden.«

Emma schnaubte. »Ich weiß gar nicht, was das Theater sollte. Sie sahen hübsch aus. Alle haben das gesagt.«

Cynthia zählte die Gründe an ihren Fingern ab. »Das Material hat fünfhundert Pfund gekostet. Für das Geld hätte ich sie auch beim Schreibwarenhändler der Queen bekommen! Und sie hinterließen nicht abwaschbare rosa Flecken auf den Fingern meiner Gäste!«

»Es war handgeschöpftes, selbst gefärbtes Papier. Das hat eine ganz andere Griffigkeit.«

»Nur dass man genau das nicht machen durfte – sie anfassen.«

Ich begegnete Ians flehendem Blick, als er unsere Teller abräumte. »Kann ich den Plan sehen?«, fragte ich. Ich war die Schlichterin in der Gruppe, was hieß, dass ich, wie so viele Friedenswächter, oft von metaphorischen Kreuzfeuerkugeln durchsiebt wurde. »Danke schön, Emma. Das ist echt hübsch.«

Emma war eine hervorragende Grundschullehrerin. Sie war autoritär, außergewöhnlich liebenswürdig, organisiert, und außerdem hatte sie wirklich ein Händchen für Klebe- und Bastelarbeiten aller Art. Unglücklicherweise kannte sie keine Grenzen und war daher anfällig für ein kleines Laster, das man »wild gewordene Fotokritzelklebebuchbastelei« nennen könnte. Jede Seite war mit goldenem Glitzerstift, eingeklebten Fotos und eingestreuten Zeichnungen verziert. »Und was ist jetzt der ...?«

»Nun ja«, unterbrach sie mich eifrig, »in diesem Buch habe ich gelesen, dass der beste Weg durch eine größere

Lebenskrise darin besteht, eine Liste aufzustellen. Eine To-do-Liste.«

Das klang doch gar nicht so übel. Mit Listen fühlte ich mich wohl, obwohl meine Freundinnen da wiederum bei mir schon mal ein Veto eingelegt hatten. Ich blätterte um. Auf Seite eins stand: *Mache Stand-up-Comedy*. Der Satz wurde von einem Bild von mir begleitet, auf dem ich ziemlich betrunken war, einen Partyhut trug und offenbar gerade dabei war, etwas wahnsinnig Wichtiges zu verkünden. Ich sah zu ihnen auf. »Was ist das?«

»Es ist so eine Art Liste von Dingen, die man gemacht haben sollte, bevor man stirbt«, erklärte Cynthia schonend. »Nur, dass du natürlich nicht stirbst. Mehr so eine Pack-das-Leben-am-Schopf-Liste. Es sind all die Dinge, von denen du schon seit Jahren sagst, dass du sie tun willst, aber nie getan hast, weil du mit Dan in diesen Vorort gezogen bist.«

»Ich habe nie gesagt, dass ich etwas Abgefahrenes essen will. Igitt, ist das auf dem Bild eine Schnecke?«

»Nun, wir haben bei einigen der Punkte gewissermaßen ... Hochrechnungen angestellt.«

»Ihr habt hochgerechnet, dass ich ... mit einem wildfremden Kerl schlafen will? Allerdings hat der echt nette Bauchmuskeln.« Ich legte den Kopf schief, um das Bild eingehender zu studieren.

»Die letzten beiden Punkte könntest du zusammen erledigen«, rief Ian aus der Küche. »Ich meine, wenn du mit einem wildfremden Kerl schläfst, wirst du wahrscheinlich auch was Abgefahrenes essen. Zwei Fliegen mit einer Klappe, du weißt schon.«

»Ian, halt den Mund!«, riefen Emma und Cynthia gleichzeitig.

Ich blätterte durch die liebevoll gestalteten, rauen, handgeschöpften Papierseiten mit ihren verrückten Anweisungen. »Mädels, was ist damit? Ich habe nie gesagt, dass ich ... *richtig* Yoga machen will.«

Emma lehnte sich mit ernster Miene über den Tisch. »Rachel, das, was dir widerfahren ist, nennt man eine Katastrophenbarung.«

»Eine was?«

»Dir ist etwas Schreckliches widerfahren, aber du kannst etwas Positives daraus ziehen, indem du Veränderungen in deinem Leben vornimmst und generell glücklicher wirst – eine katastrophale Offenbarung, auch Katastrophenbarung genannt.«

»So wie in dem Film *Eat Pray Love*«, schaltete Cynthia sich ein.

Doch da gab es ein klitzekleines Problem. Niemand würde mich dafür bezahlen, um die Welt zu reisen, Javier Bardem zu vögeln und Eiscreme in mich reinzustopfen, und Julia Roberts würde *mich* ganz sicher auch nicht spielen wollen. »Ihr müsst echt glauben, dass ich es richtig vermasselt habe.«

Ian kam mit einer kleinen Garnele vor seinem Schritt durch die Küchentür. »Was meint ihr? Darüber hat Prince doch gesungen. *Little Red Crevette*. Na? Na?«

»Crevetten sind nicht rot, sondern zartrosa«, entgegnete Emma trocken. »Und beeil dich mit dem Nachtisch, ja?«

»Jawohl, Sir!« Wir konnten ihn über den Lärm des Mixers hinweg singen hören.

Emma verdrehte liebevoll die Augen, zumindest hoffte ich, dass es liebevoll gemeint war. Sie senkte die Stimme. »Um ehrlich zu sein, Rachel, als du und Dan euch getrennt habt, hat mich das zum Nachdenken gebracht. Soll das alles sein? Den ganzen Tag bis spät in den Abend arbeiten, dann vor irgendwelchen Serien-DVDs einschlafen, für eine Kaution für eine noch kleinere Wohnung noch weiter außerhalb sparen?« In der Küche war es still geworden. Sie fuhr fort. »Du warst so tapfer, Rachel. Du hast dein Leben geändert, kaum jemand tut das. Die meisten von uns ertragen es einfach nur.«

Ich schluckte schwer und sah zu Cynthia hinüber. »Und du?«

Sie rutschte auf ihrem Platz hin und her. »Mir geht's gut, aber Rich ist so oft weg. Manchmal sehe ich ihn die ganze Woche über nicht. Es ist, als hätten wir einen Schichtbelegungsplan für das Haus. Ich denke, das, was dir widerfahren ist, war ein Weckruf, ein Appell, dass wir alle versuchen sollten, mehr Spaß im Leben zu haben.«

Ich schob das Buch von mir. »Mädels, mir ist klar, dass ihr mir helfen wollt, und das weiß ich zu schätzen. Wirklich. Aber ich glaube nicht, dass euch aufgefallen ist, dass ich mir das ganze Zeug nicht leisten kann. Ich wohne in der Abstellkammer eines Typen, der womöglich ein Serienkiller ist.« Ich übertrieb zwecks Effekthascherei ein wenig. Es handelte sich wohl kaum um eine Abstellkammer, und Patrick schien völlig in Ordnung, wenn auch manchmal etwas griesgrämig zu sein.

»Darüber haben wir nachgedacht«, entgegnete Emma ruhig. Sie reagierte nie auf passiv-aggressive Schuldzuweisungen, was damit zu tun hatte, dass sie fünfzehnmal täglich von Grundschulkindern zu hören bekam, dass sie sie hassten und sie nicht ihre echte Mum war.

»Ich werde alles organisieren, als eine Art Ventil für meine hyperaktive Ader. Ich bin sozusagen die offizielle Listenaufseherin. Und Cynthia...«

»Ich werde zahlen«, unterbrach sie. »Und nein, nicht auf die gönnerhafte Art und Weise. Ich werde mich ebenfalls einigen der Aufgaben stellen, und ich brauche dich, um sicherzugehen, dass ich auch wirklich losziehe und nicht die ganze Nacht bei der Arbeit verbringe. Du wirst meine Gesellschafterin, meine Projektassistenz.«

Ich blickte die beiden finster an. »Soll das witzig gemeint sein? Es klingt nämlich *ziemlich* gönnerhaft.«

Sie seufzte. »Rachel, weißt du, wie viele Slips ich mir letzten Monat kaufen musste, weil ich im Büro übernachtet habe? Zwölf! Mittlerweile gehe ich nicht mal mehr zu La Perla, sondern zu... Primark. Ich kaufe sie mir in Vorratspackungen. Ich brauche wirklich deine Hilfe.«

Emma nickte in feierlichem Ernst. »Ihre Schlüpferversorgung hängt von dir ab.«

Als ich mich an diesem Abend auf den Heimweg machte, etwas angesäuselt und über meine Bikerboots stolpernd, hatte ich mich breitschlagen lassen, Emmas und Cynthias Zehnstufenplan für eine gewisse kürzlich getrennte, in Bälde geschiedene Dame eines gewissen Alters (dreißig) zu folgen. Ich musste in der U-Bahn eingeschlafen sein. Panisch wachte ich an der Tottenham Court Road auf, bis mir einfiel, dass ich inzwischen hier wohnte, in der Stadt, nicht in einem verschlafenen Vorort. Als ich vor dem Haus eintraf, hatte ich Mühe, meinen neu angefertigten Schlüssel in das Schloss zu fummeln.

Zu meiner Schmach war Patrick immer noch wach

und saß in der Küche. Vor ihm stand eine Flasche Rotwein, die Seiten einer Zeitung lagen verstreut auf dem Tisch und aus der Anlage ertönte klassische Musik. Er trug eine Brille mit dunklem Gestell und einen roten Pullover.

Ich spürte, wie ich mich entspannte, als ich eintrat. Es war warm, und es duftete nach Blumen und Bienenwachspolitur. »Sorry, ist spät geworden«, sagte ich automatisch.

Er sah verwirrt aus. »Du kannst kommen und gehen, wann du willst, Rachel. Ich wollte keinen anderen Anschein erwecken.«

»Oh, okay.« Mir fiel auf, dass ich schon an der Tür aus den Stiefeln geschlüpft war, und es erfüllte mich mit Traurigkeit, als ich daran dachte, wie ich mich all die Abende frierend und müde zu Dan ins Bett hatte schleichen und so tun müssen, als hätte ich mich nicht amüsiert. Wie ich hoffte, dass er bereits eingeschlafen war, um dann doch die vorwurfsvolle Stimme zu hören: *Du bist spät dran. Ich nehme an, du hast dich amüsiert.* »Mein erster Ausgehabend«, erklärte ich Patrick, »seit ... na ja, du weißt schon.«

»Ich glaube auch nicht, dass ich seitdem ausgegangen bin. Alex war so ... Ich wollte sicherstellen, dass es ihm gut geht.« Er sah auf. »Hast du Lust auf ein Glas Wein? Ich habe seit Ewigkeiten mit niemandem mehr geredet, zumindest über nichts, was über Lego und Gassi gehen hinausgeht.«

Bei dem magischen Wort »Gassi« tauchte ein Kopf aus dem Körbchen neben der Tür auf. Max war wach. »Wuff!«

»Nicht jetzt, du dummer Hund.«

Ich setzte mich, während Patrick mir ein Glas holte und im Vorübergehen Max' Kopf tätschelte.

»Danke.« Ich wollte nur zu gern am zerbrechlichen, etwas angesäuselten Hauch von Vertraulichkeit dieses Abends festhalten, daher nahm ich einen großen Schluck. »Darf ich fragen, wann sie ausgezogen ist?«

»Michelle? Vor einem Monat.« Dann fügte er schnell noch hinzu: »Ein Monat und drei Tage.«

»Nicht sieben Stunden und fünfzehn Tage?«

»Nein, ein Monat...«

»So heißt es in diesem alten Lied... von Sinead O'Connor... Egal.«

Er lächelte schwach. »Sie ist einfach gegangen. Sie hatte ein super Jobangebot in New York erhalten, von wo sie ursprünglich kommt. Bevor Alex auf die Welt kam, war sie sehr erfolgreich im Finanzwesen tätig. Wir haben viel gestritten, nachdem ich das mit ihr und Alan von nebenan herausgefunden hatte, und das war's dann. Manchmal dauert es eine Ewigkeit. Und manchmal bricht alles an gefühlt einem Tag auseinander. Angeblich ist es nur für ein paar Monate – also der Job –, aber ich habe keine Ahnung, was aus uns wird.«

»Bei uns war es das Gegenteil.« Ich rieb über die Stelle an meinem Finger, wo ich den Ehering getragen hatte. »Es fühlt sich plötzlich an, als hätten wir unsere Beziehung seit Jahren nur künstlich am Leben erhalten. Sie siechte einfach so dahin, jeden Tag ein bisschen mehr.«

»Klingt furchtbar.«

»Ja, aber selbst dann gibt es nur ein einziges letztes Mal, weißt du? Das letzte Mal, dass er dir eine Tasse Tee macht, das letzte Mal, dass ihr zusammen *Mad Men* schaut, solche Dinge.«

»Wie der Beginn einer Beziehung, nur umgekehrt.«

Wir verfielen in trauriges Schweigen, bis er die Stille brach. »Hattest du Spaß heute Abend?« Und er meinte es tatsächlich so. Nicht wie Dans zynische Version der Frage.

»Ja, hatte ich. Ich habe mich mit Freunden getroffen, und wir haben Curry gegessen.«

»Wie sind sie so, deine Freunde?«

»Ziemliche Klugscheißer. Eine ist Rechtsanwältin, die andere Lehrerin und ihr Freund ist Sozialarbeiter. Sie haben es sich zur Aufgabe gemacht, mein Leben auf die Reihe zu kriegen.«

»Kannst du das nicht alleine?«

»Sie glauben, nein. Schau mal...« Ich fischte das Notizbuch aus meiner Tasche. »Ist das zu glauben? Sie haben mir eine Liste mit Dingen zusammengestellt, die mich durch die Zeit meiner Trennungskrise bringen sollen. Einen Programmpunkt haben sie sogar schon gebucht. Angeblich machen wir nächste Woche einen Tangokurs.«

Er warf einen Blick auf das Notizbuch, das unglücklicherweise auf der Seite mit dem Satz *Schlafe mit einem wildfremden Kerl* aufgeklappt war. »Ähm... das ist nur als Witz gedacht.« Ich blätterte hastig weiter zu *Mache Stand-up-Comedy*.

»Willst du das denn machen?«

»Ich weiß nicht. Als wir an der Uni waren, habe ich immer darüber geschimpft, wie rassistisch und sexistisch diese Komiker doch alle seien. Ich habe immer versucht, mit meinen Comics und Karikaturen witzig zu sein, aber ich hatte nie den Mut, mich auf die Bühne zu stellen und Buhrufe über mich ergehen zu lassen.«

Patrick sah mich nachdenklich an. »Ich glaube, das ist eine wirklich gute Idee. Bevor ich Michelle traf, habe ich wirklich viele Dinge gemacht. Aber sie war so organisiert und hatte ihr Leben derart durchgeplant, dass keine Zeit für Hobbys blieb. Plötzlich waren wir verheiratet, Alex war unterwegs, und wir kauften dieses Haus. Ich habe das Gefühl, dass ich seit fünf Jahren nichts Lustiges mehr gemacht habe.«

»Aber das Haus ist wirklich wunderschön.«

Sein Gesichtsausdruck wurde etwas weicher. »Habe ich dir schon erzählt, dass ich es selbst komplett renoviert habe? Ich weiß nicht, ob ich es erwähnt habe, ich bin Architekt. Als wir es kauften, wucherte der Efeu durch die Fenster. Der vorherige Besitzer war seit Jahren im Pflegeheim, und es gab keine Familienangehörigen, die sich darum hatten kümmern können. Es war völlig heruntergekommen. Michelle wollte es entkernen, beigefarbene Teppiche verlegen und die Trennwände einreißen. Aber das habe ich nicht zugelassen. Es war das einzige Mal, dass ich es geschafft habe, mich gegen sie durchzusetzen. Es dauerte Monate, aber es war … wie einen geheimen Schatz zu bergen. Die bunten Fenster habe ich erst entdeckt, nachdem ich den ganzen Dreck abgekratzt hatte. Und der Garten! Überall zwischen dem Unkraut wuchsen Rosensträucher.« Er hielt plötzlich inne, als habe er mehr offenbart, als er wollte.

»Nun, es ist wirklich schön geworden«, wiederholte ich. »Du kannst stolz darauf sein.« Wieder breitete sich Schweigen zwischen uns aus, und ich stöberte verzweifelt in meinem Hirn nach etwas, das ich sagen könnte. »Was stünde denn auf deiner Trennungskrisenliste, wenn du eine hättest?«

Er runzelte die Stirn und stand auf, um sein Glas auszuspülen. »Oh, wer weiß. Ich vermute mal, mich gar nicht erst zu trennen.«

»So funktioniert es aber nicht. Wenn du nicht zurückkannst, musst du eben vorwärtsgehen.«

»Ist das ein Zitat?« Er trocknete sich die Hände an einem Geschirrtuch ab und hängte es dann ordentlich über die Backofentür.

»Weiß nicht, vielleicht. Etwas, was mein Vater gerne sagt.«

»Mir gefällt es.«

»Also, fangen wir an. Was für Dinge hast du früher unternommen?«

Er überlegte. »Ich habe Extremsportarten betrieben. Skifahren, Bergsteigen und solche Dinge.«

Ich versuchte, ein Schaudern zu unterdrücken. Meine Begeisterung für sportliche Aktivitäten hielt sich in Grenzen. »Das kannst du doch problemlos wieder anfangen.«

»Ich habe es nicht mehr gemacht, seit Alex da ist.«

»Er könnte doch auch Skifahren gehen, oder nicht? In Frankreich machen das alle Kinder. Als ich dort im Urlaub war, hatte ich das Gefühl, einen Rollator zu brauchen, so schnell sind die Kleinen um mich rumgeflitzt.« Dan hatte mich damals mitgenommen. Er stand auf Snowboarden, oder zumindest tat er das, bevor er aufhörte, auf irgendwas zu stehen außer Fernsehen und Pizza. Mich hatte es gleich bei der ersten Abfahrt hingehauen, sodass ich den Rest unseres Urlaubs mit Glühweininfusionen verbrachte, während diese verzogenen französischen Blagen auf Skiern an der Après-Ski-Hütte vorbeisausten.

»Er kann nicht Ski fahren gehen.« Patrick klang überraschend bestimmt.

»Oh, okay.«

Wieder machte sich Schweigen breit. Der Wein war leer, und ich spürte, wie mich abermals die Einsamkeit am Nacken packte, die den ganzen Tag auf der Garderobenablage gelauert hatte (böses Katzentrauma). »Du könntest doch bei ein paar von meinen To-dos mitkommen«, hörte ich mich sagen. »Wenn wir tanzen gehen oder zur Stand-up-Comedy oder so. Nicht der Teil, wo man mit jemand Wildfremdem schlafen muss... Äh, das ist nur ein Scherz, aber beim ganzen Rest. Ich meine, wenn du willst.«

Er lehnte sich gegen das Spülbecken. Mir fiel plötzlich auf, wie traurig und müde er aussah. Ich fragte mich, ob ich genauso aussah nach all den Jahren, in denen ich immer wieder mein Bestes versucht hatte, nur um auf die eine oder andere Art immer wieder zu scheitern.

»Vielleicht«, sagte er schließlich. »Es ist lange her, dass ich solche Sachen unternommen habe. Und dann ist da noch Alex.«

»Hast du einen regulären Babysitter für ihn?«

Patrick wirkte verstimmt, als er sagte: »Es gibt da ein paar Leute, aber ich will ihn nicht alleine lassen. Es ist... ein wenig kompliziert.«

Ich wusste selbst genug über verzwickte emotionale Angelegenheiten, um zu erkennen, dass »Es ist kompliziert« so viel bedeutete wie: »Hör auf zu fragen, du neugierige Kuh.« Ich stand auf. »Okay, ich geh dann mal lieber ins Bett. Ich arbeite morgen von zu Hause; falls ich irgendwas für dich erledigen soll.«

Er riss sich aus seinen Grübeleien. »Du könntest die

Wäsche aufhängen, wenn es dir nichts ausmacht. Alex ist morgen in der Schule und danach in der Nachmittagsbetreuung. Ich hole ihn um sechs ab.«

Das schien mir ein reichlich langer Tag für einen Vierjährigen, aber das ging mich schließlich nichts an. »Soll ich mit Max Gassi gehen?«

»Das würdest du machen?«

»Natürlich, ich liebe Hunde. Du hast doch von diesen irren Frauen gehört, die vor irgendwelchen Läden herumhängen und Babys aus Kinderwagen klauen?«

»Ähm, ja?«

»Dan – mein Mann, ich meine, *Exmann* – sagt immer, ich sei genauso mit Hunden. Er hatte Angst, eines Tages von der Arbeit zu kommen und Hunderte von ihnen bei uns zu Hause vorzufinden, so wie in *Dr. Dolittle*. Also ja, ich würde sehr gerne mit Max Gassi gehen.« Manchmal schaffte ich es sogar – wenn ich an der richtigen Stelle aufhörte – den Eindruck zu hinterlassen, etwas halbwegs Vernünftiges von mir gegeben zu haben.

»Das wäre großartig. Ich habe zwar versucht, meine Wochenstundenzahl runterzuschrauben, aber die Arbeitszeiten im Büro sind immer noch irre. Ich werde dir Max' Leine rauslegen. Er ist etwas übermütig.« Max lugte wieder über den Rand des Korbes, als würde er verstehen, dass man über ihn herzog.

»Warum habt ihr euch einen Hund zugelegt?«, fragte ich. Es war spät, und ich war so müde und betrunken, dass ich das Gefühl hatte, ihn alles fragen zu können. »Ich meine mit deinen langen Arbeitszeiten und so.«

»Ich dachte, es würde uns als Familie stärker zusammenschweißen. Wir hatten beide so viel zu tun und versuchten gleichzeitig, für Alex da zu sein. Michelle hatte ihre Stunden bei der Bank reduziert, aber sie kam nicht gut damit zurecht. Es war als Kompromiss gedacht, aber das hieß natürlich nur, dass letztendlich keiner glücklich war. Michelle mag Max nicht, sie hasste die schmutzigen Pfoten und die Haare auf ihren hellen Polstermöbeln. Aber ich wollte den Hund nicht weggeben. Ich finde, wenn man sich ein Tier zulegt, ist man auch dafür verantwortlich.«

Ich fragte mich, ob er wohl bald dasselbe über mich denken würde. »Hattet ihr nie ein Kindermädchen oder ein Au-pair für Alex?«

Patrick verspannte sich bei der Frage sichtlich. »Nein, wir lassen ihn nie mit anderen Leuten alleine. Es ... Wir haben das so entschieden.«

»Oh.«

Er räusperte sich. »Darf ich fragen, was mit dir und deinem ... Wie hieß er gleich?«

»Dan. Was passiert ist?« Oh Gott, nicht die Frage. »Ich ...«

Ich zögerte offenbar zu lange, denn er unterbrach mich sofort wieder. »Entschuldige, das geht mich nichts an.«

»Ist schon in Ordnung. Es ist nur ...«

»Nein, nein, ich hätte nicht fragen sollen. Ich lass dich jetzt schlafen gehen.«

»Okay, gute Nacht. Danke für den Wein.«

»Gute Nacht, Rachel.« Dass er meinen Namen hinterherschob, klang merkwürdig aufgesetzt, nachdem wir so offen miteinander gesprochen hatten. Fast so, als wollte er mich daran erinnern, dass ich nicht seine Ehefrau war und er nicht mein Mann. Wir waren nur Fremde, die im selben Haus wohnten.

Ich ging auf mein Zimmer, nahm das Listenbüchlein noch mal zur Hand und las im Licht der Nachttischlampe.

Rachels Liste der Dinge, die sie tun muss, um der Nach-der-Trennung-vor-der-Scheidung-Krise zu entgehen

1. *Mache Stand-up-Comedy*
2. *Lerne tanzen*
3. *Verreise aus einer Laune heraus irgendwohin*
4. *Mache richtig Yoga*
5. *Schlafe mit einem wildfremden Kerl*
6. *Iss etwas Abgefahrenes*
7. *Fahre auf ein Festival*
8. *Lass dir ein Tattoo stechen*
9. *Gehe reiten*
10. *Probiere einen Extremsport aus*

Es klang wie ein jämmerlicher Haufen, wenn ich es mit der Liste an Dingen verglich, die ich gerade erst verloren hatte – meinen Job, mein Haus, womöglich meine einzige Chance, jemals ein Baby oder einen Hund zu haben, ein Auto oder einen Jamie-Oliver-Flavourshaker. Ich legte das Buch beiseite und machte das Licht aus.

Mitten in der Nacht wachte ich auf, desorientiert und halb über die Kante des großen Bettes hängend. »Dan«, flüsterte ich in die dunkle Leere. Ich hatte nach seinem warmen Rücken getastet, aber er war nicht da und würde es nie wieder sein. Dinge, die an einer Scheidung zum Kotzen sind, Nummer achtunddreißig: Es ist nie jemand da. Weder um dich zurechtzuweisen, weil du zu spät nach Hause gekommen bist, noch um sich eng an dich zu kuscheln und deine kalten Füße zu wärmen, und auch nicht, um dich mit seinem Schnarchen wachzuhalten. Es gibt da nur dich. Wieder ganz alleine.

6. Kapitel

Am nächsten Tag wachte ich alleine auf. In Patricks Haus. Denn anders konnte ich es nicht nennen, selbst wenn ich hier ebenfalls wohnte. Es war definitiv nicht *mein* Zuhause. Überall gab es Spuren anderer Menschen, die alte Messinguhr, die jemand ins Badezimmer gestellt hatte, die auf dem Kaminsims im Wohnzimmer aufgereihten Duftkerzen. Diptyque-Duftkerzen! Hätte ich jemals so teure Kerzen besessen, hätte ich sie nicht einmal aus ihrer Verpackung genommen; die kosteten bestimmt ein Pfund pro Dufthauch. Im Flur hing ein Hochzeitsfoto. Patrick wirkte etwas steif mit seinem Zylinder und den Frackschößen, und da er ohnehin einen Kopf größer war als der Rest der Hochzeitsgesellschaft, ließ ihn der Hut einfach nur albern aussehen. Er blinzelte verbissen in die Kamera, als würde das Licht ihn blenden, während eine wunderschöne, zierliche Frau an seinem Arm hing. Sie konnte kaum größer als eins fünfzig sein. Patrick hatte erwähnt, dass Michelles Mutter Chinesin war, was bedeutete, dass ihre Tochter mit seidenglatten schwarzen Haaren und einem hübschen herzförmigen Gesicht gesegnet war. Ihr Kleid sah aus wie eine riesige Baiserwolke aus Spitze und Tüll, die beinahe, aber nur beinahe, ihre schlanken Arme und den zarten Hals verhüllte. Dies war also Michelle, in deren Haus ich wohnte, deren

Hund ich Gassi führte, mit deren Ehemann ich abends plauderte. Der Rest des Hauses war ebenfalls wunderschön dekoriert. Künstlerische Fotos in Shabby-Chic-Rahmen, teure Tapeten mit exklusiven Ornamenten im Badezimmer, polierte Parkettböden, cremefarbene Sofas, die mir allerdings angesichts eines kleinen Kindes und eines Hundes im Haus eine reichlich unpraktische Wahl schienen. Genauso erstaunlich war der Mangel an Durcheinander. Kein Geschirr, das in der Küche rumstand, kein Spielzeug auf der Treppe, keine Krümel auf dem Esstisch. Ich verspürte den Anflug eines schlechten Gewissens angesichts der Explosion von Klamotten und Büchern, die ich in meinem Turmzimmer im dritten Stock hinterlassen hatte. Selbst Alex' Raum war makellos sauber, sein Spielzeug in blauen Boxen verräumt, seine Thomas-die-Lokomotive-Bettwäsche glatt gezogen. Patrick hatte mir bereits eine Liste mit »Hausregeln« überreicht, in der es hauptsächlich darum ging, was in welche Recyclingtonne kam und wie die Wäsche korrekt sortiert wurde. Glücklicherweise war Max genauso chaotisch wie ich. Ich fand ihn in seinem Körbchen zusammengerollt, mit diversen angenagten Socken, die ihm Gesellschaft leisteten. Als er den Kopf hob, um zu mir rüberzuspähen, verströmte er einen Hauch nassen alternden Hundearomas. Gelobt sei Max.

Ich schlurfte durch die Küche, öffnete die verschiedenen Schränke und versuchte, mich zurechtzufinden. Es war seltsam, allein in einem fremden Haus zu sein; als würde man in den Köpfen der Besitzer herumstöbern. Sie bewahrten nichts an logischen Plätzen auf. Den Tee neben dem Wasserkocher, echt jetzt? Das Gemüse im Gemüsefach? Patrick und Michelle, der Geist dieses

Hauses, hatten einen Brotkasten in Katzenform. Ich fragte mich, wie es Max damit ging. Er schien ihn traurig zu betrachten, als wolle er sagen: »Oh, du unbewegliche Katze, warum verhöhnst du mich mit deinem Schweigen?« Nachdem ich ein ganzes Fach mit Kräutertees entdeckt hatte, wusste ich, dass Michelle und ich nie miteinander auskommen würden. Ich stand zu meinem Schwarztee, und zwar gut durchgezogen und mit einem Keks zum Tunken. Ich vermutete, dass sie zu der Sorte Frau gehörte, die »ein Stück Sellerie mit einem Klecks Mandelbutter« für eine akzeptable Zwischenmahlzeit hielt. Ich war mir nicht einmal sicher, was Mandelbutter war. Marzipan vielleicht?

Ich spürte jemanden neben mir. Max war aus seinem Körbchen gehüpft, sein warmer Hundeatem strich über mein Bein. »Ich gucke doch nur mal«, sagte ich zu meiner Verteidigung. »Schließlich lebe ich jetzt auch hier.« Trotzdem fühlte ich mich wie ein Eindringling. Ich hatte herausgefunden, in welchen Schränken sich Putzzeug, Kekse, Dosenfutter – es gab nicht viel davon – befanden. Es schien sich um den typischen Bio-Quinoa-Haushalt zu handeln. Nur ein kleiner Kühlschrank war mit einem Vorhängeschloss gesichert. »Maxilein, was ist denn dort drin?« Mordwerkzeuge? Die Köpfe von Patricks vorherigen Untermieterinnen? Ich fragte mich, was mir mein neuer Vermieter verschwieg. Aber ich konnte mich wohl kaum beschweren, angesichts der Tatsache, was ich ihm alles nicht sagte.

»Das ist eine ganz schreckliche Idee.«

»Ach, komm schon. Das wird witzig! Denk daran, wir packen das Leben beim Schopf und kosten es in vollen

Zügen aus!« Ich wusste nicht, ob ich Cynthias neues sonniges Gemüt wirklich mochte. Sie war tatsächlich pünktlich gekommen und hatte ihren einschüchternden Hosenanzug auf dem Kneipenklo gegen ein geblümtes Kleid und Riemchenpumps getauscht. Ich trug selbstverständlich Jeans und Chucks, aber sie hatte den raffinierten Plan gefasst, mich von ihnen zu befreien. »Tadaa!« Sie öffnete eine Schuhschachtel mit ähnlichen Pumps wie ihren: gute alte schwarze Mary Janes.

»Aber, ich kann doch nicht ...«

»Natürlich kannst du, Süße, die waren im Schlussverkauf. Ich habe praktisch Gewinn gemacht.«

Ich funkelte sie böse an. »Du musst damit aufhören. Ich fühle mich langsam wie ein Sozialfall.«

»Nun, dann borg sie dir einfach, wenn sie deine kommunistischen Befindlichkeiten beleidigen. Aber du kannst unmöglich in Chucks tanzen.«

Ich beugte mich ihrem Willen, zum einen, weil ich wusste, dass sie recht hatte, zum anderen, weil ich mich freute, dass sie tatsächlich gekommen war. Auch wenn sie permanent auf ihrem iPhone herumtippte.

»Wie geht's bei der Arbeit?«, fragte ich. »Wenn wir in *Gesprengte Ketten* mitspielen würden, wo befänden wir uns auf der Schreckensskala?«

»Wir klopfen im Trainingshof des Gefängnisses gerade den Dreck von unseren Hosen.«

»Also machst du Fortschritte?«

»Jawohl. Und was ist mit dir?«

»Tja, ich habe nicht besonders viel Glück, was Bewerbungsgespräche angeht, aber ein paar Optionen sind noch offen.« Ich hatte mich für jeden einzelnen Job in London beworben, der halbwegs etwas mit Kunst oder

Design zu tun hatte, aber in meinem Posteingang herrschte gähnende Leere. Wenn ich darüber nachdachte, beschlich mich sofort ein nagendes Gefühl der Angst, also verdrängte ich meine Sorgen rasch.

Im selben Moment kam Emma hereingestürmt. Sie trug ihre typische Arbeitskluft aus praktischer, bequemer Hose und Hemd, bunte Farbkleckse auf den Händen und einen garstigen Ausdruck im Gesicht. »Gott, wessen Idee war es, sich unter der Woche in der Stadt zu treffen?«

»Deine.«

»Tja, ich schätze, es ist wohl besser, wir bringen das schnell hinter uns.« Cynthia warf ihr einen tadelnden Blick zu, und Emma zwang sich zu einem Lächeln. »Ich meine, das wird großartig. Juchu! Tanzen! Meine Lieblingsbeschäftigung! Endlich das Leben am Schopf packen!«

Emma verfügte über gewisse sportliche Fähigkeiten. Mir wurde gesagt, in der Schule sei sie der Schrecken des Basketballfelds gewesen, wenn sie mit tödlichem Blick die unglückselige Abwehr überrannte. Sie konnte im Klassenzimmer beherzt kleine Kinder packen, die bei der Verteilung von Buntstiften Tobsuchtsanfälle bekamen, um sie ins »Timeout«-Eck zu verfrachten. Sie konnte naturgetreue Nachbildungen des London Eye nur mithilfe von Trinkhalmen und Klopapierrollen anfertigen. Aber es gab eine Sache, die sie nicht konnte, und das war Tanzen. An der Uni hatten wir sogar eine kleine Tanzeinlage etabliert, die wir »Die Emma« nannten. Sie bestand darin, von einem Fuß auf den anderen zu hüpfen, während man mit den Händen wedelte, als wollte man Nagellack trocknen.

Durch den Gedanken aufgemuntert, dass es jemanden gab, der das hier noch schrecklicher fand als ich, schlüpfte ich in meine neuen glänzenden Schuhe und stellte mich auf die Tanzfläche.

Wir befanden uns in einer schummrig beleuchteten Bar in der Nähe von St. Paul's. Die Tische waren an den Rand des Raumes geschoben worden, um in der Mitte des Dielenbodens eine leere Fläche zu schaffen. Drumherum waren etwa zwanzig Teilnehmer versammelt, die allesamt dieselbe Henkersmiene zur Schau trugen, die jedem Briten eigen ist, der ohne alkoholische Unterstützung öffentlich auf eine Tanzfläche zitiert wird.

Eine Liste der Dinge,
die Briten schrecklich ungern in der Öffentlichkeit tun

1. *Tanzen*
2. *Streiten*
3. *Auf Stadtpläne gucken*
4. *Küssen oder Zuneigungsbekundungen sonstiger Art austauschen*
5. *Jede Art von Missfallensbekundung gegenüber Autoritätspersonen*
6. *Nackt sein*

»Hallöchen, allerseits!«

Die Lehrerin war Tänzerin. Ich meine, klar war sie das. Aber sie war eine *richtige* Tänzerin. Schlank, anmutig, mit Stulpen über den Schuhen und pinkfarbenem Body. Alle Männer im Raum schenkten ihr sofort ihre ungeteilte Aufmerksamkeit.

»Yo, ich bin die Nikki.« Ihre anmutige Erscheinung litt etwas unter dem knallharten Cockney-Akzent. »Wenn alle da sind, können ...«

Die Eingangstür knallte, und ein Kerl in sauteurem Anzug kam hereingerauscht. Zu meiner Überraschung war es Rich.

»Er?«, fragte ich Cynthia erstaunt. »Er hat ernsthaft Feierabend gemacht?«

Cynthia warf die Haare über die Schulter zurück. »Ich dachte mir, wir sollten mal was Neues ausprobieren. Ich habe dir doch erzählt, dass wir praktisch nur noch arbeiten.« Als er auf uns zukam, schenkte sie ihm ein Lächeln. »Schatz! Du hast es geschafft!«

Rich runzelte die Stirn und hämmerte auf sein Black-Berry ein. »Ich musste das beschissene Meeting abbrechen. Unsere Geschäftspartner sind absolut *nicht* begeistert.«

»Nun, jetzt bist du ja hier. Rachel ist auch da.«

»Hi, Rich«, sagte ich und machte eine recht unbeholfene Bewegung nach vorne, um ihn zu umarmen. Da diese nicht erwidert wurde, verwandelte ich sie stattdessen in eine Art Aufwärmübung.

»Hi«, sagte er knapp. Er fragte nicht, wie es mir ging, obwohl es das erste Mal war, dass er mich seit der Trennung sah.

Wir waren alle erstaunt gewesen, als Cynthia damals mit Rich am Arm auftauchte. Ich glaube, es war Emmas sechsundzwanzigster Geburtstag gewesen, eine Party mit Vierzigerjahremotto. Emma trug roten Lippenstift und ein schwingendes, wadenlanges Nachmittagskleid. Ian steckte in Anspielung auf die Kriegsjahre in einem Leichentuch, eine weitere seiner gewöhnungsbedürftigen

Vorstellungen von Humor. Ich trug einen Overall und hatte die Haare zu einer Vintagefrisur aufgerollt, die sich leider schon nach einer halben Stunde auflöste. Dan, der sich auch nicht gerne verkleidete, hatte widerstrebend eine Cargohose angezogen und trug eine Plastikpistole bei sich. Rich jedoch schlug in einer vollständigen Navy-Uniform auf, die, wie sich herausstellte, tatsächlich seinem Großvater Admiral Lord Rich Eagleton gehörte. An der Uni hatte Cynthia sich immer mit uns über die Privatschulknaben lustig gemacht, die ständig nur über Rugby und Weiber redeten, und jetzt hatte sie sich in einen verliebt. Zugegebenermaßen war Rich damals groß, blond und stramm gewesen, wohingegen ihm die vielen Geschäftsessen und die langen Arbeitszeiten mittlerweile eher den Charme eines Backsteins verliehen hatten – rot, klotzig und hart.

Cynthia schmiegte sich in seine Arme, während ich mit einer mürrisch dreinblickenden Emma zurückblieb, die sich aufwärmte, als ginge es gleich in einen Boxring. »Wenigstens kann ich mit dir tanzen, wenn ich schon ...«

»Yo, Leute, immer nur Männlein und Weiblein zusammen!«, rief Nikki. »Das ist schließlich Tango! Der Tanz der *Liebe*. Vielleicht funkt es heute Abend ja noch zwischen euch.« Sie bedeutete uns, sich paarweise aufzustellen.

Cynthia klammerte sich an Rich, und ich hatte den Eindruck, wenn man sie zwingen würde, sich von ihm zu lösen, würde sie sofort einen Vertrag aufsetzen, um Ansprüche auf ihren Tanzpartner geltend zu machen. Emma, die immer noch schmollte, kam mit einem Typ mit Brille zusammen, der etwas streberhaft, aber ganz süß aussah. Und ich geriet natürlich an Mr. Grapsch, den einzigen Kerl im Raum über fünfzig. Er hatte üblen Mundgeruch und bestand darauf, mich eng an sich zu drücken.

»So wird das gemacht«, erklärte er in dieser Ich-zeig-dir-wie's-geht-Mackerart, die Männer bei allen möglichen Aktivitäten so oft hervorkehrten. »Es ist ein Tanz der Unterwerfung. Ich führe. Du folgst und machst, was ich sage.«

»Wir machen das nicht so«, hörte ich Emma zu ihrem Partner sagen. »Grundgütiger, wir leben im einundzwanzigsten Jahrhundert. Ich habe immerhin *Der weibliche Eunuch* gelesen.«

»Äh... ich auch«, stammelte der sexy Streber, der aufgrund seiner Germaine-Greer-Lektüre sofort weiter in meiner Gunst stieg.

Nikki ließ uns zuerst einen Gleitschritt üben. Wir mussten uns ganz nah vor unseren Partner stellen und dann quasi den Fuß um seine Füße gleiten lassen.

Ich hörte, wie Emma sich unentwegt entschuldigte, während sie auf die Zehen des sexy Strebers trat. »Hör zu, es ist wirklich gesünder für dich, wenn du einfach mir die Führung überlässt.«

»Das stimmt«, rief Cynthia, als sie in Richs Armen vorüberschwebte. Obwohl sie von Natur aus eher schlaksig und ungelenk war, hatte sie sich mit den Tanzstunden vor der Hochzeit einen eleganten Stil zugelegt.

Rich hatte an seiner Privatschule tanzen gelernt, und ich dachte daran, wie ich damals mit wachsender Besorgnis dabei zugesehen hatte, wie er Cynthia während ihres ersten Tanzes mit vorher einstudierten Schritten zu den Klängen von *You're Beautiful* über den Tanzboden wirbelte. Dan hatte sich mit dem lapidaren Kommentar, dass das »total ätzend« sei, geweigert, vor unserer Hochzeit Tanzstunden zu nehmen. Daher hatten wir uns letztendlich ziemlich ziellos, schwerfällig und in völlig falschem Rhythmus zu *Dancing in the Dark* hin- und hergewiegt. Der Song war wirklich eine gute Metapher für unsere gesamte Ehe.

»Nicht so. Hier, lass es mich dir zeigen.« Mr. Grapsch ließ seine Hand an meinem Rücken tiefer rutschen. Sehr, sehr viel tiefer.

Ich hatte genug. »*Danke!* Ich hab's kapiert.«

Gott sei Dank wies Nikki uns in dem Moment an, die Partner zu wechseln.

Ich hoffte auf den sexy Streber, aber der wurde mir von einem recht aggressiv wirkenden Mädchen in glänzenden Leggins weggeschnappt. Emma hatte jemanden ganz am anderen Ende des Raume im Visier. Cynthia war an Mr. Grapsch geraten, und Rich wiederum war bei der Tanzlehrerin gelandet, die über irgendwas zu lachen schien, was er sagte. Vielleicht fand sie Körperschaftssteuern ja witzig.

Ich bekam Adrian ab. Er war nervös, seine Handflächen feucht und sein beigefarbenes Hemd hatte dunkle Schweißflecken unter den Achseln. Er war nett, aber nach ein paar Minuten, in denen er mich unsanft durch die Gegend geschubst und ohne Unterlass Entschuldigungen von sich gegeben hatte, hatte ich die Nase voll. Wie sollte mir das hier über meine Katastrophenbarung hinweghelfen und zu einem freudvolleren und erfüllteren Leben verhelfen? Das war nicht fair. Die Tussi aus *Eat Pray Love* reiste nach Italien und Bali, und ich durfte mit schwitzenden Kerlen in East London tanzen. Dinge, die an einer Scheidung zum Kotzen sind, Nummer siebenundfünfzig: dass andere Frauen denken, man sei plötzlich hinter ihren zu kurz geratenen, hässlichen Mannsbildern mit angehender Glatze her. Als könne man es kaum abwarten, Derek – oder jeden anderen beliebigen Langweiler – zu verführen, der als Buchhalter arbeitete und sein halbes Mittagessen auf der Krawatte verteilt hatte. Ich begann langsam zu verstehen, warum die Leute von ihrer »besseren Hälfte« sprachen. Es gab einfach Dinge, für die man einen anderen Menschen brauchte. Tanzen war eines davon. Genauso wie Scrabble. Ein weiteres war ... nun ja, Sex. Das erinnerte mich daran, dass auch das auf meiner Liste stand. Bedeutete das, ich würde mit kleinen Männern mit Schweißproblemen schlafen müssen? Ich versuchte, mir Dinge einfallen zu lassen, die man alleine tun konnte. Ich könnte ins Restaurant gehen und geheimnisvoll lächeln, wenn man mich fragte, ob die Reservierung nur für eine Person sei. Ich könnte Solitär spielen und mir Gourmetmahlzeiten zubereiten und sie dann beim Schein einer einzelnen Kerze essen. Oh Gott. Das klang noch schlimmer als Sex mit Derek.

»Weiter geht's im Kreis, Leute«, rief Nikki. »Partnerwechsel, yo.«

Ich sah mich blinzelnd um, ob jetzt endlich mein schöner Ritter in strahlender Rüstung auftauchen würde, weil er von seinem loyalen Kumpel zum Tanzunterricht überredet worden war, um über die kürzliche traumatische Trennung/Verlust oder den Tod seiner Katze hinwegzukommen. Er würde mich auf der Tanzfläche stehen sehen in meinen neuen Schuhen – und den Schweinchensocken darunter – und denken: *Ja, das ist sie, das ist die Richtige für mich ...*

»Die junge Dame hier braucht einen Partner!«, brüllte Nikki hinter mir. »Alleinstehende junge Dame zu vergeben! Tanzpartner gesucht! Da ist er ja, ein hübscher Gentleman für dich, Süße.«

Ich drehte mich hoffnungsfroh um, sah auf – und dann nach unten.

»Hi«, sagte eine Stimme irgendwo auf der Höhe meines Brustkorbs. »Ich bin Keith.«

Als ich zögernd hinablächelte – *sehr* weit hinab –, hörte ich einen gequälten Schrei von der anderen Seite des Raums. Anscheinend hatte Emma Adrians Fuß gebrochen.

Nach einem weiteren Tag vom Rest meines Lebens machte ich mich auf den Nachhauseweg. Ich war müde, etwas beschwipst und hatte Blasen an den Füßen. Ich fragte mich, ob so meine gesamte Zukunft aussehen würde. Als wir noch an der Uni waren, hatte ich eine Theorie aufgestellt, die ich Schuhologie nannte. Das Kunstgeschichtestudium ließ einem wirklich viel Freiraum zur persönlichen Entfaltung … Die Theorie besagte, dass Beziehungen wie Schuhe sind. Es gibt die Hübschen, die du um keinen Preis im Laden zurücklassen kannst, obwohl du weißt, dass sie dir wehtun und das Gleichgewicht deines Kontos empfindlich stören werden. Du gehst aufrecht in ihnen durch die Welt und fühlst dich sexy und stark – bis die Blasen kommen. Dann gibt es die Bequemen, mit denen du leichten Fußes rennen und laufen kannst, bis sie ihre Form verlieren. Irgendwann hörst du auf, sie außerhalb des Hauses tragen, du schlurfst in ihnen herum, statt aufrecht zu gehen, und eines Tages fallen sie einfach auseinander. Es gibt Beziehungen, die sind wie Pantoffeln, gemütlich für drinnen, aber du willst nicht, dass dich jemand in ihnen sieht. Es gibt situationsspezifische Beziehungen wie Flipflops oder Schwimmflossen, die sind beispielsweise nett für den Urlaub, aber sie haben keinen Platz in deinem echten Leben. Ein Kernpunkt der ganzen Schuhologie ist, dass fast alle am Anfang schmerzen. So wie meine neuen Tanzschuhe. Vielleicht wäre es mit meiner ersten Verabredung nach der Trennung genauso – wunde Stellen und Blasen, bis ich sie einlief. Aber wen gab es da schon? Der sexy Streber war, wie sich herausgestellt hatte, mit seiner Verlobten da gewesen, einer pummeligen Blondine mit Pferdeschwanz, die ihn im Laufe des Abends zum Cha-Cha-Cha abkommandiert hatte.

Ich schloss die Tür auf, und als ich an der Küche vorbeilief, sah ich, wie Patrick hastig etwas im Küchenschrank verstaute. Dem mit dem Vorhängeschloss. »Ich bin's!«, rief ich unnötigerweise. Als ich in die Küche trat, sah ich nur noch, wie er das Schloss einrasten ließ, und fragte mich abermals, was er wohl dort drin lagerte. War es möglich, dass er seine Wertgegenstände wegsperrte, weil er mir nicht vertraute? Das war etwas deprimierend, obwohl wir uns genau genommen natürlich kaum kannten.

»Oh, hallo. Ich wollte gerade eine Flasche Wein öffnen.« Ich fragte mich langsam, ob er jeden Abend eine Flasche trank.

Dan und ich hatten das getan, als alles anfing, den Bach runterzugehen, und wir es nicht schafften, darüber zu reden. Ich hatte mich jedoch gemäßigt, als Cynthia mir eine Broschüre mit dem Titel *Sind Sie ein Abhängiger im Frühstadium?* in die Hand gedrückt hatte, nachdem ich meinen Mageninhalt mal wieder in einer Bar-Toilette von mir gegeben hatte. Ich beschloss, ein Glas mit ihm zu trinken. Immerhin hatte er nur die besten Weine im Schrank, die schweren und vollmundigen. Ich hatte den starken Verdacht, dass er die wahrscheinlich nicht beim Supermarkt um die Ecke kaufte.

»Netten Abend gehabt?«

»Hm, bin mir nicht sicher.« Ich erzählte ihm von den Keiths und Adrians, dem Schweiß und meinen Schwierigkeiten, den Tango-Kreuzschritt korrekt auszuführen. »Ich dachte immer, ich sei eine recht ordentliche Tänzerin, aber im Ernst, ich habe ihn kein einziges Mal richtig hingekriegt.«

Er stand auf, wischte seine Hände an der Cordhose ab und streckte sie in meine Richtung. »Komm mal her.«

Verdutzt erhob ich mich von meinem Stuhl. Er war mir plötzlich ganz nahe, sein Pullover kitzelte mein Gesicht. Der Duft nach Zitrone und Weichspüler stieg mir in die Nase.

»Meinst du den?«, fragte er und drehte mich in einen perfekten Kreuzschritt.

»Ja! Warum hat das eben nicht geklappt?«

»Der Mann muss führen. Wenn es nicht funktioniert, ist es seine Schuld.« Schnell ließ er meine Hände fallen und setzte sich wieder. »Wir hatten Tanzunterricht für die Hochzeit. Ich und meine Exfrau ... Frau ... wie auch immer.« Er schien unfähig, ihren Namen auszusprechen. »Sie wollte das ganze Programm, um alle zu beeindrucken. Ich hatte Tanzen davor immer gehasst, aber dann hat es mir doch Spaß gemacht. Aber sie hat mir nie die Führung überlassen.«

»Ja, Tango ist schon ein bisschen sexistisch.« Ups, die

Hälfte des köstlichen Weins war schon leer getrunken.

»Wie geht es eigentlich Alex mit der ganzen Sache?«

Seine Miene veränderte sich. »Es geht ihm gut. Sie haben Kontakt, und es gibt ja Skype und das ganze Zeug. Ich habe mir Mühe gegeben, damit er nichts von ihrer Affäre mitbekommt. Alle gehen immer davon aus, dass die Männer es tun, aber wenn du herausfinden musst, dass deine Frau dich betrogen hat, dann tut das genauso weh.«

Das Thema war mir mehr als unangenehm, unruhig rutschte ich auf meinem Platz hin und her. Ich wollte nicht darüber reden oder auch nur nachdenken.

Patrick deutete meine Reaktion allerdings vollkommen falsch. »Tut mir leid, Rachel. Ich erzähle viel zu viel, dabei kennen wir uns kaum.«

»Nein, das ist nicht schlimm. Es ...«

»Entschuldige, ich sollte dich wirklich schlafen gehen lassen. Ich weiß schon, ich komme manchmal vom Hundertsten ins Tausendste.«

Schlagartig waren wir wieder Hauseigentümer und Mieter. Das hatte ich nicht beabsichtigt. Patrick spülte die Gläser, entsorgte die Flasche ordnungsgemäß in der richtigen Recyclingtonne, und ich stieg mit meinen neuen Schuhen in den Händen die drei Treppen nach oben.

Die Blasen pochten, als ich meine Füße unter die Bettdecke schob. Ich hatte immer geglaubt, Dan wäre dieser eine Schuh unter Millionen für mich gewesen. Das Paar mit den sexy Absätzen, in denen man die ganze Nacht tanzen konnte, und dennoch losrennen, um den Bus zu erwischen, mit Sohlen, die mich vor den Glasscherben und Kaugummis auf dem Asphalt des Lebens bewahrten und mir nie Blasen bescherten. Doch dann fingen sie an zu scheuern und zu drücken, und an manchen Tagen fühlte es sich an, als würde ich Blutspuren auf dem Boden hinterlassen. Die Moral der Geschichte: Es ist schwierig, ein paar Schuhe für den Rest deines Lebens zu finden. Ach ja, und bewahre immer die Quittung auf.

Rachels Liste der Dinge, die sie tun muss, um der Nach-der-Trennung-vor-der-Scheidung-Krise zu entgehen

1. *Mache Stand-up-Comedy*
2. *~~Lerne tanzen~~*
3. *Verreise aus einer Laune heraus irgendwohin*
4. *Mache richtig Yoga*
5. *Schlafe mit einem wildfremden Kerl*
6. *Iss etwas Abgefahrenes*
7. *Fahre auf ein Festival*
8. *Lass dir ein Tattoo stechen*
9. *Gehe reiten*
10. *Probiere einen Extremsport aus*

7. Kapitel

Vor der Tür war ein schmatzendes Geräusch zu hören. *Platsch, platsch, platsch.* Ich stellte den Karton ab, den ich gerade etwas lustlos angefangen hatte auszupacken. »Alex?«

Einen Moment herrschte Stille. Dann sagte eine leise Stimme. »Ich bin's nicht.«

Ich öffnete die Tür. »Schau mal, das bist *doch* du.«

Sein Gesicht verzog sich angesichts dieser existenziellen Ungewissheit. Er trug seinen gelben Regenmantel und die roten Gummistiefel. Sein dunkler Haarschopf wurde von einer niedlichen Lokführermütze platt gedrückt.

»Und was steckt heute drin?«, fragte ich und deutete auf die Gummistiefel. Aus irgendeinem Grund bestärkte Patrick ihn, sie sowohl innerhalb als auch außerhalb des Hauses zu tragen.

Alex trat vorsichtig von einem Fuß auf den anderen. »Rate mal.«

Etwas Trockenes. »Knabberzeug?«, fragte ich.

Er nickte.

»Welche Sorte?«

»Orangene.«

»Maisflips? Du hast Maisflips in deinen Gummistiefeln?«

Er nickte feierlich.

In der Zeit, die ich bisher in diesem Haus verbracht hatte, hatte ich festgestellt, dass Alex die merkwürdige Angewohnheit hatte, Dinge in seinen Gummistiefeln zu verstauen – Götterspeise, Avocados, Kekse, aber auch Kies, Murmeln und einmal den Hamster seines besten Freundes Zoltan. Glücklicherweise konnte Harry gerettet werden, bevor sich irgendwelche Füße zu ihm gesellten, und Alex erhielt eine Standpauke, nie wieder lebendigen Sachen in seine Gummistiefel zu stecken, Froschlaich eingeschlossen.

»Warum tut er das«, hatte ich Patrick bei einem unserer nunmehr zur allabendlichen Routine gewordenen Gläser Wein gefragt.

»Ich glaube, es hat was mit dem Gefühl von Sicherheit zu tun. Er packt Dinge hinein, die er mag. Vielleicht um sie dort zu hüten wie einen Schatz.«

Ich wollte nicht nachhaken, warum Alex wohl Angst hatte, Dinge zu verlieren, die er mochte. Für einen Moment verspürte ich einfach nur ein überwältigendes Gefühl von Dankbarkeit, dass Dan und ich kein Baby bekommen hatten. Ich konnte mir nicht vorstellen, ein Kind dem gegenwärtigen Chaos auszuliefern, das zurzeit mein Leben war.

»Was tust du da?« Alex sah mir dabei zu, wie ich meine Zeichen- und Malutensilien auf meinem neuen Schreibtisch anordnete. »Bilderbücher ausmalen?«

»So was in der Art.« Ich zeigte ihm einige meiner alten Zeichnungen, Skizzen von Hochzeitskarikaturen und witzige Comics für Zeitschriften. »Es gibt Leute, die mich bitten, Bilder für ihre Geburtstage oder Hochzeiten zu zeichnen. Comicbilder.«

Er sah verblüfft aus. »Comicbilder? So wie bei Zeichentrickfilmen?«

»Ja, die entstehen auch zuerst auf Papier.«

»Aber die sind im *Fernsehen*.« Alex schien immer noch skeptisch.

Ich versuchte gar nicht erst, ihm das Konzept des Animationsfilms zu erklären, hauptsächlich weil ich es selbst nicht ganz kapierte.

Alex fixierte mich mit seinen dunklen Augen. »Malst du mir auch ein lustiges Bild?«

Ich betrachtete meine Arbeitsutensilien, das japanische Papierset mit Seide, die feinen Tintenfüller, die Malpinsel und die Staffelei. Es wäre die einfachste Sache der Welt, sie zur Hand zu nehmen und zu zeichnen. Immerhin hatte ich früher mein Geld damit verdient. Ich wusste, dass ich es konnte. Und dennoch hatte ich seit dem *Vorfall* keine Feder und keinen Pinsel angerührt.

»Ich weiß nicht, Alex, ich ...«

»Bitte! Max will unbedingt eins. Er hat es mir gesagt.«

Ich seufzte. Irgendwann musste ich wieder anfangen, und schließlich bekam es niemand zu sehen außer einem Kind ... und einem Hund. Ich nahm einen neuen Bogen Zeichenkarton, zückte meinen Lieblingsstift und fühlte, wie er sich zwischen meine Finger schmiegte. Ich holte tief Luft. »Was hättest du denn gern für ein Bild?«

»Max«, antwortete er wie aus der Pistole geschossen.

Wie aufs Stichwort kam der Hund durch die Tür gewetzt und machte einen Satz auf meinen Schoß. Jetzt starrten mich zwei Paar dunkle Augen an.

Ich hatte nie »ordentlich« zeichnen wollen, weswegen ich in der Schule in Kunst durchgefallen und auch nicht an die Akademie gegangen war; aber ich konnte witzige Dinge zeichnen, Kritzeleien und Karikaturen. Und den Leuten schien es zu gefallen. Oder zumindest dachte ich das bis zu dem *Vorfall*. Ich skizzierte rasch Max. Ein Hündchen mit traurigem Gesicht, herabhängenden Ohren und großen Augen. »Bitte schön«, sagte ich und setzte eine Gedankenblase hinzu, in der einige von Herzchen umrundete Hundekekse prangten.

Alex' Lachen traf mich mitten ins Herz, es schien mir wie der reinste Klang, den ich je gehört hatte.

Ich streckte ihm meine Hand hin. »Komm, lass uns auch Kekse holen. Aber du kannst nicht in Gummistiefeln essen.«

»Warum nicht?« Seine Hand war warm und klebrig.

»Ähm ... das ist eine sehr, sehr alte Regel ... Schlechte Manieren und so.«

Mit dieser Kombination aus Bestechungsversuch und Lüge brachte ich ihn dazu, mich die Maisflips von seinen Füßen abwaschen zu lassen. Dann ging ich nach unten und las dabei Schmutzwäsche und Spielzeug von der Treppe auf. In den zwei Wochen, die ich in diesem Haus verbracht hatte, war mir das zur Gewohnheit geworden. Wir hatten uns in einer Art friedlicher und geordneter Koexistenz eingerichtet. Wenn Alex im Bett war, unterhielten Patrick und ich uns und lernten uns besser kennen, wobei wir die Themen Michelle und Dan sorgsam umschifften. Es war schön, wieder jemanden zu haben, für den ich kochen konnte. Das ganze vergangene Jahr war Dan kaum je rechtzeitig zum Abendessen heimgekommen oder er hatte mit seinem BlackBerry auf dem Schoß gegessen. Patrick war dagegen ein richtiger Feinschmecker, und wenn er kochte, gab es nur wahnsinnig exklusive Sachen wie sautierte Jakobsmuscheln und mariniertes Reh. Meine Eltern hätten Würgereiz bekommen. Montagabend hieß für sie Nudeln mit Miracoli.

»Rachel!«, ertönte eine Stimme von oben. »Du hast gesagt, ich krieg einen Keks.«

»Kommt sofort!«, rief ich und sammelte auf meinem Weg nach unten das körperlose Gesicht von James, der roten Lokomotive, auf.

Der heutige Tag würde schrecklich werden, so viel war klar. Das Treffen mit Dans Mum stand an. Jane war alles, was ich nicht war – elegant, beherrscht, korrekt. Ich hatte sie kein einziges Mal ohne Pumps gesehen, selbst zu Hause nicht. Ich denke, sie war wohl eine nette Schwiegermutter; mit all den aufmerksamen kleinen Geschenken und Karten, die mich per Post erreichten, wenn ich ein Vorstellungsgespräch oder Geburtstag hatte. Aber oft hatte ich mir gewünscht, Dan hätte eine Schar lärmender Geschwister, damit ich nicht mit ihm allein zu diesem schönen leeren Haus fahren und in der angespannten Stille Fragen beantworten musste, während die Wanduhr im Hintergrund viel zu laut tickte.

Es war Samstag, daher saß Patrick am Küchentisch und sah mir dabei zu, wie ich versuchte, pünktlich loszukommen. Wie ein aufgescheuchtes Huhn rannte ich hin und her, um meine Schuhe zu finden, während er ruhig den Kaffee trank, den er in seiner todschicken silbernen Espressomaschine aufgebrüht hatte. Ich hatte Angst vor dem Gerät, es verfügte über mehr Knöpfe als eine NASA-Raketenabschussrampe. »Was steht heute an?«

»Schwiegermutter«, seufzte ich niedergeschlagen, während ich mit einem Fuß auf der Stufe meine Chucks schnürte.

»Oh«, er zuckte übertrieben zusammen. »Glücklicherweise wohnen meine Schwiegereltern in New York. Ich musste übrigens persönlich bei Michelles Vater, einem *Kongressabgeordneten*, um die Hand seiner Tochter anhalten.«

»Ist das nicht etwas mittelalterlich?« Dan hatte denselben Vorschlag gemacht, und als mein Lachkrampf endlich verebbt war, hatte ich ihm gesagt, er solle bitte nicht albern sein. Seit meinem siebten Lebensjahr hatte ich Dad wegen nichts mehr um Erlaubnis gefragt, und solange es nicht gerade um Airfix-Modellflugzeuge oder *Glücksrad* ging, hätte er auch keine Meinung dazu gehabt.

»Sie hat darauf bestanden. Ich frage mich immer noch, ob ich sie jetzt genauso offiziell wieder abgeben muss – so wie einen Leihwagen.« Da saß er und machte Witze über Scheidungen und knabberte dabei diese kleinen Zähne zerschmetternden Kekse, die er so mochte. Er hatte definitiv Fortschritte gemacht.

Endlich hatte ich alles zusammen. Ich war zwar etwas durch den Wind, aber in diesem Fall war das vielleicht auch ganz gut so. »Ich gehe jetzt lieber«, sagte ich widerstrebend.

»Viel Glück«, knusperte Patrick.

»Danke, das werde ich brauchen.« Dinge, die an einer Scheidung zum Kotzen sind, Nummer neunundfünfzig: Mit seinen Schwiegereltern brechen zu müssen.

Jane war zu früh dran. Sie war immer und überall zu früh, und ich war immer zehn Minuten zu spät, und das stresste mich unglaublich. Ich konnte sie durch die Fensterfront des Cafés sehen. Perfekte Frisur, gebügeltes Kostüm, den Blick unruhig auf ihre Armbanduhr gerichtet. Für einen kurzen Augenblick war ich versucht, einfach davonzurennen, um sie nie wieder in meinem Leben sehen zu müssen – waren Scheidungen nicht genau dazu da? –, aber dann rief ich mir in Erinnerung, was ich zu tun hatte, holte tief Luft und drückte die Tür auf.

Jane setzte sofort ein angespanntes Lächeln auf. »Rachel, meine Liebe.«

»Hallo.« Es entstand ein furchtbar peinlicher Moment, als sie ihre Hände ausstreckte, um mich zu umarmen, und ich gleichzeitig zurückwich, sodass ihr Chanel-Lippenstift auf meiner Wange verschmierte. »Entschuldige, ich bin spät dran.«

»Aber das bist du doch gar nicht ...«

»Na ja, schon ...«

»Das ist in Ordnung. Möchtest du einen Kaffee?« Ein kleiner Patzer, sehr selten bei Jane. Sie musste ebenfalls nervös sein. Ich habe noch nie Kaffee getrunken, und sie hatte sich das ganz bewusst eingeprägt, seit ich mit zwanzig das erste Mal zu Besuch bei Dans Eltern gewesen war.

»Einen Schwarztee, bitte«, sagte ich an den Kellner gewandt.

Eine Liste der Dinge,
die man in hippen Cafés bekommt

1. *Zu Teetassen umfunktionierte Marmeladengläser*
2. *Einen elektronischen Timer, denn seinen Tee drei Sekunden zu lang oder zu kurz ziehen zu lassen,*

könnte ein Loch in das Raum-Zeit-Kontinuum reißen
3. *Balinesischen Civet-Kaffee aus Katzenkacke*
4. *Stapel alter Gepäckstücke anstelle echter Möbel*
5. *Kuchen ohne Ei, Milch, Weizenmehl oder Zucker (Ich meine, was soll das Ganze dann überhaupt?)*
6. *Mehr als ein Apple-Gerät pro Kunde*
7. *Peinliche Treffen mit deiner Schon-sehr-sehr-bald-Exschwiegermutter (das sind echt viele Bindestriche)*

Jane und ich sahen uns an.

»Ich habe …« Ich griff in meine Tasche und zog einen Wattebausch heraus. »Bevor ich es vergesse.«

Sie lief rot an. »Danke schön. Das hättest du nicht …«

Doch, das hätte ich. Wenn jemand dir ein Familienerbstück als Verlobungsring schenkt, kannst du ihn nicht behalten, nachdem dein Mann beschlossen hat, dass er nicht mehr mit dir verheiratet sein will.

Sie packte den Ring aus – womöglich um sicherzugehen, dass er sich auch darin befand, oder, was wahrscheinlicher war, einfach nur, um irgendwas zu tun –, und das Funkeln von Diamanten und Saphiren stach mir in die Augen.

Ich hatte es kaum glauben können, als Dan mir mit diesem Klunker einen Antrag gemacht und ihn an meine tintenverschmierte linke Hand mit den abgekauten Nägeln gesteckt hatte.

Jane verstaute ihn in ihrer teuren Handtasche, und ich sprach innerlich ein kurzes Lebewohl an den Ring, der mich drei Jahre lang beschwert hatte. »Meine Liebe, geht es dir denn gut?«

Ich zuckte mit den Schultern. »Es ist eine harte Zeit. Es war nicht leicht, eine neue Bleibe und einen Job zu finden, aber langsam lebe ich mich ein, und ich habe demnächst ein paar Vorstellungsgespräche und ...«

Janes Gesichtsausdruck hatte einen verkniffenen Zug angenommen. Wie so viele Leute, denen es nicht an Geld mangelt, hasste sie es, darüber zu reden.

»Wie geht es Dan?«, fragte ich deswegen vorsichtig, um das Thema zu wechseln.

»Er ist ... Ich bin mir nicht sicher. Er will nicht reden, aber er arbeitet sehr viel und isst die ganze Zeit nur Fastfood. Ich mache mir Sorgen. Es ist einfach jammerschade«, sagte sie, und ich versteifte mich. »Ihr schient so glücklich zu sein. Heute Morgen erst habe ich mir eure Hochzeitsfotos angesehen. Es war so ein schöner Tag. Und dann natürlich Michael, er war so glücklich ...« Ihre Augen füllten sich mit Tränen, und auch ich spürte ein Brennen hinter den Lidern. Dans Vater war sechs Monate nach unserer Hochzeit gestorben, ein weiterer plötzlicher Herzinfarkt, der ihn für immer von uns genommen hatte. Eines der Dinge, die wir in unserer Ehe hatten verkraften müssen.

Unsere Getränke wurden gebracht, und ich starrte auf das überkandidelte Tee-Ei, das neben meiner Tasse lag. Ich hatte mein Bestes getan, um die Erinnerungen an die Hochzeit zu verdrängen. Wie sehr ich mein Kleid geliebt und wie hell die Sonne gestrahlt hatte, obwohl es erst April gewesen war; wie Mum das erste Mal in ihrem Leben betrunken gewesen war und auf der Bühne zu *Tiger Feet* getanzt hatte. Sofort spürte ich sie in mir aufsteigen, die Welle der Dunkelheit, die selbst meine Tränen erstickte. Ich schnappte nach Luft und hatte Mühe zu antworten. »Damals waren wir glücklich. Aber wir haben uns verändert.«

»Die Menschen verändern sich nicht, meine Liebe. Er ist immer noch derselbe Dan, der er einmal war. Ich weiß, dass sein törichter Job ihn viel zu sehr vereinnahmt, aber vielleicht wäre ein Urlaub ...«

»Wir waren im Urlaub.«

Einige Monate zuvor waren wir nach Antigua geflogen, zu einem allerletzten »Wir bemühen uns«-Trip. Es war die reinste Katastrophe gewesen. Mit jedem Saugen und Summen der Klimaanlage hatte ich das Geld förmlich von unserem Bankkonto purzeln gehört. Wir waren kilometerweit von jeglicher Zivilisation entfernt in einem All-inclusive-Hotel voller russischer Touristen in Tangas gelandet. Die Getränke waren verwässert und das Abendbüfett bescherte Dan eine üble Lebensmittelvergiftung. Er blieb tagelang auf dem Zimmer, jammernd und stöhnend, und ich lief lustlos zwischen Bar und Pool hin und her und versuchte, meinen Blick von Vladimirs tiefer gelegenen haarigen Zonen abzulenken. Ich glaube nicht, dass ich jemals in meinem Leben so unglücklich war wie während dieses »luxuriösen« Urlaubsaufenthalts.

»Was ist mit Paartherapie?«

Tatsächlich hatten wir auch das probiert, zwei Sitzungen lang. Das Ganze hatte darin geendet, dass Dan aus dem Zimmer gestürmt war, während er mich mit einer Reihe besonders unschöner Schimpfnamen bedacht hatte.

Als Jane vorsichtig die nächsten Worte wählte, begann mein Herz wie wild zu hämmern. »Weißt du, Menschen können einander viel vergeben. Ich bin sicher, diese Sache ... mit diesem Mädchen, die ist nicht von Dauer. Er ist einfach nur durcheinander. Ich kenne ihn.«

Ich gab mir große Mühe, mir nichts anmerken zu lassen. Was für ein Mädchen? *Was für ein Mädchen?*

»Wenn ihr beide darüber hinwegkommen könntet ... über alles, was passiert ist, und es vielleicht noch einmal versucht ...«

Ich musste hier raus. Meine Stimme drang aus meinem tiefsten Inneren, erschöpft und verzweifelt. »Nein, Jane. Die Menschen kommen nicht darüber hinweg. Ich habe es versucht, und er hat mich rausgeworfen. Es tut mir leid, aber er hat gesagt, dass es keine Chance mehr gibt.«

Jane tupfte sich die Lippen ab und hinterließ einen roten Fleck auf der Serviette, der wie ein kleines ruiniertes Herz aussah. Wir rangelten uns etwas betreten darum, wer die Rechnung begleichen durfte, dann verließ ich überstürzt das Café. Ich konnte sie durch das beschlagene Fenster sehen, die Frau, von der ich gedacht hatte, ich würde für den Rest meines Lebens mit ihr verbunden sein. Nun würde ich sie wahrscheinlich nie wiedersehen. Dinge, die an einer Scheidung zum Kotzen sind, Nummer siebenundsechzig: dich zu fragen, ob du dich darüber freust oder ob es dich schmerzt, oder irgendwas dazwischen, und was das wohl über dich aussagt.

Auf dem Weg nach Hause spazierte ich an den Läden von Hampstead vorbei, den niedlichen Babybekleidungs-Boutiquen und den exklusiven Markengeschäften. Überall wimmelte es von sexy, jungen Müttern in hippen Designerklamotten und kniehohen Stiefeln, die Cantuccini knabberten, während um sie herum putzige Kleinkinder in gelben Regenmänteln tollten. Ich dagegen war allein.

Ich lief und lief, um der dunklen Welle der Einsamkeit zu entkommen, die sich in meinem Inneren auftürmte. Ich wusste bereits, wie es sich anfühlte, wenn sie mich überrollte – die schwarze Flut voller spitzer Steine, die mich zu ersticken drohte. Ich lief und lief, bis ich beinahe rannte, keuchend, nicht ganz sicher, wohin ich überhaupt wollte. Es gab keinen Ort, an den ich gehen konnte. Ich versuchte, nicht daran zu denken, was Jane gesagt hatte, verpackte ihre Worte in Watte wie den Ring, den ich ihr zurückgegeben hatte. Dan hatte eine Freundin. *Wer war sie?* Im Geiste ging ich seine Facebook-Bekanntschaften durch. Jemand von der Arbeit? Höchstwahrscheinlich, er lebte ja praktisch dort. Aber wer? Ich konnte nicht glauben, dass er schon bereit war, sich auf jemand Neues einzulassen. Ich war es nicht annähernd. Ich fühlte mich wie ein emotionaler Oktopus. Alle Gliedmaßen von mir gestreckt in dem verzweifelten Versuch, mich mit meinen Saugnäpfen irgendwo festzuklammern, nur um nicht davongerissen zu werden. Und er machte einfach weiter und schwamm glücklich im Ozean des Singledaseins, während ich mit einem Bauchklatscher am Strand gelandet war. Auch an dieser Metapher würde ich noch feilen müssen.

Patrick saß immer noch in der Küche. Verdammt. Ich wollte doch nur kiloweise Soft Cakes in mich hineinstopfen und mich weinend auf dem Bett zusammenrollen.

»Du bist aber früh zurück.«

Ich versuchte, meine Stimme unter Kontrolle zu bringen. »Ich dachte, ich könnte vielleicht mit Max Gassi gehen.« Ich musste irgendwas tun, um in Bewegung zu bleiben.

»Ich war schon mit ihm draußen.« Er blickte mir in die Augen. »War es schlimm?«

Ich konnte nur nicken, und dann schlug die Welle über mir zusammen, und meine Stimme ging in erstickten Schluchzern unter.

Patrick tat, was jeder Mann tun würde, wenn eine Frau vor seinen Augen anfing zu weinen – er sah betreten drein. »Oh, äh ... Ich hole schnell Taschentücher.«

Es gelang mir, mich einigermaßen zusammenzureißen, während er die nach Lavendel duftenden, balsamgetränkten Papiertaschentücher suchte, die bestimmt Michelle gekauft hatte – kein Kleenex für die Dame –, und als er zurückkam, starrte ich auf meine Hände, schwielig und schmucklos, und schluchzte nur noch lautlos.

Er machte mir einen Tee und brachte mir Kekse, bis es nichts mehr an Ablenkungsaktivitäten gab und er mit mir reden musste. »Habt ihr euch gestritten?«

»Nein ... Sie war sehr nett. Das war sie immer. Deswegen ist es auch so schwer, vor allem, weil ich es nicht ver... ver... verdiene.« Ich tupfte mit dem Taschentuch an meinen undichten Augen herum und überlegte, wie ich es erklären konnte. Es war schwer, einem Fremden seine schlimmsten, dunkelsten Geheimnisse anzuvertrauen. »Gegen Ende unserer Ehe, da gab es ... Dinge ... Dinge, die es schlimmer machten ... Und nun trifft er sich mit einer anderen ... Jetzt schon ... Und ich schätze, es ist meine Schuld ...«

Er stand hinter mir, und ich spürte seine Hand auf meiner Schulter. »Du musst dich nicht selbst geißeln,

Rachel. Eine scheiternde Ehe ist wie Krieg; beide tun schreckliche Dinge, und am Ende gewinnt keiner. Selbst wenn dein Ex eine andere hat, wird es nur eine Lückenbüßerin sein, um dir eins auszuwischen, und in einer Katastrophe enden. Das weißt du doch.«

»Hmm.« Ich starrte weiter auf meine Hände und dachte, dass er so etwas nicht sagen würde, wenn er Bescheid wüsste.

»Ich habe da eine Idee«, sagte er munter. »Warum machst du nicht einen Plan für den nächsten Punkt auf deiner Liste? Ich hole sie dir.« Er zog seine Hand weg, und ich atmete einen Hauch seines herben Zitronendufts ein.

Plötzlich erinnerte ich mich an Nummer fünf: *Schlafe mit einem wildfremden Kerl.* »Klingt gut«, sagte ich mit zittriger Stimme und machte mir innerlich eine Notiz, diese Seite zu meiden. »Aber was?«

Er blätterte durch das Büchlein, das ich auf dem Kühlschrank liegen gelassen hatte. »Wie wäre es mit Stand-up-Comedy?«

Ich lächelte. »Ja, ich bin momentan irrsinnig komisch drauf. Was schlägst du vor: die Nummer, wo ich hysterische heule oder in der ich mir laut die Nase schnäuze?«

»Ich finde dich sehr witzig. Du bringst mich immer zum Lachen, wenn du mit Max redest.«

»Danke, aber ich kann wirklich nicht. Schau mich an, im Moment bin ich zu gar nichts zu gebrauchen.«

Patrick sah mich so hilflos an, als wäre ich ein Gerät, von dem er nicht wusste, wie er es reparieren solle. »Gibt es etwas, das ich für dich tun kann?«

Ich putzte mir die Nase. »Du hast mich hier wohnen

lassen, und das ist schon sehr viel mehr, als ich erwarten kann. Ich weiß, dass es nicht lustig ist mit mir. Ich laufe planlos herum und blase Trübsal und höre Depri-Musik auf Magic FM, esse alle Kekse auf und ...«

»Ich weiß was.« Patrick sprang auf. »Du bleibst hier sitzen.« Er ging ins Wohnzimmer, wo ich ihn eine Weile herumkramen hörte. »Hast du mein iPad gesehen?«

»Es steckt in der Ladestation.«

»Super. Jetzt warte eine Sekunde.« Stille. »Was ist nur mit diesem verdammten Ding los? ›Es ist ein Fehler aufgetreten.‹ Was soll das überhaupt heißen?«

Ich schniefte. »Weißt du, das haben sie damals bei der *Titanic* auch gesagt, und schau, wie das ausgegangen ist.«

»Hey, der war gut! Siehst du, du bist witzig. Okay, es läuft. Warte eine Minute.«

Ich blieb sitzen. Meine Nase war wund, meine Augen waren verquollen, und es war mir langsam peinlich, dass ich vor Patrick geheult hatte.

»Hey, Rachel, welches Video ist das?« Patrick stand in der Tür. Er trug einen schwarzen Rollkragenpullover und auf dem Kopf eine hautfarbene Badekappe, die ihn auf den ersten Blick glatzköpfig erscheinen ließ. Die Musik setzte ein. Er riss die Augen weit auf und begann zu singen. »*It's been bla-bla hours and I don't know how many dayyyys ... since you took your love awa-a-ay.*«

Es war das Video zu *Nothing Compares 2 U*, das ich seit meinem Einzug in Endlosschleife hatte laufen lassen. Ich lächelte. »Schon gut, ich hab's verstanden.«

»Ich würde nur echt gerne wissen, was das für ein Arzt ist, zu dem sie gegangen ist? Sie singt, dass sie die ganze Nacht ausgeht und den Tag verschläft, und er rät ihr, Spaß zu haben, egal auf welche Art. Spaß ist das Letzte, was sie braucht. Ich würde dem Typen wirklich gerne die Zulassung entziehen lassen.«

»Ja ja, sehr schön. Ich werde es für meine Comedynummer notieren.«

»Okay, na gut, und wie wär's damit? Bisschen mehr Tempo.« Er fummelte am iPad herum, nahm dann die Badekappe ab, wuschelte sein Haar durch und machte einen Schmollmund, während er selbstvergessen herumhüpfte. »Wie geht der Text noch mal? Irgendwas über eine Bedienung in einer Cocktailbar? *Duh-duh, duh-duh, Baby! Duh-duh duh-duh wo-oh-oh-oooh.*«

»Eigentlich bevorzugen wir heutzutage den Begriff ›Mixologist‹. ›Bedienung‹ ist etwas herablassend.«

Die Badekappe hatte einen roten Streifen auf Patricks Stirn hinterlassen. »Bist du wenigstens ein kleines bisschen aufgemuntert?«

Ich dachte nach. »Ein bisschen.«

»Gut.«

»Würdest du trotzdem noch mal die Badekappe für mich aufsetzen?«

»Wusste ich's doch, Latex. Das zieht immer bei der Damenwelt.«

»Jetzt wird mir langsam klar, warum du Single bist.«

»Haha. Also, wirst du dir das mit der Stand-up-Comedy überlegen? Es muss einen triftigen Grund geben, warum es auf deiner Liste steht, und es ist ein guter Anfang.«

»Ich mach es, wenn du es machst«, hörte ich mich sagen.

8. Kapitel

»Tja, Leute, ich bin seit Neuestem Single, also falls ihr jemand Nettes zur Verfügung habt, Freunde oder Brüder oder Papas oder Opas, ich bin da nicht allzu wählerisch. Habt ihr das ganze Zeug über *Fifty Shades of Grey* gesehen? Das Dumme ist, dass sie keine erotische Literatur für lesewütige Ladys wie mich schreiben. Meine ideale Fantasievorstellung wäre die: Ich bin Buchhändlerin, ein Mann mit Hosenträgern und Brille kommt herein. ›Hey, haben Sie ein Exemplar von Sylvia Plaths *Ariel*?‹ ›Welche Ausgabe?‹ ›Na, die die nicht von ihrem Ehemann verhunzt wurde, natürlich.‹ Dann wälzen wir uns ein bisschen zwischen den Bücherstapeln und diskutieren Gleichstellungspolitik.«

Ich strich das Ganze mit einem großen X durch und machte mir selbst eine Notiz: *Das ist Schrott!*

»Also, Leute, ich bin seit Neuestem Single und höre mir einen Haufen dämlicher Schnulzen auf Magic FM an. Kennt ihr den Song *Nothing Compares 2 U*? Ich meine, wie super ist denn bitte Sinead O'Connors Arzt, wenn er ihr vorschlägt, Spaß zu haben, egal was sie tut? Alles, was mein Arzt zu mir sagt, ist: ›Wirklich, sind Sie sicher, dass es nur zwei bis drei Einheiten die Woche sind?‹, und ›Kommen Sie in einer Woche wieder, falls Sie es ganz arg nötig haben.‹ Obwohl ich mich fragen muss, ob Sinead in ihrer emotionalen Verfassung ›Arzt‹ nicht mit ›schmierigem Zuhälter‹ verwechselt hat.« Das war schon besser. Vielleicht könnte ich anschließend mit einer langen Leier darüber ansetzen, dass man während einer Trennung die ganze Zeit mit dem Hören kitschiger Popsongs und der übertriebenen Interpretation ihrer Texte verbringt.

Es war Patricks Versprechen, sich ebenfalls auf die Bühne zu stellen, das mich dazu brachte, dem Comedyauftritt zuzustimmen. Ich konnte ihn mir in seiner verklemmten britischen Art absolut nicht beim Witzereißen vor Publikum vorstellen. Nun saß ich also da und notierte mir Ideen für ein Programm. Aber was war gerade wirklich komisch an meinem Leben? Ich steckte mitten in einer Scheidung, war praktisch obdachlos und hatte kein Geld – sauwitzig! Bis zum Ende der Woche hätte ich bestimmt schon meine eigene Sitcom. Dinge, die an einer Scheidung zum Kotzen sind, Nummer hundertachtundvierzig: Es gibt niemanden mehr, der dich besser kennt als du selbst, um dir zu sagen, wenn du etwas wirklich nicht schaffen kannst und besser zu Hause vor dem Fernseher sitzen bleiben solltest.

Patrick mit seiner lästigen streberhaften Art hatte uns mit zwei Klicks auf seinem iPad für einen Comedy-Wochenendkurs angemeldet. Was das tatsächliche Anpacken von Dingen anging, war er genauso schlimm wie Cynthia.

Bis zum frühen Nachmittag hatte ich lediglich eine Seite durchgestrichener Schlagworte wie »freie Frau – wohl eher volle Frau« und ein paar dumme Listen wie »Dinge, die du zurücklässt, wenn du nach deiner Scheidung ausziehen musst (KT Tunstall CD, Zitronenpresse)«

zustande gebracht. Ich beschloss, runterzugehen und etwas zu essen. Meine Comiczeichnungen, an denen ich arbeitete, lagen unerledigt auf dem Schreibtisch verstreut, meine Lieblingsserie *Doctors* war schon vorbei, und ich hatte nichts von den Umzugsformalitäten erledigt (Adresswechsel, Scheidung beantragen, neuen Wäschekorb kaufen).

Patrick saß am Küchentisch, ein Notizheft lag unbenutzt neben ihm. Er hatte beschlossen, an diesem Tag »von zu Hause zu arbeiten« – sprich, wie ein Besessener über mögliche Witze zu brüten. Er starrte auf ein leeres Blatt Papier und murmelte vor sich hin.

Ich erkannte die Not eines Komikerkollegen. »Anstrengend?«

»Liegt das nur an mir oder ist nichts mehr lustig? Also wirklich *gar nichts*?«

»Ich glaube, ich würde nicht einmal mehr über ein YouTube-Video lachen, in dem eine Katze gegen eine Wand rennt. So schlimm stehen die Dinge.«

»Warum tun wir das, Rachel?«

Ich gab einen Löffel Darjeeling in das Tee-Ei. »Deswegen: Wenn du nicht zurückkannst, musst du eben vorwärtsgehen.«

Das schien ihn aufzuheitern. »Der Spruch ist wirklich gut. Ich kann nicht zurück, nicht wahr? Und du auch nicht. Aber müssen wir uns wirklich gleich *so* weit aus dem Fenster lehnen? Ich meine, wir werden auf einer Bühne stehen. Das letzte Mal, als ich das getan habe, war ich neunzehn und habe mit meiner Band The Cord Underground beim Uni-Sommerball abgerockt. Wir waren fürchterlich.«

»Was hast du gespielt?«

»Bass. Ich habe auch gesungen, es war quasi meine Band.«

»Spielst du immer noch?«

»Oh nein. Michelle hat mich gezwungen, die Gitarren auf den Dachboden zu verbannen. Sie standen überall im Weg herum, und sie meinte, Alex könne darüberstolpern und sich wehtun.«

Ich dachte darüber nach, während mein Tee zog. Ich glaube, genau deswegen wurde Tee trinken erfunden – damit man seine Gedanken zusammen mit den Teeblättern durchziehen lassen konnte. »Hast du eigentlich noch mal darüber nachgedacht, deine eigene Liste aufzusetzen? Man sagt, so eine Scheidung sei der beste Zeitpunkt, um etwas zu unternehmen. Du weißt schon, zu experimentieren und Neues auszuprobieren. All die Teile von dir zurückzuholen, die du für den Menschen, mit dem du zusammen warst, abgelegt hast.« Noch während ich das sagte, stellte ich mir kleine Stücke von ihm vor, die auf dem Dachboden eingesperrt ausharrten. Musik, vielleicht sein Sinn für Humor oder ein ausgelassenes Lachen, das ich nicht gehört hatte, seit ich eingezogen war. »Was würde auf deiner Liste stehen? Du hast einmal Extremsport erwähnt.«

»Ich habe keine Zeit für eine Liste.«

»Du hast immerhin Zeit, dir alle fünf Staffeln von *Breaking Bad* anzuschauen«, merkte ich an.

»Hmm. Da hast du nicht unrecht.«

»Mach schon, schreib es auf. Das wird dich wenigstens auf andere Gedanken bringen und dein Komikerhirn vielleicht wieder lockermachen. Nenn mir eine Sache, die du in den letzten fünf Jahren gerne getan hättest.«

»Mich betrinken!«, sagte er auf Anhieb. »Das klingt schlimm, ich weiß. Aber ich bin immer so gern ins Pub gegangen, um über Blödsinn zu quatschen und mich in so alberne Diskussionen verwickeln zu lassen, wie, wer der beste Batman war. Aber seit Alex auf die Welt gekommen ist, hatte ich immer Sorge, dass er mich plötzlich brauchen könnte.«

»Kann nicht jemand anders auf ihn aufpassen?«

»Ich wüsste nicht, wem ich ihn anvertrauen könnte.«

Ich fragte mich, warum er so dagegen war, Alex bei einem Babysitter zu lassen. Waren er und Michelle einfach nur überfürsorgliche Eltern? »Ich werde mir was überlegen, versprochen. Kein Mensch, der in einer Scheidung steckt, sollte das ohne die Hilfe von zu viel Alkohol durchstehen müssen.«

»Ich bin froh, dich auf meiner Seite zu haben.«

»Was noch?«

»Unbedingt Fallschirmspringen. Das wollte ich schon immer mal ausprobieren.«

»Okay, wir haben also Betrinken und Fallschirmspringen. Vielleicht lieber nicht gleichzeitig. Weiter?«

Jetzt hatte er Blut geleckt. »Ich würde gern auf ein Festival gehen. Michelle wollte nie. Sie hasst Zelten und sie ist kein großer Musikfan.«

»Ein Festival steht schon auf meiner Liste, also kriegst du den Punkt nicht, aber du kannst natürlich mitkommen. Sogar Alex könnte mit«, sagte ich und notierte es.

»Hmm, ja, wahrscheinlich schon. Und Max auch.«

Ein witziges Bild tauchte vor meinem inneren Auge auf. Der kleine Max auf dem Glastonbury Festival, wo er einem Haufen Hippies dabei zuschaute, wie sie ohne Klamotten über einen Acker tanzten.

Patrick fielen immer mehr Dinge ein. Er wollte sich ein richtig tolles Auto kaufen, mit Alex das erste Mal ins Ausland verreisen, lernen, wie man Fisch filetierte – ich weiß, von allen Dingen, die man in dieser Welt tun konnte, wollte er sich mit Fischinnereien befassen, aber da musste wohl jeder seinem Bauchgefühl folgen –, mit dem Klettern anfangen und Max bei einer Hundeschau teilnehmen lassen. Langsam wurde die Sache etwas abwegig. Ich konnte mir Max eher beim Fallschirmspringen als beim Befolgen von Hundekommandos vorstellen.

»Du solltest aufschreiben, dass du wieder in einer Band spielen willst«, sagte ich. »Das war das Erste, was du erwähnt hast.«

»Ach, ich weiß nicht so recht. Ich habe die meisten meiner Freunde aus den Augen verloren, als ich plötzlich so viel mit der Arbeit und Alex zu tun hatte.«

»Echten Freunden macht es nichts aus, wenn man sie eine Weile nicht sieht.«

»Ich habe seit Jahren nicht gespielt, ich bin mittlerweile bestimmt total schlecht.«

»Glaubst du etwa, ich war gut im Tanzen? Der Grundgedanke bei der ganzen Sache ist, dass man immer auch ein klein wenig Angst haben muss.« Ich tippte auf die Liste. »Wenn ich meine Meinung als professionelle Listenschreiberin anbringen dürfte ... diese Punkte hier sind zu harmlos.«

»Fallschirmspringen und Klettern?«

»Du hast keine Angst davor. Zumindest nicht mehr als jeder andere Mensch, der nicht ganz übergeschnappt ist. Oder hast du Höhenangst?« Mir selbst wurde schon beim Gedanken daran schlecht. Alles, was höher als ein Barhocker war, wirkte absolut furchteinflößend auf mich.

»Nicht wirklich.«

»Dann ist es zu harmlos. Wie stellst du dir deine persönliche Hölle vor? Was ist das Schrecklichste, was du, sagen wir, an einem Abend unternehmen könntest. Aber nichts mit Haien, ja?«, schob ich schnell hinterher.

»Warum nicht?«

»Ich habe echt schlimme Angst vor Haien.«

»Du weißt aber schon, dass sie für gerade mal zehn Todesfälle weltweit pro Jahr verantwortlich sind? Es sterben mehr Leute durch Bienenstiche. Hast du Angst vor Bienen?«

»Bienen tauchen nicht unter dir durch und beißen dich in zwei Hälften.«

»Und was ist mit Blitzeinschlägen? Die sind ziemlich gefährlich.«

»Und noch einmal, die werden mich nicht anknabbern.«

»Tiger? Die können ziemlich gut knabbern.«

»Die würde ich rechtzeitig sehen und davonrennen.«

»Es ist also der Überraschungsmoment, vor dem du dich fürchtest.«

»Ein bisschen, aber eigentlich ist es vor allem das mit dem Knabbern. Jetzt such dir endlich etwas aus, bei dem es nicht um Haie geht.«

»Ich denke, das wäre, mich mit jemandem zu verabreden.« Er sagte die letzten Worte leise, beinahe hastig. »Ich meine ... Ich will nicht ... Du weißt schon, deine Nummer fünf.«

Er bezog sich wohl auf den Punkt, mit jemand Wildfremdem Sex zu haben. »Äh, ich auch nicht.«

»Okay. Ich habe schlimme Angst vor Verabredungen, also zählt das auf jeden Fall, aber ich hätte tatsächlich gerne ein bisschen weibliche Gesellschaft. Jemand, der nicht nur über Thomas, die Lokomotive, sprechen will oder darüber, wer mit Kloputzen dran ist, oder …«

»Oder ob ihr zum Gartencenter müsst, um Spaliere zu kaufen, oder wer den Kaminfeger anrufen wollte …«

»Oder über das Kind. Wann es schläft, wann es Kacka macht, ob die Kindertagesstätte es ausreichend ›fördert‹, oder …«

»Oder, ob es Zeit ist, das Auto zu wechseln, und ihr im Winter zum neuen Ford Focus aufrüsten solltet.«

Er grinste. »Ich nehme an, es ist ein Weilchen her, dass einer von uns beiden bei einem Cocktail anständig geflirtet hat.«

»Oh ja, das ist es.« Als er aufstand, um sich einen Kaffee zu machen, fragte ich mich, ob er mich wohl je als weibliche Gesellschaft betrachten würde. Definitiv nicht.

Patricks Liste der Dinge, die er tun muss, um der Nach-der-Trennung-vor-der-Scheidung-Krise zu entgehen

1. *Klettern*
2. *Fallschirmspringen*
3. *Wieder auf einer Bühne spielen*
4. *Sich betrinken*
5. *Sich verabreden*
6. *Lernen, wie man einen Fisch filetiert*
7. *Max an einer Hundeschau teilnehmen lassen*
8. *Ein tolles Auto kaufen*
9. *Mit Alex ins Ausland verreisen*

»Ein Punkt fehlt noch«, sagte ich und klopfte mit dem Stift auf die Tischplatte. »Es sind nur neun.«

»Wer sagt denn, dass es zehn sein müssen?«

»Jeder weiß, dass Listen immer aus zehn Punkten bestehen müssen.«

»Bist du eine Listenfetischistin oder so was in der Art?«

»Es geht mehr darum, die Form zu wahren. Gibt es sonst irgendwas, was du tun willst? Eine Sprache lernen, den Grand Canyon durchwandern?«

»Habe ich schon gemacht.«

»Angeber.«

»Es war ganz nett, aber ziemlich heiß.«

»Dann gibt es keine Nummer zehn?«

»Vorläufig kannst du Folgendes notieren: Die Nummer zehn besagt, eine Nummer zehn zu finden.«

»In Ordnung. Aber nur damit du es weißt, ich bin eigentlich gegen diese Meta-Herangehensweise beim Verfassen von Listen.«

»Wurde zur Kenntnis genommen.«

»Also …« Der abgedunkelte Raum vor mir hätte Gott weiß wie viele Leute beherbergen können. Hunderte. Ein Teil meines Hirns wusste, dass es nur etwa fünfzig waren, aber der Rest von mir wollte am liebsten wegrennen oder sich hinter meinem eigenen Rücken verstecken. Ich lächelte. Immer lächeln, das war die erste Lektion. Du darfst nicht nervös wirken. Selbst wenn du Angst hast, deinen Mund zu öffnen, da du dich dann über die komplette erste Reihe übergeben könntest. »Hallo, Leute!« Lektion zwei. Sage immer etwas und warte dann die Antwort ab, das bindet das Publikum ein.

»Hallo!«, schallte mir der muntere Ruf entgegen und verstärkte den Eindruck, dass da eine ganze Armee von Zuschauern saß.

Ich blinzelte gegen das Scheinwerferlicht an. »Ich heiße Rachel und …« Ach du Scheiße, ich hatte das Mikrofon nicht gecheckt! Man musste immer zuerst das Mikro checken. Eigentlich war das die Lektion Nummer eins. Irgendwie fand ich die Vorstellung, dieses Mikrofon vor den Augen aller Anwesenden aus seinem Ständer zu fummeln, furchterregender als alles andere. Ich war mir nicht sicher, ob meine Hände noch wussten, wie man die einfachsten Handlungen vollzog.

Es war Sonntagabend, und wir befanden uns im hinteren Raum eines Pubs irgendwo in Camden. Alex übernachtete bei einem Freund, womit Patrick offenbar einverstanden war. Dies war der Moment, von dem ich irgendwie geglaubt hatte, dass er nie kommen würde, und das, obwohl wir uns die letzten zwei Tage in einem Intensivkurs darauf vorbereitet hatten und ich seit Beginn der Vorstellung in der Reihe neben der Bühne stand und auf meinen Auftritt wartete. Ich war als Fünfte dran, nach Adam, Johnny, »Big Dave« und Asok, allesamt aus unserem Kurs. Ich trug eine Jeans und ein T-Shirt mit dem Slogan: *Devon weiß, wie man's cremig macht*. Meine Heimat im Westen Englands spielte eine tragende Rolle in meinem Programm.

Ich hatte etwa drei Sekunden kein Wort gesagt, doch auf der Bühne fühlte sich jeder Moment mindestens zehnmal so lang an. Ich holte tief Luft und versuchte, mich an meinen eigenen Namen zu erinnern. »Ich heiße Rachel, und ich komme aus Devon, wie Sie sich vielleicht schon gedacht haben. Ich bin kürzlich nach einer sehr, sehr langen Beziehung Single geworden.« Ich hielt inne. »Sie hätten jetzt ruhig ein ›Ooohhh‹ loslassen können, aber ich schätze, so gut kennen wir uns noch nicht ... Ist schon okay. Jedenfalls bin ich so dermaßen aus der Übung, was das Londoner Datingverhalten angeht, dass ich mich wie ein Ausländer fühle. Kürzlich bin ich zu einer Verabredung gegangen, und es war, als sprächen wir zwei verschiedene Sprachen. Er stand total auf Computerspiele, dabei haben wir so etwas in Devon gar nicht. Ich meine, wir haben eine ganze Weile gebraucht, bis wir kapierten, dass die iPad 2-Modelle, die man uns verkauft hatte, eigentlich nur ziemlich überteuerte Zaubertafeln waren.«

Ein Lacher! Jemand hatte gelacht! Ich wusste, dass meine Freunde im Publikum saßen, aber wegen der Scheinwerfer konnte ich sie nicht sehen, und Patrick wartete irgendwo hinter der Bühne, bis er selbst an der Reihe war. Ich konnte nicht mit Sicherheit sagen, wer es gewesen war, aber irgendjemand hatte definitiv gelacht! Entweder das, oder er/sie verendete gerade qualvoll an dem fragwürdigen Bier, das hier serviert wurde.

»Um mir durch diese schwere Versuchsphase zu helfen, habe ich ziemlich viel Musik gehört ...« Ich zog meine Sinead O'Connor-Nummer ab. Es folgte eine Mischung aus Gekicher und Gestöhne. Ich konnte erkennen, wie sich die Gesichter in der ersten Reihe vor Lachen verzogen. Ein Raketenschub an Adrenalin schoss durch die Sohlen meiner Chucks nach oben. Die Sache hier würde gut gehen.

»Aber meine echte Favoritin ist Beyoncé. Ich stelle sie mir gerne als meine spirituelle Führerin vor. Tatsächlich finde ich es sehr interessant, dass ihr Name offenbar die

Vergangenheitsform eines französischen Verbs ist. Ich frage mich, was ›beyoncen‹ wohl heißen soll. Ganz großartig zu sein? In Hot Pants eine tolle Figur abzugeben? Seinen Kindern echt dämliche Namen zu verpassen?« Ich holte Luft. Mit der Hälfte war ich durch. »Ich komme zwar aus Devon, aber meine Mutter ist ursprünglich Irin. Wenn ich hier in London meine Familie vermisse, kann ich mich immer ganz einfach an sie erinnern, indem ich Facebook anklicke. Denn eigentlich ist Facebook nicht viel anders als eine gigantische, ziemlich neugierige irische Mum. Alle diese Fragen: Kennst du diese Person? Wo bist du geboren? Wo arbeitest du? Hast du einen Freund? Kennst du diese Leute? Bist du aufs Klo gegangen, bevor wir los sind? Zieh deinen Mantel aus, sonst frierst du später.« An dieser Stelle gab ich eine Art Mischung aus pseudo-irischem und devonschem Akzent zum Besten, der überhaupt nicht nach meiner Mutter klang. Ich betete, dass sie nichts von dem hier herausfand. »Oder aber ich bekomme Fotos von Leuten gezeigt, die es im Leben weiter gebracht haben als ich selbst. Manchmal ist Facebook wie dieses Brettspiel, das wir als Kinder gespielt haben – Spiel des Lebens. Es gibt zehn Punkte für eine Verlobung, einen Bonus, wenn man Kilimandscharo auf die Frage antwortet, wohin man zuletzt gereist ist, während man sich gerade auf einer Wohltätigkeitsreise für blinde Hunde befindet; und zwanzig Punkte für Babyfotos. Auf Facebook zu versagen ist eigentlich schlimmer, als im Spiel des Lebens zu verlieren. Wie sich zeigt, sind die Freunde, die da so selbstgefällig mit ihren Errungenschaften angeben, dieselben, die schon als Kinder zu laut herumgeprahlt haben, wenn sie ihre kleinen Plastikautos aufmotzten, damit sie ja auch alle ihre kleinen stöpseligen Spielfigurenkinder darin unterbringen konnten.« Das Ende meines Programms kam so plötzlich wie ein Aufzug zum Stillstand. Ich hielt inne und lächelte. »Das war ich, Rachel Kenny. Vielen Dank.«

Und schon war ich fertig. Einfach so war es vorbei. Ich trat von der Bühne und hörte tatsächlich Applaus und Gekicher. Und während ich dem Beifall lauschte, erblickte ich Patrick, der nach Gary dran war, einem Typen, der einen Haufen ziemlich heikler Witze über Date-Rape-Drogen erzählte. Ich eilte zu meinem Platz, damit ich mich hinsetzen und ablästern konnte. Patrick war viel zu beschäftigt damit, auf den Boden zu starren und stumm sein Programm abzuspulen, um meinen Blick einzufangen.

Eine Liste beliebter Stand-up-Comedy-Themen

1. *Partnersuche*
2. *Öffentlicher Personenverkehr*
3. *Rauscherfahrungen*
4. *Sexuelle Übergriffe – total witzig, nicht beleidigend gemeint, okaaay?*
5. *Witzige Alltagsbeobachtungen, so wie wenn man nach dem Bezahlen an der Selbstbedienungskasse unerwartete Artikel in seiner Einkaufstüte findet*
6. *Stand-up-Comedy (die Metaebene)*

Gegen Ende von Garys Auftritt war ich mir ziemlich sicher, wo Emma saß, da ich sie jedes Mal laut aufseufzen hörte, wenn er einen schlüpfrigen Witz über Kofferräume, Klebeband, K.o.-Tropfen-Cocktails und viele andere Dinge machte, die ungefähr so witzig waren wie eine Darmspiegelung. Alleine deswegen machte es mich stolz, hier gewesen zu sein. Sonst würden ich und jede andere Frau bis in alle Ewigkeiten im Zuschauerraum sitzen und Typen zuhören, die anderen Typen erzählten, wie witzig es doch sei, uns sexuell zu belästigten. Die Welt war eine einzige schlechte Comedyshow. Wir verdienten es, zumindest ein paar Einzeiler über Penisgrößen und Tampons loszuwerden.

Endlich schwirrte Gary ab, begleitet von lustlosem Applaus und einem »Sexistischer Dreck!«-Zwischenruf, von dem ich stark vermutete, dass er von Emma kam.

Nun schlurfte Patrick auf die Bühne, in Cordhose und mit Lockenkopf, was ihm das Aussehen eines TV-Experten für Antiquitäten und Bürgerkriegsschlachtfelder verlieh. Plötzlich war ich aufgeregter als bei meinem eigenen Auftritt selbst. Er prüfte natürlich das Mikro mit einem kurzen Schnipsen und stand dann vollkommen ruhig da. Lektion Nummer vier: Beweg dich nicht zu viel auf der Bühne. »Hallo, Bewohner von London Borough of Lambeth!« Vereinzelte Lacher. »Ich bin Patrick und muss mich seit Neuestem damit auseinandersetzen, alleinerziehender Vater zu sein.«

Bei ihm kamen tatsächlich ein paar echte »Ooohhhs« aus dem Publikum. Von mir aus.

»Vielen Dank. Wenn ich eine Dame so richtig beeindrucken will, erzähle ich, dass meine Frau bei einem tragischen Mähdrescherunfall auf unserem Bauernhof verunglückt ist und ich den kleinen Billie seitdem alleine aufziehen muss. Nur gibt es leider nicht so viele Mähdrescher in London, also geht es ihr in Wirklichkeit super. Was sie gar nicht mehr so super findet, das bin ich. Anscheinend denkt sie, ich sei nicht stylish genug.« Noch ein Lacher, als er auf seine braune Cordhose und den Pullover mit Zopfstrickmuster deutete. »Sie behauptet, ich sei der einzige Mann, den sie kennt, der glaubt, dass die Achtziger ein wirklich tolles Jahrzehnt in Sachen Mode waren.« Er verlagerte sein Gewicht auf das andere Bein. »Nun, ich gewöhne mich langsam daran, alleinerziehender Vater zu sein. Früher hatte ich einen ziemlich stressigen Bürojob, und jetzt spiele ich Schultaxi für meinen Sohn. Aber wissen Sie, ich habe einen Haufen Ähnlichkeiten festgestellt. Erstens, wenn die Leute im Büro nicht bekommen, was sie wollen, werfen sie sich ebenfalls oft in einem Tobsuchtsanfall auf den Boden oder pinkeln in die Schuhe ihres Chefs. Nur hat mein Boss es gar nicht gut aufgenommen, als ich ihm zum Trost ein Nickerchen und Scheiblettenkäse angeboten habe.«

Gelächter. Die Leute lachten, und ich konnte sehen, warum. Er hatte eine sehr natürliche und sympathische Wirkung auf der Bühne, er lächelte, blickte offen ins Publikum, gestikulierte und sprach die Leute in der ersten Reihe direkt an.

Ich stieß einen tiefen Seufzer der Erleichterung aus. Alles würde gut werden.

»Du warst großartig! Echt witzig! Viel besser als diese ganzen grottenschlechten Frauenhasser. Und wo wir schon dabei sind, bei wem kann ich mich beschweren?«

Cynthia drängte sich an der schimpfenden Emma vorbei, um mich zu umarmen. »Du warst toll, Süße! Eine der Besten, und zwar bei Weitem.«

»Danke.«

»Ich wünschte nur, Rich wäre mitgekommen. Wir hatten so viel Spaß beim Tangounterricht, aber seitdem hat er nonstop gearbeitet.«

Ich war mir nicht sicher, ob es Rich hier gefallen würde. Obwohl mir der Pub in meinem Adrenalinrausch geradezu nobel erschien. Das schale Bier schmeckte wie Dom Perignon, der klebrige Fußboden glänzte in all seiner Pracht, und noch nie hatte ich meine Freunde so lieb gehabt wie in diesem Moment; und das, obwohl Cynthia wie üblich ihr BlackBerry in der Hand kleben hatte, Emma in ihrem Shirt mit dem Aufdruck *Eine Frau braucht einen Mann wie ein Fisch ein Fahrrad* mürrisch um sich blickte und Ian ganz gelb vor Neid war.

»Weißt du, ich glaube, ich sollte es auch mal versuchen. Das hier...« Ian machte eine unbestimmte Handbewegung durch den Raum.

»Meinst du Comedy oder einen stinkenden Pub eröffnen?«

»Comedy! Die meisten von den Typen waren total mies.« Er sprach genauso laut wie Emma. »Ich könnte das viel besser. Ich meine, du warst ja okay, aber die anderen...«

»Dann versuch es doch. Das Kurswochenende war wirklich nett.« Die Panikschübe und die Tatsache, dass ich zwei Nächte nicht geschlafen hatte, ließ ich geflissentlich unter den Tisch fallen. »Es geht doch bei der Liste auch darum, dass ihr alle mit mir zusammen Dinge unternehmt, oder nicht?«

»Ich wette, ich könnte auch bei so was auftreten.«

»Wir aus der Branche nennen das ja Open Mic. Trau dich«, sagte ich, um ihn zu ärgern.

»Ja ja. Dein Vermieter war auch ganz okay.«

»Er ist nicht mein …« Ich hielt inne, denn ich wusste nicht, als was ich ihn bezeichnen sollte. Mein Arbeitgeber? Ein guter Freund? Nichts davon klang richtig.

In diesem Moment kam Patrick herübergeschlendert, er strahlte übers ganze Gesicht, und seine Locken waren verwuschelt. Zu meiner Überraschung schloss er mich in eine Umarmung. Das hatte er noch nie zuvor getan.

Ich atmete seinen Duft ein, das Aftershave und einen winzigen Hauch von Aufregung und Schweiß, und spürte seinen Pullover an meiner Wange. Etwas atemlos rückte ich von ihm ab.

Er grinste. »Wir haben es geschafft.«

»Du warst toll!«

»Nein, du warst toll!«

»Oh, findest du? Ich habe das mit Facebook etwas vermasselt und …«

»Nein, du warst super. Ich hätte fast meinen gespielten Fausthieb gegen Ende vergessen und …«

Erst da merkte ich, wie Emma, Ian und Cynthia uns anstarrten, während wir verschwitzt und mit vor Freude aufgerissenen Augen aufeinander einquasselten. »Das sind meine Freunde«, erklärte ich. Wie sollte ich ihn vorstellen? »Leute, das ist … Patrick!«

Rachels Liste der Dinge, die sie tun muss,
um der Nach-der-Trennung-vor-der-Scheidung-Krise
zu entgehen

1. ~~Mache Stand-up-Comedy~~
2. ~~Lerne tanzen~~
3. *Verreise aus einer Laune heraus irgendwohin*

4. Mache richtig Yoga
5. Schlafe mit einem wildfremden Kerl
6. Iss etwas Abgefahrenes
7. Fahre auf ein Festival
8. Lass dir ein Tattoo stechen
9. Gehe reiten
10. Probiere einen Extremsport aus

9. Kapitel

»Hi, ich bin Rachel. Ich bin eine selbstbewusste junge Frau mit viel Eigeninitiative. Ich bin sehr aufgeschlossen und kontaktfreudig ... ähm, ich meine nicht auf sexuelle Art und Weise ...« Oh Gott, das würde eine Vollkatastrophe werden.

Auf mein letztes Vorstellungsgespräch hatte mich Dan intensiv vorbereitet. Es ging damals um einen Posten bei derselben Gemeindeverwaltung, wo er die hochrangige Stelle des Vorsitzenden für Abfallentsorgung übernommen hatte. Mit anderen Worten, er kümmerte sich um Abfallbehälter und Recycling und schimpfte ständig über die Leute, die ihren Müll irgendwo illegal in der Gegend abluden. Ich schätzte, das hatte irgendwie mit seinem Studienabschluss in Umweltpolitik zu tun. Obwohl ich mir eigentlich immer vorgestellt hatte, dass er leidenschaftliche Reden im Parlament halten oder sich an Walfängerkutter ketten würde.

»Recycling ist sehr wichtig«, hatte er mir immer wieder gesagt, wenn ich eine entsprechende Andeutung gemacht hatte. »Haushaltsabfälle sind für Millionen Tonnen von CO_2-Emissionen verantwortlich!«

Was meinen eigenen Job in Surrey betraf, hatte ich mir eingeredet, dass bunte Textblöcke hin- und herzuschieben schon irgendwie was mit Grafikdesign zu tun hatte. Außerdem war es meine eigene Schuld gewesen, nicht an die Kunsthochschule gegangen zu sein, nachdem mich mein Oberstufenlehrer, der Illustration nicht als gültige Kunstform ansah und die düsteren Drahtkleiderbügel-Skulpturen von Fiona Martin mit Titeln wie *Hunger* und *Schmerz* bevorzugte, entsprechend eingeschüchtert hatte.

Ich wühlte mich durch meine Garderobe, die vornehmlich aus Jeans und billigen Röcken von New Look bestand, und versuchte, etwas zu finden, das gleichzeitig professionell und kreativ und dennoch verlässlich und nach einer total unterhaltsamen jungen Frau aussah. Ohne Dan an meiner Seite, der mich bei jedem Schritt angeleitet und »Wo sehen Sie sich in fünf Jahren!?« gebrüllt hatte, während ich meine Haare schamponierte – wobei meine Antwort wahrscheinlich »Wieder in der Dusche!« gelautet hatte –, war ich vor Panik wie gelähmt. Meine Locken kräuselten sich unkontrolliert, und mein Anti-Frizz-Serum war spurlos verschwunden. Ich verdächtigte einen gewissen gelockten Hauseigentümer, und tatsächlich fand ich das leere Fläschchen auf der Ablage im großen Badezimmer. »Patrick!«, brüllte ich verzweifelt. Jetzt würde ich mit einer Frisur wie Bob Ross zu meinem Vorstellungsgespräch gehen müssen. Schnell raste ich wieder in mein Zimmer, zerrte meine Strumpfhose hoch und versuchte, die Knöpfe meiner Bluse über den Brüsten zusammenzuzerren. Frustfressen brachte einige unerwartete Nebenwirkungen mit sich.

Ich nahm die U-Bahn nach Highgate, wo ich mich bei einem Atelier auf eine Annonce als »Künstlerassistentin« beworben hatte. Das Gehalt war nicht hoch, aber der Job hörte sich okay an. Pinsel auswaschen, höflich nicken, wenn der Meister einem die Feinheiten des Fauvismus erklärte, ans Telefon gehen: »Es tut mir leid, aber er ist wirklich schrecklich beschäftigt – *The Times* sagten Sie? Sie können stattdessen jederzeit gerne mit mir reden. Rachel Kenny, K-E-N...« Mein schöner Tagtraum wurde unterbrochen, als die U-Bahn unsanft bremste. Ich bummelte den Hügel hinauf zu einem riesigen Backsteinhaus mit Rosen, die sich um die Tür rankten. Das sah doch vielversprechend aus.

Eine winzige alte Dame, die hinter einer dicken Brille hervorblinzelte, öffnete die Tür. Ein strenger, muffiger Geruch schlug mir entgegen, und noch etwas, das ich nicht richtig einordnen konnte, mir jedoch sofort Unwohlsein bescherte. »Jaaaa?«

»Hallo, ich habe einen Termin mit Sebastian.«

»Er ist im Keller. Schatz. Schaatz!«

Sie führte mich zum Ende des dunklen Flurs, wo ein staubiger Treppenabsatz nach unten führte. Das Haus war komplett zugemüllt mit alten Pappkartons, Patchworkdecken, einzelnen Schuhen und Regenschirmständern.

Aus der Düsternis ertönten dumpfe Schritte und ein schweres Keuchen, als ein großer, bärtiger Mann die Treppe heraufkam. Er trug einen Künstlerkittel, und seine Hände waren mit Farbe verschmiert. »Was ist los, Mutti? Ich bin beschäftigt.« Im selben Augenblick entdeckte er mich und ließ seinen Blick über meine Bluse, den schwarzen Rock und die viel zu hohen, billigen Pumps gleiten. Ich hatte mich letztendlich für den Kellnerin-bei-Luxus-Dinner-Look entschieden.

»Hi, ich bin Rachel.«

Ich hätte schwören können, dass er sich über die Lippen leckte. »Kannst du uns kurz allein lassen, Mum?«

»Möchte die junge Dame einen Tee, Schatz?«, fragte die alte Frau mit zittriger Stimme.

»Nein«, erwiderte Sebastian unwirsch. »Tee ist so spießig, Mum.«

»Ich mag Tee«, sagte ich nervös.

Sie wankte davon und hielt sich dabei rechts und links des Flurs an den Möbeln fest.

»Also, Rachel«, sagte er kumpelhaft und lehnte sich gegen die Anrichte hinter ihm. »Sorry wegen der Alten.«

Die *Alte*!? Der Typ war mindestens fünfundvierzig.

»Ich suche jemanden, der mir in meinem Atelier hilft. Die Farbe aufwischt – ich bin grad voll auf dem Jackson-Pollock-Trip –, sich um das Bürokratische kümmert und natürlich Modell steht …«

»Was?« Ich hatte die ganze Zeit über genickt, hielt beim letzten Punkt aber abrupt inne. »Sie meinen …«

»Ich bewege mich gerade auf eine größere Aktphase zu. Nichts Krasses. Du wärst toll.« Seine Augen waren fest auf den zweiten Knopf meiner Bluse gerichtet, und ich musste dem Drang widerstehen, sie mir bis zum Hals zuzuknöpfen.

»Ähm, ich glaube nicht …« Ich hielt abermals inne, als ein paar heimtückischer grüner Augen aus dem finsteren Treppenhaus aufblitzten, gefolgt von einem weiteren. »Haben Sie Katzen?«

»Oh ja, meine kleinen Mädels.« Er hob eine dicke Graue hoch und legte sie sich um die Schultern wie eine lebende Stola mit bösem Blick. Die andere, ganz weiß, begann ihr Gesicht auf merkwürdig bedrohliche Art und

Weise zu putzen. »Das hier sind Betsy und Barbara, meine Musen.«

Ich wich Richtung Eingangstür zurück. »Ähm, ich kann nicht... Schlimme Allergie, ich sollte besser gehen. Sagen Sie Ihrer Mum, dass es mir leidtut... wegen des Tees... Tschühüss!«

»Aber ich habe dir noch gar nicht die Kostüme gezeigt, die du tragen würdest!«

Als ich flüchtete, wünschte ich mir sehnlichst eine Sagrotandusche, um mir augenblicklich all die Spuren von Muff, Katze und schmierigem Kerl mittleren Alters von der Haut zu schrubben.

Das nächste Vorstellungsgespräch fand in Soho in einem großen eleganten Werbeunternehmen statt. Schon als ich auf dem eiförmigen Sessel saß und an der Gratis-Flasche mit sauerstoffangereichertem Mineralwasser nippte, wusste ich, dass sie jemand Hipperes suchten als mich.

Alle anderen steckten in schicken, abgefahrenen Kleidern oder superschlichten Anzügen und Krawatten und hatten asymmetrische Haarschnitte. Und alle waren um die acht Jahre jünger als ich.

Eine Liste der Dinge,
die man in hippen Agenturen finden kann

1. *Vegane Küche*
2. *Umfangreiche Sammlungen von Kräutertees – nichts mit Koffein drin.*
3. *Raumbefeuchter*
4. *Besprechungsräume mit unpraktischen niedrigen*

Sesseln, die, wenn man in ihnen sitzt, drohen, dein Höschen zu entblößen
5. *Gruppenkomitees, um Ausflüge in Pubs/Biobrauereien zu organisieren*
6. *Reiswaffeln, Berge von Reiswaffeln*

Nach einer Weile wurde ich von Rowena, der arroganten Artdirektorin, hereingerufen. Sie hatte kurz geschorene platinweiße Haare und riesige Ohrringe, die mich an die Todessterne aus *Star Wars* denken ließen. Am Körper trug sie etwas, das wie eine Hanf-Latzhose aussah. »Hi, äh…«, sie sah auf ihrem Klemmbrett nach, »Rachel. Ich werde Ihnen ein paar Fragen stellen, ja? Und dann machen wir einen kleinen Test. Cool, ja?«

»Ja, ähm, cool.« Ich zog meinen Rock tiefer, als ich bemerkte, dass sich eine große Laufmasche ihren Weg von meinem Knie zum Knöchel bahnte.

»Also, Rachel. Wenn Sie eine Pantonefarbe wären, welche wäre das?«

Ich lachte.

Sie starrte mich schweigend an.

»Oh, okay, Sie haben das ernst gemeint. Ähm… ähm… Ich denke, ich wäre… Limettengrün, weil ich so erfrischend bin und… spritzig.«

»Welche Farbtonnummer?« Ihr Stift lauerte gezückt über dem Papier.

»Ich weiß nicht, ich könnte es nachschauen.«

Sie gab einen kleinen Seufzer von sich, als wollte sie sagen: Jeder Idiot kann *nachschauen*. »Welche war Ihrer Meinung nach die aufsehenerregendste virale Kampagne der letzten Jahre?«

Mein Kopf war plötzlich wie leer gefegt. »Meinen Sie so was wie ... Ebola?«

Sie starrte mich reglos an. »Ich meine virale Onlineclips.«

»Ich mochte den mit der Katze, die gegen die Wand läuft.«

»Welchen genau?«

»Ähm, alle?«

Ein weiterer Seufzer und eine Notiz auf dem Klemmbrett. »Welche drei Dinge würden Sie auf eine einsame Insel mitnehmen?«

Mein erster Gedanke war: Dan. Ich würde Dan mitnehmen. Er wüsste, wie man einen Unterschlupf baut, Wasser reinigt und Hilfe findet. Aber von nun an würde er nicht mehr auf eine Insel oder zu sonst einem Ort mitkommen, an dem ich mich aufhielt. Für einen Moment verschlug mir diese Erkenntnis die Sprache. Dinge, die an einer Scheidung zum Kotzen sind, Nummer hundertneunundsiebzig: die Momente, in denen du sie gelegentlich vergisst, nur damit die Erinnerung dich hinterher umso schmerzhafter wieder einholen kann.

»Ich glaube, einen Stift und Papier und ... Schwarztee? Vermutlich bräuchte ich auch etwas, womit ich das Wasser heiß machen kann. Streichhölzer? Oder vielleicht einen Löffel, falls dort Milch und Honig fließen, haha.«

Sie starrte mich immer noch ausdruckslos an, während ich versuchte, mich zu sammeln und eine coole, aber dennoch motivierte Miene aufzusetzen. »Nun, wir bitten jeden, der sich hier bewirbt, eine Illustration anzufertigen. Es geht um eine neue Marke für Tiernahrung.«

Oh nein.

»Deswegen würde ich Sie bitten, uns ein paar Katzen zu zeichnen, ja?«

Das war's. Das letzte Vorstellungsgespräch und meine letzte Chance. Ich hatte mich für Dutzende anderer Jobs beworben und war nicht einmal in die engere Auswahl gekommen. Mir blieben keine anderen Möglichkeiten. Aber in diesem Büro hier fühlte ich mich schon viel wohler, es war eine kleine rumpelige Agentur in einem eiskalten Gebäude in der Nähe von Archway. Ich musste über Papierstapel steigen, um in das Büro der Chefin zu gelangen, das nur aus einer Ecke bestand, die durch Kartons mit Druckertinte vom restlichen Raum abgetrennt war.

»Sorry wegen des Chaos«, sagte Louisa und klang kein bisschen so, als ob es ihr leidtun würde. »Wir finden das irgendwie kreativer so.«

»Oh, ich auch.« Ich mochte Louisa auf Anhieb. Sie war klein und weiblich gebaut, hatte das Haar mit einem Bleistift hochgesteckt und trug Chucks.

»Rachel, ich will ehrlich zu dir sein. Wir machen zurzeit viele Anzeigen und dergleichen. Es ist nicht besonders cool, keine witzigen viralen Kampagnen oder politischen Blogs, aber wir können unsere Rechnungen bezahlen. Ich brauche jemanden, der Photoshop und idealerweise auch Animation beherrscht. In deinem Lebenslauf erwähnst du weder das eine noch das andere.«

»In der Gemeindeverwaltung ging es vor allem um Papierzeug, Broschüren und so. Und für Adobe Creative Suite wollten sie nicht zahlen.«

»Welches Programm hast du zum Gestalten benutzt?«
»Äh ... Word?«
Sie zuckte zusammen. Und im selben Moment war

mir klar, dass ich den Job nicht kriegen würde. Computer waren nicht so mein Ding. Zeichnungen von Hand, Papier und Tinte, damit konnte ich umgehen. Ich konnte mich stundenlang darin verlieren und darüber alles, was mit Dan und dem, was geschehen war, zu tun hatte, vergessen.

»Hör mal«, sagte Louisa, »können wir das ganze Vorstellungsgespräch-Zeug einfach überspringen? Das ist doch sowieso öde. Ich habe dich eingeladen, weil mir deine Zeichnungen gefallen. Sie sind wirklich witzig und süß, vor allem die mit dem Hund. Erinnert mich an den Pekinesen meiner Eltern. Aber ich brauche eben auch jemanden, der die Drecksarbeit macht.«

»Ich verstehe.«

Sie beugte sich vertraulich über den Tisch. »Ich hoffe, du nimmst mir nicht übel, dass ich so direkt bin, aber zwischen den Zeilen deines Anschreibens konnte ich lesen, dass du momentan eine schwere Zeit durchmachst.«

Ich starrte auf den staubigen Teppich. »Kann man so sagen. Man könnte sogar sagen, dass ich in einer tiefen Katastrophenbarung stecke.«

Sie lachte. »Katastrophenbarung? Das gefällt mir. Wenn du meine Meinung hören willst – und dir steht vollkommen frei, das nicht zu tun –, dann widme dich wieder deiner Arbeit als Freiberuflerin. Du bist gut. Du willst doch nicht in einem winzigen Büro festsitzen.«

»Aber ich muss meine Rechnungen zahlen.«

»Ich weiß. Aber ich glaube, du kannst es schaffen. Schick mir mehr von deinem Zeug, wenn du was hast. Ich könnte es vielleicht für einen Blog verwenden. Vor allem den Hund.«

Zum Abschied schüttelte ich Louisa die Hand. Ich

fand es schade, dass ich nicht mit ihr zusammenarbeiten würde, aber tief drinnen wusste ich, dass sie recht hatte. Nur wie sollte ich aus ein paar Comic-Häppchen ein komplettes Gehalt zaubern?

Endlich war ich, voll beladen mit Lebensmitteln, wieder zu Hause. Da ich mir aller Voraussicht nach so schnell keine andere Bleibe würde leisten können, sollte ich besser sicherstellen, dass ich Patrick und Alex mit meinen Kochkünsten umhaute. Ich vermengte die Zutaten für einen Pizzateig, knetete den Klumpen fest mit den Händen und genoss den Geruch von Hefe und das elastische Ziehen unter meinen Fingern. Bonnie Tylers *Total Eclipse of the Heart* lief im Radio, und ich begann, lauthals meine eigene Version mitzusingen. »Und ich knete dich heut Nacht, ich knete dich mehr denn je ... Vor langer Zeit, da buk ich nur für dich ...« Als ich hörte, wie die Tür hinter mir zufiel, wirbelte ich herum.

Patrick stand in seiner Schaffelljacke mit Alex an der Hand da und starrte mich an.

»Hi Jungs.«

»Alles ist dreckig!« Alex sah sich blinzelnd in der Küche um, die tatsächlich aussah wie eine Bäckerei, in der eine Bombe hochgegangen war. Teig klebte an allen Oberflächen und Dingen, die ich während des Knetens angefasst hatte. Ein Mehlschleier hatte sich über die Küche gelegt, und Töpfe und Schüsseln und Zutaten lagen verstreut herum.

Ich sah, wie Patrick sich stumm umblickte. »Tut mir leid, wegen der Schweinerei. Ich räume gleich auf.«

»Ist schon in Ordnung. Es ist nur ... Ich habe die Küche noch nie in so einem Zustand gesehen.«

»Tut mir leid.« Ich wurde langsam panisch. »Ich dachte nicht...«

»Es muss dir nicht leidtun.« Er ging zu einer offenen Mehlpackung, griff hinein und nahm eine Handvoll heraus. »Hey Alex, du hast doch gesagt, du hoffst, dass es diesen Winter schneit, oder nicht?«

»Daddy, drinnen schneit es nie.«

»Manchmal schon.« Patrick warf das Mehl in die Luft, sodass es seine dunklen Haare mit einer weißen Puderschicht überzog. Er begann zu lachen.

Alex starrte mich mit offenem Mund an.

Ich schüttelte den Kopf. Ich hatte genauso wenig Ahnung wie er, was in seinen Daddy gefahren war.

»Tut mir leid wegen der Jobs.«

»Schon okay. Es wird sich was ergeben, da bin ich mir sicher ... vielleicht.«

Patrick spülte das Geschirr vom Abendessen ab und reichte es mir zum Abtrocknen. Aus der iPad-Station kam Musik von Marvin Gaye. Die Luft roch nach den teuren Feigenduftkerzen, die er angezündet hatte. Ich vermutete stark, dass Michelle sie gekauft hatte, da mir noch nie ein Mann untergekommen war, der den Sinn von Kerzen verstand. Dasselbe galt übrigens für Kissen. Alex saß im Wohnzimmer und sah sich auf DVD *Ratatouille* an, einen seiner Lieblingsfilme. Ich fand die Idee von Nagetieren als Küchenexperten dagegen ehrlich gesagt etwas beunruhigend. Max schlief in seinem Korb und ließ ein zufriedenes, verschnupftes Schnarchen hören. Häusliches Idyll pur. Das einzige Problem bestand darin, dass es nicht *meine* Häuslichkeit war. Es war weder mein Kind, noch mein Hund, noch meine Feigenduftkerze für achtunddreißig Dollar das Stück, und ganz gewiss nicht mein Mann, dessen Haare an den Schläfen grau wurden und der leise den Song mitsang. Das alles gehörte zu einer Frau namens Michelle. Einer zierlichen, wunderschönen Frau, die es schaffte, Limettengrün zu tragen, ohne wie ein Riesenkaugummi auszusehen, und die gegenwärtig in New York lebte, wo sie toll und erfolgreich war und Millionen scheffelte. Und die mich jederzeit auf die Straße setzen konnte, sobald sie beschloss zurückzukommen.

»Alex hat mir die Zeichnung gezeigt, die du gemacht hast«, sagte Patrick und unterbrach damit meine wirren Sorgen. »Die Teller gehören in den Küchenschrank da oben.«

»Oh ... stimmt. Welche Zeichnung?«

»Die mit Max und der kleinen Denkblase.« Er lächelte. »Ich habe sie unter seinem Kopfkissen gefunden und musste lachen. Sehr niedlich.«

»Danke, normalerweise zeichne ich Menschen. Aber vielleicht könnte ich auch Tierkarikaturen dazunehmen, als nette kleine Nische nebenher.« Ich überlegte, dass ich den Hinweis zu meiner Homepage hinzufügen und versuchen sollte, wieder ein paar Aufträge an Land zu ziehen, aber dann fiel mir ein, dass sich Dan immer um mein ganzes Computerzeug gekümmert hatte und ich total schlecht darin war.

»Ich habe noch weiter gedacht«, sagte Patrick. »Ich habe ein paar Freunde, die als Journalisten tätig sind. Vor allem bei Tageszeitungen, aber auch bei Zeitschriften. Hast du je versucht, einen Auftrag für einen Comicstrip zu bekommen?«

Ich lachte aus vollem Hals. »Meinst du das ernst?

Nein, ich habe null Kontakte, und es herrscht eine irre Konkurrenz auf dem Markt.«

»Aber irgendjemand macht diesen Job doch.«

»Jemand, der nicht ich ist.«

»Dürfte ich ihnen deine Sachen wenigstens zeigen?«

»Das musst du Alex fragen, es ist seine Zeichnung; und Max, ob er einverstanden ist, dass sein Bild verwendet wird.«

»Und wenn sie einverstanden sind?« Patrick hatte sich da offenbar in etwas verbissen.

»Wenn du unbedingt willst«, murrte ich und nahm mir das Besteck vor. »Aber könntest du mir den Gefallen tun, es mir nicht zu sagen, wenn sie ablehnen? Ich komme einfach nicht gut mit Abweisung klar.«

»Eine Freiberuflerin, die Abweisung hasst. Wie bist du überhaupt dazu gekommen?« Er legte den Spülschwamm ordentlich auf die Seifenschale neben dem Waschbecken.

Ich verspürte plötzlich den unbändigen Drang, ihn in die Spüle zu werfen, die Küche wieder in Unordnung zu bringen und Kekse über den sauberen Boden zu krümeln. Kein Ort mit einem Kind und einem Hund sollte so ordentlich sein. »Ich habe zum Spaß auf Cynthias Hochzeit damit angefangen«, sagte ich stattdessen. »Sie und ihr Ehemann als Karikaturen.« Obwohl ich Richs Bild etwas abmildern musste. Mit seinem roten Kopf und den Rugby-Proll-Manieren karikierte er sich selbst viel wirksamer, als ich es je auf dem Papier zustande gebracht hätte. »Jedenfalls haben die beiden einen Haufen reicher Freunde, und ungefähr neunundachtzig Prozent von ihnen hatten ebenfalls vor, in dem Jahr zu heiraten. Also bekam ich weitere Aufträge. Dann habe ich eine

Homepage aufgebaut und dieses ganze Google-Suche-Dingsda gemacht. Geburtstage, Hochzeiten, solche Sachen. Manchmal gibt es Leute, die eine Illustration für einen Blog oder eine Zeitschrift wollen. Ich habe das nebenher gemacht, aber es ganz aufgegeben, als wir nach Surrey zogen. Ich bin quasi wie einer dieser nervigen Typen, die einen auf der Straße zeichnen wollen, nur dass ich nicht am Bordsteinrand sitze.«

»Benutzt du das als Slogan? Könnte nämlich etwas Feinschliff gebrauchen.«

»Äh ... nein.« Ich wand mich unter seinem prüfenden Blick. Wenn ein Mann damit loslegte, dein Leben für dich auf die Reihe bringen zu wollen, war das normalerweise ein Zeichen dafür, dass du ihm nicht egal warst. Bloß kannte Patrick mich kaum. Er war lediglich mein Vermieter. Wir hatten einfach nur zur gleichen Zeit etwas vom anderen gebraucht.

»Ich dachte nur, falls es mit der Jobsuche nicht ganz so gut läuft, könntest du das mit der Selbstständigkeit etwas ausbauen. Besuch doch ein paar Hochzeitsmessen und solche Veranstaltungen. Immerhin ist jetzt die Zeit, etwas Neues auszuprobieren, die Flügel auszubreiten, die Fühler auszustrecken und so weiter und so fort. Du könntest auch den Umgang mit dieser Software lernen, die Louisa erwähnt hat.«

Ich warf mein Geschirrtuch nach ihm. »Hör auf, an mir herumzudoktern! Und überhaupt, was ist denn mit *dir*? Hast du vor, langsam mal irgendwelche Punkte von deiner Liste anzupacken?«

»Ach das. Um ehrlich zu sein, weiß ich nicht, ob ich die Zeit dafür habe. Aber ich habe mich mit meinen alten Bandkollegen getroffen, wie du vorgeschlagen hast.

Wie sich herausgestellt hat, machen sie immer noch Musik zusammen. Nächste Woche geben sie ein Konzert, falls du Lust hast mitzukommen.«

»Super! Kriegst du einen Babysitter für Alex?«

»Ich werde nicht gehen. Ich meinte dich und deine Freunde.«

»Aber willst du die Band denn nicht sehen? Ich kann babysitten, wenn du möchtest.«

»Nein«, sagte er schnell.

»Im Ernst, mir macht es nichts ...«

»Nein, ich danke dir, aber wir lassen Alex generell nicht bei anderen Leuten. Es ist ... eine Regel.«

Wir. Plötzlich stand ich außen vor. Traute Patrick mir nicht einmal zu, auf seinen Sohn aufzupassen, obwohl wir im selben Haus wohnten? Vielleicht betrachtete er mich wirklich nur als Untermieterin. Das Lächeln verschwand von meinem Gesicht.

»Alles in Ordnung?« Er sah mich merkwürdig an.

»Ja, ich denke, ich gehe heute früher ins Bett.« Ich schloss den Küchenschrank und erblickte ein schmutziges Schraubglas auf der Theke, in dem getrocknete Tomaten gewesen waren. Es war so voller Öl, dass ich es, ohne weiter darüber nachzudenken, in den Mülleimer warf. »Also dann, gute ...«

Patrick starrte mich an. »Du hast das Glas in den Restmüll geworfen.«

»Äh ... ja. Ich dachte nur, weil es so schmutzig war ...« Oh Gott, Dan hätte mich umgebracht, wenn ich so etwas getan hätte. Ich öffnete hektisch den Mülleimerdeckel. »Tut mir leid, wirklich. Ich hole es raus. Wir können es immer noch in die Glasto...«

Ich spürte Patricks Finger um mein Handgelenk. »Es

ist nur ein Glas, Rachel, du musst nicht den Mülleimer durchwühlen.«

»Aber das Recycling!«

»Also wenn du nichts sagst, ich verrate nichts.« Er lächelte. »Überhaupt, spielt es wirklich eine Rolle, ob manchmal etwas Mehl auf dem Boden liegt oder Glas im normalen Müll?«

»Aber ich dachte, dass es dir wichtig ist?«

»Vielleicht bin ich ja dabei, mich zu ändern.«

Seine Hand war immer noch um mein Gelenk geschlossen, seine Finger streiften meine. Plötzlich konnte ich nicht mehr richtig atmen. Mit seiner Größe, der breiten Brust und dem Zitronenduft schien er auf einmal den gesamten Raum auszufüllen.

Er runzelte die Stirn. »Rachel? Stimmt was nicht?«

»Nichts. Du hast recht … Also dann, gute Nacht.« Ich flüchtete.

Oben in meinem Turmzimmer versuchte ich, mich abzulenken, um nicht mehr an meine Arbeitslosigkeit und mein seltsames Verhalten in der Küche zu denken. Ich hatte nicht mehr richtig geschlafen, seit Dan mich gebeten hatte auszuziehen. Eigentlich die ganzen letzten zwei Jahre schon nicht. Nachts lag ich für gewöhnlich wach und betrieb Panik-Mathematik. Die funktionierte folgendermaßen: Wenn ich unbedingt bis zum Alter X ein Baby haben muss – sagen wir sechsunddreißig –, heißt das, ich muss bis zum Alter von X -1 einen Mann kennenlernen; spätestens mit fünfunddreißig. Doch höchstwahrscheinlich würde ich jede Beziehung im Keim ersticken, wenn ich so loslegte: »Hallo, ich bin Löwe mit einem ausgeprägten Sinn für Humor, könntest du mich innerhalb der nächsten Woche oder so schwängern? Lass mich davor nur kurz ein Thermometer reinschieben.« Was wiederum bedeutete: Fehlschläge und den chronischen Mangel an anständigen Männern eingeschlossen, musste ich genau *jetzt* mit der Suche anfangen. Und sechsunddreißig war womöglich sowieso viel zu spät. Den Zeitschriften nach, mit denen ich mich regelmäßig selbst in Panik versetzte, müsste ich sozusagen *heute* schwanger werden. Praktischerweise zu dem Zeitpunkt, da ich mich gerade von meinem Mann getrennt hatte und ausgezogen war.

»Du bist so tapfer, Rachel«, wiederholten die Leute ständig. Dabei wollte ich das gar nicht hören. Wenn ich tapfer war, bedeutete das nur, dass das, was ich getan hatte, wirklich furchteinflößend war. Dass ich womöglich für immer alleine bleiben und einsam sterben würde, von Katzen angenagt, Turban tragend usw. Ich wollte hören, dass es ein Spaziergang auf dem Ponyhof war.

Panik-Mathe – die einzige Disziplin, von der du dir ernsthaft wünschst, du wärst in der Abschlussprüfung durchgefallen.

10. Kapitel

Als sich die Türen der U-Bahn schlossen, überprüfte ich noch einmal, ob meine Ausrüstung vollständig war. Babyfeuchttücher – *check*. Sauberes T-Shirt – *check*. Handyakku voll (für den Fall, dass ich einen dramatischen Fluchtversuch à la Tunnelgraben in *Gesprengte Ketten* hinlegen musste) – *check*. Ich war so bereit, wie ich es nur sein konnte.

An der Uni hatte Rose viel mit Emma, Cynthia und mir zu tun gehabt. Sie studierte mit Emma zusammen Geschichte und kam oft vorbei, um verkatert mit uns im Bett herumzulümmeln, Disneyfilme anzuschauen und über Jungs zu jammern. Nach unserem Abschluss machte sie noch ihren Master und danach ihren Doktortitel. Sie war eine Freundin, mit der ich mich immer gerne traf – quirlig, versoffen und von einer romantischen Krise in die nächste taumelnd, während sie gleichzeitig Hausarbeiten mit Titeln wie *Die Rolle des Telegramms in Nazi-Deutschland* und *Hitlers Fußballen – änderten sie den Lauf der Geschichte?* verfasste.

Bis sie sie Paul traf. Ich war sogar dabei, als es passierte. Es war Rose' fünfundzwanzigster Geburtstag und sie war selbstverständlich sturzbetrunken. Eigentlich bin ich sogar der festen Überzeugung, dass sie an jenem Abend gekotzt und danach einfach weitergetrunken hat.

Ein Typ von der Uni tauchte mit Paul im Schlepptau auf. Er arbeitete im öffentlichen Dienst, war recht klein und verlor mit seinen sechsundzwanzig Jahren bereits das Haupthaar. Er war sichtlich angetan von Rose in ihrem knappen Glitzerfummel und ihren lautstarken trunkenen Anfragen an den DJ, doch bitte endlich Girls Aloud zu spielen. Ich erinnerte mich noch, wie ich dachte: *Pah, der hat doch keine Chance!*, während ich einen Tequila Slammer runterstürzte. Cynthia verschwand in jener Nacht mit einem männlichen Model und simste uns lauter Bilder aus seinem überquellenden Kosmetikschränkchen. Und Dan und ich wachten am nächsten Morgen in unserem Bett auf – mit einer aufblasbaren Gitarre und überdimensionalen falschen Sonnenbrillen. Das waren noch Zeiten!

Aber Rose gewährte Paul eine Chance. Ein Jahr später heirateten sie in einer hübschen Kirche in Sussex. Ganz in Weiß gekleidet überreichte ihr Vater sie an ihren Ehemann, und sie versprach, ihn zu ehren und ihm zu gehorchen, saß brav da und kicherte, während die Männer der Hochzeitsgesellschaft Reden schwangen. Dann, ein weiteres Jahr später, gab sie ihren Job auf, weil sie schwanger war und »so richtig für die Kinder da sein wollte«. Poppy war inzwischen drei Jahre und Ethan achtzehn Monate alt. Als Poppy ein Jahr alt wurde, zogen sie aus Rose' richtig coolem Loft in Shoreditch aus und kauften sich eine Doppelhaushälfte in Hendon. Bei der Hochzeit rümpften wir die Nasen über die kleinen Beutelchen mit gezuckerten Mandeln und die halbstündige Rede ihres Dads über die Schwimmabzeichen, die die kleine Rose gewonnen hatte. Ich erinnerte mich noch, wie Emma sich mit einem Glas Tequila in der

Hand lallend zu uns umwandte: »Lass und das niiie tun. Von wegen *gehorch'n*! Wir leb'n doch nich' im beschissenen Mitt'lalter. Scheißhochzeiten!« Wir stießen darauf an. Doch dann, zwei Jahre später, heiratete ich, und ein weiteres Jahr darauf Cynthia selbst. Lediglich Emma schien sich standhaft den bürgerlichen Fesseln der Ehe zu widersetzen. Wobei natürlich auch ich gerade dabei war, sie zu sprengen.

Während die U-Bahn Richtung Norden ratterte, dachte ich über die vergangenen Wochen nach. Ich fand immer mehr Dinge über meinen Vermieter heraus. Er war achtunddreißig – ich hatte ein paar Geburtstagskarten in einer Schublade gefunden – und seit sechs Jahren mit Michelle verheiratet. Ich kombinierte diese zwei Fakten, um daraus zu schließen, dass er recht brav war. Daraus und aus der Tatsache, dass eine der Karten mit *in Liebe Mummy und Dadda* schloss. Er mochte Käse, es gab nie weniger als vier Sorten im Kühlschrank. Er trank Rotwein oder Whisky und manchmal Gin Tonic. Und er mochte frisch aufgebrühten Kaffee und las gerne Zeitung sowie Bücher über Kriege, Wissenschaft und Architektur. Außerdem war sein Radio immer auf BBC 4 oder Soulsender programmiert. Wenn er das Radio anmachte und ich es zuvor auf Magic FM umgestellt hatte, bekam sein Gesicht einen zutiefst gequälten Ausdruck. Er war manchmal etwas griesgrämig, wollte immer, dass alles ganz ordentlich war – auch wenn er das Gegenteil behauptete –, und sortierte sogar die Wäsche auf der Leine neu, wenn ich die Socken nicht paarweise nebeneinandergehängt oder die Laken nicht vollkommen glatt gezogen hatte. Das war alles, was ich bisher wusste.

Ich hatte viel mehr über Alex gelernt, der sehr mitteilsam war. Er war älter als viereinhalb, aber jünger als vierdreiviertel. Sein Lieblingsspielzeug war Roger der einäugige Bär und seine liebste Fernsehsendung *Thomas die Lokomotive*. Sein bester Freund in der Schule war Zoltan, und manchmal Emily, weil mit Mädchen konnte man auch befreundet sein, ob ich das wüsste? Sein Lieblingsessen waren Schokoladenkekse, am wenigsten mochte er Sellerie. Er hatte keine Meinung zu Karottensticks.

Was ich über beide nicht wusste, war, ob es ihnen gut ging, oder wie sehr sie Michelle vermissten. Sie wurde nie erwähnt, außer einmal von Alex, um mir bei einer Hausführung in aller Form zu erklären, dass Mummy früher in Daddys Zimmer geschlafen hatte, aber jetzt »hinter dem Meer« wohnte. Ich ging nie ans Telefon für den Fall, dass sie anrief, aber ich wusste, dass es aufgrund der Zeitverschiebung schwierig für sie war, mit Alex zu sprechen, der dann normalerweise in der Schule oder bei irgendwelchen nachschulischen Aktivitäten oder im Bett war. Ein paarmal hörte ich ihn in seinem Zimmer plappern, als er sich auf Patricks iPad via Skype mit ihr unterhielt. Ich wusste nicht, ob Patrick selbst mit ihr redete. Morgens, wenn er seinen Kaffee trank, beobachtete ich ihn manchmal dabei, wie er im Garten stand und seinen Kaffeesatz über den Zaun zu Michelles Lover Alan hinüberwarf und, um das Maß vollzumachen, anschließend dagegentrat. Das Haus stand natürlich leer. Anscheinend hatte Alan ebenfalls ein Penthouse in New York.

Als der Zug aus den Eingeweiden Londons in das gleißende Licht hinausrauschte, ließen wir allmählich alle interessanten Orte hinter uns. Ein Gefühl der Beklemmung überkam mich, ähnlich wie damals, als Dan mich das erste Mal zu unserem Haus nach Surrey brachte. Ein lechzendes Bedürfnis nach einem Starbucks, ein hektisches Herumirren auf der Suche nach der nächstgelegenen U-Bahn Station.

Rose hatte mir lediglich eine vage Anweisung für den Weg zu ihrem Haus gegeben – »Etwa zwanzig Minuten zu Fuß, glaube ich... Paul und ich sind nur noch mit dem Auto unterwegs« – und anschließend vorgeschlagen, von der Haltestelle aus ein Taxi zu nehmen. Ich hatte mir eine Reihe hübscher schwarzer Wagen mit freundlichen gelben Lichtern vorgestellt, aber ich musste bis zu einem Kleintaxi-Büro wandern und im Gestank nach Frittierfett warten, bis man mir eins rief. Hatte ich mich nach Jahren, in denen ich versuchte, meine Freunde davon zu überzeugen, dass es doch gar nicht so weit bis nach Surrey raus sei, schon wieder in einen Großstadtsnob verwandelt?

Rose' und Pauls Heim war ein kleines Reihenhaus in einer schmalen Straße, wo jedes Haus Tretroller und Trampoline im Garten herumstehen hatte, inklusive Plakaten für den Nachbarschaftswachdienst und Heimlieferservice vom Onlinesupermarkt. Genau wie da, wo ich bis vor Kurzem gewohnt hatte. Ich klingelte und lauschte dem Geräuschpegel drinnen, der sich verdächtig nach einem Massaker anhörte.

»Ruhe, Poppy! Nein, du ziehst die Hose wieder an! Wir kacken nicht, wenn Gäste da sind!«

Ich unterdrückte ein Schaudern und setzte mein freudigstes künstliches Lächeln auf.

Eine Liste der Dinge, über die Leute erst reden,
wenn sie in die Vorstadt gezogen sind

1. *Zugfahrpläne*
2. *Nachbarschaftswachdienst*
3. *Schulbezirke*
4. *Gartenzentren*
5. *Terrassenbeläge*
6. *Parkplatzverordnungen*
7. *Bauernmärkte*

»Und der Schmetterlingsflieder! Wir haben ihn erst letztes Frühjahr eingepflanzt. Er hat sich ganz prächtig entwickelt.«

»Sehr hübsch.«

»Und wir haben im Baumarkt diese Gartenbank gekauft. Sie war von zweihundert auf hundertfünfundvierzig Pfund runtergesetzt.«

»Unglaublich.«

»Paul hat den Schuppen ganz alleine gebaut. Er ist super, um den Rasenmäher zu verstauen.«

Ich ergriff die Gelegenheit, um nicht jede weitere Pflanze und noch mehr Möbelstücke, die sie besaßen, bewundern zu müssen. »Wie geht es Paul? Ist er immer noch im Bildungsministerium?«

»Er wurde befördert und arbeitet sehr hart, deswegen kommt er manchmal erst spät heim. Oder gar nicht.«

»Wirklich?«

»Aber das ist in Ordnung!«, sagte sie munter. »Ich meine, die Kinder sehen ihn ja am Wochenende.«

»Und du ... Vermisst du die Arbeit überhaupt nicht?«

Rose blinzelte verdutzt, als sei ihr dieser Gedanke nie gekommen. »Nun, ich würde das hier gegen nichts in der Welt tauschen wollen ... Für sie da zu sein, solange sie noch so klein sind, das kommt nie wieder. Es ist so eine magische Zeit.«

Wie aufs Stichwort kam Poppy aus dem Haus gewatschelt und hielt den Zwickel ihrer Strumpfhose fest. »Mummy, ich glaub, ich habe in die Hose gekackt.«

»Oh! Ist nicht schlimm, mein Schatz. Das passiert.«

Und wie es passiert war. Ich saß auf der reduzierten Bank, wandte den Blick ab und sog den blassen Sonnenschein in mich auf. Rose hatte mir einen Tee angeboten, aber dann vergessen, ihn zu machen, weil es einen Zwischenfall mit Ethan gegeben hatte, der versucht hatte, sich einen Legostein in die Nase zu schieben. Es war ein netter Garten, aber sie waren viel zu bemüht, so zu tun, als handelte es sich um das perfekte Bauernhofidyll, obwohl das Nachbarhaus so nahe stand, dass ich das Mittagsprogramm auf dem Fernseher im Wohnzimmer hören konnte. Ab und an erbebte die Bank, wenn ein Lkw auf der Straße vorbeifuhr oder ein Flugzeug Richtung Heathrow über unsere Köpfe hinwegdüste. War es das, was einen am anderen Ende des Siegertreppchens erwartete: Kinderkacke, Baumarktschnäppchen und Geld für Reparaturen sparen, damit man die Feuchtigkeit im Kinderzimmer in den Griff bekam? Poppy und Ethan teilten sich ein Zimmer, da das Haus nur über zwei Schlafzimmer verfügte, aber ab einem gewissen Punkt würde die Familie noch weiter hinausziehen müssen, um mehr Platz zu haben; vielleicht sogar in einen ihrer Heimatorte. Und dann konnte man genauso gut gleich aufgeben und damit anfangen, die gesamten Wochenenden im Gartenzentrum zu verbringen und die Auslagen mit billigen Duftkerzen anzustarren.

»Hier.« Rose kam mit einem klebrigen Ethan herausgestürmt. »Kannst du ihn einen Moment halten? Ich muss Poppy baden, und er knabbert ständig an den Topfpflanzen herum.«

Ich nahm Ethan entgegen und war wie immer erstaunt, dass Babys gleichzeitig so zart und kompakt sein konnten. »Hallo«, sagte ich. Ethan hatte etwas Klebriges um den Mund, also zog ich eins der Feuchttücher heraus und wischte ihm damit übers Gesicht, während er mich mit ernster Miene betrachtete. Sein Kopf roch nach Milch und Babypuder. Ich spürte, wie meine Arme bereits ein wenig schlappmachten, ein Schmerz, der wohl nur durch das Gewicht eines eigenen Kindes aufgewogen werden konnte. Aber war das wirklich, was ich wollte? Bevor ich mich wieder in meinen Grübeleien verlieren konnte, trug ich Ethan im Garten herum und zeigte ihm die einzelnen Pflanzen.

Zehn Minuten später tauchte Rose wieder auf. »Entschuldige, eigentlich kann sie schon seit Ewigkeiten aufs Töpfchen gehen, aber sie scheint einen Rückfall zu haben.«

»Geht es ihr gut?«

»Sie schämt sich.«

»Du kannst ihr ja erzählen, wie Emma sich damals in die Hose gemacht hat, als wir diese ganzen Wodka Red Bulls im Minty's getrunken haben. Dann wird sie sich bestimmt gleich besser fühlen.«

Rose lächelte, und ein Funkeln ihres alten Ichs blitzte darin auf; einer Rose, die nicht so ausgelaugt und zehn Jahre älter aussah, als sie war, und nach Gemüsebrei roch. Als sie versuchte, ihre Haare mit den Händen zu glätten, hinterließ sie Babypuder darin. »Wie geht es dir, Rachel? Entschuldige, hier geht es zu wie im Irrenhaus.«

»Ich ... Ach weißt du, es war ein seltsames Jahr.« Dinge, die an einer Scheidung zum Kotzen sind, Nummer hundertneunundachtzig: es Freunden und der Familie immer wieder erzählen zu müssen. Es war, wie eine Verlobung oder Schwangerschaft anzukündigen, nur umgekehrt.

Sie wirkte besorgt. »Ich war so überrascht. Du und Dan, ihr habt immer so glücklich gewirkt. Erst vor ein paar Tagen habe ich mir auf Facebook die Fotos angesehen. Erinnerst du dich, wie wir an Silvester alle gemeinsam nach Dorset gefahren sind? Wir haben so viel gelacht. Was ist passiert?«

»Stimmt, wir haben viel gelacht.« Ich konnte ihr nicht erzählen, was passiert war. Das konnte ich niemandem erzählen.

»Ihr habt euch dieses Haus gekauft und alles. Du wirktest so ... angekommen.«

Ich betrachtete die Pflastersteine, zwischen denen die Grashalme hervorlugten. »Tja, ich denke, das war vielleicht das Problem. Man kann auch zu sehr ankommen, verstehst du?« Ich erkannte an ihrem Gesichtsausdruck, dass sie es nicht verstand. Was könnte angekommener sein als ein Haus und zwei Kinder? Letztere konnte man nicht einfach ungeschehen machen, indem man ein Formular unterschrieb. »Wie auch immer, es ist in Ordnung. Wir arbeiten da übrigens so eine Liste ab – ich, Emma und Cynthia.«

»Oh ja, Emma hat so was erwähnt. Eine Liste von Dingen, die man im Leben gemacht haben muss.«

»Genau, eine Packe-das-Leben-am-Schopf-und-habe-mehr-Spaß-Liste. Du solltest mitmachen!« Wir waren inzwischen nach drinnen gegangen, und ich sah mich in dem Chaos um. Spielzeug, Windeln und Geschirr lagen überall verstreut. Ich begriff, dass ich das Angebot nicht so leichtfertig hätte machen sollen.

»Na ja«, Rose hielt kurz inne, »vielleicht irgendwann mal. Ich komme nicht so viel raus.«

»Nein, ich schätze nicht.«

»Aber sag, geht es dir gut? Hast du eine neue Bleibe gefunden?« Sie sah mich bekümmert an. Das passierte mir oft, anstatt ernsthaft zu reden, wollten die Leute einfach, dass ich ihnen versicherte, dass es mir gut ging, damit sie sich nicht weiter um mich sorgen mussten.

»Ich wohne bei jemandem zur Untermiete, bis ich einen Job finde. Er hat auch einen kleinen Sohn. Alex ist vier.« Ich kramte mein Handy hervor und durchsuchte es vorsichtshalber zuerst nach Lebst-du-noch-oder-erstickst-du-schon-an-Sahnetorte-Nachrichten von Cynthia. »Da ist er ja!« Es war ein Bild von Alex, das ich gemacht hatte, als wir mit Max im Heath Park gewesen waren. Er stocherte mit einem Stock in einem Teich herum und lächelte in seinem gelben Regenmantel und den roten Gummistiefeln engelsgleich in die Kamera.

Rose sprudelte über vor Begeisterung. »Was für ein süßer Kerl! Der ist absolut hinreißend. Wie gefällt es dir, mit einem Kind zusammenzuleben?«

»Gar nicht schlecht. Er steht zwar früh auf, aber er ist ziemlich ruhig und gut erzogen.«

»Hmm.« Sie spitzte die Ohren in Richtung eines lauten Knalls, der von irgendwo im Haus ertönte. »Es heißt, die ersten vier Jahre seien die schwierigsten. Wenn man jede Sekunde ein Auge auf sie haben muss, das Geschrei, die Trotzanfälle ...«

Ethan begann zu husten und zu spucken und erbrach etwas Rosafarbenes auf mein Oberteil.

»Die Kotzerei, der Schlafmangel, das komplette Ersterben eures Sexuallebens ...«

Poppy kam heulend ins Zimmer gerannt. »Muuuuuummy! Ich hab noch mal Kacka gemacht. Im Schlafzimmer!«

»Nie auch nur eine Sekunde für dich zu haben, nicht einmal beim Pipi ...«

Ein splitterndes Geräusch erklang.

»Weißt du, ich kann nur hoffen, dass das stimmt.«

Als sie mit Ethan nach oben eilte, packte ich mein Handy wieder ein und war dankbar, dass Alex zumindest seine Körperfunktionen unter Kontrolle hatte.

Als ich nach Hause kam, klingelte drinnen das Festnetztelefon. Ich stand auf der Türschwelle und kramte in meinen Taschen nach dem Schlüssel. Warum konnte ich ihn nie am selben Platz verstauen? Verdammter Mist ... Oh, da war er ja. Zu dieser Tageszeit war es bestimmt nicht Michelle, also konnte ich es riskieren ranzugehen. Ich sprintete hinein und griff etwas atemlos nach dem Hörer.

Eine resolute Frauenstimme war zu hören. »Könnte ich bitte mit Mr. Gillan sprechen?«

»Ich fürchte, er ist bei der Arbeit. Ich bin seine ...« Gott, ich wusste nicht einmal, was ich war. »Kann ich Ihnen irgendwie weiterhelfen?«

»Ich rufe von Alexanders Schule an. Wir hatten gehofft, Mr. Gillan könnte vorbeikommen und ihn abholen. Die Angelegenheit ist dringend.«

»Du meine Güte, was für eine Angelegenheit?«

»Ich fürchte, er hat sich auf dem Spielplatz eine kleine Beule zugezogen.«

»Ich könnte vorbeikommen. Ich bin gleich um die Ecke.« Alex ging auf eine piekfeine Privatschule in der Nähe des Heath Parks, wo von den Kindern erwartet wurde, dass sie Mützen und Blazer trugen, obwohl einige von ihnen kaum eigenständig aufs Klo gehen konnten.

»Ich fürchte, wir sind nicht befugt, ihn an jemand anderes als Mr. oder Mrs. Gillan zu übergeben.«

Bei ihr klang es, als sei Alex ein Gefängnisinsasse. Sofort sah ich vor meinem inneren Auge, wie sich hinter ihm die Türen mit einem elektrischen Summen schlossen, während er einen Karton mit seinen Habseligkeiten umklammert hielt. Ich stellte mir vor, wie Max daraus hevorlugte. »Und wenn sein Dad sagt, dass es okay ist?«

»Das dürfte akzeptabel sein. Wenn Sie es schnellstmöglich einrichten könnten, dass Mr. Gillan sich telefonisch mit uns in Verbindung setzt, bitte.«

Was war es nur, dass vornehme Leute immer so sprechen ließ, als lebten wir in den neunzehnhundertzwanziger Jahren und die verwitwete Herzogin von Dowanger wäre gerade zum Lunch vorbeigekommen? Ich legte auf und wählte Patricks Nummer bei der Arbeit, die in seiner markanten Handschrift auf dem Whiteboard in der Küche vermerkt war.

»Rachel?« Er klang gehetzt.

»Entschuldige, aber Alex' Schule hat gerade angerufen. Sie meinten, er müsse abgeholt werden.«

»Haben sie gesagt, warum?«

»Irgendwas von einer kleinen Beule. Ist es heutzutage

normal, dass Kinder nach Hause geschickt werden, nur weil sie mal hinfallen? Weil ...«

»Haben sie gesagt, dass er hingefallen ist?«, unterbrach er mich.

»Nein, aber ...«

»Rachel, bitte denk nach. Was haben sie gesagt?«

»Das, was ich dir gesagt habe, er hat eine kleine Beule.« Warum war er so angespannt? Das Ganze klang nach einer harmlosen Schramme. Mein Neffe Justin war ebenfalls vier und rannte ständig irgendwo gegen oder stolperte über seine eigenen Füße. »Jedenfalls, bevor du jetzt loshetzen musst, dachte ich, ich könnte ihn abholen, wenn es dir recht ...«

»Nein.«

»Aber das wäre wirklich kein ...«

»Ich muss ihn abholen, okay? Falls die Schule sich wieder meldet, sag ihnen, dass ich auf dem Weg bin.«

Ich biss mir auf die Lippe und legte den Hörer auf. Traute Patrick mir nicht einmal zu, seinen Sohn abzuholen, um die drei Straßen mit ihm nach Hause zu laufen? Ich dachte, wir würden uns langsam näherkommen, Freunde werden, aber wenn er mir nicht mal so weit vertraute, lag ich damit wohl gründlich falsch.

Ich lümmelte in meinem Turmzimmer herum und arbeitete an einer Zeichnung für einen neuen Essensblog – sprechende Sandwiches, ziemlich witzig –, und dachte, dass ich nun gut nachvollziehen konnte, wie diese eingesperrten mittelalterlichen Prinzessinnen sich gefühlt haben mussten. Kein Spaß, keine Verehrer, nur einen Haufen Manuskripte, um Buchstaben auszumalen. Oder waren das die Mönche gewesen? Egal, so ungefähr fühlte ich mich auf jeden Fall. Völlig isoliert von der Außenwelt. Nur dass es mir an schönen langen Haaren und königlichem Anspruchsdenken mangelte. Mit einem Seufzer klickte ich auf meinen Facebook-Account und schnüffelte ausgiebig in Dans Chronikfotos herum. Er hatte sich von mir entfreundet, als wir uns getrennt hatten, aber einige Bilder konnte ich immer noch sehen. Ich klickte mich abermals durch seine Freundesliste auf der Suche nach einer neuen Bekanntschaft, bei der es sich um das Mädchen handeln könnte, von dem Jane gesprochen hatte, aber da war niemand.

Ich hörte, wie die Tür unten zuschlug. Alex und Patrick mussten nach Hause gekommen sein. Immer noch schmollend, beschloss ich, in meinem Zimmer zu bleiben und noch ein paar Listen aufzusetzen.

Eine Liste der Dinge, die mir geblieben sind –
trotz Verlust von Mann, Haus, Job, Flavourshaker etc.

1. *Das Zeichnen. Ein paar kleinere Honorare kommen langsam rein. Nicht genug, um davon zu leben, aber ich liebe das Zeichnen so sehr, dass ich förmlich spüre, wie die Welt und all ihre Probleme von mir abfallen, wenn ich meinen Bleistift in die Hand nehme. Wenigstens habe ich das nicht verloren – trotz des Vorfalls.*
2. *Freunde. Nicht jeder hat Freunde, die einem helfen, über eine Scheidung hinwegzukommen, indem sie einen nötigen, einen Stand-up-Comedyauftritt hinzulegen, sich tätowieren zu lassen und mit wildfremden Kerlen zu schlafen. Ja, ich kann mich wirklich glücklich schätzen, sie zu haben. Wahrscheinlich.*

3. *Familie. Mum und Dad sind immer noch jung und gesund genug, um sich in mein Leben einzumischen. Jess ist ... eine gute Schwester (es ist ja nicht ihre Schuld, dass ihr Leben perfekt ist). Und meine Neffen sind echt süß ...*
4. *Gesundheit. Ich bin am Leben. Ich habe noch sämtliche Gliedmaßen, eine vernünftige Sehschärfe und meine eigenen Zähne ...*

Ich legte den Stift hin, als ich einen Schrei aus der Küche hörte. Was war da los? Ich stürzte die Treppe hinunter und hörte Alex' und Patricks Stimmen aus der Küche.

»Tut mir leid, Kleiner.«

»Mummy macht es viel besser.«

»Ich weiß, ihre Hände sind kleiner. Du bist ein tapferer Junge.«

Stille. »Du musst aufpassen, dass alles reingeht, Dad.«

»Ich weiß.«

»Du musst erst das Blut in dem Schlauch sehen.«

»Ich weiß. Stimmt es so?«

Ich kam durch das Wohnzimmer in die Küche. Alex saß mit hochgekrempeltem Ärmel am Tisch. Die Tischplatte war mit Papier und Nadeln bedeckt. Eine Kanüle mit einem langen Schlauch steckte in Alex' Arm, daran war eine Flasche mit klarer Flüssigkeit befestigt. Blutgefleckte Watte lag daneben, und Patrick schob gerade eine Nadel in den Arm des Kindes.

»Du musst auf die Vene hauen, Daddy«, sagte Alex geduldig.

»Ich weiß, Kleiner. Aber das Ding hier flutscht herum wie ein kleines Würmchen ...«

Ich sah noch, wie sich ihre Gesichter mir zuwandten, und dann kam mir merkwürdigerweise der Parkettboden entgegen. Wie peinlich.

Als ich aus meiner Ohnmacht aufwachte, fand ich mich ans Sofa gelehnt wieder. Alex tätschelte mein Gesicht. Er hatte ein Pflaster in seiner Ellbeuge, aber sonst schien es ihm gut zu gehen.

»Wie geht es deinem Kopf?« Patrick reichte mir ein Glas Wasser.

»Autsch, ganz gut.«

»Alex, warum gehst du nicht schon hoch ins Bett? Ich komme gleich und decke dich zu.«

Während Alex langsam die Treppe hochstieg, verteilte er großzügig medizinische Ratschläge. »Du musst ein Tuch auf ihren Kopf legen.«

»Ich weiß.«

»Sie kann Roger haben, wenn sie mag«, rief er zögernd nach unten. »Ich meine, wenn es ihr *richtig* schlecht geht.«

»Danke, Alex«, sagte ich schwach. »Tut mir leid, ich bin echt nicht gut mit Spritzen und Nadeln. Aber behalt Roger ruhig. Sonst regt er sich noch auf wegen meiner Dummheit.«

»Trypanophobie«, sagte Patrick.

»Hm?«

»Es ist genau genommen nicht die Angst vor Spritzen, sondern die Angst vor Dingen, die die Haut durchbohren, stimmt's?«

»Ja«, sagte ich verwundert. Ich ertrug es auch nicht zu sehen, wie jemand im Fernsehen operiert oder abgestochen wurde. Es war nicht das Blut, es war das Durchbohren.

»Viele Kinder wie Alex entwickeln so was, aber er kommt Gott sei Dank ganz gut damit zurecht. Er hegt eine Art morbide Faszination dafür.«

Ich wartete darauf, dass er mir erklärte, was er mit »Kindern wie Alex« meinte.

»Er hat Hämophilie, die Bluterkrankheit«, sagte Patrick zögerlich. »Weißt du, was das ist?«

»Haben die Royals das nicht? Das Blut gerinnt nicht, oder? Hat das nicht auch was mit der Russischen Revolution zu tun?« Ich fühlte mich wie in einer Quizshow, in der ich möglichst schnell möglichst viele Fakten loswerden musste. »Stimmt das?«

»Mehr oder weniger. Es ist nicht so gefährlich, wie die Leute glauben. Kleinere Wunden sind kein Problem. Wirklich schlimm ist es, wenn die Betroffenen in den Gelenken oder gar im Gehirn bluten. Deswegen musste ich Alex auch von der Schule abholen. Sie können ihn nicht behandeln, sie wüssten gar nicht, wie.«

»Wolltest du deswegen nicht, dass ich ...?«

»Ja, entschuldige, das musste ich selbst erledigen. Alex kann deswegen auch nicht wirklich viele Sportarten machen. Und es ist der Grund für die Gummistiefel. Die halten ihn davon ab, zu schnell im Haus herumzurennen.«

»Wow. Er ist noch so klein und muss mit all dem zurechtkommen.«

Patrick starrte auf seine Hände, seine Stimme war heiser. »Er ist sehr tapfer.«

»Seit wann wisst ihr es?«

»Seit seiner Geburt, die Nabelschnur hörte nicht auf zu bluten. Es war ein riesiger Schock. Michelle dachte, sie würde das perfekte Baby auf die Welt bringen, doch wie du vielleicht weißt, wird diese Krankheit immer von der Mutter vererbt. Sie kam nur schwer damit zurecht. Anfangs ließ sie nicht zu, dass irgendjemand ihn berührte oder hielt. Selbst ich nicht. Sie trat bei der Arbeit kürzer und verpasste damit die Chance auf eine Beförderung. Michelle ist sehr ... ehrgeizig. Sie kam nicht damit klar, dass etwas in ihrem Leben so gründlich schiefging.«

Ich wusste nicht, was ich sagen sollte. »Tut mir leid.«

Ich war überrascht von seiner heftigen Reaktion. »Mein Gott, warum tut es immer allen leid? Es besteht keinerlei Notwendigkeit, ihn zu bemitleiden. Er hat eine Krankheit, aber ansonsten ist er ein ganz normaler kleiner Junge.«

»Natürlich ist er das. Aber gibt es nicht trotzdem Dinge, die ich besser wissen sollte?«

»Ich hätte es dir sagen sollen, ich weiß. Es ist nur ... Die Leute behandeln ihn anders, wenn sie es herausfinden. Und du warst so lieb und natürlich im Umgang mit ihm.«

»Aber was, wenn er sich wehgetan hätte, als ich alleine mit ihm war.«

»Du warst nie alleine mit ihm. Es tut mir leid. Ich dachte, dass du ihn sonst vielleicht ... dass du *uns* gemieden hättest.«

»Das hätte ich nicht.«

»Rachel, du bist gerade beim Anblick einer Kanüle ohnmächtig geworden.«

Jetzt hatte er mich. »Ich kann aber die Symptome lernen. Damit ich weiß, was ich in welcher Situation tun muss.« Ohne darüber nachzudenken, griff ich nach Notizbuch und Stift, die auf dem Couchtisch lagen.

Patrick lächelte schief. »Du willst eine Liste anlegen, ja?«

»Ja, ich finde, Listen helfen in fast jeder Situation.« Da fiel mir etwas ein. »Dieses ganze medizinische Zeug... Ist der kleine Kühlschrank deswegen verschlossen?«

»Ja, ich wollte nicht, dass Alex darin herumstöbert. Was hast du denn gedacht?«

»Ich weiß nicht. Bestimmt keine Mordwaffen oder etwas in der Art.«

»Hätte ich dich umbringen wollen, hätte ich es längst getan. Denk doch nur an den ganzen guten Wein, den du in der Zwischenzeit getrunken hast. Das wäre die reinste Verschwendung gewesen.«

»Na ja, du könntest auch einfach nur ein sehr inkompetenter Mörder sein.«

Patrick lachte, während er die Utensilien zusammenräumte, und ich spürte, wie mich Erleichterung durchströmte. »Hey, Rachel«, sagte er. »Auf deiner Liste steht doch auch, dass du dir ein Tattoo stechen lassen musst, oder?«

»Ja, warum?«

»Ach nichts, das wirst bestimmt ganz toll. Vielleicht können sie ja ein paar umsichtige Feen auftreiben, die es dir auf die Haut *malen*.«

11. Kapitel

Es war eine Weile her, seit ich in der Londoner Nachtwelt unterwegs gewesen war. Die Mode hatte sich geändert. Die Zeiten hatten sich geändert. Die Top-Trends, die ich innerhalb von zwanzig Minuten in einer Bar in Camden gesichtet hatte, waren:

Eine Liste der Trends,
die man in hippen Londoner Bars sehen kann

1. *Aufdringliche Tattoos, die den kompletten Arm bedecken, vor allem bei Mädchen*
2. *Übergroße Schlabberpullis, wie sie deine Oma für dich gestrickt hat, als du drei warst, oft mit einem Pinguin oder einem anderen drolligen Tierchen versehen*
3. *Große buschige Bärte wie sie sonst Hinterwäldler in den Appalachen tragen, die dir mit deinem Kanu behilflich sein wollen*
4. *Struppige, toupierte Beehive-Frisuren in Kombination mit rotem Lippenstift und leichenblassem Make-up*
5. *Hipster-Brillen*

Ich fühlte mich ungefähr hundertfünfzig Jahre alt. Und

meine Freunde erwiesen sich ebenfalls als wenig hilfreich.

»Was für Weißwein haben Sie denn da?«, rief Cynthia der tätowierten Barfrau über die Musik hinweg zu.

»Hauswein.«

»Nein, ich meine, ist es ein Sauvignon? Sancerre? Ich schätze mal, ich nehme einen Pinot Grigio, wenn es alles ist, was Sie haben.«

»Es ist der Hauswein.«

Cynthia setzte ihre Kleine-Leute-Stimme ein. »Und welche *Art* von Wein ist Ihr Hauswein?«

Das Mädchen lugte unter den Tresen. »Weißer.«

Es wurde nicht besser. Nach Patricks Angebot, ein Konzert seiner Freunde zu besuchen, hatte ich alle genötigt, mit mir hinzugehen, indem ich betonte, wie wichtig es sei, das Leben am Schopf zu packen, den Tag zu nutzen und so weiter. Ich hatte es als gutes Zeichen gedeutet, dass Emma und Cynthia einem gesellschaftlichen Event mit weniger als einem Monat Vorlaufzeit zugestimmt hatten. Aber nun, da wir hier saßen, stand es mit der Stimmung nicht zum Besten. Emma kam zu spät, war mürrisch und weigerte sich zu sprechen, da »eine Erkältung im Anmarsch« sei und sie ihre »Stimme schonen musste«. Im Gegensatz dazu befand sich Ian in einer merkwürdig beschwingten Laune, bestellte Whisky und feuerte laut die schräge Vorband an, die aus einem Mann mit Banjo und einem Mädchen bestand, das selbstverständlich tätowiert war und ihren Waschbrettbauch zeigte. Ich glaube, sie nannten sich The Banjo's Ghost, und nach etwa zehn Minuten waren sie ungefähr ebenso unwillkommen, wie ihr Name vermuten ließ.

Ian hörte nicht auf, mich zum Thema Stand-up-Comedy zu löchern. »Sei ganz ehrlich, ja? Denkst du, ich könnte auf der Bühne den Durchbruch schaffen, ich meine, bei einem Open Mic?«

»Ich weiß es nicht. Die haben gesagt, dass es recht unwahrscheinlich ist, damit Geld zu verdienen. Das kann Jahre dauern. Die meisten Auftritte finden in Orten wie Luton statt, und du bekommst nicht einmal die Fahrtkosten erstattet.«

»*Luton.*« Er sprach das Wort aus, als handele es sich um einen unbelebten Planeten, was womöglich gar nicht so weit entfernt von der Wahrheit war. »Hmm.«

»Siehst du?«, sagte Emma. Sie nippte mit säuerlicher Miene und roter Nase an ihrer Cola Zero. »Wir können es uns nicht leisten, dass du deine Zeit mit solchem unbezahlten Mist verplemperst. Wir müssen für eine Kaution sparen.«

»Aber ich bin lustig. Alle sagen das.«

»Du bist in bestimmten Alltagssituationen lustig, Schnucki. Aber du könntest dich nicht auf die Bühne stellen und Witze reißen.«

»Warum nicht?«

»Ach, komm schon, Schnuckelchen. Wir sind jetzt dreißig. Wir müssen akzeptieren, dass dies unser Leben ist. Du bist ein toller Sozialarbeiter.«

»Moment mal«, mischte sich Cynthia ein. »Ist das nicht der Grund, warum wir das alles hier machen – das Tanzen, Rachels Comedy und das ganze Zeug –, damit wir eben nicht akzeptieren, dass das alles ist? Pendeln und arbeiten, bis wir tot umfallen? Das war der Grundgedanke hinter dem ganzen Plan, Emma, das Leben am Schopf packen!«

Emma kniff die Augen zu schmalen Schlitzen zusammen. »Warum stellst du dich auf seine Seite?«

»Es gibt hier keine Seite. Ich denke einfach, dass es eine gute Sache ist, wenn Ian etwas Neues ausprobieren will, das ist alles.«

»Und wer soll für sein teures Hobby aufkommen, das uns nichts einbringt?«

»Ich sitze neben dir«, sagte Ian ärgerlich. »Sprich nicht über mich, als sei ich nicht da.«

Cynthia verzog gequält das Gesicht. Sie hasste es, über Finanzielles zu diskutieren. »Ähm... vielleicht könnten wir alle...«

»Nicht jeder hat genug Geld, um damit alle Probleme in seinem Leben zu lösen, Cynthia.«

»Das sag ich doch gar nicht! Ich merke einfach nur, dass Ian das wirklich tun will. Und wir haben gesagt, dass wir alle neue Dinge ausprobieren wollen, um aus unserer Krise herauszukommen.«

Emma ließ ihren Blick zwischen den beiden hin und her wandern und trank dann abrupt ihr Glas aus. »Hört mal, ich gehe nach Hause. Mir ist nicht so nach Feiern zumute.«

Cynthia verdrehte die Augen. »Ach, komm schon, jetzt sei doch nicht beleidigt.«

»Bin ich nicht. Ich habe bereits gesagt, dass ich mich nicht wohlfühle. Sorry, Rachel. Schnuckel, du bleibst!« Es war unglaublich, wie bedrohlich das Wort »Schnuckel« klingen konnte, wenn man sich Mühe gab.

Ein wenig später ging ich auf die Toilette, bei dem Gestank in der Kabine musste ich würgen. Ich fragte mich, was das alles sollte. Seit Emmas Abgang waren Cynthia und Ian betont bei der Sache und tranken mit der grimmigen Entschlossenheit von Wild-West-Revolverhelden. Ich fand die Klos in dieser Art hipper Bars recht anstrengend. Erstens war es offenbar wahnsinnig uncool, »Damen« oder »Herren« über den Eingang zu schreiben, stattdessen standen da immer nur kryptische Buchstaben oder Zeichnungen, sodass man jedes Mal rätseln musste, durch welche Tür man gehen sollte. Dann gab es diesen »ironisch« bröckelnden Putz an den Wänden, es herrschte »cooler« Hygienemangel, und man bekam ständig Gespräche über Drogen mit. Da ich nie was Stärkeres zu mir nahm als eine Teekanne mit drei Beuteln, fühlte ich mich alt und deprimiert. Sollte das nun mein Leben sein? In Bars abhängen, in denen die Musik zu laut war und meine Sohlen am Boden klebten? Ich verließ die Toilette und trocknete mir die Hände an dem alten Band-T-Shirt ab, das ich in meinem Türmchen in Hampstead noch ziemlich cool gefunden hatte, das hier aber ungefähr so hip wirkte wie ein Trainingsanzug aus Nylon.

Die nächste Gruppe war gerade dabei, den Soundcheck zu machen, und eine Serie von schrillen Rückkoppelungstönen schlug mir entgegen. Ich schlenderte zu Ian und Cynthia hinüber, die mich seltsam ansahen.

»Du hast es uns gar nicht gesagt«, sagte sie vorwurfsvoll.

»Hä?«

»Ich wäre fast nicht gekommen. Wenn du es gesagt hättest, hätte ich nicht die ganze Zeit hin und her überlegt.«

»Ich wusste nicht einmal, dass er überhaupt spielt.« Ians Gesicht erstrahlte in ehrfurchtsvoller Bewunderung. »Das ist eine *Fender*.«

»Leute, ich habe keine Ahnung, wovon ihr redet.«

»Schau dir den Bassisten an«, sagte Ian und deutete zur Bühne.

Ich musste blinzeln. Der Mann war groß, etwas älter als ich, aber auf lässige Art und Weise süß, sein lockiges Haar wurde an den Schläfen grau. *Oh mein Gott!* Der Bassist war Patrick.

Der Sänger war ein kleiner Kerl mit Bart. Kein plumper Rockerproll, sondern mehr so der verlotterte Collegeboytyp. Er trat an das Mikrofon, um das Publikum zu begrüßen. »Hi miteinander! Wir sind Solomon the Wise. Ich möchte euch für heute Abend einen ganz besonderen Gast am Bass vorstellen; er springt für Ed ein, der sich wieder mal einen Tennisarm zugezogen hat. Bitte begrüßt mit mir ganz herzlich ... Patrick!«

Patrick lächelte und beugte seinen Kopf schüchtern über den langen Hals seines Basses.

»Du wusstest es nicht?«, fragte Cynthia, als sie mein ungläubiges Gesicht sah.

»Nein, aber weißt du, was er da tut? Das ist seine Liste!«

»Was?«, rief sie über die Musik hinweg, als die Band anfing zu spielen.

»Na, seine Liste! Das ist einer der Punkte darauf. Er wollte wieder in einer Band spielen – und er zieht es durch!«

»Patrick hat eine Liste?« Sie sah verwirrt aus, doch ich konnte es ihr nicht erklären, da im selben Moment die Gitarren einsetzten und meine Stimme von einer Welle aus traurigen, bittersüßen Klängen verschluckt wurde.

Ich schloss die Augen, lächelte und wiegte mich im Rhythmus der Musik. Er zog die Dinge auf seiner Liste durch. Er hatte auf mich gehört. Wir würden das gemeinsam schaffen, und es würde total viel Spaß machen und ... *Ach du Scheiße!* Mir wurde klar, dass das bedeutete, dass ich Fallschirmspringen gehen musste.

»Das war super!« Patrick und ich spazierten von der U-Bahn-Station Hampstead nach Hause zurück. Die Bürgersteige waren rutschig vom Regen, die Lichter der Cafés und Bars spiegelten sich darin, und in meinen Ohren klingelten angenehm die rockigen Beats nach. »Du warst echt toll.«

»Das glaube ich kaum. Ich habe nur das Hintergrundgedudel für ein paar Coversongs von den Pixies geliefert. Das hätte auch ein Kleinkind hingekriegt.«

»Aber du bist da rausgegangen! Du hast dein Leben angepackt!«

»Ich würde nicht sagen, dass ich es angepackt habe, vielleicht eher etwas schwerfällig aufgehoben.«

»Das ist ein Anfang. Wie hast du eigentlich einen Babysitter für Alex gefunden?«

»Es gibt da eine Krankenschwester in seiner Spezialklinik, die manchmal auch privat auf Kinder aufpasst. Also dachte ich, dieses eine Mal ...«

Seit meinem dramatischen Ohnmachtsanfall war alles etwas lockerer zwischen uns geworden, und ich fragte mich, ob es teilweise an dem Druck gelegen hatte, Alex' Zustand vor mir geheim zu halten, dass Patrick manchmal so angespannt gewirkt hatte. Alex ging total cool damit um und hatte mir, während ich mir Mühe gab, nicht umzukippen, gezeigt, wie er die Nadel in sich piksen konnte, um die »Mezinin« in sein »zu schnelles Blut« zu injizieren. Er war erst vier – das war unglaublich!

»Das ist doch super. Also, was steht als Nächstes an?«

Patrick schob die Hände in die Taschen seiner Lederjacke. »Oh, ich weiß nicht. Wie wäre es mit einem von deinen Punkten?«

»Ich habe schon Tanzen und Stand-up-Comedy hinter mir. Wir sollten als Nächstes noch was von deiner Liste machen. Komm schon, das wird lustig! Ich werde die Mädels auch überreden.«

»Wo war denn Emma heute Abend?«

»Sie ist beleidigt abgezogen. Das macht sie ziemlich oft. Morgen wird sie sich beruhigt haben.«

»Ed macht das auch, wenn sie keinen Craft Cider hinter der Bar haben.«

»Siehst du, unsere Freunde haben *massenhaft* Dinge gemein.«

Wir waren beinahe zu Hause – sein Zuhause, meine Übergangsunterkunft –, in der Küche brannte Licht. Mit der Hand am Gartentor drehte sich Patrick zu mir um und sagte: »Komm, lass uns einen anständigen Wein trinken. Das Zeug in der Bar hätte gerade so zum Toilettenputzen getaugt.«

»Patrick, du Snob, ich muss mich schon wundern.«

»Aber ich habe doch gar nicht …«

»Die Toiletten putzen? Die *putzen* doch nicht ihre Klos. Ich meine, wie spießig ist das denn?«

Patricks Liste der Dinge, die er tun muss,
um der Nach-der-Trennung-vor-der-Scheidung-Krise
zu entgehen

1. *Klettern*
2. *Fallschirmspringen*

3. ~~Wieder auf einer Bühne spielen~~
4. Sich betrinken
5. Sich verabreden
6. Lernen, wie man einen Fisch filetiert
7. Max an einer Hundeschau teilnehmen lassen
8. Ein tolles Auto kaufen
9. Mit Alex ins Ausland verreisen
10. ??

12. Kapitel

»Das war eine ganz schreckliche Idee«, sagte Cynthia und betrachtete den Haufen Fischeingeweide vor sich.

»Es war deine«, erwiderten Emma und Ian einstimmig.

Emma war bereits dabei, ihr Messer auf wirklich angsteinflößende Art und Weise zu schärfen. Sie sah aus wie ein Ninja in blau gestreifter Schürze. »Außerdem geht es doch genau darum«, sagte sie in ihrer Grundschullehrerinnenstimme. »Wir müssen alle Dinge tun, die uns Angst machen. Ich musste tanzen, Rachel vor Publikum auftreten ...«

»Und *alles andere* auch, lasst uns da nicht vergessen«, fügte ich hinzu.

»Und du musst eben ...«

»Kochen«, ergänzte Cynthia düster.

Ich hatte mich gefreut, als Emma mir gemailt hatte, dass sie uns alle, inklusive Patrick, für einen Kochkurs angemeldet hatte. Es schien ganz so, als hätte sie sich von ihrer miesen Laune der letzten Woche erholt, um zu ihrer Wir-packen-das-Leben-am-Schopf-Einstellung zurückzukehren. In meiner Begeisterung hatte ich allerdings vergessen, dass der Gedanke an jedwede Art der Essenszubereitung, die über Sandwichmachen hinausging, Cynthia in Angst und Schrecken versetzte.

»Das schaffst du doch mit links«, sagte Ian verwundert. »Du tischst uns doch immer diese Gourmetmenüs auf, wenn wir bei dir sind. Rehrücken und so.«

Betretene Stille machte sich breit, und Emma murmelte etwas, das verdächtig nach »Catering« klang.

Ian wirkte bestürzt, überspielte sein Entsetzen aber schnell. »Ach... egal, ich denke, das hier wird super. Ich wollte schon seit Ewigkeiten meine Klingen richtig scharfmachen. Haha, schärfen.«

»Es geht nur darum, einen Fisch klein zu schneiden. Das ist keine Zauberei«, sagte Emma naserümpfend.

»Und genau da liegst du falsch. Es gehört *Können* dazu. Ich frage mich, ob er uns *Fugu* machen lässt. Ihr wisst schon, diesen japanischen Kugelfisch. Wenn man auch nur kleinste Teile seiner Innereien isst, schwillt man an und stirbt.«

»Sicher, dass du nicht schon welchen gegessen hast?«

»Hahaha.«

Cynthia und ich waren zusammen in einem Team, das keifende Pärchen stand hinter uns. Aber was war mit Patrick? Das hier kam immerhin von seiner Liste, und der Rest von uns war nur mit von der Partie, um den »Spirit« unserer Mission aufrechtzuerhalten.

»Patrick ist noch nicht da, oder?« Ich sah mich im Raum um. Insgesamt befanden sich fünfzehn Personen in der Großküche, aber er war definitiv nicht darunter. Heute Morgen hatte er grummelt, er habe einen Haufen Arbeit zu erledigen. Aber er würde doch sicherlich keinen Rückzieher machen, oder?

Wir verteilten uns an die Arbeitstische und legten Schürzen an. Ich zählte gerade durch, um zu sehen, wer noch keinen Partner hatte, als sich die Tür öffnete.

Patrick kam herein und schüttelte einen großen, altersschwachen Regenschirm aus. Erleichterung durchströmte mich. »Sorry, ich bin spät dran«, sagte er. »Wir hatten einen Notfall mit einer tragenden Mauer.«

»Das muss eine schwere Bürde gewesen sein.« Gott, ich klang ja schon wie Ian.

»Muss ich jetzt ganz allein kochen?«

»Du kannst bei mir mitmachen«, sagte eine sexy, raue Stimme hinter mir. »Hi! Ich bin Arwen.« Arwen war eine Göttin in Rot mit knallengen Overkneestiefeln. Ihr Kleid wurde komplett von der Schürze bedeckt und ihr glänzendes karamellfarbenes Haar war zu einem Pferdeschwanz hochgebunden. Dem Akzent nach zu urteilen war sie Amerikanerin. Patrick mochte Amerikanerinnen – immerhin hatte er eine geheiratet.

Ich zuckte entschuldigend mit den Schultern. »Tut mir leid.«

Er schien jedoch ganz glücklich mit seinem Los und schüttelte Miss Amerika die Hand, während er die Schürze umband.

Nun, das war sicherlich eine gute Sache. Vielleicht konnte er sogar mit ihr ausgehen und sich gleichzeitig betrinken und auf diese Weise zwei andere Punkte von seiner Liste abhaken.

Eine Liste der Leute,
die man in Abendkursen trifft

1. *Solche, die schon Experten sind und den Kurs vermutlich nur unterwandern, um sich selbst besser zu fühlen.*
2. *Solche, die den Kurs als Gratistherapie nutzen und*

den ganzen Abend beanspruchen, um von ihren gescheiterten Ehen, finanziellen Problemen und kürzlichen Darmspiegelungen zu erzählen.
3. *Solche, die unfassbar talentiert sind, denen es jedoch an jeglichem Selbstbewusstsein fehlt, und die daher vollkommen von Nr. 1 überschattet werden, da sie ständig zu viel Angst haben, das Wort zu ergreifen oder die Hand zu heben.*
4. *Den unfassbar attraktiven und doch traurigen Mann, der das »Einmaleins des Tischlerns« als Weg benutzt, um nach dem tragischen, jedoch praktischen Tod seiner Frau wieder ins Leben zurückzufinden... Nun, hier gibt es noch Hoffnung.*

Der Kursleiter hieß Phil und war ein ziemlich einschüchternder Koch der alten Schule, der auf dem Essen herumklatschte, als hätte es ihn persönlich an diesen Abschaum von Anfängern ausgeliefert. »Filetieren ist eine Kunst für sich«, knurrte er an seinen Hackblock gelehnt den Kurs an, der ironischerweise in seinem Restaurant versammelt war, das Cours hieß. »Mann muss das Messer an exakt der richtigen Stelle ansetzen und es blitzschnell durchziehen. Es hängt alles vom Handgelenk ab.«

»Wie so vieles«, hörte ich Ian kichern.

Emma seufzte. »Hörst du bitte zu, ja?«

»Machen Sie es mir nach.« Phil ließ uns mit den Messern vor uns herumfuchteln, und ich unterdrückte den Drang, meine lebenswichtigen Organe abzuschirmen. »Sie hacken und metzeln nicht herum, Sie filetieren. Kunstvoll, aber tödlich.«

»Er ist aber doch schon tot, oder?« Emma musterte misstrauisch den Fisch auf ihrem Schneidebrett.

Vielleicht würde dieser Kurs ihren latenten Vegetarismus wieder zum Vorschein bringen. An der Uni hatte sie kein Fleisch gegessen, aber das war einfach gewesen, weil wir es uns ohnehin nicht hatten leisten können. Aber eines Tages war sie eingeknickt und hatte eine ganze Packung Putenschinken verschlungen. Ian sagte immer wieder, er würde sie verlassen, wenn sie ihm verbiete, BiFi im Haus zu horten, und das war's dann mit der vegetarischen Ernährung gewesen.

Ich fragte mich, wie es Patrick erging, aber ein tiefes, schallendes Gelächter hinter mir war Antwort genug. Ich konnte auch Miss Amerika hören, ein sanftes mädchenhaftes Kichern. Ich war nicht sicher, was ich davon halten sollte. Ich hatte gedacht, wir beide seien viel zu lädiert, um überhaupt an Dating zu denken, aber vielleicht ging es nur mir so. Dinge, die an einer Scheidung zum Kotzen sind, Nummer hundertvierundneunzig: das Gefühl, beim Wer-kämpft-sich-schneller-aus-der-Krise-nach-der-Scheidung-Rennen zu versagen.

»Wie geht es eigentlich mit der Arbeit?«, fragte ich Cynthia, die in ihrem Fisch herumstocherte, als würde sie versuchen, einen Abfluss freizumachen.

»Du kennst doch die Szene in *Gesprengte Ketten*, wo Steve McQueen ganz allein in den Bau gesteckt wird und mit seinem Baseball und Fanghandschuh spielt?«

»Ja.«

»So, nur ohne Handschuh.«

»Du kannst jederzeit aufhören, das weißt du. Wenn es so schrecklich ist ...«

»Ich habe eine Hypothek, die ich abzahlen muss.«

»Ja schon, aber könnte Rich nicht ...«

Sie versenkte ihr Messer fast komplett in dem armen Fisch. »Rachel, wir können uns das Haus kaum mit den zwei Gehältern leisten. Ich kann den Job nicht aufgeben, so ist das Leben. Du hast das nur vergessen, weil du zu Hause in deinem Pyjama arbeitest.«

Ich wollte einwenden, dass sie umziehen könnten, dass niemand vier Schlafzimmer brauchte, wenn man wie sie nur zu zweit wohnte, aber ich wusste, dass es hoffnungslos war. Cynthia brauchte das alles, das Haus, das Geld, die Sicherheit. Sie war in Armut aufgewachsen und könnte nie aufhören zu arbeiten, ohne dabei das Gefühl zu haben, die Kontrolle und jegliche Sicherheit zu verlieren. Ich kapierte es nicht, aber zweifelsohne verstand auch sie nicht, warum ich meine Abgeschiedenheit, Papier und gute Beleuchtung mehr brauchte als ein eigenes Heim.

»Wie geht es eigentlich Rich?« Ich rupfte mit dem Messer durch meinen Fisch.

»Oh, er ...« Sie seufzte. »Wenn ich es wüsste, würde ich es dir sagen. Ich habe ihn den ganzen letzten Monat kaum zu Gesicht bekommen. Im Grunde seit der Tanzstunde nicht mehr.«

»Hat er so viel zu tun?«

»Er lebt mehr oder weniger im Büro.«

»Kommt er nachts auch nicht nach Hause?« Meine Alarmglocken schrillten, aber wahrscheinlich war es inzwischen ganz normal, unter seinem Schreibtisch zu schlafen und sich in den Angestelltentoiletten zu waschen. Rose' Ehemann Paul schien es genauso zu machen.

»Sie haben dort extra Ruhezimmer, und er ist viel

unterwegs. Er war diesen Monat schon viermal in den USA. Sie stecken mitten in einem großen Fall.«

»Das muss echt hart sein.«

Sie blinzelte auf ihren Fisch hinab, der stumm zurückglotzte. »Es ist schon in Ordnung. So läuft es eben. Ich würde ihn nur gerne öfter sehen.«

»Vielleicht könntest du ein nettes Wochenende für euch zwei organisieren. Ein Landhotel mit Swimmingpool, Champagner trinken in der Badewanne ... Er mag doch Golf, oder nicht?«

Sie hielt kurz inne, aber dann antwortete sie betont fröhlich. »Ja, das ist eine gute Idee. Das könnte ich machen.«

Hinter mir hörte ich Ian. »Hey, Emma, Honigschneckchen! Guck mal!«

»Ich versuche, mich zu konzentrieren«, schnauzte sie ihn an.

Einen Augenblick war er ruhig. »Hey, Rachel. Rachel!«
Ich drehte mich um.

Ian hielt mir ein Fischauge entgegen. »Ich habe ein Auge auf dich geworfen ... Haha. Hast du's kapiert?«

»Ja, sehr schön. Denk daran, dir die Hände zu waschen.«

»Hey, Rachel. Rachel!«
Ich drehte mich wieder um.

Ian hielt sich Fetzen von Fischhaut vors Gesicht. »Mir ist es wie Schuppen von den Augen gefallen! Haha!«

Ich sah zu Emma, deren Gesicht von kaum verhohlener Wut verzerrt war. »Bei Gott, wenn er nicht gleich ...!«

Ich schenkte ihr einen mitfühlenden Blick. Ian schien seine Witzereißerei stark intensiviert zu haben, seit ich ihn mit meinem Auftritt als Komikerin inspiriert hatte.

»So, alle miteinander«, knurrte Phil von vorne. »Für den nächsten Schritt brauche ich einen Freiwilligen.«

Ich musste mich nicht einmal umdrehen, um zu wissen, dass Ians Hand sofort hochschoss.

Phil und sein urkomischer Assistent – der darauf bestand, seinen Schuppenwitz dem gesamten Kurs vorzuführen, was nicht wirklich gut ankam – schnitten den filetierten Fisch in schmale Streifen und stellten dann die Sushihäppchen zusammen. Ian hielt die Matte, während Phil ehrerbietig die knittrigen Algenblätter auslegte, dann den Reis darauf verteilte und den Fisch hineinlegte. »California Roll«, knurrte Phil. (»Bin ganz von der Rolle«, sagte Ian. Wir ignorierten ihn.) »Himmlisch, nicht? Nun versuchen Sie es.«

Cynthia konzentrierte sich so stark, dass kleine Schweißperlen unter ihrem hundert Prozent erdbeben- und bombensicheren Zweihundert-Pfund-die-Flasche-Make-up hervortraten. Bei unserem ersten Versuch zerrissen wir das Algenblatt. »Komm schon«, rief sie. »Lass uns loslegen! Lass uns das durchziehen! Gib hundertzehn Prozent, Kenny!« Ich strich das Algenblatt glatt, und sie nagelte es mit den Fingern auf die Matte. »Und jetzt den Reis. Mach ihn rein! Mach ihn einfach rein!«

»Jesus, ich hoffe echt, du redest mit Rich nicht so.«

Der Blick, mit dem sie mich bedachte, ließ mich sogar den Fisch beneiden, dessen Gedärme und Augen aus dem Mülleimer neben uns lugten.

Am Ende des Kurses hatten wir eine Platte zerfleddertes Sushi fabriziert, aus dem der Reis hervorquoll. Emmas Maki waren perfekte kleine Kreise, die Phil mit dem Wort »Himmlisch!« beschrieb, woraufhin sie stolz strahlte. Das mussten die Fertigkeiten im Ausschneiden sein, die sie in der Grundschule erworben hatte. Aber das beste Sushi der Klasse war das von Patrick und Arwen, die ihre Platte zusätzlich mit Karotten in Blumenform dekoriert hatten.

»Die Präsentation, genau das ist es«, knurrte Phil. »Bieten Sie Ihren Gästen was. Entzückend!«

»Ich habe letztes Jahr einen Kurs für Kuchendekoration gemacht«, sagte Arwen bescheiden. »Ich schätze, das lässt sich hier gut anwenden.« Und als die Klasse applaudierte, schlang sie sogar ihren Arm um Patricks Taille und drückte sich an ihn. Was für ein Flittchen. Sie hatten sich doch gerade erst kennengelernt.

Emma grummelte vor sich hin. »Eigentlich ist es Betrug, wenn sie das schon davor gemacht hat. In Wirklichkeit haben wir gewonnen.«

»Das hier ist kein Wettbewerb, Honigschneckchen«, sagte Ian.

»Und Gott sei Dank gab es auch keinen Preis für den schlechtesten Fischwitz, Schnucki.«

»Ich hatte noch einen besseren. Ich habe mich nur nicht getraut, ihn zu erzählen.«

Ich betrachtete immer noch Arwen, die lachte und Phils Lob entgegennahm, wobei sie ihre Haare über die Schulter warf. Ich hoffte, dass sie ein paar Schuppen reinbekam. Als ich bemerkte, dass Cynthia mich beobachtete, fragte ich eilig: »Bringst du Rich was von dem Sushi mit?«

»Ach nein, er würde es sowieso nicht essen. Er findet französischen Senf schon gefährlich exotisch.«

Das Resultat des heutigen Experiments: Aufgabe Nummer sechs für Patrick erledigt. Aufgabe Nummer sechs für mich, etwas Abgefahrenes essen, ebenfalls erledigt. Ich hatte rohen Seeigel probiert, das war definitiv außergewöhnlich genug, obwohl es eigentlich ganz lecker geschmeckt hatte. Cynthia und Emma schienen beide am Rand eines größeren Beziehungskonflikts zu stehen, und Patrick war auf dem besten Weg, einen weiteren Punkt abzuhaken. Er hatte Arwens Telefonnummer und den festen Vorsatz gefasst, sie zum Abendessen einzuladen.

Patricks Liste der Dinge, die er tun muss, um der Nach-der-Trennung-vor-der-Scheidung-Krise zu entgehen

1. Klettern
2. Fallschirmspringen
3. ~~Wieder auf einer Bühne spielen~~
4. Sich betrinken
5. Sich verabreden
6. ~~Lernen, wie man einen Fisch filetiert~~
7. Max an einer Hundeschau teilnehmen lassen
8. Ein tolles Auto kaufen
9. Mit Alex ins Ausland verreisen
10. ??

Rachels Liste der Dinge, die sie tun muss, um der Nach-der-Trennung-vor-der-Scheidung-Krise zu entgehen

1. ~~Mache Stand-up-Comedy~~
2. ~~Lerne tanzen~~
3. Verreise aus einer Laune heraus irgendwohin
4. Mache richtig Yoga

5. Schlafe mit einem wildfremden Kerl
6. ~~*Iss etwas Abgefahrenes*~~
7. Fahre auf ein Festival
8. Lass dir ein Tattoo stechen
9. Gehe reiten
10. Probiere einen Extremsport aus

13. Kapitel

»Das ist eine ganz schreckliche Idee.«

Ausnahmsweise einmal versuchte Patrick nicht, mich umzustimmen oder daran zu erinnern, dass das alles in erster Linie mein Plan gewesen war. Auch er musterte zweifelnd das Tattoostudio – Original Skin. Es war mit Bildern schlanker Frauen und durchtrainierter Männer dekoriert, die für ihr Leben gezeichnet waren, und zwar auf jedem Zollbreit ihres Körpers. Patrick und ich ähnelten keinem von ihnen.

»Es heißt, dass es wehtut«, murmelte er. »Und mit deiner Nadelphobie ...«

»Es sind nicht so sehr die Nadeln, mehr das Piksen«, sagte ich, um mich selbst zu überzeugen. »Ich meine, klar, sie stechen einen, aber nicht wirklich, oder? Sie ... *malen* mehr so auf der Haut.«

»Mit Nadeln.«

»Oh Gott.«

Er holte tief Luft. »Das hier steht aus einem Grund auf deiner Liste, Rachel. Ich lasse nicht zu, dass du kneifst. Und ich erwarte, dass du dasselbe für mich tust.«

Emma und Cynthia hatten beide abgewunken und irgendwas von »Notenvergabe« und »Sofalieferung« gemurmelt. Typisch, dass sie nur bei den lustigen Sachen mitmachten, während ich durch die Hölle gehen musste.

In meinem nächsten Leben, schwor ich mir, würde ich Freunde haben, die unter einer sinnvollen Lebensaufgabe verstanden, im Pyjama auf dem Sofa zu gammeln und *The X Factor* zu schauen. Doch dafür war es jetzt zu spät. Patrick bugsierte mich durch die Tür.

Wir hatten sehr viel Zeit damit verbracht, Motive auszusuchen und zu entwerfen. Ich hatte mich für einen Pinsel entschieden, aus dem möglicherweise – anhängig vom Schmerzlevel – Tinte in Form kleiner Sternchen tropfte. Patrick wünschte sich Notenlinien, die ein Musikstück darstellten, das er mit zwanzig selbst geschrieben hatte.

»Wow«, hatte ich gesagt. »Dafür kriegst du dreifache Angeberpunkte. Vielleicht kannst du das Ganze noch mit einem Bio-Quinoa-Tattoo oder dem Boden-Logo abrunden.«

»Was hast du gegen Boden, die haben hübsche Klamotten.«

»Sie repräsentieren ein konsumorientiertes Ideal, das ich als Künstlerin ablehne. Menschen brauchen keine Marken.«

»Ach, so wie bei deinen Converse, meinst du?«

»Das ist was ganz anderes.«

Eine Liste beliebter Tattoomotive
(denn wenn du ein persönliches Statement abgeben willst, musst du so klischeehaft wie möglich bleiben)

1. *Sterne, Blumen, Herzen – im Grunde alles, was du auch in der Schule in einer Doppelstunde Physik auf deine Ordner gekritzelt hast*
2. *Chinesische Schriftzeichen, die du nicht verstehst*

und die wahrscheinlich »Leichtgläubige Langnase« bedeuten.
3. *Den Namen deines Lebensgefährten, mit dem du unausweichlich Schluss machen wirst, noch bevor der Schorf weg ist*
4. *Die Gesichter deiner Liebsten, für diese verwegene Ich-habe-sie-alle-gekillt-und-jetzt-sitz-ich-in-der-Todeszelle-Ästhetik.*

Das Mädchen hinter dem Tresen war so cool, dass sie kaum den Mund aufbekam: »HiichbinKatyawillkommenbeiOriginalSkin.« Sie hatte tiefschwarz gefärbte Haare, und ihr Gesicht sah aus, als wäre der Inhalt eine Schreibtischablage explodiert und hätte sie mit Büroklammer-Schrapnellen übersät.

Patrick zeigte ihr unsere Tattooentwürfe, die ich skizziert hatte, während ich mich ängstlich umsah. Das Studio erinnerte mich an einen Laden in meinem Heimatort, der kleine Dosen mit Marihuanablättern darauf, 3-D-Poster und Trollpuppen verkaufte. Ich war auf sozialen Druck durch Lucy Coleman hin einmal dort gewesen – sie war das Bad Girl unserer Schule, trug Eyeliner und hatte ein *GIRL*-Zeitschriftenabo. Sie überredete mich, ein legales Rauschmittel auszuprobieren, und ich geriet in Panik und schrie, ich könne eine Horde Katzen sehen, die mich aus der Wand heraus anspringen, bis ich darüber aufgeklärt wurde, dass es sich eigentlich um ein 3-D-Poster handelte, und ich es lediglich geschafft hatte, das zu sehen, was zu sehen war. Am nächsten Tag hielt unsere Direktorin eine spezielle Versammlung für Mädchen ab, »die ihre Uniform entehrten, indem sie beim Besuch schändlicher Etablissements gesichtet wurden«. So endete mein kurzer Flirt mit der Drogenwelt.

Katya fuhr in ihrer monotonen Stimme fort: »Ihr werdet sehen, dass euer Körperkunstwerk ein wundervoller Ausdruck eures Selbstwerts und eurer Individualität ist. Das wären dann fünfundachtzig Pfund für jeden.«

Wow. Der wundervolle Ausdruck meines Selbstwerts und meiner Individualität waren nicht gerade billig zu haben. Panisch sah ich Patrick an.

»Das klären wir später«, sagte er beschwichtigend.

»Du kommst mit mir.« Sie nickte in Richtung Patrick. »Und deine ... Hey, du!« Sie winkte mir zu. »Du kriegst Wolf. Er ist unser Topkünstler.«

Ich konnte sofort erkennen, warum er so genannt wurde, als er seinen Kopf aus dem hinteren Teil des Ladens hervorstreckte. Jeder Teil seines Körpers, der nicht behaart war, war bemalt ... Verzeihung, mit Körperkunst versehen. Er war so krass, dass er sich sogar das Gesicht tätowiert hatte. »Hallöchen«, sagt er in einem unpassend fröhlichen Ton. »Du kommst zu mir, Schätzchen.«

Ich geriet in Panik. Was, wenn ich da drin an Mädchenhändler verkauft wurde? »Patrick?«

»Ich bin gleich nebenan«, sagte er, während er die PIN ins Lesegerät tippte, um für diese Tortur zu zahlen. »Wir sehen uns auf der anderen Seite wieder, wenn wir wundersamerweise cooler und hipper sind.«

Oh Gott. Ich hatte mir irgendwie vorgestellt, dass er bei mir wäre und meine Hand halten und meine Stirn kühlen würde. Womöglich hatte ich Tätowiertwerden mit einer Geburt verwechselt. Den Schmerz stellte ich mir ungefähr gleich schlimm vor. Ich streckte mich auf der Liege aus und zog meinen Pullover aus, um meinen unteren Rücken zu entblößen. Ich hatte mir diese versteckte Stelle ausgesucht, weil so eine gewisse Chance bestand, dass meine Mum es nie herausfinden würde. Patrick wollte sich sein Tattoo am Oberarm stechen lassen.

»Mach das lieber auch auf.« Wolf löste mit viel zu professioneller Geste die Haken meines BHs.

Dinge, die an einer Scheidung zum Kotzen sind, Nummer zweihundertzwei: festzustellen, dass dich so lange niemand angefasst hat, dass sich der Besuch beim Arzt, Friseur oder sagen wir Tätowierer plötzlich wie ein heißes Date anfühlt.

»Jetzt geht's los. Mach dich bereit, Schätzchen.« Dann setzte ein unfassbar grauenhaftes Geräusch ein. Ein Zahnarztbohrer gekreuzt mit einem wütend kläffenden Hund.

Ich warf einen Blick über die Schulter, nur um Wolf mit einer summenden Nadel herumhantieren zu sehen. Und in diesem Moment wurde mir klar, dass es bei meiner Phobie sehr wohl um Nadeln ging, denn ich verlor das Bewusstsein.

Als ich aufwachte, tätschelte Wolf mein Gesicht. »Tut mir leid«, sagte ich benommen. »Ich komme mit Nadeln nicht so gut klar.«

»Willst du, dass ich aufhöre, Engelchen?«

»Nein, ich ...« Ich dachte an die verdammte Liste und wie tapfer Patrick hier reinspaziert war und holte tief Luft. »Lass mich einfach wissen ... wenn es so weit ist.«

Das Summen kam näher und näher. »Jetzt«, flüsterte er, und ich spürte, wie die Nadel eindrang.

Grundgütiger! Ich stieß einen erstickten Schrei aus und klammerte mich so fest an die Liege, dass meine Hände weiß anliefen. Ich zählte stumm bis zehn. Eins... zwei-drei-vier-fünf... seeechs... Und die gesamte Zeit über grub sich die Nadel durch meine Haut. Ich war sicher, dass es verbrannt roch. Hinter mir pfiff Wolf munter vor sich hin. Es klang wie Disco Inferno. Und das gab mir den Rest.

Der Schmerz schien sich kurzzeitig zurückzuziehen.

»Das war der erste Tintentropfen«, sagte Wolf vergnügt.

»Kann ich ...? Ich glaube, ich brauche eine Pause«, sagte ich schwach.

»Aber da ist noch einiges zu tun, Engelchen!«

»Ich muss nur kurz meinen Freund sehen.« Ich angelte mir mein Oberteil.

»Du kannst da noch nichts darüberziehen. Das ist nicht steril, Schätzchen.«

Ich schloss den BH, presste mir den Pullover vor die Brust und hüpfte von der Liege. »Nur eine Sekunde.« Patrick würde mir in Erinnerung rufen, warum genau ich das hier machte.

Ich schob den Perlenvorhang zur nächsten Kabine auf. Die Beleuchtung war rot und schummrig, und Katya in ihrem knappen ärmellosen Top war über Patricks nackten Oberkörper gebeugt – seinen ziemlich *muskulösen* Oberkörper, sollte ich wohl hinzufügen. Einen Moment lang glotzte ich nur auf die Linie seiner Bauchmuskeln, die breiten Schultern, die vereinzelten Härchen auf seiner Brust.

Er drehte den Kopf. »Rachel?«

»Ich...« Mein Blick fiel auf die Nadel in Katyas Hand. Sie fraß sich in seine Haut... Und wieder war ich weg.

Als ich dieses Mal aufwachte, hatte ich ein kühles Tuch auf dem Kopf und lag bäuchlings auf der Liege. Ich spürte eine Art Verband auf dem kleinen Fleck an meinen Rücken, der eine Tätowierung darstellen sollte.

Katya hielt das Tuch fest, Wasser lief mir an der Stirn entlang und in die Augen. »Alle denken, dass sie es packen.« Sie seufzte. »Aber dann schaffen sie es *doch* nicht.«

»Sorry«, stöhnte ich. »Ich habe eine Nadelphobie.«

»Und was dachtest du, wie Tätowieren funktioniert?« Sie sah mich an, als sei ich übergeschnappt.

»Ähm ... dass man was auf die Haut malt?«

Patrick war angezogen. Die Klarsichtfolie, die sein Tattoo bedeckte, lugte unter dem Ärmel seines Poloshirts hervor.

»Tut mir leid«, sagte ich schwach.

»Nun ja, du hast trotzdem eine Tätowierung bekommen«, meinte er aufmunternd.

»Ja, so winzig wie eine Fliege.«

»Du kannst immer noch behaupten, dass es ein Tintentropfen ist, der das unendliche Potenzial der Imagination verkörpert.«

»Das ist schön«, sagte Katya.

»Das ist scheiße«, sagte ich. »Ich habe gekniffen.«

Auf dem Weg zur U-Bahn kam mir ein erschreckender Gedanke. »Patrick? Als ich umgekippt bin, ist mir da mein Oberteil runtergefallen?«

Er sagte nichts.

»Patrick!«

Seine Ohren liefen rot an.

»Toll, du hast mich halb nackt gesehen.«

»Na ja, du hast mich auch halb nackt gesehen«, bemerkte er. »Jetzt lass uns Kuchen essen gehen. Ich glaube, wir müssen ganz unbedingt unseren Blutverlust mit reichlich Zucker ausgleichen. Und weißt du was? Ein winziges Tattoo ist immer noch ein Tattoo. Das kannst du von deiner Liste streichen.«

»Danke, ich fühle mich schon viel besser.«

Er hielt grinsend die Tür des Cafés für mich auf. »Es ist wirklich jammerschade, dass du das nicht auf deiner Liste stehen hattest – vor deinem Vermieter und zwei wildfremden Menschen blankziehen. Das hättest du jetzt nämlich auch abgehakt.«

Rachels Liste der Dinge, die sie tun muss,
um der Nach-der-Trennung-vor-der-Scheidung-Krise
zu entgehen

1. ~~Mache Stand-up-Comedy~~
2. ~~Lerne tanzen~~
3. *Verreise aus einer Laune heraus irgendwohin*
4. *Mache richtig Yoga*
5. *Schlafe mit einem wildfremden Kerl*
6. ~~Iss etwas Abgefahrenes~~
7. *Fahre auf ein Festival*
8. ~~Lass dir ein Tattoo stechen~~
9. *Gehe reiten*
10. *Probiere einen Extremsport aus*

14. Kapitel

An diesem Punkt einer Aufgabe warfen normalerweise ich oder jemand anderes ein, was für eine dämliche Idee dies doch war und warum wir uns überhaupt darauf eingelassen hatten. Dieses Mal tat ich es nicht. Selbst wenn ich den Mund aufbekommen hätte, ohne auf meine Schuhe zu kotzen, war der Lärm des Flugzeugs so laut gewesen, dass Patrick mich nicht gehört hätte.

Fallschirmspringen. Auch bekannt als: Sich-vom-Himmel-stürzen mit nichts als ein bisschen Stoff, um dich vor dem sicheren Tod in einem nach deinem Körperumriss geformten Erdkrater zu bewahren. Ich bekam kaum mit, was hinter mir los war. Da gab es ein dickes Bündel und eine Anordnung von Seilen und Gurten.

Wenn man tauchen ging, benutzte man Handzeichen, um sich zu verständigen. Das war wahrscheinlich das letzte Mal gewesen, dass ich eine solche Angst verspürt hatte. Dan und ich hatten es in unseren Flitterwochen in der Karibik ausprobiert, und ich konnte mich immer noch an das schreckliche Gewicht der Sauerstoffflasche erinnern, die mich runterzog. Ich geriet sofort in Panik und vergaß alles, was man mir beigebracht hatte. Es war sowieso eine absolut dämliche Sportart. Wer kam schon auf die Idee, den gereckten Daumen, das universelle Symbol für »Alles in Ordnung«, für die Botschaft »Gehe nach oben« zu nutzen, oder in anderen Worten: »Nichts ist in Ordnung, *bring mich verdammt noch mal hier raus!*« Wenigstens war ich so mit meiner Angst beschäftigt, keine Luft zu bekommen und nichts zu sehen, dass ich zeitweilig vergaß, mich um Haie zu sorgen.

Gott sei Dank beinhaltete Patricks Liste keine Unterwasserabenteuer. Aber das hier ... Oh Gott. Oh Gott! Wir befanden uns *oben am Himmel*! Und ich hatte *Höhenangst*! Das einzige Geräusch, das noch lauter war als der Flieger, war mein panisches Atemholen.

Patrick wurde an seinem Ausbilder festgezurrt. Ich hätte ihn in dem unförmigen Anzug und der Schutzbrille kaum wiedererkannt. Er streckte enthusiastisch beide Daumen in die Luft.

Was sollte das denn heißen? *»Wir sind schon oben!«*, brüllte ich.

Er sah mich verwirrt an, dann schüttelte er den Kopf und zeigte mir das Tauchzeichen für »Alles in Ordnung«.

Ich schüttelte verzweifelt den Kopf. Wie bitte sollte ich okay sein? Ich war doch nicht verrückt. Wir hingen Tausende von Metern hoch oben am Himmel und waren dabei, aus dem einzigen Ding zu hüpfen, das uns ein Mindestmaß an Schutz bot. Wenn das mit okay gemeint war, wollte ich es lieber nicht sein.

Hinter mir konnte ich spüren, wie mein Trainer, ein strubbelköpfiger, gut gelaunter junger Typ namens Chris, mich anschnallte. Ich fühlte mich wie die Ziege aus *Jurassic Park*, die an die Dinos verfüttert wird. Niemand würde mich hören, selbst wenn ich jetzt noch versuchen würde, einen Rückzieher zu machen. Außerdem, diese Leute hier machten so was ständig, oder? Niemand starb dabei. Na ja, fast niemand. Chris hatte uns begeistert erzählt, dass er bereits »so ungefähr dreihundert Hopser« hinter sich hatte. Er nannte sie ernsthaft Hopser, vermutlich, um zu verdeutlichen, dass es für ihn nicht mehr war, als zwei Stufen auf einmal die Treppe hinunterzuspringen.

Oh Gott! Die Flugzeugtür stand jetzt offen, die Felder waren kleine gelbe Flecken, die Gebäude sahen aus wie Spielzeughäuser. Mein gesamtes Leben befand sich da unten, meine Freunde, meine Verfehlungen, mein nicht vorhandenes Zuhause, mein fehlender Job und Ehemann. All das war so weit weg. Ich holte tief Luft und rief mir mein ewiges Mantra ins Gedächtnis: *Wenn du nicht zurückkannst, musst du eben vorwärtsgehen.* Und in diesem Fall bedeutete das: nach unten. Also sprang ich. Okay, Chris sprang, denn für ihn war das ungefähr so aufregend, wie aus dem Bus zu steigen. Und ich musste mit, weil wir zusammengeschnürt waren, auch wenn ich versuchte, mich in letzter Minute an den Rahmen des Flugzeugs zu klammern. Ich spürte, wie mir das kalte Metall unter den behandschuhten Fingern entglitt. Alles entglitt. Das Flugzeug, die Sorgen, die Angst. Ich. Einige Sekunden lang fielen wir rasend schnell, kreischten gegen den Wind an, mein Gesicht verzog sich. Ich spürte nur noch meine Haut, die Luft wurde mir aus der Lunge gedrückt. Durch den Anzug und die vielen Schichten hindurch bekam ich von Chris hinter mir kaum etwas mit. Es war, als gäbe es da nur noch mich, als fiele ich allein in einen riesigen Abgrund.

Dann rauschte Patrick an mir vorbei, der aussah, als müsste er sich gleich übergeben, und für einen Moment griff er nach meiner Hand. Ich konnte sie durch den Stoff des Handschuhs spüren, fest und warm.

Dann wurde ich mit einem Ruck nach oben gezerrt, und wir begannen zu schweben. Unser Fallschirm hatte sich geöffnet. Gott sei Dank, wir würden nicht sterben! Zumindest, solange wir keine Stromleitung erwischten oder wild gewordene Schafe oder so was.

Danach war es schnell vorüber. Der Erdboden kam uns entgegen, um uns aufzufangen, wurde größer und größer, und dann brach ich mit zittrigen Beinen darauf zusammen und blieb ausgestreckt unter Chris und dem Fallschirm liegen wie in einem ziemlich missglückten erotischen Rollenspiel. Ein seltsamer Laut entfuhr mir. »Uh...«

»Rachel, alles in Ordnung?«, hörte ich Patrick fragen, der anscheinend über mir stand. Offensichtlich war er am Leben. Wir beide. Und das würde ich gebührend feiern, sobald meine Knochen wieder eine feste Form angenommen hatten. »Rede mit mir! Wie fühlst du dich?«

Ich reckte schwach meinen Daumen hoch, unfähig ein Wort herauszubringen.

»Du willst da *noch mal* hoch? Ich weiß ja, dass es gut war, aber ich bin nicht sicher, ob das geht...«

Als ich zur Fallschirmschule zurückschlurfte, fühlte ich mich wie ein Apollo-13-Astronaut, der sich gerade aus dieser Blechdose im Meer gekämpft hatte, oder wie Tom Cruise und Iceman bei der Landung am Ende von *Top Gun*. Patrick hüpfte vor Aufregung und Adrenalin auf und ab. »War das nicht großartig? Was für ein Rausch! Ich fühle mich so lebendig!«

Ja, ein Nahtoderlebnis hat so was zur Folge, dachte ich bei mir. Ich konzentrierte mich lieber darauf, einen Fuß vor den anderen zu setzen.

»Alles in Ordnung?«

»Ich habe nur...« Ich zeigte auf meine Füße. »Ich kann mich nicht mehr erinnern, wie man... na ja... läuft.«

»Rachel, hattest du Angst?«

Ich dachte darüber nach. »Wenn du mir die Wahl lassen würdest, noch einmal von da oben runter oder in ein Becken voller Haie zu hüpfen?«

»Ja?«

»Ich würde den großen bösen Fischlein ein Halsband umlegen und ihnen Kosenamen geben.«

Eine Liste der Dinge, die ich eher tun würde als noch einmal Fallschirmspringen

1. *Mit einem Rudel großer Weißer Haie Freundschaft schließen*
2. *Eine Tarantel über mein Gesicht laufen lassen*
3. *David Cameron abknutschen*
4. *Jeden Abend meines Lebens einen Comedyauftritt hinlegen*
5. *Wolf »Ich liebe Jedward« auf meine Stirn tätowieren lassen*

Mir wurde zum zweiten Mal heute die Luft aus der Lunge gedrückt, als Patrick mich in einer festen Umarmung an sich quetschte. »Du hattest solche Angst und hast das trotzdem für mich getan? Oh, Rachel! Danke! Du bist mein Mann für alle Fälle!«

»Und du... meiner.« Ich wedelte kläglich mit den Händen in der Luft, während ich gegen seinen Schutzanzug gepresst wurde. Er war groß und stark und muskulös. Wahrscheinlich hätte er mich problemlos hochheben können, ohne ins Schwitzen zu geraten. »Patrick, hast du zufällig einen posttraumatischen Nahtoderfahrungsrausch?«

»Ich weiß nicht! Ich fühle mich großartig! Ah, da ist ja mein Kleiner!«

Alex watschelte an Emmas Hand zu uns herüber. Sie war mitgekommen, um uns beim Springen zuzuschauen und als offizielle Listenaufseherin sicherzugehen, dass ich es durchzog.

Patrick plapperte und winkte ohne Unterlass. »Hi, Alex! Gott, wie ich dich liebe. Und Emma, auch wenn ich dich nur zweimal getroffen habe.« Eine weitere erdrückende Umarmung folgte. »Und dich liebe ich auch, Rachel. Ich liebe dich.«

Plötzlich überkamen mich dieselben Symptome wie oben am Himmel – Atemlosigkeit, Herzrasen, Bauchkribbeln. Mir war schwummrig, als würde ich Hals über Kopf fallen – aber diesmal nicht ins Leere.

Am Abend fühlte ich mich immer noch seltsam. Da war ein komisches Gefühl in meinem Brustkorb; als würde ein kleines Männchen darin sitzen und Xylofon auf meinen Rippen spielen. Ich hatte ein schräges Gespräch mit Emma gehabt, nachdem wir auf die Erde zurückgekehrt waren.

»Gut gemacht, Schnecke«, hatte sie gesagt und mich sanft in den Arm geknufft. »Noch was, was du von deiner Liste streichen kannst. Das zählt definitiv als Extremsport. Du ziehst das toll durch.«

»Wolltest du nicht auch mitmachen?«

»Aber das ist doch ziemlich teuer, oder nicht?«

»Aber ich dachte, die Idee war, dass Cynthia ...«

Emmas Gesichtsausdruck veränderte sich. »Und, siehst du sie hier vielleicht irgendwo?«

»Nein, aber ...«

»Genau darum geht es. Es ist leicht, Probleme mit Geld zu lösen, wenn man viel davon hat. Aber Menschen und ihre Situation tatsächlich zu verstehen und ihnen beizustehen, das kann schon kniffliger sein.«

Ich dachte zurück an den Abend von Patricks Konzert, als Emma beleidigt abgezogen war, nachdem Cynthia beim Thema Comedy für Ian Partei ergriffen hatte. »Emma, ist alles in Ordnung bei dir?«

»Bei mir?« Patrick und Alex kamen zu uns herübergeschlendert, wobei Patrick immer noch grinste wie ein Irrer. »Mir geht's gut. Das alles hier war eigentlich für dich gedacht. Wir wollten dich aus deiner Krise hieven. Funktioniert es denn?«

»Ähm ...« Ich klopfte mich im Geiste nach schmerzenden Stellen ab: Dan, meine Arbeitslosigkeit, Obdachlosigkeit, Geldlosigkeit ...

»Rachel!« Alex schlang die Arme um meine Beine. »Ich habe ein Eis für dich mitgebracht. Ich habe Daddy gesagt, dass du das rosane am liebsten magst.«

»Danke, Kumpel.« Als ich wieder aufblickte, musterte mich Emma mit einem seltsamen Ausdruck im Gesicht.

»Weißt du was, Rachel, du bist auf einem guten Weg. Die Liste funktioniert. Du musst einfach nur weitermachen.«

»Glaubst du?«

Sie tätschelte meine Schulter. »Ich weiß es. Du kommst schon in Ordnung, Schnecke. Wir alle werden das.«

»Wirst du dich mit Cynthia vertragen?«

»Ich habe mich gar nicht mit ihr gestritten. Ich finde nur, dass sie manchmal nicht kapiert, dass wir nicht so viel Geld haben wie sie. Aber wenn du endlich damit aufhörst zu fragen, warum Mummy und Daddy sich manchmal streiten, rufe ich sie an.«

»Danke, Mum.«

»Ich bin die Mum? Warum bin ich denn die Mum?«

»Äh, lass und doch noch ein Eis holen.«

»Du verdirbst dir den Appetit, merk dir meine Worte.«

»Das war lecker!«, sagte Patrick und schob den Teller von sich. »Der beste Burger, den ich je hatte.«

Ich war an diesem Abend mit Kochen dran gewesen, also hatte ich mich für hausgemachte Burger entschieden, von Hand geschnippelte Pommes und selbst gemachtes Erbsenpüree mit handgestreutem Salz. Ganz ehrlich, ich wusste nicht, warum es einen kulinarischen Pluspunkt gab, nur weil man etwas Ungesundes von Hand zubereitete.

»Aha, du befindest dich also doch immer noch im posttraumatischen Nahtoderfahrungsrausch. Wie hat es dir geschmeckt, Alex?«

Alex zog seine Augenbrauen so bedächtig zusammen wie Gregg Wallace in seiner Kochwettbewerbssendung. Er trug seine Lokomotivführermütze und hatte Ketchup auf der Wange. »Das war gut, Rachel, aber ich mag Happy Meal lieber.«

»Siehst du. Er hält sich nicht zurück.«

»Und wann hat der Herr je ein Happy Meal gegessen?«, fragte Patrick und räumte seinen Teller ab.

Oje. Ich machte mich schnell daran, die Würzsoßen in den Kühlschrank zu stellen.

»Mit Mummy.«

»Ach ja?«, sagte Patrick aufmerksam. »Das klingt aber gar nicht nach Mummy.«

»Doch. Sie hat nämlich gesagt: ›Ich habe die Schnauze gestrichen voll.‹ Was heißt das, Daddy?«

»Ach, nur dass sie dich ausnahmsweise hat probieren lassen, als kleinen Leckerbissen.«

»Kann ich bald mit Mummy reden?«

»Natürlich, Kleiner. Ich ruf sie morgen für dich auf Skype an.«

Ich beugte mich über die Geschirrspülmaschine, um meinen Gesichtsausdruck zu verbergen. Es brach mir das Herz.

Nachdem Patrick Alex ins Bett gebracht hatte, kam er so fröhlich pfeifend zurück, als hätte das Gespräch über Michelle nie stattgefunden.

Ich hängte das Geschirrtuch über die Ofentür, so wie er es gern hatte. »Ich gehe hoch und mache was für die Arbeit fertig.«

»Du willst keinen Wein?« Er schien enttäuscht.

Er hatte bereits Erwartungen an mich. Das war meine Schuld. Ich hätte gleich klarmachen sollen, dass man sich gegenwärtig nicht auf mich verlassen konnte. Ich konnte seine Wäsche aufhängen und den Hund füttern, aber sich emotional auf mich zu stützen, bedeutete momentan, auf Treibsand zu bauen. Man war verloren.

»Hat es dir heute keinen Spaß gemacht?«

»Doch, hat es. Na ja, ich fand's toll, dass wir es durchgezogen haben und es nie wieder tun müssen.«

»Was ist dann los?«

»Nichts. Gar nichts. Ich bin nur müde.«

Als ich im Bett lag, gab ich mir Mühe, nicht an den Moment auf dem Rollfeld zu denken, an seine Arme, die sich um mich schlossen, das Rauschen in meinen Ohren, das nichts mit dem Sprung zu tun gehabt hatte. Als ich einschlief, träumte ich, ich fiele vom Himmel, und schreckte auf, nur um mich in meinem Bett wiederzufinden. Trotzdem wusste ich nicht, wie viel sicherer ich dort war.

Rachels Liste der Dinge, die sie tun muss, um der Nach-der-Trennung-vor-der-Scheidung-Krise zu entgehen

1. ~~Mache Stand-up-Comedy~~
2. ~~Lerne tanzen~~
3. Verreise aus einer Laune heraus irgendwohin
4. Mache richtig Yoga
5. Schlafe mit einem wildfremden Kerl
6. ~~Iss etwas Abgefahrenes~~
7. Fahre auf ein Festival
8. ~~Lass dir ein Tattoo stechen~~
9. Gehe reiten
10. ~~Probiere einen Extremsport aus~~

Patricks Liste der Dinge, die er tun muss, um der Nach-der-Trennung-vor-der-Scheidung-Krise zu entgehen

1. Klettern
2. ~~Fallschirmspringen~~
3. ~~Wieder auf einer Bühne spielen~~

4. *Sich betrinken*
5. *Sich verabreden*
6. ~~*Lernen, wie man einen Fisch filetiert*~~
7. *Max an einer Hundeschau teilnehmen lassen*
8. *Ein tolles Auto kaufen*
9. *Mit Alex ins Ausland verreisen*
10. *??*

15. Kapitel

Ich versuchte, mein Unbehagen abzuschütteln, indem ich mir eine strenge Standpauke hielt. Patrick und ich waren Opfer der Liebe, die auf den Schlachtfeldern ihrer desaströsen Ehen verzweifelt nach Luft schnappten. Wir waren nicht bereit, uns auf jemand Neues einzulassen, nicht mal annähernd. Wenn ich manchmal die Luft einsog, wenn er in der Nähe war, oder an seinen Pullovern schnüffelte, bevor ich sie in die Waschmaschine steckte, dann geschah das nur, weil ich einsam war und er so nett. Er war mein Freund. Das war alles.

Als es allmählich kühler wurde und bereits gegen sechzehn Uhr dämmerte, begann ich damit, nachmittags zu Alex' Schule zu spazieren und Max auf seinen Stummelbeinchen hinterherzuschleifen. Nachdem ich Alex abgeholt hatte, gingen wir oft im Heath Park spazieren, stocherten in den Teichen herum, ließen Max mit anderen Hunden spielen, und ab und zu machten wir sogar einen Abstecher ins Café, um Kekse oder Kuchen zu essen. Ich bewältigte auch einige Aufträge. In der Abgeschiedenheit und Ruhe meines lichtdurchfluteten Turmzimmers häufte ich heimlich einen ganzen Stapel an Zeichnungen von Max an, wie er Dummheiten anstellte. Ich hatte eine von ihm beim Fallschirmspringen und eine, wo er versuchte zu kochen – wenn das die

Ratte in *Ratatouille* hinbekam ... Meine Arbeit als Karikaturistin nahm um Weihnachten ebenfalls Fahrt auf, da sich viele Männer – es waren fast immer Männer – zwecks Geschenkideen an mich wandten. Ich hatte auch Patricks Ratschlag beherzt und damit begonnen, meine Dienste auf Hochzeitsblogs zu bewerben, was mir nach und nach eine nette Reihe an Aufträgen einbrachte. Dank meines nicht existenten festen Beschäftigungsverhältnisses hatte ich Zeit, sie alle anzunehmen.

Patrick hatte viel zu tun, aber er wirkte gut gelaunt. Er sagte ständig, dass ich viel zu viel im Haushalt tun würde, aber ich war zufrieden, und er wollte nach wie vor keinen Penny von mir für Miete, Essen oder Nebenkosten sehen. Unser Arrangement schien gut zu funktionieren.

Eines nasskalten Spätnachmittags im November waren Alex und ich gerade nach Hause gekommen. Er plapperte ununterbrochen über die anstehende Weihnachtsaufführung – sorry, die Jahreswechselaufführung –, während ich herumflitzte, die Einkäufe verstaute und ihm ein Marmeladenbrot machte. »Aber nicht aufs Sofa kleckern. Was glaubst du, welche Rolle du bekommst?«

»Vielleicht den Rabbi. Aber den kriegt bestimmt Joshua. Oder ich werde einer von den Weisen aus Arabien. Oder der Hund.«

»Es gab einen Hund im Stall?« Vermutlich war der in der Futterkrippe versteckt gewesen.

»Stall?« Alex sah mich verwirrt an. Ich wollte gar nicht wissen, was für multikulturelle Lehren seine progressive Schule sonst noch in der Weihnachtsgeschichte unterbringen wollte.

»Zieh deine Socken aus, die sind bestimmt nass.« Ich

klang schon wie seine Mum. Aber das war ich nicht. Ich musste das unbedingt im Kopf behalten!

Alex kam wieder und schleifte ein paar Klamotten hinter sich her, seine Haare standen in alle Richtungen ab. »Können wir Schlangen und Leitern spielen?«

»Wie wäre es mit Mensch ärgere Dich nicht? Oder Scrabble? Memory?«

»Ich lass dich auch gewinnen, wenn du willst«, sagte er freundlich.

Es stimmte, ich hatte bisher nicht viel Glück gehabt bei Schlangen und Leitern. Jedes Mal wenn ich dachte, ich würde gewinnen, rutschte ich gnadenlos an den grinsenden Gesichtern eines dieser Reptilien wieder runter. Diese Schlangen waren jetzt mein Leben. Was entweder eine hervorragende Metapher war oder ein Zeichen dafür, dass ich zu viel Zeit damit verbrachte, bei Brettspielen gegen einen Vierjährigen zu verlieren.

Liste der Schlangen und Leitern, die ich am wenigsten mag

1. *Schlangen und Leitern*
2. *Die fiesen Schlangen, die sich auf meinen Feinstrumpfhosen bilden*
3. *Das Siegertreppchen der Hauseigentümer*
4. *Die Himmelsleiter, die sich nicht auftut, wenn man von einem Fallschirmspringlehrer aus dem Flieger geschubst wird*

Alex war schon wieder losgerannt und hatte seine nassen Socken auf dem Boden liegen lassen. »Alex, wohin … Warte kurz.« Es klingelte an der Tür. Vielleicht eine verspätete Paketlieferung. Ich riss die Haustür auf.

Draußen stand eine große dunkel gelockte Frau in einer Steppjacke und Reitstiefeln.

»Hi, kann ich was für Sie tun?«

Sie musterte mein unordentliches, mit einem Bleistift hochgestecktes Haar, die bunt gefleckte Jeans, die nackten Füße mit abblätterndem Nagellack und schließlich Alex' durchweichte Socken in meiner Hand. »Ah, ich nehme an, er hat endlich jemanden gefunden.«

»Äh, wie bitte?«

Sie drängte sich an mir vorbei, zog ihre Jacke aus und reichte sie mir. Ich nahm sie verblüfft entgegen. »Ist er da?«

»Patrick? Er ist bei der Arbeit.

Sie sah mich mürrisch an. »Wo ist Alex?«

»Er ist, äh …«

Alex stand in der Tür. Ausgerechnet in diesem extrem ungünstigen Moment hatte er Erdbeermarmelade über sein gesamtes Schulhemd gekleckert und in seinen Haaren verteilt. »Ich bin bisschen marmeladig, Rachel«, sagte er, was eine maßlose Untertreibung war.

»Geh hoch und wasch dir die Hände«, sagte ich nervös.

»Ich habe gaaaanz vielleicht das Sofa angefasst.«

»Ist schon in Ordnung. Das können wir wegwischen. Besser, du ziehst das Hemd gleich aus.«

»Alex«, sagte die Frau ungeduldig. »Willst du nicht Hallo sagen?«

Er sah sie verdutzt an. »Hallo, Tante Sophie! Willst du eine Umarmung?«

»Lass uns dich erst einmal sauber machen«, sagte ich

hastig mit einem Blick auf ihren teuren Kaschmirpullover. Als ich ihm aus dem Hemd half, spürte ich ihren Blick im Rücken. War sie Patricks Schwester?

»Nun, Alex, du hast jetzt also eine Nanny.« Sie sprach mit ihm, ohne mich eines Blickes zu würdigen.

Er sah zu mir, als wolle er sagen: »Was ist denn mit *der* los?«, und ich musste mir ein Lachen verkneifen. »Rachel ist nicht meine Nanny, Tante Sophie. Sie ist meine Freundin. Daddys Freundin.«

»Ähm…«, versuchte ich eilig zu erklären, »ich bin eine Art Untermieterin.«

»Eine *Art* Untermieterin?«

»Ich wohne hier und helfe im Haushalt. Aber ich bin keine Nanny oder Au-pair oder dergleichen.« Es war leicht, die Frage zu verdrängen, wenn nur Patrick, Alex und ich zusammen waren. Doch jetzt begriff ich, dass ich absolut keine Ahnung hatte, wer oder was ich eigentlich war. Dinge, die an einer Scheidung zum Kotzen sind, Nummer zweihundertvierundfünfzig: nicht mehr zu wissen, wie man sich selbst beschreiben soll. Du bist nicht mehr jemandes Ehefrau, aber auch kein Single – aber was dann?

Sie stemmte die Hand in die Hüfte. »Wäre es zu viel verlangt gewesen, mich über all das in Kenntnis zu setzen?«

Ich griff nach Alex' Hand, klebrig, wie sie war, und hielt tapfer dagegen. »Nun, das wäre es tatsächlich. Angesichts der Tatsache, dass ich hier wohne und keinen blassen Schimmer habe, wer Sie überhaupt sind. Zudem wird man normalerweise hereingebeten, bevor man ein Haus betritt.« Ich machte meine gesamte aufbrausende Ansprache null und nichtig, indem ich ein »Entschuldigung« hinterherschob und in die Küche stürzte, um Alex' Hemd in die Waschmaschine zu stopfen.

»Vielleicht sollte Alex es erklären«, sagte sie nach einer unangenehmen Pause. Sie war mir in die Küche gefolgt. »Zumal er offenbar uns beide kennt.«

Alex schien angesichts der angespannten Situation wenig beunruhigt und ließ sich von Max die Überbleibsel der Marmelade von der Hand schlecken. »Tante Sophie ist meine Tante. Rachel ist Daddys Freundin und meine Freundin. Sie wohnt hier.«

»Aber nicht seine… Sie wissen schon…«, wehrte ich schwach ab. »Er ist mehr so was wie mein Vermieter.«

Sie bedachte mich mit einem forschenden Blick, dann streckte sie die Hand aus. »Sophie Gillan, ich bin mehr so was wie Patricks Schwester.«

»Rachel, ich wohne hier.«

»Das habe ich verstanden. Es tut mir leid, dass ich hier so reinplatze, aber ich habe meinen Bruder nicht mehr gesprochen, seit er sagte, dass Michelle nach…« Sie senkte die Stimme, aber Alex hatte sich mit nacktem Oberkörper vor dem Fernseher im Wohnzimmer eingerollt und bekam gar nichts mit. »Und meinen Neffen habe ich auch seit zwei Monaten nicht mehr gesehen. Ich dachte, vielleicht stimmt irgendwas nicht.«

»Es geht ihm gut. Nun, so gut wie es ihm gehen kann. Wir… kommen zurecht.« Ich sah mich um. »Möchten Sie eine Tasse Kaffee, Miss Gillan?«

»Ja, und bitte nennen Sie mich doch Sophie. In der Zwischenzeit könnte ich ein gewisses Kerlchen mit hochnehmen, um die Marmelade aus seinem Haar zu waschen, soll ich?«

»Ähm ...« Eingeschüchtert betrachtete ich die Kaffeemaschine. »Ich benutze dieses Ding nicht wirklich.«

»Gut, ich mache das, und du übernimmst die Marmeladenentfernung.«

Oben im Bad versuchte ich, möglichst viele Informationen aus Alex herauszuquetschen. »Wo lebt Tante Sophie?«

»In einem Haus«, antwortete er hilfreich, während ich seine Locken mit Babyshampoo bearbeitete.

»Na klar, ich meinte, wo?«

»Ich weiß nicht. Bei Oma und Opa. Glaub ich.«

»Hat sie Kinder, einen Sohn oder eine Tochter?«

»Nein.« Er schüttelte den Kopf, dass es nur so spritzte. »Oma sagt, Tante Sophie ist eine alte Jung-fa. Heißt das, sie spielt nur mit Jungs, die alt sind?«

»So ungefähr. Siehst du sie denn oft?«

»Weiß nicht.« Er zuckte mit den Schultern. Sein Konzept von Zeit war begrenzt auf »genau jetzt« und »nicht jetzt«. »Sie hat Pferdchen. Und sie reitet auf ihnen, aber Daddy lässt mich nicht. Weil ich zu schnelles Blut habe. Vielleicht kann ich auf die Pferde, wenn ich größer bin. Wenn mein Blut nicht mehr so schlimm ist.«

Ich unterdrückte das Bedürfnis, ihn fest an mich zu drücken. Es war schwer, ihm zu erklären, dass sein Blut nie besser werden würde. »Wollen wir runtergehen und Tante Sophie ein paar Kekse anbieten?«

Ich zog ihn an und bürstete seine Haare ordentlich, dann gingen wir in die Küche, wo Sophie die Kaffeemaschine zum Laufen gebracht hatte und sich umsah.

»Ich muss schon sagen, ich dachte, es würde ... reinlicher sein. Ich meine, Michelle ist ja so pingelig. Sie haben mich nie besucht, wegen der Pferde und der ganzen Haare.« Sie biss in ein Cantuccini und zuckte zusammen. »Herrje, ich glaube nicht, dass ich es mir leisten kann, die zu essen. Das macht eine Füllung pro Biss.«

»Du kannst welche von meinen Soft Cakes haben«, sagte Alex. »Ein paar. Nicht alle.«

Sophie klopfte den Puderzucker von den Händen. »Komm her, mein Kleiner.«

Er ging rüber und ließ sich durchknuddeln, und Sophie setzte ihn sich aufs Knie. »Ich habe dich vermisst.«

»Können wir zu dir gehen und Pferdchen reiten, Tante Sophie?«

»Ich denke, das lässt sich einrichten.«

Ich trat von einem Fuß auf den anderen. »Willst du, dass ich Patrick anrufe? Er müsste gegen sechs Uhr nach Hause kommen.«

»Oh, nicht nötig.« Sie lächelte, und ich konnte sehen, dass sie überhaupt nicht einschüchternd war, sondern nur ein etwas steifes, vornehmes Benehmen hatte und verärgert war, dass sie ihren Neffen so lange nicht gesehen hatte. Ich fragte mich, was der Grund dafür war. »Warum setzt du dich nicht zu uns und erzählst mir ein bisschen von dir?«

»Rachel malt Bilder«, sagte Alex und stibitzte einen Soft Cake. »Und sie ist ganz okay bei Schlangen und Leitern.«

Als Patrick nach Hause kam, verlor ich gerade haushoch gegen die geballte Kraft des Gillan-Teams. Ungläubig starrte er uns an. Er hatte noch seine Jacke an und war nass vom Nieselregen. »Was ist denn hier los?«

»Ich werde in Grund und Boden gespielt«, erwiderte ich traurig. »Es ist wie das Reptilienhaus im Zoo. Die Käfige stehen offen, und die Schlangen sind überall.«

»Hallo, Bruder«, sagte Sophie in diesem speziellen Tonfall, den vornehme Leute aufsetzen, um sich durch peinliche Situationen zu manövrieren. »Ich dachte, ich komme mal vorbei. Ich war in der Gegend, um den guten alten Biffo zu besuchen, du erinnerst dich doch? Mein Steuerberater.«

»Ja.« Sein Blick huschte zu Alex, der mit schokoladenverschmiertem Mund fröhlich eine Schlange mit dem Finger nachzeichnete und dabei ein zischendes Geräusch von sich gab.

Ich zuckte entschuldigend mit den Schultern, um ihm zu signalisieren: »Was hätte ich tun sollen?«

Sophie stand auf. »Nun, ich muss sowieso los. Es war schön, diese nette junge Dame hier kennenzulernen. Ihr müsst alle bald mal auf einen Ausritt bei mir vorbeikommen. Keine Widerrede. Ruf mich an.« Sie drückte Patrick einen Kuss auf die Wange und war mit einem Winken in meine und Alex' Richtung so schnell wieder fort, wie sie gekommen war.

»Entschuldige«, sagte ich. »Sie kam einfach hereinspaziert. Sie dachte, ich sei die Nanny oder so was.« Eigentlich war ich mir ziemlich sicher, dass sie gedacht hatte, ich sei Patricks Flamme, aber das erwähnte ich lieber nicht.

»So ist sie, meine Schwester.« Er seufzte. »Mit der Tür ins Haus fallen und dann erst Fragen stellen.«

»Ich kann sie gut leiden.«

»Ja, und das ist das Problem.«

Ich fragte mich, was zwischen ihnen vorgefallen war, aber ich gewöhnte mich langsam an Patricks Geheimniskrämerei. Ich würde nicht nachbohren.

»Daddy!«, rief Alex strahlend. »Wir gehen Tante Sophies Pferdchen reiten!«

Patrick sah mir in die Augen, und wieder zuckte ich nur mit den Schultern. »Das ist meine angeborene bäuerliche Mentalität. Wenn mir jemand mit aristokratischem Tonfall sagt, dass ich etwas tun soll, tue ich es. Ich bin eigentlich die geborene Leibeigene.« Was mich wiederum an die größte Entdeckung des Tages erinnerte. »Und du bist ein richtig feiner Pinkel!«, platzte es aus mir heraus.

»Ich bin kein feiner Pinkel.«

»Oh doch. Jetzt ergibt endlich alles einen Sinn. Der teure Käse, die Cordhosen. Die Tatsache, dass du zum Abendessen ›Nachtmahl‹ sagst. Ich kann nicht glauben, dass ich die ganze Zeit mit einem Adelsmann zusammengewohnt und es nicht mal gemerkt habe.«

»Ach, hör schon auf und geh deine Bildchen ausmalen.«

Ich hob die Hand an die Schläfe. »Yes, Sir. Wie es Ihnen beliebt, Sir.«

16. Kapitel

»Bitte, bedient euch... Es gibt Wachteleiersalat, geschmorten Schweinebauch an Rotkohl und, als Dessert, gesalzene Karamelltarte mit Ingwer und Pfirsicheis.«

All das hätte weitaus beeindruckender geklungen, hätte Cynthia es nicht vom Lieferzettel des noblen Cateringservice abgelesen, bei dem sie immer bestellte, wenn wir »Chez Cynthia« dinierten.

Ian zog eine Schnute. »Jetzt, da ich es weiß, ist es einfach nicht mehr dasselbe. Ich dachte, du machst das alles selbst.«

Cynthia warf die Haare über die Schulter. »Und wann genau sollte ich das bitte tun? Vielleicht zwischen den zwei Meetings, eine Bonzenfirma zu schließen und einen Geschäftsmann aus Bahrain vor dem Gefängnis zu bewahren?«

»Hmpf.« Ian schob sich ein kleines Wachtelei in den Mund. »Obwohl ich die Dinger hier mag. Man kommt sich allerdings ein bisschen vor wie eine eierfressende Riesenschlange, nicht wahr?«

Emma verdrehte die Augen. »Rachel, wie geht es mit der Liste voran, was steht als Nächstes an?« Sie wusste genau Bescheid, immerhin führte sie eine Strichliste über meine Liste. Aber Emma verpasste eben nie eine Gelegenheit, Leute herumzukommandieren.

»Nun, ich habe Stand-up-Comedy gemacht, war tanzen und habe mir ein Tattoo stechen lassen. Zwar nur ein sehr kleines, aber ich glaube, dass ich ein medizinisches Attest vorweisen kann. Und ich habe bei diesem Kochkurs sogar etwas Abgefahrenes gegessen.«

»Eine Memme zu sein ist keine Krankheit«, sagte Ian, aber wir ignorierten ihn, da sein Mund ohnehin voller Wachteleier war.

Eine Liste von Ians Lieblingseiern

1. *Schottische Eier*
2. *Gefüllte Schokoeier*
3. *Fondant Eier*
4. *Dieses konservierte Flüssigei, das man kaufen kann, wenn man richtig, richtig faul ist*
5. *Eingelegte Eier*
6. *McMuffin mit Ei*

»Und Patrick hat Filetieren, Fallschirmspringen und auf der Bühne spielen abgehakt ... Ach ja, der Sprung zählt bei mir als Extremsport. Für mich steht also nur noch spontan Verreisen, Yoga, Festival, Reiten und der wildfremde Kerl auf der Liste und für ihn sich verabreden, klettern, sich betrinken, die Hundeschau, verreisen mit Alex und ein Auto kaufen. Letzteres finde ich übrigens ziemlich dämlich.«

»Verreisen klingt super«, sagte Cynthia und spießte etwas Rucola auf. »Ich brauche dringend Urlaub, und Rich scheint nicht mehr freizubekommen. Wir könnten alle zusammen fahren, was meint ihr?«

Emma rümpfte die Nase. »Wir können uns gerade absolut keinen Urlaub leisten. Außerdem ist das Schulhalbjahr noch nicht zu Ende.«

»Wir sind für nächste Woche zum Reiten verabredet«, sagte ich. »Will denn keiner von euch mitkommen? Das wird lustig! Patrick graut es schon davor.«

Cynthia murmelte etwas von »Ende des Jahres«, und Emma sagte: »Ich hasse das Land.«

»Aber es war doch eure Idee, dass wir alle diese Dinge gemeinsam machen. Um endlich wieder Spaß zu haben und das Leben auszukosten!«

»Ich habe zurzeit wirklich viel zu tun«, sagte Emma und begutachtete intensiv ihr Besteck.

Cynthia fügte hinzu: »Die Sache mit dem Leben auskosten benötigt einen Haufen Zeit.«

»Und Geld«, bemerkte Emma spitz.

»Na gut, dann ein anderes Mal. Wir wollen bald klettern gehen, falls jemand von euch …«

»*Wir*«, murmelte Emma, während sie die Servietten musterte, die Cynthia verteilt hatte.

»Hä?«

»Nichts. Es ist einfach nur so, dass du zurzeit sehr viel mit Patrick unternimmst.«

»Nun ja, ich wohne mit ihm zusammen«, sagte ich verdutzt. Waren sie beleidigt, dass ich mich nicht mehr so oft mit ihnen traf? Dabei hatte ich sie zu allen Unternehmungen eingeladen.

Cynthia wandte sich an Ian. »Und, wie geht es so mit deinen Comedy-Plänen?«

Emma seufzte. »Oh, jetzt ermuntere ihn nicht auch noch. Jede Nacht in irgendwelchen muffigen Pubs herumhängen und drei alten Säufern Witze erzählen, ohne

Geld dafür zu sehen – warum sollte das irgendjemand wollen?«

»Ich bin sicher, dass Ian seine Gründe hat.«

Ian nickte eifrig. »Es ist schwer zu erklären. Es ist einfach etwas, was ich immer schon ausprobieren wollte.«

»Ganz genau. Das Leben am Schopf packen, sich neuen Dingen öffnen...«

»Nach billigem Bier stinkend nach Hause kommen«, ergänzte Emma.

»Vielleicht könnte das ja Patricks Nummer zehn werden«, witzelte ich in dem vergeblichen Versuch, die Stimmung aufzuheitern.

Emma faltete ihre Serviette. »Sind das die von deiner Hochzeit, Cynthia?«

Cynthia warf einen desinteressierten Blick darauf. »Jep. Ägyptische Baumwolle, Fadendichte vierhundert. Richs Mum dachte aus irgendeinem Grund, dass wir sie unbedingt bräuchten.«

»Hmm«, Emma faltete sie noch einmal und schob sie von sich.

Es entstand eine kurze Pause. »Alles okay, Cynthia? Viel Stress bei der Arbeit?«

Sie ließ ein kurzes Lachen hören und stocherte in ihrem Salat herum. »Es ist immer stressig. Natürlich. Wenn du mit vierzig noch keinen Nervenzusammenbruch hattest, dann machst du etwas falsch.«

»Was treibt Martin?« Martin war ihr Kanzleichef. Eine geballte Ladung Bösartigkeit mit krankhaftem Mundgeruch – wie der feurige Atem des Hades.

»Das personifizierte Übel. Wahrscheinlich verlässt er uns bald, um den Chefposten in der Hölle zu übernehmen.«

»Soll ein ziemlich heißer Job sein«, sagte Ian schwach.

Ein vages Unbehagen hatte sich über die Runde gelegt. Cynthia hasste ihre Arbeit ganz offensichtlich, Emma war erschöpf vom wochenlangen Unterrichten und der Notenvergabe, und Ian war in einen heiklen Kinderschutzfall verwickelt, über den er uns nichts erzählen durfte. Ich befand mich in der seltenen Position, der Optimist unter uns zu sein, und versuchte weiterhin, Stimmungsbomben in die Runde zu werfen. »Wie fandet ihr Patricks Band so? Nicht schlecht, oder?«

Emma betrachtete finster ihr Messer. »Ist das auch das Silberbesteck von deiner Hochzeit?«

»Ja«, sagte Cynthia und warf einen teilnahmslosen Blick darauf.

»Wie viel hat das Stück noch mal gekostet?«

»Lass mich nachdenken. Ich glaube, die Gabeln waren bei fünfzig Pfund das Stück, und die Messer etwas teurer ...«

»Siebzig Pfund«, sagte Emma. »Kann man ja kaum vergessen.«

»Wenn du das sagst, wird es wohl stimmen.«

»Und es war ein Set von hundert?«

»Ich glaube, die Idee dahinter ist, dass du zehn Leute gleichzeitig bespaßen kannst. Du weißt schon, Fischmesser, Steakmesser, Suppenlöffel ...«

»Hattest du je Gelegenheit, die Fischmesser zu benutzen?«

Cynthia blickte auf die Schachtel, die auf dem Tisch lag. »Lachs ist ein Fisch, oder?«

Emma nahm das Messer auf etwas beunruhigende Art und Weise in die Hand. »Wie viel haben wir für unseren letzten Besteckkasten gezahlt, Schnuckelhase?«

Ian sah verwundert auf. »Äh, einen Fünfer, glaube ich, im Ein-Pfund-Laden. Dabei sollten sie es dort doch gar nicht verkaufen, denn in Wahrheit hat es gar nicht nur ein Pfund gekostet. Ich bevorzuge die, wo wirklich alles nur ein Pfund kostet. Da weiß man, wo man dran ist.«

»Ich hoffe schwerstens, das ist nicht Teil deines geplanten Comedyprogramms.«

»Patricks Band war super«, sagte Cynthia fröhlich an mich gewandt. »Es ist nur schade, dass er so weit hinten stand. Er sieht bei Weitem am besten aus.«

»Findest du?« Absurderweise freute ich mich für ihn.

»Oh ja, ich mag es, wenn ein Mann einen fein gemeißelten Kiefer hat.«

Ian meldete sich zu Wort. »Ist meiner fein gemeißelt?«

Cynthia sah ihn von der Seite an. »Eher von einem betrunkenen Steinmetz im Dunkeln bearbeitet.«

»Vielen Dank auch.«

»Gepetto auf Speed, so in der Art.«

Ian schmollte, und Cynthia lächelte. »Aber Patrick ist definitiv fein gemeißelt. Findest du nicht, Rachel?«

»Er ist alt«, keifte Emma dazwischen.

»Alt kann gut sein. George Clooney, Sean Connery …«

»Patrick ist erst achtunddreißig«, protestierte ich. »Sean Connery ist um die siebzig, oder?«

»Rachel hat deine Frage nicht beantwortet«, bemerkte Ian und spukte dabei aus Versehen ein wenig Essen in meine Richtung.

Ich rutschte unruhig auf meinem Stuhl hin und her. »Ich weiß nicht.« Er war attraktiv, daran bestand kein Zweifel, aber irgendwas an ihm … Er war so schlimm verletzt worden und musste sich um seinen Sohn kümmern, für ihn kämpfen. Er strahlte etwas aus … Enttäuschung. Er wirkte, als habe das Leben ihn zutiefst enttäuscht. »Ich nehme an, er sieht gut aus. Doch.«

Emma und Cynthia wechselten diesen nervigen Blick, den sie immer dann parat hatten, wenn ich entweder etwas besonders Doofes oder etwas unglaublich Bedeutsames gesagt hatte. Die beiden kamen nicht immer miteinander klar – manchmal war es, als hätte man zwei sich bekriegende Katzen im Haus –, aber sobald es darum ging, mir Ratschläge zu erteilen, weil ich mich auf dem Holzweg befand, waren sie sich einig. Es schien, als sei das, was ich eben gesagt hatte, genug gewesen, um den seltsamen Besteckzank zwischen ihnen beizulegen.

»Was?«, fragte ich verwirrt.

»Ich hatte schon befürchtet, dass das passiert«, sagte Emma, wobei ihr überheblicher Ton unter den drei Wachteleiern litt, die sie sich zeitgleich in den Mund gestopft hatte.

»Worauf willst du hinaus?«

»Was du machst, nennt man Übertragung«, sagte Cynthia. »Ohne Dan bist du wie ein verwaistes Vögelchen. Mit ihm hattest du ein gemütliches Nest, bis du herausgefallen bist ...«

»Und nun versuchst du zu fliegen«, fügte Emma traurig hinzu.

»Ja, du versuchst deine Flügel auszubreiten, aber es ist noch zu früh. Du bist am ersten halbwegs netten Mann hängen geblieben, der deinen Weg gekreuzt hat. Der klassische Lückenbüßer.«

»Das stimmt doch gar nicht!«, brauste ich empört auf. Ich erwog aufzuspringen und beleidigt abzuziehen, aber es standen noch zwei Gänge an. »Wir sind einfach beide etwas angeschlagen. Ich brauche eine Bleibe und er Hilfe. Das ist alles.«

»Wie findest du seine Exfrau?«, fragte Emma unschuldig.

»Oh, sie ist schrecklich. Sie hat Alex seit Monaten nicht gesehen, und sie hatte diese ganzen komischen Regeln, von wegen kein Essen im Wohnzimmer...« Ich schweifte ab. Damit spielte ich ihnen natürlich geradewegs in ihre nervigen, in Psychoratgebern blätternden Hände. »Hört mal, so ist es gar nicht. Wir sind nur Freunde, die einander helfen.«

»Hat er was zu Dan gesagt?«

»Er meint, dass er sich wie ein unterkühlter Workaholic anhört, viel zu spießig für mich.«

»Na klar.« Sie wechselten wieder einen Blick. Plötzlich wurde es mir zu viel. Scheiß auf die gesalzene Karamelltarte! »Hört mal, für euch beide mag das ja ganz einfach sein. Cynthia, du mit deiner perfekten Ehe und dem perfekten Haus, und du, Emma, mit ihm«, ich zeigte auf Ian, »in eurem Liebesnest, wo ihr endlos Quizshows schauen und euch Lieder über eure Zehennägel ausdenken könnt. Aber für den Großteil der Menschheit läuft es nicht so. Man kämpft und hadert, man hat Geldsorgen, man wird schwanger oder auch nicht, und man muss das Auto reparieren lassen und den Rasen mähen, und nie läuft es wirklich toll, aber man arbeitet weiter daran, und dann eines Tages wacht man auf, und ein Fremder liegt neben einem.«

»Aber das ist gut«, sagte Ian in dem Versuch, die Stimmung zu lockern. »Mit einem wildfremden Kerl schlafen, ist doch Punkt fünf.«

»Halt die Klappe, Ian«, zischte Emma ihn an. »Hör

zu, Rachel, du bist nicht die Einzige mit Geldsorgen, weißt du? Ich reiße mir den Arsch auf, Tag und Nacht – und Ian ebenfalls. Es ist harte Arbeit, den Mist von anderen aufzuwischen oder sich um Kinder zu sorgen, deren Eltern zu selbstsüchtig oder verantwortungslos sind, um sich um sie zu kümmern. Und wir werden einen Dreck dafür bezahlt. Meinst du, wir könnten es uns leisten, siebzig Pfund für ein Fischmesser auszugeben? Wir haben es nicht alle so gut wie Cynthia. Wir können es uns nicht alle leisten, eine Auszeit zu nehmen, um irgendwelchen teuren Hobbys nachzugehen. Liste hin oder her.«

Cynthia sah auf ihre Hände mit den manikürten Nägeln und den funkelnden Ringen. »Es tut mir leid, dass ihr beide so empfindet. Ich denke jedoch nicht, dass alles immer so perfekt ist, wie ihr es euch vorstellt.«

»Und das hier ist nicht perfekt?« Emma machte eine ausgreifende Armbewegung, mit der sie das elegante Esszimmer, das von teuren Kerzen erleuchtet wurde, und das Essen auf den glänzenden Servierplatten aus Porzellan einschloss.

»Geld ist nicht alles.«

»Leicht gesagt, wenn man es hat.«

»Ich schätze, es hilft, wenn man sonst nichts hat.« Cynthias Hände zitterten, und ich bemerkte plötzlich, wie leer das Haus war, wenn man die schönen Möbel und erlesenen Kunstwerke beiseiteließ. Es gab keine Bücher, keine Zeitungen, niemand hatte seine Schuhe irgendwo achtlos liegen lassen, keine Lesebrille lag auf dem Beistelltisch, keine halb leere Tasse Tee. Es gab kein Anzeichen dafür, dass hier jemand wohnte, und schon gar nicht Cynthias Ehemann.

Ich war aufgestanden. »Es tut mir leid. Es ... war nur wirklich schwer, all das ...« Ich spürte, wie Wut in mir aufstieg, die genauso schnell von Tränen erstickt wurde. Das war der Grund, warum ich bei Streitereien nie gewann. »Tut mir leid, aber ich glaube, ich gehe jetzt nach Hause. Entschuldige, Cynthia.«

Emma blickte betreten auf ihren Teller hinunter. »Rachel, es tut mir leid. Ich wollte nicht, dass du gehst. Es war einfach nur etwas heftig die letzten Wochen. Es ist so viel los und ...«

»Schon okay, ich muss einfach nur nach Hause.« Ich wandte mich Richtung Treppe.

Emma und Ian starrten auf das beinahe unangetastete Abendessen.

»Ich begleite dich hinaus.« Cynthia stand ebenfalls auf.

»Es tut mir leid«, sagte ich noch einmal.

Cynthia hielt mir die Tür auf, während ich mich in meinen Mantel kämpfte. »Es ist nur ... Es ist alles so schwierig. Wenn man es nicht selbst durchgemacht hat ...«

»Ich habe eine ungefähre Vorstellung davon.«

»Was ist los, Cynthia?«

Sie starrte den Türknauf an – italienisch, antik. »Das Übliche, Arbeit und Stress. Und Emma hat sich völlig auf das Geld eingeschossen. Ians Gehalt wurde wieder ausgesetzt, und er hat einen dicken Strafzettel bekommen, den er vergessen hat zu zahlen; und sie glaubt, sie können nicht heiraten, weil sie es sich nicht leisten können. Nicht dass er sie überhaupt gefragt hätte, was wiederum eine andere Sache ist ... Aber es ist nicht meine Schuld, dass es mir finanziell gut geht. Weißt du, Rachel, ich bin in einem Sozialbau aufgewachsen, habe mir mit meiner Schwester ein Bett geteilt und meine Hausaufgaben im Treppenhaus gemacht. Ich habe verdammt noch mal hart für all das hier gearbeitet. Außerdem ist das nicht alles.«

»Und Rich?«

Sie wich meinem Blick aus. »Rich ... Keine Ahnung. Wenn ich ihn mal wieder zu sehen bekommen würde, wüsste ich es vielleicht.«

»Cynthia ...«

»Es ist in Ordnung. Alles ist gut. Es war nur eine anstrengende Woche.«

»Hör zu«, sagte ich. »Ich rufe dich bald an. Entschuldige noch mal.«

Ihre Umarmung fühlte sich kurz an, kühl, als gäbe es da plötzlich etwas Unüberbrückbares zwischen uns. Vor lauter Tränen in den Augen stolperte ich beinahe blind zur U-Bahn.

17. Kapitel

Das Date fing nicht gut an, er war fünfzehn Minuten zu spät. Als jemand, der immer und zu allem zu spät kam, ärgerte mich das. Ich war normalerweise immer unpünktlich. Wenn ich es rechtzeitig schaffen konnte, dann er erst recht.

Wider jede Vernunft hatte ich mich auf eine Verabredung mit einem Mitglied des anderen Geschlechts eingelassen. Dating war Neuland für mich. Ich hatte Dan mit zwanzig in der Studentenvereinigung in Bristol kennengelernt, während ich ein Plakat für den Ball der Kunstgeschichtsstudenten aufhängte und er eines für Hallenfußball. Es war nur noch ein freies Stück Wand übrig, und wir gerieten in eine Diskussion über die verschiedenen Arten von Bällen und ihre jeweiligen Vorzüge, und der Rest, wie man so schön sagte, war Geschichte.

Es war Patrick, der mich überzeugt hatte, es mit Onlinedating zu probieren. Er versuchte immer noch, einen Zeitpunkt zu finden, um sich mit Arwen zu »committen«, der glamourösen Amerikanerin, die einen *irrsinnig* vollen Terminplan zu haben schien.

»Sie hat es wirklich *committen* genannt? Meinst du, das ist ein Codewort für irgendwelche schrägen Praktiken?«

»Hör auf, an was Schmutziges zu denken. Sag lieber, was du reinschreiben willst.« Er hatte seinen Laptop hochgefahren und versuchte, ein Profil für mich auf *FriendsPlus* zu erstellen, einem Ü-30-Dating-Portal. Sie hätten es genauso gut *Deine letzte Chance* nennen können. »Alle anderen schreiben, dass sie locker und unkompliziert sind.«

»Aber das bin ich nicht. Schreib pathetisch, neurotisch und Angst vor allem.«

»Ich schreibe dynamisch und kreativ. Würdest du sagen, dass du viel Zeit mit Familie und Freunden verbringst und gerne ausgehst?«

»Nein, ich habe Angst vor großen Menschenmengen und bin eine Vollwaise ohne Freunde.«

»Komm schon, Rachel. Willst du jemanden kennenlernen oder nicht?«

Das war eine gute Frage. Ich stöberte immer noch jeden Abend in Dans Facebook-Profil und suchte wie besessen nach Hinweisen, wer seine neue Freundin sein könnte. Ich war sicher, dass ich noch nicht bereit war, mich auf jemand Neues einzulassen. Warum also konnte ich mich nicht einfach mit einem künftigen Dasein als Single anfreunden, Turbane tragen, Zigaretten mit Zigarettenhalter rauchen und Jess' Kinder zu gewagten Theaterstücken mitnehmen, sobald sie das Teenageralter erreicht hatten? Vielleicht war es die Hoffnung, die mir langsam abhandenkam. Die Hoffnung, dass das nicht alles gewesen sein konnte … Für den Rest meines Lebens in anderer Leute Gästezimmer wohnen, Kinderpyjamas tragen, nirgendwo hingehen. Und so ließ ich mich zu einer Verabredung breitschlagen.

Zehn Minuten später war ich bereit, Barry, mein Date für den heutigen Abend, aufzugeben; und das nicht ohne eine gewisse Erleichterung. Ich würde nach Hause gehen, in meinen Schlafanzug schlüpfen, eine Folge *Nashville* gucken... Doch da tauchte er plötzlich auf. Über der Schulter trug er eine riesige Sporttasche. War da der zerstückelte Leichnam seiner letzten Verabredung drin? Er war viel haariger, als ich es mir vorgestellt hatte, ein rötlicher Pelz erstreckte sich über Hände, Ohren und Nacken – sie waren überall, nur nicht auf seinem Kopf. Was mich total schockierte, war die Tatsache, wie viele Männer in ihren Dreißigern schon beinahe eine Glatze hatten. Ich war mit Dan verwöhnt gewesen, der noch genauso dicke braune Haare hatte, wie damals, als wir uns kennenlernten.

Als Barry auf mich zukam, wurde mir klar, dass ich noch nicht bereit für das hier war. Ganz und gar nicht. Ich war zehn Jahre lang mit Dan zusammen gewesen, statt mit Alcopops vollgepumpt in Studentenkneipen herumzuknutschen. Ich hatte nie ein richtiges Date gehabt. Ich konnte das nicht. Aber es gab keinen Ausweg, denn er schlenderte bereits auf mich zu – ganz entspannt, als sei er nicht zwanzig Minuten zu spät.

»Hallo!« Ich setzte ein höfliches Lächeln auf und hoffte, dass meine Augen mich nicht verrieten (*Meine Güte, du bist aber echt haarig, oder?*) Rote Haare störten mich nicht – immerhin stand ich auf den Typen aus *Homeland* –, aber das hier...

Er beugte sich vor, um mir einen Kuss auf die Wange zu geben, und offenbarte damit schon das zweite Problem. Er stank nach Knoblauch. Wie schwer konnte es bitte schön sein, sich kurz ein Minzbonbon einzuwerfen?

Ich hatte in der U-Bahn ungefähr fünf gegessen vor lauter Angst, ich könnte muffeln.

Ich fürchte, ich zuckte etwas zurück, doch ich versuchte, es zu überspielen. »Hi, hi, ich freu mich, dich kennenzulernen. Das Wetter ist dann doch noch schön geworden!«

Da er sah, dass ich schon ein Glas vor mir stehen hatte, ging er an die Theke und kam mit einem Mineralwasser mit Zitrone zurück, dem billigsten Getränk gleich nach Leitungswasser. »Ich trinke nicht«, erklärte er und stapelte sein Wechselgeld zu einem kleinen Türmchen auf dem Tisch.

»Ach ja?«

»Ist nicht gut für das menschliche Zusammenleben.« Er beäugte mein Glas Bier, und ich umklammerte es so fest, als würde ich es notfalls auch mit meinem Leben verteidigen. Ich wusste jetzt schon, dass ich Alkohol brauchte, um das hier durchzustehen.

»Warum glaubst du das?«

»Die Menschen in diesem Land kriegen es einfach nicht hin, maßvoll zu trinken. Vor allem die Frauen – sie torkeln aus Nachtklubs heraus, steigen in ihren kurzen Röcken in unregistrierte Taxis –, ist es da ein Wunder, dass so viele von ihnen überfallen werden?« Wieder sah er mein Bier an. »Ich fürchte, maßloses Trinken ist ein absolutes No-Go für mich.« Er musterte mich misstrauisch.

Ich trank mein Glas in einem großen Zug leer. Ich konnte mich vielleicht mit Körperbehaarung und Knoblauchgeruch anfreunden, aber nicht mit Schuldzuweisungen an Opfer von Sexualstraftaten. Die Feministin in mir richtete sich auf und knurrte. »Also, Barry«, begann ich, »du denkst also nicht, dass es die Schuld der Männer ist, wenn sie Frauen überfallen? Es sind also ganz sicher die kurzen Röcke und das Bier mit einem Alkoholgehalt von vier Prozent, die der Auslöser für Missbrauch sind?«

Er bedachte mich mit einem gönnerhaften Lächeln. »Ich habe einen Doktor in Soziologie. Frauen senden Signale aus, und Männer reagieren darauf. Letztendlich sind wir von Natur aus so programmiert.«

»Tja, und ich habe eine Vagina, und ich kann dir sagen, dass die kein unbewusstes Signal für ›Bitte komm rein und schau dich um‹ aussendet. Aber es gibt sehr wohl eins für ›Bleib mir vom Leib, du Widerling‹.«

Er sah aus, als hätte er sich an einer Knoblauchzehe verschluckt. »Oh Gott. Du bist aber nicht eine von diesen Feministinnen, oder? Ist das nicht ein bisschen sehr Siebzigerjahre?«

»Es gab einiges, was an den Siebzigern schlimm war, Barry: die Ölkrise, Watergate, Schlaghosen. Aber einige Dinge waren so gut, dass sie bis heute überdauert haben, und Emanzipation gehört dazu. Was für ein Jammer, dass es deine Haare offensichtlich nicht geschafft haben.«

»Kampflesbe«, murmelte er mir hinterher, als ich mich zum Gehen wandte.

»Lieber das, als jemanden wie dich auch nur mit der Pinzette anzufassen!«

Ich war äußerst zufrieden mit meinem schlagfertigen Abgang, aber das Gefühl hielt nicht lange an, als ich draußen war, brach ich in Tränen aus. Ich fragte mich, wo in London man Turbane und Zigarettenhalter kaufen konnte.

Natürlich war Patrick wach, als ich – deprimiert, entmutigt, niedergeschlagen und viele andere Adjektive, die zu meiner Weltuntergangsstimmung passten – nach Hause kam. Langsam fühlte ich mich wie in einer Sitcom, wo er auf der Bühne saß, an seinem Wein nippte und ironische Blicke in die Kamera warf, während ich jeden Tag mit einem neuen Problem oder Desaster hereinspazierte. Zum Beispiel: »Ich bin dreißig und habe gerade meine Schuhe falsch herum angezogen!«, oder »Ein Mann in der U-Bahn hat meinen Ellbogen abgeleckt.«

»Mein Date war ein sexistischer, glatzköpfiger Orang-Utan!«, erklärte ich bei dieser Gelegenheit.

Er trank einen Schluck Whisky. »Welches war der schlimmste Teil davon?«

»Der Sexismus, definitiv. Ich habe an sich nichts gegen rotes Fell.«

»Das ist gut. Ich bin halb Schotte, weißt du. Im richtigen Licht schimmert mein Bart ziemlich rötlich.«

»Oh Gott.« Ich ließ mich auf einen Stuhl plumpsen. »Ich werde für immer alleine bleiben.«

Er schenkte mir ein Schlückchen Whisky in ein kleines Glas und schubste es wie ein Bartender in einem Wild-West-Saloon über den Tisch zu mir hinüber. »Du hattest also ein Stelldichein?«

»Definiere ›Stelldichein‹.«

»Eine im Voraus arrangierte romantische Zusammenkunft an einem Ort, der beiden Beteiligten behagt.«

»Ja. Obwohl es nicht beiden behagt hat, wir waren in Fulham, weil es ihm da besser passte. An der verdammten District Line. Von jetzt an erhebe ich Lieblings-U-Bahn-Linien zu einer Auswahlkritik.«

»Die Bakerloo Line«, sagte er. »Altmodisch, cooler

Name, führt an nette Orte und, ganz wichtig, ist nach Sherlock Holmes benannt. Oh, und es heißt übrigens Auswahl*kriterium*.«

»Docklands Light Railway«, konterte ich. »Man kann so tun, als wäre man in der Zukunft; außerdem hat man Handyempfang. Und du bist ein Klugscheißer«, schob ich hinterher.

»Es wird nicht immer so laufen, Rachel. Hör mal, es gibt da einen Typen bei mir in der Buchhaltung, der in deinem Alter ist und Single. Ein wirklich feiner Kerl. Ich könnte euch verkuppeln.«

Der Whisky breitete sich wärmend in meinem Magen aus. »Die Aufgabe mit der Verabredung steht auf deiner Liste. Warum muss ich das machen?« Und warum war er bitte so darauf erpicht, dass ich mit anderen Kerlen ausging? Besser, ich dachte gar nicht darüber nach.

»Ich mach's. Sobald Arwen von ihrem Yoga-Urlaub zurück ist.«

»Es gibt auch noch andere Menschen, weißt du.«

»Wer will schon ein Date mit mir? Ich war seit fünf Jahren nicht mehr aus, und ich kenne die Anfangsmelodie jeder aktuellen Fernsehshow auswendig.«

Ich dachte bei mir, dass sicher einige Frauen mit ihm ausgehen würden – er war gut aussehend und nett und wusste, wie man Jakobsmuscheln zubereitete –, aber ich sprach es nicht laut aus. Wenn ich etwas aus dem Fiasko mit Barry gelernt hatte, dann, dass man Sachen nicht überstürzen durfte. Wie ein guter Whisky musste man sich im Fass verkriechen, bis man herangereift war. Was mich anging, so vermutete ich, würde es noch eine ganze Weile dauern. Also würde ich einfach in diesem hübschen Haus wohnen bleiben, Wein trinken, Brettspiele spielen, Disneyfilme gucken und mit dieser verrückten Liste weitermachen.

Ich wusste nicht, was ich da tat. Ich war betrunken, so viel war klar. Das erkannte ich daran, wie schwerfällig ich mich aufs Klo setzte, in dem es übrigens keine Seife gab und nicht gerade dezent nach Urin roch. So wie es schien, war ich erneut bei einem Date gelandet, obwohl ich dem Übel doch abgeschworen hatte. Ich verfluchte Patrick und seine Art, Pläne durchzuziehen. Er hatte tatsächlich Ben, den Buchhalter, gefragt, ob er mit mir ausgehen wollte.

Es war ein echter Schock, als ich ihn das erste Mal sah. Nach meiner Erfahrung mit Vollhonk Barry, wie ich ihn in meinen E-Mails an Cynthia und Emma nannte, achtete ich darauf, zehn Minuten zu spät zu meiner Verabredung in der Cocktailbar aufzutauchen. Es war einer dieser Läden, in denen die Zwölfpfunddrinks alle Namen mit vielsagenden Anspielungen haben. Ben saß schon da, was ich als gutes Zeichen wertete. Er wirkte etwas nervös, während er jeden musterte, der durch die Tür kam, und auf seine Uhr blickte.

Ich hatte mehrere Minuten draußen gewartet, um meine Beine zu zähmen, die dauernd wegrennen wollten. »Kommt schon, ihr beiden«, feuerte ich sie an. »Wir wussten doch, worauf wir uns einlassen. Wir sind über dreißig. Wir alle, obwohl ihr mir nicht besonders viel genutzt habt, bis ich zwei wurde, aber gut Ding will Weile haben.«

Aber der Orang-Utan. Der Sexismus!

»Ja ja, aber den hier habe ich schon mit einigen Fragen zum Thema Geschlechterfragen getestet, und er hat bestanden.«

Na gut. Widerstrebend erklärten sich Miss Links und Miss Rechts dazu bereit, mich durch die Tür zu tragen.

Ich brachte den Ja-ich-bin-es-und-ich-versuche-nicht-zu-sehen-wie-du-mich-abcheckst-während-ich-ankomme-Gang hinter mich und lächelte. Er lächelte zurück, und es war ein wirklich nettes Lächeln. Nicht der Oberknüller, aber süß.

Dann stand er auf. Nur dass ich am Anfang nicht bemerkte, dass er stand. Patrick hatte versichert, dass er bestimmt über eins siebzig sei. Da ich selbst nicht die Größte war, war es das Erste, worauf ich achtete. Es war nicht meine Schuld, dass ich auf größere Männer stand. Das lag an der Biologie. Ben sah allerdings nicht viel größer aus als ich mit meinen eins sechzig.

Abermals setzte ich mein Datinglächeln auf – so was wie die Fratze des Schreckens – und tat mein Bestes, alle Datinggrundlagen zu beachten: Small Talk, lasche Witze, Haare über die Schulter werfen.

»Hi«, sagte er nervös. »Hättest du gern einen Screaming Orgasm?«

»Wie bitte?«

»Äh, das ist ein Cocktail.« Er reichte mir betreten die Karte.

Nach einem Blick darauf wurde mir klar, dass der einzige Weg hier durch über einen Sex on the Beach, Slippery Nipple oder vielleicht sogar einen Liquid Viagra führte.

Ein verlegenes Gespräch und mehrere lahme Anspielungen auf die Cocktailnamen später ging Ben dazu über, seine Kollegen in der Buchhaltung zu beschreiben. »Die sind so öde, dass sie es abgefahren finden, wenn sie sich Zeug kaufen, in das sie ihren USB-Stecker schieben können. Das ist der einzige Ausdruck an Persönlichkeit, den sie haben. USB-Handwärmer, USB-Bleistiftspitzer, USB-Kaffeebecher ...«

»Ich weiß nicht einmal, wofür USB steht«, sagte ich. »Ist das nicht witzig? Wir benutzen es jeden Tag und haben keine Ahnung, was es bedeutet.«

»Ja, ganz viele Leute glauben auch, das ›V‹ in DVD stünde für Video«, sagte er. »Aber das stimmt nicht.«

»Echt? Ist ja interessant.«

»Entschuldige mich.« Ich stand auf. Mein Gleichgewichtssinn litt merklich unter dem Einfluss des Alkohols, den ich in mich hineingeschüttet hatte, um meine Nerven zu beruhigen. Langsam torkelte ich zum Damenklo, wo ich mein Handy herausnahm und Patrick eine SMS schickte.

Du schuldest mir was!

Er schrieb zurück.

Nicht gut?

Immerhin gab es ein paar Tipps für meine nächste Steuererklärung.

Ich rief Facebook auf und klickte Dans Profil an. Ein neues Foto war öffentlich sichtbar. Die Bildunterschrift lautete: *Abendessen für einen ganz besonderen Menschen.* Ich kannte diesen Tisch. Ich kannte diese Teller. Ich kannte das Rezept für Rinderschmortopf. Er bekochte eine andere Frau in *unserem* Haus. Ich saß mit dem Slip um die Knöchel in der Kabine, atmete tief durch und versuchte, nicht loszuheulen. Es stimmte also. Ganz heimlich hatte ich gehofft, dass Jane sich geirrt oder nur versucht hatte, mir eins auszuwischen. Aber Dan war darüber hinweg. Es war nur ich, die feststeckte, ohne Job, ohne Mann und ohne Zuhause. Ich stand auf, wusch meine Hände, spritzte mir Wasser ins Gesicht und marschierte zurück zum Tisch, wo Ben nervös mit einem Bierdeckel herumspielte. Er sah auf.

»Können wir zu dir fahren?«, fragte ich.

Als Nächstes war da die kalte Luft in meinem Gesicht, ein Taxi, dann lag ich in seinem Bett – ungemacht, Superman-Bettwäsche –, und er zog sein Hemd aus und entschuldigte sich dafür, dass er zugenommen hatte. Ich blinzelte betrunken zu ihm hoch. Er machte keine Witze. Er war so käsig und pummelig, dass ich sofort an ein kleines Ferkel denken musste. Und glaubt mir, ihr wollt bei dem Mann, mit dem ihr drauf und dran seid, Sex zu haben, ganz bestimmt nicht an Bauernhoftiere denken. Auf seiner Unterhose prangte ein weiterer Superman. Es war passiert. Ich war mit einem wildfremden Mann nach Hause gegangen, der es tatsächlich für angebracht hielt, beim ersten Date Unterwäsche mit einem etwas tuntigen Superhelden darauf zu tragen.

»Alles in Ordnung?«

»Ja, ich habe nur… Sorry, ich war nur etwas abgelenkt von der Spinnwebe da oben in der Ecke. Ich habe ein bisschen Angst vor Spinnen.«

Er sah auf. »Oh, stimmt. Mum putzt hier normalerweise, aber sie hat gerade Probleme mit dem Rücken. Ich werde ein Wörtchen mit ihr reden.«

»Mum?«

»Ja, sie müsste aber um die Uhrzeit schon im Bett sein. Keine Sorge. Sie macht uns morgen ein Frühstück, wenn wir sie nett bitten.«

»Es tut mir leid.« Ich kämpfte mich aus der etwas muffeligen Decke und wühlte zwischen Pringles-Schachteln, zerknautschten Computerspielzeitschriften und

Schichten von Staub und gebrauchten Tempos nach meiner Jeans. »Ich kann das nicht.«

Er setzte sich auf und sah wie ein todtrauriges Schweinchen aus, das sich auf dem Weg zum Schlachthaus befand. »Sehe ich dich wieder?«

Ich zog hüpfend meine Schuhe an. Ich musste unbedingt schnellstens da raus. »Ich denke nicht ... Tut mir leid ... Bin einfach noch nicht so weit ... Scheidung ...«

Ich hechtete aus der Tür und versuchte, mir in meinem benebelten Kopf zu überlegen, wie ich von Hackney heimkommen sollte, während ich auf den bescheuerten, viel zu hohen Datingschuhen herumschwankte. Als ich im beißend kalten Wind an der Bushaltestelle stand, betrunken auf die Karte schielte und versuchte, nicht an das Grauen zurückzudenken, dem ich gerade beigewohnt hatte – er hatte ein *Star-Wars*-Poster an der Wand hängen, er war zweiunddreißig! –, erwischte ich mich dabei, wie ich an die Abende daheim mit Dan zurückdachte, wie wir die Kälte vor der Tür ausschlossen, eine DVD reinschoben, die Heizung anwarfen. War das hier wirklich so viel besser als das, was ich aufgegeben hatte?

Eine Liste der dämlichen Dinge, die ich tue, wenn ich betrunken bin

1. *Leute dazu zwingen, YouTube-Videos von Kelly Clarkson anzuschauen, in denen sie Since U Been Gone singt*
2. *Versuchen, den Text genau dieses Liedes zu analysieren. Ist sie froh, dass er weg ist? Traurig?*
3. *Tanzmoves zu Survivor und/oder Single Ladies ausdenken und dabei die Teile mitsingen, wo es heißt:*

cos my momma taught me better than that!, obwohl sie es gar nicht getan hat. Sie würde die Leute im Internet so was von dissen, wenn sie nur wüsste, wie man ins Internet kommt.
4. Beschließen, dass es eine ganz tolle Idee ist, all den Alkohol, den ich zu Hause habe, zusammenzumixen und ihn dann zu trinken. Auf diese Weise erfand ich den Berocca-Roll-Cocktail, der Gift (viel Wodka, Tequila, Pfirsichschnaps) und Heilmittel zugleich ist.
5. Unüberlegte SMS verschicken, die manchmal nur aus Satzzeichen bestehen: ?,!,
6. Mich bereit erklären, mit Männern nach Hause zu gehen, auf die ich in keinster Weise stehe, weder was Figur noch Charakter angeht.

Rachels Liste der Dinge, die sie tun muss, um der Nach-der-Trennung-vor-der-Scheidung-Krise zu entgehen

1. ~~Mache Stand-up-Comedy~~
2. ~~Lerne tanzen~~
3. *Verreise aus einer Laune heraus irgendwohin*
4. *Mache richtig Yoga*
5. *Schlafe mit einem wildfremden Kerl – definitiv nicht bereit dafür!*
6. ~~Iss etwas Abgefahrenes~~
7. *Fahre auf ein Festival*
8. ~~Lass dir ein Tattoo stechen~~
9. *Gehe reiten*
10. ~~Probiere einen Extremsport aus~~

18. Kapitel

»Lief also nicht so gut mit Ben. Schade.«

»Äh, nein, lief nicht gut. Du hast mich mit jemandem verkuppelt, der denkt, es sei witzig Geschichten über USB-Kugelschreiber zu erzählen.«

»Aber er ist ein super Kerl! Zum Beispiel steht er seiner Mutter wirklich nahe.«

»Ja, weil er *bei ihr wohnt!*«

Patrick zuckte mit den Schultern. »Ich verstehe nicht, was ihr Frauen wollt. Er war doch bestimmt nett zu dir.«

»Wir wollen nicht viel. Jemanden mit Selbstvertrauen, aber nett, kein Bettnässer. Jemanden, der witzig ist, aber süß. Jemanden mit ordentlichen Bauchmuskeln und eigenen Haaren. Jemanden mit einem guten Job, aber auch kreativ und unterhaltsam. Jemanden, der kochen kann.«

»Na klar. Dieser Mann, den du beschreibst – Mr. Perfekt –, den gibt es gar nicht.«

»Wetten doch?«

»Nein.« Er schüttelte den Kopf. »Jeder hat etwas, das einem nicht gefällt ...«

»Aber du bist ...« Ich brachte mich selbst zum Schweigen.

»Was?«

»Na ja, du bist nett und du hast einen tollen Job und kannst kochen. Und du bist unterhaltsam.« Er hatte auch ordentliche Bauchmuskeln, aber ich ich zog es vor, weiterhin so zu tun, als hätte ich sie im Tattoostudio nicht gesehen.

Patrick zog eine lustige Grimasse. »Das ist wirklich lieb von dir. Aber ich stecke gerade mitten in einer Scheidung und habe ein kleines Kind. Für die meisten Leute entspricht das wirklich nicht gerade der Vorstellung von perfekt.«

»Und was ist mit mir? Ich werde auch geschieden und habe kein Haus oder eine Arbeit und nicht mal mehr hübsche Haare, seitdem dieser mysteriöse Haarwicht immer mein Frizz Ease klaut.«

Patrick fuhr sich hastig mit den Fingern durch die verdächtig glänzenden Locken. »Ähm, dafür hast du einen großartigen Sinn für Humor.«

»Oh, vielen Dank, das muntert mich sofort auf.« Ich schob mir mit finsterer Miene einen Schoko-Orangen-Riegel in den Mund. »Was willst du überhaupt? Abgesehen von einer Verabredung.«

»Keine Ahnung. Es fällt mir schwer, mir vorzustellen, wieder mit dem Dating anzufangen, nachdem ich so lange mit Michelle zusammen war. Ich glaube, letztendlich will ich einfach nur jemanden, der mich glücklich macht. Jeden Tag.«

»Nur das?«

»So einfach und doch so unerreichbar.«

»Hmm.« Ich legte die Verpackung meines Schokoriegels beiseite und fühlte mich plötzlich völlig überfordert. Wie sollten Patrick und ich jemals über unsere Trennungen hinwegkommen?

»Wir treffen und also nachher zum Klettern?« Er warf die Verpackung in den Mülleimer.

»Ja, ich muss mich davor aber noch mit Cynthia treffen. Um Gnade betteln und sie dazu bringen, dass sie mich wieder leiden kann.«

»Aber du hast doch nichts falsch gemacht. Es klang eher so, als wären die Gemüter etwas übergekocht.«

»Patrick, ich wurde von einer irischen Mutter großgezogen. Wenn du je denkst, dass du nichts falsch gemacht hast, hast du nur nicht gründlich genug nachgeschaut.«

»Hast du Emma geantwortet?«

Nach dem Vorfall beim Abendessen hatte Emma uns eine E-Mail geschickt, um sich für ihre Überreaktion zu entschuldigen; sie habe sich nur Sorgen wegen etwas bei der Arbeit gemacht. Ich hatte die Entschuldigung sofort angenommen und selbst zutiefst um Verzeihung gebeten, aber Cynthia blieb nach wie vor stur. Emma hatte sogar etwas über Pandas auf einem Schlitten geliked, das Cynthia auf Facebook gepostet hatte, aber auch das ignorierte sie. Ich hasste es, wenn Leute nachtragend waren.

Cynthia stiefelte mir voran durchs Kaufhaus und nahm etwas vom Ständer, das aussah wie ein mit Schnur verknotetes Stück Abdeckplane. »Emma glaubt, sie kann sagen, was sie will, und mein schönes Abendessen ruinieren, und dann kommen wir alle angekrochen, wenn sie sich zu einer Entschuldigung herablässt. Wie findest du das?«

»Was ist das?«

»Ein Höschen natürlich.«

Ich verspürte beinahe genauso viel Angst wie vor dem Fallschirmsprung. Nach meiner E-Mail hatte Cynthia eingewilligt, sich mit mir zu einem Versöhnungsessen in der Nähe ihrer Kanzlei zu treffen. Unglücklicherweise hatte sich die Verabredung zum Lunch in eine Shoppingtour für sexy Unterwäsche verwandelt. Ich war so hungrig, dass ich Sternchen vor den Augen sah – aber vielleicht waren das auch nur die Polkadots auf dem Einhundert-Pfund-BH vor mir.

»Wofür ist das alles, Cynthia?« Ich starrte sehnsuchtsvoll zwei BH-Einlagen an und stellte mir vor, dass es in Wahrheit Hühnerbrüste waren. Womöglich angebraten auf einem Ceasar's Salad oder in einer Fajita …

Cynthia hatte die Arme voll mit dem Zeug. Höschen, die lediglich aus Bändern bestanden, die man sich um die Schenkel schnürte, BHs, die mehr Loch als Stoff waren. Gab es wirklich Leute, die so was trugen? Das Zeitfenster, in dem man so was in einer Beziehung überhaupt zu sehen bekam, war doch allerhöchstens zwei Wochen groß. Danach kroch man sowieso nur noch im Pyjama ins Bett. Und zwei Wochen waren definitiv kein Zeitrahmen, der die sündhaften Kosten für diese Fummel rechtfertigte. Für das Geld konnte man sich bei Marks & Spencer auf Lebzeiten eindecken.

Eine Liste der Höschen, die Frauen besitzen

1. *Höschen, von denen wir vorgeben, sie zu tragen.*
2. *Höschen, die wir wirklich tragen.*
3. *Das war's.*

»Ich befolge deinen Ratschlag«, sagte sie und pfefferte einen Zahnseidentanga in ihren Einkaufskorb, ohne auch nur einen Blick auf das Preisschild zu werfen. Ich konnte mir genau vorstellen, was Emma dazu sagen würde: »Diese Slips sind Slips der Unterdrückung!« Ich bekam schon vom Anblick eine Blasenentzündung. »Ich habe Rich endlich dazu überreden können, am Wochenende mit mir wegzufahren. Also dachte ich, dass ...«

»Oh, super Idee!« Ich wollte kein postkoitales, oder gar koitales, Bild von Rich in meinem Kopf haben. »Du hast also überhaupt nicht mit Emma gesprochen?«

»Hmm?«

»Emma. Du weißt schon, unsere beste Freundin ...«

»Oh, ich werde bald mal mit ihr sprechen. Ich lasse sie nur noch ein Weilchen schmoren.« Cynthia kippte ihre Unterwäsche mit dem Selbstbewusstsein einer Frau auf die Kassentheke, die weiß, dass sie sich alles leisten kann, was ihren Weg kreuzt.

»Ich bin nicht gut in solchen Sachen. Ich will, dass mich alle mögen.«

»Nun, dass solltest du ablegen. Hör auf, deine Macht abzugeben.«

»Liest du etwa ...? Oh!« Ich schnappte nach Luft, als ich die Preise sah, die von der Verkäuferin eingegeben wurden, die so viel Make-up trug, dass es aussah, als sei sie vakuumversiegelt. »Stimmt das? Sie haben nicht zufällig eine Null zu viel getippt?«

Die Kassiererin bedachte mich mit einem verächtlichen Blick, und Cynthia zückte ihre goldene Kreditkarte. »Alles hat seinen Preis, Süße.«

»Ich könnte mir dafür einen neuen Laptop kaufen«,

murmelte ich niedergeschlagen. »Wie auch immer, würdest du mit ihr reden? Bitte?«

»Warum sollte ich? Sie war es, die über mein Haus und meine Fischmesser hergezogen ist, und das, nachdem ich mir solche Mühe gegeben hatte, ein schönes Abendessen zuzubereiten ... na gut, zu bestellen.«

»Ich weiß, aber wir sind Freundinnen! Das ist nicht richtig.«

»Du kannst nicht alles und jeden in Ordnung bringen, Rachel. Du musst zuallererst dir selbst helfen.« Ich fragte mich, ob Cynthia sich wiederholt *Die Waffen der Frauen* in Dauerschleife angesehen hatte. Da war plötzlich eine gewisse Härte in ihrer Stimme und mehr als nur die Andeutung eines Schulterpolsters unter ihrem Blazer.

Ich sah auf die Uhr. »Ich muss mich beeilen. Heute steht noch ein Punkt von der Liste an.«

»Ich dachte, wir könnten nach dem Einkaufen noch zum Mittagessen gehen.« Ich spürte bei Emma und Cynthia eine deutliche Abnahme der Begeisterung für die Liste, auch wenn das Ganze eigentlich auf ihrem Mist gewachsen war. Mittlerweile schienen nur noch Patrick und ich die Aufgaben abzuhaken. Selbst Emma, unsere Listenaufseherin, prüfte kaum noch nach, ob wir sie erledigt hatten.

»Wir haben uns für einen Kletterkurs angemeldet. Bitte, wirst du dich mit Emma versöhnen, meinetwegen?«

»Ich werde darüber nachdenken«, sagte Cynthia und hielt einen mehr oder minder unsichtbaren Tanga gegen das Licht, der erschreckende Ähnlichkeit mit einem Würgedraht hatte.

Als wäre das Fallschirmspringen noch nicht schlimm genug gewesen, fand ich mich schon wieder in einer Situation wieder, die eine meiner Urängste hervorrief: die vor Höhen. Und dank meines Versäumnisses, Patrick davon abzubringen, hing ich nun über einer großen Klippe mit nichts als einem winzigen Gurtgeschirr, das mich vor dem sicheren Tod bewahrte. Die Gurte hatten übrigens eine verblüffende Ähnlichkeit mit der gruseligen Unterwäsche im Bondage-Style, die Cynthia sich heute gekauft hatte, was mich mit noch mehr Unbehagen erfüllte. Es war nicht unbedingt wie in *Sturz ins Leere* oder *Cliffhanger – Nur die Starken überleben*, wir befanden uns in einer Lagerhalle in der Nähe von Woolwich, nicht in den Alpen. Die Kletterwand war nur – ha, *nur!* – zehn Meter hoch, und es klebten auch keine freundlichen Sherpas oder erfrorenen Leichen daran. Aber nichtsdestotrotz brabbelte ich die ganze Zeit über angsterfüllt vor mich hin.

Natürlich liebte Patrick das Klettern. Ich hätte die Anzeichen erkennen müssen – robuste Wanderstiefel im Flurschrank, Besitz von mehr als einem North-Face-Produkt, zweckmäßige Socken –, aber all das war durch die vornehm-kultivierte Nordlondoner Fassade des Käseessens und Cantuccini-Knabberns kaschiert worden. Und nun hing ich hier, weil ich mich mal wieder hatte breitschlagen lassen, bei einem seiner irrsinnigen Vorhaben mitzumachen, das eine weitere möglichst nahe Nahtoderfahrung beinhaltete.

Ich sah an der Kletterwand hinab. »Wir müssen ... *da* runter?«

»Selbstverständlich. Hast du dich noch nie abgeseilt?«

»Du hast Klettern gesagt. Klettern wie in *Hochklettern*.« Ich hatte mir so was wie ein Gerüst für Kinder vorgestellt, was mir schon genug Herzrasen beschert hätte, das ich aber in vernünftigen, nicht todesgefährlichen Stufen hätte hochkraxeln können, um dann wieder gemütlich runterzugehen. Aber das hier war das Gegenteil von Klettern, eine völlige Verneinung jeglichen Überlebensinstinkts, den uns die Evolution mitgegeben hatte. Wir begaben uns über einen Felsvorsprung *hinaus*. Und das mit nichts als ein paar fadenscheinigen Stricken zwischen uns und dem sicheren Tod oder wenigstens einem ziemlich schlimm verstauchten Knöchel.

»Wird schon gut gehen«, beruhigte mich Patrick. »Es ist wirklich einfach. Sogar Kinder kommen hierher, um ihre Geburtstage zu feiern. Schau.« Er deutete auf die gegenüberliegende Wand, an der sich einige Knirpse tummelten.

»Vielleicht ist es einfacher für sie. Hast du je darüber nachgedacht? Die haben das mit der evolutionären Angst sicher noch nicht kapiert.«

»Evolutionäre Angst?«

»Das ist so eine Theorie, die ich habe.«

»Erzähl sie mir später. Es wird Zeit!« Patrick grinste. Seine Locken lugten unter dem Sicherheitshelm hervor, als er sich rückwärts ins Leere warf.

Ich gab einen leisen Laut von mir, der nach »Ghaaaarrrr!« klang, und machte die Augen zu. Als ich sie wieder öffnete, sah ich ihn sich so hochprofessionell abseilen, als hätte er sein Leben lang nichts anderes getan.

Ich erhob mich langsam mit dem Rücken zum Abgrund. Der Helmgurt grub sich in mein Kinn, ich atmete stoßweiße – und rührte mich nicht. Meine Beine sträubten sich: *Nein, dieses Mal ist sie wirklich durchgedreht. Wir werden nicht von einer Klippe springen. Bist du verrückt?*

»Kommt schon«, drängte ich sie. »Selbst Kindergartenkinder schaffen das.«

Du bist doch krank. Wir müssen dich vor dir selbst schützen.

Der pickelige Ausbilder sah mich ungeduldig an.

»Ich kann das nicht«, sagte ich. »Meine Beine machen nicht mit. Sie wollen einfach nicht.« Wollten sie wirklich nicht. Ich stand wie festgefroren auf dem Vorsprung. Es war wie in einem Film. Ich spielte darin jemanden, der einen schlimmen Kletterunfall gehabt hatte, und mein Hirn rief: *Neeeiiin! Du hast so viel, wofür es sich zu leben lohnt!* Mein Harz raste, ich schwitze das erotische Gurtgeschirr voll und hatte schreckliche Flashbacks. Nur dass ich nie einen Kletterunfall gehabt hatte, es handelte sich lediglich um Erinnerungsfetzen an einen Sturz als Vierjährige von einem Klettergerüst in Devon.

»Komm schon«, hörte ich Patricks Stimme direkt neben mir. Er war schon wieder hochgeklettert. »Du musst nur die natürlichen Instinkte deines Körpers überwinden.«

»Oh, klar! Dann sag ich meinem Körper auch gleich, dass er seine Verdauungsfunktionen einstellen soll, ja? Soll ich?«

»Nette Idee. Komm schon.« Er umfasste meine Arme. »Lehn dich einfach zurück.«

»Nö. Ganz bestimmt nicht. Schau mal, was meine Lippen formen: N-E-I-N.«

»Rachel, ich kann deine Lippen nicht sehen. Du stehst mit dem Rücken zu mir. Lass dich einfach immer nur einen Zentimeter nach dem anderen runter. Als wenn du dich beim Tauchen ins Wasser gleiten lässt.«

»Ich hasse Tauchen.«

»Ich weiß.«

Er musste sehr nah hinter mir stehen, ich konnte seinen Atem spüren, der mein Ohr kitzelte, und seinen festen Körper. Instinktiv entspannten sich meine Schultern. Ich wusste, er würde mich nicht fallen lassen.

»Sieh es doch mal so. Es gibt ganz bestimmt keine Haie an der Kletterwand für Anfänger. Lehn dich einfach zurück.«

Einfach. Warum sagen die Leute »einfach«, wenn danach das Allerschrecklichste folgt, was man sich nur vorstellen kann. Steck doch *einfach* die Hand in das Haigebiss. Trenn dich doch *einfach* von deinem Mann.

Patrick schlang einen Arm um meine Taille, mit der anderen Hand hielt er sich am Seil fest. »Ich habe dich. Lehn dich einfach zurück, dann helfe ich dir runter.« Er seilte uns ganz vorsichtig ab, und ich stemmte die Füße gegen die Wand. Dann nahm er seinen Arm fort, und ich fühlte einen merkwürdigen kleinen Stich. »Du kannst nicht fallen, du bist festgebunden. Alles, was du tun musst, ist, zurückgelehnt bleiben und an der Wand hinunterlaufen.«

»Abseilen, stimmt's?«, presste ich zwischen den Zähnen hervor.

»Exakt. Hey, wir machen noch eine richtige Klettermeisterin aus dir.«

Da war ich mir nicht so sicher, aber ich schaffte es immerhin nach unten, ohne zu heulen oder runterzufallen. Als ich endlich wieder festen Boden unter den Füßen spürte, hätte ich mich am liebsten hingekniet und die Gummimatten abgeknutscht.

»Und jetzt gehen wir wieder hoch«, sagte Patrick vergnügt.

»W... Was?«, stammelte ich und sackte innerlich zusammen.

Er legte mir die Hand auf die Schulter. »War nur ein Scherz. Jetzt ist Alex an der Reihe.«

Es war eine der wenigen Sportarten, die Alex machen durfte. Es bestand kaum eine Wahrscheinlichkeit, dass er sich verletzte, da er sicher angeseilt war. Dennoch konnte ich spüren, wie angespannt Patrick neben mir war.

»Super, Kleiner. Mach weiter so.«

Alex konzentrierte sich so sehr, seinen kleinen Fuß auf jeden der Tritte zu setzen, dass er vor Anstrengung die Zunge rausstreckte.

»Er ist so mutig«, sagte ich leise zu Patrick. »Schande über mich.«

Patrick hielt den Blick fest auf seinen Sohn gerichtet. Er stand vollkommen reglos da und folgte jeder von Alex' Bewegungen mit den Augen. »Ich glaube, wir vergessen das mit dem Alter.«

»Was?«

»Wie mutig man sei kann. Es ist eine Gewohnheit, wie alles andere auch. Je mehr du übst, desto mehr Mut hast du, wenn du ihn benötigst.«

Alex war nun oben angelangt, und wir applaudierten begeistert, als man ihn abseilte.

»Gut gemacht«, sagte ich und tätschelte ihn auf den großen Schutzhelm, als er wieder neben uns stand. »Du warst viel besser als ich. Dein Dad musste mir über den Vorsprung helfen.«

»Du darfst nicht nach unten schauen«, sagte er ernsthaft. »Du musst die Augen zumachen, dann wissen deine Füße nicht, dass sie weit oben sind.«

Ich hatte das Gefühl, dass darin womöglich eine tiefe Weisheit steckte, und beschloss, es in meinem Büchlein zu notieren, nachdem wir einen Abstecher ins Café mit Kakao und Bananenkuchen gemacht hatten.

»Wie hat es dir gefallen?« Patrick klopfte mir kumpelhaft auf den Rücken, während ich, immer noch in meinem Gurtgeschirr, wie John Wayne durch die Kletterhalle stakste.

»Ach, weißt du. Ich habe in den Abgrund der Hölle gesehen, und der Abgrund hat zurückgeschaut. Es ist mir nur so peinlich, dass ich vor allem solche Angst habe. Ich meine, dir kann nichts was anhaben.«

»Warte, bis du mich mit Pferden siehst. Boote mag ich auch nicht besonders. Ertrinken ist nicht so mein Ding.«

»Das ist albern, du kannst doch schwimmen.«

»Äh, hast du *Titanic* gesehen? Der Kapitän ist in den Eisberg gerauscht, weil der Kerl mit dem Schnauzbart einen Rekord brechen wollte. Es war sein Ehrgeiz, der ihnen zum Verhängnis wurde. Der Ehrgeiz und der Eisberg.«

»Du weißt aber schon, dass das kein Dokumentarfilm war?«

»Was?« Er setzte ein übertrieben schockiertes Gesicht auf. »Und als Nächstes willst du mir wohl weismachen, dass Jack und Rose nicht wirklich ineinander verliebt waren, und er sie nicht gerettet hat – auf jede erdenkliche Art und Weise, auf die ein Mensch gerettet werden kann.«

»Du hast recht, es besteht genau deshalb ein sehr hohes Risiko, auf einer Holzplanke mitten im Atlantik zu sterben, weil jemand zu egoistisch ist, um sie zu teilen. ›Tut mir leid, Jack, ich brauche Platz für meine opulente Robe. Du musst im Wasser bleiben. Sorry. Aber das darf nur in die chemische Reinigung, es würde ein Vermögen kosten, das ganze Meerwasser rauszukriegen.‹«

»Wenn wir schiffbrüchig wären, müsste ich dich womöglich essen, und du bist nicht besonders gehaltvoll.«

»Findest du?« Ich fühlte mich auf äußerst absurde Art und Weise geschmeichelt.

»Ich kann ganz ehrlich sagen, dass ich zögern würde, dich zu essen, weil du nicht genug Körperfett hast, als dass es sich lohnen würde.«

»Danke. Ich glaube, das ist das Schönste, was du je zu mir gesagt hast.«

Er tätschelte meinen Helm. »Komm, du darfst so viel Kuchen essen, wie du willst. Ich muss dich ein bisschen mästen, damit ich zwischendurch an dir naschen kann, falls wir Schiffbruch erleiden.«

Patricks Liste der Dinge, die er tun muss, um der Nach-der-Trennung-vor-der-Scheidung-Krise zu entgehen

1. ~~Klettern~~
2. ~~Fallschirmspringen~~
3. ~~Wieder auf einer Bühne spielen~~
4. *Sich betrinken*

5. Sich verabreden
6. Lernen, wie man einen Fisch filetiert
7. Max an einer Hundeschau teilnehmen lassen
8. Ein tolles Auto kaufen
9. Mit Alex ins Ausland verreisen
10. ??

19. Kapitel

»Es schaut mich komisch an«, sagte Patrick nervös.

»Du solltest es fragen, warum es so ein langes Gesicht macht. Hast du's kapiert? Langes Gesicht, haha.«

Er funkelte mich an.

Ich war, milde gesagt, etwas berauscht von der Tatsache, dass es diesmal nicht ich war, die sich bei einer Aufgabe vor Angst in die Hose machte, und auch, weil ich Patrick endlich überredet hatte, seine Eltern und Schwester in Kent zu besuchen.

Seine Eltern waren mehr so der robust-vornehme Typ. Seine Mutter Susanna fütterte ihre drei Hunde und die Hühner in Gummistiefeln und Steppweste, und sein Vater, Hamish, zeigte mir, nachdem er gehört hatte, dass ich künstlerisch tätig war, seine gesamte Sammlung von Kriegszeichnungen. Nach einem üppigen Imbiss aus Eiern vom eigenen Hof, selbst angebautem Salat, regionalem Schinken, Chutney und drei Sorten Kuchen, verspürte ich ein bisschen Mitleid mit den armen Pferden aus Sophies Stallungen, auf denen wir reiten würden.

Eine Liste der Dinge, über die vornehme Leute in Großbritannien sprechen

1. *Pferde*
2. *Hunde*
3. *Füchse und das damit einhergehende Übel*
4. *Käse*
5. *Mitglieder des Kabinetts, mit denen sie in der Schule waren*
6. *Schulen*
7. *Die Vorzüge verschiedener Sorten von Gummistiefeln*

»Das ist nur ein hübsches kleines Pony. Zehnjährige Mädchen reiten auf so was und flechten sich dabei Zöpfe.«

»Und wie würdest du dich fühlen, wenn wir für unsere Liste Haie reiten müssten?«

»Patrick, niemand reitet auf Haien. Und die, die es tun, sind danach tot. Real angewandter Darwinismus.«

»Na, dann eben mit Haien *schwimmen*. Ich könnte das immer noch auf meine Liste setzen. Meine Nummer zehn steht noch nicht fest.«

»Es gibt keine Haie in England. Außer in den Aquariums, aber da darf man normalerweise nicht tauchen.«

»Aquari*en*.«

»Deine Pingeligkeit wird dich nicht vor den Pferden retten, Patrick.«

»Es schaut mich aber wirklich komisch an!«

Ich streckte meine Hand aus, um Clovers Nase zu streicheln. »Es« war ein süßes kleines Pony, das kaum größer war als ich, und friedlich auf einem Büschel Gras herumkaute. Sophie war in den Ställen mit »Auftrensen« und »Aufsatteln« und anderen mysteriösen Pferdeangelegenheiten bezüglich Patricks »Ross« beschäftigt. Immer wenn sie das Pferdchen so nannte, musste ich kichern, und Patrick guckte böse. Wenn es etwas gab, das mir bei all unseren Aktivitäten klar geworden war, dann, dass Menschen ihre Hobbys gerne in der geheimnisvollsten, unsinnigsten Sprache überhaupt beschrieben. Ich nehme an, um sicherzustellen, dass sich keine unwürdigen Außenseiter in ihre kostbaren Leidenschaften einmischten.

Patrick funkelte das Pony wütend an. »Vorsicht, sonst beißt sie dich noch.«

Ich lehnte meinen Kopf gegen Clovers und schlang die Arme um ihren Hals. Sie rührte sich kaum. »Oh, meine süße Clover, du bist so ein wunderschönes Mädchen.«

»Ich könnte das auch bei einem Hai machen. Einem Hammerhai vielleicht.«

»Patrick, man kuschelt nicht zum Spaß mit Haien!«

»Wusstest du, dass Pferdereiten viel, viel gefährlicher ist als ein Hai? Es ist jedes Jahr die Ursache für zehn Prozent aller Einlieferungen in die Notaufnahme! Was glaubst du, wie viele Notfalleinsätze durch Haibisse verursacht werden?«

»Hast du dich etwa vorab informiert?«

»Vielleicht. Ich wollte wissen, wie wahrscheinlich es ist, dass ich umkomme … grauenhaft zugerichtet durch die Hufe von ›Mein satanisches Pony‹.«

»Beim Skifahren sterben ständig Menschen«, merkte ich an. »Und du willst es trotzdem machen.«

»Das ist was anderes. Ich kann die Skier kontrollieren.

Sie drehen sich nicht um und beißen einfach ein Stück von mir ab.«

»Ich glaube, du verwechselt hier ein süßes Pony mit einem tollwütigen Rottweiler. Schau sie dir doch an, sie ist allerliebst!«

»Hmm. Und auf welchem Gaul werde ich reiten?«

Das Klappern von Hufen war zu hören.

»Hier ist dein Ross, Patrick«, verkündete Sophie, die auf ihrem eigenen glänzenden braunen Pferd namens Edison angetrabt kam.

Ross. Ich kicherte albern.

»Und Jesus weinte ...«, sagte Patrick leise. Sein Pferd war riesig, pechschwarz, mit einem wilden Blitzen in den Augen. Seine Flanken glänzten vor Schweiß, und es hatte Schaum vor dem Mund.

»Das ist Lucy«, sagte das Stallmädchen, gelangweilt Kaugummi kauend. »Er ist etwas übellaunig, aber schnell.«

»Lucy? Für einen Hengst?«

»Kurzversion für Luzifer«, erklärte sie und ließ eine Kaugummiblase platzen, während sie direkt in der Reichweite von Luzifers riesigen hammergleichen Hufen an den Steigbügeln herumhantierte.

»Bist du sicher, dass das eine gute Idee ist?« Patrick blickte zum Pferd auf. »Ich meine, er sieht ein bisschen ... wütend aus.«

»Er ist der Einzige hier, der groß genug ist für einen ausgewachsenen Mann. Und er ist ein Schatz. Du musst ihm nur zeigen, wer der Boss ist.« Sprach das vierzehnjährige Gör im Häschen-T-Shirt und ohne BH und küsste die schnaubende Bestie zwischen die Augen.

Ich stellte fest, dass die gesamten Stallungen von

hochnäsigen Teeniemädchen mit strähnigen Haaren und Jodhpurhosen nur so wimmelten. Nirgends war ein Mann zu sehen. Vielleicht opferten sie die dem Gott der Pferde? Ich warf Patrick einen Blick zu, der sagen sollte: »Wenn die das kann, kannst du es schon lange.«

»Auf in den Sattel, Cowboy.«

»Oh Gott.«

Ich sah zu, wie er einen Fuß in den Steigbügel setzte und sich reichlich unelegant in den Sattel hievte. »Stell dir vor, es ist Gandalfs Pferd Schattenfell«, sagte ich in dem Versuch, ihn aufzumuntern.

»Schattenfell war weiß und freundlich und ein Zeichen der Hoffnung für die Menschheit. Luzifer ist ... na ja ... sicherlich auch ganz nett.« Patrick klopfte ihm behutsam auf den Hals und zog die Hand sofort erschrocken zurück, als der nach ihm schnappte.

»Benimm dich, Lucy.« Das Reitermädchen verpasste dem Pferd einen Hieb mit der Gerte.

Clover war so klein, dass ich praktisch ohne Steigbügel aufsteigen konnte. »Wie kommt es, dass deine Schwester so für Pferde schwärmt und du solche Angst vor ihnen hast?«

»Er ist einmal gestürzt«, antwortete Sophie und trabte in ihrer eleganten Reitkleidung neben uns.

»Ich bin nicht gestürzt, ich wurde abgeworfen. Von einem völlig außer Kontrolle geratenen Vieh. Wir hätten klagen sollen.«

»Ein außer Kontrolle geratener Strandesel.«

»Er war riesig! Und ich war noch ganz klein!«

»Er ist auf seiner Eiswaffel gelandet und hat Rotz und Wasser geheult«, sagte sie zu mir. »Seitdem saß er nie wieder auf einem Pferd. Großes Lob für heute also.«

»Ich bin für ihn aus einem Flugzeug in den beinahe sicheren Tod gesprungen. Es ist das Mindeste, was er tun kann.«

»Ich bin abgeworfen worden und traumatisiert!«

»Na klar, und wie lange ist das bitte her?«

»Ich war drei, und es war wirklich schlimm.«

Sophie schnaubte und ritt mit ihrem auf Hochglanz gestriegelten Pferd voran. »Gut, sind alle bereit? Wir machen einen Ausritt.«

»Ich freue mich so, dass ihr vorbeigekommen seid«, sagte sie, nachdem wir eine Weile durch die wunderschöne Landschaft geritten waren. Die Hufe der Pferde wühlten den feuchten Erdboden auf, und der scharfe Geruch von kalter Winterluft stach uns in die Nasen. Patrick war weit hinter uns zurückgeblieben. »Nach allem, was passiert ist, hatte ich befürchtet, das sei es gewesen mit Patrick und mir. Wir standen uns noch nie besonders nahe, aber monatelang nicht miteinander zu sprechen…«

Ich holte tief Luft. »Sophie, ich weiß eigentlich gar nicht, was wirklich passiert ist. Patrick redet nicht viel darüber.«

»Oh.« Sie ritt eine Weile schweigend weiter. »Nun, ich halte nichts von Geheimniskrämerei, also kann ich es dir genauso gut gleich sagen. Ich war es, die es ihm gesagt hat. Das über Michelle und ihren… Freund.«

»Und wie hast du es…?«

»Ich bin zufällig hereingeschneit. Manchmal bin ich in der Stadt, um meinen Steuerberater zu treffen oder etwas anderes zu erledigen, so wie neulich. Eines Tages kam ich vorbei, und habe sie mit ihm… Alan, heißt er, wenn ich mich recht entsinne.«

»Oh.«

»Als ich dich im Haus sah, dachte ich ... Nun, das weckte ein paar unschöne Erinnerungen.«

»Ich verstehe. Aber warum ist er wütend auf dich?«

»Ich habe es ihm sofort erzählt. Ich wäre nicht einmal auf den Gedanken gekommen, es vor ihm zu verbergen. Ich glaube, er fand, dass es nicht meine Angelegenheit war, dass ich vielleicht zuerst mit Michelle hätte sprechen sollen, aber ich kannte sie nicht so gut. Ich denke, anfangs hat er mich dafür verantwortlich gemacht, dass sie ihn verlassen hat.«

Ich erinnerte mich, wie er sagte, dass alles innerhalb weniger Tage auseinandergebrochen war. Ich konnte mir nur allzu gut vorstellen, wie hart es für Patrick gewesen sein musste, die Person, von der er dachte, er würde sein Leben mit ihr verbringen, zu fragen, ob es stimmte. In der Hoffnung, eine vernünftige Antwort zu bekommen, eine einfache Erklärung, ein tröstliches Wort. Nur um dann das genaue Gegenteil zu hören. Ich wusste es, weil es mir genauso ergangen war.

»Sophie ...« Ich stupste Clover leicht in die Flanken, als sie stehen blieb, um an einer Hecke zu knabbern. »Ich weiß, dass du denkst, dass du nichts Falsches gemacht hast, aber wenn du dich mit ihm vertragen willst ... Hast du je darüber nachgedacht, dich bei ihm zu entschuldigen?«

»Du findest, man sollte sich entschuldigen, auch wenn man sich nicht schuldig fühlt?«

»Manchmal. Wenn das bedeutet, dass man weiterhin mit seinem Bruder befreundet sein und ihm damit helfen kann. Und seinen einzigen Neffen sehen ...« Ich hielt den Atem an in der Erwartung, dass sie mir sagen würde, ich solle mich um meinen eigenen Kram kümmern.

»Hmm.« Sie musterte mich. »Du überraschst mich, Rachel. Ich hatte den Eindruck, du seist eines dieser braven Mädchen, das die Dinge lieber unter den Teppich kehrt, als jemanden, den sie kaum kennt, mit etwas zu konfrontieren.«

»Oh, genauso bin ich. Aber ...«

»Ja?«

»Er hat wirklich zu kämpfen. Bevor ich kam, war er kurz davor zu verzweifeln. Er kann sich keine Nanny leisten, und er hat Angst, Alex bei einem Babysitter zu lassen. Also geht er so gut wie nie aus. Wenn du ihm unter die Arme greifen könntest ... Ich weiß, dass Patrick dir vertrauen würde.« Wir ritten schweigend weiter. Die Pferde zockelten einen Hügel hinauf. Von jenseits der Kuppe waren Patricks Schreie zu hören, der von Luzifer offensichtlich ziemlich durchgeschüttelt wurde. »Entschuldige«, sagte ich nach ein paar Minuten. »Das ist nicht meine Sache. Ich versuche nur zu helfen. Ich mag ihn eben sehr gerne.«

»Ja«, sagte sie und beäugte mich. »Das kann ich sehen.«

»Er ist ein toller Mensch. Ein guter Freund.«

Sophie musterte mich mit ihrem durchdringenden Blick. »Freund. Ja.«

Errötend starrte ich auf meinen Sattel hinab, aber ich konnte immer noch ihren Blick auf mir spüren.

Glücklicherweise wurden wir in diesem Moment von einer Reiterin unterbrochen, die auf einem weißen Pferd den Pfad hinter uns hochgaloppiert kam. Ich wusste nicht viel übers Reiten, aber selbst ich konnte sehen, dass sie sehr gut darin war. Ihr Körper verschmolz mit dem des Pferdes, während sie es antrieb, beide agierten in völligem Einklang miteinander. Als sie auf unserer Höhe waren, blieb das Pferd stehen und schüttelte seine Mähne. Die Reiterin nahm den Helm ab und rieb sich über die Stirn. Auch sie hatte eine lange helle Mähne, die von zarten grauen Strähnen durchzogen war. Sie war in den Vierzigern, ihre Haut wettergegerbt, aber dennoch verströmte sie eine Eleganz und ein Selbstvertrauen, die mich beide gleichermaßen einschüchterten. »Sie sind da«, sagte sie zu Sophie.

»Wunderbar.« Sophie nickte in meine Richtung. »Das ist sie.«

Die Frau lächelte breit. »Rachel, hallo! Ich bin Mathilda, Sophies Partnerin.«

»Hi. Das sind tolle Stallungen. Sie scheinen das wirklich gut zu machen.«

Mathilda blickte einen Moment verdutzt drein. »Jedenfalls ist alles für die Überraschung fertig.«

»Und Patrick ahnt nichts?«, fragte Sophie.

Mathilda schüttelte den Kopf. »Kein bisschen.«

Ich sah zwischen ihnen hin und her. »Was für eine Überraschung?«

»Das wirst du schon sehen.« Sophie grinste verschmitzt.

»Hmm.« Ich war mir ziemlich sicher, dass es Patrick mit Überraschungen so ging wie mir – er konnte sie nicht leiden.

»Wir sehen uns später dort.« Mathilda setzte wieder ihren Helm auf, wendete ihr Pferd und galoppierte in einem Regen aus Erde davon wie Liv Tyler als Elfe in *Der Herr der Ringe*, nur dass sie die Sicherheitsvorschriften beim Reitsport etwas mehr beachtete.

»Lass uns umkehren«, sagte Sophie und zog an Edisons Zügeln.

Viel zu bald war unser Reitausflug zu Ende, und die Ställe kamen in Sicht. Patrick war vor uns dort eingetroffen und klammerte sich schwach an Luzifers Mähne.

»Hey! Du sitzt ja immer noch im Sattel!«, rief ich.

»Ich habe keine Ahnung, wie das passieren konnte. Es scheint den Gesetzen der Schwerkraft zu trotzen.« Er sah ganz grau aus im Gesicht. Ein bisschen wie jemand, der gerade eine Kriegsschlacht überlebt hatte.

»Gut gemacht«, sagte Sophie munter. »Ich sagte doch, dass es nett wird. Lucy bellt viel schlimmer, als er beißt.«

»Er beißt?« Patrick sah ihn ängstlich an. »Kann ich jetzt runter?«

»Wollt ihr nicht noch ein Foto machen? Für Instabook oder wie das heißt? Normalerweise machen das die Leute immer.« Sie sagte das in einem Tonfall, als wäre Reiten ungefähr so spannend wie Geschirrspülen. War das zu glauben? Sie fand also, sich auf ein Pferd zu schwingen war nichts Alltägliches?

»Na gut.« Ich kramte mein Handy aus der Tasche und reichte es ihr.

»Dann bringt mal die Pferde zusammen.«

Wir zerrten an den Zügeln herum, bis Clover und Luzifer nebeneinanderstanden. Sie gaben gemeinsam ein ebenso komisches Bild ab wie Patrick und ich. Ich lehnte mich zur Seite, sodass wir uns beinahe, aber nicht richtig berührten. Er glühte vor Adrenalin und Hitze.

»Lächeln!«, befahl Sophie. »Wie funktioniert dieses Ding?«

»Drück auf den Auslöser.«

»Welchen? Oh nein, ich bin raus. Ist das ein Bild von Beyoncé?«

»Drück einfach auf das Kamerasymbol«, rief ich hastig. »Das ist links.«

»Das Kamerasymbol«, fiel Patrick mit ein. »Komm schon, Sophie. Ich will endlich runter.«

Unglücklicherweise sprang genau in diesem Moment eine der Stallkatzen, die mich bestimmt schon die ganze Zeit im Visier gehabt hatte, vom Dach auf meinen Rücken und landete anschließend auf Clover, die vor Schreck ausschlug und Luzifer an der Seite erwischte. Und Luzifer schätzte es gar nicht, getreten zu werden. Er brannte durch. Der Ausdruck auf Patricks Gesicht, als er im holprigen Galopp davongetragen wurde, wäre witzig gewesen, wenn ich nicht im selben Moment von Clover gefallen und unsanft auf dem Boden gelandet wäre. Zum Glück war unter mir Gras, und Clover war nicht besonders groß, aber es tat trotzdem ziemlich weh.

»Sagt Camembert!«, rief Sophie. Sie sah überrascht auf. »Wo ist Patrick?«

Als wir Luzifer endlich fanden und ihn mit einigen Äpfeln zurücklockten, klebte Patrick förmlich am Sattel fest.

»Du kannst jetzt runterkommen«, sagte Sophie und hielt das Zaumzeug fest. »Du böser Junge.«

»Es war nicht Patricks Schuld, Luzifer ist durchgegangen.«

»Ich meinte ja auch das Pferd.«

»Komm«, sagte ich zu Patrick. »Da ist die Aufstiegshilfe. Schwing einfach dein Bein rüber.«

Sein Gesicht war aschfahl. »Ich kann nicht... Mein Leben... Es ist an mir vorbeigezogen.«

»Das war doch super. Du hast einen Galopp hingelegt und bist im Sattel geblieben! Du hast gerade quasi mehrere Reitstunden übersprungen.«

»Ich habe gerade quasi mehrere Lebensjahre übersprungen.«

»Komm schon, Soldat.« Ich half ihm abzusteigen. Er zitterte am ganzen Körper. »Ich bin *gestürzt*, und beschwere ich mich etwa?«

Er sah hinter mich. »Ist das da... Hast du dir etwa ein Kissen um den Hintern gebunden?«

»Es war sehr schmerzhaft«, erwiderte ich würdevoll. »Ich hätte mir was brechen können.«

»Meine zarte Seele wurde gebrochen«, sagte er traurig. »So was heilt nie.«

»Jetzt hör aber auf zu jammern, ich bin aus einem Flugzeug gesprungen. Los, wir gehen zur Koppel. Sophie hat da etwas, das dich aufmuntern wird.«

»Einen Pferdehackfleischburger?«

»Ich wäre beinahe als *menschlicher* Burger geendet.«

»Oh, jetzt hör aber auf zu jammern.«

Wir mussten uns gegenseitig stützen. Wie zwei Überlebende auf einem Schlachtfeld hinkten wir zur Koppel hinüber – ich mit einem geprellten Steißbein und Patrick mit einem Granatenschock.

»Warum tun wir das, Rachel?«, fragte er, während wir vorwärtshumpelten. »Geht es darum, dass wir unserem Leben Flügel verleihen, indem wir es an unseren Augen vorbeiziehen lassen, uns also umbringen?«

»Das Ganze war so gedacht, dass wir uns hinterher lebendiger fühlen. Um den Wind in unserem Haar zu spüren, um innezuhalten und den betörenden Duft der Rosen einzuatmen ...«

»Und warum steht das nicht auf der Liste? Das klingt immerhin nicht so, als würde man dabei unter einer Tonne Pferdefleisch zerquetscht.«

»Jetzt ist es ja vorbei. Und ich persönlich finde es beängstigender, von einer Klippe runterzubaumeln, als auf ein Pferd zu steigen, aber wie du meinst.«

»Seile haben keine fiesen Zähne«, entgegnete er. »Wohin schleppst du mich eigentlich? Gibt es da einen gemütlichen Sessel und eine Tasse Kaffee?«

Sophie und ihre Eltern warteten am Gatter auf uns. »Schau her!«, sagte sie stolz. »Überraschung!«

Auf der Koppel wurde ein kleines fettes Pony von Mathilda herumgeführt. Auf dem Pony saß Alex mit einem Reithelm, der über seine Locken rutschte. »Daddy!«, rief er. »Ich reite ein Pony! Er heißt Pickles!«

Ich schnappte gerührt nach Luft. »Wow, das ist ja wundervoll! Er liebt Pferde, weißt du, und es ist eine gute Gelegenheit für ihn, es ...«

Ich sah Patrick an, dessen Gesichtsfarbe von Weiß zu Rot gewechselt hatte. Er stand stocksteif da und starrte seine Schwester an. »Du hast meinen Sohn auf ein Pferd gesetzt?«, fragte er ganz ruhig. »Meinen Sohn, der sterben könnte, wenn er nur ansatzweise verletzt wird? Du hast ihn auf ein unberechenbares Tier gesetzt?«

»Es ist das zahmste Pony, das wir haben. Sieh nur, es ist kleiner als Rachel. Ich ...«

Bevor Sophie den Satz beenden konnte, war Patrick über den Zaun gesprungen und lief über die Koppel auf Alex zu. »Mathilda! Entschuldige, aber könntest du bitte das Pony anhalten? Ist es jetzt sicher?«

Mathilda blieb stehen, und das Pony, das ungefähr so schnell ging wie eine altersschwache Blindschleiche, tat es ihr gleich.

»Alex?« Patrick schlich sich so vorsichtig heran, als säße das Kind auf einem wild gewordenen Tiger. »Wir müssen dich da runterholen, Kleiner. Bleib ganz brav sitzen, okay?«

»Aber Daddy, das macht Spaß.«

»Du kannst nicht auf Pferden reiten, Kleiner. Wir haben doch schon darüber gesprochen. Es gibt einfach ein paar Dinge, die du nicht tun kannst. Dein Blut ist zu schnell, weißt du noch?«

»Aber Daddy!«

Patrick machte einen Schritt vor, zog Alex in seine Arme und brachte ihn so schnell wie möglich von dem Pony weg, das seinen Kopf schüttelte und ungerührt dazu überging zu grasen. Patrick marschierte mit Alex in den Armen zu Sophie und seinen Eltern hinüber. »Egal wie oft ich es euch sage, ihr hört nie zu! Er ist nicht wie andere Kinder. Es tut mir leid, wenn es eine Enttäuschung für euch sein sollte, dass er nicht euer perfekter, musterhafter Enkel sein kann, aber so ist es nun mal. Und es ist schwer genug für ihn, das zu verstehen, ohne dass ihr meine Bemühungen untergrabt.«

»Patrick...« Seine Mutter weinte. »Wir wollten nicht...«

»Ach, spar dir das.«

»Sprich nicht so mit deiner Mutter«, knurrte sein Vater.

»Ich meine es ernst. Wir kommen auch ohne euch zurecht. Lasst uns einfach in Frieden.« Patrick trug Alex zum Auto, zu mir sagte er kein Wort, er sah mich nicht einmal an. Ich war auf dem Hof seiner Familie gestrandet – mit siebzehn Pferden, einem Kissen um den Hintern geschnallt und einer Stallkatze, die es ganz offensichtlich auf mich abgesehen hatte.

Sophie fuhr mich nach Hause. »Er hätte dich wirklich nicht zurücklassen dürfen. Das ist einfach nicht die feine englische Art.«

Ich saß schweigend neben ihr im Wagen, der nach Pferden roch. Auf der Rückbank lagen mehrere Reithosen. »Ich dachte einfach nicht, dass er... Ich hätte nicht...«

»Rachel, Alex ist mein einziger Neffe. Als er zur Welt kam, habe ich alles über Hämophilie gelesen, was es gab. Wir haben einen Onkel, der Arzt ist, und er gibt uns ebenfalls recht. Patrick ist übervorsichtig. Er hat sich von Michelle beeinflussen lassen. Alex muss vorsichtiger sein als andere Kinder, das ja, aber er muss nicht auf sämtliche Aktivitäten verzichten.«

Ich sagte nichts dazu. Ich hatte nur Patricks zorniges Gesicht und Alex' kummervollen Blick vor Augen. Ich verlagerte meine Beine, in denen sich allmählich der Muskelkater bemerkbar machte. Morgen würde mir alles noch viel mehr wehtun, mein Hintern, meine Schenkel, mein Magen. Morgen wäre ich womöglich auch obdachlos, je nachdem wie sauer Patrick auf mich war.

Als Sophie meinen Gesichtsausdruck bemerkte, sagte sie aufmunternd: »Schau nicht so besorgt, Rachel. Manchmal geht das Temperament mit meinem Bruder durch, und er ist stur wie ein nicht zugerittenes Pferd, aber er wird sich wieder beruhigen.«

»Ich habe nur...«

»Du hast nichts falsch gemacht.«

Ich erwiderte nichts darauf. Ich wünschte, ich wäre mir da so sicher wie sie. Immerhin war es meine Idee gewesen, reiten zu gehen und Alex mitzunehmen.

Sophie war so schnell gefahren, dass Patrick gerade erst dabei war, Alex aus dem Auto zu heben, als wir vor dem Haus hielten. Der kleine Junge sah verschlafen und verquollen aus, als hätte er geweint. Ich lächelte ihm zu, aber er blickte nur verwirrt drein und tapste, Roger hinter sich her schleifend, ins Haus.

Sophie stemmte die Hände in die Hüften und starrte ihren Bruder an. »Ich glaube, du hast was vergessen, Patrick.«

Patrick schloss den Wagen ab. »Danke, dass du sie hergefahren hast. Ich hätte nicht... Es tut mir leid, Rachel. Es war wirklich rücksichtslos von mir, nicht daran zu denken, dass du keine Möglichkeit hast, nach Hause zu kommen.« Er mied meinen Blick.

»Das Ganze war meine Idee«, erklärte Sophie. »Du hast Rachel nichts vorzuwerfen. Sie versucht nur zu helfen, damit du endlich aufhörst, dich und den armen kleinen Alex in diesem dunklen Haus zu verstecken. Das arme Mädchen hat wahre Wunder vollbracht. Ich nehme an, dass du das Haus nicht verlassen hast, seitdem Michelle fort ist.«

Ich versuchte, ein großmütiges und gleichzeitig leidgeprüftes Gesicht aufzusetzen. Eines, das Kate Winslet machen würde, wenn sie mich in einem Film spielen würde.

»Es war nicht deine Entscheidung«, sagte Patrick an Sophie gewandt. »Er hätte sich schlimm verletzen können.«

»Du kennst mich, ich kann nicht anders, als mich einzumischen. Und ich tue das, weil es mir nicht egal ist, und weil ich es schrecklich finde, dass ich meinen einzigen Neffen nicht sehen kann. Ich finde es schrecklich, dass er nicht die Dinge tun kann, die er liebt. Er hat sich so gefreut, Patrick. Es wäre alles gut gegangen.«

»Vielleicht, aber ich kann nicht ...«

»Es wird immer so sein«, sagte Sophie sanft. »Du wirst immer die Entscheidung treffen müssen, ihn entweder in Watte zu packen oder dem kleinen Risiko auszusetzen, dass er verletzt wird. Wie bei jedem Kind.« Sie tätschelte seinen Arm. »Weißt du, Onkel Herbert findet es ebenfalls vollkommen vertretbar.«

Onkel Herbert? Gott, sie kamen *wirklich* aus einer vornehmen Familie.

»Ich sehe schon, ihr habt alles durchgesprochen«, entgegnete Patrick eisig. »Du hast Mum und Dad nicht zufällig auch von deinem eigenen kleinen Arrangement erzählt, als ihr über mein Privatleben geplaudert habt?«

Sophie verzog mürrisch das Gesicht. »Das ist etwas anderes.«

»Ist es das? Du warst sehr schnell dabei, als es darum ging, ihnen zu erzählen, dass meine Frau mich betrügt. Aber du hast nie die Zeit gefunden, ihnen zu sagen, dass du lesbisch bist und ganz nebenbei mit Mathilda zusammenlebst.«

Natürlich! Sie waren keine Geschäftspartnerinnen, sondern Partnerinnen-Partnerinnen. Gott, war ich dämlich. Ich zuckte nachträglich peinlich berührt zusammen.

»Ich sage es ihnen, wenn ich bereit dazu bin.«

»Das geht schon acht Jahre so! Denkst du nicht, dass Mathilda sich damit schlecht fühlt? Sag es ihnen, Sophie.

Sie wissen es wahrscheinlich schon. Herrgott noch mal, ihr verbringt die Wochenenden gemeinsam bei Töpferkursen!«

Sophie stellte sich gerader hin. »Ich verstehe schon. Und ich möchte hiermit sagen, dass es mir leidtut, was ich getan habe. Wegen Michelle. Damals schien es mir das Richtige zu sein.«

»Tja, und sieh nur, was daraus geworden ist.« Er machte eine ausgreifende Bewegung mit dem Arm. »Sie ist weg, und Alex muss ohne Mutter aufwachsen.«

»Es tut mir leid«, sagte Sophie noch einmal mit ernster Miene. »Ich möchte helfen. Lass mich ab und zu auf ihn aufpassen, Patrick. Ich würde das so gerne tun. Ich verspreche, ich setze ihn auf kein Pferd und nehme ihn auch nicht mit zum Bergsteigen. Ich meine, falls du es nicht ausdrücklich verlangst.«

Patrick fuhr sich mit der Hand durch die dunklen Locken, in denen ein paar Heuhalme hingen. »Lass es uns erst einmal dabei belassen. Wir sehen uns an Weihnachten.«

»Tut mir leid«, sagte sie. Dann räusperte sie sich, und ihre muntere, energische Stimme war wieder zurück. »Danke, Rachel, du warst super! Für eine Anfängerin sitzt du exzellent im Sattel. Auf Wiedersehen.«

»Tschüss«, murmelte ich. Nachdem sie weggefahren war, standen Patrick und ich ein wenig betreten nebeneinander. »Ich ...«

»Lass uns nicht darüber reden. Meine Schwester kann sehr überzeugend sein, das weiß ich.«

»Ich wollte wirklich nicht ...«

»Ich weiß. Können wir Alex bitte einfach vorerst aus unseren Listenplänen heraushalten? Ich bin einfach nicht bereit dafür. Womöglich ist er es, aber ich kann nicht mit meinen Sorgen umgehen. Ich werde es in Zukunft aber versuchen.«

»Natürlich. Selbstverständlich.« Ich war so erleichtert, dass er »unseren« gesagt hatte, dass ich zu allem Ja und Amen gesagt hätte. »Du wirfst mich also nicht raus?«

»Natürlich nicht. Wer sollte dann mit Max Gassi gehen und Eiscremetorte machen? Komm her.« Er schloss mich in eine ungelenke Umarmung, und ich lehnte mich an seine kräftige Brust, die nach Heu und Pferden und seinem Limonenaftershave roch. Ich hob eine Hand und zupfte einen Halm aus seinen Locken.

Er blinzelte. »Es tut mir leid, dass ich dich zurückgelassen habe.«

»Sophie sagte, dass es nicht die feine englische Art sei. Onkel Herbert wäre zweifellos ihrer Meinung gewesen. Ich frage mich, ob er auch so schicke Cordhosen trägt.«

»Halt die Klappe, du Leibeigene.« Er grinste mich an, und mein Herz flatterte vor Freude darüber, dass alles wieder gut war.

Rachels Liste der Dinge, die sie tun muss,
um der Nach-der-Trennung-vor-der-Scheidung-Krise
zu entgehen

1. ~~Mache Stand-up-Comedy~~
2. ~~Lerne tanzen~~
3. *Verreise aus einer Laune heraus irgendwohin*
4. *Mache richtig Yoga*
5. *Schlafe mit einem wildfremden Kerl – ???*
6. ~~Iss etwas Abgefahrenes~~

7. Fahre auf ein Festival
8. ~~Lass dir ein Tattoo stechen~~
9. ~~Gehe reiten~~
10. ~~Probiere einen Extremsport aus~~

20. Kapitel

Es gab nichts an Weihnachten, was das Leben einer bald geschiedenen Dame eines gewissen Alters (stramm auf die einunddreißig zugehend) noch schwerer machen sollte. Eigentlich war es einfach nur ein Tag wie jeder andere und nicht mal der, an dem Jesus zur Welt gekommen war; das war vermutlich irgendwann im März gewesen. Kein Grund, in eine tiefere Stimmungslage abzurutschen, wie meine buddhistische Freundin Sunita sagen würde. Das versuchte ich mir zumindest einzureden, während ich mit dem National-Express-Bus Richtung Exeter fuhr. Aber es funktionierte nicht. Weihnachten. Mein erstes Weihnachten ohne Dan seit Ewigkeiten, und mit der Aussicht, meiner gesamten Familie gegenübertreten und sagen zu müssen: »Hey, danke für den hübschen Besteckkasten, den ihr uns zur Hochzeit geschenkt habt, aber es hat nicht geklappt.« Musste man die Geschenke eigentlich so wie die Freisprecheinrichtung fürs Handy zurückgeben, wenn die Ehe innerhalb eines gewissen Zeitrahmens scheiterte? Ich stellte mir Dan und seine Mutter Jane beim Essen vor, nur die beiden mit ihren Geschenken im totenstillen Wohnzimmer, lediglich das Klirren des Bestecks und das Ticken von Großvaters Uhr waren zu hören. Womöglich wäre auch seine Großmutter da, eine Frau, die so viktorianisch war, dass sie junge Damen in Hosen etwas anzüglich fand. Einmal hatte sie ein Glas Sherry fallen lassen, als ich zum Weihnachtsfrühstück im Pyjama erschienen war. Es gab da natürlich ein noch viel schlimmeres Szenario, in dem ich mir Dan vorstellte. Dieser neue »ganz besondere Mensch«, wer auch immer sie war, hatte ihn zu einem weihnachtlichen Kurzurlaub entführt. Sie bewarfen sich mit Schneebällen, rutschten auf dem glatten Boden aus, er rollte sich auf sie, strich ihr die Haare von der kühlen Wange und …

Gott, meine Fantasie hatte ganz offenbar viel zu viele Schmonzetten konsumiert. Ich hatte es gehasst, Weihnachten nicht zu Hause zu verbringen. Ich vermisste Mum und Dad und Jess und die Kinder. Und jetzt war ich endlich auf dem Weg zu einem ungestörten Familienweihnachten, wie ich es mir gewünscht hatte, und das womöglich für den Rest meines irdischen Daseins, und mir graute davor. Dad würde sich im Schuppen verbarrikadieren, wenn es ihm zu viel wurde. Mum würde über der Bratensoße schmollen. Jess würde ihre perfekten Kinder und ihre glückliche Ehe zur Schau stellen. Und ich wäre allein. Allein, allein … allein! Die Reifen des Busses schienen das Wort laut für mich zu singen, vielleicht war es aber auch die blecherne Musik, die aus den Kopfhörern des Teenagers vor mir dröhnte. Draußen herrschte nieseliges Weihnachtswetter. Ho, ho, ho, verdammt!

Patrick war mit Alex unterwegs zu seinen Eltern. Ich hatte gefragt, ob Michelle da sein würde, um an Weihnachten ihren Sohn zu sehen, aber Patrick meinte, sie hätte nur einen Tag frei. Sie wollte es versuchen, aber wenn das Wetter weiterhin so stürmisch und verschneit bliebe, schien es eher unwahrscheinlich, dass ein Flug ging. Ich fragte mich, wie es Alex damit gehen würde, Weihnachten ohne seine Mum zu verbringen.

Emma war bei Ians Truppe in Manchester, wo sie Trivial-Pursuit-Marathons und Spaziergänge im Peak District Nationalpark veranstalten würden. Sie hatte mir zwei Tage zuvor eine SMS geschickt, dass wir uns auf Cynthias Silvesterparty wiedersehen würden. Ich schloss daraus, dass die beiden wieder miteinander redeten.

Cynthia und Rich hatten dieses Jahr ihre beiden Familien zu Besuch. Sie waren an diesem Punkt angelangt, wo sie ihren Eltern sagen konnten: »Hey, wir übernehmen ab jetzt. Wir sind die verantwortungsvollen Erwachsenen. Ihr könnt euch zurücklehnen und damit anfangen, Golf zu spielen oder einem Buchklub beizutreten.« Wohingegen ich meine Mutter anrufen musste, um sicherzugehen, dass ich genug Schokolade in meinen Weihnachtsstrumpf bekam.

Sie hatte nur ein paar unbestimmte Töne von sich gegeben. »Oh, ich weiß nicht so recht ... der Strumpf, Kleines ...«

»Was? *Was* weißt du nicht wegen des Strumpfs?«

»Na ja, Jess wird sich um die der Jungs kümmern, und du bist jetzt schon dreißig ...«

»Mum! Ich hatte ein wirklich hartes Jahr, ich will nur ...«

Sie seufzte. »Na gut. Als hätte ich nicht genug zu tun.«

Ich legte auf. Ein widerwillig gefüllter Strumpf war fast so schlimm wie gar kein Strumpf.

Dad wartete schon an der Haltestelle, als ich einige Stunden später aus dem Bus stieg. Ich reichte ihm meinen Rucksack. Als Teil meiner neuen Erwachsenenlebenstrategie, beschloss ich in diesem Moment, brauchte ich dringend einen Rollkoffer und musste aufhören, mit dem Bus zu verreisen.

»Hi, Dad.« Ich hatte ihn nicht mehr gesehen, seit ich heimgefahren war, um meinen Eltern zu sagen, dass es zwischen Dan und mir aus war. »Wie geht es so?«

»Gut.« Er klimperte mit dem Autoschlüssel. »Und bei dir?«

»Tja, es war nicht einfach. Die Arbeit ist hart, das Ausziehen war hart, es ist manchmal einfach nur ... anstrengend. Und bei dir?«

Er dachte einen Moment nach. »Die Schneeglöckchen kommen bald, glaube ich. Einen ganze Monat zu früh! Ist das zu glauben?« Das war bei Dad das Höchste an Gefühlen, die bei einem halbwegs emotionalen Gespräch rumkamen.

Zu Hause war das Chaos in vollem Gange. Ich konnte den Lärm bis nach draußen hören, als wir in der Auffahrt parkten. »Jess ist schon da?«

Dad nickte nur gequält. »Sie haben schon das Airfix-Modell der Bounty zerbrochen.«

»Dad, du hast Wochen daran gearbeitet!«

Er nickte niedergeschlagen. »Drei Monate. Ich wollte es in eine Flasche stecken und deiner Mutter schenken. Stattdessen musste ich ihr jetzt auf dem Markt ein Parfüm kaufen. Es gab da einen Händler, der das Zeug hatte, das sie so mag, dieses Chanel No. 4. Es war ein echtes Schnäppchen!«

»Warte mal ... Chanel No. 4?«

»Ja. Stimmt doch, oder?«

»Nun, ich denke, sie wird das Beste aus dem Verlust machen.«

Im Haus herrschte in etwa eine Hitze wie im Südsudan, die durch den auf Vollgas laufenden Backofen voller Tiefkühlpizzen noch verstärkt wurde. Mum konnte nicht kochen. Aus dem Fernseher plärrte *Cars*, obwohl niemand hinsah. Ein Miniweihnachtswichtel klammerte sich an mein Bein.

»Ja, hallo! Ist das hier die Werkstatt vom Weihnachtsmann?«

»Tante Rachel, ich bin's!«, rief der Kleine.

»Wer ist das? Ein Wichtel?«

»Justin!«

»Hallo! Und wo bleibt meine Weihnachtsumarmung?« Justin, Neffe Nummer eins, vier Jahre alt, teilte sie bereitwillig aus. Er roch nach Plätzchen und Wachsmalstiften. Ich gab ihm einen Kuss. »Frohe Weihnachten, mein Kleiner. Was, glaubst du, wird der Weihnachtsmann uns bringen?«

Justin schüttelte mitleidig den Kopf. »Er kommt nicht zu dir, Tante Rachel. Du bist zu alt.«

Selbst die Kinder wussten Bescheid.

»Justin, lass Tante Rachel erst mal reinkommen.« Jess erschien mit Neffe Nummer zwei, Archer, auf dem Arm in der Tür.

»Hi.« Ich beugte mich zu ihr vor, blieb jedoch an dem Boden-Musterkind hängen.

Jess gab mehr für die Klamotten ihrer Kinder aus als ich für meine eigenen, aber ich nehme an, das war nur fair, da sie und ihr Mann mehr als genug verdienten. Er war Rechtsanwalt, genauso wie sie es gewesen war, bevor Archer zur Welt kam. Sie lebten in Exeter in komfortabler Nähe zu meinen Eltern. Auf Facebook waren ständig neue Schnappschüsse von ihnen zu sehen, bei gemeinsamen Ausflügen oder Sonntagsbesuchen oder von Andy und Jess im Restaurant, während unsere Eltern babysitteten. Sie stießen mit Cocktailgläsern an und posteten ihre Mahlzeiten auf Instagram mit Hashtags wie *#lecker #gesegnet*.

Plötzlich vermisste ich Dan, auch wenn das letzte Weihnachtsfest grauenvoll gewesen war. Zumindest hatte er mir, rein formell, zur Seite gestanden, und ich hatte jemanden gehabt, der beim berüchtigten Brettspielmarathon am zweiten Weihnachtsfeiertag mit mir spielte oder mir die Ohrstöpsel reichte, wenn die Kinder uns mit ihrem fröhlichen Geschrei bis spät in die Nacht wachhielten.

Jess trug eine blaue Skinnyjeans, einen lange weiche Strickjacke und kniehohe Stiefel. Ihr helles Haar fiel in dichten Wellen um ihr Gesicht. Mit ihrer makellosen Haut und dem pausbäckigen Kind auf dem Arm schien sie geradewegs einem Hochglanzmagazin entsprungen zu sein. Meine Schwester war nur zehn Zentimeter größer als ich und achtzehn Monate älter, aber wir hätten genauso gut verschiedenen Spezies entstammen können.

»Hi, Rachel.« Andy tauchte auf und fing dabei Justin im Flur ab. Ich umarmte ihn. Wenigstens eine Sache, die ich Jess voraushatte. Mein Mann war groß, während ihrer kaum eins siebzig maß, aber natürlich hatte ich inzwischen gar keinen Mann mehr, also hatte sie über Umwege auch hier Gold eingeheimst. Typisch.

Ich hob meinen Rucksack auf. »Schlafe ich in meinem alten Zimmer?«

Mum trat in der Küchentür von einem Fuß auf den anderen. »Na ja, nein, die Jungs sind dort. Sie müssen früher ins Bett, also dachten wir…«

»Und Jess und Andy sind in ihrem alten Zimmer?«
»Natürlich.« Mum blickte mir in die Augen.

Und da wusste ich, worauf es hinauslief. »Und wo schlafe ich?«

»Im Hinterzimmer.«

So weit war es also gekommen. Das Hinterzimmer war nicht mal ein richtiges Zimmer. Es war ein armseliger Anbau, der mehr einem Schuppen glich und den Mum und Dad errichtet hatten, als sie den Sozialbau Anfang der Neunziger kauften. Er muffelte immer noch nach dem Hund, der 1996 darin verschieden war – R.I.P. Fluffy, hättest du doch nur den Milchwagen kommen sehen –, und verfügte über Linoleumboden und ein Feldbett, das sie neben Dads Modellbausammlung und die alten Ausgaben der *Trainspotter*-Zeitschrift gequetscht hatten.

»Das ist ein Schuppen!«

»Sei nicht albern. Den Schuppen nutzen wir nur, wenn wir wirklich viele Gäste haben.«

»Aber...« Im vergangenen Jahr hatten Dan und ich das gute Zimmer bekommen. Jenes, das ein ganzes glorreiches Jahr mir gehört hatte, nachdem Jess an die Uni gegangen war. Mum und Dad hatten vor Dan einen Heidenrespekt.

»Rachel«, Mum bedachte mich mit einem ihrer ganz speziellen Blicke. »Mach bitte kein Theater. Es ist schön, alle gemeinsam hier zu haben. Wir sind eine Familie.«

Ich war fast einunddreißig und verbrachte Weihnachten in einem besseren Schuppen hinter dem Haus meiner Eltern. Ich versuchte, mich an Cynthias Worte zu erinnern – ich sei nicht vom Siegertreppchen der Hauseigentümer gefallen –, doch eigentlich hatte ich das Gefühl, ich läge am Grund eines tiefen Lochs und starrte die endlos vielen Stufen empor. Vielleicht weil tatsächlich eine Leiter in einer Ecke meines sogenannten »Zimmers« stand. Ich hängte meine Habseligkeiten über die Sprossen und kehrte ins Haupthaus zurück.

Ich erinnerte mich an das erste Mal, als Dan mit hierhergekommen war. Nach der Villa seiner Eltern mit sechs Schlafzimmern, wo er immer das verhätschelte Einzelkind gewesen und dazu erzogen worden war, still zu sein, war es ihm schwergefallen, das Grauen in seinem Gesicht zu verbergen. Dad hatte uns vom Bus abgeholt, und ich konnte sehen, dass es auch ihm davor graute, mit einem Kerl Konversation zu betreiben, der seiner kleinen Tochter womöglich näher als einen halben Meter gekommen war. Schlimmer noch, Dan hatte absolut kein Interesse an Vogelkunde, Modellbau oder der Geschichte der englischen Morris-Dance-Bewegung. Die Konversation floss gletschergleich dahin – will heißen extrem langsam und sehr unterkühlt. Als wir das Haus betraten, wurde er vom Geruch von Mums Bratensoße und ihrem Brüllen beinahe erschlagen. Dad hatte ein leichtes Hörproblem, zumindest behauptete er das, aber ich hatte da meine Zweifel. Ich vermutete eher, wenn man mit Mum zusammenlebte, musste man zwangsweise eine Hörschwäche vortäuschen. Deswegen sprach sie die ganze Zeit doppelt so laut als ohnehin schon. Und dann war da noch der Zustand des Hauses. Meine Eltern waren nicht unbedingt schlampig, nur hatte Dad eine Handwerksblockade und noch mehr Angst vor Handwerkern selbst. Deswegen ließ er sie immer total miese Arbeit abliefern – siehe das Hinterzimmer/den Anbau, in den ich verbannt worden war –, und Mum setzte sich nicht mit ihnen auseinander, weil das »Männerarbeit« sei. Sie ließ die Handwerker also ebenfalls einfach machen, nur um sich die nächsten zwanzig Jahre darüber zu beschweren.

Ich war volle fünf Sekunden in der Küche, als Mum schon eine karamellfarbene Tasse Tee samt einer Scheibe Weihnachtskuchen vor mir abstellte, ohne zwischendrin auch nur ein einziges Mal darin innezuhalten, Dad wegen der Weihnachtsbaumbeleuchtung zu kritisieren. »Ich habe in der Zeitung gelesen, wie letztes Jahr dieses kleine Kind durch einen Stromschlag umkam, also sorg dafür, dass die Stecker höher angebracht sind. Du weißt, dass Archer zurzeit an allem herumfummelt, also musst du dich noch heute Abend darum kümmern. Raymond, hörst du mir zu, du hörst mir nie zu, nicht wahr, Rachel, krümle den Tisch nicht voll und verdirb dir nicht den Appetit, wir essen heute Abend früher, wegen der Kinder, Raymond, hörst du mir zu?«

Dad saß mit dem Rücken zu ihr und fummelte an einer Rolle Klebeband herum, ich vermutete stark, um die untergegangene Bounty zu bergen. »Wie bitte?«, fragte er.

Jess erschien in der Tür, mit geröteten Wangen und hübsch wie eh und je. »Ist schon in Ordnung, Mum. Andy hat einen Steckdosenschutz gebastelt. Das sollte reichen. Solange Archie nicht den Weihnachtsbaum umwirft.«

Mum wirkte hin und her gerissen zwischen Erleichterung und noch mehr Sorge. »Andy ist wirklich zu etwas zu gebrauchen. Schön, wenigstens *einen* Mann hier zu haben, der nicht völlig unnütz ist.« Sie meinte natürlich Dad, der wieder einmal Taubheit simulierte, während er sich der Rettung seines Modellschiffs widmete.

Eine plötzliche Welle der Traurigkeit überfiel mich, als mir klar wurde, dass sie Dan wahrscheinlich nie wirklich gemocht hatten. Nicht seit ich ihn mit nach Hause gebracht und er Mums Äpfel im Schlafrock abgelehnt hatte, weil er sich angeblich in den »Vorbereitungen für das Fußballtraining« befand. Und an unserem Hochzeitstag hatte er ein paar bissige Witze bezüglich der Größe unseres Hauses und wie höllisch heiß es dort drin doch immer war gemacht. Als meine Eltern uns das erste Mal besucht hatten, war er zu beschäftigt damit gewesen, es ins nächste Angry-Birds-Level zu schaffen, um sich mit ihnen zu unterhalten. Aber Andy vergötterten sie. Super-Andy, der perfekte Schwiegersohn, passend zu Jess' perfekten Kindern und perfektem Heim und perfekter feinporiger Haut.

Ich verspürte das plötzliche Bedürfnis, Patrick eine SMS zu schreiben, aber mein Handy befand sich in meiner Tasche, und das anschließende Verhör durch meine Mutter war es nicht wert.

»Wie ist dieser Vermieter von dir so?«, fragte Mum.

Ich musste schlucken. Sie hatte schon immer meine Gedanken lesen können. »Oh, er ist okay. Ganz nett.«

»Ist aber schon ein bisschen merkwürdig, ein junges Mädchen ohne Miete bei sich wohnen zu lassen.«

»Ich bin dreißig, Mum. Und er benötigt einfach ein bisschen Hilfe im Haushalt. Seine Frau hat ihn und ihren kleinen Sohn verlassen.«

Ihre Miene wurde weicher. »Armer Kerl, warum denn?«

»Sie ist in die USA zurück, wo sie ursprünglich herkommt. Wegen der Arbeit. Es ist nur für eine Weile.«

»Das erklärt doch alles, oder nicht? Was für herzlose Menschen, diese Amerikaner, das habe ich immer schon gesagt. Schaut euch den Irak an.«

Dad sah auf. »Es gibt nur dreihundert Millionen von ihnen, Susan. Ich bin sicher, dass einige von ihnen nett sind. Nimm zum Beispiel Walt Disney. Oder Obama.«

Mum schwärmte für Obama. Es hatte wohl was damit zu tun, dass er wie ein freundlicher, humorvoller Mann erschien, der zudem stets einen Finger auf dem nuklearen Abschreckungsknopf hatte. »Nun, *jemand* hier kann ganz gut hören, wenn er nur will, nicht wahr?«

Ein lautes Klirren ertönte, als Archer tatsächlich einen Zweig des Weihnachtsbaums zu fassen bekam und mehrere Kugeln zu Boden fielen. Was noch mehr Drama nach sich zog, als Mum und Jess damit begannen, nach Glassplittern zu suchen, Archer wie am Spieß brüllte und Dad nur den Kopf schüttelte und mit seinem Versuch fortfuhr, die Bounty zu heben.

Und so ging es weiter. Geschlagene drei Tage lang. Pau-sen-los.

21. Kapitel

Der Weihnachtsmorgen dämmerte, und es war nass und kalt. Um drei Uhr morgens schreckte ich auf, weil eine kreischende Kinderstimme aus dem oberen Stockwerk zu hören war. »War er schon da!?« Ich spürte kein Gewicht eines vollen Weihnachtsstrumpfs an meinem Fußende, also legte ich mich wieder schlafen, nur um einige Stunden später vom Schlurfen von Dads Pantoffeln auf dem Linoleum geweckt zu werden. »Morgen, Dad«, sagte ich, ohne die Augen zu öffnen.

»Ich bringe dir nur deinen Tee.«

Etwas Schweres lag am anderen Ende meiner Decke. Ich schlug die Augen auf. »Oh! Ein Strumpf!«

»Wie ist der bloß hierhergekommen?«, fragte er.

»Magie, oder?«

Ich setzte mich auf und griff nach dem Tee in meiner Neunzigerjahre-*Dawson's-Creek*-Tasse, während Dad es sich auf dem Leiterregal bequem machte. »Wie läuft es draußen?«, fragte ich.

Er verzog das Gesicht. »Es ist wie die Schlacht von Ypres, nur ohne Giftgas.«

»Dann warte erst, bis Mum ihr Parfüm vom Markt öffnet. Sie sollte besser damit aufpassen.«

»Stehst du gleich auf, Schatz? Unsere... äh, die Geschenke vom Weihnachtsmann sind schon da.«

»Ja, gleich. Ich trinke nur noch meinen Tee aus.«

Er stand auf, blieb dann jedoch mit einem Ausdruck im Gesicht stehen, den ich nur einmal alle fünf Jahre an ihm zu sehen bekam. Er bedeutete, dass etwas kommen würde, was ganz vage mit Gefühlen zu tun haben könnte. Ich wappnete mich innerlich. »Geht es dir gut, Schatz? Ich meine, vermisst du ihn?«

Ich senkte den Kopf. »Nein. Und ja. Ich weiß nicht. Es ist seltsam, alleine zu sein, aber es war richtig, es zu tun.

Er ließ das eine Weile sacken. »Bald beginnt ein neues Jahr. Du weißt nie, was die Zukunft bringt.«

Als er hinausging, betrachtete ich meine Tasse und dachte, dass die Besetzung von *Dawson's Creek* ihm bei dieser weisen Aussage zweifelsohne beipflichten würde. Wer hätte gedacht, dass Michelle Williams Berühmtheit und Herzschmerz erfahren würde, während Katie Holmes Tom Cruise heiraten und sich dann von ihm scheiden lassen würde, und dass Dawson selbst immer noch so einen großen Kopf haben würde? Dad hatte recht. Man konnte nie wissen. Außer dass zwei kleine Kinder an einem Weihnachtsmorgen immer ein wahres Gemetzel anrichteten – dessen konnte man sich immer hundert Prozent sicher sein.

Später an diesem Tag litten wir alle unter dem schweren Weihnachtsessen. Wir bettelten Mum jedes Jahr an, es bei M&S zu bestellen, aber sie weigerte sich standhaft. Also gab es auch dieses Mal wieder beinharte Fleischpastete, Truthahn, der so trocken war wie die Sahara in einer Dürreperiode, und durchweichten Rosenkohl, den man als Teil eines Dürrehilfsprogramms in die Sahara hätte verschicken können. Trotzdem aß ich immer so viel, dass man mich danach mit dem Kran in den nächsten Sessel hieven musste. Dieses Mal landete ich vor der Weihnachtsausgabe von *Top of the Pops*. Die Kinder schliefen, Dad spülte ab und Mum »wusch sich ordentlich den Kopf«, was hieß, dass sie im Bad eine Dose Gin Tonic konsumierte.

Jess lief im Wohnzimmer hin und her und sammelte Spielzeug und Geschenkpapierfetzen auf. Ihr Haus glich dem von Cynthia, ein Tempel aus Weiß und rustikalem Holz, Fotos von den Jungs in verschiedenen coolen Rahmen, überall Kerzen. Sie machte alles richtig. »Endlich Ruhe«, sagte sie.

»Wo ist Andy?«

»Er hilft Dad.«

Natürlich tat er das. Der perfekte, nette, umgängliche Andy. Dan hatte sich letztes Jahr nach dem Abendessen für ein Nickerchen zurückgezogen und bei gar nichts geholfen.

Mein Handy piepte. Patricks Antwort auf meinen Weihnachtsgruß.

Sophie treibt mich in den Wahnsinn. Sechzehn Runden Scharade hintereinander. Komm bald wieder. Wir könnten sie vernichtend schlagen. Sie hat ihnen übrigens das mit Mathilda gesagt. Ihr Kommentar: ›Oh, das ist doch schön, Liebes.‹ Wie diese Sue aus Bake off.«

Ich musste lächeln.

Jess schaute mir mit unverhohlener Neugier über die Schulter. »Wer ist Patrick?«

»Versteht denn niemand in dieser Familie das Konzept von Privatsphäre? Im Ernst, als würde man mit der NSA zusammenleben.«

»Die können nicht mit Mum mithalten. Sie stöbert

heute noch durch meine Schränke, wenn sie vorbeikommt. Tut so, als wollte sie beim Aufräumen helfen, aber ich weiß es besser. Also, wer ist das?«

»Er ist mein Vermieter. Ein guter Freund.«

»Mum sagte schon, dass du in einer Art schrägen Wohngemeinschaft lebst.«

»Es ist nicht schräg. Ich wohne dort und helfe ihm. Wie ein Au-pair.«

»Aber du wirst nicht dafür bezahlt.«

»Nein, aber ich zahle keine Miete, und ich muss nicht viel tun. Nur Kleinigkeiten.«

Das hübsche Gesicht meiner Schwester verzog sich sorgenvoll. »Bist du sicher, dass man nicht zu viel von dir verlangt? Weißt du, Andy könnte einen Vertrag aufsetzen ...«

»Mir geht's gut. Er ist mein Freund. Man schließt mit Freunden keine Verträge ab.« Wobei Andy das wahrscheinlich trotzdem tat.

»Du kennst ihn nicht wirklich«, sagte sie. »Ich sage doch nur ...«

»Tja, mir wär's lieber, wenn du nichts dazu sagst. Bitte.«

Sie hielt kurz inne. »Ich muss nur immer an den kleinen Jungen denken. Er ist vier?«

»Ja, fast fünf.«

»Nun, wenn ich – Gott behüte – weggehen würde, und Andy eine andere Frau einziehen lassen würde ... Justin wäre wahrscheinlich sehr durcheinander. Es ist wohl kaum fair dem Kind gegenüber, oder? Er hat doch bestimmt keine Ahnung, was vor sich geht.«

»Willst du damit sagen, ich soll Alex zuliebe ausziehen?«

»Ich sage nur, du solltest sorgfältig darüber nachdenken. Schau dir vielleicht ein paar andere Optionen an. Hast du überhaupt einen Mietvertrag unterschrieben?«

»Nein.«

»Na, siehst du. Dieser Mann könnte dich morgen auf die Straße setzen. Seine Frau könnte jederzeit zurückkommen.«

»Das würde er nicht tun.«

»Das hast du von Dan auch gedacht.«

Für einen Moment brachte ich kein Wort heraus.

»Rachel, ich mache mir doch nur Sorgen um dich. Dein Leben schien so geordnet, ihr seid zehn Jahre zusammen gewesen, und dann plötzlich wirft Dan dich raus? Wir konnten nicht glauben, dass du einfach so gehst, all deine Sachen zurücklässt... Andy oder ich hätten dir helfen können. Du hast einen Anspruch auf wenigstens einen Teil von allem.«

Die alte Leier: »Ich mache mir Sorgen um dich.« Nur eine andere Art zu sagen: »Ich denke, du hast dein Leben komplett vermasselt.«

»Ich brauche dich nicht, damit du dir Sorgen um mich machst.«

»Aber schau dich doch an. Du wohnst im Gästezimmer von jemandem und du hast selbst gesagt, dass es mit der Arbeit nicht gut läuft. Was ist passiert? Du und Dan ihr schient glücklich zu sein.«

»Das waren wir aber nicht. Dan und ich – das hat einfach nicht funktioniert. Es...« Ich sah sie an. Sie war so hübsch, so im Einklang mit sich selbst. Selbst nach dem abendlichen Weihnachtsgelage sah sie rank und schlank aus. Ich konnte ihr unmöglich erklären, was mit mir und Dan geschehen war. Sie mit ihrem perfekten Leben würde es niemals verstehen. »Du und Andy, warum läuft es bei euch so gut?«

Sie dachte darüber nach. »Ich denke – er steht zu mir. Was auch immer ich tue, egal welche Fehler ich begehe, er stärkt mir den Rücken. Weißt du noch, als wir klein waren und Ärger an der Schule hatten? Mum ging immer hin und schimpfte die anderen aus, selbst wenn es unsere Schuld gewesen war.«

»Du hattest nie Ärger«, bemerkte ich.

»Na gut, okay. Dann eben, wenn du Ärger hattest. So ist es auch mit Andy, ich weiß, dass ich mich auf ihn verlassen kann.«

Ich fragte mich, ob es wirklich so einfach war. »Bei Dan und mir ... hörte es irgendwann auf, so zu sein. Wir konnten uns nicht mehr auf den anderen stützen, und irgendwann sind wir einfach zusammengebrochen.«

Im Wohnzimmer hingen etwa hundert Fotos von Jess' und Andys Hochzeit. Sie in schulterfreier weißer Seide mit hochgesteckten Haaren, die beiden im Konfettiregen, die beiden beim Kuscheln auf einem Feld, die beiden, wie sie sich neckisch um einen Baum herum ansahen. Selbst wenn ich nicht in einer Scheidung stecken würde, müsste ich damit kämpfen, angesichts so viel Pärchenglücks die Schokopralinen im Magen zu behalten. Früher hatten hier auch zwei Fotos von einer anderen Hochzeit gehangen. Ich in meinem Vintage-Spitzen-Ballerinakleid und er in seinem altmodischen Frack mit Weste und Taschenuhr, wie wir vor unseren Gästen in die Kamera grinsen. Und ein anderes, das versehentlich in der Kirche aufgenommen worden war, auf dem Dan mir ein Taschentuch reicht, damit ich mir die Augen abtupfen kann. Jetzt waren beide weg. An ihren

Plätzen hingen ein Foto von Archer und Justin und eins von Mum und Dad auf ihre Siebzigerjahrehochzeit, auf dem alle schrecklich gemusterte, breite Krawatten und Häubchen und Puffärmelchen trugen und ein kunterbuntes Durcheinander bildeten.

Mum hatte mich auf die fehlenden Fotos angesprochen. »Ich dachte, es wäre das Beste … Dass du nicht daran erinnert werden willst.«

Ich schluckte. »Schon in Ordnung.«

Es gab keine Spur mehr von uns. Schon bald wäre jener Tag im April vor zwei Jahren nur noch eine blasse Erinnerung, als wäre er nie passiert. Die einfachste Art, zehntausend Pfund zu verpulvern, die ich mir vorstellen konnte.

Drei Tage später kehrte ich wieder nach London zurück. Ich konnte es kaum erwarten, an einen Ort zu flüchten, den ich, theoretisch, mein Eigen nennen konnte, auch wenn es sich dabei nur, wie Jess es mir so reizend erklärt hatte, um das Gästezimmer im Haus von jemand anderem handelte. Nach ihrer aufmunternden Ansprache hatte ich es vermieden, allein mit ihr zu sein. Ich gönnte ihr nicht die Genugtuung, recht zu behalten – denn ich war wirklich verloren.

Alex stürzte sich auf mich, als ich durch die Tür trat. Er trug einen neuen einteiligen Pyjama. »Du warst laaaange weg. Wo warst du?«

»Ich habe meine Mummy und meinen Daddy besucht. Manchmal wollen die mich auch sehen.«

»Du kannst meinen Daddy mit mir teilen, wenn du magst.«

Ich musste laut lachen, bis ich Patricks Gesicht sah.

»Tja, das funktioniert nicht so ganz, Kleiner. Wie war Weihnachten?«

»Ich habe *Star Wars*-Lego bekommen.«

»Sehr schön. Und ein neues Outfit, wie ich sehe.«

»Was ist ein Outfit?«

»Äh, das was du anhast. Willst du sehen, was ich bekommen habe?« Ich öffnete meinen Rucksack und zog Patricks Geschenk heraus, ebenfalls einen gestreiften einteiligen Pyjama. »Ziemlich schick, oder?

»Gefällt er dir?«, fragte Patrick besorgt.

»Ich habe ihn so gut wie nicht mehr ausgezogen.«

Alex zerrte an meiner Hand. »Zieh ihn an, Rachel. Dann sehen wir gleich aus.«

»Wenn du darauf bestehst.«

»Daddy auch.«

»Okay, okay.« Alex rannte weg, um sich eine DVD auszusuchen, und ich wandte mich an Patrick. »Und, ist sie ...?«

Er schüttelte den Kopf. »Stürmisches Wetter, Flüge ausgefallen, kein Urlaub. Sie meinte, sie kommt im Januar.«

Ich wusste nicht, was ich darauf sagen sollte. Ein Teil von mir, ein ganz gemeiner Teil, war froh, dass ich zurückkommen konnte und alles beim Alten war. Dass ich in meinem hübschen Turmzimmer wohnen und mit dieser gebrauchsfertigen kleinen Familie Zeit verbringen durfte. Dass ich vergessen konnte, dass sie nicht zu mir gehörten und auch alles andere, was Jess gesagt hatte.

Wir verbrachten den Abend damit, *Findet Nemo* zu schauen, alle drei in unseren Einteilern, und Popcorn zu knabbern. Als Alex bei der Quallen-Hüpfen-Szene einschlief – und damit glücklicherweise die traumatische Nahtoderfahrung von Dorie verpasste –, hob Patrick ihn hoch, um ihn ins Bett zu bringen.

Max verfolgte ihn bis zur Treppe, dann blieb er stehen und blickte ihn aus traurigen Augen an. Also stand ich auch auf, nahm ihn auf den Arm und trug ihn ebenfalls die Treppe hoch. Mit dem Hund an meine Brust geschmiegt, stand ich kurz in der Tür zum Kinderzimmer und beobachtete, wie Patrick Alex zudeckte und das Nachtlicht einschaltete.

Als Patrick in den Flur kam, fand er mich auf der Treppe, wo ich mit Max Pfötchengeben übte. Er sah müde aus, und das Haar stand ihm in alle Richtungen vom Kopf ab.

Ich lächelte ihn sanft an. »Schläft er?«

»Ja.« Er hielt inne. »Rachel...«

»Ja?«

»Nichts. Es ist schön, dass du wieder da bist.«

Ich antwortete nicht. Es war schön, wieder da zu sein.

Unten im Wohnzimmer brannten Kerzen, das Feuer knisterte im Kamin, und Patrick schenkte Wein ein. Die Geräusche und Gerüche von einem echten Zuhause. »Lust auf eine Runde Scrabble?«, fragte Patrick. »Ich habe so ein kleines Dingsbums zu Weihnachten bekommen, das den Punktestand automatisch berechnet. Du weißt schon, damit wir uns nicht wieder diesem ›versehentlichen‹ Additionsproblem stellen müssen, das du eine Weile hattest.«

»Ich kann nicht glauben, dass du deswegen immer noch eingeschnappt bist. Du hast doch gewonnen, oder etwa nicht?«

»Oh ja, das habe ich. Fünfzehnmal hintereinander, und ich zähle weiter.«

»Ich werde nicht mit dir spielen, wenn du so unausstehlich bist.«

»Ach, komm schon! Selbst Alex verliert mit mehr Würde als du.«

Dinge, die ich in meinem Alter mittlerweile können sollte, aber immer noch nicht kann

1. *Eine gute Verliererin sein: In meiner Familie sind Brettspiele seit der großen Fang-die-Maus-Affäre gefährliches Territorium. Wenn ich also bei Scrabble, Quizspielen oder auch nur dem Post-it-Namensspiel verliere, ist meine Reaktion immer die einer Zwölfjährigen: »Du hast bestimmt geschummelt. Was soll das überhaupt für ein Wort sein? Du kannst dir nicht einfach eins ausdenken! Ich sage es Mum.«*
2. *Nein sagen, wenn alle anderen ausgehen: Selbst Carrie Bradshaw blieb manchmal zu Hause, um durch alte Ausgaben der Vogue zu blättern und über den großen Fragen des Lebens zu brüten, wie: »Kann man jemals zu viele Paar Schuhe haben?« Jeder von uns braucht mal Zeit, um runterzukommen. Und doch, falls ich je Nein zu einem Event sagen würde, würde mich stundenlang die tiefe Angst quälen, etwas zu verpassen. Es wäre bestimmt der beste Abend aller Abende und noch monatelang danach Gesprächsthema bei meinen Freundinnen. »Erinnerst du dich an die Sache mit den Kaninchen und dem Zylinder? Haha! Oh, warte, du warst ja gar nicht dabei!«*

3. *Tetrapacks öffnen: Packung auf, Milch überall.*
4. *Zahnpastavorratskäufe: Dasselbe gilt für Seife, Spülschwämme, Batterien oder irgendein anderes dieser kleinen Dinge, die immer genau dann alle sind, wenn man sie braucht. Ich kaufe Klopapier immer noch in winzigen Zweirollenpackungen, um nicht riesige Zwölferpacks heimzuschleifen, bei deren Anblick die Leute denken könnten, dass ich die Wohnung mit inkontinenten Sechslingen oder mit einem ausgewachsenen Rugbyspieler teile.*
5. *Im Voraus planen: Sicherstellen, dass ich Bargeld bei mir habe; automatische Monatskartenverlängerung; U-Bahn Fahrpläne downloaden. Die Kunst des vorausschauenden Planens ist Teil des Erwachsenseins. Ich mag immer noch die Ich-spring-auf-den-Bus-und-schau-dann-mal-wo-er-hinfährt-Methode, um nachts nach Hause zu kommen, wohingegen meine besser organisierten Freunde bereits ein Taxi vorreserviert und den Fahrpreis runtergehandelt haben. Meine Herangehensweise funktioniert recht oft, und man kann Abenteuer erleben – wenn man denn auf solche steht, die nach erbrochenem Döner muffeln.*

»Jetzt beeil dich aber. Es gab schon Kontinente, die schneller auseinandergedriftet sind, als du für ein Wort brauchst.«

»Ist das eins?« Ich legte mit tief gerunzelter Stirn einige meiner Buchstaben ab.

»SPOX?«, las er vor. »Äh, nein, ganz bestimmt nicht.«

»Bist du sicher?«

»Was soll es denn bedeuten?«

»Ich weiß nicht. Ich kenne doch nicht *alle* Wörter.«

»Das klingt wie die Marke von diesen Speck-weg-Unterhosen, die du trägst.«

»Spanx? So was trage ich nicht.«

»Rachel, ich hänge zufällig manchmal deine Wäsche auf.«

»Eigentlich klingt es doch ähnlich wie Spanx, nur für die Füße«, sagte ich. »Spox. Die Speck-weg-Socke. Ich frage mich, ob es einen Markt für so was gibt.«

»Haben Frauen Angst, dass sie zu fette Füße haben?«

»Das würden sie, sobald ich Spox herausgebracht hätte. So funktioniert das nämlich – du nimmst einfach einen gänzlich erfundenen körperlichen Makel, so was wie ›deine Nägel sind zu blass‹ oder ›deine Ohren sind zu speckig‹, und dann überzeugst du die weibliche Hälfte der Gesellschaft davon, dass sie das unbedingt braucht. Sexistisch, das ist es!«

Patrick stand auf. »Ich glaube, ich brauche noch ein Gläschen Wein, um das zu verdauen.«

Als er weg war, starrte ich meine Buchstaben mit erbitterter Konzentration an. Ich musste ihn besiegen. Er war so dermaßen unausstehlich, wenn er gewann, und obwohl ich so oft knapp davor gewesen war, hatte ich kein einziges Mal das Rennen gemacht. Ich musste alle meine Buchstaben auf einmal nehmen und die extra fünfzig Punkte einheimsen. Ich tippte ein paar Worte in dieses Scrabble-Dingsda, um sie zu überprüfen.

»Sorry«, piepte das Gerät. »Ich erkenne KLAT nicht.«

Ich seufzte. »Tja, da bist du nicht allein, Scrabble-Computer.« Ich gab auf und legte KLON hin. »Du bist dran«, rief ich.

Als Patrick mit der Weinflasche zurückkehrte, blieb

er abrupt stehen und riss in gespieltem Entsetzen die Augen auf.

»Was ist los?«

»Grundgütiger, Rachel. Es ist mir vorher nie aufgefallen, aber deine Füße sind einfach ... unglaublich fett.«

»Oh, entschuldige. Korpulente Füße sind heutzutage ein echtes Problem.«

Es hielt ein Päckchen Staubtücher hoch. »Hast du je daran gedacht, Spox auszuprobieren? Die sind wie Spanx-Hosen, nur für Füße.«

»Das heißt, ich passe jetzt in die süßen Keilabsatzschuhe für mein Date mit Kurt!«

Er blinzelte übertrieben in eine imaginäre Kamera, und ich kugelte mich vor Lachen.

»Na los, ich habe ein echt mieses Wort gelegt.«

Patrick bedachte das Brett mit einem flüchtigen Blick und legte TORQUES auf einen doppelten Buchstabenwert. »Sieht nicht gut aus für Kenny in dieser Partie, ein weiterer Sieg für Gillan scheint sicher. Das hier beginnt langsam etwas langweilig zu werden, nicht wahr, Alan?«

»Kein Mensch kommentiert Scrabble!« Ich starrte auf meine neuen Buchstaben. War das ... Konnte es wirklich sein?

»Ich wünschte aber, man würde es tun. Komm schon, pflanz deine vier Buchstaben aufs Brett, dann kann ich endlich gewinnen.«

Ich wurde ganz aufgeregt. Ganz langsam – um den Bann nicht zu brechen – nahm ich meine Steinchen und legte sie überaus lässig auf das Brett. Das »T« war Teil eines anderen langen Wortes, und es kreuzte einen Dreipunktebuchstaben und ein Doppelwort. »Ach, du meinst so, ja?«

Patrick starrte auf das Brett und schoss dann in die Höhe. »Was zum Henker ...?«

»OXIDIERT«, sagte ich süffisant. »Ich bin mir ziemlich sicher, dass das ein Wort ist, oder nicht?«

»Wie hast du das hingekriegt?«

Ich zuckte mit den Schultern. »Ich habe dich die ganze Zeit nur an der Nase herumgeführt.«

Er hackte auf den Scrabble-Computer ein. »Das sind ... Warte ...«

»Fünfundneunzig Punkte, würde ich sagen. Ich kann nämlich auch Kopfrechnen.«

»Das ist nicht fair.«

»TOUGH. Das wären dann genau acht Punkte.«

»Ich habe ein Monster erschaffen«, sagte Patrick traurig, während ich damit fortfuhr, das Spiel haushoch zu gewinnen.

22. Kapitel

Ich wusste nicht, was es über unsere Kultur aussagte, dass man sich, kaum dass man Weihnachten überlebt hatte, ohne die angeheiratete Familie zu erstechen oder an einem durch exzessiven Truthahnkonsum verursachten Darmdurchbruch zu sterben, nach ein paar Tagen Pause (in denen man gerade damit angefangen hatte, über Salate und gesunde Spaziergänge nachzudenken) gleich wieder in die Schrecken der Silvesternacht stürzte. Dass wir nach Bestrafung lechzten, vielleicht? Oder, dass es besser war, beides hinter sich zu bringen, solange der Alkoholpegel einen das meiste wieder vergessen ließ?

Silvester – mein Verderben. Als ich meinen Kleiderschrank durchwühlte, um herauszufinden, was ich an diesem Abend anziehen sollte, wirbelten Erinnerungen an frühere Jahreswechsel in meinem Kopf herum wie ein Zeitlupenzusammenschnitt aus Kotze, Karaoke, betrunkenen Streitereien und Heulkrämpfen in fremden Wohnungen. Womöglich würde ich mich heute in ein Waschbecken übergeben. Tatsächlich hatte ich eine Unterkategorie zu meiner Liste der »Allerschrecklichsten Silvesternächte« angelegt, die »Ins Waschbecken kotzen (nicht in meins)« hieß. Was natürlich bedeutete, dass es mehr als einmal passiert war. So schlimm lief es meistens.

Eine Liste der allerschrecklichsten Silvesternächte

1. *Als ich von einem widerwärtigen Kerl namens Nigel auf einer Käse-&'-Wein-Party begrapscht wurde und auf der Flucht in einen wirklich übel stinkenden Brie trat, und alle im Bus mich anschauten, als hätte ich mich in Hundekacke gewälzt oder tagelang nicht gewaschen.*
2. *Als ich mit einer Unifreundin (Rose mit den Vorortbabys) auf die Party einer ihrer Schulfreundinnen ging und so nervös war, dass ich vom Fleck weg eine ganze Flasche Goldschläger kippte und in das Waschbecken dieser unbekannten Freundin kotzte, die mich anbrüllte, und ich noch Tage danach golden gesprenkeltes Pipi hatte wie eine durchgeknallte Millionärin.*
3. *Als Dan und ich in Ägypten im Urlaub waren und versuchten, die »Sache etwas aufzupeppen«, indem ich vollständig bekleidet um Mitternacht in den Swimmingpool sprang. Es schien mir eine coole Idee, bis ich bemerkte, dass ein anderer Gast sich offenbar eine wirklich schlimme Lebensmittelvergiftung eingefangen und den Pool vollgekotzt hatte, weshalb ich ebenfalls krank wurde. (Zu meiner Verteidigung: Das war das eine Mal, dass das Gekotze ganz offiziell nicht meine Schuld war.)*
4. *Das Jahr, als wir Skifahren gingen und uns in dem winzigen Ort verliefen und drei Stunden damit verbrachten, in der Kälte herumzuirren, nur um am nächsten Tag herauszufinden, dass wir uns in einem Radius von drei Straßen um das Hotel bewegt hatten. Ich fing mir eine Erkältung ein und war den Rest*

des Urlaubs sauer auf Dan; er wiederum rutschte auf Eis aus und konnte die letzten Tage nicht einmal mehr Ski fahren.
5. *Mit siebzehn, als Lucy Coleman und ich versuchten, mit gefälschten Ausweisen in eine große Disco in Exeter reinzukommen, und sie reingelassen wurde, ich aber nicht, vermutlich, weil das schiere Gewicht ihres Make-ups ihr Gesicht so weit nach unten gezogen hatte, dass sie zehn Jahre älter aussah; sie lernte diesen Typen in der Schlange kennen, der eine Lederjacke trug und ein Handy im Holster, ging mit ihm rein und ließ mich draußen in der Kälte stehen. Ich musste meinen Dad anrufen, damit er mich abhole. Ich wartete Stunden im Regen und bekam drei Wochen Hausarrest, weil ich eigentlich bei einer Freundin hätte übernachten sollen.*

Ich wollte nicht ausgehen! Verdammte Emma, verdammte Cynthia samt ihrem großen schicken Haus mit Partycatering und Champagner in der Badewanne. Verdammt! Mussten sie mir ständig unter die Nase reiben, dass ich »an Silvester unmöglich allein bleiben konnte«? Meine krankhafte Unfähigkeit, abends nicht alleine zu Hause bleiben zu können, war wirklich ein Fluch. Ich hatte noch weniger Rückgrat als der Fisch, den ich im Sushikurs filetiert hatte.

Als ich zum Frühstück runterging, saß Patrick bereits in der Küche und löffelte Biomüsli. »Du gehst heute Abend aus?«

»Ja. Party bei Cynthia.«

»Klingt nett.«

»Nein, tut es nicht. Es werden nur Juristen und Leute von der Uni da sein, und, was noch schlimmer ist, Juristen von der Uni. Sie werden die ganze Nacht über Immobilienpreise reden, und ich werde zu viel Champagner trinken und mich irgendwann ins Waschbecken übergeben. Wieder mal.« Wenigstens verfügte Cynthia über mehrere Waschbecken. Ich würde mich an das im Gästebad halten.

»Klingt nicht, als ob es Emma gefallen wird.« Patrick redete mittlerweile über meine Freunde, als würde er sie schon sein ganzes Leben lang kennen. Was irgendwie süß war.

»Ich habe dir noch nicht das Allerschlimmste erzählt. Rate mal.«

»Ähm, es gibt Karaoke?«

»Nein, leider nicht. Rich hat es nicht erlaubt.«

»Der Champagner ist in Wirklichkeit Sekt aus dem Aldi?«

»Na klar. Den würde Cynthia noch nicht mal kaufen, um damit ihre Juwelen zu polieren.«

»Sie haben ein Blinddate mit einem Versicherungsmathematiker namens Keith für dich eingefädelt?«

»Nein, ich ... Oh Gott, vielleicht haben sie das wirklich getan. Nein, wir müssen uns verkleiden.«

»Das nennt man Pech«, sagte Patrick mitfühlend. »Kostümverleih? Die haben heute bestimmt auf.«

»So einfach ist das nicht. Emma sagt, wir müssen unsere Kostüme selbst basteln, sonst ist es Betrug. Eine Art Wettbewerb.«

An der Uni hatten wir uns oft verkleidet. Ich besaß eine ganze Reihe von Fotos, auf denen ich als Pirat, Elfe, Riesenpfirsich, Kriegspilot oder nuttiger Pastor zu sehen war. Das Einzige, was allen Bildern gemein war, war mein genervter, versoffener Gesichtsausdruck.

»Ich werde dir helfen«, sagte Patrick, wusch seine Schüssel aus und stellte sie in die Geschirrspülmaschine. »Das könnte witzig werden.«

»Du kannst Kostüme basteln?«

»Ich bin alleinerziehender Vater eines Vierjährigen, dessen Schule total scharf auf ›kreative Ausdrucksformen‹ ist, der aber keine Scheren benutzen darf. Ich könnte mein Abitur in Schnippelarbeiten und Klebestiftkünste machen.«

»Danke.« Plötzlich kam mir ein Gedanke. »Hast du heute Abend was vor?« Ich hätte ihn früher fragen sollen, aber ich hatte gedacht, er würde wahrscheinlich etwas machen, das Weinverkostungen, delikaten Käse und seine kultivierten Arbeitskollegen aus dem Architekturbüro einschloss. Ich war nicht davon ausgegangen, dass er mit einem Haufen betrunkener Juristen abhängen wollte. Hey, ich meine, nicht einmal *ich* wollte das.

»Nein. Ein Babysitter in der Silvesternacht würde die Staatsschulden so manch eines Landes aufwiegen. Da werden nur ich und ein schönes Fläschchen Ardberg Whisky sein und die Hoffnung, dass das nächste Jahr besser wird als dieses.«

»Du solltest wirklich mitkommen.«

»Ich kann nicht.« Er zögerte. »Obwohl ich Lust hätte, also lästere lieber ein bisschen über die ganzen Oberschichtprolls ab.«

»Du kannst jederzeit in den Spiegel schauen.«

Er verdrehte die Augen. »Willst du nun, dass ich dir helfe oder nicht?«

»Ja, bitte.«

»Wie lautet das Motto? Gibt es überhaupt eins?«

»Selbstverständlich, das ist die organisierteste Party der Weltgeschichte. Wer wünscht sich schon die anarchischen Zustände einer Feier ohne Verkleidungsmotto. Es lautet: ›Wer willst du werden, wenn du groß bist?‹. Irgendwie niedlich, da wahrscheinlich keiner unter dreißig dort sein wird.« Auf der putzigen Einladungskarte im Briefkasten – ja, Cynthia versandte Einladungen per *Post* und sie hatte sie online bestellt, nur um Emma mit ihrer Bastelmanie zu ärgern – war ein kleines Mädchen in High Heels zu sehen.

»Okay, wer waren deine Helden, als du klein warst?« Er tippte sich ans Kinn. »Amelia Earhart? Marie Curie? Nein, ich wette eine Künstlerin. Frida Kahlo? Kannst du dir bis heute Abend deine Augenbrauen zusammenwachsen lassen?«

»Ich dachte da mehr an jemand Modernes«, sagte ich schüchtern. »Ähm, aus der Musikwelt. Meine absolute Ikone.«

»Oh, ich weiß schon. Aber wie sollen wir ein Meatloaf-Kostüm hinkriegen?«

Ich warf ein Geschirrtuch nach ihm.

»Du willst Beyoncé sein.«

»Ja«, sagte ich trotzig. »Ich weiß, ich bin nicht annähernd so groß und schön wie sie – wie denn auch? –, aber es ist eine Verkleidungsparty! Darf man da etwa nicht hübsch aussehen?«

»Natürlich. Lass uns mal sehen, was du so hast. Obwohl ich finde, dass Meatloaf immer noch eine guter Plan B ist.«

Es war seltsam, Patrick in mein Zimmer zu führen,

obwohl es natürlich theoretisch seines war. Aber ich hatte dem Raum meinen Stempel aufgedrückt – größtenteils durch Unordnung und Staub auf den Fußleisten.

»Sorry«, murmelte ich. »Ich wollte aufräumen, bevor ich ausgehe.« Ich hatte meinen Koffer von Weihnachten noch nicht ausgepackt, Klamotten häuften sich auf der Fensterbank, den Stühlen und dem Bett. Auf dem Nachtschränkchen standen drei gebrauchte Tassen, und mein Schreibtisch verschwand unter einem Berg aus Papier. »Sorry«, sagte ich noch einmal. »Ich bin einfach nicht besonders ordentlich.«

»Ist das so eine Künstlersache?« Patrick machte taktvoll einen großen Schritt über einen BH, den ich auf dem Boden hatte liegen lassen.

»Das rede ich mir ein. Aber ich wette, Beyoncés Zimmer sieht nicht so aus.«

»Allerdings hat sie wahrscheinlich Lakaien, die hinter ihr herräumen. Brauchst du mehr Stauraum? Mit einer Kommode könnte ich dir dienlich sein.«

Ich überlegte, einen lahmen Witz zu reißen, in dem ein stummer Diener vorkam, aber Gott sei Dank konnte ich es mir verkneifen. »Das wäre super, danke.«

Ich wollte sofort das Thema wechseln. Teils, weil ich es nicht mochte, wenn er in den Vermietermodus wechselte, und teils, weil der echte Grund nicht im Mangel an Stauraum, sondern in meiner chronischen Unordentlichkeit bestand. Dans Worte hallten in meinem Kopf wider: *Ich arbeite Tag und Nacht, das Mindeste, was du tun könntest, wäre, deine verdammten Socken vom Boden aufzuheben!*

»So, was für Optionen haben wir denn?«, sagte Patrick, der offenbar beschlossen hatte, das Chaos zu ignorieren. Ich fragte mich, ob es wirklich nur Michelle war, die so pedantisch ordentlich war, oder ob sie beide unter der gleichen Neurose litten.

»Tja, sie hat ein paar echt tolle Outfits. Da wäre zum Beispiel der knallenge schwarze Body aus *Single Ladies*. Oder etwas mit Gold und Glitzer. Oder Hotpants.«

»Besitzt du etwas, das knalleng, glitzernd oder hot ist?«

»Äh, nein.«

»Was ist mit diesem Video, das du mich genötigt hast anzusehen? Du weißt schon, das, in dem sie ein Statement gegen die Schönheitsindustrie abgibt. Zumindest hast du das behauptet.«

»*Flawless?* Das ist eine gute Idee. Sie trägt da nur eine Jeansshort und ein Karohemd. Ich habe beides!«

»Ist doch toll. Aber die Leute kapieren so vielleicht nicht ganz, dass du ein Superstar sein sollst und nicht nur ... Rachel. Warte kurz!«

Er flitzte aus dem Zimmer, und ich hörte, wie er im nächsten Moment die Treppe hinunterpolterte. Ich begann damit, Armladungen Klamotten aufzusammeln, und überlegte, dass ich mir tatsächlich mehr Mühe mit der Ordnung geben sollte. Patrick ließ mich mietfrei hier wohnen, und ich hatte begonnen, es für eine Selbstverständlichkeit zu halten. Das war bestimmt ein Fehler.

Innerhalb von Minuten war er zurück und hielt etwas umklammert, das wie Kopfhörer mit einem krummen Fortsatz aussah. »Hier«, sagte er atemlos und setzte sie mir auf. »Das ist eine Freisprechanlage, die ich manchmal benutze, aber jetzt ist es ein Radiomikrofon!«

Ich blickte in den Spiegel. Ich sah weniger wie

Beyoncé aus, denn wie eine ungepflegte, ungeschminkte, zu klein geratene Frau im Pyjama und mit Kopfhörern. Aber es war ein Anfang.

»Wo sind meine Schlüssel?« Ich rannte im Flur herum und stülpte jede Tasche und jeden Mantel um, den ich besaß. Drei Tage ohne das Haus zu verlassen, und ich hatte alles verlegt, was man in der Außenwelt benötigte. Ich hatte inzwischen Monatsfahrkarte, Portemonnaie, Handy, Lippenbalsam und Trockenshampoo ausfindig gemacht, doch jetzt schienen diese nervigen Schlüssel meine Pläne zu durchkreuzen. »Ich finde sie wirklich nicht!«

»Sind sie vielleicht in der Schüssel auf der Kommode?« Patrick saß mit seinem kleinen Mokkakännchen am Küchentisch.

»Ja, du bist ein Genie! Wo ist Alex? Ich will ihm ein frohes neues Jahr wünschen, nachher sehe ich ihn nicht mehr.«

»Er will warten, bis die Glocken läuten. Ich schätze, es ist der latente Schotte, der da in ihm durchkommt.«

»Ist er nicht zu klein, um so lange aufzubleiben?«

»Doch. Ich habe aber einen durchtriebenen Plan. Ich habe das Feuerwerk vom letzten Jahr im Fernsehen aufgenommen. Ich werde es ihm vorspielen und ihm dann ein Frohes neues Jahr wünschen. Er wird nie erfahren, dass es erst acht Uhr war.«

»Kleine Kinder anlügen? Patrick! Ich glaube langsam, dass du nicht ganz der Musterknabe bist, der du vorgibst zu sein.«

Ich zog ihn nur auf, doch Patricks Lächeln verschwand augenblicklich. »Hmm ...«

»Ich meinte nicht ...«

»Nein, es ist nur etwas, was Michelle immer gesagt hat. Dass ich ein wahrer Musterknabe sei. Sie meinte damit, ich sei wie sie – besessen von Mülltrennung, zehntausend Schritte am Tag gehen, Quinoa essen. Mit andern Worten: langweilig.«

»Ich finde dich nicht ...«

»Ist schon in Ordnung. Amüsier dich gut. Du siehst ...« Er musterte meine Shorts, das Mikro und die aufgebauschten Haare.

»Dämlich aus? Weil das ganz normale Klamotten sein könnten? Grenzwertig?« Ich war schon vorher in Panik verfallen, ob es überhaupt in Ordnung war, Beyoncé zu verkörpern, wenn man wie ich so bleich war wie das Innere einer Kokosnuss.

»Du siehst toll aus. *He should have put a ring on it.*«

»Das hat er getan. Und das war das Problem. Schade, dass *Wenn es dir gefiel, dann hättest du es in einer erfüllten, reifen Beziehung hegen und pflegen sollen* nicht in das Lied gepasst hat, was?«

Patrick schwieg einen Moment. »Und ich dachte immer, in dem Lied ginge es um Taubenzüchter – Fußberingung und so. Tut es nicht?«

Cynthias Party war genauso, wie ich befürchtet hatte. Ich war kaum zur Tür rein, als ich schon drei Typen erblickt hatte, die als Don Draper aus *Mad Men* verkleidet waren. Was hieß, dass sie ihre Büroanzüge trugen und Zigarren zwischen den Fingern hielten, die sie nicht anzündeten, weil heutzutage keiner mehr rauchte und ihre Frauen sie auf eine Rohkostsaftdiät gesetzt hatten. Ich überlegte, dass viele der Dons hier vermutlich wirklich gar nicht weit entfernt davon waren, zu viel zu trinken und mit ihren Sekretärinnen zu schlafen.

Ich schlängelte mich durch den brechend vollen Raum und hielt Ausschau nach jemandem, der halbwegs human aussah, wobei ich geflissentlich diejenigen Freunde von Cynthia und Rich übersah, die ich bereits kannte und die ich nicht wiederzusehen wünschte, selbst wenn sie die letzten lebenden Steueranwälte wären und wir das Finanzamt neu bevölkern müssten. Eins musste ich Cynthia lassen, sie wusste, wie man eine Party schmiss. Überall funkelten weiße Lichterketten, erlesene Duftkerzen flackerten in Sturmlaternen, der Champagner floss bereits in Strömen und alle redeten etwas zu laut. Die musikalische Untermalung bestand aus unaufdringlichem Weihnachtsjazz – Michael Bublé, vermutete ich. Ich entdeckte Ian, der Würgegeräusche dazu von sich gab, während er mit Emma neben dem gigantischen Büfett in der Küche stand. Die Dekoration bestand aus Tannenzweigen, die mit künstlichem Schnee bedeckt und mit kunstvoll arrangierten Lichtern behängt waren.

»Ich esse dem Alphabet nach«, verkündete Ian. »Bis jetzt hatte ich Avocados, Bratwursthappen, und gerade bin ich beim Chicoréesalat angelangt. Als Nächstes steht Dorade an.«

»Dabei muffelt er schon nach E wie Eiern«, sagte Emma, umarmte mich und pikste mir dabei mit der Barbiepuppe, die sie zerstückelt an ihren Körper geklebt hatte, ins Dekolleté. »Ich bin froh, dass du da bist. Endlich kann ich mit einem normalen Menschen reden.«

Ich begutachtete ihr Kostüm, das eine blonde Perücke, klobige Armeestiefel, viel Alufolie und Buchseiten beinhaltete, mit denen sie sich vollgepflastert hatte, dazu noch leere Tablettenpackungen und sogar eine Windel.

»Du bist …?«

»Ich bin die utopische Zukunft des weiblichen Geschlechts«, sagte sie und reckte sich stolz.

»Klar. Natürlich. Und Ian …«

»Ich bin Barbie«, sagte er. Was den pinken Body und die blonde Perücke erklärte.

»Ich verstehe.« Nicht wirklich.

»Habe ich's dir doch gesagt«, sagte Ian eingeschnappt zu Emma. »Abstrakte Theorien funktionieren nicht als Kostüme. Du hättest Ken sein sollen. Das hätte den feministischen Punkt klargemacht und gleichzeitig das Kriterium eines sofort erkennbaren Kostüms erfüllt.«

Zumindest glaubte ich das zu hören, sein Mund war inzwischen voller Eier.

»Wie war Weihnachten?«, wollte Emma wissen.

»Ganz okay. Ruhig. Mum und Dad haben mich wie eine Porzellanpuppe behandelt, diverse Tanten haben gefragt, ob ich in Erwägung gezogen habe, meine Eizellen einfrieren zu lassen – hey, noch mehr Eier! –, und Jess hat sich mit ihren Kindern gebrüstet. Und du?«

Sie verzog das Gesicht, was hieß, dass sie es mir später erzählen wollte. »Wen stellst du eigentlich dar?«

»Ich bin Beyoncé!« Ich warf mich in Pose. »Wie in dem Video zu *Flawless. I woke up like this!*«

»Echt, war es nicht unangenehm, mit dem Mikro-Ding da zu schlafen?«

»Nein, das ist aus dem Lied … Ach, egal.«

Ian öffnete den Mund und sprühte dabei Essen durch die Gegend. »Hast du dich mit Cynthia abgesprochen?«

»Schnuckelchen!«, sagte Emma warnend.

»Was meinst …?«

Zu spät, ich wusste, was er meinte, als Cynthia neben uns auftauchte. Es gab nur eine Sache, die einen dämlicher dastehen ließ, als Beyoncé sein zu wollen, wenn man weiß wie Milch und nur eins sechzig groß war, und das war, Beyoncé sein zu wollen, wenn deine wunderhübsche, groß gewachsene, halb schwarze Freundin ebenfalls als Beyoncé verkleidet war – nur in ihrer glitzernden Hot-Pants-Inkarnation. Mist!

»Hi, Süße!«, sagte sie und hüllte mich in eine Wolke aus teurem Parfüm und Pailletten. »Dein Outfit sieht wenigstens gemütlich aus. Diese Absätze bringen mich um. Wer bist du?«

»Sie ist du«, sagte Ian, der sich zu F wie Frikassee vorgearbeitet hatte.

Ich wiederholte halbherzig meine Pose. »Du weißt schon, *Flawless*.«

Cynthia prustete los. »Genial. Wir sind beide Beyoncé. Wir müssen später ein Duett hinlegen, wenn ich die Karaokemaschine rausbole. Scheiß auf Rich.«

»Wo ist er?«

»Oh«, sie winkte unbestimmt ab. »Ich glaube, die Herren sind alle rausgegangen, um Zigarren zu rauchen und *Wolf of Wall Street* zu spielen … Chihuahua würde es wohl eher treffen.«

»Das klingt doch nach einer Idee für einen Film«, sagte Ian, der sich weiter durch das Hühnerfrikassee fräste.

»Könntest du bitte aufhören«, fuhr Emma ihn an. »Man könnte meinen, du hättest seit Wochen nichts mehr zu essen bekommen.«

»Habe ich auch nicht. Zumindest nicht so was. Das

schmeckt wie von Waitrose oder irgendeinem anderen noblen Laden.«

Cynthia warf mir einen bedeutungsschwangeren Blick zu. Ich zuckte mit den Schultern. Ich hatte keine Ahnung, was mit den beiden los war. »Amüsiert euch, Leute, ich muss mich unters Volk mischen.« Und schon stolzierte Cynthia davon, groß und wunderschön, wie sie war.

Es war eine nette Party. Nette Musik, nettes Essen, nette Deko, literweise netter Alk. Aber ich war trotzdem gelangweilt. Ich hielt mich eng an Emma und Ian, die sich ohne Unterlass stritten, und stopfte mir Chips in den Mund, während Cynthia in all ihrer glitzernden Pracht herumschwirrte. Sie hatte sämtliche Leute von ihrer Arbeit eingeladen, und es gab einfach wenig, worüber ich mich mit Firmenanwälten austauschen konnte. Richs Freunde waren indiskutabel, die meisten von ihnen trugen Steppjacken und lasen den *Telegraph*. Ich hatte mehr mit Stammesangehörigen der Massai gemein als mit ihnen. Und während ich ihrem pausenlosen Gefasel über Immobilienpreise und Skiresorts zuhörte, erschien mir die Idee einer hübschen kleinen Lehmhütte immer reizvoller.

Eine Liste der Dinge, die man zu Leuten auf Partys sagen kann, wenn man keinerlei Gemeinsamkeiten hat

1. »*Woher kennst du Cynthia/Rich?*« *(Namen der/des gemeinsamen Freundin/Freundes einfügen, je nach Bedarf.)*
2. »*Lebst du hier?*« *Daran anknüpfend:* »*Wo kommst du ursprünglich her?*«

3. »Was arbeitest du?«
4. »Das klingt aber interessant.« Mit steigendem Tonfall, um ihn/sie zu animieren, mehr über Buchhaltung/IT/Marketing zu erzählen.
5. »Diese Chips sind wirklich lecker, nicht?« (Nur in größter Verzweiflung.)
6. Punkt sechs muss ich mir noch überlegen.

Als Emma und Ian zu einer gedämpften Diskussion darüber ansetzten, wann und wie sie nach Hause gehen sollten – »Sei nicht albern, die Busse werden bis mindestens zwei Uhr morgens gerammelt voll sein.«, »Tja, wir können aber kein Taxi nehmen, wir zahlen immer noch diese dämliche Motorradabdeckung ab, die du gekauft hast.« –, durchquerte ich die Küche und flüchtete auf die Terrasse, wo Rich einen umweltfeindlichen Heizpilz aufgestellt hatte. Ich zog mein Flanellhemd fester um mich und sah zum Himmel auf. Aufgrund der Lichtverschmutzung und der Wolken waren keine Sterne zu sehen, aber ich wusste, dass es sie trotzdem irgendwo da oben gab.

Ich musste nur warten, bis sich die Dinge klären, dann würde alles besser werden, hatte mir Dad gesagt. Was für ein Jahr. Scheidung, Obdachlosigkeit, gravierende Rückschritte. Heute Nachmittag auf Facebook hatten die meisten meiner Freunde Dinge gepostet wie: »Ich darf mich soooo glücklich schätzen. Nicht nur, dass unsere wundervollen Zwillinge dieses Jahr zu Welt kamen, ich habe auch zehn Kilo abgenommen und mein Makramee-Onlinehandel läuft richtig gut an; das Haus gehört endlich uns, und ich habe Samba gelernt!« Sogar

Facebook selbst hatte sich gegen mich verschworen, indem es mir die »Highlights« meines Jahres zeigte. Da ich keine Highlights zu verzeichnen hatte – weder exotische Urlaube noch Geburten oder Hauskäufe –, bestanden diese lediglich aus verschwommenen Instagramfotos von mir bei meinen Versuchen zu tanzen, komisch zu sein und nicht von Clover zu stürzen.

Ganz weit über mir zog eine Sternschnuppe durch den nächtlichen Dunst. Vielleicht war es auch nur ein Flugzeug auf dem Weg nach Heathrow. Ich wünschte mir vorsichtshalber trotzdem schnell etwas. Glück, wenn möglich Liebe, einfach nur, dass alles besser wurde, als es war. *Bitte!* Dabei hatte ich keine Ahnung, mit wem ich da sprach.

Die Terrassentür öffnete sich und ein Schwall Lärm und Wärme schwappte nach draußen. Ein Mann kam herausgewankt. Er deutete schielend auf mich. »Weiblicher Holzfäller?«

»Nein.« Ich lächelte müde und seufzte. »Ich bin Beyoncé, nur die etwas bleichere und nicht ganz so große und hübsche Version.«

»Hätte er einen Ring überstreifen sollen?«

»Was, das Taubenzüchter-Lied?«, wiederholte ich Patricks albernen Witz, bei dem ich mir vorhin vor Lachen fast in die Hose gemacht hatte.

»Hä?«

»Du weißt schon ... der Ring am Bein ... damit die Taube nicht verloren geht.« Unangenehme Stille. »Egal! Ja, ich bin Beyoncé, nur nicht so toll.«

»Das würde ich so nicht sagen.«

Okay, es war dunkel, und die Art, wie er mich schielend anblinzelte, ließ ein paar Martinis zu viel vermuten, aber bei genauerer Betrachtung war er gar nicht so übel. Etwas klein geraten, aber ein hübsches Gesicht, braune Haare, süße Grübchen. Er trug ein *Top Gun*-Outfit. Nicht besonders originell, aber andererseits war es eine Silvestermottoparty in Chiswick. Die Möglichkeiten, sich künstlerisch auszudrücken, waren begrenzt.

»Warum sitzt du hier draußen?«

»Ich schaue mir die Sterne an.«

Er sah zum Himmel. »Da sind keine.«

»Doch, wir können sie nur manchmal nicht sehen, aber sie sind immer da.«

»Sehr philosophisch.«

»Ja, das sollte ich mir aufs T-Shirt drucken lassen.«

Er lachte. Es war ein angenehmes Lachen. »Und woher kennst du die beiden?«

Frage Nummer eins – und eins zu null für ihn. »Ich war mit Cynthia an der Uni.«

»Sie ist der Hammer, oder?«

»Jep.« Das war mein Fluch als ihre Freundin – alle Jungs, denen ich begegnete, verliebten sich viel eher in sie als in mich. Der einzige Mensch, der immer immun gegen ihre Reize geblieben war, war Ian.

»Leider ein bisschen zu groß für mich.«

Ich setzte mich gerader hin, damit er sehen konnte, was für ein Zwerg ich war. »Woher kennst du die beiden?«, gab ich die Frage an ihn zurück. Das war ja wie bei einer Datingshow.

»Ich habe dieses Jahr den Internetauftritt für Cynthias Kanzlei designt. Ich glaube, sie hat jeden eingeladen, den sie jemals kennengelernt hat.«

»Du bist Webdesigner?« Frage drei. Check. Ich bekam

Angst, dass wir zu schnell mit dem ganzen Small Talk durch wären.

»Nein, aber verrate es niemandem, ja? Bisher komme ich ganz gut damit durch.«

Ich lachte. Da saß ich also plötzlich mit einem ziemlich witzigen, gar nicht so üblen und nicht mal zu klein geratenen Mann. Ich hatte beinahe vergessen, wie das war mit einem netten Kerl. »Du bist trotzdem gekommen. Keine Webdesignerpartys heute Nacht?«

»Abgeblasen. Trennung von Freundin und so.« Er wackelte traurig mit dem Kopf. »Ist normalerweise nicht so förderlich für Silvesterpläne aller Art.«

Dan und ich hatten früher im Jahr darüber gesprochen, an Silvester Ski fahren zu gehen – vor dem Kaminfeuer Wein trinken, kuscheln, lachen –, während draußen eine Lawine des Verderbens auf uns zurollte. »Ich hasse Silvester«, entfuhr es mir.

»Ich auch.« Er hob seinen Pappbecher. »Darauf trinke ich.«

»Ich habe nichts.«

Er verzog schockiert das Gesicht. »Wir müssen dir sofort was besorgen. *Wenn du leben willst, komm mit mir.*«

Humorvoll und Kenner von *Terminator*-Filmzitaten! Damit konnte ich definitiv leben. Dankbar warf ich einen Blick zu dem Stern/Boeing 747 hinauf – das war doch mal ein schneller Service – und folgte dann meiner neuen Bekanntschaft in die Küche, wo er uns beiden Prosecco nachschenkte und mich anschließend zur Treppe führte. Ich hatte es immer gemocht, auf Partys dort zu sitzen. Ich fand, es war ein Zeichen dafür, dass die Party gut war, wenn die Leute auf den Stufen hockten und stritten/heulten/knutschten.

Wir unterhielten uns weiter. Er hieß Steve, war wirklich Webdesigner, lebte in der Nähe mit drei anderen Jungs zusammen, war neunundzwanzig – konnte ich immer noch jemanden aus dem Jahrzehnt unter mir aufreißen? –, mochte Fußball und konnte kochen. Obwohl Letzteres meiner Erfahrung nach bei Männern normalerweise hieß, dass sie gut im Aufwärmen waren. Und obwohl er nicht der hübscheste Mann unter der Sonne war – er sah älter aus, als er war, und aufgrund des Zigarettenrauchs, den ich an ihm riechen konnte, war auch klar, warum –, war er sehr in Ordnung. Ich ließ mein Knie in die Nähe seiner Hände sinken.

Dann war es Mitternacht, und die Leute fingen an zu singen und zu jubeln. Es war ein neues Jahr, die Gelegenheit, alles besser zu machen, ein klarer Schnitt. Steve, der Webdesigner, beugte sich zu mir rüber, und dann, als wäre es das Natürlichste von der Welt, drückte er seine Lippen auf meine. »Frohes neues Jahr, Rachel.«

Seine Lippen waren etwas trocken, aber warm. Ich erwiderte seinen Kuss. Es war schön, obwohl er nach Rauch und Bratwursthappen schmeckte.

Irgendwann löste er sich von mir und strich mit der Hand über meine Wange. »Hast du Lust, mit zu mir zu kommen?«

So funktionierte es doch, oder nicht? Es konnte so einfach sein. Man lernte jemanden kennen, konnte ihn gut leiden, ging mit ihm nach Hause. Ich dachte an meine Liste – *Schlafe mit einem wildfremden Kerl*. Das stand aus gutem Grund dort. Ein neues Jahr, ein neuer Start. Ich erwischte mich dabei, wie ich nickte.

Er sprang auf. »Super! Lass uns gehen!«

»Ich muss nur meinen Freundinnen Bescheid geben.«

»Okay, beeil dich.« Er pflanzte noch einen Kuss auf meine Lippen und schob seine Zunge dazwischen.

Ich rückte ein kleines bisschen ab. Alles war gut. Alles würde gut werden. Und ich würde einen weiteren Punkt von der Liste streichen.

23. Kapitel

**Eine Liste der Dinge,
die auf einer guten Party passieren**

1. Im Wohnzimmer wird getanzt.
2. Jemand schläft auf dem Sofa ein.
3. Jemand beschließt, dass es eine großartige Idee ist, den gesamten Alkohol zu trinken, den ihr aus dem Urlaub mitgebracht habt.
4. Ihr sitzt auf der Treppe und schüttet euch gegenseitig das Herz aus.
5. Bratwursthäppchen.

Ich konnte Emma und Cynthia unten nicht entdecken, also ging ich die Treppe hoch, wo es ruhiger war. Ich tapste den Flur entlang und lugte durch die offenen Türen in die hübschen, aufgeräumten Schlafzimmer, bis ich eine Stimme hörte. »Cynthia?«, rief ich.

Stattdessen trat Rich mit seinem BlackBerry in der Hand aus dem Schlafzimmer. Er trug einen Anzug, als sei er eben erst von der Arbeit gekommen – das also war sein Kostüm. »Oh, hi Rachel. Ich muss nur kurz telefonieren.«

»Weißt du, wo Cynthia ist?«

»Irgendwo im Haus, hört bestimmt diese grottenschlechte Musik, auf die ihr alle abfahrt, haha.«

»Ja, klar. Frohes neues Jahr.«

»Ja, dir auch.« Er schlug mir die Tür vor der Nase zu.

Ich blinzelte irritiert und ging dann in die andere Richtung, wo ich auf Emma traf, die gerade aus dem Badezimmer kam und mit dem Zubehör ihres Kostüms an der Türklinke hängen blieb. Sie hielt ihr Handy ans Ohr und wirkte genervt. »Scheiß Taxis! Klar, ich weiß schon, es ist Silvester, aber genau deswegen will ich eins… Hallo…?« Sie sah mich an. »Amüsierst du dich? Wo ist der Typ, mit dem ich dich gesehen habe?«

»Er hat mich geküsst.«

»Das ist doch toll!« Sie sah mir prüfend ins Gesicht. »Oder auch nicht.«

»Nein, nein, alles in Ordnung. Er hat gefragt, ob ich mit zu ihm gehe.«

»Okay. Und, willst du?«

»Ja? Ja.«

Sie sah mich forschend an. »Was ist mit Patrick?«

»Was soll mit ihm sein? Er hat bald eine Verabredung mit dieser schrecklichen Amerikanerin.«

»Und das ist in Ordnung für dich?«

»Wir sind nur Freunde! Er sagt mir andauernd, dass ich mit jemandem ausgehen soll.«

»Gut.« Sie umarmte mich kurz. »Viel Spaß. Ich gehe mal lieber Ian suchen. Er treibt mich noch in den Wahnsinn.«

»Was ist mit euch beiden los? Ihr scheint euch nur noch in die Haare zu kriegen.«

»Ach, es ist nur… Wie er sich immer aufführt! Der charmante Exzentriker, den er raushängen lässt. Es ist nur halb so charmant, wenn man den Rest der Zeit seine Mutti spielen muss. Man kann mit ihm über nichts Ernstes reden, über Sachen wie ... ich weiß nicht, in eine bessere Wohnung zu ziehen, geschweige denn Heiraten oder derartige Dinge. Weihnachten war der reinste Albtraum. Seine schrecklich anstrengende Familie, in der alle immer versuchen, die Witzigsten zu sein, und wegen der Spielregeln beim Post-it-Namensspiel ausflippen. Als ob es da überhaupt Regeln gäbe! Das ist ein *erfundenes* Spiel, Herrgott noch mal. Außerdem hat er ein Vermögen für Geschenke ausgegeben, obwohl ich ihm gesagt habe, dass ich nur eine DVD-Box von *Mad Men* will. Wir haben kein Geld, um es aus dem Fenster zu werfen!«

Durch das Treppengeländer konnte ich Cynthia in ihrem schimmernden Top und den Hot Pants sehen, die über etwas lachte, was Ian von sich gab, und eine Hand auf seinem Arm liegen hatte. Er grinste.

Emma murmelte etwas, was stark nach »Nicht schon wieder dieser Mist!« klang. Sie wandte sich wieder zu mir. »Geh schon, Rachel. Es ist Silvester, nach Mitternacht passiert auf Partys nie was Gutes. Amüsier dich. Ich sag ihr, dass du weg bist.«

»Frohes neues Jahr!«, rief ich zaghaft. »Es muss einfach besser werden, oder?«

Sie verzog das Gesicht. »Man kann's nur hoffen.«

Auf dem kurzen Weg zu ihm nach Hause sprachen Steve und ich kaum. Er ging schnell, die Hände in den Taschen seiner Superdry-Jacke vergraben. Selbst in meinen flachen Schuhen hatte ich Mühe, mit ihm Schritt zu halten. »Ist es noch weit?«

»Nein, nein, gleich um die Ecke.«

Das »um die Ecke« stellte sich als gut zwanzigminütiger Marsch durch die Kälte zu einem ehemaligen Sozialbau mit Unkraut im Garten und haufenweise Fahrrädern im Flur heraus. Als ich darüber hinwegstieg, fiel mein Blick auf den schmuddeligen Teppich und haufenweise Herrenschuhe. Sobald wir im Wohnzimmer angelangt waren – ein wahrer Dschungel aus Elektrokabeln, ein FHM-Kalender an der Wand, Berge von schmutzigem Geschirr überall –, begann er wieder, mich zu küssen, und presste mich gegen die Wand. Seine Zunge war forsch.

Ich drückte ihn ein Stück von mir weg und lachte leise. »Hey, immer langsam.«

»Sorry, du bist einfach so heiß.«

Es war lange, *lange* her, dass jemand das zu mir gesagt hatte. Jetzt fing ich an, ihn zu küssen. Es würde sich beim ersten Mal immer komisch anfühlen, da musste ich durch.

Sekunden später befanden wir uns in seinem Schlafzimmer – muffiges Futonbett, Fußballausrüstung, Fertignudelbecher voller Zigarettenstummel – und ich war nackt bis auf die Unterwäsche. Er hatte mir die Strumpfhose mit recht unerotischem Rumgezerre ausgezogen und schlüpfte schnell aus Hemd und Jeans. Seine Unterhose zierte glücklicherweise kein Superman, es war einfach nur eine unscheinbare blau-weiße Boxershorts. Angesichts dessen, was sich darunter wohl verbergen mochte, verdrehte ich meine Augen zur Decke wie eine viktorianische alte Jungfer. War ich bereit hierfür? Nach zehn Jahren mit Dan, seinem vertrauten Körper, unseren kleinen Codes für das, was uns gefiel?

Steves Atem ging stoßweise. »Du bist echt sexy. Ein echt heißer Feger.«

Benutzten Leute heutzutage noch solche Ausdrücke? »Danke«, sagte ich automatisch.

Er verlor keine Zeit und kramte schnell nach einem Kondom. Schon war auch meine Unterwäsche auf nahezu magische Weise verschwunden, und ohne viel Trara – um ehrlich zu sein, hätte ich ein bisschen Trara nicht schlecht gefunden – passierte es. Ich war dabei, Nummer fünf zu erledigen. Sex mit einem Wildfremden. Nur waren hier keine Freundinnen, die mir hätten sagen können, ob das nun eine gute oder schlechte Idee war, niemand, der mir half, es von der Liste zu streichen, kein Patrick, um ...

Patrick.

Ich schob Steve von mir und setzte mich abrupt auf. Unter anderen Umständen wäre der Ausdruck auf seinem Gesicht komisch gewesen. Er legte die Hand um meinen Hinterkopf, zerrte mich wieder zu sich, sein Mund war nass. »Halt!«

»Was ist los?« Er sah mich verwirrt an, als ich ihn zitternd von mir stieß.

»Es tut mir leid. Ich kann nicht. Ich bin nicht bereit dafür. Ich ...«

»Warum bist du dann mit zu mir gekommen?« Der freundliche Junge-von-nebenan-Gesichtsausdruck war etwas Härterem gewichen.

»Weil ... wir einen netten Abend zusammen hatten.«

»Du hast die ganze Zeit mit mir geflirtet.«

»Es tut mir leid«. Ich starrte den ungewaschenen Kissenbezug an und versuchte, meine Tränen zurückzuhalten. »Es ist nur, ich lasse mich gerade scheiden, und ich ...«

»Dann solltest du vielleicht nicht auf Partys abhängen und Typen heißmachen.« Er stieß sich vom Bett ab und stampfte in die Küche.

Ich zog mich schnell an und ging mit den Schuhen in der Hand in den Flur. Mir war kalt, und ich fühlte mich schäbig. Steve hatte mir nicht einmal ein Glas Wasser angeboten. Er hatte sich nur in Jeans auf sein Sofa geworfen und den Fernseher angemacht. »Ich wollte nur…«, begann ich.

»Mann, mach schon. Hau ab!«

Ich flüchtete hinaus wie Aschenputtel, nur dass ich vernünftigere Schuhe trug. Ich war ein paar Meter die Straße entlanggegangen, als mir klar wurde, dass ich keine Ahnung hatte, wie ich nach Hause kommen sollte. Ich war zwar nüchtern genug, um eine Bushaltestelle zu finden, aber nicht um rauszukriegen, welche Route ich nehmen musste, um mit dem Nachtbus von Chiswick nach Hampstead zu kommen. Meine Chancen ein Taxi zu finden, waren minimal, und ich war Kilometer von der nächsten U-Bahn-Station entfernt. Und als ich so mutterseelenallein und verloren auf dem Bürgersteig stand, fing es auch noch an zu regnen. Also trottete ich weiter.

Was würde Beyoncé tun? Sie würde sich niemals in so einer Situation befinden, da sie immer eine Limousine/einen Helikopter bereitstehen hätte, und außerdem war sie verheiratet und hatte ein Kind und hatte ihre letzte Tour nach ihrem Ehemann benannt. Ich starrte bekümmert mein Handy an. Ich hätte vielleicht doch besser eine Taxinummer abspeichern sollen. Es gab nur eine Möglichkeit, ich musste Patrick anrufen.

Ich hätte mich im Hauseingang unterstellen können, aber ich wollte Steve nicht wiedersehen, also spazierte ich durch den Regen zu der Haltestelle, wo mich Patrick auflesen wollte, und dachte an das Jahr zurück, das vergangen war. An den Auszug und wie ich weinend auf dem Boden lag, Dans Gesicht, als ich ihn das letzte Mal sah, die Enttäuschung in Janes Augen, als ich ihr den Verlobungsring zurückgab. Ich dachte auch daran, wie Patrick Michelle wohl zur Rede gestellt hatte in der Hoffnung, sie möge ihre Affäre abstreiten, nur um dann erfahren zu müssen, dass sie gehen würde, dass sie ihn, ihr Zuhause und auch Alex verlassen würde. Ich bemerkte, dass das Nass in meinem Gesicht nicht nur vom Regen kam.

Was für ein geglückter Start ins neue Jahr. Das war das grundlegende Problem mit Silvester – wenn man nicht früh ins Bett ging mit jemandem, den man liebte, und das Leben nicht ohnehin schon ein Freudenfest war, würde man auch nicht voller Freude und Optimismus und guter Vorsätze aufwachen. Stattdessen fand man sich mit dem unglaublichen Bedürfnis nach einem Schinkensandwich und womöglich einem grausamen Kater alleine in seinem Bett vor. Was wiederum nur bewies, dass die einzigen Menschen, die Silvester wirklich genießen konnten, diejenigen waren, die es überhaupt nicht brauchten.

Ich hatte die Haltestelle erreicht. Vor mir – wie ein Leuchtturm im Regen, wie die Lichter, die Beyoncé auf die Bühne geleiteten –, strahlten die Scheinwerfer von Patricks Auto.

»Dieser Typ wollte mit dir schlafen und hat kein Nein akzeptiert?« Wir flüsterten, da Alex schlafend auf dem

Rücksitz lag. Patrick hatte ihn aus dem Bett geholt, samt Pyjama und Roger und allem Drum und Dran.

»Na ja, nicht ganz, aber er war nicht erfreut, als ich ihn bat aufzuhören. Er meinte, ich hätte ihn heißgemacht!«

»Also ehrlich, da bist du selber schuld. Du hättest merken müssen, dass die Party in den Sechzigern stattfindet, als Typen das letzte Mal so Zeug von sich gegeben haben.«

Ich brachte ein schiefes Lächeln zustande.

»Steve, ja? So hieß er doch?«

»Ja, Steve, der Fiesling.«

»Ein Steveling.«

»Ha.«

»Tut mir leid, Rachel. Nicht jeder Mann, den du kennenlernst, wird so sein.«

»Nicht? Werden sie nur nach Knoblauch stinken, Superman-Bettwäsche haben oder zwanzig Jahre älter sein als ich? Ich werde für immer alleine bleiben.« Meine Stimme geriet ins Wanken. »Dabei weiß ich nicht einmal, wo man Turbane kaufen kann.«

Er streckte seine Hand aus und schloss die Finger um meine. »Es wird alles gut.«

»Und wie?«

»Ich weiß nicht. Aber da wir nicht zurückkönnen, müssen wir eben vorwärtsgehen. Außerdem bist du nicht allein. Deine Freunde würden alles für dich tun. Ich wünschte, ich hätte so jemanden.«

»Wie meinst du das?« Das einzige Geräusch war das Brummen des Motors, das Röhren der Heizung und die Scheibenwischer, die gegen den Regen ankämpften. Er hielt immer noch meine Hand in seiner, die ganz warm und trocken war.

»Bevor du kamst, war ich richtig einsam. Michelle war fort, ich sprach nicht mehr mit meiner Familie, und ich hatte es geschafft, über die Jahre alle meine Freunde ziehen zu lassen, was mir mit der ganzen Arbeit, meiner Ehe und dem Kleinen nicht schwergefallen war. Ich war richtig einsam, bis auf Alex natürlich, aber *ich* muss mich um *ihn* kümmern. Er ist nicht für mich verantwortlich.« Patrick wechselte den Gang und ließ dabei meine Hand los. Ich fragte mich, ob ich ihn bitten konnte, sie wieder zu nehmen. »Weißt du, ich habe mal in einem Buch über diese Krankheit namens Anhedonie gelesen. Man vergisst schlichtweg, wie man sich über irgendwas freut, etwas genießt. Ich glaube, mir ging es ein bisschen so. Und dann bist du gekommen, und nun mache ich diese ganzen verrückten Dinge und spiele sogar wieder Bass, treffe mich mit den Jungs, und es ist … Du weißt gar nicht, wie sehr du mir geholfen hast. Ich war ein echter Musterknabe, genau wie Michelle gesagt hat. Am Ende war ich selbst für sie zu langweilig.«

Ich tätschelte seine Hand. Ich hatte Angst davor, was passieren könnte, wenn er mehr sagte. »Wir helfen uns gegenseitig. Und Patrick, du bist nicht langweilig. Nicht im Geringsten. Erst kürzlich hast du mich so zum Lachen gebracht, dass mir der Rotz die Nase hochkam.«

»Danke … Und igitt!«

»Danke, dass du mich abgeholt hast. Tut mir leid, dass du Alex aus dem Bett holen musstest.«

»Ihm geht's blendend. Er hat keinen Mucks von sich gegeben.«

»In ein paar Jahren wirst du nachts vor irgendwelchen Discos sitzen und auf ihn warten.«

»Glaubst du?« Patrick schien die Vorstellung, dass

Alex ein normales Teenagerleben führen könnte, beruhigend zu finden.

»Natürlich. Er wird ein Herzensbrecher, schau ihn dir nur an.« Wir betrachteten den kleinen Jungen, der mit seinem Teddy im Arm selig hinter uns schlief. »Du trägst ihn, ich schließe auf«, flüsterte ich.

Als Patrick ihn losschnallte, murmelte Alex, ohne die Augen zu öffnen: »Frohes neues Jahr, Daddy und Rachel.«

Ich lächelte und knüllte das Taschentuch zusammen. Nach all dem Regen, den Tränen und den komischen Klamotten würde es eine Wohltat sein, mich in meinem neuen Einteiler ins Bett zu kuscheln.

Rachels Liste der Dinge, die sie tun muss,
um der Nach-der-Trennung-vor-der-Scheidung-Krise
zu entgehen

1. ~~Mache Stand-up-Comedy~~
2. ~~Lerne tanzen~~
3. *Verreise aus einer Laune heraus irgendwohin*
4. *Mache richtig Yoga*
5. ~~Schlafe mit einem wildfremden Kerl – ???~~
6. ~~Iss etwas Abgefahrenes~~
7. ~~Fahre auf ein Festival~~
8. ~~Lass dir ein Tattoo stechen~~
9. ~~Gehe reiten~~
10. ~~Probiere einen Extremsport aus~~

24. Kapitel

»Bist du sicher, dass du deine Spox anhast? Frauen hassen fette Füße bei Männern, das ist so unansehnlich.«

»Keine Witze, bitte. Ich hatte schon überlegt, deinen Bauch-weg-Schlüpfer auszuleihen.«

Es war ein Samstagabend im Januar, und Patrick machte sich bereit für sein Date mit Arwen, der heißen Amerikanerin, die endlich etwas Luft in ihrem Terminkalender gefunden hatte. Ich schloss innerlich Wetten mit mir ab, dass sie *Herr-der-Ringe*-Fan war und eigentlich Tracey hieß.

»Bist du sicher, dass es dir nichts ausmacht, babyzusitten?«

»Ich habe doch gesagt, dass es in Ordnung ist. Alex geht sowieso bald ins Bett.«

»Ich will dich auf keinen Fall von irgendwelchen Plänen abhalten. Du bist jung, und du bist hip ...«

Ich prustete los. »Ich bin so hip wie deine Oma. Meine Pläne bestehen darin, meinen Weihnachtspyjama anzuziehen und Erdnussbutter aus dem Glas zu löffeln.« Er sah mich bestürzt an. »Keine Sorge, ich kleckere nichts aufs Sofa. Vielmehr werde ich über dem Waschbecken essen. Ich finde, das ist die entspannteste Art, einen Snack zu sich zu nehmen.«

»Das meinte ich nicht. Du warst in letzter Zeit nur so viel zu Hause. Ist irgendwas?«

»Ach.« Ich zupfte an meinen Socken. »Es gab ein bisschen Stress mit den Mädels vor Weihnachten. Und seitdem ist es irgendwie nicht mehr dasselbe.« Ich hatte seit der Party von keiner von beiden etwas gehört. Auf eine vollkommen irrationale Art und Weise fragte ich mich sogar, ob Cynthia böse war, weil ich den Sex mit ihrem Webdesigner abgebrochen hatte.

»Geht es dir gut?«

»Ja ja, beruhige dich, Mum.« Meine Mutter hatte früher immer exakt dieselbe Miene aufgesetzt, wenn ich mich mit Lucy Coleman in der Schule gestritten hatte, was ungefähr einmal die Woche passierte, die besagte: »Oh Gott, Rachel, du wirst nie Freunde haben. Du musst dich mehr unter die Leute mischen!«

»Ich komme einfach ein bisschen runter, das ist alles.«

»Chillaxen, quasi.«

»Genau. Außerdem ist es ohnehin Januar, also Zeit für den Winterschlaf.«

»Was mache ich dann hier?« Patrick betrachtete sich skeptisch im Spiegel. Er hatte sich rasiert und damit sein fein gemeißeltes Kinn enthüllt, auf das Cynthia so stand. Zum dunkelblauen Hemd trug er eine rote Krawatte. »Gib mir einen Tipp. Du hattest doch kürzlich ein paar Dates.«

»Wenn man das denn so nennen will.«

»Eine im Voraus arrangierte romantische Zusammenkunft an einem Ort, der beiden Beteiligten behagt?«

»Äh, ja.«

»Was tragen hippe, junge Leute heutzutage bei Dates? Ist das hier ...?« Er deutete auf seine Klamotten, und ich erkannte sofort die Anzeichen einer waschechten Stylingblockade.

»Tja, das kommt ganz darauf an. Es gibt Leute, die tragen gerne ihre alten muffeligen Sportklamotten und putzen sich nicht die Zähne. Andere präsentieren dir ihre Superman-Unterhose. Wieder andere Jeans und Holzfällerhemd verziert mit einem Proletenbart und Tattoos.«

»Ein Tattoo habe ich schon! Soll ich ein Poloshirt tragen, um damit anzugeben?«

»Nein, halte dich bedeckt.« Ich wollte schon sagen: »Warte, bis es passiert«, aber da musste ich mir vorstellen, wie er sich in Arwens zweifelsohne coolem Penthouse das Hemd vom Körper riss. »Wohin geht ihr?«

»Ins Restaurant, Fusionsküche. Ich habe es auf TripAdvisor entdeckt. Findest du ...?«

»Super, sie wird es zu schätzen wissen, dass du was organisiert und aktiv recherchiert hast. Vertrau mir.«

»Wer zahlt?«

»Du bietest es an, akzeptierst aber, wenn sie getrennte Rechnungen will. Wenn es gut gelaufen ist, sagst du, dass sie beim nächsten Mal bezahlen darf. Das wird ihr gefallen.«

»Was noch?« Hektisch lockerte er seine Krawatte und zurrte sie sofort wieder fest. Ich konnte sein Penhaligon's English-Fern-Aftershave riechen.

»Halt ihr keine Vorträge über Gleichstellungspolitik, horte keine Fertignudelbecher neben deinem Bett und geh sicher, dass du ein Minzbonbon dabeihast.«

»Oje, Rachel, du musstest einiges mitmachen.«

Ich schauderte. »Du hast ja keine Ahnung. Ach, und Patrick ...?«

»Hmm?« Er fummelte immer noch an seinem Kragen herum, dann fing er an, nach Portemonnaie und Schlüssel zu suchen.

»Wenn du etwas länger ausbleiben willst, ist das für mich okay. Ich meine, ich habe nichts vor und ich kann Alex problemlos eine kleine Notlüge erzählen, wenn er aufwacht.«

»Was meinst du?«

»Du weißt schon, falls du …«

Seine Augenbrauen schossen in die Höhe. »Es ist das erste Date!«

»So läuft es heute. Es ist das Zeitalter unmittelbarer Bedürfnisbefriedigung. Klicken, treffen, auf der Toilette vögeln und weiter geht's.«

»Gott, das klingt …«

»Großartig? Perfekt? Genau das, was du in deinen Zwanzigern geliebt hättest?«

»Ja, damals. Aber jetzt klingt es eher beängstigend. Ich meine, eine so lange Zeit mit demselben Menschen, das ist fast, als hätte man es vorher nie gemacht, oder?«

Ich dachte an meine zaghaften Versuche mit Ben und Steveling zurück. »Ja, stimmt. Aber es wird schon gut gehen.«

»Wird sie erwarten, dass ich … das tue?«

»Möglich. Aber ich bin sicher, sie wird deine Grenzen akzeptieren.«

»Ich würde sie nur ungern enttäuschen.«

»Ja, sonst wird sie nämlich ihren Kumpels aus der Jungsumkleide erzählen, dass du nicht rangehst, und stattdessen mit dem nuttigen Barkeeper mit dem Schlafzimmerblick ausgehen.«

Patrick wurde blass.

»Es wird schon gut gehen. Ich bin sicher, dass sie niedliches altmodisches Liebeswerben ebenfalls schätzt.«

»Ich führe sie nicht im Jahre 1943 aus«, sagte er beleidigt. »Ich bin nicht niedlich, ich bin hip.«

Ich musterte ihn. »Dann wirf lieber die Krawatte weg und setz auf das Tattoo, falls es hart auf hart kommt.«

»Du hast recht, ich habe ein Tattoo. Ich bin ein krasser Typ. Und ich spiele in einer Band. Na ja, manchmal, wenn Ed zu viel Tennis gespielt hat.«

»Na klar. Willst du Thomas zur Unterstützung mitnehmen?« Ich hielt die Spielzeuglokomotive hoch.

Er warf die Krawatte nach mir.

»Schreib mir eine SMS, wenn du aus der Sache rauswillst. Ich rufe dann an und sage, dass Max sich selbst entzündet hat oder so was.« Das war erst letzte Woche passiert, aufgrund eines kleinen Missverständnisses mit einer Vanilleduftkerze. Seitdem hatten wir eine neue Hausregel: Keine Sachen kaufen, die nach Essen riechen *und* leicht entflammbar sind.

»Danke.«

Als er die Tür hinter sich schloss und mich in einer Wolke English Fern im Flur zurückließ, fühlte ich mich auf einmal seltsam verlassen.

Gegen Ende meiner Beziehung mit Dan gingen wir an den Wochenenden nicht mehr aus. Er beschwerte sich immer über den Lärm in den Bars, die teuren Getränke, und es wurde uns zu mühsam, den Zug nach London zu nehmen und den letzten nach Hause zu erwischen. Am Ende bestellten wir nur noch Essen beim Lieferservice und schauten Filme, oder ich las, und er spielte Computerspiele. Das war Einsamkeit. Aus freiem Willen allein daheimzubleiben, mit einem süßen Kind und einem Hund, war etwas anderes. Zumindest redete ich mir das ein.

Patrick war keine fünf Sekunden weg, als ich ein leises Tapsen auf der Treppe und aus der Küche hörte. Wenig später kuschelten sich Alex und Max zu mir aufs Sofa.

»Können wir *Thomas* anschauen? Können wir Popcorn machen? Kann ich dir meinen Ninja-Sprung zeigen?«, fragte Alex.

»Gib mir Hundekuchen! Kratz meinen Bauch! Gassi!«, verlangte Max. Oder zumindest interpretierte ich es so.

»Du solltest doch im Bett sein«, ermahnte ich Alex.

»Nur dieses eine Mal.«

»Na gut, in Ordnung. Lass uns ein bisschen Fernsehen schauen, aber dann ist es Zeit fürs Bett.«

Am Ende machten wir Popcorn und schauten *Die Monster AG*, und als ich etwas rührselig wurde, tätschelte Alex meine Hand. »Keine Sorge, Rachel. Das sind nur Bilder. So wie du malst.«

Max schnarchte laut, Popcorn hing in seinem Fell. Auch Alex schlief vor dem Ende des Films ein. Ich hob ihn hoch und trug ihn ins Bett. Er war ziemlich schwer, und ich war sicher, er würde aufwachen, als ich die Treppe hochschnaufte, aber das tat er nicht, er schlief seelenruhig weiter, den Kopf auf meiner Schulter. Ich umarmte ihn fest und spürte seine Wärme, sein Gewicht, den vollkommenen Frieden seines Schlafs. Er roch nach Butter und Babyshampoo. Ich deckte ihn gut zu, versicherte mich, dass Roger neben ihm lag, und machte sein Nachtlicht an. Ich beschloss, dass das Zähneputzen bis morgen warten konnte. Wie sehr ich mir doch wünschte, es wäre jemand da, der dasselbe für mich machte. Sicherstellte, dass ich friedlich schlief, mit sanftem Meereslicht, das über die Decke schweifte.

»Gute Nacht, Alex«, sagte ich leise und ging zur Tür.
»Gute Nacht, Mummy«, murmelte er.
Oh.
Als ich mich wieder aufs Sofa setzte, um den Film zu Ende anzusehen, rieb ich mir übers Gesicht und stellte fest, dass es nass war. Ich Dummerchen, da saß ich und weinte wegen eines Kinderfilms und eines verwirrten kleinen Jungen, dessen Mutter Tausende von Kilometern weit weg war und dessen Dad mit einer sexy fremden Amerikanerin essen ging. Alles, was er im Moment hatte, war ich, eine weitere Fremde, die in seinem Haus herumhockte wie eine unbezahlte Babysitterin. Im Grunde war ich steuerrechtlich noch weniger existent als ein Teenager. Der Babysitterklub hätte mich in hohem Bogen rausgeworfen, weil ich die Streiklinie durchbrochen hatte.

Ich seufzte und kramte in meiner DVD-Box nach einem anderen, kitschigen, unbeschwerten Film. *Bridget Jones – Schokolade zum Frühstück, Titanic, Natürlich blond* ... Meine Filmsammlung war eine weitere tragische Angelegenheit in meinem Leben. Um mich aufzuheitern, beschloss ich, ein paar Neujahrsvorsätze niederzuschreiben. Immerhin war Januar, der perfekte Zeitpunkt also.

Eine Liste meiner Neujahrsvorsätze

1. *Mich zukünftig mit obskuren koreanischen Rachefilmen beschäftigen. Alle DVDs mit der Farbe Rosa/*

Pink oder Renée Zellweger auf dem Cover wegwerfen.
2. *Einen netten Mann zum Ausgehen finden, der sein Zimmer sauber hält, nicht mit seiner Mutter zusammenlebt und mich nicht einen »heißen Feger« nennt.*
3. *Meine freiberufliche Arbeit voranbringen. Es läuft bisher ganz gut, dafür muss ich dankbar sein. Und ich habe meine Freunde. Und meine Gesundheit...*
4. *Eine andere Bleibe finden?*

Ich seufzte, legte den Stift beiseite und sah mich in dem hübschen Wohnzimmer um, in dem das Feuer hinter dem Kaminrost flackerte, überall Kerzen, gerahmte Fotos, Seidentapeten. Die Wahrheit war, dass ich nirgendwo anders leben wollte. Ich wollte hierbleiben.

Gegen zehn Uhr hörte ich den Schlüssel in der Tür. Ich sprang auf, wischte hektisch die Popcornkrümel vom Couchtisch in die Schüssel und zog meinen schlabbrigen Pullover aus. Das Trägertop darunter sah wenigstens etwas hübscher aus. »Hallo?« Ich stoppte die DVD.

»Ich bin's.« Patrick schüttelte den Regen aus seinen Locken und hing seine Jacke auf.

»Du bist aber früh dran. Ich hatte dich noch gar nicht zurückerwartet.«

»Ja.« Er seufzte und lehnte sich gegen den Türrahmen. »Es war ... okay. Na ja, sie hat mich an Michelle erinnert.«

»Aber ist das nicht ...?«

»Nein, überhaupt nicht gut. Das glänzende Haar, das perfekte Make-up und die zukunftsorientierten Gesprächsthemen. Was sind deine beruflichen Pläne?

Machst du dieses Jahr Urlaub? Schickst du deinen Sohn ins Feriencamp? Ich kenne da ein ganz tolles für Kinder mit Beeinträchtigungen in Montana. Gehst du auch mit anderen aus? Fährst du Snowboard? Es war ermüdend.«

»Tut mir leid.« Tat es nicht. »Du hast hier ein paar aufregende Szenen verpasst. Kurz schien es, als würde Sulley nicht die richtige Tür finden, doch dann ... Rate!«

»Fand er sie.«

»Oh nein, ein Spoiler.«

Patrick spähte zum Fernseher hinüber, der immer noch das Standbild zeigte. »Was ist das?«

»Ach, nur eine Doku über die Schließung der Kohleminen.«

»Das ist Hugh Grant.«

»Nein, das ist Arthur Scargill, der damalige Chef der britischen Gewerkschaft der Minenarbeiter. Die beiden werden oft verwechselt.«

»Du siehst dir schon wieder *Vier Hochzeiten und ein Todesfall* an? Rachel, muss ich ein Veto einlegen?«

»Ich mag den Film! Und überhaupt, ich bin eine alleinstehende Frau, die an einem Samstagabend ohne Verabredung zu Hause sitzt. Ich erfülle nur einige klassische Stereotype. Es ist nicht meine Schuld.«

»Warst du schon an der Stelle?« Patrick wuschelte sein Haar durch, riss die Augen weit auf und setzte einen amerikanischen Akzent auf. »Regnet es noch? Ich weiß es gar nicht...«

»Hör auf, dich über Andie MacDowell lustig zu machen. Sie ist eine brillante Schauspielerin. Ich meine, schau dir ihre L'Oréal-Werbespots an!«

Max, der sich neben mir auf dem Sofa ausgestreckt

hatte, schüttelte sich, hustete und spuckte ein Stück Popcorn aus, dann trottete er zu seinem Körbchen.

»Dieser Haushalt ist wahrlich glamourös«, sagte Patrick angewidert, hob den Popcornkrümel auf und ging damit hinüber in die Küche. »Bist du müde?«

»Nicht besonders.«

»Einen Drink?«

»Klar.« Ich machte es mir wieder auf dem Sofa bequem und zupfte Popcorn aus meinem Ausschnitt. »Und jetzt erzähl mir die wirklich interessanten Details.«

»Ähm, du meinst …? Nein, wir haben uns nicht geküsst oder so was in der Art.« Ich konnte ihn in der Küche herumhantieren hören.

Bei diesen Worten verspürte ich eine seltsame Erleichterung, die ich zu ignorieren beschloss. »Nicht *das*, du Dummerchen. Das Essen. Erzähl mir alles, was du hattest.«

»Ach so, Thunfischcarpaccio mit Ingwer und Sojasoße als Vorspeise. Dann geschmortes Wagyu-Rind mit Nudeln. Irgendwie wird heutzutage alles geschmort, oder? Nichts wird einfach nur gekocht. Dann Cocktails und eine Platte mit Minidesserts. Gott, waren die lecker!«

»Petit Fours?«

»Jep.«

Ich stöhnte. »Mein Lieblingsnachtisch.«

»Wie gut, dass ich ein paar stibitzt habe.« Er stellte einen Teller vor mir ab, auf dem drei kleine Köstlichkeiten in gerüschtem Seidenpapier thronten.

»Oh mein Gott. Du bist der Beste! Und was hat sie gegessen?«

»Ein Salatblatt, glaube ich.«

»Ah, dann hast du Aufgabe Nummer vier wohl nicht erledigt?«

»Mich betrinken? Nein, keine Chance. Sie hat den kompletten Januar dem Alkohol entsagt und trinkt auch sonst nicht viel. Sie findet, die Briten hätten ›ein ungesundes Verhältnis zu Stimulanzien aller Art‹.«

»Tja, ich hoffe nur, du konntest ihre Grammatik korrigieren. Bestimmt Stimulan*zien*, richtig?«

»Ich wollte, aber offenbar schätzen Frauen es nicht, permanent korrigiert zu werden.«

»Erstaunlich. Davon wusste ich gar nichts.«

Er hielt eine Flasche Gin hoch. »Lust auf eine ungesunde Stimulans?«

»Wirklich?«

»Es ist erst halb elf. Einst war ich dafür bekannt, zu besonderen Anlässen sogar bis nach Mitternacht aufzubleiben. Nur damit du's weißt.«

»Anlässe wie Kricket oder Schlussverkauf bei Brooks Brothers?«

»Hey, willst du jetzt Gin oder nicht?«

Ich schaltete den Fernseher aus und folgte ihm in die Küche. »Ja, bitte.«

Einige Stunden später saßen Patrick und ich immer noch in der Küche. »Dieses hier!« Sein iPad steckte in der Station, und er tatschte betrunken darauf herum.

Ich wedelte mit den Händen und versuchte zu tanzen, obwohl keine Musik lief. »Girls Aloud! Biiiitte! *Biology*, du wirst es lieben. Sooo toll das Lied.« Innerhalb der letzten Stunde hatte ich vier Gin getrunken. Ich war auf dem besten Weg, mich abzuschießen.

»Warte. Schsch. Ah!« Er lächelte, als jazzige, beschwingte Klänge den Raum erfüllten, die einen dazu animierten aufzustehen und herumzuspringen, als befände man sich auf einem Highschoolball in den Fünfzigern, natürlich ohne nukleare Bedrohung und Angst vor dem Kommunismus.

»Was ist das?«

»*Runaround Sue*. Dion and The Belmonts. Sechziger Jahre.«

»Es ist ja so süß, wenn du mir Musik aus deiner Jugend vorspielst. Wie alt warst du damals, achtzehn?«

»Klappe.« Er sprang auf und schüttelte die Arme. Ja, Patrick schüttelte sich ausgelassen. Er tanzte wie ein typischer Mann. Spielte imaginäre Bongos, wedelte mit den Händen, rutschte mit den Füßen über den Boden, ohne sie anzuheben.

»Das ist doch kein Tanzen!«

»Ach, nein?« Er hielt inne. »Dann zeig du mir, wie's geht.«

»Ich?«

»Du bist doch diejenige, die einen Tanzkurs gemacht hat.«

»Aber ich habe meine Tanzschuhe nicht da.«

»Lebe wild und gefährlich, Rachel.« Er wackelte mit den Schultern. »Sei ein wildes Mädchen!«

»Komm her!« Ich streckte meine Hände aus, und er ergriff sie mit seinen, die warm und rau waren.

Und dann tanzten wir in der Küche und lachten wie die Irren. Wir machten den Moonwalk. Wir stellten das *Thriller*-Video nach. Wir tanzten zu *Macarena* und sogar zu *Saturday Night* von Whigfield, und dann hampelten wir zu *Stop* von den Spice Girls herum. Wir probierten es mit Tango – grottenschlecht. Ich schlug mir fast den Schädel an, als ich mich nach hinten beugte, aber das machte es nur noch lustiger. Wir tanzten den Jive und den Harlem Shake und den Charleston, und ich erklärte Patrick, was Twerken ist. Er war zutiefst erschüttert. Die ganze Zeit war er mir so nah, dass ich seinen Herzschlag spüren konnte, die Wärme seiner Haut.

»Warte!« Er hielt einen Finger hoch, dann verschwand er.

Ich ließ mich an den Küchentisch sinken und keuchte. Ich hatte mich seit Ewigkeiten nicht mehr so viel bewegt. Ich schwitzte, und mein Haar löste sich aus dem geflochtenen Zopf, aber als ich einen Blick auf mein Spiegelbild warf, sah ich ein riesiges Grinsen in meinem Gesicht.

»Ta-daaa!« Patrick war wieder aufgetaucht und hielt eine Gitarre in den Händen.

»Du hast die Klampfe rausgekramt.«

»Ich habe dir doch gesagt, dass ich ein krasser Typ bin. Los geht's!« Er zupfte eine Note und setzte eine schmierige DJ-Stimme auf. »Dieses Lied ist für Rachel Kenny aus Hampstead. Sie bittet uns, es zu spielen, weil sie es für den Gipfel der musikalischen Entwicklungsgeschichte der Menschheit hält.« Dann setzte er zu einer Akustikversion von *Single Ladies* an.

»Tanzen! Tanzen!« Ich klatsche wie verrückt mit. »Warte!« Ich griff nach dem iPad, fand das Lied und drückte Play. »Los, tu es!«

Patrick legte die Gitarre ab und nahm Haltung an – Hände auf den Hüften, die Finger gespreizt, mit dem Hintern wackelnd. Es war umso witziger, als er sich vorher in seinen einteiligen Pyjama geworfen hatte. »*Für mich einen Tusch, vergiss gleich den Busch, mir doch egal, was du denkst ...«*

»Das ist nicht der Text!«

»Ist mir egal. Ich lebe wild und gefährlich!« Als er zum Stepptanz wechselte, fiel ich vor Lachen beinahe vom Stuhl. Ich hatte immer noch Mühe, Luft zu bekommen, als das Lied endete und er sich grinsend und keuchend neben mir auf einen Stuhl fallen ließ.

»Bravo!« Ich warf imaginäre Blumen nach ihm. »Jetzt, da du in deinem heißen Outfit mit dem Hintern gewackelt hast, ist die Frauenbefreiung nah!«

»Ich möchte meinem Ehemann, Jay Zed, danken und meiner Tochter Granatapfel und vor allem Jesus Christus!«

In diesem Moment hörten wir die Hundeklappe, und Max kam herein. Da stand er und sah mit einem Ausdruck der Missbilligung zwischen uns hin und her. »Wuff!«

»Alle sind immer so kritisch«, sagte Patrick.

Ich brach schon wieder in Lachen aus. »Schade, dass du keine Aufgabe auf deiner Liste hast, die lautet: Mach einen totalen Trottel aus dir, indem du zu Beyoncé-Songs tanzt.«

»Das würde ich nicht als Aufgabe bezeichnen, mehr als Lebensphilosophie.« Er lehnte sich auf seinem Stuhl zurück und streckte sich. »Das hat echt Spaß gemacht, Rachel.«

»Besser als mit Miss Amerika ausgehen?« Ich wusste nicht, warum ich das fragte.

»Oh ja. Viel besser. Was wohl nichts Gutes für meine Datingzukunft verheißt.« Er streckte sich wieder, wobei sich der Stoff zwischen den Knöpfen seines Einteilers öffnete und seinen flachen Bauch entblößte, der mit Härchen gesprenkelt und trotz der Winterzeit leicht gebräunt war.

»Und warum ist es besser?«, fragte ich in heiterem Tonfall.

»Na ja, es ist einfach gemütlicher.«

»Oh.«

Er gähnte. »Ich sollte lieber ins Bett. Alex wird bestimmt schon um sechs wach sein und auf meinen Nieren herumhüpfen. Danke, Rachel! Gute Nacht.«

»Gute Nacht.« Ich blieb sitzen. Plötzlich war mir kalt, und ich war stocknüchtern. »Gemütlich«, hatte er gesagt. Dan und ich hatten es sehr gemütlich gehabt. Und wir wussten ja alle, wo das hinführte – weniger zu einer brüllend heißen Romanze denn zu aufgewärmter Pizza, getrennten Betten und Scheidung.

Patricks Liste der Dinge, die er tun muss, um der Nach-der-Trennung-vor-der-Scheidung-Krise zu entgehen

1. ~~Klettern~~
2. ~~Fallschirmspringen~~
3. ~~Wieder auf einer Bühne spielen~~
4. ~~Sich betrinken~~
5. ~~Sich verabreden~~
6. ~~Lernen, wie man einen Fisch filetiert~~
7. *Max an einer Hundeschau teilnehmen lassen*
8. *Ein tolles Auto kaufen*
9. *Mit Alex ins Ausland verreisen*
10. *??*

25. Kapitel

Die Idee, einfach zum Flughafen zu fahren und den nächstbesten Flieger zu nehmen, war prinzipiell sehr nett – wenn man in einem Film lebte oder Millionär war. Im echten Leben gab es allerhand zu berücksichtigen. Alex, zum Beispiel, und die Notwendigkeit, in der unmittelbaren Nähe eines auf seinen Krankheitstyp spezialisierten Krankenhauses zu sein. Die Kosten waren das nächste Problem. Ich war immer noch chronisch pleite, und auch Patrick spürte den Druck der Anwaltshonorare und der Hypothek und Alex' Schule. Als Letztes kam das Packen dazu. Man konnte beispielsweise nicht nach Island fliegen und mit einem Koffer Bikinis und Strohhüten antanzen. Die Fischer würden einen ja auslachen. Also einigten wir uns letztendlich auf die »zufällige, aber dennoch kontrollierte« Methode, indem wir geeignete Orte auf Zettel schrieben, um dann einen aus dem Hut zu ziehen. Der besagte Hut war natürlich Alex' Lokführermütze.

»Kontrollierter Spaß ist immer noch der beste Spaß«, sagte ich und ließ mich auf einen Stuhl fallen.

Das Ganze war höchst dramatisch. Patrick und ich saßen mit verschränkten Armen an gegenüberliegenden Tischenden. Alex kniete auf einem Stuhl, die Hand in der Mütze, und blickte mit dem Argwohn und Ernst eines Zollbeamten zwischen uns hin und her.

Ich versuchte, Patricks Blick einzufangen. Ich wollte auf keinen Fall irgendwo landen, wo es kalt und unwirtlich war.

»Komm schon, Kleiner. Zieh!«

»Es muss geheim sein.« Er sah uns beide finster an. »Wenn ich den Ort aussuche, gehen wir dann hin?«

»Jep.«

»Auch wenn wir es nicht mögen?«

»Das war der Plan«, sagte ich unsicher. »Obwohl ich nicht genau verstehe, warum.«

Alex wühlte noch eine Weile länger mit der andächtigen Konzentration eines Wissenschaftlers, der gerade dabei war, ein Atom zu spalten, in den Zetteln. Dann zog er einen heraus. Er faltete ihn behutsam auseinander und versuchte, die Buchstaben zu entziffern.

Ich drückte die Daumen. *Nicht Brüssel, nicht Brüssel ...*

»Ich glaube, da steht: Flo-ri-a«, las Alex angestrengt.

»Florida! Wir sind dabei! Mickey Mouse, juchu!« Patrick stieß die Faust in die Luft. »Sonne, Strand und Meer!«

»Legaler Waffenbesitz«, entgegnete ich mürrisch. »Rassismus. Rentnerparadies.«

»All-you-can-eat«, hielt er dagegen. »Disney World.«

»Wahlskandal. George W. Bush.«

»Delfine!«

»*Haie!*«

»Komm schon, Rachel. Warst du jemals in Disney World?«

»Nein. Wir sind mal fast nach Disneyland Paris gefahren, als ich vierzehn war, aber stattdessen mussten wir zum Eiffelturm, weil meine Schwester Französisch für ihre Mittlere Reife brauchte und üben wollte, *Où est la tour Eiffel, s'il vous plaît?* zu sagen. Obwohl wir genau danebenstanden.« Das rangierte ganz weit oben auf meiner Liste der Dinge, die Jess getan hatte, um mir eins reinzuwürgen.

»Dann wirst du es lieben. Du magst doch das ganze Disney-Zeug. Du bist wie eine Fünfjährige.«

»Ich habe meine Blase *etwas* besser unter Kontrolle, würde ich sagen.«

»Daddy?« Wir drehten uns zu dem richtigen Kind am Tisch um, das alle Zettel auf den Tisch gekippt hatte und sie einen nach dem anderen öffnete, während die Lokführermütze auf seinem Kopf thronte. »Sind alle Buchstaben gleich?«

»Natürlich nicht«, platzte Patrick heraus. »Lass uns doch schnell den Tisch aufräumen.«

»Sie sehen aber alle gleich aus, Daddy.«

»Was?« Ich beugte mich vor.

Patrick sammelte hastig die Schnipsel ein. »Komm schon, hör nicht auf Alex, er kann doch kaum lesen.«

»Kann ich wohl! Schau, sie sind gleich!« Er hielt mir eine Handvoll hin, und ich konnte sehen, dass tatsächlich auf allen *Florida* stand, in Patricks großer, kantiger Handschrift.

Ich drehte mich mit offenem Mund zu ihm um. »Du Betrüger, du hast geschummelt! Was soll das bitte für ein Beispiel für dein Kind sein?«

»Ein schlechtes. Nicht schummeln, Alex. Ich wollte einfach nicht nach Belgien fahren. Ich habe die Sonne seit fünf Jahren nicht gesehen.« Er blickte etwas betreten drein. »Und ganz vielleicht habe ich schon ein Schnäppchen gefunden und gebucht.«

»Patrick! Das ist total gegen die Liste!«

»Ich weiß. Aber jetzt mal im Ernst, Rachel. Diese Liste bestand bisher vor allem daraus, Fisch zu filetieren, vom Pferd zu fallen und von schmierigen Typen angemacht zu werden. Letzteres betrifft nur dich, möchte ich hiermit betonen. Haben wir uns nicht ein wenig Spaß verdient?«

»Wann fliegen wir?«, fragte ich schmollend.

»Na ja, ähm, hättest du, sagen wir ... nächste Woche frei? Ich hätte wahrscheinlich vorher fragen sollen. Womöglich hast du wichtige Pläne.«

»Hm, ob ich frei habe? Tja, lass mich mal überlegen ... Ich bin eine chronisch unterbeschäftigte Freiberuflerin ohne Liebesleben und mit Freunden, die plötzlich viel zu beschäftigt sind, um sich mit mir zu treffen. Ja, ich habe frei.«

»Das ist gut, denn wir fliegen nächste Woche.«

Am Ende verzieh ich ihm den Regelbruch, aber nur, weil ich selbst nicht nach Belgien wollte, und auch, weil er versprochen hatte, mir ein *Findet Nemo*-Spielzeug in Disney World zu kaufen.

Ich hätte mir nie vorstellen können, wie viele Vorbereitungen für den Transport eines vierjährigen Kindes mit einer Krankheit nötig waren. Nach drei Tagen mit Packen, Listenchecken, Alex' medizinische Utensilien zusammenstellen, einen Schrieb vom Krankenhaus beantragen, damit wir sie durch den Zoll bekamen, war ich fix und fertig, und dabei waren wir noch nicht mal losgeflogen. Meine eigenen Listen waren ebenfalls etwas aus dem Ruder gelaufen. Ich steckte drei Sonnenbrillen und vier Sorten Sonnencreme ein – Lichtschutzfaktor fünfzig, dreißig und zwanzig und eine fürs Gesicht. Aber dann stießen wir auf ein kleines Hindernis. Am Tag vor unserem Abflug kam ich mit dem Telefon in die Küche gerannt, wo Patrick vor dem kleinen Kühlschrank stand und mit einem tiefen Stirnrunzeln eine Batterie an medizinischer Ausrüstung inspizierte. Mir fiel ein, wie ich anfangs spekuliert hatte, er könnte Mordwerkzeug enthalten – wir hatten es seitdem weit gebracht, obwohl der Inhalt tatsächlich ein bisschen so aussah.

»Ich fühle mich wie Walter aus *Breaking Bad*. Vielleicht sollte ich mir eine Glatze rasieren und eine Drogenküche einrichten.«

Normalerweise hätte ich gelacht, aber ich war zu besorgt. »Hör zu, Patrick, ich habe eben Jess angerufen, um ihr zu sagen, dass wir verreisen. Und da hat sie gesagt, dass es sein könnte, dass du vom Gesetz her eventuell nicht das Recht hast, Alex ohne Michelles Erlaubnis außer Landes zu bringen.«

»Wie bitte? Das ist doch lächerlich. Warum?«

»Weil ihr nichts dazu vereinbart habt und es gegenwärtig keine Sorgerechtsverfügung gibt. Es geht darum, Kindesentführungen und dergleichen zu verhindern.«

Patrick wirkte wie vom Donner gerührt.

»Es tut mir leid. Ich dachte nur, es ist besser, du erfährst es jetzt, als wenn wir am Zoll aufgehalten werden.« Vor meinem inneren Auge sah ich schon, wie Alex weggetragen wurde und Patrick und ich Nummernschilder für unsere Verbrecherfotos hochhielten wie ein Gangster und seine Braut.

»Hat sie gesagt, was ich brauche?«

»Sie meinte, eine schriftliche Bestätigung von Michelle wäre hilfreich, nur für den Fall, dass wir aufgehalten werden.«

»Aber das ist doch absurd. Ich bringe ihn in das Land, in dem Michelle *lebt*!«

Mir fiel etwas anderes ein. »Glaubst du ... Solltest du nicht vielleicht mit Alex bei ihr vorbeischauen?«

»Wir haben keine Zeit, einen Umweg über New York zu machen.« Patrick war plötzlich sehr damit beschäftigt, Spritzen in eine Kühltasche zu packen.

»Ja, aber vielleicht würde sie runterfliegen oder ... Ich weiß, es geht mich nichts an. Es ist nur ... Er vermisst sie. Manchmal nennt er mich im Halbschlaf Mummy.« Es herrschte vollkommene Stille. »Tut mir leid«, wiederholte ich noch einmal schwach.

Patrick starrte aus dem Fenster. »Tut er das wirklich?«

»Ab und zu. Ich weiß, dass sie auf Skype miteinander reden, aber das ist nicht dasselbe, oder?«

Er seufzte und sah auf die Uhr. Dann streckte er die Hand aus. »Gib mir das Telefon.«

Ich vertrieb mir die Zeit damit, nicht Richtung Nebenzimmer zu lauschen, indem ich alles noch einmal aus- und wieder einpackte und die Listen durchging. Tatsächlich hatten wir drei. Eine für mich – Sonnencreme, Bücher, große Hüte (ich verbrutzelte in der Sonne wie ein Vampir). Eine für Patrick – Käsesortiment für den Flug, opamäßige Bootsschuhe, Landkarten. Eine für Alex – Thomas die Lokomotive, Roger, vierzehn Kanülen.

Eine Liste der Dinge, die ich immer in den Urlaub mitnehme und dann nie benutze

1. *Reiseapotheke*
2. *Reisepasshülle*

3. *Desinfektionsspray*
4. *High Heels*
5. *Sieben Sommerkleider, zehn T-Shirts, drei Paar Espadrilles*
6. *Reiseföhn*
7. *Minivorhängeschloss für den Koffer*
8. *Sonnencreme (zumindest nicht die ganzen drei Liter)*

Patrick war schnell zurück und steckte das Telefon in die Halterung. »Anscheinend hast du recht. Sie war nicht allzu begeistert, dass ich ihr nichts von der Reise erzählt habe. Ich musste sie davon überzeugen, dass es nicht gefährlich ist.«

»Okay.«

»Aber sie wird das Schriftstück rüberfaxen, hat sie gesagt. Und sie will nach Florida fliegen, um ihn zu sehen.«

»Das ist doch gut, oder nicht?« Mein Gehirn versuchte, sich die Szene vorzustellen. Patrick und Michelle und Alex und ich in Florida. Aus irgendeinem Grund trug ich in dieser Vorstellung Minnie-Mouse-Ohren. Nichts daran stimmte.

»Rachel, die Sache ist die ...«

»Ja?« Solchen Worten folgte nie etwas Gutes. In diesem Zusammenhang bedeuteten sie immer so was wie: »Wir müssen reden« und »Setz dich lieber hin«.

»Womöglich könnte es Michelle nicht gefallen, dass du dabei bist, weißt du ... Sie kennt dich nicht.«

»Oh.« Ich versuchte, meine Fassung zurückzuerlangen. »Das ist schon in Ordnung. Ich kann mich problemlos selbst vergnügen, während ihr euch trefft. Es wird sicher nett. Ich bin sicher, dass sie Alex vermisst.«

»Sie hat ihn verlassen. Sie hat *uns* verlassen. Es ist reichlich vermessen von ihr, sich im Nachhinein darüber zu beschweren.« Für einen freundlichen Mann, der gerne zu Beyoncé tanzte, war da noch immer ziemlich viel Bitternis in ihm, wurde mir klar.

Ich ging die Listen noch einmal durch – in dieser Hinsicht war ich pingeliger als der Weihnachtsmann.

26. Kapitel

Ich wachte auf, mein Gesicht war in Sonnenschein gebadet. Es war so anders als das regnerische London, dass ich einige Minuten lang nur dalag und mich darin suhlte, wie Max es tun würde. Er war bei Sophie, solange wir weg waren, und wurde zweifelsohne von der bösen Stallkatze terrorisiert. Ich hatte keine Ahnung, wie spät es war. Der lange Flug über den Atlantik hatte meine innere Uhr vollkommen durcheinandergebracht. Mein Magen jedoch dachte ganz klar, dass es Zeit für einen Snack war. Ich konnte Pfannkuchen und Speck riechen.

Vor der Tür führten Patrick und Alex eine typische Morgendiskussion. »Schau, ich kann dich Kleiner nennen, aber du musst mich Daddy nennen.«

»Niemand sagt Daddy zu dir. *Alle* nennen dich Patrick!«

»Ich weiß, weil das mein Name ist. Aber ich bin nur *dein* Daddy. Von dir und niemandem sonst.«

»Kann ich auch Kleiner zu dir sagen?«

»Äh, nein ...«

»Warum nicht, Kleiner?«

Ich lächelte in mich hinein.

»Daddy, sollen wir Rachel wecken? Es ist sehr, sehr spät!«

»Eigentlich ist es sehr früh, Kleiner. Aber wir sollten sie aufwecken, denn heute gehen wir ins *Disney World*!«

Ich streckte mich und rief schlaftrunken: »Okay, die Message ist *angekommen*! Mit dem Lärm, den ihr veranstaltet, könntet ihr auch Dornröschen aus ihrem Jahrhundertschlaf aufwecken.«

Ich hörte einen etwas zögerlichen Anklopfversuch, und wenige Sekunden später streckte Alex' den Kopf durch die Tür. »Wir müssen gehen und Dornröschen *besuchen*. Steh auf, Rachel!« Dann schob er ein höfliches »Wenn du nicht müde bist. Danke. Guten Morgen.« hinterher.

»Rachel, du hast doch Höhenangst, oder?«, begann Patrick.

»Ja, und Angst vor Haien und Spritzen und Nadeln. Im Grunde hätte mich die Evolution mittlerweile aussortieren müssen. Ich bin zu zart besaitet für diese Welt.«

»Also, diese Sache mit der Höhe, schließt das auch Achterbahnen ein?«

»Natürlich, aber hier gibt es doch keine, oder?« Ich hatte keine verräterischen Schleifen und Windungen gesehen, während wir herumspaziert waren. Ich war mir ziemlich sicher, dass in Disney World nichts derart Furchteinflößendes oder Fieses erlaubt war. Alle lachten, die Sonne schien, das Schloss funkelte, und überall roch es nach Popcorn und heißer Schokolade. Die Fahrgeschäfte bestanden mit Sicherheit nur aus kreisenden Teetassen und lahmen Minizügen und anderem Kinderkram.

Patrick druckste herum. »Tja, nein, eigentlich nicht.«

Wir standen in einer Schlange, einer sehr, sehr langen Schlange, die zu etwas führte, das Splash Mountain hieß, was recht harmlos und nett klang. Die Schlange führte in das Innere des Fahrgeschäfts und schlängelte sich durch Tunnel, die in kitschiger Wild-West-Manier dekoriert waren, mit sprechenden Bibern und so Dingen. Ich war froh, drinnen zu sein – meine vornehme englische Blässe hatte bereits den Farbton von Bolognesesoße angenommen, und das trotz der dicken Schicht Sonnencreme, die ich aufgetragen hatte. Ich trug diese Trekkingsandalen, von denen man immer glaubte, dass sie total praktisch für den Urlaub waren, hinterher beim Anblick der Fotos jedoch merkte, dass man aussah wie eine Hundertjährige auf einer Kaffeefahrt. Ich hatte mir auch einen Hut à la Indiana Jones gekauft, um die Sonne abzuschirmen, der allerdings auch nicht wirklich half.

Patrick machte sich auf der Stil-Skala nicht viel besser. Er hatte sich für diese getönten Gläser entschieden, die man auf die normale Brille klemmen kann. Seine Nase war so rot wie die von Rudolf dem Rentier, und er trug einen Hut in Goofyform, unter dem man, wie ich mir vorstellen konnte, ziemlich stark schwitzte.

Alex, der bisher den besten Tag seines Lebens hatte – als er das erste Mal Mickey Mouse erblickte, war er nur im Kreis herumgerannt und hatte »Mickey! Mickey!« gekreischt –, wählte diesen Moment, um den Kopf hängen zu lassen. »Warum kann ich nicht mitfahren? Ist es wegen dem Blut?«

»Nein, weil du zu klein bist«, erklärte Patrick. »Du würdest aus dem Gurt geschleudert werden, wenn es anfängt, hin und her zu flitzen und sich zu drehen. Kinder dürfen da nicht rein.«

»Das ist nicht fair.«

Mir gefiel die Sache mit dem Flitzen und Drehen nicht. »Das hier ist doch für Kinder, oder?«

»Natürlich. Schau, die lustigen Biber und vergnügten Waschbären! Es ist nur für etwas ältere Kinder, das ist alles.«

»Das ist nicht fair.«

Patrick beugte sich zu ihm runter. Alex war so mit Sonnencreme zugekleistert, dass wir ihn, wenn er losgerannt wäre, nicht hätten fangen können, weil er uns glatt durch die Finger geflutscht wäre. »Danach gehen wir Mittag essen, okay? Pommes und Burger, weil wir im Urlaub sind. Und dann ruhen wir uns ein bisschen aus.«

»Ich will nicht ausruhen!«

»Na gut, dann eben nur Mittag essen.« Patrick verdrehte die Augen, als Alex pathetisch den Kopf auf die Brust sinken ließ.

Um uns herum führten andere Familien ähnliche Diskussionen mit ihren kleinsten Mitgliedern. Eine Frau lächelte mir unter ihrem Disney-Prinzessinnen-Hut zu, und ich verzog komplizenhaft das Gesicht, während ihr Kind versuchte, an ihr hochzuklettern.

»Mum, ich will nicht!«

»Du musst nicht, Schätzchen.«

»Aber ich will.«

»Aber du kannst nicht, Schätzchen.«

»Aber ich will nicht!«

Sie wandte sich an mich. »Sie sind etwas schwierig bei dem schwülen Wetter. Wie alt ist Ihr Kleiner?« Sie nickte zu Alex, der schmollend mit seiner Hand über die falsche Minenschachtmauer fuhr.

»Vier«, sagte ich, ohne nachzudenken.

»Er sieht Ihnen wirklich ähnlich.«

Patrick sah mich komisch an. Ich lächelte hastig der Frau zu. Es war zu kompliziert zu erklären, dass Alex nicht »mein Kleiner« war. »Viel Spaß noch.«

»Ihnen auch, meine Liebe. Euch allen einen schönen Tag noch.« Das sagten sie hier in Amerika alle. So simpel und doch so nett. Ich versuchte, mir vorzustellen, wie ein Fremder in London wohl reagieren würde, wenn ich auf dem Bahnsteig ein Gespräch mit ihm beginnen würde. Bis zum Abend befände ich mich wahrscheinlich schon in Sicherheitsverwahrung.

Wir näherten uns dem Ende der Schlange. »Du zuerst«, wies mich Patrick an. »Ich warte hier mit Alex, dann kommst du durch den Hintereingang zurück, und ich übergebe ihn an dich. Wir treffen uns anschließend draußen vor dem Restaurant.«

»Okay«, sagte ich nervös. »Das hier ist doch harmlos?«

»Es ist keine Achterbahn, versprochen.«

»Gut, also dann.« Ich ließ mich von dem merkwürdig grinsenden Angestellten – was hatten sie bloß mit mir vor? – in dem künstlichen Holzstamm anschnallen und hörte, wie sich die Maschinerie in Bewegung setzte. Es roch nach Swimmingpool. Eine Wasserfahrt also, das ergab Sinn angesichts des Namens Splash Mountain. Ein Paar Wasserspritzer in dieser Hitze könnten ganz guttun.

»Hey«, sagte mein Sitznachbar, ein Mann, der so dick war, dass sein Schenkel ungefähr den doppelten Umfang meines Hinterns hatte. »Ich heiße Chad.«

»Ich bin Rachel«, sagte ich und blickte mich nervös um, als wir losruckelten.

»Nett, dich kennenzulernen.« Er streckte mir seine fleischige Hand hin, und ich ergriff sie etwas ungelenk über die Gurte hinweg.

Wir tuckerten gemütlich durch eine Wild-West-Welt. Es war nett. Sogar niedlich. Kleine Vögel zwitscherten, es gab verlassene Minenschächte und allerlei andere Späße. Langsam breitete sich ein selbstgefälliges Gefühl in mir aus, einfach nur deswegen, weil es ein stinknormaler Mittwoch war und ich hier in Disney World abhing, während alle anderen sich in ihren Büros und Klassenzimmern abplagten. Ich grinste Chad an. »Das macht Spaß!«

»Jep, ich bin das hier schon zweihundertvierundzwanzig Mal gefahren.«

»Sie machen Witze!«

»Nein, Ma'am. Es ist ein verdammt guter Ritt.«

Wir wurden einen kleinen Hügel hochgezogen, und ich wappnete mich innerlich für eine sanfte Beschleunigung. »Sie mögen also Fahrgeschäfte für Kinder?«

»Ich würde nicht sagen, dass das was für Kinder ist, Ma'am. Mit dem Sturz und allem.«

»Dem was?« Ich musste schreien, um den laut ratternden Wagen zu übertönen, während wir einen steilen Abhang hochgezogen wurden. Ich konnte Licht auf dem Gipfel sehen.

»Der *Sturz*!«, brüllte Chad. »Gut den Hut festhalten, Missy! Wuuhuuuuu! Los geht's! Yieeee-haaaa!«

Als er »der Sturz« brüllte, fand ich auch schon selbst heraus, was er damit gemeint hatte. Dass man uns vom oberen Ende des Gleises senkrecht in ein riesiges Wasserbecken fallen ließ. Ich schloss die Augen und stieß ein kurzes Gebet hervor. »Aaaaaaah!«

»Wuhuuu! U-S-A! U-S-Aaaaaaaaa!«

Wir platschten ins Wasser, von dem die Hälfte wiederum in unserem Boot landete. Ich wandte mich zu einem triefnassen, prustenden und spuckenden Chad um.

»Hammergeiler Ritt!«, brüllte er und versuchte, über seine Gurte hinweg ein High-Five.

Ich brachte lediglich ein schwaches Quietschen als Antwort zustande, was sich ungefähr so anhörte wie Luft, die langsam aus einem Ballon entwich.

»Steht dir gut.«

»Halt die Klappe, du hast nicht gesagt, dass man ins Wasser *gestürzt* wird!«

»Es heißt Splash *Mountain*, nicht Splash *Hügel*. Dachtest du, da gäbe es kleine Kätzchen, die dich mit Wasserpistolen bespritzen?«

»Nein. Aber du hast gesagt, es sei harmlos. Du bist ein großer, dicker Lügner mit kurzen Beinen. Der erste Ausflug und dann so was. Man kann dir kein bisschen trauen. Ich werde dich der Wahrheitspolizei melden.«

»Lass mich dir das Foto als Erinnerung kaufen.«

»Wage es ja nicht!«

»Aber du siehst so putzig aus.«

Wie sich herausstellte, knipste Disney ein Foto von jedem, in dem Moment, in dem er über die Klippe geworfen wurde. Mit meinem Sonnenbrand und dem vom Gegenwind verformten Gesicht sah ich darauf aus wie eine nasse Tomate, die gegen eine Scheibe gequetscht wurde. Die übertriebene Art, mit der Chad neben mir jubelte, ließ es so aussehen, als wolle er einen Happen von mir abbeißen.

Patrick studierte das Bild eingehend. »Ist ja süß,

deinen zukünftigen Ehemann auf diesem Höllenritt kennenzulernen. Ihr werdet sicher ganz entzückende Kinder haben.«

»Alex«, sagte ich heiter. »Unglücklicherweise ist dein Vater sehr kindisch und nicht vertrauenswürdig.«

»Was ist ›vertrauenswürdig‹?«, fragte Alex pampig.

»Das heißt, er sagt, er kauft dir Pommes und ein *Findet Nemo*-Spielzeug, und dann tut er es einfach nicht.«

»Na klar doch gibt es Pommes!« Patrick hob den kleinen sonnencremeverschmierten Jungen hoch. »Lasst uns sofort welche holen. Und dann müssen wir Rachel einen neuen Hut kaufen.«

»Warum?« Ich tastete auf meinem Kopf herum, doch da war nichts. Der Indiana Jones war – ironischerweise – in den wilden Fluten zurückgeblieben.

Eine Liste der Dinge, die man in Disney World kauft, um dann heimzukommen und zu merken, wie bescheuert es war, Geld dafür auszugeben

1. *Einen Hut in Tierform*
2. *Einen Regenponcho, der zwar zwanzig Dollar gekostet hat, aber aus einem Müllbeutel gebastelt wurde*
3. *Ein Wild-West-Gewehr in Originalgröße, das man garantiert nicht durch den Zoll bekommt, ohne dass die Flughafensecurity in die tiefsten Geheimnisse deiner geheimsten Stellen eingeweiht wird.*
4. *Eine Zehndollarportion Pommes frites*
5. *Delfinohrringe, die Teenagermädchen im Jahr 1995 cool fanden*

»Das war ein toller Tag, oder?«

»Ich glaube, das war womöglich der beste Tag überhaupt.«

»Auch wenn er einen kleinen Plumps ins Wasser beinhaltet hat?«

»Ich brauchte sowieso Abkühlung. Außerdem gab es da auch noch ein Feuerwerk, eine Parade, einen Hot Dog, drei Eis und zwei Burger, ich denke, das wiegt es auf.«

»Glaubst du, es hat ihm Freude gemacht?«

Wir sahen zu Alex, der sofort auf dem Rücksitz des Mietwagens eingeschlafen war. Seine *Monster AG*-Kappe war ihm übers Gesicht gerutscht, sodass uns die irren, runden Monsteraugen anglotzten.

»Er hat es geliebt. Alle Kinder werden mal müde und quengelig, wenn es so heiß ist.« Ich rutschte auf dem Sitz herum, das Leder klebte an meinem Sonnenbrand. »Was steht morgen an?« Michelle kam übermorgen, also war morgen unser letzter gemeinsamer Urlaubstag.

»Morgen habe ich eine Überraschung für dich.«

»Eine gemeine? So wie damals, als Max in meine Gummistiefel gekotzt hat?«

»Nein, nicht so was.«

»Spielt Kotzen eine Rolle?«

»Ich denke nicht, aber man weiß ja nie. Ich glaube, es wird dir gefallen.«

»Hmm.«

»Sei einfach morgen um acht startklar und pack ein paar Campingutensilien ein. Und einen Regenmantel und deine Gummistiefel. Aber nur, wenn du die Hundekotze rausgemacht hast.«

Ich versuchte, mich an Kotzeereignisse zu erinnern, die Spaß gemacht hatten. Die Geburt meiner Neffen, mein fünfter Geburtstag, die Party zu meinem Dreißigsten. »Verrätst du mir, warum?«

»Nein, es ist eine Überraschung.«

Ich war voller Zweifel. Meine Erfahrungen mit Überraschungen gingen eher in die Richtung »Rate mal, die komplette Elektrik muss rundum erneuert werden«, oder »Und deswegen, denke ich, sollten wir uns scheiden lassen« als in Richtung »Hey, wir machen einen Kurztrip nach Paris!«

»Sind wir schon da?«

»Nein. Und jetzt Ruhe.«

»Ich müsste nicht fragen, wenn ich wüsste, wohin wir fahren.«

»Es ist eine Überraschung!« Patricks gute Laune hatte bereits angefangen zu bröckeln, als wir an diesem Morgen mit einem schweren tropischen Regen aufwachten, der gegen die Fensterscheiben prasselte und an den Palmen zerrte. Jetzt, da wir im Stau auf einem teilweise gefluteten Freeway feststeckten, war sein Geduldsfaden endgültig gerissen – wie das Gummi einer alten Unterhose.

»Meinst du, es wird bei diesem Wetter überhaupt gehen?«

Er umklammerte das Lenkrad. »Hier herrscht tropisches Klima, es gibt praktisch jeden Tag Regen.«

»Und weißt du, was es hier auch noch gibt? Tropenstürme. Und Hurrikans.«

»Das ist nicht besonders hilfreich. Es ist nur Regen.«

»Ich glaube, dass wir auf ein Festival fahren, stimmt's? Ist es das Angry-Grape-Konzert, das Festival in Tampa? Es muss Nummer sieben auf meiner Liste sein.«

»Hör auf zu raten.«

»Wie bist du an die Tickets gekommen? Es hieß, die seien alle ausverkauft. Obwohl, vielleicht haben die Leute angefangen, sie weiterzuverkaufen, weil der Bassist sich letzte Woche das Handgelenk gebrochen hat. Klingt für mich nach einer ziemlich heiklen Verletzung ... *zu viele Eiweißshakes gemixt.* Haha, du kennst den Song, oder? Ich würde ja jetzt einen Witz über Eiweißshakes machen, aber Alex ist hier. Trotzdem mag ich Angry Grape. Fahren wir dorthin?«

Patrick ließ langsam den Atem entweichen. »Summ einfach ein Liedchen vor dich hin und genieß das Mysteriöse an der Sache.«

»Patrick?«, meldete ich mich nach einer Weile.

»Was?«

»Ich muss mal.«

Patrick gab ein verzweifeltes Stöhnen von sich und schaltete das Radio ein.

Eine nasale Stimme verkündete: »Da Tropensturm Tim auf Orlando zuhält, sind bis auf Weiteres alle Outdooraktivitäten auf der Halbinsel Florida abgesagt. Den Menschen wird geraten, sich zu Hause in Sicherheit zu bringen, denn dieser Sturm wird übel, Leute! Und wir spielen jetzt was von Earth, Wind and Fire als kleinen Tribut an Tim.«

Patrick schaltete das Radio wieder aus. »Scheiße!«

»Das sagt man nicht, Daddy!«, meldete sich Alex von hinten.

»Ja, du hast recht. Ich fürchte, das waren schlechte Nachrichten, Kleiner. Wir müssen zurück ins Hotel. Sieht so aus, als sei das, wo wir hinfahren wollten, abgesagt.«

»Tut mir leid.«

»Es ist ja nicht deine Schuld, dass der komplette Golf von Mexiko gerade über unserem Hoteldach ausgeschüttet wird.«

»Nein, aber ich wollte dich wirklich zu diesem ... Dingsda mitnehmen.«

»Jetzt, da es sowieso nicht stattfindet, kannst du es mir doch sagen. Es war das Festival, stimmt's?«

»Ja, du hattest recht. Nur dass Angry Grape wegen der zweifelhaften Verletzung des Bassisten abgesagt hatten. Es sollte ... jemand anderes einspringen.«

»Wer?«

»Ich verrate es dir lieber nicht.«

»Es war aber nicht ... War es ... *sie*?«

»Ja, sie sollte einspringen. Tut mir leid.«

Ich hätte Beyoncé sehen können, und stattdessen verbarrikadierte ich mich in meinem Hotelbadezimmer und versuchte, nicht daran zu denken, wie heftig der Wind draußen wütete.

Alex zuliebe versuchten wir, uns nichts anmerken zu lassen und möglichst fröhlich zu sein. Wir ließen auf Patricks iPad das Radio laufen und hatten es Alex auf einem Haufen Kissen mit Malbüchern und Roger gemütlich gemacht. Jedes Mal wenn er bei einer besonders heftigen Windböe aufsah oder es verdächtig danach klang, als würden Ziegel vom Dach gerissen, verabreichten wir ihm ein M&M.

Patrick saß auf dem heruntergelassenen Klodeckel und versuchte, Empfang auf sein Handy zu bekommen. Ich hatte mich neben Alex auf den Kissen ausgestreckt.

»Lasst uns etwas spielen«, sagte ich, nur um nicht über den Sturmaggedon und Beyoncé und die verpasste

Gelegenheit, ihr bei den Dixiklos zufällig über den Weg zu laufen und BFFs zu werden, nachdenken zu müssen.

»Ich sehe was, was du nicht siehst?«

»Spülkasten. Wasserhahn. Gratis Waldbeerenduschgel. Das wird uns nicht lange beschäftigen.« Patrick rieb sich mürrisch den Kopf.

»Was schlägst du vor?« Wir mussten lauter sprechen, da der Krach von draußen wieder zunahm. Das Badezimmer hatte keine Fenster, und es fühlte sich an, als befänden wir uns in einem Boot, das man in die hohe See geworfen hatte. Nur wir drei allein.

»Karten? Ich glaube nicht, dass Scrabble fair wäre.«

»Für Alex meinst du.«

»Für dich. Du warst diejenige, die dachte ›Spox‹ sei ein Wort.«

Ich warf einen Luffaschwamm nach ihm. »Wir können Karten spielen, aber du wirst es uns beiden beibringen müssen. Ich kann mir nie die Regeln merken. Welches Spiel? Mau-Mau oder so? Bitte nicht Böse Dame, das nehme ich persönlich.«

»Oh nein.« Patrick griff in unseren Notfallspaßbeutel, den wir für die Reise vorbereitet hatten, und zauberte ein Kartendeck hervor. Er ließ sie schnalzen wie ein Profifalschspieler, ein Eindruck, der dadurch sabotiert wurde, dass die Kartenrückseiten von Scooby-Doo geziert wurden. »Kein Mau-Mau. Man ist nie zu jung – oder zu alt –, um Poker zu lernen.«

Einige Zeit später hatte ich meinen gesamten Vorrat an M&Ms an Alex verloren und wieder mal richtig miese Spiellaune. »Ist Glücksspiel in den USA nicht ohnehin illegal? Ich könnte euch beide hinter Gitter bringen.«

»Warum rufst du nicht die Polizei? Ich bin sicher, der Notfalldienst hat gerade nichts Besseres zu tun.«

Ich schmollte. Um mich aufzumuntern schlug Patrick sich tapfer bis in die Hotellobby durch, um uns Hot Dogs aus dem Automaten zu holen, der warme Snacks ausgab. Ich fragte mich, ob ich so was wohl in meinem Zimmer installieren könnte, wobei die Vorhänge dann sicher schnell nach Senf stinken würden. Als er zurückkam, vollbepackt mit nahrhaftem Fleisch und weißen Brötchen, bedeutete er mir, aus dem Badezimmer zu kommen.

»Bleib, wo du bist, Alex«, wies ich ihn an, aber er hörte nicht zu. Er war damit beschäftigt, sich zum tausendsten Mal *Ratatouille* auf Patricks iPad anzuschauen, was mir den Appetit auf Automatenhotdogs beinahe, aber eben nur beinahe, vermieste.

Vor der Badezimmertür hörte man den Sturm noch lauter wüten. Die dunklen Fenster wurden vom Regen gepeitscht und von gelegentlichen Blitzen erleuchtet. »Sie sagen, dass der Sturm sich beruhigt.«

»Ach wirklich?«

»Hör zu, meine E-Mail ist durchgekommen, als ich eben draußen war. Michelle wird es morgen nicht schaffen. Zu stürmisch, keine Flüge.«

»Oh«, ich spähte zu Alex hinein, dessen Gesicht vom Flackern des iPads erleuchtet wurde. »Also wird er sie nicht sehen.«

»Dieses Mal nicht. Sie hat geschrieben, dass sie uns bald in London besuchen kommt. Wir werden es ihm nicht sagen, okay? Ich habe mich ohnehin sehr bedeckt gehalten. Ich dachte mir schon, dass so etwas passieren könnte.«

»Du dachtest, es könnte den schlimmsten Sturm des Jahrzehnts geben?«

»Nein. Lass es mich so ausdrücken, Michelle hat sehr deutlich gemacht, wo ihre Prioritäten liegen.«

Ich wusste nicht, was ich dazu sagen sollte. Ich wollte kein Urteil über eine Frau fällen, die ich nie getroffen hatte, aber ich verstand nicht, wie jemand es aushalten konnte, so lange von Alex getrennt zu sein. Er war nicht mein Kind, und trotzdem vermisste ich ihn schon, wenn er nur in der Schule war.

Wir gingen zurück ins Badezimmer.

»Daddy«, sagte Alex, dessen Gesicht mit Ketchup bedeckt war. Fleisch, Brot und Schokolade – seine drei liebsten Essenszutaten.

»Ja, Kleiner?« Auch Patrick hatte Ketchup im Gesicht, das auf niedliche Art und Weise zu seinem Sonnenbrand passte.

Ich überlegte, wie seltsam es war, dass ich einige Monate zuvor nicht einmal gewusst hatte, dass es die beiden gab. Und nun waren wir hier und versteckten uns in einer lebensbedrohlichen Situation vor einem Sturm – na ja, nicht wirklich lebensbedrohlich, aber wir hatten schon fast alle M&Ms aufgegessen, und was mich anging, war das bereits ein Notfall.

»Weißt du noch, wie schön der Tag gestern war?«, fragte Alex.

»Jep.«

»Heute war auch schön.«

Patrick blinzelte ihn ungläubig an. Wir hatten den gesamten Tag im Badezimmer verbracht und es nur kurz verlassen, wenn jemand pinkeln musste; wir hatten gespielt und ungesundes Zeug gegessen.

Aber ich verstand ihn. »Ich fand ihn auch schön.«

Wenig später war Alex auf seinem Kissenberg eingeschlafen, der Sturm wütete immer noch. Patrick und ich schleiften eine der Matratzen ins Badezimmer, mehr passte nicht hinein, und schlugen auf dem Boden unser Lager auf. Ich zog hinter dem Duschvorhang meinen Pyjama an und legte mich neben Alex. Vorsichtig strich ich ein paar Brotkrümel aus seinen Locken. Schlafend sah er so winzig aus mit Roger im Arm und seinen Daumen gegen den Mund gedrückt, als wolle er gleich daran nuckeln. »Patrick, kommst du auch schlafen?«, flüsterte ich.

Er hockte mit seinem iPad auf dem Badewannenrand. »Ich komme gleich, schlaf du nur.«

Ich kuschelte mich an Alex, der nach Ketchup und Sonnencreme duftete, und versuchte einzudösen.

Irgendwann mitten in der Nacht wachte ich auf. Patrick lag neben mir auf der Matratze. Er war so groß, dass er mich gezwungenermaßen berührte. Die nackten Füße hatte er um meine Knöchel geschlungen, seine Haut war warm. Er drehte sich auf die Seite, um eine gemütlichere Position zu finden, und legte dabei sanft einen Arm um mich. Ich erstarrte und wagte kaum zu atmen. Ich spürte seinen Atem in meinem Nacken, sein Gewicht auf der Matratze. Ich rückte nicht von ihm ab.

»Rachel?«, fragte er ganz leise. »Bist du wach?«

Eine gefühlte Ewigkeit lagen wir so da, ich in seinen Armen, keiner von uns rührte sich. Ich spürte die Anspannung in seinem Körper. Dann schloss ich die Augen und tat so, als würde ich schlafen.

Rachels Liste der Dinge, die sie tun muss, um der Nach-der-Trennung-vor-der-Scheidung-Krise zu entgehen

1. ~~Mache Stand-up-Comedy~~
2. ~~Lerne tanzen~~
3. ~~Verreise aus einer Laune heraus irgendwohin~~
4. Mache richtig Yoga
5. ~~Schlafe mit einem wildfremden Kerl – ???~~
6. ~~Iss etwas Abgefahrenes~~
7. Fahre auf ein Festival – wegen schlechten Wetters verschoben
8. ~~Lass dir ein Tattoo stechen~~
9. ~~Gehe reiten~~
10. ~~Probiere einen Extremsport aus~~

Patricks Liste der Dinge, die er tun muss, um der Nach-der-Trennung-vor-der-Scheidung-Krise zu entgehen

1. ~~Klettern~~
2. ~~Fallschirmspringen~~
3. ~~Wieder auf einer Bühne spielen~~
4. ~~Sich betrinken~~
5. ~~Sich verabreden~~
6. ~~Lernen, wie man einen Fisch filetiert~~
7. Max an einer Hundeschau teilnehmen lassen
8. Ein tolles Auto kaufen
9. ~~Mit Alex ins Ausland verreisen~~
10. ??

27. Kapitel

Einer der letzten Punkt auf Patricks Liste war, Max auf einer Hundeschau laufen zu lassen. Obwohl ich die Idee albern fand – wir konnten Max nicht einmal beibringen, keine halb verdauten Leckerlis auf den Betten hochzuwürgen –, hatte er bereits einen Wettbewerb gefunden, der Amateure zuließ, und wir alle waren von ihm dazu angehalten worden, die Veranstaltung mit dem etwas unglücklich gewählten Namen »Kufts« zu besuchen.

»Und wie sollen wir zu diesem, äh ... Kufts gelangen? Du sagtest, das sei in Berkshire.«

»Ich habe dir doch erklärt, dass es eine Wortzusammensetzung aus ›Köter‹ und ›Crufts‹, der weltgrößten Hundeausstellung, ist. Zumindest glaube ich das.«

»Na gut, aber wie kriegen wir Max dorthin? Dein Auto ist in der Werkstatt, er hasst es, Zug zu fahren. Er hat sogar Angst vor Fahrrädern, wenn sie zu schnell fahren.«

»Ich habe da eine Idee.« Er tippte sich an die Nase. »Überraschung.«

»Ich hasse Überraschungen. Ich kann nur sagen, dass ich hoffe, dass sie keine Haie und keine Kotze beinhaltet.«

»Jetzt hast du mich aber eiskalt erwischt. Ich hatte unbedingt vor, auf einem kotzenden Hai nach Reading zu reiten.«

»Ich hoffe für dich, dass das nicht stimmt.«

Wir waren seit einer Woche aus Florida zurück im kalten, feuchten England. Es war Februar, und niemand von uns hatte besonders gute Laune. Am Morgen der Hundeschau überlegte ich, was ich anziehen sollte. Am besten etwas Altes, falls die anderen Hunde genauso haarig waren wie Max, aber was, wenn die Besitzer bei der Präsentation ebenfalls bewertet wurden? Letztendlich entschied ich mich für eine Jeans und weiße Bluse, die mir aufgrund der Rundumversorgung im Hause Gillan zu eng geworden war und meine Brustgegend ziemlich straff zusammenquetschte. Ich versuchte, noch einen Knopf zuzumachen, aber er war kurz davor abzuspringen. Na schön. Vielleicht waren Hundeschauen ja Brutstätten für Pärchenbildung, und ich konnte einen Bichon-Frisé-Züchter aufreißen. Ich versuchte, nicht darüber nachzudenken, dass weder Emma noch Cynthia auf meine E-Mail-Einladung zu der Hundeschau geantwortet hatten. Obwohl die Listenidee auf ihrem Mist gewachsen war, hatten sie ganz offenbar nicht mehr vor, daran teilzunehmen. Nun, ich schon. Ich würde mich durchkämpfen – immerhin hatten wir es fast geschafft.

Die Tür fiel zu. Patrick war zurück von seiner wie auch immer gearteten Besorgung. »Rachel! Wir müssen los!«, brüllte er die Treppe rauf.

»Komme schon!« Ich zog den Reißverschluss meiner Stiefel hoch – die wären leichter zu reinigen, falls es dort ein bisschen schlammig sein sollte – und ging hinunter.

Patricks Augenbrauen schnellten hoch, als er mich sah.

»Was?«, rief ich panisch. »Was trägt man auf einer Hundeschau?«

»Ich habe keine Ahnung.«

»Was stimmt denn nicht?« Ich zupfte die Bluse zurecht.

»Nichts, du bist nur ... Äh, du siehst schick aus.«

Wurde Patrick gerade rot? Ich versuchte noch einmal, die Bluse etwas hochzuziehen. Normalerweise waren meine Brüste bescheidene und wohlerzogene Wesen, die ruhig dort saßen, wo ich sie hinverfrachtete. Nicht wie die von Cynthia, die, so schwor sie, nach eigenem Belieben mit den Männern flirteten und immerzu vermessen und in kostbare maulkorbartige Unterwäsche gepackt werden mussten. Doch heute, dank einer zu engen, alten Bluse und eines neuen BHs, schienen meine Mädels ebenfalls aktives Interesse daran zu haben, über sich hinauszuwachsen.

»Und, wie kommen wir jetzt da hin?« Ich schlüpfte in meinen Mantel.

»Das wirst du schon sehen.« Er hielt die Tür für mich auf. »Ta-daaa!«

In der Auffahrt, normalerweise für Patricks alten Volvo reserviert, stand ein glänzender silberner Wagen. Er schien nur so zu schnurren vor Geld, Komfort und Tempo.

»Das hast du nicht wirklich getan!«

»Habe ich doch! Ich bin heute Morgen zum Autohaus gegangen.«

»Du hast dir einen Jaguar gekauft!?«

»Ein Jaguar ist wie eine große Miezekatze, Daddy«, sagte Alex, der mit seinem *Oktonauten*-Rucksack und Max an der Leine aus dem Haus getrottet kam.

»Nicht der hier.« Ich starrte ihn mit großen Augen an.

Patrick fuhr mit seiner Hand über die Rundungen der

Karosserie wie ein schmieriger Typ beim Tangokurs über den Rücken einer Frau. Plötzlich fiel mir auf, dass ich ihn seit einer Ewigkeit nicht mehr dabei erwischt hatte, dass er gegen Alans Zaun trat oder Kaffeesatz in seinen Garten warf. Vielleicht war er dabei, sich zu ändern. Vielleicht taten wir das beide.

»Schau ihn dir an. Von null auf hundert in fünf Sekunden. Alufelgen.« Zumindest glaubte ich, dass er so was sagte. Alles, was ich hörte, war: »Bla, bla, bla, bla, Auto.«

»Willst du ernsthaft Max in diesem superteuren neuen Schlitten transportieren?«

»Nein, ich dachte, wir lassen ihn hier und nehmen den Bus.«

»Du kannst so viele Witze reißen, wie du willst. Aber gib nicht mir die Schuld, wenn deine feinen Lederbezüge nachher voller Hundehaare sind.«

Er runzelte die Stirn. »Daran habe ich nicht gedacht. Besser, wir sperren ihn ein.«

Und so begaben wir uns in den zähen Samstagmorgenverkehr, Max in seinem Hundekäfig und die Sitze mit Plastikplanen ausgelegt, als würden wir ein Mordopfer transportieren. Irgendwo in der Gegend von Slough füllte sich der Wagen mit einem fürchterlichen Gestank.

»Daddy, ich glaube Max hat Bäuerchen gemacht«, meldete sich Alex.

Ich musste mich schon sehr zusammenreißen, um mir ein »Habe ich's dir doch gesagt« zu verkneifen, als wir die Autobahn entlangkrochen, sämtliche Fenster geöffnet, unser Haar zerzaust und mit einem stöhnenden, kranken und definitiv nicht preisverdächtigen Terrier auf der Rückbank.

»Du brauchst gar nicht so schadenfroh zu sein«, brummte Patrick.

»Bin ich nicht. Ich versuche nur, mir darüber klar zu werden, ob mir eine der Aufgaben auf unseren Listen tatsächlich Spaß gemacht hat. Ich meine, es gab Gegrapsche, Blasen, zutiefst existenzielles Grauen, Blut, Ohnmachtsanfälle, Stürze von Pferden ...«

»Was hätten wir denn sonst tun sollen?« Er schaltete in den zweiten Gang zurück, als der Verkehr noch langsamer wurde. »Zu Hause sitzen, Michelle und Dan hinterhertrauern und Kuchen in uns hineinstopfen?«

»Das haben wir doch trotzdem getan.«

»Wenigstens hat es uns aus dem Trott gerissen. Das Leben am Schopf packen und so weiter. Und wir haben ein paar gute Anekdoten zu erzählen.«

Ich sagte nichts darauf. Ich war mir nicht mehr sicher, ob es sich lohnte, seine komische Vorstellung von Humor zu kommentieren. Ian würde mir da entschieden widersprechen, aber andererseits war er ein Kerl, der Motorradteile in der Badewanne und BiFis im Zahnbürstenhalter hortete, daher tendierte ich dazu, seinem Urteil eher nicht zu vertrauen.

Kufts, die »führende heimatliche Amateurschau für vierbeinige Gefährten«, wurde in einer lagerhausähnlichen Halle in der Nähe einer Ringstraße bei Reading abgehalten. Als wir mit Max dort eintrafen, war er mit Erbrochenem bedeckt und sah uns beide so elend an, als würde er sagen wollen: »Ich könnte jetzt in meinem Körbchen liegen und den Waschmaschinenkanal anschauen, aber ihr musstet mich ja hierherschleifen.« Mir selbst ging es ähnlich. Glücklicherweise gab es einen Hundesalon für all die verhätschelten Schoßhündchen, und wir buchten das volle Programm für ihn: Waschen, Bürsten, Maniküre.

Die Dame, die ihn entgegennahm, hatte reichlich lange Fingernägel und trug ein ziemlich schickes Top, dafür dass sie den ganzen Tag Hunde wusch. Vielleicht hatte ich ja doch recht damit, dass das hier ein Brutkasten für sexuelle Anbahnungsversuche war. Bei Max' Anblick rümpfte sie unverhohlen die Nase. »Herrje, da hatte wohl jemand einen kleinen Unfall?«

»*Ich* war's nicht!«, sagte Alex beleidigt. Er war sehr sensibel, wenn jemand auch nur andeutete, er könne kein Erwachsenenklo benutzen.

»Sie meint damit, dass Max schlecht geworden ist, Kleiner.« Patrick bugsierte ihn in die Ausstellungshalle, wo man alles kaufen konnte, von Hundemänteln bis zu goldbeschichteten Trinknäpfen. Ich hoffte, dass Max in Zukunft keine Komplexe oder Trotzanfälle bekäme, weil es ihm nach höherwertigen Hundekuchen verlangte.

»Worum geht es hier eigentlich?«, fragte ich und stöberte in den juwelenbesetzten Hundehalsbändern. Es gab hier mehr Blingbling als in einer VIP-Loge voller Fußballerfrauen.

»Ich habe Max für die Kategorie ›Amateur, reinrassig‹ angemeldet. Er muss einen Hindernisparcours bewältigen, Kommandos befolgen und solche Sachen.«

»Viel Glück damit. Ist diese Sache mit dem reinrassig nicht etwas diskriminierend?«

»So läuft es eben auf Hundeschauen. Obwohl, schau mal, der da sieht aus wie Churchill.« Er deutete auf eine fette Bulldogge, die mit schwabbelndem Kinn vorbeiwackelte.

Ich begann damit, mir die Zeit zu vertreiben, indem

ich nach Hunden Ausschau hielt, die ihren Besitzern ähnelten. Ein anmutiger Afghanischer Windhund zum Beispiel, der von einer Frau mit langen blonden Haaren und wippendem Pony geführt wurde. Ein Pudel, der zu einer kleinen älteren Dame mit violett getönten Haaren gehörte. Ein quirliger Collie mit einem struppigen dunkelhaarigen Besitzer. Dennoch war ich etwas gelangweilt. Die Aufgaben schienen harmloser zu werden, und ich erwischte mich dabei, wie ich mich fragte, was wohl passieren würde, nun da wir beinahe am Ende der Liste angelangt waren. Würden wir einfach nur irgendwie mit unserem Leben weitermachen? Irgendwann würde ich der Tatsache ins Auge sehen müssen, dass ich nicht ewig in Patricks Turmzimmer wohnen konnte wie eine durchgeknallte, mit Farben vollgekleckste Mary Poppins.

Wenigstens hatte Alex seinen Spaß. Er rannte zu allen Vierbeinern, die er sah, und schlang seine Arme um sie, wenn wir es nicht schafften, ihn rechtzeitig aufzuhalten. Einige der Hunde, wie zum Beispiel die Irischen Wolfshunde, waren viel größer als er, und mein Herz blieb fast stehen, wenn ich sah, wie er seinen kleinen dunkel gelockten Kopf im Fell einer dieser bezahnten Bestien vergrub.

Die Atmosphäre war mit der auf einer Fashion Week vergleichbar – die zickigen Blicke, während die Besitzer darüber lästerten, wer im letzten Jahr wohl zu viele Leckerli gegessen hatte, die seltsam überzüchteten Hunde, die nur aus Beinen, Kinn und langem glänzendem Haar zu bestehen schienen, die konzentrierte Wettkampfstimmung.

Als wir Max aus dem Salon abholen wollten, konnten wir ihn nirgendwo entdecken.

»Wo ist Maaaax?« Alex stürmte hinein und spähte in jeden Käfig.

»Äh...« Patrick und ich blieben vor einer Transportbox stehen.

»Oh Gott! Was haben sie mit ihm angestellt?«

»Alex?«, rief Patrick. »Ich habe ihn gefunden.«

»Das ist nicht Maxilein. Das ist ein doofer Pudel.«

»Nein. Es ist Max. Er sieht nur ... anders aus.«

Max blickte bekümmert zwischen den Stäben seines Käfigs hervor. Sein Fell war größtenteils abrasiert und an den übrigen Körperstellen zu lächerlichen Schmalzlocken mit Puscheln um die Pfoten und einer Art Irokesen auf dem Kopf frisiert worden. Er bedachte uns mit einem Blick, den ich wiedererkannte, weil ich ihn nur allzu oft selbst zur Schau gestellt hatte – den eines Wesens, das soeben den schlimmsten Haarschnitt seines Lebens bekommen hatte, und das genau vor einem wichtigen Vorstellungsgespräch, Meeting, Date oder eben dem Debüt bei einer Hundeschau.

»Es tut mir leid«, sagte ich und beugte mich zu ihm runter. »In drei Wochen ist es rausgewachsen. Versprochen.«

Max schniefte und wandte sich ab. Wenn er ein Mensch gewesen wäre, hätte er der Pflegerin versichert, dass er die Frisur ganz entzückend fand, und ihr ein extra Trinkgeld gegeben, nur um dann nach Hause zu gehen und vor dem Spiegel in Tränen auszubrechen.

»Ich hoffe, das disqualifiziert ihn nicht«, sagte Patrick. »Einige dieser Züchter sind wirklich ehrgeizig. Max ist hier wortwörtlich der Underdog.«

»Nun, in Filmen sind es immer die Außenseiter, die gewinnen.«

»Ich weiß nicht, ob das hier eine Rolle spielt. Es fühlt sich mehr an wie *Edward mit den Scherenhänden* als wie *101 Dalmatiner*.«

Eine Liste der lächerlichsten Hunderassenamen

1. *Timberwolf (hört sich an wie ein sehr intimer Kosename für Justin Timberlake)*
2. *Rhodesian Ridgeback (hört sich an wie etwas aus Harry Potter)*
3. *Amerikanischer Rattler (dem würde ich nur ungern nachts über den Weg laufen)*
4. *Pookimo (klingt wie eine japanischer Kinder-Mangafigur)*
5. *Cockapoo (klingt einfach nur albern)*

Kurze Zeit später, oder eher gefühlte hundert Jahre, je nachdem, wen man fragte, warteten wir neben dem Ring darauf, dass Max an der Reihe war. Innerhalb der Absperrung hüpfte ein kecker Chihuahua um die Rutschen und Tunnels und Reifen herum, die für die Hunde aufgestellt worden waren. Sein Besitzer, ein übereifriger Herr in grünem Tweedanzug, brüstete sich sichtlich, als Fifi mit nur einem Fehler herausgetrottet kam – sie war nicht groß genug, um ohne Hilfe auf die Wippe zu hüpfen.

»Das ist doch Betrug«, brummte Patrick und klang dabei fast schon wie Emma. »So ein kleiner Hund kommt überall durch. Da kann man ja gleich eine Ratte durch den Ring jagen.«

»Schsch!« Wir wurden von den anderen Züchtern

mit Blicken erdolcht. Ganz offenbar kamen sie seit Jahren her, es gab sicher etablierte Hierarchien und Verbündete, und wir waren völlig ahnungslos hereinspaziert mit unserem vollgekotzten und zu einem Pseudo-Pudel umgestalteten, alternden Terrier. Als ich eine Bemerkung hörte, die stark nach »wahrscheinlich ein Mischling« klang, bedachte ich die Meute mit einem bösen Blick. Diese Leute hier waren die reinsten Hunderassisten.

»Nun kommen wir zu einem neuen Mitbewerber«, dröhnte der hochnäsige Kerl, der den Kommentator mimte. Er trug einen Filzhut und eine rote Cordhose. »Das ist Cosmos Magician Maximillian, Rufname Max.«

Es folgte vereinzelter Applaus, der mit etwas Ironie gespickt schien, falls es denn möglich war, ironisch zu klatschen. Patrick führte Max in den Ring und lächelte und winkte dabei wie ein olympischer Athlet, der zum Hundertmeterlauf antrat.

Ich konnte sehen, wie einige der faltigen, vom Winterurlaub gebräunten Damen die Sonnenbrillen mit den juwelengeschmückten Ketten zurechtrückten, um ihn unter die Lupe zu nehmen. Klapprige alte Schachteln. »Komm schon, Max«, murmelte ich. Wir mussten diese eingebildeten Tussis schlagen. Und damit meinte ich ausschließlich die Besitzerinnen.

Der arme Max schien immer noch völlig verdattert, aber er trabte gehorsam durch die Reifen und Tunnels. Eigentlich war ich wirklich beeindruckt. Aber wie bei einem Schönheitswettbewerb auch, hätte er etwas munterer sein müssen, um eine Chance zu haben. Lächeln, obwohl der Body in der Pofalte zwickte und die High Heels scheuerten.

Alex' Hand in meiner war ganz schwitzig. »Wird Maxilein gewinnen?«, fragte er laut.

»Ich weiß es nicht.« Ich konnte die Verachtung, die uns umgab, fast körperlich spüren. Das war das Problem, wenn man ständig mit etwas Neuem anfing. Man wurde nicht einfach Teil einer Welt; nicht bevor man jahrelang selbst dabei war. Kein Wunder, dass es die Leute leichter fanden, zu Hause herumzusitzen, fernzusehen und Tee zu trinken. Das waren Klubs, die jeden willkommen hießen. Ich fürchtete, dass mir diese ganze Listensache langsam gewaltig auf den Keks ging.

Max war fast durch den Parcours durch und bewältigte die Wippe mit einer Behändigkeit, die mich überraschte. Ich drückte Alex' Hand fester – vielleicht war doch noch nicht alle Hoffnung verloren.

Patrick lenkte ihn, flüsterte ihm aufmunternde Worte zu und blieb in seinem grünen Pulli und der Jeans dicht an seiner Seite. Immer wieder fuhr er sich nervös mit der Hand durch die Locken, die vermutlich auch einen Trip zum Hundesalon hätten gebrauchen können. Doch dann, kurz vor dem Ende, blieb Max plötzlich wie angewurzelt stehen.

»Oh nein«, sagte Alex neben mir.

Was war los? Ich hörte Patrick auf ihn einreden. »Komm schon, Max. Wir sind fast da. Guter Junge.«

Nichts. Der kleine Hund stand bis auf das Beben seiner Nase reglos da, während er in die Menge starrte. Patrick begegnete meinem Blick und zuckte mit den Schultern. Dann gab Max ein Kläffen von sich und preschte vorwärts. Verdutzt ließ Patrick die Leine los. Max machte einen Satz über die Absperrung mitten hinein in die Menge, wo er über die Bankreihen hechtete.

»Also ich sage da nur ... typisches Mischlingsverhalten ...«

»Es sieht ganz so aus, als hätte Max den Parcours verlassen«, dröhnte der Kommentator. »Was für ein bedauerliches Ende für diese überraschend starke Darbietung. Ich fürchte, das führt automatisch zur Disqualifikation.«

Patrick war über die Absperrung gesprungen und suchte die Menge ab.

Ich schnappte mir Alex und rannte zu ihm, um zu helfen. »Was ist denn mit dem passiert?«

»Ich weiß es nicht. Er ist einfach abgehauen. Ich habe ihn noch nie so schnell rennen sehen.«

»Wo ist er?« Hunde überall, aber nirgendwo ein rasierter Terrier.

In diesem Moment hörten wir einen Schrei. »Grundgütiger! Nehmen Sie sofort diese Bestie von meinem kleinen Schatz!«

Patrick und ich blickten uns entsetzt an, dann sprinteten wir zum Hundesalon.

Max stand zwischen einer glamourösen Züchterin und ihrem Hundekäfig. Er bellte so laut, wie ich es noch nie von ihm gehört hatte.

Die übertrieben geschminkte Frau in Leopardenprinthose jammerte weiter. »Bringen Sie diesen Kläffer hier weg! Clemmie braucht vor der Show noch einen neuen Schnitt.«

Max stützte sich mit den Pfoten gegen den Käfig und schnüffelte an der Schnauze des fremden Hundes.

»Er will ihr doch nur helfen«, sagte ich. »Er will nicht, dass sie den gleichen schrecklichen Schnitt verpasst bekommt wie er! Oh, ist das nicht süß? Max hat sich beim Hundefrisör verliebt.«

»Ich will dieses Ding nicht in Clemmies Nähe haben«, ereiferte sich die Besitzerin.

»Entschuldigen Sie, aber Max ist ein reinrassiger West Highland White Terrier«, entgegnete ich empört.

»Nicht dass es eine Rolle spielen würde, Sie...Sie... Hunderassistin.«

»Wie bitte? Wie können Sie es wagen?« Sie öffnete den Käfig und holte einen Pudel mit rosa getöntem Fell heraus. »Schon gut, mein Baby, Mama lässt diesen bösen kleinen Hunde nicht in deine Nähe.«

Aber Clemmie schien andere Pläne zu haben. Sie wand sich aus Frauchens Armen und begann, mit Feuereifer Max' Gesicht abzuschlecken.

»Ooooh«, quietschte ich, »wie putzig. Eine wahre Hundeliebe.«

Alex zupfte mich am Ärmel. »Rachel? Ist das ein Hundemädchen?«

»Ich denke schon, sie ist rosa.«

»Und warum hat sie dann einen Pipimax?« Alex' Stimme übertönte alles andere im Raum.

»Sie hat keinen... Oh.«

Patrick warf mir einen betretenen Blick zu. »Gott, ist das peinlich.«

»Warum? Jetzt sag mir nicht, dass diese Hunderassisten auch noch homophob sind?«

»Nein, es geht eher darum, was sie tun.«

Clemmie und Max verliehen ihrer neu gefundenen Liebe auf die ihnen natürlichste Art und Weise Ausdruck.

Ich legte Alex automatisch die Hand vor die Augen, alles andere, was uns zu tun blieb, war, das Weite zu suchen – mit einer Disqualifikation, einer offiziellen

Rüge und einem mit Juwelen geschmückten Halsband, das Alex »versehentlich« an einem Verkaufsstand gestohlen hatte.

Clemmies Frauchen weigerte sich beharrlich, uns die Nummer ihres Hündchens zu geben, und so wurden Hunde-Romeo und Hunde-Julia, oder Romerrier und Pudlia, für immer entzweit.

»Tja, das war ... interessant.«

Wir fuhren Richtung Heimat, mit einem wehmütigen, liebeskranken und dennoch offensichtlich stolzen Max auf der Rückbank.

Neben ihm saß ein tief grübelnder Alex. »Daddy? Der Hund, den Max mochte, war das ein Junge?«

»Ähm, ja.«

»Aber warum ein Junge?«

Patrick sah mich flehend an.

Ich seufzte und begegnete Alex' Blick im Rückspiegel. »Du weißt doch, dass Emily in deiner Klasse zwei Mamas hat?«

»Ja.«

»Das ist ungefähr genauso. Manchen Hunde-Jungen mögen andere Hunde-Jungen.«

»Aber warum war der rosa?«

»Auch Jungs können Rosa tragen«, antwortete ich. »Schau dir deinen Dad an, er hat ganz viel rosa Hemden.«

»Heißt das, er mag ...?«

»Hört mal!«, unterbrach uns Patrick laut. »Wer hat Lust auf McDonald's?«

Der Burgergeruch machte den Mief nach Hundekotze im Wageninneren auch nicht besser. Ich rümpfte die

Nase. »Ich wette, jetzt wünschst du dir, du hättest deinen alten Volvo wieder.«

Patrick schaltete unnötig ruppig in den nächsten Gang. »Ja, schon gut. Dann weißt du aber auch, dass du heute nicht besonders hinter der Liste gestanden hast?«

»Was soll das denn heißen?«

»Du hast ständig nur gemeckert und an allem herumgenörgelt. Ich dachte, wir wollten heute einen lustigen Tag miteinander verbringen.«

Für einen Augenblick war ich sprachlos. Patrick hatte mich tatsächlich kritisiert, und zwar nicht nur im Scherz, er war ernsthaft verärgert. »Nun, das tut mir leid.«

»Schön. Meine Liste ist nämlich sowieso fertig, also können wir mit dem Ganzen aufhören.«

»Nein, ich werde meine zu Ende bringen. Das habe ich mir fest vorgenommen.«

»Das wäre das erste Mal«, murmelte er.

»Was?«

»Nichts. Du scheinst einfach nicht besonders viele Sachen durchzuziehen, das ist alles.«

»Was willst du damit …?«

»Ich will damit sagen, dass du mir noch nicht einmal Arbeitsproben für meinen Freund bei der Zeitung gegeben hast, oder? Ich wollte dir helfen. Manchmal hast du wirklich ein Händchen dafür, dir selbst im Weg zu stehen.«

Ich verschränkte die Arme. »Okay. Ich mache noch Yoga, und dann werfen wir alles hin. Wir sitzen zu Hause rum, schauen fern und stopfen Kuchen in uns rein.«

»Was mich angeht, schön.«

»Schön.«

Sobald das Wort »schön« in einem Gespräch mehr als zwei Mal fiel, bewegte man sich auf dünnem Eis. Ich war schon dabei, meinen Mund zu öffnen, um etwas Versöhnliches zu sagen, als ich bemerkte, dass Patricks Blick am Ausschnitt meiner zu engen Bluse hängen blieb. Ein weiterer Knopf war aufgesprungen, und meine Brüste lugten hervor, als hätten sie große Lust bei der Party mitzumischen. Ich dachte an die Hunde und ihre lebhafte, äh ... Zuneigung, und plötzlich überfiel mich tiefste Scham. Die Temperatur im Wagen schien um zwanzig Grad angestiegen zu sein, obwohl alle Fenster offen waren. Ich konnte Patrick nicht ansehen und wagte es nicht, meine Bluse zurechtzurücken. Ich hörte, wie er sich leise räusperte, und mein Gesicht wurde röter als das Ketchup, das Alex auf den brandneuen Ledersitz gekleckert hatte.

»Daddy?«, meldete sich Alex.

»Ja, Kleiner?«, antwortete Patrick, offenbar begierig, das Thema zu wechseln.

»Was wollten die beiden Hundis mit ihren Pillermännern *tun*?«

Patricks Liste der Dinge, die er tun muss,
um der Nach-der-Trennung-vor-der-Scheidung-Krise
zu entgehen

1. ~~Klettern~~
2. ~~Fallschirmspringen~~
3. ~~Wieder auf einer Bühne spielen~~
4. ~~Sich betrinken~~
5. ~~Sich verabreden~~
6. ~~Lernen, wie man einen Fisch filetiert~~

7. ~~Max an einer Hundeshow teilnehmen lassen~~
8. ~~Ein tolles Auto kaufen~~
9. ~~Mit Alex ins Ausland verreisen~~
10. ??

28. Kapitel

»Du weißt, du musst nicht mitkommen.«

»Ich habe doch gesagt, dass ich alle Aufgaben mit dir erfülle. Immerhin hast du bei meinen auch mitgemacht.«

»Wir haben das Festival nicht besucht«, bemerkte ich.

Patrick steckte mit dem Kopf im Flurschrank und wühlte darin herum. »Das wird wohl bis zum Sommer warten müssen. Aber ich habe mein Bestes gegeben.«

»Das heißt also, nach heute sind die Listen abgehakt? Wir lassen den Rest?«

»So haben wir's ausgemacht.«

»Was machen wir danach?«

Seine Stimme war gedämpft. »Ich weiß nicht, womöglich unser Leben genießen, anstatt unsere Samstage damit zu verbringen, mit einem Haufen linsenfressender Hippies Tierstellungen nachzumachen.«

»Ich habe doch gesagt, du musst nicht mitkommen!«

»Und ich habe gesagt, dass es in Ordnung ist! Uff!« Die Trainingsmatte löste sich plötzlich aus dem Chaos, und Patrick knallte rückwärts gegen die Schranktür. Er hielt sie fest umklammert und verzog das Gesicht. »Ganz toll! Das war gerade mein Rücken und mein offizieller Rückzieher.«

»Von wegen, Yoga ist hervorragend für den Rücken.«

Er blickte mich mürrisch an. »Ich werde die nächsten

fünf Jahre zu Hause bleiben, nie übers Wochenende wegfahren und freitagabends nicht ausgehen.«

»Nun, wenn du darauf bestehst, kann das deine Nummer zehn werden. Ich gehe in den ganztägigen Yogakurs, und du kannst mitkommen oder auch nicht, ganz wie es dir beliebt. Obwohl ich anmerken möchte, dass deine Aura heute wirklich schrecklich ist!«

»Meine Aura ist schrecklich?«

»Ja, ganz griesgrämig und dunkel. Die braucht eine ordentliche Tiefenreinigung.«

»Meine Güte, Rachel, du musst nicht gleich persönlich werden. Es ist auch nicht besonders zenmäßig von dir, so etwas zu sagen, oder?«

»Du weißt doch nicht mal, was Zen bedeutet.«

»Ich weiß, dass man bei Scrabble keine Punkte dafür bekommt. Du hingegen scheinst das nicht zu wissen, immerhin hast du es in letzter Zeit dreimal versucht.«

Ich knallte die Schranktür mit womöglich etwas unangemessener Wucht zu und stellte mir Patrick beim »herabschauenden Hund« vor, der heute wohl eher nach »bockiger Meckerziege« aussehen würde.

Yoga war, bis auf das Festival, das wir immerhin versucht hatten abzuhaken, der letzte Punkt auf meiner Liste. Ich hatte ausgemacht, mit Sunita hinzugehen, die ich bei einem Meditationskurs kennengelernt hatte, als ich eines Tages aus Versehen in das Kirchengemeindehaus spaziert war. Ich hatte angenommen, es handele sich um einen Kuchenverkauf, und es war mir zu peinlich gewesen, gleich wieder zu gehen. Sie arbeitete in einem Laden in Denmark Hill, wo sie Räucherstäbchen und Bücher über Chakren und das dritte Auge verkaufte, und sie sprach immer in einem besänftigenden Flüstern. Ich war seitdem ein paarmal beim Yoga gewesen, wobei mir klar geworden war, dass ich in etwa so gelenkig war wie ein Bügelbrett. Das war bestimmt etwas, worum ich mich kümmern sollte, jetzt, da ich stramm in die Dreißiger hineinschlitterte. Außerdem konnte ich etwas innere Liebe und Frieden gut gebrauchen. Patrick war seit dem Ausflug zur Hundeschau schlecht drauf gewesen, ich fühlte mich in seiner Gegenwart oft unwohl und fragte mich, ob er langsam die Nase voll davon hatte, mich ständig um sich zu haben. Aber ich war fest entschlossen, den heutigen Tag zu genießen. Selbst Emma hatte versprochen zu kommen. Sie hatte wahrscheinlich ein schlechtes Gewissen, weil sie ihrem Job als Listenaufseherin nicht nachgekommen war. Das Fiasko mit der Hundeschau hatte ihr allerdings gezeigt, dass wir ohne ihre Führung hoffnungslos verloren waren, oder zumindest behauptete ich das, als ich versuchte, sie zu überreden. Cynthia musste arbeiten – natürlich.

»Hey, Patrick, wer bin ich?« Wir waren gerade dabei, unsere Yogamatten in der zugigen Halle auszurollen. Ich trug eine Jogginghose und ein schlabbriges Dire-Straits-T-Shirt. Emma tauchte in einer ziemlich engen Yogahose auf, die gar nicht ihr Stil war. Der Raum war voller dehnbarer, durchtrainierter Damen, die dabei waren, sich aufzuwärmen und zu ihrem inneren Licht zu finden. »Wer bin ich?«, fragte ich noch einmal und fing an zu singen: »*La, la, la, woman, it's all in meeeeee.*«

»Ich weiß es nicht.«

»*Chakra* Khan! Na, kapiert?«

»Gott, sie ist ja noch schlimmer als Ian«, sagte Emma zu Patrick. »Ich würde gerne eines Tages ein Land besuchen, wo absolut niemand Sinn für Humor hat. Keine dummen Witze, keine albernen Wortspiele, nur vernünftige Diskussionen über den Euro oder verschiedene Regalsysteme.«

»Dann würdest du mein Büro bestimmt lieben«, sagte Patrick, der seine Waden dehnte. »Außerdem bekommen die Leute da auch ständig Trotzanfälle und klauen einander die Buntstifte, du würdest dich also ganz wie daheim fühlen.«

Auch er trug eine Trainingshose und dazu ein Polohemd, das sein Tattoo entblößte. Ich bemerkte, wie einige der Frauen ihn unter ihren natürlich anmutenden künstlichen Wimpern abcheckten. Es verdarb mir ein bisschen die Laune. Ich dachte, hier ginge es um innere Schönheit, nicht um makelloses Make-up und enge Stretchklamotten. Hätte ich mir Sorgen darüber machen wollen, wie ich aussah, wenn ich mich in irgendwelche schrägen Positionen verrenkte, hätte ich mich gleich wieder Nummer fünf widmen können – mit einem wildfremden Kerl schlafen.

Sunita machte ganz beiläufig einen Handstand. »Das wird fantastisch«, sagte sie sanft. »Wir werden uns erfüllt fühlen von Anmut und Licht.«

Ich sah, wie Emma und Patrick einen herablassenden Blick tauschten, und wurde gleich noch wütender. Sunita war ein lieber Mensch. Man musste nicht unablässig Pessimismus verströmen, um eine interessante Persönlichkeit zu haben.

»Willkommen allerseits«, ertönte eine Stimme wie flüssiges Karamell.

»Oh mein Gott«, entfuhr es Emma.

Ich folgte ihrem Blick. Der Yogalehrer war schlichtweg

der schönste Mann, den ich je gesehen hatte. Geschmeidig, durchtrainiert, gebräunt, grüne Augen, kurze dunkle Haare und perfekte weiße Zähne.

»Ich heiße Federico«, stellte er sich vor. »Ich bin aus Brasilien und in euer wundervolles Land gekommen, um mit euch die Kunst des Yooooga zu teilen. Lasst uns zu Beginn gemeinsam einen Gesang anstimmen.« Er schloss die trägen smaragdgrünen Augen und begab sich in eine anmutige Lotusposition.

Sunita stimmte unverzüglich ein und sang laut und unbefangen: »Ooooooommmmm.«

Während ich leise mitmurmelte, hörte ich Patrick und Emma neben mir flüstern.

»Ich dachte, das hier ist Yoga und keine durchgeknallte Sekte.«

»Ich mache da nicht mit. Ich werde hier sitzen und protestieren. Wie Ghandi.«

Ich öffnete die Augen und funkelte die beiden böse an. »Sch!«

Patrick hörte während des gesamten Kurses nicht auf zu meckern. »Warum haben die so dämliche Namen? Der Krieger, das *Kamel*? Was soll es bitte bewirken, möglichst buckelig aussehen?«

Emma kicherte über seine spöttischen Kommentare. Der Rest der lieben, netten Hippie-Yoga-Menschen bekam es entweder nicht mit, oder sie waren zu höflich, um etwas einzuwenden.

»Lasst uns alle positiv bleiben«, sagte Federico mit seinem strahlenden Lächeln. »Und selbst wenn ihr eben erst mit Yoga angefangen habt, bringt ein offenes Herz und einen offenen Geist mit. Lasst das Licht in eure Seele!«

»Dann öffne ich jetzt die Vorhänge«, murmelte Patrick, und Emma prustete schon wieder los.

In diesem Moment wünschte ich, sie wäre nicht mitgekommen. Ich hatte sie seit dem Neujahrsdebakel praktisch nicht gesehen, und jetzt stellte sie sich auf Patricks Seite. Die ganze dämliche Liste war in erste Linie ihre Idee gewesen. Sie war so verdammt rechthaberisch – eigentlich beide. Ich stemmte mich in die Kobra und versuchte, den Groll ziehen zu lassen, der in meinem Magen rumorte wie das Sodbrennen von den veganen Linsen- und Kichererbsenbällchen, die wir zum Lunch gegessen hatten. Okay, viele Yogaschüler hatten tatsächlich lange, ungekämmte Haare, und einige von ihnen wurden womöglich Regenbogen oder Wurzel genannt, und ja, eine gewisse Anzahl von ihnen trug Batikklamotten und Wollstrickjacken in Regenbogenfarben, aber es waren nette Leute. Emma und Patrick hatten keinen Grund, sich jedes Mal gegenseitig anzustupsen, wenn jemand von seinem spirituellen Erwachen in Indien erzählte oder davon, dass er es aufgegeben hatte, Fleisch zu essen, weil er fürchtete, dabei »die Todesangst des Tieres in sich aufzunehmen«.

»Du warst doch selbst Vegetarierin«, bemerkte ich in Emmas Richtung. »Du hast dich dafür eingesetzt, dass die Unimensa Fleischersatzwürstchen anbietet.« Ich wusste, dass Patrick Vegetarismus aus Prinzip ablehnte, so wie manche Leute den Verzicht auf Schokolade grundsätzlich ablehnten.

»Ja, aber das war aufgrund ernst zu nehmender ökologischer und umweltpolitischer Aspekte, nicht wegen irgendwelchen versponnenen Mists.«

»Könnt ihr nicht einfach mal nett sein?«, zischte ich.

In diesem Moment kam Sunita mit einer Platte gluten- und milchfreien Biokarottenkuchens herübergeschwebt, ein sanftmütiges Lächeln lag auf ihrem Gesicht. »Alle haben heute beim Yoga so eine schöne Aura. Sauber und strahlend.«

»Machst du bei deiner Aura auch Frühjahrsputz?«, fragte Patrick freundlich.

»Oh ja, natürlich«, erwiderte sie ernst. »Mit Gesängen und Fasten.«

»Ich benutze für meine ja Politur«, murmelte er und sorgte damit bei Emma für einen weiteren Lachkrampf. Interessant, dass sie Patricks schlechte Witze mochte, wo sie doch die von ihrem eigenen Freund in den Wahnsinn trieben.

In der zweiten Hälfte unseres Trainingsprogramms ließ uns Federico etwas anspruchsvollere Asanas probieren; einschließlich einer Position, bei der wir, auf dem Rücken liegend, die Beine hinter dem Kopf weit spreizen mussten.

»Das ist doch lächerlich«, beschwerte sich Emma. »Wenn meine Schüler so was abziehen würden, würden sie hinterher eine Stunde in der Ecke stehen.«

Federico ging im Raum herum und korrigierte die Stellungen der Teilnehmer, indem er die Beine weiter runterdrückte oder die Arme ausrichtete.

»Oh nein«, er kommt rüber«, zischte sie.

»Hast du nicht gesagt, er sei der knackigste Leckerbissen, den du je gesehen hast, und köstlicher als eine ganze Pyramide Ferrero Rocher?«

»Federico Rocher«, bemerkte Patrick mit einem Schnauben.

»Das ist doch das Problem! Er darf mich nicht anfassen. Sonst rutscht mir noch was raus!«

Aber da stand er schon über ihr. »Miiiss Emmma, Sie sind neu in diesem Kurs, ja?«

»Woher wissen Sie das?«, entgegnete sie schmollend und öffnete ihre Beine keine zehn Zentimeter. Einige der anderen Schüler hatten sie fast im rechten Winkel gespreizt.

»Dürfte ich Ihre Beine ein wenig öffnen, Emmma?«

Emma schluckte. »Nun ja, ich denke schon... Oh Gott.« Federico drückte ihre Schenkel runter. »Danke!«, rief sie. »Äh, ich habe einen Ischias, also belassen wir es lieber dabei. Aber danke.«

»Wie Sie wollen.« Er verbeugte sich und ging weiter.

»Ich bin mir ziemlich sicher, dass manche hier eine ganze Stunde nur dafür zahlen«, murmelte sie.

»Nicht ich«, sagte Patrick schnell, als Federico näher kam.

»Aber Patriiiick, lassen Sie mich Ihnen bei Ihrer Ausrichtung behilf...«

»Meine Ausrichtung ist ganz hervorragend. Ernsthaft. Kein Bedarf, Kumpel.«

Emma musste kichern.

Ich verdrehte die Augen, was schwierig war mit dem Kopf zwischen den Beinen.

Jetzt stand Federico vor mir. »Rrrrachel. Sie sind gut, sehr, sehr gut. Sie geben sich Mühe.«

Ich lächelte selbstzufrieden.

»Dürfte ich Sie noch ein wenig tiefer drücken?«

»So tief Sie wollen, Federico.«

Dann schwebten seine grünen Augen über mir, seine starken Hände umfingen meine Schenkel, und, oh Gott, streiften sogar meinen Hintern... Mhmm. Für einen Moment, erlaubte ich mir, uns in einer anderen Umgebung vorzustellen mit niemandem um uns herum, aber in einer sehr ähnlichen Position... »Tiefer«, hörte ich mich selbst murmeln.

»Tiefer?« Er blickte verdutzt.

»Äh, nein! Das passt so, alles bestens. Danke schön.« Ich versteckte mein errötendes Gesicht hinter meinen Beinen und hörte deutlich, wie Patrick ein dumpfes »Aha« unter seinen hervorstieß.

Eine Liste der komischsten Yogastellungen

1. *Das Kamel*
2. *Der herabschauende Hund*
3. *Die Taube*
4. *Der schlafende Tiger*
5. *Der Delfin*

Als der Unterricht vorüber war, rollten wir unsere Matten zusammen. »Wir gehen alle zusammen in das Biocafé und trinken noch einen Brennnesseltee«, verkündete Sunita beschwingt. »Ihr kommt doch auch mit, oder?«

Ich blickte zu Emma und Patrick, die sich gegenseitig Kommentare zuflüsterten. »Ich glaube, ich bringe die beiden hier lieber weg. Tut mir leid.«

Sie sah etwas bedrückt aus und biss sich auf die Lippe. »Rachel, meine Liebe, ich hasse es wirklich, etwas Negatives zu sagen, aber bist du glücklich?«

»Natürlich. Ich habe eine nette Bleibe, Gesellschaft, unternehme viele lustige Aktivitäten...«

»Und das ist alles, was du dir wünschst?«

»Äh, ja? Ja.«

»In Ordnung.« Sie umarmte mich. »Komm doch mal auf eine Linsensuppe vorbei. Oh, hi Federico.«

Ich wurde rot, als er hinter uns auftauchte. Er hatte seine schlabbrigen Klamotten gegen ein grünes T-Shirt getauscht, das seine Augenfarbe betonte, und eine Jeans, die sich an seine yogagestählten Beine schmiegte. »Hey, Rrrrachel. Das hast du heute gut gemacht. Vielleicht hast du Lust auf ein Treffen, um deine Yogakenntnisse zu vertiefen?«

»Sie meinen einen Kurs?«

»Ich meine, nur du und ich.«

Oh. *Oh!* Ich betrachtete dieses wundervolle Gesicht, die hübschen Augen, das Lächeln und die sexy Bauchmuskeln an der Stelle, wo sein T-Shirt ein klitzekleines bisschen hochgerutscht war. Der total heiße Yogalehrer fragte *mich*, Rachel Kenny, ob ich mit ihm ausgehen wolle. Doch da fiel mein Blick auf Patrick, der plötzlich sehr aufmerksam zu uns rüberschaute. Seine Haare waren zerzaust, die Miene mürrisch, das Oberteil zerknittert. »Ich denke nicht, Federico. Aber vielen Dank. Heute war wirklich großartig.«

Buddhisten konnte man sehr leicht einen Korb geben, da sie nie Groll hegten. »Wie du willst«, sagte er und neigte seinen Kopf. »*Namaste.*«

»*Namaste*«, murmelte ich.

Sunita sah mich merkwürdig an. »Die Liebe wird dich finden, Rachel, aber nicht, wenn du sie zurückweist, wenn sie kommt. Denk daran, du musst wie ein Baum der Liebe sein – nimm Negativität auf, verdaue sie und verwandle sie in Liebe.«

»Was? Oh nein, er ist nur nicht mein Typ, das ist alles.«

»Er ist wundervoll«, sagte sie. »Und er hat eine süße Aura ... Ich meine, einen tiefen Geist.« Sie blickte ihm hinterher. »Und einen hübschen Hintern ...«

Ich verzog das Gesicht. »Ich bin einfach noch nicht bereit.«

»Natürlich.« Sie umarmte mich noch einmal, dann Patrick und Emma, die jetzt wenigstens den Anstand hatten, wegen ihrer Spötteleien ein wenig beschämt auszusehen. »Es war sehr schön, euch beide kennenzulernen. Tschüss!«

»Was wollte der Boy von Ipanema denn von dir?«, fragte Patrick beiläufig.

»Federico? Nichts. Er wollte nur sagen, dass ich die beste Kriegerstellung des ganzen Kurses hatte und dass ich ihm leidtue wegen meiner schrecklich negativen Freunde.«

Patrick legte mir betreten den Arm um die Schultern. »Es tut mir leid, Rachel. Ich wollte doch nur ... Darf ich ehrlich sein?«

»Nur zu.«

»Ich habe einfach nur so die Schnauze voll von diesen Listen.«

»Ich auch«, sagte ich.

»Ich hatte schon vor Ewigkeiten die Schnauze voll«, sagte Emma. »Ich fasse es nicht, dass ihr das ganze Zeug tatsächlich gemacht habt.«

Ich starrte sie ungläubig an. »Das war *deine* Idee! Du hast gesagt, es würde mich aus meiner Katastrophenbarung reißen!«

»Nun, das hat es ja auch, oder nicht? Aber niemand

zieht je wirklich diese Was-man-im-Leben-getan-haben-muss-Listen durch. Es ist doch immer einfacher, zu Hause rumzusitzen und in die Glotze zu schauen. Ich meine, es gibt einen Grund, warum die Leute nie tanzen lernen oder mit Fechten anfangen oder den Inkaweg laufen. Diese Dinge sind ganz nett, aber sie sind nicht das Leben. Das besteht aus Steuerformularen und Supermarkteinkäufen und Kloputzen.«

Patrick und ich sahen erst uns an, dann sie. »Aber was ist dann mit dem ganzen Zeug von wegen, das Leben am Schopf packen, den Tag genießen und so weiter?«

Sie zuckte mit den Schultern und knöpfte ihren Dufflecoat zu. »Kommt ganz auf den Tag an, oder? Ich meine, wenn es ein verregneter Dienstag im Januar ist, neige ich ehrlich gesagt nicht sonderlich dazu, ihn zu genießen. Es kann einen fertigmachen.«

Patrick schüttelte den Kopf, als sei seine komplette Welt zusammengebrochen. »Ich schätze, wir waren einfach dämlich genug, die Listen durchzuziehen. Aber können wir jetzt wirklich einfach so aufhören?«

»Du hattest doch sowieso nie eine Nummer zehn«, sagte ich.

»Nun, das könnte sie doch sein. Meine Nummer zehn ist: Stopp den Listenirrsinn und kehre zum normalen Leben zurück.«

»Okay«, seufzte ich. »Wir sind sowieso so gut wie fertig.«

»Gut«, sagte Emma und setzte ihren Fahrradhelm auf. »Ich schlage vor, für das nächste Jahr beschließen wir stattdessen, mehr fernzusehen, Kuchen zu essen und Zeit im Bett zu verbringen. Das ist etwas, was wir alle mit Leichtigkeit schaffen können.«

Rachels Liste der Dinge, die sie tun muss,
um der Nach-der-Trennung-vor-der-Scheidung-Krise
zu entgehen

1. ~~Mache Stand-up-Comedy~~
2. ~~Lerne tanzen~~
3. ~~Verreise aus einer Laune heraus irgendwohin~~
4. ~~Mache richtig Yoga~~
5. ~~Schlafe mit einem wildfremden Kerl – ???~~
6. ~~Iss etwas Abgefahrenes~~
7. ~~Fahre auf ein Festival – wegen schlechten Wetters verschoben~~
8. ~~Lass dir ein Tattoo stechen~~
9. ~~Gehe reiten~~
10. ~~Probiere einen Extremsport aus~~

29. Kapitel

Ich persönlich habe der Zeit noch nie getraut. Ich weiß, dass es verrückt ist, so was zu sagen. Als würde man nicht an die Schwerkraft glauben oder denken, dass die Welt tausend Jahre alt ist und von den Glücksbärchis erschaffen wurde. Aber denkt einfach nur mal daran, wie lang eine Minute sein kann, wenn man darauf wartet, dass das Essen in der Büro-Mikrowelle warm wird, während die ungeduldige Joan aus der Buchhaltung hinter einem steht und betont mit ihren billigen High Heels klackert; oder wenn man im Fitnessstudio auf dem Laufband steht oder auf eine U-Bahn wartet, die angeblich gleich kommt. Und dann denkt darüber nach, wie die Zeit rast und fliegt, wenn man mit seiner besten Freundin aus ist oder mit jemandem, den man liebt, oder im Urlaub ist. Erzählt mir nicht, dass jede Minute eures Leben gleich lang ist. Und einfach so, genauso wie sie sich die vorangegangenen Monate gezogen hatten – jeden Tag war da etwas anderes gewesen, mit dem ich mich hatte herumschlagen dürfen –, legte die Zeit plötzlich an Tempo zu, und ich stellte fest, dass ich schon beinahe vier Monate bei Patrick wohnte.

Es war ein Donnerstag im Februar. Tatsächlich fühlte ich mich ziemlich gut. Ich hatte seit einiger Zeit weder an Dan noch an irgendwelche Siegertreppchen oder an den gähnenden Schlund meines vor mir liegenden Lebens gedacht. Nach dem Yogakurs und dem offiziellen Aussetzen der Listen waren wir zum Normalzustand zurückgekehrt. Arbeiten, kochen, auf Alex und Max aufpassen. Ich schaffte es, die leisen inneren Stimmen des Zweifels zu ersticken, die in ruhigen Momenten auf mich einflüsterten: *Will er dich wirklich dahaben? Wohin gehst du danach?*

An dem Tag, als das alles ein Ende fand, hatte ich die Einkäufe erledigt, war auf dem Bauernmarkt gewesen und überlegte, ob ich etwas backen und Alex und Patrick zum Abendessen mit einem Kuchen als Nachtisch überraschen sollte. Ich hatte einen Käse namens Vile Bellringer gekauft, von dem ich wusste, dass Patrick ihn liebte, auch wenn er so übel stank, dass man glauben konnte, ich würde eine Leiche in meiner Einkaufstasche transportieren.

Eine Liste der seltsamsten britischen Käsesorten, die Patrick mag

1. *Pantsygawn/Kackkleid*
2. *Stinking Bishop/Stinkender Bischof*
3. *Ancient Ratcatcher/Alter Rattenfänger*
4. *Slack Ma Girdle/Schlaffes Mieder*
5. *Ticklemore/Kitzelmehr*

Ich wusste, dass Max zu meinen Füßen hocken und mich geduldig beobachten würde, während ich kochte, als halte er mich zwar für verrückt, würde mich aber dennoch mögen. Ich fühlte mich angekommen. Für eine Weile schien mein Leben tatsächlich in Ordnung zu sein.

Ich hätte mir natürlich denken können, dass genau dies der Moment war, an dem einem der Boden unter den Füßen weggezogen wurde.

Ich schloss die Tür auf, trat ins Haus und bemerkte im Vorbeigehen einen eleganten Mantel an der Garderobe. Das war ganz sicher nicht meiner. Vielleicht hatte Patrick doch beschlossen, Michelles Sachen an einen Wohltätigkeitsladen zu spenden. Sie hatte weiß Gott genug Designerfummel, die aus den Schränken quollen.

Ich hing meinen studentischen Dufflecoat daneben und griff nach der Einkaufstasche vom Bauernmarkt. Im Nachhinein schimpfte ich mit mir selbst, wie dämlich es gewesen war, sechs Pfund für einen Käse auszugeben, nur weil ich dachte, dass Patrick sich darüber freuen könnte. Immer wieder vergaß ich, dass ich kein Geld für so etwas übrig hatte, für gar nichts. Vergaß, dass nichts von alledem mir gehörte.

Eine Frau stand in der Küchentür – zierlich, wunderschön, das pechschwarze Haar ergoss sich über den Rücken ihres roten Kleids. Einen Moment lang starrte ich sie nur an. »Wer sind Sie?«, fragte sie mit einem Stirnrunzeln.

Ich hätte sie ja dasselbe gefragt, nur dass ich es wusste. Ich hatte ihr Gesicht auf Dutzenden von Fotos im Haus gesehen. »Sie sind Michelle.«

»Ich weiß, wer ich bin. Was ich nicht weiß, ist, wer Sie sind oder warum Sie den Schlüssel zu meinem Haus haben.«

Ich wusste nicht, was ich antworten sollte. Patrick hatte ihr doch bestimmt von mir erzählt?

»Ich bin Rachel. Patricks Untermieterin. So in der Art.«
»So in der Art?«

»Ich wohne hier.«

»Mit meinem Sohn?«

»Ja, ich ...«

Doch im selben Moment flog die Eingangstür auf und Alex, der von der Elternfahrgemeinschaft abgesetzt worden war, kam hereingeflitzt und brachte den Duft von Erde und Wachsmalstiften mit sich. »Rachel! Rate mal! Heute hatten wir ein Meerschweinchen in der Klasse! Aber ich weiß nicht, warum es ein Schweinchen ist. Es war ganz klein, und Schweinchen haben doch gar keine Haare.« Er warf sich gegen mich und kuschelte sich unter meinen Arm wie Max, wenn er eine Streicheleinheit wollte.

»Alex ...«, sagte ich schwach.

Er blickte auf und sah Michelle. Der verwirrte Ausdruck auf seinem Gesicht brach mir beinahe das Herz. »Mummy?«, fragte er, als sei er sich nicht ganz sicher.

»Hallo, mein Schatz«, sagte Michelle. »Hast du mich vermisst?« Sie hatte einen heiseren amerikanischen Akzent. »Ich habe dich vermisst.«

Alex sah unschlüssig zu mir auf.

»Mummy ist zurück«, sagte ich. Ich hätte ja mehr gesagt, aber ich hatte keine Ahnung, was Michelle hier wollte.

»Aber du warst doch hinter dem Meer?«

»Das stimmt. Aber ich habe dich viel zu sehr vermisst, also musste ich dich doch holen kommen.«

Holen kommen? Was sollte das heißen? Ich wünschte, Patrick wäre hier.

»Wann kommt Daddy nach Hause, Alex?«, fragte Michelle.

Alex zuckte nur mit den Schultern.

Ich antwortete an seiner Stelle: »Normalerweise ist er gegen sechs hier. Er wäre bestimmt früher gekommen, wenn er gewusst hätte, dass Sie da sind.« Noch als ich das sagte, merkte ich, wie falsch es sich anhörte, dass ich wusste, wo Patrick war, seine Frau jedoch nicht. »Soll ich ihn anrufen?«

Sie bedachte mich mit einem kühlen Blick. Sie war atemberaubend schön, mit makellosem Make-up und dem Gesicht einer Puppe. »Ich kann ihn selbst anrufen. Ich weiß, wo er arbeitet.«

»Natürlich, ich wollte nur …« Ich begann damit, die Einkäufe zu verstauen. Die ganze Zeit beobachtete sie mich. Mir war nur allzu bewusst, dass dies ihre Küche war, in der ich herumkramte. Plötzlich fühlte ich mich noch dämlicher wegen des Käses.

Sie sah zu, als ich den Kühlschrank öffnete. »Ist das fürs Abendessen?«

»Ich weiß nicht. Ich …«

»Wenn ja, dann sollten Sie ihn atmen lassen. Patrick hasst kalte Milchprodukte.«

Gott, klang das lächerlich. Sie hatte ihren Ehemann verlassen, ihn seit Monaten nicht gesehen und sein Herz gebrochen, und jetzt wollte sie sicherstellen, dass sein Käse die korrekte Raumtemperatur hatte. Ich hatte mich schon vorher über ihre Ticks gewundert, wie dass sie alle Kräuterteebeutel sortiert und luftdicht in kleinen Einmachgläsern verstaut aufbewahrte, aber das hier war wirklich die Höhe.

Sie verschränkte die Arme und lehnte sich gegen die Spüle. »Sie wohnen also hier? Zahlen Sie Miete?«

»Nicht wirklich. Ich helfe im Haushalt und passe auf Alex auf.«

»Wie eine Nanny?«

»Nicht wirklich.« Langsam ging es mir auf die Nerven, dass diese seltsame Frau hier reingeplatzt kam und mich über meine Mietbedingungen ausfragte. Obwohl es aus ihrer Sicht wahrscheinlich auch nicht besonders schön war, nach Hause zu kommen und eine Fremde vorzufinden, die sich um das eigene Kind kümmerte.

Alex kam hereingestürmt und reichte mir sein Schulhemd für die Waschmaschine, wie er es gewohnt war. »Kann ich heute einen Schokokeks haben, Rachel?«

»Äh...« Ich sah zu Michelle.

Sie runzelte die Stirn. »Hat Daddy dir erlaubt, Zucker zu essen, Schatz?«

Alex zuckte mit den Schultern.

Ich sah mich um. »Wie wär's heute mit Reiswaffeln als Snack, Alex?«

»Bäh!« Ich verstand ihn vollkommen, aber Michelle war seine Mutter, und ich war... niemand.

Nach einer entsetzlich unangenehmen Dreiviertelstunde, in der ich versuchte, mich um Alex' übliches Nachmittagsprogramm zu kümmern – Imbiss, Hausaufgaben, Umziehen und Waschmaschine –, während Michelle neben mir stand, nichts sagte und nur zuschaute, ging die Eingangstür auf.

Patrick kam in seiner Schaffelljacke herein, das Haar vom abendlichen Nieselregen gekräuselt. Er sah nicht zu mir, sondern starrte nur Michelle an. »Hallo.«

»Hi.«

Michelle saß auf dem Sofa, die Knöchel überkreuzt. Ich selbst wartete beklommen in der Küchentür.

»Ich habe dich nicht erwartet«, sagte er zu ihr.

»Geschäftsreise in letzter Minute. Wir müssen reden.«

»Wo ist Alan?«

Michelle sah weg. »Zu Hause. In den Staaten.«

»Rachel«, sagte Patrick höflich, wobei er mich immer noch nicht richtig ansah. »Würde es dir etwas ausmachen, uns eine Weile alleine zu lassen?«

Ich wurde rausgeschmissen. »Ich könnte mit Alex in den Park gehen, wenn du möchtest. Und Max mitnehmen.« Ich fühlte den Atem des kleinen Hundes, der mein Bein streifte. Er spürte die seltsame Stimmung auch, dessen war ich mir sicher.

»Danke, das wäre toll.«

»Stellen Sie sicher, dass er einen Mantel anzieht«, sagte Michelle.

Wie konnte sie es wagen! Ich hatte mich monatelang um ihren Sohn gekümmert, während sie in New York lustwandelte, Schlittschuh lief und gegrillte Käsesandwiches aß oder was auch immer die Leute dort drüben üblicherweise taten.

»Max oder Alex?«, erwiderte ich.

Sie starrte mich an. »Beide. Wenn es nötig sein sollte.«

Und mit diesen Worten wurde ich von der Dame des Hauses entlassen.

Ich hatte immer gedacht, es wäre praktisch unmöglich, in Grübeleien zu verfallen, wenn man mit Kindern unterwegs war. Sie brauchten immer die volle Aufmerksamkeit, damit man ihre niemals endenden Fragen beantwortete – Warum fallen Vögel nicht vom Himmel? –, oder sie davor bewahrte, vor den Bus zu fallen, aber heute sagte auch Alex nicht besonders viel. Ich hatte Max' Leine in der einen Hand und Alex' Fingerchen in der anderen, während wir Richtung Heath Park schlenderten. Es war schon beinahe dunkel, es nieselte und ein kühler Wind fror mir das Gesicht ein. Ich wünschte mir nichts sehnlicher, als es mir in der Küche gemütlich zu machen und mein Quinoa-Sauerteigbrot mit überteuertem handgemachten Käse vom Markt zu essen.

Alex schlurfte in seinen Gummistiefeln neben mir her.

»Alles in Ordnung, Kleiner?« Ich sah zu ihm rüber. Er machte sehr langsame Schritte und gab dabei ein verdächtig knuspriges Geräusch von sich. »Hast du wieder was in deinen Stiefeln?«

Alex nickte kläglich.

»Was ist es? Chips? Nein. Kekse?«

Ein weiteres trauriges Nicken.

»Ach Kleiner, das hast du doch seit Ewigkeiten nicht mehr gemacht. Was ist los?«

»Mummy ist zurück. Über das Meer.«

»Ja, sieht so aus.«

»Gehst du jetzt weg?«

»Was? Warum?«

»Als Mummy gegangen ist, da bist du gekommen. Gehst du jetzt weg?« Seine Hand in meiner fühlte sich kalt und schlaff an.

Mir wurde klar, dass ich die Antwort auf diese Frage nicht kannte. Ich kniete vor ihm auf dem nassen Bürgersteig nieder und schlang meine Arme um ihn. Ich sog tief seinen Duft nach Keksen und Babyshampoo auf und spürte, wie er das nasse Gesicht gegen meinen Mantel presste. »Ich weiß es nicht, Alex. Es tut mir leid. Aber ich werde immer deine Freundin sein, egal was passiert. Sollen wir uns ein Eis holen? Oder vielleicht einen Kuchen in unserem Café?«

Er schüttelte den Kopf und gab sich offensichtlich große Mühe, nicht zu weinen.

»Ist sie ...?« Ich war unaussprechlich erleichtert, dass Michelle offensichtlich weg war, als wir klamm und niedergeschlagen wieder zu Hause ankamen.

Alex ging sofort hoch in sein Zimmer, um zu spielen, und wollte nicht einmal eine heiße Schokolade, ein untrügliches Zeichen dafür, dass etwas nicht stimmte.

Patrick lehnt an der Spüle und rieb sich mit den Händen übers Gesicht. »Sie schläft im Hotel.«

»Verstehe.« Denn so eine Person war Michelle. Wenn man Mist gebaut hatte, wenn man seine Familie zerstört hatte, konnte man dennoch jederzeit woandershin, weil man Geld hatte. Nicht so wie ich, die ich mit meinen Fehlern leben musste.

Patrick rieb sich abermals übers Gesicht und strich dann hektisch das Geschirrtuch glatt. »Sie will, dass Alex bei ihr wohnt.«

»Sie zieht zurück?«

»Nein, sie will ihn mit sich nehmen.«

Das musste ich erst einmal verdauen. Ich sah das Bild vor mir. Alex, wie er ein Flugzeug bestieg, den kleinen *Oktonauten*-Rucksack auf dem Rücken, aus dem Max' Köpfchen hervorlugte. Nein. Sie würde Max nicht mitnehmen. Es gab Quarantänevorschriften, und Michelle konnte Hunde ohnehin nicht leiden. »Kann sie das denn so einfach?«

»Sie ist die Mutter. Mütter kriegen beinahe immer das Sorgerecht zugesprochen.«

»Aber was ist mit dir?«

»Ich ...« Sein Kiefer verkrampfte sich. »Ich denke, ich

werde wohl auch gehen müssen. Mit meiner beruflichen Erfahrung werde ich wahrscheinlich eine Green Card bekommen. Es könnte auch helfen, dass wir noch nicht geschieden sind, da Michelle amerikanische Staatsbürgerin ist und all das.«

Ich starrte ihn einfach nur an. »Ihr kommt wieder zusammen?«

»Nein, ich ... Hör zu, ich weiß nicht, was gerade passiert. Ich glaube, sie will für immer zurück in die USA ziehen. Zu allem Überfluss ist ihre Mutter erkrankt, und Michelle hat drüben einen tollen Job. Und dann ist da noch ... Alan.«

Ich musste schwer schlucken. »Was ist mit ...? Wann?«

»Ich weiß nicht. Sie hat nicht lange Urlaub. Morgen will sie sich mit einem Rechtsanwalt treffen, um Genaueres zu besprechen.«

Ich stand eine längere Weile nur da und spürte, wie mein Leben in kleinen Stückchen um mich herum wegbröckelte. »Ich schätze, ich ziehe wohl lieber aus«, hörte ich mich sagen. »Falls eine Chance für euch beide besteht.«

Er sah mich nicht an. Er klammerte sich so fest an den Tresen, dass seine Knöchel weiß hervortraten.

»Patrick?«

»Ich weiß es noch nicht, aber ... Ja, es wäre wohl eine gute Idee, wenn du dich nach etwas anderem umsehen würdest.«

30. Kapitel

Es ist eine allseits bekannte Wahrheit, dass, wenn ein Teil deines Lebens plötzlich wegbricht, auch der Rest zusammenstürzt, so wie wenn man versehentlich eine tragende Mauer einreißt (ich hatte im Verlauf des Tages einige Heimwerkersendungen angeschaut). Am Tag nachdem Michelle die Bombe platzen lassen hatte, machten Patrick und sie sich daran, ihre Differenzen zu begleichen. Ich hielt mich in meinem Zimmer auf und versuchte, so gut ich konnte, mit meiner Arbeit weiterzukommen, was mir nicht gelang. Ich legte immer wieder Pausen ein, um wie verrückt Wohnungen zu googeln, bis mir wieder einfiel, wie schwierig es das letzte Mal gewesen war, woraufhin ich aufhörte und mich dem Gefühl der Panik hingab.

Michelle war an diesem Morgen mit einem Herrn in gelber Cordhose aufgetaucht, von dem ich vermutete, dass er ihr Anwalt war. Er hatte mir die Hand geschüttelt und über seinen Brillenrand gespäht, um einen ausgiebigen Blick auf meine Brüste zu werfen. Ab und an hörte ich laute Stimmen, die bis zu meinem Turmzimmer empordrangen, aber ich tat mein Bestes, sie zu ignorieren. Ihre Anwesenheit störte meinen Teekonsum empfindlich. Das einzig Gute daran war, dass ich nicht so viele Cantuccini in mich reinstopfen konnte. Doch was meinen Zähnen zugutekam, ging definitiv auf Kosten meines restlichen Lebens.

Gegen Mittag kam Patrick in mein Zimmer, um mir mitzuteilen, dass sie zum Essen rausgehen würden. »Henry will einen ›anständigen Lunch‹. Er macht sich offenbar nichts aus Sandwiches.«

»Okay. Wie läuft es bei euch?«

Patrick schüttelte den Kopf und starrte düster vor sich hin. Ich spürte förmlich, wie sich mein Magen vor Angst verknotete.

In der Stunde darauf versuchte ich abermals, mit der Arbeit voranzukommen, bis es an der Tür klingelte. Ich lauschte, doch ich hörte niemanden, also schlurfte ich wohl oder übel die drei Stockwerke nach unten. Als ich die Tür öffnete, klappte mir der Mund auf.

»Was tust du hier?« Es war zwei Uhr nachmittags an einem Wochentag. Ob Regen oder Sonnenschein, Schnupfen oder Grippe, Emma stand um diese Uhrzeit vor ihrer Klasse. Doch stattdessen befand sie sich nun auf meiner Türschwelle.

Sie schüttelte den Kopf, unfähig zu sprechen.

Ich sah, dass ihr Gesicht gerötet und verquollen war. »Emma, alles in Ordnung? Komm rein, setz dich.« Ich drückte sie auf das Sofa im Wohnzimmer. Sie trug immer noch ihren Dufflecoat. »Ist etwas passiert?«

Sie legte etwas auf dem Beistelltisch ab – ein Handy. Nicht ihres, sondern ein altes Nokia mit Greenpeace-Sticker darauf (gegen den Kobaltabbau im Kongo). Ich erkannte es auf Anhieb, das Display mit dem Riss und dem Ölfleck hinten darauf.

»Du hast sein Handy genommen?«

Sie deutete nur weiter sprachlos auf das Display.

»Du willst, dass ich nachsehe? Emma, ich weiß nicht, ob ich das ...«

Beim Anblick ihres Gesichtsausdrucks stellte ich keine weiteren Fragen und warf einen Blick auf das Display. Eine Reihe von Nachrichten, die an jemanden namens Dave gerichtet waren. Nur dass sie nicht nach einem Dave klangen. Kein bisschen.

Danke für gestern Abend. Ich musste wirklich reden. X

Ians Antwort: *Kein Problem. Er ist eben ein dämlicher Arsch.*

Ich muss echt dumm sein. Er ist es, der mich betrügt. X
Er ist ein verdammter Idiot, jemanden wie dich zu betrügen. X

Ian versandte *nie* Küsschen per SMS. Er war der Meinung, sie seien »per se emotionale Erpressung«. Tatsächlich hatte er sogar eine Liste für ihre Bedeutungen entwickelt.

Eine Liste dazu, was Küsse in SMS bedeuten

1. *Ein Kuss: Ich bin eine Frau. Ich kenne dich nicht besonders gut oder ich bin sauer auf dich.*
2. *Zwei Küsse: Ich bin eine Frau. Alles okay bei mir.*
3. *Drei Küsse: Ich stehe auf dich.*
4. *Vier Küsse: Ich bin in dich verliebt, oder deine Katze wurde gerade erst überfahren.*

Danke, schrieb Dave. *Das bedeutet mir sehr viel. Ich fühle mich wirklich alleine.*

Du bist nicht allein. Bin immer für dich da. XX

Dann eine weitere Nachricht von Ian. *Wenn du mich treffen willst, ich bin morgen in der Nähe. XXX*

Das ginge? Super. Aber sag es Emma noch nicht.

Klar. XXXX

Heilige Scheiße. Vier Küsse. Wer zum Henker war Dave? Ich sah Emma an. »Aber ...«

Sie hob einen Finger und zog ihr eigenes Handy hervor. Sie scrollte durch die Kontakte und legte dann das Handy neben Ians.

Ich betrachtete die Nummern. Und, viel zu spät, ergab plötzlich alles einen Sinn. Ich spürte einen Druck im Kopf wie beim Tauchen, wenn man zu schnell an die Oberfläche kommt. »Das würde sie nicht tun!«

Emmas Stimme war heiser und dumpf. »Und wie sie es getan hat. Sie haben sich heimlich getroffen. Mir hat er erzählt, er müsse länger arbeiten.«

Ich wusste nicht, was ich sagen sollte. »Aber vielleicht ist es nur ...«

»Nein, hier gibt es kein vielleicht. Es ist vorbei. Ich habe ihm gesagt, dass er gehen soll. Und was Cynthia angeht ... Nun, du kannst ihr ausrichten, dass sie ihm gerne folgen kann. Ich werde nie wieder ein Wort mit ihr reden.«

All die kleinen Dinge fügten sich auf einmal zu einem Ganzen zusammen. Wie sie auf der Silvesterparty miteinander scherzten. Wie sie sich wegen der Comedysache für ihn einsetzte. Wie er ihr den Löffel hinhielt, damit sie von seinem Curry probieren konnte. Oh Gott. Nicht Ian. Nicht Cynthia.

Und dann ließ Emma – mein Fels in der Brandung, meine rechthaberische, pragmatische Freundin, die sich einmal beim Ausgehen den Zeh gebrochen und es erst am nächsten Tag gemerkt hatte, die sich ohne zu zögern mit dem brutalen Vater eines mit blauen Flecken übersäten sechsjährigen Mädchens anlegte, die nicht einmal bei *Toy Story 3* weinen musste – ihren Kopf auf die Arme sinken und brach in Tränen aus.

Ich brachte Emma in mein Zimmer und legte sie ins Bett, da sie nicht in der Verfassung war, die U-Bahn zu nehmen, und schon gar nicht zu Ian zurückwollte. Dann krabbelte ich zu ihr unter die Decke, wie wir es immer zu Unizeiten getan hatten, wenn wir einen Kater hatten und eigentlich Aufsätze über den *Akt in der westlichen Kunst* (ich) oder *Gründe für Widerspruch in der Weimarer Republik* (sie) schreiben mussten.

Ich versuchte immer noch, aus dem Ganzen schlau zu werden. »Ich verstehe es einfach nicht. Warum hat er die Nachrichten nicht gelöscht? Und warum der falsche Name? Er hatte ihre Nummer doch bestimmt seit Jahren.«

»Er wollte sie wahrscheinlich einfach aufbewahren, um sie immer wieder zu lesen.«

Das machte es irgendwie noch schlimmer. »Und was hat es mit Cynthia und dem Betrügen auf sich?«

Emma schnaubte verächtlich unter der Bettdecke. »Rich trifft sich mit einer anderen. Hat mir Ian erzählt. Anscheinend bekommt er alle Geheimnisse hautnah mit.«

»Eine von der Arbeit?«

»Schlimmer. Ich gebe dir einen Tipp. Sie trägt wahrscheinlich Stulpen und Pumps im Bett.«

»Doch nicht ... die Tanzlehrerin? Tango-Nikki?«

»Genau die. Sie hat wohl Gefallen an ihm gefunden.

Ich bin sicher, das hat rein gar nichts mit seinem maßgeschneiderten Anzug und der goldenen Kreditkarte zu tun.«

»Jesus! Haben sie denn vor, sich zu trennen?«

»Ich schätze schon. Dann können sie und Ian zusammenkommen. Wie wunderbar.«

»Oh, Emma. Ich bin sicher, dass es nicht so ist. Sieh mal, eigentlich ist nichts Ernsthaftes passiert. Vielleicht war alles nur freundschaftlich gemeint. Es ist völlig unangemessen, aber kein Betrügen.«

»Natürlich ist das Betrügen! Er hat mich angelogen.«

»Na gut, aber ...« Ich bewegte mich auf sehr wackeligem Terrain und hatte Angst, mich noch weiter vorzuwagen. »Aber solltest du nicht wenigstens mit ihr reden?«

Sie setzte sich abrupt auf, das kinnlange Haar stand in alle Richtungen ab. »Gut, in Ordnung. Aber ich will, dass du mitkommst. Zu ihr.«

»Jetzt? Denkst du, das ist eine gute Idee?«

»Nein, aber es ist genau das, was ich brauche.«

»Sie wird nicht zu Hause sein, es ist ein Wochentag.«

»Doch das wird sie. Sie hat ihm heute Morgen geschrieben, dass sie sich krankmeldet und sie reden müssen.«

»Versprich mir, dass du sie nur fragst. Im Ernst, das alles könnte gar nichts bedeuten.«

»Ach, wirklich?« Sie schwang sich aus dem Bett und zog ihre Schuhe an.

Ich holte tief Luft. »Bist du sicher, dass es hier nicht vielmehr um dein Problem mit Ian geht? Das, was du mir an Silvester gesagt hast ...«

»Ich wollte, dass wir uns weiterentwickeln, dass wir

vorankommen im Leben«, sagte sie und starrte ins Leere. »Ist das denn so falsch? Ich wollte heiraten. Und ja, ich weiß, dass ich gesagt habe, dass das alles Mist sei, von wegen ehren und gehorchen und der ganze Scheiß, aber ich bin dreißig. Ich bin seit fast zwölf Jahren mit Ian zusammen. Ich will ihn einfach nur meinen Mann nennen können. Ich will ein Baby, aber er will nicht einmal darüber sprechen. Er möchte nur sein dämliches Comedyzeug und seine Motorradtouren machen und Cider trinken. Ich schätze, sie war da viel ... *verständnisvoller.*« Emma schniefte und wischte sich mit den Händen übers Gesicht. »Lass uns gehen.«

»Wie sollen wir nach Chiswick kommen?«

»Patrick hat doch ein Auto, oder?«

»Der Jaguar? Emma! Er wird mich umbringen. Ich kann unmöglich sein Auto nehmen!«

Sie bedachte mich mit einem Blick, unter dem selbst heiße Vanillesoße gefroren wäre. »Rachel Kenny, jetzt hör mir mal gut zu. Als du umziehen musstest, habe ich mir an der Schule einen Tag freigenommen – das erste Mal in fünf Jahren! –, und ich habe dir einen Transporter gemietet. Als du an deinem Dreißigsten zu viele Schnäpse getrunken hattest, hielt ich dein Haar, während du dir die Seele aus dem Leib gekotzt hast. Dasselbe gilt für deinen einundzwanzigsten, zweiundzwanzigsten und fünfundzwanzigsten Geburtstag. Ich bin mit dir Tango tanzen gegangen. Ich habe dich und deine Krise monatelang ertragen, die Heulkrämpfe und die Panikschübe und das ständige Gequatsche darüber, wie großartig dein neuer Freund Patrick ist. Ich habe das getan, weil ich deine älteste und liebste Freundin bin. Also fahr mich jetzt verdammt noch mal zu unserer anderen guten alten Freundin, damit ich sie ordentlich zusammenscheißen kann.«

Ich hätte fast eingewendet, dass Lucy Coleman theoretisch meine älteste Freundin war, aber wir sahen uns nicht mehr besonders häufig, da sie als Barkeeperin in einem Kaff namens Wetherspoons arbeitete und drei Kinder von drei verschiedenen Vätern hatte. Also schwang ich mich nur schmollend aus dem Bett, um Patricks Schlüssel aus seinem nicht ganz so geheimen Geheimversteck in einer Vase im Flur zu holen, und versuchte, mir dabei einzureden, dass er es bestimmt verstehen würde.

»Du erinnerst dich aber schon, dass ich nicht gerade die beste Fahrerin bin?« Ich setzte mich nervös in den Wagen.

»Du meinst, ob ich mich an das eine Mal erinnere, als wir einen Wagen mieteten, um Campen zu gehen, und du in Wales auf halber Höhe dieses Abhangs stehen geblieben bist? Ich bezweifle, dass die armen Schafe sich jemals von ihrem Schock erholt haben.«

»Offenbar erinnerst du dich. Und du willst trotzdem, dass ich dich fahre? Ich war noch nie mit dem Auto in London unterwegs, das solltest du wissen.«

Emma starrte nur mit steinerner Miene vor sich hin.

Ich fühlte mich wie ein hilfloser Statist, der gezwungen wurde, eine Bombe auf den Parkplatz vom Weißen Haus zu kutschieren. Glücklicherweise hatte Patrick ein Navi, das uns in besänftigendem Tonfall verriet, wie wir an unser Ziel kommen sollten. Wenn es doch nur so was fürs Leben gäbe, grübelte ich: Heirate jetzt diesen Mann. An der nächsten Ausfahrt, schwängern lassen. Bei der nächstmöglichen Gelegenheit wenden.

»Hättest du da nicht abbiegen sollen?«

»Echt? Na ja, die Navi-Frau wird uns schon sagen, wenn wir hier falsch sind.« In dieser Hinsicht war sie Emma nicht unähnlich, aber das sagte ich nicht, weil ich Angst hatte, dass jemand mir den Kopf abreißen könnte.

Schäumend vor Wut, starrte Emma vor sich hin, was sie allerdings nicht davon abhielt, jedes Mal »Wow! Das war knapp!« zu rufen, wenn wir auch nur ein klitzekleines bisschen die Nebenspur schnitten.

»Was hast du eigentlich genau vor?«, fragte ich, um sie von den anderen Autos abzulenken.

»Ich will das mit ihr klären. Und ich kann ihr bloß raten, die Wahrheit zu sagen. Mich kann man nicht anlügen. Ich verbringe den ganzen Tag mit Lebewesen, die mir weismachen wollen, dass es, ganz ehrlich, nicht sie gewesen sind, die den Finger in die grüne Farbe getunkt und dann auf meinem Pulli verschmiert haben.« Sie zuckte zusammen. »Fahrradfahrer kommen einem heutzutage aber schon sehr nahe, oder?«

»Was? Oh.« Hatte ich nicht gesehen. »Du wirst aber nicht die … du weißt schon abziehen?«

»Die was?«

»Die Nancy Hall.« Nancy war ein Mädchen von der Uni, das Emmas Zorn auf sich gezogen hatte, als sie eines Mittwochabends im Minty's, unserer damaligen Stammdisco, zu den Klängen von *Hot in Herre* viel zu nahe an Ian rantanzte. Emma hatte »versehentlich« ein Halbliterglas Sex on the Beach über Nancys kurzes weißes Kleid gekippt, was sie wie eine Statistin aus der Abschlussballszene in *Carrie* aussehen ließ. »Jetzt ist ihr nicht mehr so heiß«, hatte Emma hinterher grimmig bemerkt.

Emma seufzte. »Nein. Es ist nur ... Ich hätte nie gedacht, dass es ihm passieren würde. Obwohl natürlich *jeder* Typ, den wir kennen, Cynthia scharf findet. Sie ist groß, sieht verdammt gut aus, sie ist nett – selbst Dan hat sie gemocht, oder?«

»Ich nehme es an. Obwohl er gegen Ende eigentlich gar nichts mehr mochte. Ich wäre erleichtert gewesen, wenn er Interesse an irgendeiner anderen Frau als Lara Croft gezeigt hätte.«

»Aber Ian ... Er schien sie nie auf diese Art und Weise wahrzunehmen. Er hatte immer nur Augen für mich, zumindest dachte ich das.« Sie klang so unglaublich traurig.

Ich lenkte sie versehentlich ab, indem ich, ohne zu blinken, auf die Nebenspur ausscherte und einen Bus dazu brachte, mich wild anzuhupen. »Sorry!«

Emma schloss die Augen. »Schon gut. Wenn wir auf dem Weg dorthin sterben, muss ich mir wenigstens keine Gedanken mehr machen, wie ich eine neue Bleibe finde oder was ich mit dem Rest meines Lebens anstelle.«

31. Kapitel

»Kommt rein.« Cynthia wirkte so gefasst wie immer mit ihren perfekt geglätteten, glänzenden Haaren, dem orangefarbenen Kleid und den kniehohen Stiefeln. Das Haus war sauber. Das einzige Anzeichen von Leben war eine Tasse Kräutertee auf einem gläsernen Beistelltisch.

Emma und ich setzten uns. Es war merkwürdig, sich an all die Male zu erinnern, die wir hier zu *Survivor* getanzt hatten; das teure Figürchen zu sehen, das Emma mal bei *Macarena* umgeschmissen und zerbrochen hatte; daran zurückzudenken, wie wir, die Füße auf dem Lederpolster des Sofas, endlos miteinander quasselten. Jetzt saßen wir in eisiger Stille da.

Cynthia ergriff zuerst das Wort. »Ich kann es erklären, wenn du mich lässt.«

»Erklären, warum du dich hinter meinem Rücken mit meinem Freund verabredest?«

»Ich habe mich nicht mit ihm verabredet. Zumindest nicht so. Ich brauchte einfach einen Freund, der mir zuhört.« Cynthia drehte nervös an ihrem Ehering, und ich konnte sehen, dass sie unter ihrem Make-up aschfahl war. Es sah aus, als hätte sie seit Tagen nicht geschlafen. »Rich verlässt mich. Seit dieser dämlichen Tanzstunde trifft er sich mit einer anderen. Sie ziehen zusammen.

Ich dachte mir schon, dass etwas im Busch ist, aber herausgefunden habe ich es erst vor ein paar Tagen.«

»Das tut mir leid«, sagte ich und betete, dass Emma mich für mein Mitgefühl nicht umbringen würde. »Aber warum hast du uns nicht gesagt, dass es so schlimm ist?«

Sie presste ein kurzes bitteres Lachen hervor. »Ich hab's versucht. Aber ich kam nicht durch zwischen deiner Panik, für immer alleine zu bleiben, und Emmas Wut auf Ian, weil er nicht mit einem Diamanten vor ihr auf die Knie fiel. Obwohl sie selbst jahrelang gepredigt hat, was für ein sexistischer Müll die Ehe doch ist, und dass Diamanten ohnehin nur zu Bürgerkriegen, Schwarzhandel und dem Verstoß gegen die Menschenrechte beitragen.«

Das war eine ziemlich treffende Zusammenfassung von Emmas Meinung, doch sie schwieg eisern.

»Es war falsch, mich an Ian zu wenden«, fuhr Cynthia fort. »Das ist mir jetzt klar. Ich habe mich einfach nur so einsam gefühlt. Dieses Haus ... Es sieht toll aus, aber es ist viel zu groß, um immer alleine darin zu sein. Ich bin nicht daran gewöhnt. Ich bin an einem Ort aufgewachsen, wo einem ständig irgendwelche Kinder am Rockzipfel hingen. Wo es Lärm gab, Kochgerüche, Streitereien. Nicht das hier ...« Mit einer ausgreifenden Armbewegung schloss sie das ruhige, ordentliche, unterkühlte Zimmer ein, in dem wir saßen. »Deswegen habe ich mich bei dem Abendessen damals auch so aufgeregt. Rich war nie besonders liebevoll und aufmerksam, aber in letzter Zeit war es, als würde er mich überhaupt nicht mehr sehen. Ich hatte niemanden, mit dem ich sprechen konnte. Ian war einfach ... für mich da.«

»Und warum hat er dann deine Nummer unter einem

falschen Namen abgespeichert?«, fragte Emma, sah sie aber nicht an.

»Ich habe keine Ahnung. Davon wusste ich nichts. Aber wenn ich einen Tipp abgeben dürfte, Emma ...«

Ohoh! Ich spürte, dass das hier ungefähr genauso schlecht laufen würde wie seinerzeit der Stromausfall in *Jurassic Park*.

»Ich glaube, dass er zermürbt war von deiner ständigen Kritik. ›Ian, besorg dir einen anständigen Job. Ian, rasier dir den Bart ab. Ian, iss kein Fleisch. Ian, hör auf, Witze zu machen.‹ Das sind doch die Dinge, die ihn zu demjenigen machen, der er ist. Er ist ein bärtiger Motorradfahrer, der gerne Fleischpastete isst. Genau das, was du wolltest. Nicht der lasche Abklatsch eines Vorstadtpendlers. Er ist ein guter Mann, Emma, der Beste. Ihr beiden seid das tollste Pärchen, das ich kenne.«

»Das *waren* wir«, erwiderte Emma kühl. »Es ist vorbei.«

Ich sah, wie Cynthia sich auf die Lippe biss. »Bitte tu das nicht. Nicht deswegen. Da war nichts zwischen uns, das schwöre ich.«

»Du hast ihm geschrieben, dass er mir nichts sagen solle. Warum hast du ihn darum gebeten, wenn alles so unschuldig war?«

»Ganz ehrlich? Ich hätte es nicht ertragen, wenn du erfährst, dass Richard mich verlässt. Du hast seit dem ersten Tag über ihn hergezogen – seine Spießigkeit, sein Job, sein Geld, all deine kleinen Sticheleien wegen der Fischmesser ... Herrgott, willst du, dass wir alle in Kommunen leben und unseren eigenen Salat stricken? Ich dachte, du würdest dich diebisch freuen, dass es trotz unseres Geldes nicht geklappt hat.«

Ich sah gequält zwischen den beiden hin und her. Was Cynthia gesagt hatte, stimmte. Sie hatten beide recht. Ich versuchte zu vermitteln. »Hört mal, ihr habt beide eine schwere Zeit hinter euch. Ich wünschte, ihr hättet mir davon erzählt, aber wir sind Freundinnen, und Cynthia weiß, dass es ein Fehler war. Es ist nichts passiert.«

»Sie hat meinem Freund SMS geschrieben!«, blaffte Emma. »Wie kann sie es wagen, hier die moralisch Überlegene zu spielen? Sie liegt moralisch betrachtet … bodenlos unter dem Meeresspiegel!«

»Emma, ist es denn wirklich …«

»Ich werde ihr niemals verzeihen. Niemals!«

»Typisch.« Cynthia stand auf. »Die heilige Emma, Retterin der Geknechteten. Sag mir eins, wenn du so verdammt gerne arm und selbstgerecht bist, warum hast du Ian dann gedrängt, sich einen neuen Job zu suchen?«

»Er hatte kein Recht, dir das zu erzählen!«

Oje. »Leute«, ging ich dazwischen. »Jetzt lasst uns nicht so … Bitte!«

»Ich weiß überhaupt nicht, warum du dich auf ihre Seite stellst!« Cynthia wirbelte zu mir herum. »Dieses monatelange Gejammere nach Dan. Dabei hast du ihn nicht einmal geliebt! Du warst doch gar nicht glücklich mit ihm!«

»Ich …«

»Ich nehme an, Emma weiß nicht, dass du auch eine recht entspannte Haltung hast, was Seitensprünge betrifft.«

Das Blut wich mir aus dem Gesicht. Oh nein. Oh Gott. Sie würde doch nicht …

Emma starrte mich an.

Cynthia hatte ihre Arme vor der Brust verschränkt. »Scheint so, als hätte Rachel dir nichts davon erzählt. Obwohl ihr so tolle beste Freundinnen seid.« Ihre Stimme bebte vor Zorn und mühsam zurückgehaltenen Tränen.

»Du hast Dan betrogen?« Emma war leichenblass.

»Ich ... Nein! Es war nichts. Nur ...« Ich holte tief Luft. »Ich habe jemanden geküsst. Und Dan hat es rausgefunden. Und es war falsch, ich weiß. Ich habe einen Fehler gemacht. Menschen machen Fehler, Emma. Vielleicht nicht du, aber ...«

»Das war dieser gottverdammte Simon.« Emma schüttelte den Kopf. »Ich wusste es. Du hast mir gesagt, dass nichts passiert sei ... Du hast gelogen.« Sie stand auf. »Wenigstens weiß ich jetzt, dass ich keinem von euch trauen kann. Weder dir, noch ihr, noch Ian.« Sie sprang auf und stürzte aus dem Zimmer.

Ich hörte sie die Treppe hinunterpoltern und dann die Eingangstür, die zufiel.

Cynthia legte den Kopf in die Hände. »Scheiße.«

Ich zitterte. »Ich ...«

»Es tut mir leid, Rachel. Ich war einfach wütend, und du hast dich auf ihre Seite gestellt. Dabei ist sie immer so verdammt selbstgerecht und wertend. Ich meine, das ist doch der Grund, warum du es ihr gar nicht erst erzählt hast, oder? Alles, was sie kann, ist, sich ein Urteil über uns zu erlauben.«

Ich stand ebenfalls auf. »Es tut mir leid wegen dir und Rich. Aber Ian ist nicht die Lösung. Und wie du schon bemerkt hast, ich weiß, wovon ich rede.«

Mein Tag wurde perfekt dadurch abgerundet, dass ich

eine Stunde später, blind vor Tränen, mit Patricks wertvollem Baby den Zaunpfosten an der Einfahrt kappte und das Vorderlicht schrottete.

Eine Liste schrecklicher Rückblenden im Leben der Rachel Kenny

1. *Wie ich heulend auf dem Boden zusammenbreche, an dem Tag, als Dan mich rauswirft.*
2. *Dan, der mich wegen Simon zur Rede stellt (siehe unten).*
3. *Wie ich mir während einer Grundschulaufführung im Alter von sieben Jahren im Laufe einer übertrieben langen Gesangseinlage von Jerusalem in die Hose mache.*
5. *Dieser Moment, genau jetzt, da mir klar wird, dass ich nach allem, was geschehen ist, auch noch meine beiden besten Freundinnen verloren habe.*

32. Kapitel

Am Tag nach dem großen Krach wachte ich spät auf und zuckte unter der Decke zusammen. Oh Gott. Hatte Cynthia wirklich? Hatte Emma? Hatte ich ernsthaft Patricks Wagen gegen das Tor gefahren? Ja, das alles war wahr.

Ich hatte keine Zeit, weiter darüber zu brüten, denn im selben Moment klopfte jemand. »Bist du wach?«

»Gerade. Komm rein.« Ich zog die Decke bis zum Hals hoch.

Patrick trat ins Zimmer. Er war für die Uhrzeit ungewöhnlich schick angezogen mit Hemd und Jeans, und er sah erschöpft und blass aus.

»Patrick, es tut mir schrecklich leid wegen des Wagens. Es ... Emma hat mich gezwungen, und ich war so durcheinander, dass ich einfach ...«

»Der Wagen ist egal.«

»Aber du liebst ihn!«

Er seufzte. »Es spielt keine Rolle. Hör zu, Michelle kommt gleich mit ihrem Anwalt vorbei.«

»Okay, ich bleibe hier drin.« Obwohl ich liebend gern vor dem Fernseher gehockt, Scones mit Marmelade gegessen und in den Regen hinausgestarrt hätte.

»Die Sache ist die, Michelle hat gesagt, sie fühlt sich nicht wohl, wenn du im Haus bist. Würde es dir was ausmachen ...?«

»Du willst, dass ich gehe?«

»Nur für ein paar Stunden. Bitte.«

»Na gut, okay. Ich kann mich in ein Café setzen. Ich nehme an, ich soll mich bald nach etwas anderem umschauen, oder?«

Doch Patrick sagte nur: »Sie ist in einer Minute da.«

Ein Zuhause war kein Zuhause, wenn man darin nicht willkommen war. Mein Gefühl, bei Patrick eins gefunden zu haben, hatte sich mit Michelles Auftauchen in den Eindruck verwandelt, ein unerwünschter Gast zu sein, der den Wink mit dem Zaunpfahl – man möge doch bitte endlich gehen und die Gastgeber in Ruhe *CSI* anschauen lassen – nicht kapierte. Ich zog mich schnell an und verzichtete darauf, mir die Haare zu waschen, da Patrick mir im Nacken saß.

Als ich nach unten ging, begegnete ich auf der Treppe Alex. Als von unten angespannte Stimmen ertönten, umklammerte er mürrisch Roger.

»Alles klar, Kumpel?«

Er umarmte seinen Bären fester. »Was ist los, Rachel?«

»Ich weiß es nicht. Tut mir leid.«

»Wohin gehst du?«

»Nur ein bisschen raus. Ein kleiner Regenspaziergang.«

»Kann ich mitkommen?«

»Nein, tut mir leid, Kleiner. Es ist zu nass draußen. Ich bringe dir was Süßes mit, versprochen.« Ich war mir ziemlich sicher, dass Michelle das missbilligen würde, aber diese ständig brodelnde Atmosphäre von Anspannung im Haus war mit Sicherheit weitaus schädlicher für Alex als ein bisschen Zucker.

Michelle lehnte am Spülbecken und nippte an ihrem Kaffee, als würde ihr das gesamte Haus gehören. Was natürlich der Fall war. Sie trug High Heels, eine hauchzarte Strumpfhose und ein graues Kostüm – an einem Samstag! – und starrte mich an.

»Ich gehe jetzt«, verkündete ich beleidigt und sah dabei vermutlich aus wie Max, wenn wir ihn bei Regenwetter zum Gassi gehen zwangen.

Michelle wandte sich ab.

Ich stapfte hinaus und spazierte ziellos umher. Ich wollte mir ein Café suchen und dort anfangen, mich nach Wohnungen umzusehen, aber dann lief ich weiter und weiter, um jener Welle aus Dunkelheit zu entfliehen, die sich unaufhaltsam näherte. Sie war zurück. Wie sich herausstellte, hatte sie sich lediglich zurückgezogen, um zusätzliche Kraft zu sammeln, bevor sie nun endgültig über mir zusammenbrechen würde. Ich fand mich schließlich in Kentish Town wieder, in demselben Café wie damals, als ich auf Patricks Anzeige gestoßen und plötzlich alles anders geworden war. Ich hatte schon immer einen Sinn für symbolträchtige Melodramatik gehabt, also ging ich hinein und setzte mich an denselben Platz vor dem beschlagenen Fenster wie zum letzten Mal vor ein paar Monaten. Ich bestellte mir einen Tee und bereitete mich darauf vor, über mein Leben nachzusinnen.

Eine Liste der Dinge, die ich an Patrick mag

1. *Die Art, wie er sich mit der Hand durch die Haare fährt, sodass es absteht wie bei Krusty dem Clown. Er bemerkt es nicht, weil er nie in den Spiegel schaut,*

bevor er das Haus verlässt. Nicht so wie Dan, der sieben verschiedene Sorten Haargel besitzt.
2. *Die Art, wie er an seinem komischen Käse schnüffelt, bevor er ihn isst, wobei er ihn praktisch ableckt. »Ah, ein Kümmerlicher Blaudachs. Herrlich.«*
3. *Dass er meine Kochkünste mag – wieder im Gegensatz zu Dan, der immer eine große Lieferpizza mit extra Pepperoni vorgezogen hatte.*
4. *Wie ich ihn immer aus der Küche bis nach oben in mein Zimmer meckern höre, weil ich den Radiosender auf Absolute 8oies eingestellt habe, um laut und schräg zu Take on Me mitzusingen.*
5. *Dass er alles für Alex tun würde – sicherstellen, dass er in guten Händen ist, ihn zum Lachen bringen, sich eine Hose über den Kopf ziehen und Der Frosch zog Hemd und Hose an, aha, aha ... singen würde.*
6. *Dass er Max abends am Küchentisch auf seinem Schoß sitzen lässt und so in die Zeitungslektüre vertieft ist, dass er gar nicht merkt, wie der Hund heimlich an seinen Cantuccini leckt.*
7. *Dass er, wenn wir draußen sind, immer ein Gebäude entdeckt, das ihm gefällt, und drumherum läuft, um das Gesims oder so Zeug zu inspizieren.*
8. *Die Art, wie er über meine dämlichen Witze lacht, bis ihm die Tränen kommen und manchmal auch ein bisschen Rotz aus der Nase (eklig, aber auch irgendwie süß).*

Aber nein, das war nicht gut. Ich sollte mir keine Gründe überlegen, warum ich ihn mochte. Das war kein bisschen hilfreich.

Eine Liste der Dinge, die ich an Patrick nicht mag

1. *Ziemlich spießige Cordhosen; dass er denkt, dass acht Pfund ein akzeptabler Preis für einen Laib Brot sind.*
2. *Manchmal etwas mürrisch*
3. *Unternimmt zu gerne gefährliche Dinge*
4. *Hat mich aus dem Haus geworfen*
5. *Äh...*
6. *Das ist alles.*

Ich war gerade bei meinem dritten Florentiner angelangt, als mein Handy klingelte. Es war Patrick. Für einen Moment zog ich in Betracht, nicht ranzugehen. Wahrscheinlich wollte er nur, dass ich ihm einen Quinoajoghurt mitbrachte oder so was. »Hallo?«

Seine Stimme klang gedämpft. »Rachel? Ist Alex bei dir?«

»Nein, natürlich nicht. Ich würde ihn nicht einfach mitnehmen, ohne dir Bescheid zu geben.« In der Leitung herrschte so lange Stille, dass ich schon dachte, er hätte aufgelegt. »Hallo?«

»Er ist nicht hier.«

»Was? Wo ist er dann?«

»Er war in seinem Zimmer, das dachten wir zumindest. Aber als ich ihn holen wollte, war er nicht da. Sein Mantel und seine Schuhe sind ebenfalls weg.«

Ich versuchte, meine Gedanken zu ordnen. »Aber er kommt doch nicht einmal an die Türklinke.«

»Doch kommt er«, sagte Patrick zerknirscht. »Ich habe ihm gezeigt, wie er einen Stuhl benutzen kann, auf den er klettert. Nur für den Fall, dass ein Feuer ausbricht oder so. Ich dachte ...«

»Oh.« Ich versuchte, mich daran zu erinnern, wie ich das Haus verlassen hatte. Hatte ich die Tür ordentlich zugemacht? War es möglich, dass ich das Trippeln kleiner Schritte hinter mir überhört hatte? »Er kann nicht so weit laufen«, sagte ich und gab mir Mühe, vernünftig zu klingen. »Er ist noch klein. Er wird irgendwo in der Nähe sein. Wahrscheinlich hat ihn jemand aufgelesen und bei dem Wetter in einem Laden untergestellt.« Ich blickte zweifelnd raus in den Regen. Alex konnte nicht einmal seine Schuhe richtig anziehen, geschweige denn links von rechts unterscheiden – zugegebenermaßen eine Sache, die mir in letzter Zeit auch ab und zu passierte, aber normalerweise aufgrund eines Gläschens zu viel am Vorabend.

»Was ist, wenn er ...? Rachel, was wenn ihn jemand mitgenommen hat? Oder wenn er hinfällt? Er ist doch noch ein Baby!« Ich hörte ein ersticktes Schluchzen und begriff, dass Patrick weinte.

»Der Heath Park«, sagte ich schnell. »Er muss dort sein. Wir gehen dort immer zum Spazieren hin oder auf dem Heimweg von der Schule vorbei. Sollen wir uns dort treffen? Ich bin nicht weit entfernt.«

»Wo?« Sein Atem ging schnell, er war panisch.

»Vor dem Pub, du weißt schon. Ich gehe jetzt los. Ach, und nimm Max mit.« Ich warf ein paar Münzen auf den Tisch, zog meinen Mantel über und stürzte aus dem Laden, ohne auf mein Wechselgeld zu warten.

Ich musste wie eine Wahnsinnige gewirkt haben. Ich stellte mir vor, wie an jenem Tag mehrere Leute die Polizei anriefen, wegen einer Irren, die durch die Straßen Nordlondons rannte, mit nassem strähnigem Haar und dünnen Segeltuchschuhen, die für das Wetter völlig ungeeignet waren. Ich rannte den gesamten Weg zur U-Bahn, obwohl ich nicht besonders fit war und die Gehsteige rutschig vom Regen. An der Haltestelle Hampstead hatte ich nicht die Geduld, auf den Aufzug zu warten, also beschloss ich idiotischerweise, die Treppe zu nehmen, und ignorierte das Schild, auf dem stand, dass es über dreihundert Stufen nach unten waren und es sich damit offenbar um die tiefste U-Bahn-Station Londons handelte. Nach fünfzig Stufen sah ich Sternchen. Gott, war ich aus der Form. Wenn das hier vorbei war, würde ich damit anfangen, Prioritäten im Leben zu setzen – Herz-Kreislauf-Training und keine Kekse mehr. Gleich nachdem ich Alex so fest in meine Arme geschlossen hatte, wie ich nur konnte, ohne ihm wehzutun.

Ein paar Stationen später sprang ich aus der U-Bahn, sprintete zur Ecke Heath Park und flitzte an Luxuskinderwagen und reichen Damen mit Zipfelmützen vorbei. Schon von Weitem sah ich Patrick in seinem riesigen gelben Regenmantel. Er sah aus wie ein Fischer aus dem Norden. Max zitterte neben ihm an der Leine. Ich rannte zu ihm rüber, wobei ich mir die Tasche über den Kopf hielt. Er starrte mich panisch an.

»Irgendwelche Neuigkeiten?« Ich konnte nach meinem Sprint kaum sprechen. Sobald das hier vorüber wäre, würde ich wahrscheinlich einen Herzinfarkt kriegen.

»Michelle ist auf der Polizeiwache. Sie sagen, wir sollen uns keine Sorgen machen.« Er gab ein abgehacktes Lachen von sich. »Toller Ratschlag, was? Hier!« Er hatte mir meinen roten Regenmantel mitgebracht. »Ich dachte mir schon, dass du nichts dabeihast, außerdem hat er eine knallige Farbe, vielleicht sieht er ihn ja und...«

Ich nickte und zog ihn über meine bereits durchnässten Klamotten. »Lass uns gehen. Ich weiß, welche Orte er mag.«

Wir stapften den Hügel im Park hinauf. Meine Chucks waren sofort mit Schlamm bedeckt, der oben hineinschwappte und unter meinen Sohlen schmatzte. Unter anderen Umständen zahlten Frauen etwa fünfzig Kröten für eine derartige Behandlung in einem schicken Spa, doch jetzt, mit dem heulenden Wind und dem Regen, fühlte es sich nicht gerade nach einer entspannenden Kur an. Wir liefen zuerst zum Teich und zum Joggingpfad, dann hinüber zum Spielplatz, der verlassen im Regen lag.

»Alex!« Wir quetschten jeden Passanten aus, der uns über den Weg lief, von Städtern mit Golfregenschirmen bis hin zu Kindern in Steppjacken, die mit ihren Nannys unterwegs waren. »Haben Sie einen kleinen Jungen gesehen, der allein unterwegs ist? Lockige Haare, womöglich mit einem gelben Regenmantel wie diesem?« Wobei wir auf Patricks Jacke deuteten. Niemand hatte ihn gesehen.

Wir keuchten den Hügel hinauf zum Café, während ich weitere Orte herunterspulte, die Alex kannte. »Die Tennisplätze. Wir sehen manchmal den Spielern zu und vergeben Punkte. Die Bank am Primrose Hill...«

»Er kommt alleine nicht so weit«, entgegnete Patrick. »Er ist erst vier.«

Die andere schreckliche Möglichkeit – dass Alex nicht allein sein könnte – schob ich ganz weit von mir weg. Es ging ihm ganz bestimmt gut. Es ging ihm gut, weil es so sein musste.

Wir liefen den gesamten Park ab und sahen sogar in den öffentlichen Toiletten nach, obwohl Alex normalerweise zu viel Angst hatte, alleine hineinzugehen. Nichts. Der Park war so gut wie leer, da alle vernünftigen Leute sich vor dem Regen in Sicherheit gebracht hatten, der sich mittlerweile zu einem wahren Trommelwirbel auf meiner Kapuze gesteigert hatte. Im Dämmerlicht und mit dem langsam sich ausbreitenden Nebel sah der Park unheimlich aus, eine ganz andere Welt als die, in der bei Sonnenschein glückliche Familien Enten fütterten.

Patrick sah auf sein Handy. »Michelle schreibt, dass sie Streifenbeamte losschicken. Wenn auch nicht viele. Ich glaube, sie macht ihnen die Hölle heiß, dass sie sonst die Medien einschaltet. Oh Gott!« Ich konnte förmlich sehen, wie Bilder von vermissten Kindern, Entführungen und Suchanzeigen durch seinen Kopf schwirrten.

Denk nach, Rachel, denk nach! Ich versuchte, mich an all die Tage zu erinnern, die wir gemeinsam im Park verbracht hatten. Alex mit seinem unaufhörlichen Geschnatter. Was würde ich jetzt darum geben, seine kleinen Schritte neben mir zu hören. Ich kauerte mich zu dem kleinen Hund hinunter, der elend blinzelte, während ihm der Regen in die Augen floss. »Tut mir leid, dass es nass ist, Maxilein, aber bitte finde Alex. Wo ist Alex? Wo ist dein Freund?«

Max starrte verständnislos zurück.

»Die Badeseen!«, rief ich plötzlich.

»Was?« Patrick musste über den donnernden Regen hinweg schreien.

»Er ist ganz fasziniert davon. Ich habe ihm erzählt,

dass die Leute dort nackt schwimmen. Er findet das lustig – komm schon!« Ich packte Patricks kalte, nasse Hand, und wir hasteten zum anderen Ende des Parks.

Max hechelte auf seinen kurzen Beinchen hinterher.

Die Seen lagen schlammfarben in der Dämmerung, die Oberfläche kräuselte sich vor Regen und Wind. »Alex!«, rief ich. »Bist du da? Ich bin's, Rachel!«

Ich wollte schon die Hoffnung aufgeben, als Max plötzlich zu bellen begann und an seiner Leine zerrte. »Patrick!«, rief ich. »Max hat was gewittert!«

Max pflügte durch das Unterholz, seine scharrenden Pfoten waren schlammbedeckt. Schreckliche Szenen schossen mir durch den Kopf – Alex konnte nicht schwimmen –, als Max abrupt stehen blieb, loskläffte und seine Hundeschnauze in einem großen Busch vergrub.

Ich schob einen Ast beiseite. »Patrick, komm hierher!« Ich hatte etwas Gelbes aufblitzen sehen und ließ mich im Schlamm auf die Knie sinken, um durch das grüne Nass zu kriechen.

Alex saß an das Wurzelwerk des Busches gekauert. Er war über und über mit Schlamm beschmiert, sein Gesicht bleich, wo es nicht vor Dreck starrte. Ich zuckte zusammen, als ich das Blut auf seiner Stirn sah, das sich tiefrot von seiner weißen Haut abhob. Er zitterte am ganzen Körper.

»Hey, Kleiner«, sagte ich. »Was tust du hier?« Er erwiderte nichts. »Wir haben dich alle gesucht. Schau, sogar Maxilein ist hier.«

Der Hund schnüffelte um ihn herum und begann sein Gesicht abzuschlecken. Alex streckte die Arme aus und umarmte ihn schwach. »Ich will nicht weggehen«, nuschelte er.

»Wie bitte?« Ich konnte ihn durch den Regen kaum hören, der auf die Blätter über uns einprasselte.

»Mummy und Daddy. Sie haben gesagt, dass wir weggehen. Und dass Max nicht mitkommen kann. Ich will nicht.«

Oh Gott, er musste ihren Streit über den Umzug nach New York gehört haben. »Komm raus, Alex. Wir werden alles in Ordnung bringen. Dein Daddy ist auch hier.«

Patrick lugte unter den Busch. »Alex, mein Kleiner! Wir haben uns solche Sorgen gemacht. Bitte, komm da raus.«

»Hab mir am Kopf Aua gemacht«, sagte Alex mit leiser Stimme, seine Worte waren undeutlich.

»Dann komm besser raus, damit wir uns das anschauen können.« Patrick versuchte, heiter zu klingen, aber ich hörte die Sorge, die ihm die Kehle zusammenschnürte. Falls Alex eine Hirnblutung hatte, mussten wir ihn sofort ins Krankenhaus bringen.

Ich hatte eine Idee. »Zieh an meinen Beinen«, rief ich Patrick hinter mir zu, während ich mich tiefer in den Busch schob und Alex an seinem Regenmantel packte. »Komm schon, Kleiner. Lass uns hier rausgehen.«

Ich legte meine Arme um Alex, der unter seinem großen Regenmantel geschrumpft zu sein schien, und hielt ihn fest, als Patricks kalte Hände sich um meine Knöchel schlossen. Wir schossen unter dem Busch hervor wie ein Korken aus der Flasche. Über und über mit Schlamm und kleinen Kratzern übersät.

Das nächste Krankenhaus war nicht weit weg, daher rannte Patrick mit Alex in den Armen einfach los. Max und ich bildeten die etwas langsamere Nachhut. Die Notaufnahme kam auch mir gelegen, überlegte ich, während ich hinterherkeuchte, denn ich war mir ziemlich sicher, dass mein Kreislauf jeden Moment zusammenklappen würde.

33. Kapitel

Ich kann mich immer noch gut an den Tag im Krankenhaus erinnern. Die langen blauen Krankenhausflure, quietschende Linoleumböden und Flügeltüren, Tee aus dem Automaten, der so heiß und süß war, dass ich ihn nicht runterbekam. Die Ärzte erzählten mir nichts, da ich nicht zur Familie gehörte, also saß ich im Wartebereich, während Michelle und Patrick drinnen beim Facharzt waren.

Irgendwann kam Patrick mit bleichem Gesicht heraus. Ich konnte Michelle weinen hören, als die Tür für einen Moment offen stand.

»Aber ich verstehe das nicht«, wiederholte ich. »Warum geben sie ihm nicht das Gerinnungsmittel?«

»Es schlägt nicht an. Er hat eine Blutung im Gehirn, es wird ständig schlimmer.«

»Aber wie ...?«

»Das passiert manchmal. Es hört einfach auf zu funktionieren. Das wird Inhibitor genannt. Sie werden ihm etwas anderes geben, aber ...«

Ich erstarrte. Meine Füße waren so nass und kalt, dass ich sie seit einer Stunde nicht mehr spürte. »Kann ich ihn sehen?«

»Er ist nicht bei Bewusstsein. Er ... Es geht ihm nicht gut, Rachel. Gott sei Dank hast du ihn gefunden.«

Ein Schluchzen entrang sich meiner Kehle. »Er braucht Roger. Hat jemand Roger mitgebracht?«

»Nein, du hast recht.« Er nahm sanft meinen Arm. »Komm, ich bringe dich nach Hause. Ich werde ein paar von seinen Sachen holen und dann hierhin zurückfahren, aber du solltest zu Hause bleiben. Bitte. Es gibt nichts, was du hier tun könntest.«

Natürlich nicht. Denn Alex war nicht mein Kind, mein ... gar nichts. Und jetzt musste ich gehen und ihn mit seinen Eltern alleine lassen, dabei wollte ich ihn einfach nur in die Arme nehmen und ganz fest an mich drücken.

Patrick und ich liefen mit etwas Abstand zueinander die wenigen Straßen nach Hause zurück, jeder in seinen Kummer und seine Sorgen versunken. Ich zitterte vor Angst und Kälte. Als wir das Haus erreichten, sah ich einen mir vertrauten metallicblauen BMW davor. »Ist das ...?«

»Ich habe ihnen geschrieben«, sagte Patrick. »Du solltest jetzt nicht alleine sein. Geh schon.«

Ich ging auf den Wagen zu. Ich war noch immer ganz benommen von allem, was an diesem Tag passiert war. Der Beifahrersitz war leer. Das Fenster glitt lautlos auf. »Steig ein«, sagte Cynthia.

Die Fenster waren beschlagen. Ich setzte mich in das warme Wageninnere.

»Wie fühlst du dich?«, fragte eine Stimme hinter mir. Emmas Stimme.

Cynthia behauptete immer, die Entdeckung von Afrofriseursalons habe ihr Leben verändert. Der Grund für ihre vollen, weichen Locken war der, dass sie sich einen

Tag pro Monat freinahm, um sich Extension machen zu lassen. Die zweite Sache, die mir also sofort auffiel, außer der überraschenden Tatsache, dass Emma bei ihr war, war, dass Cynthia sich die Verlängerungen hatte rauswachsen lassen. Ihre Haare waren ein gutes Stück kürzer und ganz fluffig. Sie trug eine Jeans und kein Make-up.

Ich sah argwöhnisch zwischen den beiden hin und her. »Was ist hier los?«

»Patrick hat mir eine SMS geschickt«, sagte Cynthia. Ich sah, dass ihre Finger auf dem Lenkrad nackt waren – sie hatte ihre Ringe abgenommen. »Wie geht es Alex?«

»Ich weiß nicht. Ich glaube, es geht ihm ziemlich schlecht. Sie...« Meine Stimme stockte. »Sie haben gesagt, ich solle nicht dort bleiben.« Ich schluckte meine Tränen hinunter. »Was macht ihr beide hier? Ich meine...«

»Sie hat mich angerufen«, sagte Emma. »Und ich habe eingesehen... dass es nicht wirklich ihre Schuld war. Immerhin war es Ian, der einen falschen Namen verwendet hat und sich heimlich mit ihr treffen wollte.«

»Trotzdem tut es mir immer noch leid«, schob Cynthia schnell hinterher.

»Ja, aber es ist mehr... Es ist, wie du gesagt hast, Rachel. Ein Problem zwischen mir und Ian. Wir wollen einfach unterschiedliche Dinge. Ich möchte endlich erwachsen werden. Er nicht.«

»Ist er ausgezogen?«

»Er schläft auf dem Sofa. Wir versuchen herauszufinden, wie wir uns zwei Mieten leisten können. Die Antwort bis jetzt ist, dass wir es nicht können.«

»Tut mir leid.«

Im Rückspiegel sah ich, wie sie mit den Schultern

zuckte. »Wie sich gezeigt hat, waren wir am Ende doch nicht anders als alle anderen. Wir waren kein perfektes Paar. Wir haben uns einfach nur an etwas festgeklammert.«

Emma und Ian – ich kapierte das einfach nicht. Sie waren immer diejenigen gewesen, die den Durchblick hatten, die sich gegenseitig zum Lachen brachten, die nie eine Nacht ohne den anderen waren. »Was ist mit dir, Cynthia?«

»Rich ist weg. Er hat bereits die Scheidung eingereicht. Das Haus steht zum Verkauf.«

»Was hast du vor?«

»Ich gehe für eine Weile nach Jamaika.«

Ich blinzelte überrascht. Sie hatte nie zuvor davon gesprochen. »Um deinen Dad zu treffen?«

»Ich werde versuchen, ihn zu finden, ja. Ich habe mit Mum gesprochen, und sie hat zugegeben … Nun, sie hat mir erzählt, dass mein Dad über die Jahre ein paarmal versucht hat, mit mir in Kontakt zu treten. Auch meine Großmutter. Aber Mum dachte immer, es sei das Beste, mir nichts davon zu erzählen, damit ich Frank als meinen Vater annahm. Und das habe ich ja auch, aber dennoch …«

»Wow, also gehst du wirklich?«

Sie streckte die Hand aus, an der noch vor Kurzem ihr Ehering gesteckt hatte. »Vielleicht will er mich überhaupt nicht mehr kennenlernen. Ich meine, es ist dreißig Jahre her. Aber immerhin kann ich mir dann sagen, dass ich es versucht habe. Ich fliege nächste Woche.«

»Was ist mit der Arbeit?«

»Sie hat gekündigt«, sagte Emma stolz.

»Das hast du nicht!«

»Oh doch.« Da war beinahe so etwas wie ein Lächeln auf Cynthias Lippen zu sehen.

»Genial! Bist du reingeplatzt und hast Martin gesagt, dass du lieber Saddam Husseins Hintern abwischen würdest, als für ihn zu arbeiten, und dass er schlimmer ist als die Nazis in *Gesprengte Ketten*, die Richard Attenborough in diesem Bus geschnappt haben?«

»Nicht wirklich, ich brauche irgendwann auch noch ein Arbeitszeugnis von ihm.«

»Oh, na gut.«

»Aber in meinem Kopf, da habe ich ihm *genau das* gesagt.«

Ich zog die Nase hoch und wischte Regen, Tränen und Schlamm von meinem Gesicht. »Tut mir leid, Leute. Ich war dieses Jahr echt anstrengend. Eigentlich schon länger, das weiß ich. Ich war so dermaßen mit mir selbst beschäftigt.« Als sie nichts sagten, wusste ich, dass es stimmte. »Seht euch nur an. Alles bricht zusammen, ihr hättet mich gebraucht, und ich habe es nicht einmal gemerkt.«

»Du warst ein bisschen ... mit Patrick und Alex beschäftigt«, begann Emma behutsam.

»Wir hatten gehofft, dass diese Liste dich von deiner Katastrophenbarung ablenkt, aber wir hätten nicht gedacht, dass wir dich dadurch ganz verlieren«, fügte Cynthia hinzu.

Ich spürte, wie noch mehr Tränen in meinen Augen brannten. »Ihr habt mich nicht verloren. Ich habe mich einfach nur gehen lassen. Es tut mir leid, ich bin echt mies.«

Cynthia nahm meine Hand. »Du bist nicht mies, Rachel, dann wären wir doch wohl kaum mit dir befreundet. Du bist die Vernünftige von uns, die, die immer schlichtet. Du bist wie der Klebstoff, der uns zusammenhält. Und genau deswegen brauchen wir dich.«

»Unser hübscher Glitzerklebstoff«, fügte Emma hinzu und tätschelte meine Schulter. Ich griff nach hinten, um ihre Hand zu halten.

Meine Augen brannten. »Ich fühle mich aber schrecklich. Statt für euch da zu sein, habe ich mich in dieser dämlichen Liste verloren.«

»Die Liste ist nicht dämlich«, sagte Emma. »Sie ist das Beste, was wir seit Jahren getan haben. Ich wünschte nur, wir hätten uns auch daran gehalten. Wir haben zwei von den Aufgaben gemacht, dann hat uns das Leben wieder eingeholt. Aber du hast es durchgezogen.«

»Ich bin aus einem Flugzeug gehüpft.« Ich konnte immer noch kaum glauben, dass ich das wirklich getan hatte.

»Ich weiß. Du hast mich damit inspiriert, selbst einen Sprung ins Leere zu wagen«, sagte Cynthia. »Ich meine, einfach so zu kündigen ...«

Emma rümpfte die Nase. »Das war jetzt echt kitschig, Cynthia. Ich meine, du warst nicht Tausende von Kilometern oben im Himmel.«

»Das ist eine Metapher!«

»Eine echt billige Metapher, eine Primark-Metapher, nein, eine Einpfundladen-Metapher.«

»Ach, halt die Klappe, wenigstens habe ich keinen Prittstift an meinem Hintern kleben.«

Und einfach so war alles wieder gut. Nur dass Alex im Krankenhaus war, was bedeutete, dass nichts je wieder gut werden würde, wenn er nicht gesund herauskäme.

Cynthia musste in die Kanzlei, um einige letzte Sachen zu erledigen, bevor sie abreiste, also bot Emma an, über Nacht bei mir zu bleiben. Sie schlief jedoch sofort ein, während ich wach dalag, weil sie die ganze Zeit irgendwas vor sich hinbrabbelte und mich mit ihren kalten Füßen anstieß. Aber ich hätte sowieso nicht schlafen können. Ich hielt mein Telefon in der Hand und drückte wie besessen darauf herum, sodass ständig das blaue Licht aufleuchtete, woraufhin Emma sich irgendwann herumwälzte und noch mehr schläfrigen Quatsch von sich gab: »Hol die Mülltüte aus Dänemark. Nein, die andere Raupe, nicht diese!«

Ich wünschte, sie hätten mich Alex sehen lassen, wenigstens für eine Sekunde, denn jetzt stellte ich mir vor, wie er, mit einem blutigen Verband um seinen kleinen Kopf, an Unmengen von Schläuchen hing. Aber was, wenn die Realität noch schlimmer aussah?

Als die Uhr auf dem Display null Uhr siebzehn zeigte, stand ich auf, zog leise Jeans und Kapuzenpulli an, schlich mich aus dem Zimmer und ließ Emma allein ihre dänischen Baumärkte besuchen. Als ich durch die Küche kam, sah ich Max traurig in seinem Korb sitzen, hellwach, aber völlig ruhig. Ich wusste, wie er sich fühlte. »Es wird ihm bald wieder gut gehen, Maxilein«, sagte ich leise und wünschte, ich könnte selbst daran glauben. Max sah mich mit großen kummervollen Augen an und legte langsam den Kopf auf dem Rand des Korbes ab. Ich kraulte ihn kurz hinter den Ohren, dann schlüpfte ich aus der Tür.

Es war nicht weit zum Krankenhaus, also joggte ich dorthin. Mein Atem bildete in der kalten Luft kleine Wölkchen vor meinem Mund. Die Notaufnahme war genauso geschäftig wie tagsüber, Neonlichter und Ärzte und Krankenschwestern, die mit schwingenden Schlüsselbändern herumrannten. Die Hektik und die ungewohnte Uhrzeit machten mich ganz wirr im Kopf.

Im Wartebereich sah ich eine Frau mit gebeugtem Kopf dasitzen. Sie trug trotz der späten Stunde ein zerknittertes graues Kostüm. Als Michelle den Kopf hob, sah ich, dass sie weinte.

Das Blut gefror mir in den Adern. »Oh Gott!«

»Es geht ihm gut«, sagte sie schnell und wischte sich übers Gesicht. »Zumindest hat sich sein Zustand nicht verschlechtert. Sie versuchen es mit einem anderen Gerinnungsfaktor, um zu sehen, ob er darauf anspringt.«

Ich wühlte die geblümten Taschentücher hervor, die Cynthia mir vorhin gegeben hatte, und reichte Michelle eines. Ihre Hände zitterten.

»Danke, ich habe einfach nur solche Angst. Er ist nur weggerannt, weil wir uns gestritten haben.«

Ich stand verlegen herum. »Ich ... schätze, das hätte jederzeit passieren können.«

Sie starrte ihre Hände an, und ich bemerkte, dass sie immer noch ihren Ehering trug. »Sie reden so viel über dich. Rachel hier, Rachel da. ›Mummy, sie ist so cool und so witzig.‹ Ich wusste nicht einmal, dass du in unserem Haus wohnst. Bitte entschuldige, dass ich etwas schroff war.«

Ich trat von einem Fuß auf den anderen. »Ich dachte, er hätte es dir gesagt. Es tut mir wirklich leid, es muss ein Schock für dich gewesen sein.«

»Du warst für ihn da. Ich nicht. Und nun ist das hier geschehen.«

Ich wusste nicht, was ich darauf erwidern sollte.

Es stimmte, aber ich spürte auch, dass hinter dieser Geschichte mehr steckte, als ich wusste.

»Es ist alles meine Schuld«, fuhr sie fort. »Er wäre nicht so krank, wenn ich nicht gewesen wäre. Ich habe Alex diese schreckliche Sache angetan.« Sie biss sich auf die Lippe, Tränen quollen ihr aus den Augen.

Betreten ließ ich mich auf den Stuhl neben ihr sinken. Selbst nach stundenlangem Weinen wirkte sie beherrschter und ordentlicher als ich. Ich hatte nur die schlammverkrustete Jeans und die Schuhe von vorhin angezogen und nicht einmal meine Haare gebürstet.

Michelle gab sich sichtlich Mühe, nicht mehr zu weinen. »Es tut mir leid. Das ist alles nicht dein Problem.«

»Michelle«, sagte ich schnell. »Ich weiß, ich bin nicht … Ich weiß, dass es nicht meine Angelegenheit ist, aber den Großteil seiner Zeit geht es Alex sehr gut mit seiner Krankheit. Ehrlich, es stört ihn nicht oder zumindest nicht sehr. Das hier war nur ein Unfall.«

Sie starrte weiterhin das zusammengeknüllte Taschentuch in ihren Händen an. »Ich wette, du denkst, dass ich eine schreckliche Mutter bin, stimmt's? Ich sehe mein Kind vier Monate lang nicht … Aber Rachel, ich habe es versucht. Ich habe versucht, eine gute Mum zu sein. Als er auf die Welt kam, trat meine Karriere komplett in den Hintergrund. Alex war als Baby so oft krank, dass ich fast schon Angst hatte, schlafen zu gehen. Ich hatte einen tollen Job, und dann ist alles … Ich habe diesen immensen Rückschritt hingenommen, Patrick nicht. Er arbeitete doppelt so viel wie vorher. Wir taten nie etwas anderes, als zu arbeiten oder uns um Alex zu sorgen. Patrick sah mich kaum an, außer um über Rechnungen zu reden oder Hausarbeit oder Medikamente. Es war einfach nicht mehr genug für mich. Ich musste wieder zurück in meinen Job. Und diese Sache mit Alan und New York ... Ich hatte immer vorgehabt zurückzugehen. Und ich dachte, Patrick würde mit Alex in New York vorbeikommen. Ich hätte niemals geglaubt, dass es so lange dauern würde. Ich musste einfach mal raus. Ich konnte nicht mehr. Kannst du das verstehen?«

Sie weinte wieder. Ich betrachtete sie und wusste nicht, was ich sagen sollte. Ich begriff, dass ich in diese Familie geraten war, mich in ihrem Haus und ihrem Leben breitgemacht hatte, ohne einen Gedanken daran zu verschwenden, worauf ich mich einließ. »Es wird alles gut«, flüsterte ich schließlich. Obwohl ich nicht wusste, wie.

Michelle schniefte laut und versuchte, sich wieder zu fassen. »Patrick ist bei Alex, falls du ihn auch sehen willst.«

»Bist du sicher?«

Sie nickte. »Alex würde das wollen. Das weiß ich.«

Ich stand auf. Aus irgendeinem Grund fühlte ich mich schrecklich schuldig. »Hör mal, Michelle, vielleicht solltest du dir einen Kaffee holen oder so. Du siehst ... Du musst fix und fertig sein.«

Sie schüttelte den Kopf. »Ich habe Angst, ihn alleine zu lassen.«

»Nur fünf Minuten. Ich komme dich sofort holen, wenn etwas sein sollte, aber ich bin sicher, dass nichts passieren wird.«

Sie kam zitternd auf die Beine. »In Ordnung. Fünf Minuten. Ich könnte tatsächlich einen Kaffee gebrauchen. Ich habe immer noch einen Jetlag.«

Nachdem sie davongegangen war, holte ich tief Luft und schob die Tür zu Alex' Zimmer auf.

Patrick saß neben dem Bett, er trug immer noch seine feuchten Klamotten, die Haare waren zu Korkenzieherlocken getrocknet. Er hielt Alex' schlaffe Hand in seiner.

Ich war nicht auf den Anblick vorbereitet. Alex sah zwar nicht aus, als würde er schlafen, aber er war eindeutig bewusstlos, irgendwo anders, nicht wohlbehalten träumend in seinem Bettchen mit dem Nachtlicht und der Thomas-die-Lokomotive-Bettwäsche. Roger lehnte neben ihm, verloren und durchnässt. Alex war blasser als die Laken, mehrere dünne Schläuche steckten in seinem Körper. Sie hatten seitlich am Kopf einen Teil seiner niedlichen Locken abrasiert, um einen kleinen Sensor ankleben zu können. Es war genau das, was mir den Rest gab. »Seine Haare!«, keuchte ich. »Oh Gott ... Oh Gott ...«

Patrick sprang auf. »Es ist nicht so schlimm, wie es aussieht, ehrlich. Sie versuchen nur, ihn ruhig zu halten, um zu sehen, ob die neue Behandlung anschlägt.«

Ich schluchzte unkontrolliert. »Er ist doch noch so klein!«

»Ich weiß. Ich weiß.« Dann legte er seine Arme um mich, fest und warm, und unter dem ganzen Geruch nach Krankenhaus, feuchter Kleidung und Erde konnte ich sein vertrautes Aftershave riechen. »Ich habe auch Angst, aber er wird es schaffen. Sie haben es gesagt.«

Ich weinte an Patricks Schulter. »Es tut mir leid. Ich sollte nicht ... Ich hätte einfach nicht gedacht ... Ich meine, er ist nicht einmal mein Kind und ...«

»Komm her, ist schon okay.« Ich versuchte, mich zusammenzureißen, als Patrick mein Gesicht mit seinem Ärmel abwischte. Einen Augenblick lang sah er mich stumm an, seine Hand hielt mein Kinn umfangen, und ich konnte in seinen Augen sehen, wie viel Angst er hatte. »Ich weiß nicht, was ich jetzt tun soll«, sagte er schließlich.

Die Worte sprudelten plötzlich nur so aus mir heraus. »Du hättest ihn zu Michelle bringen sollen, damit er sie sehen kann. Und du hättest ihr sagen sollen, dass ich bei euch wohne!«

»Was?«

»Du hast ihn davon abgehalten, seine Mum zu sehen. Was auch immer sie getan hat, das war nicht richtig, Patrick.«

Patrick rückte wütend von mir ab. »*Sie* hat *uns* verlassen! Sie hat *ihn* verlassen. Es war ihre Entscheidung. Uns ging es gut, bevor sie alles ruiniert hat, bevor sie mich betrogen hat.«

»Wirklich, es ging euch gut? Weißt du, Patrick, ich habe das alles auch schon erlebt, und die Dinge sind nie gut, kurz bevor sie kaputtgehen. Es gibt immer schon einen kleinen Riss. Du musst sie und Alex nicht ewig dafür bestrafen.«

»Um Himmels willen, Rachel, das ist das Letzte, was ich im Moment brauche. Mein Sohn ist … Er …« Seine Stimme brach.

Ich streckte den Arm nach ihm aus, Furcht ergriff mein Herz. »Es tut mir leid! Verzeih mir. Ich weiß nicht, was ich da sage. Oh Gott, was wird nur mit ihm geschehen?«

»Schsch, er wird es schaffen. Wir müssen stark für ihn sein.«

Einen Augenblick standen wir nur da, keiner von uns beiden schien sich rühren zu wollen, seine Hand lag immer noch an meiner Wange, ich hatte meine Arme um seine Taille geschlungen.

»Rachel …«

Er war mir so nah. Für einen Augenblick vergaß ich zu atmen. Ich konnte seinen Mund nur Millimeter von meiner nassen Wange spüren. Dann, ich weiß nicht, wie es passierte, es war nur ein kurzer Moment, küssten wir uns. Er zitterte. Ich weinte immer noch ein bisschen, und er war kurz davor. Er umfasste meine Taille, ich legte meine Hände um seinen Nacken, wühlte meine Finger in seine Locken.

Im selben Moment ging die Tür auf. Wir rissen uns voneinander los. Michelle stand da mit drei Tassen Kaffee in den Händen.

»Es geht ihm gut, keine Veränderung«, verkündete Patrick viel zu laut.

Michelle stand nur da und starrte uns beide an, dann, ohne ein Wort zu sagen, ging sie wieder hinaus und ließ die Tür hinter sich zufallen.

Eine Liste der schrecklichsten Momente im Leben der Rachel Kenny (fortlaufend)

1. Oh ja, dieser. Ganz genau dieser.

34. Kapitel

Der nächste Morgen brach an. Patrick und Michelle waren immer noch im Krankenhaus. Ich war nach dem äußerst peinlichen Moment nach Hause gegangen. Ich versuchte, mit meiner Arbeit voranzukommen, ging jedoch schnell dazu über aufzuräumen, um möglichst nicht darüber nachzudenken, was neben dem Krankenhausbett passiert, beziehungsweise nicht passiert war. Wir waren alle verstört. Es war nur natürlich, dass wir seltsame Dinge sagten oder taten. Es bedeutete rein gar nichts. Ruhelos, wie ich war, unternahm ich einen Spaziergang zum Heath Park, aber es regnete und war kalt, und alles, woran ich denken konnte, war, dass Alex nicht da war. Selbst Max schien deprimiert zu sein. Er bellte nicht einmal, als wir am Café mit seinem Duft nach frischem Brot und Kuchen vorbeispazierten.

Als wir nach Hause kamen, stand Patrick im Flur, als habe er auf mich gewartet.

»Hi.« Ich zog meine Stiefel aus. Ich fühlte mich verlegen in seiner Gegenwart. »Irgendwelche Neuigkeiten?«

»Er hat das Schlimmste hinter sich. Sie haben gesagt, dass er in ein paar Tagen nach Hause darf.«

»Gott sei Dank. Ich werde ihm einen Kuchen backen. Wir sollten alles für ihn vorbereiten, seine Spielsachen rausholen ...«

»Rachel. Du hast Besuch.«

»Wer denn?« Es war bestimmt eine meiner Freundinnen.

Patrick machte einen Schritt zurück, um mich in die Küche zu lassen.

Ich trat durch die Tür und fand dort den Menschen vor, mit dem ich am allerwenigsten gerechnet hatte. »Was ... machst du hier?« Ich versuchte, gefasst zu klingen, als sei es ganz und gar normal, dass er in Patricks Küche stand. Mein Hirn hatte Probleme, die beiden gemeinsam in einem Raum zu verorten, wie Figuren aus zwei verschiedenen TV-Serien auf demselben Bildschirm. »Wie hast du ...?«

Dan stand auf. »Ich habe gehört, du wohnst hier.« Er sah sich neugierig um.

»Oh, okay. Aber ...«

Patrick räusperte sich. »Ich lasse euch beide mal alleine. Ich bin oben, falls du mich brauchst.«

Dan sah gut aus. Weniger bleich, und er hatte einige Pfund abgenommen. Er trug ein T-Shirt, das ich nicht kannte, und eine Jeans, und er hatte sich einen kurzen rötlich schimmernden Bart stehen lassen. Er sah so viel älter aus als der Mann, den ich zwei Jahre zuvor voller Hoffnung und Freude geheiratet hatte.

»Nettes Haus.«

»Ja, auch wenn ich nur in der Abstellkammer wohne.« Ich war nicht sicher, ob er womöglich dachte, dass ich und Patrick ... etwas miteinander hatten.

»Es ist kein richtiges Zuhause, wenn man im Gästezimmer von jemand anderem wohnt.«

»Nein, aber ich hatte nicht gerade eine Wahl, oder?« Worauf wollte er hinaus? Mein Zuhause existierte noch, aber er lebte darin, ich hatte gehen müssen. Das passierte eben, wenn man sich scheiden ließ.

»Rachey.« Der Kosename versetzte mir einen Stich. »Ich bin mit den Sachen hier durch.« Er griff in die lederne Umhängetasche, die ich ihm geschenkt hatte, und legte ein paar Dokumente vor mich auf den Tisch.

Ich warf einen Blick darauf – *Scheidungsantrag* lautete die Überschrift.

»Um es rechtskräftig zu machen. Ich reiche die Scheidung ein. Du kannst es auch tun, aber da du gegangen bist, ist es einfacher, wenn du mir das Haus überträgst, und ich dir das Geld gebe.«

»Okay.« Die Worte verschwammen vor meinen Augen. »Warum bist du …?«

»Ich wollte sicher sein, bevor wir unterschreiben.«

»Sicher sein?«

»Dass es das ist, was wir beide wirklich wollen.«

Stille.

»Aber du hast mich rausgeworfen. Du hast gesagt, es gäbe keine Chance mehr.«

Er rieb sich mit der Hand übers Gesicht. »Wir haben damals beide unschöne Dinge gesagt. Ich war wütend wegen …«

Sag es nicht. Sag es nicht!

»Du weißt schon, wegen allem. Ich hatte inzwischen genug Zeit, darüber nachzudenken. Ich weiß, dass ich zu viel gearbeitet habe, und die Sache mit Dad hat mich wirklich aus der Bahn geworfen, aber davor waren wir doch glücklich, oder nicht? Unsere Hochzeit war schön. Wir hatten eine tolle Zeit miteinander.«

Ich sagte immer noch nichts. Ich hatte Dan so lange nicht mehr gesehen, nachdem ich jeden Tag mit ihm verbracht hatte, jede Nacht eng an ihn geschmiegt eingeschlafen war. Seine plötzliche Gegenwart war geradezu ein physischer Schock für mich. »Das hatten wir, aber ...«

»Wir können das wieder haben. Ich kann einfach nicht ...« Er griff nach meiner Hand und hielt sie fest, sie war kalt und klamm. »Ich kann das nicht, Rachey, ich kann da nicht rausgehen und versuchen, das mit jemand anderem zu machen. Unser Haus verkaufen, das Zuhause, das wir uns gemeinsam aufgebaut haben. Können wir es nicht noch einmal versuchen? Du kannst dir einen Hund kaufen, alles, was du willst. Ich verspreche, ich werde mich nicht mehr wegen des Geldes beschweren. Wir können verreisen, wenn du dir das wünschst, Abenteuer erleben, alles, was du schon immer wolltest ... Tanzen, Ausgehen ... Wir können das alles tun. Ich verspreche es.«

»Wir haben in einem Vorort gewohnt.« Was Besseres fiel mir nicht ein. »Menschen in Vororten erleben keine Abenteuer.«

»Dann ziehen wir um. Nach London zurück.«

»Das können wir uns nicht leisten.«

»Ich werde mir einen neuen Job besorgen.«

»Mit noch mehr Stress? Dan, das funktioniert nicht. Sieh es doch ein.«

»Aber was sollen wir dann tun?«, entgegnete er beinahe verzweifelt. »Wo sollen wir denn hin, wenn wir nicht zusammen, nicht in unserem Haus sind? Was sollen wir mit unserem Leben anfangen?«

»Überallhin und alles.« Ich breitete meine Arme aus. »Und das ist das Beängstigende daran. Alle Türen stehen uns wieder offen.«

»Ich will nicht, dass sie offen sind. Ich mochte das, was wir hatten. Unser Haus, unser Leben, dich und mich ... zusammen.«

Ich starrte auf die glänzend polierte Holzmaserung des Tisches und versuchte, nicht in Tränen auszubrechen. Es war ein schöner, gepflegter Tisch, alt und seit langer Zeit in Gebrauch. Ein Tisch für Familienabendessen und spätabendliche Gespräche und vielleicht sogar Sex darauf, wenn die Kinder schon schliefen. Aber es war kein Tisch, den ich ausgesucht hatte. Der war viel weniger wertvoll, aber es war meiner gewesen, und Dan und ich hatten fünf Jahre lang jeden Abend an ihm gegessen. In diesem Haus hier gehörte mir dagegen nichts.

»Ich weiß nicht, was ich sagen soll.«

»Es kommt plötzlich, das weiß ich. Damals habe ich Dinge gesagt ...«

»Dass ich kein bisschen Loyalitätsgefühl besitze und keinen blassen Schimmer vom Konzept der Ehe habe?«

Er zuckte zusammen. »Habe ich das wirklich gesagt?«

»Ja.«

»Das tut mir leid. Ich war aufgewühlt.«

»Das waren wir beide.«

»Du hast gesagt, ich sei ein kaltherziger Workaholic, dem die Haare ausgehen.«

»Das war nicht nett von mir.«

»Nein.« Seine Hand wanderte zu seinem Kopf.

»Übrigens stimmt das nicht, deine Haare sind noch genauso wie früher.« Ich hatte immer noch nichts zu seinem Vorschlag gesagt. Die Zeit schien sich seltsam zu verlangsamen, während ich dort stand und darüber nachdachte. Wie ich die Augen schließen und gedanklich beinahe schon dorthin zurückkehren konnte, wo ich noch vor ein paar Monaten gewesen war. Wie ich mich einfach wieder auf das Siegertreppchen hieven lassen konnte, in meinem Haus leben, zwischen meinem Geschirr, meinen Pflanzen und Kochbüchern, um mit Dan fernzusehen. Nachts neben ihm zu liegen, jemanden zu haben, dem ich einen Begrüßungskuss geben konnte, wenn er heimkam, oder der mich beim Einschlafen in den Arm nahm; jemanden, bei dem ich mir Luft machen konnte, wenn es mit der Arbeit nicht gut lief oder ich mich dick fühlte oder mich mit einer meiner Freundinnen gestritten hatte; jemanden, mit dem ich die Augen verdrehen konnte, wenn Ian einen geschmacklosen Witz machte ... Dan. Wie auch der Rest meiner Sachen etwas abgenutzt, vielleicht nicht Spitzenklasse, etwas müde und traurig, aber eindeutig meins. Zumindest, bis ich die Scheidungsdokumente unterschrieb.

»Deine Mum sagte mir, dass du dich mit jemandem triffst«, hörte ich mich selbst sagen.

»Dazu hatte sie kein Recht.«

»Wer ist sie?«

Er sah betreten drein.

»Es ist jemand, den wir kennen, nicht wahr? Du hast keine neuen Freunde auf Facebook.«

»Theresa«, sagte Dan leise.

Natürlich. Warum war ich nicht selbst darauf gekommen? Seine Arbeitskollegin. Vorsitzende der Abteilung für Freizeit und Kultur. Geschieden, zwei Pekinesen namens Yip und Yap. Um die fünfunddreißig. Ich war fassungslos. »Im Ernst? Trotz der Hunde?«

»Sie sind nicht so schlimm. Sie ... war für mich da, als du weg warst. Ich brauchte Gesellschaft.«

»Weiß sie, dass du hier bist?«

Sein Schweigen verriet mir, dass sie keinen blassen Schimmer hatte. »Ich dachte nur, ich sollte sichergehen, bevor es zu spät ist.« Er rieb sich übers Gesicht. »Du weißt ja, am Anfang ist es einfach. Aber nach einer Weile wird es immer komplizierter.«

»Dan, ich ...«

»Ich dachte, ich sollte dir eine zweite Chance geben. Dein Vermieter hat mir gesagt, dass du eine schwere Zeit hattest.«

»Patrick hat das gesagt?«

»Hat er dir das nicht erzählt? Er hat mich angerufen, um mir zu sagen, dass du hier als eine Art unbezahltes Au-pair untergekommen bist«, er sah sich verächtlich um, »und dass du all diese verrückten Sachen machst. Dich mit irgendwelchen Losern verabredest, aus Flugzeugen hüpfst ... Du hasst so was doch. Du wolltest noch nicht mal mit auf den Eiffelturm, als wir in Paris waren!«

»Vielleicht habe ich mich verändert.«

»Menschen ändern sich nie. Du hast hier ein kleines Zwischenspiel, aber das ist nicht dein Leben.«

Ich sah mich in der Küche um, die mir ans Herz gewachsen war – das überquellende Gewürzregal, Alex' Zeichnungen an der Pinnwand, Max' Körbchen mit dem etwas muffigen Geruch, Patricks Rotweinregal, seine schlammverdreckten Schuhe vor der Hintertür. Am Kühlschrank klebten verschiedene Fotos von uns. Ich auf der Bühne und in meinem Fallschirmspringeroutfit, wie ich meine Sushiplatte hochhalte, im Disney World und beim Gassi gehen mit Max. Alles Dinge, von denen ich vor einigen Monaten nie gedacht hätte, dass ich sie tun würde.

Wenn du nicht zurückkannst, musst du eben vorwärtsgehen.

»Ich kann nicht«, hörte ich mich selbst zu Dan sagen. »Ein Teil von mir wünscht es sich, aber ich kann nicht.«

»Was soll das heißen? Wenn ein Teil von dir es will, dann tu es!«

»Ich kann einfach nicht. Das mit uns passt nicht. Wir beide machen uns nicht glücklich.«

»Verdammt, Rachel! Niemand ist jeden Tag glücklich. Das Leben ist kein Ponyhof. Menschen arbeiten hart, und sie sind müde, man hat Probleme und nicht genug Geld, aber man hält zusammen. Deine Eltern haben es getan. Meine haben es getan, bis wir Dad verloren. Mum würde alles geben, um noch einmal mit ihm leben zu können, das weiß ich. Wir haben diese Chance noch immer.«

»Das ist nicht dasselbe! Deine Eltern ... Ich weiß nicht, womöglich waren sie glücklich, oder, was wahrscheinlicher ist, sie hatten keine andere Wahl. Schau dir meine an – denkst du etwa, sie sind glücklich?«

»Ja«, sagte er und überraschte mich damit. »Ich denke, sie sind eine der glücklichsten Familien, die ich je gesehen habe.«

»Ich ... Was wir haben, ist nicht das, was sie haben.«

»Weil wir es nicht lange genug versucht haben. So etwas wächst. Man wächst zusammen.«

»Dan, ich kann es nicht erklären. Vielleicht könnten wir es haben, wenn ich nicht getan hätte, was ich getan habe, oder wenn du ...«

»Aber ich habe dir doch vergeben!«

»Das hast du nicht, Dan!«

»Okay. Ich war wütend. Ich konnte nicht glauben, dass du ... Aber ich vergebe dir jetzt. Ich vergebe dir!«

»So funktioniert das nicht«, erwiderte ich ruhig. »Wir haben miteinander gebrochen, Dan. Es ist traurig, aber es lässt sich nicht wieder kitten, auch nicht mit allem Klebstoff der Welt.«

Er stand da und sah mich eine lange Weile nur an. »Ich kann's nicht glauben. Ich gebe dir eine zweite Chance, nach allem, was du getan hast.«

»Das klingt nicht so, als hättest du mir vergeben.«

Er sah verärgert zu Boden. »Hör zu, Rachel, du befindest dich nicht gerade in der besten Situation. Du kannst dir nicht leisten, alleine zu leben, oder? Ich bin gewillt, dich zu unterstützen, für dich zu bezahlen. Aber du kannst nicht beides haben. Wenn du meine Hilfe willst, musst du mir im Gegenzug etwas geben. Das nennt man einen Kompromiss.«

Kompromisse, die Kunst, zwei Menschen unglücklich zu machen, hatte Patrick mal zu mir gesagt. Aber ich wollte glücklich sein. Ich lechzte förmlich danach. Ich wollte keine halben Sachen mehr. Stumm schüttelte ich den Kopf.

Dan hob die Unterlagen vom Tisch auf. »Da du unsere Ehe einfach so aufgibst, unterschreibst du die hier lieber.«

»Ich gebe sie nicht auf. Sie war schon lange tot. Sie wurde nur künstlich am Leben erhalten.«

Er hob die Stimme, als er sich zur Tür wandte. »Das wird dir noch leidtun, Rachel. Wenn du alleine bist und nicht mehr weiterweißt und die Miete nicht zahlen kannst, wird es dir leidtun, mich abgewiesen zu haben. Ich habe dich geliebt. Ich habe dich unterstützt. Herrgott, ich habe dir sogar vergeben, dass du mich betrogen hast. Weißt du eigentlich, wie sich das anfühlt?«

»Ja, schon gut! Ich weiß, dass ich Mist gebaut habe. Ich habe etwas Schreckliches getan. Aber ich kann nicht ewig und immer und immer wieder dafür bezahlen.« Meine Stimme erstickte in Tränen. »Weißt du, warum die Sache mit uns in die Brüche gegangen ist, Dan? Weil sie bereits vorher gesprungen war. Ich habe sie nur endgültig in Stücke geschlagen!«

Dan stürmte in den Flur, wo Patrick auf der Treppe stand. »Ich habe Schreie gehört, da dachte ich ...«

Dan drehte sich zu ihm um. »Ich weiß nicht, warum Sie angerufen haben. Vielleicht hatten Sie beide was laufen, wer weiß.« Mit wütenden Schritten stürmte Dan davon und knallte die Tür so fest zu, dass die Buntglasscheiben schepperten.

Ich starrte Patrick an. »Du hast ihn angerufen? Du wolltest mich so unbedingt loswerden, dass du mich zu meinem Exmann abschiebst?«

»Er ist immer noch dein Mann«, entgegnete Patrick ungerührt. »Und wie es scheint, warst du nicht ehrlich mit dem, was tatsächlich zwischen euch passiert ist.«

»Du hast es gehört?« Ich musste eigentlich nicht fragen. Er hatte jedes Wort mitgehört, ich erkannte es daran, dass er mir nicht in die Augen sehen konnte. »Lass es mich erklären.«

»Du musst mir nichts erklären. Das war mehr als deutlich. Du hast Dan betrogen.«

»Nein ... Ich ... Nicht wirklich.«

Seine Stimme klang fremd. »Ich habe dir vertraut, Rachel. Ich habe dich in mein Haus gelassen, in meine Familie. Dabei hast du mich die ganze Zeit über angelogen. Bei der einen Sache, von der du genau wusstest, dass sie mich am meisten verletzt.«

»Ich …« Es gab nichts, was ich sagen konnte. Ich hob die Hände, um die heißen Tränen aufzuhalten, die mein Gesicht hinabrannen. Jetzt wusste Patrick das, was ich um jeden Preis vor ihm geheim halten wollte. Ich war genauso schlimm wie Michelle.

»Mach dir keine Mühe«, sagte er und drehte sich um. »Ich hoffe, du hast dich schon nach Wohnungen umgeschaut. Ich möchte, dass du so bald wie möglich auszieht.«

Zitternd zog ich mein Handy hervor. Alle Treppen waren unter mir zusammengebrochen, ich befand mich am tiefsten Punkt des Abgrunds. Wen konnte ich anrufen? Cynthia würde bald nach Jamaika fliegen, und Emma und Ian waren dabei, sich zu trennen und selbst vollkommen pleite nach Wohnungen zu suchen. Ich ging die Nummern in meinen Kontakten durch, drückte eine davon und hörte eine vertraute Stimme.

»Hallo?«

Meine Stimmte stockte vor Tränen. »Ich bin's. Ich … Dieses Mal habe ich richtig Mist gebaut. Kannst du kommen und mich abholen? Es tut mir leid, dass ich dich darum bitten muss. Es ist nur … Ich habe sonst niemanden, den ich anrufen könnte.«

»Natürlich«, sagte meine Schwester. »Ich bin schon auf dem Weg.«

Eine Liste der schrecklichsten Momente im Leben der Rachel Kenny (fortlaufend)

2. *Oh, schau einer an! Bei dieser hier bringe ich es noch richtig weit, oder?*

35. Kapitel

Es gab da eine Erinnerung an jene Zeit, die mich immerzu verfolgte. Diese lange, sich dahinschleppende Zeit, als Dan und ich auseinandertrieben wie zwei Schiffbrüchige, die Stück für Stück den Griff von dem Treibholz lösten, an das sie sich geklammert hatten. Es war im Anschluss an das Weihnachtsfest letztes Jahr. Dan und ich fuhren nach Cambridgeshire, um Jane zu besuchen, und steckten in einem schlimmen Stau auf der Londoner Ringautobahn fest. In dieser Erinnerung sitze ich auf einer Tankstellentoilette irgendwo in Surrey und weine – dicke, schluchzende, verrotzte Tränen, die bei den armen anderen Klogästen der Tankstelle besorgte Blicke hervorriefen. Die Sorge wurde wahrscheinlich noch dadurch verstärkt, dass ich einen knallroten Weihnachtspulli mit einem Rentier darauf trug. Der Grund für diesen Tankstellenkloheulkrampf war eine weitere der vielen Diskussionen gewesen, die wir an Weihnachten zum Thema »Geht unsere Ehe den Bach runter?« geführt hatten. Eine Frage, die, wenn man sie sich stellte, nur noch eine Antwort haben konnte: »Ja. Ja, das tut sie.« (Ungefähr so wie: »Meinst du, es ist eine schlechte Idee, mit meinem Ex zu schlafen?, oder: »Bin ich bescheuert, weil ich bei *The X Factor* abstimme?«) Was war passiert? Das war die erste Frage, die man zu hören bekam, wenn man Leuten davon erzählte. In Wahrheit war nichts passiert. Oder auch alles. Es ist beileibe nicht die beste Story, aber ich werde sie trotzdem erzählen.

Eine Liste der Gründe, warum meine Ehe scheiterte

1. Die Technologie

Wir alle wissen, dass der Sündenfall der Menschheit mit einem Apfel begann, der Niedergang meiner Ehe begann mit Apple. Ich könnte das Ganze jetzt auf Steve Jobs schieben, aber er ist tot, und ich glaube, er muss sich am Himmelstor für genug andere Sachen verantworten – den Zusammenbruch der Musikindustrie, die Ausbeutung chinesischer Arbeiter, Männern vorzugaukeln, es sei okay, Rollkragenpullover zu tragen (ist es nicht). Dan hatte eine Schwäche für technische Spielereien aller Art. Wir hatten Geräte, die Messer schärften, Geräte, die die Temperatur regulierten, Geräte, die Bananen wogen. Was also passierte, war, dass sich ein Bildschirm zwischen uns schob. An den Abenden begann er damit, sein BlackBerry oder iPad oder Smartphone anzustarren. Ich redete mit ihm, doch er gab keine Antwort, denn er spielte ein Spiel oder las E-Mails oder hatte Stöpsel in den Ohren. Um Mitternacht erledigte er noch Sachen für die Arbeit. Wenn ich mich auszog, um ins Bett zu gehen, hing er an irgendeinem Gerät und sah nicht einmal auf, um Gute Nacht zu sagen. Die Abende vergingen mit Gegrunze, schlechten Filmen und vier bis fünf Stunden Computerspielen. Das führte, direkt oder indirekt, zu einem weiteren Problem …

2. Babys. Beziehungsweise das Fehlen selbiger.

Ich dachte immer, ich hätte alles richtig gemacht. Ich hatte meine Unizeit ohne katastrophale Beziehungen überstanden, hatte mit achtundzwanzig geheiratet, ein Haus, ein Auto und ein Le-Creuset-Topfset gekauft. Die Voraussetzungen waren da. Mein Bauch hatte ein Zuvermieten-Schild umgehängt. Es war Zeit für ein Baby. Nur dass es nicht passierte. Am Anfang machten wir uns keine Sorgen. Wir waren jung. Wir hatten Zeit. Dann würde es eben nächsten Monat klappen. Oder im übernächsten. So vergingen zwei Jahre. Ich ließ mich untersuchen und machte mir Sorgen und aß Fischöl und zwang Dan, Zinkpräparate zu nehmen, und streckte die Beine in die Luft und zählte die Tage und wurde wieder und wieder enttäuscht. Und dann eines Tages, wachte ich auf, und begriff: *Ich-bin nicht schwanger.* Unglaublich, aber wahr: Nicht schwanger zu werden passiert oft, wenn man so ungefähr nie Sex hat. Das war also Punkt zwei, der ganz offenbar mit Punkt zwei b zu tun hatte: *Sex.* Zuerst führte ich es noch auf den Tod von Dans Vater zurück – natürlich brauchte es eine Weile, um darüber hinwegzukommen. Aber dann hielt diese Weile ein ganzes Stück länger an. Sie wurde zu einer Phase. Dann zu einer Krise. Dann, was viel besorgniserregender war, zu einem Abwärtstrend. Niemand sagt es einem, niemand bereitet einen auf die Ehe vor, und dennoch ist es die wichtigste und gefährlichste Sache, die die meisten von uns je tun. Ich meine, Herrgott noch mal, sie lassen einen ja nicht einmal ein Flugzeug besteigen, ohne haarklein zu erläutern, wie Sauerstoffmasken funktionieren. Ich brauchte dringend eine Sauerstoffmaske.

Dann gab es da noch das Problem mit der:

3. Vorstadt

Viele unserer späteren Probleme kann ich auf jenen Moment zurückführen, als Dan sagte: »Hey, vielleicht sollten wir nach der Hochzeit umziehen, irgendwohin, wo wir mehr Platz haben. Vielleicht sogar ein Haus kaufen.«

Ich lachte und deutete auf unsere Zweizimmerwohnung in Hackney mit den separaten Wasserhähnen für kalt und heiß, den Mäusen im Gemäuer und dem nachbarschaftlichen Drogengeschäft. »Okay, und welchen unserer Treuhandfonds werden wir anzapfen, um uns das in London leisten zu können?«

Woraufhin Dan sagte: »Ich dachte an etwas weiter draußen. Ich habe mich nach einem Job bei der Gemeindeverwaltung von Surrey County umgeschaut.«

Die Leute versuchten, mich zu warnen. »Es ist langweilig da, Rachel, die Läden schließen um sechs. Der letzte Zug geht um dreiundzwanzig Uhr, und die Menschen interessieren sich nur für Parkverbote und wie oft die Müllabfuhr kommt.« Aber zu jenem Zeitpunkt erschien mir das eine tolle Idee.

Ganz allmählich, Tag für Tag ein bisschen mehr, wurde mir klar, dass all die Dinge, die ich wollen sollte – das Haus, der Ehemann, das Auto –, überhaupt nicht das waren, was ich wirklich wollte. Ich steckte mächtig in der Klemme. In dieser Zeit weinte ich noch nicht oft. Wenn man *Eat Pray Love* liest – und das habe ich zweimal getan; ich weiß, einmal ist unglücklich, zweimal erscheint wie Nachlässigkeit –, kann man leicht in einen

Wettstreit der Trauer hineingezogen werden. Wenn deine Scheidung keine tendenziell suizidalen Heulkrämpfe beinhaltet sowie eine existenzielle Krise, in der Gott zu dir spricht, und eine Weltreise, bei der du einen heißen Typen kennenlernst und einen Bestseller schreibst und Julia Roberts dich in dem Film darstellt, machst du etwas nicht richtig. Bis auf die nervenaufreibenden Tankstellenschluchzer, weinte ich nicht viel. Meistens war ich nur trübsinnig und verängstigt. Monatelang schlief ich nicht richtig. Und überhaupt, meine Vorfahren kommen aus Irland – wenn es etwas gibt, in dem wir spitzenklasse sind, dann in anhaltendem, bescheidenem Leid. Wir sind das Volk, das nur hundertfünfzig Jahre zuvor an einer Hungersnot litt, und dass, obwohl tagtäglich Tonnen an Nahrungsmitteln aus dem Land in die ganze Welt exportiert wurden und werden. Aber was wir nicht gut können, im Gegensatz zu den Engländern, ist zu leugnen. Etwas zu leugnen hieße nämlich, richtig guten Kummer zu verschwenden. Ach, die Engländer! Wenn ihnen jemand auf dem Arm einschliefe, würden sie ihn sich lieber abhacken, nur damit der andere nicht aufwacht und sie die Angelegenheit ausdiskutieren müssen. Wenn ich also meinen Ehemann fragte, wie es um uns stand, sagte er immer nur: »Gut. Uns geht es doch gut.«

Alles war in bester Ordnung. Obwohl wir leise und unauffällig auseinanderdrifteten, war immer noch alles gut.

4. *Der Vorfall*

Wenn ein Elternteil deines Ehemannes stirbt, wird erwartet, dass du dem anderen gegenüber nachsichtig bist.

Es wird erwartet, dass du kochst und Wäsche wäschst und jedes Wochenende seine Mutter besuchst, weil sie es alleine nicht auf die Reihe kriegt. Es wird erwartet, dass du Verständnis zeigst, wenn dein Ehemann bis zwei Uhr morgens im Büro bleibt, weil er darauf besteht, dass es unerlässlich ist, die Altglascontainer in der Gegend um Guilford neu zu verteilen. Es wird erwartet, dass du dich daran gewöhnst, das unangerührte Abendessen in die Mülltonne zu kratzen oder die Dessous auszuziehen, die du bescheuerterweise gekauft hast in der Hoffnung, dies sei die Nacht, um die Sache zwischen euch wieder zu entfachen – denn, machen wir uns nichts vor, sechs Monate sind eine ziemlich lange Durststrecke, wenn man frisch verheiratet ist und noch nicht einmal dreißig. Es wird erwartet, dass du das alles mitmachst, denn schließlich bist du ja kein schlechter Mensch und der andere trauert. Und wenn du wegen der anhaltenden Durststrecke nachhakst und gesagt bekommst, es läge daran, dass du etwas zugelegt hast, nun ja, da könnte man womöglich einen kleinen Heulkrampf im Badezimmer bekommen und dazu übergehen, abends den superschlabbrigen Pyjama anzuziehen. Aber du kannst dir immer noch einreden, dass es der Schmerz ist, der aus ihm spricht, nicht er. Doch gibt es auch Dinge, die man nicht verzeihen kann?

Solange Dan mich kannte, wusste er, dass ich Künstlerin werden wollte. Nach unserer ersten Verabredung in der Studentenkneipe war er mit auf mein Zimmer gekommen, und ich hatte ihm schüchtern meine Zeichnungen gezeigt. Ich konnte an seinem Gesicht ablesen, dass er ehrlich beeindruckt war. In unseren Zwanzigern lebten wir in London, und ich hatte einen Job in einer Werbeagentur, während ich nebenher frei arbeitete. Doch sobald wir verheiratet waren, drängte er mich zu der Stelle bei der Gemeindeverwaltung, und ich hatte keine Zeit mehr zum Zeichnen. Dennoch bewahrte ich meine alten Kunstwerke sorgfältig verpackt auf dem Dachboden auf – meine besten Arbeiten, meine liebsten Zeichnungen und Gemälde. Es war meine Art, mir zu beweisen, dass ich immer noch Künstlerin war. Dass ich eines Tages vielleicht wieder damit anfangen und womöglich sogar meinen Lebensunterhalt damit verdienen würde.

Zum Sommer hin begann die Sache zwischen uns richtig schlimm zu werden. Ich war weggefahren, um das Wochenende bei Mum und Dad zu verbringen. Als ich mich nach dem Besuch unserem Haus näherte, konnte ich Rauch riechen. Verwundert ging ich ums Haus in den Garten, wo ich Dan erblickte, der ein Feuer entfacht hatte. Er warf büschelweise Laub in die Flammen, was ich zuerst für eine gute Sache hielt. Er kümmerte sich um den Garten, er zeigte endlich wieder an etwas anderem Interesse als an der Arbeit. Ich ging ein Stückchen näher heran, und da sah ich, mit was er das Feuer noch fütterte. Ich mochte vielleicht nicht die weltbeste Künstlerin sein, aber ich hatte einen recht unverkennbaren Stil. Ich starrte ihn an. Für einen Augenblick dachte ich, ich würde träumen. Aber das tat ich nicht. »Du ... hast meine Bilder verbrannt?«

Dan rieb sich übers Gesicht, das mit Ruß verschmiert war. Seine Augen blickten in die Ferne. »Das Zeug hat doch nur Platz weggenommen, Rachel. Und außerdem hast du es doch sowieso längst aufgegeben.«

Dennoch glaube ich, dass der berühmte letzte Tropfen, der das Fass zum Überlaufen brachte, der letzte Nagel im Sarg, das Todesröcheln unserer Ehe das alte Klischee war:

5. *Der Dritte im Bund*

Wenn du verheiratet bist und dich in jemand anderen verliebst, ist es von Vorteil, jemanden auszusuchen, der deine Liebe nicht erwidert. Du wirst ihn dann nämlich nicht um Mitternacht auf deiner Türschwelle vorfinden, wo er traurig deinen Namen ruft. Aber es gibt auch Nachteile, zum Beispiel dass dein Herz mit Nagelstiefeln zu Brei gestampft wird.

Simon Caulfield war mit uns zur Uni gegangen. Ich wollte nie etwas von ihm, weil er wirklich gut aussehend war und beliebt und Hockey in der Unimannschaft spielte. Er pflügte sich durch die Masse an hübschen Mädchen mit glänzenden Haaren, den hübschen Dingern, die mit Emma Geschichte, mit mir Kunstgeschichte und mit Cynthia Jura studierten. Wir nannten ihn Super-Simon. Er spielte Theater, war im Ruderteam, kandidierte als Stundentensprecher, machte einen Abschluss mit Auszeichnung und zog für einen Spitzenjob bei einer Bank nach New York.

Ich glaube, in der ganzen Zeit an der Uni hatte er gerade mal zwei Sätze mit mir geredet. Einmal im Jahr 2002 bei einer Party: »Weißt du, was in dem Punsch drin ist?« Wusste ich nicht, aber nach dem zu urteilen, was später in dieser Nacht aus mir herauskam, waren es Tequila und Blue Curaçao gewesen. Doch da war es bereits zu spät, mein neu erworbenes Wissen an ihn weiterzugeben, denn Simon war mit einem Mädchen namens Molly nach Hause gegangen, die so lange blonde Haare hatte, dass sie darauf hätte sitzen können. Dann noch einmal 2005, kurz bevor wir unseren Abschluss machten: »Hast du Venetia gesehen?« Das war ein Mädchen aus meinem Kurs, mit dem er den Akt in der zeitgenössischen Kunst studierte. Ich hatte Venetia nicht gesehen.

Und so setzte ich mich mit Dan zur Ruhe und sah DVD-Boxen durch und dachte über acht Jahre lang gar nicht mehr an Simon, bis unser Absolvententreffen anstand. Ich muss zugeben, dass ich mit einer guten Portion Selbstgefälligkeit dort hinging. Ich war verheiratet und hatte ein Haus und besaß tatsächlich auch Möbel, die nicht von Ikea waren. Ich, Rachel Kenny, befand mich auf der Überholspur des Lebens. Ich spazierte in die Weinbar in der Nähe der London Bridge, und die erste Person, die ich erblickte, war Simon, der in einem dunkelblauen Anzug an die Wand gelehnt stand.

»Rachel Kenny«, sagte er, und sein Mund verzog sich langsam zu einem Lächeln. »Wo warst du bloß all die Jahre?«

Ihr kennt diese Art von Typen. Clever, wie ich war, schaffte ich es, mich in jemanden zu verknallen, der Emotionen als lästige Dinge betrachtete, die anderen Leuten zustießen. Er wollte also nicht mit mir zusammen sein. Und ich wollte nicht mit ihm zusammen sein, außer ganz tief in der Nacht, wenn ich wach lag und mich fragte, was zum Teufel mit meinem Leben los war.

Mein Zustand der vergangenen zehn Jahre hätte zusammengefasst werden können in neunundneunzig Prozent glücklich und ein Prozent »Sollten wir nicht mehr Sex haben?«. Über Nacht bestand ich plötzlich aus dreiunddreißig Prozent Schuld, fünfundfünfzig Prozent rasender Lust, zwei Prozent Abscheu, fünf Prozent Angst und zehn Prozent Hoffnung, ob es nicht doch eine Chance gab, dass es mit ihm klappen könnte. Ergab das zusammen überhaupt hundert? Mathe, wie schon mein Vater bemerkte, ist nicht gerade meine Stärke.

Was die Sache endgültig besiegelte, war Simons nächste Frage: »Hey, zeichnest du eigentlich noch? Du warst damals wirklich gut!«

Daraufhin vereinbarten wir, dass ich ihm etwas von meinem Zeug zeigen würde, was nicht den Flammen zum Opfer gefallen war; denn er wollte »ganz groß in die Kunst einsteigen« – jep, genau so Sachen sagte er –, und irgendwie wurde daraus ein Mittagessen und dann ein Dinner und dann… Wie auch immer. So ging es eine Weile weiter. Wir trafen uns, und zwar so, dass ich mir einreden konnte, dass es im Rahmen des Zulässigen war, dabei wusste ich ganz genau, dass es das nicht war, denn ich log Dan an. Bevor Simon nach New York zurückmusste, gab es da diesen einen Zwischenfall, der viel zu viel Wodka und einen Kuss auf dem eiskalten Bahnsteig der Waterloo Station beinhaltete, während ich meinen letzten Zug nach Hause verpasste. Ein Kuss, der mich bis ins Mark erschütterte, in tausend Stücke zerschellen ließ und als jemand ganz Neuen wieder zusammenbaute. Dan konnte es mir ansehen, als ich nach Hause kam, und er stellte mir dieselbe Frage, die Patrick Michelle gestellt hatte. Meine Antwort war die gleiche.

Was also war mit meiner Ehe geschehen? Da war natürlich der Dritte im Bunde (wenn wir doch nur wie bei einer Kfz-Haftpflichtversicherung Schäden durch Dritte geltend machen könnten, ich wäre stinkreich). Doch die Sache mit Simon hatte mir nur gezeigt, dass all das Verlangen, das ich verdrängt hatte, noch immer da war. Es sprudelte an allen Ecken und Ende aus mir heraus. Ich stand vor einem riesigen Problem.

Wie ich schon sagte, nicht die beste Story. Sie verrät nicht viel über mich. Und sie erklärt nicht wirklich, warum Dan anschließend alleine in unserem Haus saß mit unseren Töpfen und Pfannen und Pflanzen und DVDs, und ich in der Abstellkammer eines Fremden schlief. Oder warum wir es nicht zusammen geschafft hatten. Aber es ist die einzige Geschichte, die ich habe.

Dinge, die an einer Scheidung zum Kotzen sind, Nummer eins: Du musst dich scheiden lassen.

36. Kapitel

Umziehen ist nie so einfach wie im Fernsehen. Dort trägt man nur ein paar Kartons umher, die Haare mit einem bunten Vintagetuch hochgeknotet, vielleicht noch in einer Latzhose und mit einem süßen Farbfleck auf der Nase. Als müsste man nur eben einen Blumentopf in einer Ecke abstellen. Im echten Leben ist es anstrengend. Jeder Löffel, jedes Poster und jedes Buch, das ich einpackte, fühlte sich wie ein Rückschritt an, und das von einem Ort, den ich, wenn auch nur flüchtig, für mein Zuhause gehalten hatte. Es gab so viel zu erledigen – die Post musste umgemeldet und auf Lieferanten gewartet werden, Möbel mussten gekauft und Mietverträge unterschrieben werden; und dann war da noch die riesigen Summen, die von meinem Konto abgingen für ein paar Quadratmeter verschimmelten Londoner Wohnraums.

Jess war mir eine große Hilfe. Sie kam noch am selben Tag, als ich sie anrief, und hatte bereits einen Haufen Wohnungen in meiner bescheidenen Preisklasse unter ihren Favoriten im Browser gespeichert. Sie begleitete mich zu den Besichtigungen, verhandelte mit den Maklern, wies auf Schimmelsporen hin und Wände, die einen Neuanstrich benötigten, klärte meine Bürgschaft und die Kaution, während ich nur danebenstehen und kaum die Tränen zurückhalten konnte. Was tat ich hier, mit diesem Blick auf die Autobahn, wo Lastwagen vorbeidonnerten und sich die Vorhänge im Schlafzimmer von der Decke lösten? Hier wohnte ich nicht. Ich lebte bei Patrick und Alex und Max, in dem Haus in Hampstead mit Erkertürmchen.

Bei der letzten Wohnung, die wir besichtigten, unterhielt sich Jess ausgiebig mit dem Makler über Mietkautionssysteme, Tiefenreinigungen und Vertragsklauseln. Obwohl sie Jeans und UGGs trug, verströmte sie ein Selbstbewusstsein, als würde sie einen Vortrag im Gerichtssaal halten.

Ich sah an mir herab, zitternd, elend, mit zerrissener Jeans und undichten Schuhen. »Ich geh mich mal kurz draußen umsehen«, murmelte ich und schlüpfte aus der Tür. Der Regen plätscherte apathisch in eine Pfütze, in der Müll schwamm. Die Wohnung befand sich in einem schmuddeligen Siebzigerjahreblock mit einer Sozialsiedlung dahinter und einer Hauptverkehrsstraße davor.

»Ich denke, wir sollten diese hier nehmen«, sagte Jess, als sie hinter mich trat. »Es ist die Beste bisher, und sie sind gewillt, die Miete aufgrund des Schimmels zu senken.« Es war nett, dass sie »wir« sagte, aber ich war diejenige, die hier leben musste. Sie würde zu ihrem Mann und ihren Kindern in ihr hübsches Haus mit den Holzdielenböden und dem grünen Gasherd zurückkehren.

»Okay«, sagte ich und starrte die schmuddeligen Stufen an.

»Tut mir leid«, sagte sie. »Dass es mit euch beiden nicht geklappt hat. Es ist nicht fair.«

»Doch, das ist es. Es ist genau das, was ich verdient

habe.« Ich blinzelte. »Wie machst du das, Jess? Dass dein Leben funktioniert? Wie schaffst du es, dich in jemanden zu verlieben und Kinder zu haben und zusammenzubleiben?«

»Du wirst es auch schaffen. Wenn du den richtigen Menschen für dich gefunden hast.«

Ich schüttelte bekümmert den Kopf. »Wenn ich es mit Dan nicht geschafft habe, dann mit niemandem. Er hat mich geliebt, zumindest am Anfang, und ich habe alles kaputt gemacht.« Über Patrick wollte ich gar nicht erst reden, es war immer noch zu schmerzhaft, daran zu denken. »Ich kriege nichts auf die Reihe. Und du... Du machst alles richtig.«

Jess prustete los. »Ich? Meine Güte, ich bin eine kleine Anwältin in der Provinz. Ich wollte nach London ziehen und dort Jura studieren. Stattdessen kümmere ich mich um Nachbarschaftsstreitigkeiten über Leyland-Zypressen. Und selbst das tue ich inzwischen nicht mehr. Ich wechsele nur noch Windeln und schaue den ganzen Tag *Teletubbies*.«

»Aber du hast doch alles – Haus, Ehemann, Kinder.«

»Rachel, du bist deinem Traum gefolgt. Du machst etwas Echtes. Ich bin so stolz auf dich, weißt du das eigentlich? Wenn mich Leute nach meiner Schwester fragen, sage ich immer: Sie ist Künstlerin und lebt in London.«

»Das lässt es um einiges cooler klingen, als es ist«, bemerkte ich, während ich mich im Hof umsah, wo mich ein verdächtiges Rascheln in den Mülltonnen dazu zwang, möglichst nicht an Ratten zu denken. »Ich zeichne nur Comics, und das auch nur, weil ich keinen richtigen Job als Grafikdesignerin bekomme.«

»Rachel Kenny. Sag mir jetzt, verdienst du Geld mit etwas, das du gänzlich selbst erschaffen hast – ja oder nein?«

»Na ja, ich schätze schon, aber ich verdiene nicht viel.«

»Hör auf zu meckern. Niemand hat gesagt, dass es einfach wird, aber du gehst deinen Weg. Und mit der Zeit wird es besser werden. Du warst immer so viel mutiger als ich.«

Jetzt war ich dran mit Lachen. »Jess, ich bin überhaupt nicht mutig. Ich habe vor allem und jedem Angst. Vor Haien und Höhen und Spritzen und allein zu sein und mit jemandem zusammen zu sein und vor besonders tiefen U-Bahn Haltestellen und Achterbahnen und... einfach *allem*!«

»Und hast du dich nicht trotzdem all diesen Dingen in den letzten Monaten gestellt?« Sie fixierte mich mit ihrem Anwaltsblick.

Ich dachte an die Achterbahn im Disney World zurück, an das Tattoo, die Kletterhalle, den Fallschirmsprung. »Doch, ich schätze das habe ich.«

»Na also.« Sie drückte kurz meinen Arm. »Es ist nicht mutig, nie etwas zu tun, nur für den Fall, dass man Angst bekommen könnte. Ich meine es ernst, Rachel, du hast keine Ahnung, wie sehr du Menschen inspirierst.«

»Aber ich ...«

»Ich fange nächsten Monat wieder an zu arbeiten. Erst einmal in Teilzeit, als Einstieg.«

»Das ist doch toll!«

»Danke. Ich hätte es nicht getan, wenn ich nicht gesehen hätte, wie tapfer du bist. Also hör auf, an dir herumzunörgeln, du Meckerliese. Ich sage ihm, dass wir die Wohnung nehmen, in Ordnung?«

Ich stand im Regen und dachte daran, was Patrick gesagt hatte. Dass Mut Gewöhnungssache war, wie alles andere auch. Man musste ihn immer wieder trainieren, damit man auf ihn zurückgreifen konnte, wenn man ihn brauchte. Ich dachte auch an das, was Alex gesagt hatte. Dass man die Augen zumachen musste, sodass die Füße nicht wussten, dass sie so weit oben waren. Also ging ich wieder hinein, um mir mein neues Zuhause anzusehen. Ein Zuhause mit Schimmelsporen und klapprigen Möbeln und fadenscheinigem Teppichboden.

Ich wünschte, das Leben wäre wie im Fernsehen. Ich wünschte, die vorübergehenden Figuren in der Sitcom des Lebens könnten so einfach aus meinen Gedanken verschwinden wie vom Bildschirm. Ich wünschte, aus den Augen würde wirklich aus dem Sinn bedeuten. Ich wünschte, die große Liebe gäbe es wirklich – nicht abgenutzt durch den Alltag, die Einkaufslisten und das Badezimmerputzen und all die Lügen, die wir uns tagtäglich erzählen. Ich wünschte, diese Geschichte hätte ein besseres Ende gefunden.

Bei Patrick auszuziehen war beinahe schlimmer gewesen, als Dan zu verlassen. Mir wurde jetzt erst klar, wie sehr die Trennung dadurch abgemildert worden war, dass ich danach in diesem hübschen, komplett eingerichteten Haus leben durfte. Jetzt fand ich mich einer Mietwohnung in Lewisham wieder, eine der wenigen Gegenden, in der ich nicht meine Niere verkaufen musste, um die Miete zu bezahlen. Mum hatte mir die Kaution geliehen, und ich hatte die erste Miete zusammengekratzt, aber wenn ich danach keinen Job bekam, wäre ich in großen Schwierigkeiten.

Ich begann damit, mich bei Zeitarbeitsagenturen zu registrieren, deren Angestellte bei meinem »künstlerischen« Werdegang ihre mascaraverklebten Augen verdrehten und mich einen großen Persönlichkeitstests machen ließen.

Das Schlimmste – neben der Einsamkeit und darauf zu lauschen, Max oder Alex oder, Gott bewahre, Patrick zu hören, der dann doch laut bei *Absolute 8oies* mitsang – waren all die Lücken, die sich ständig vor mir auftaten. Ich hatte mich an die großen Lücken gewöhnt – kein Mann, kein Job, keine Bonitätsbeurteilung und fast kein Zuhause –, doch jetzt waren es die kleinen Dinge, die mich fertigmachten. Wenn ich mir Spaghetti kochen wollte, bemerkte ich, dass ich keine Käsereibe für den Parmesan hatte, und verfiel in tiefes Selbstmitleid, weil ich fast einunddreißig war und keine Käsereibe, geschweige denn ein Baby, Auto, Hund oder Ehemann hatte. An manchen Tagen war es schwierig, das Leben vor lauter Lücken überhaupt noch zu sehen.

Meine Freundinnen, die mich mit ihrer Liste zusammengehalten hatten, kämpften sich inzwischen selbst durch den Alltag. Cynthia war weg, ihre Sachen zwischengelagert, während ihr Palast in Weiß zum Verkauf stand. Emma und Ian mussten immer noch ihr Zusammenleben regeln, während sie nach getrennten Wohnungen suchten. Selbst Rose rief mich an, um sich nach »Neuigkeiten zu erkundigen«, und endete damit, in den Hörer zu heulen, weil Poppy sich nicht in der Kita einlebte, Ethan sich nicht füttern ließ und Paul überhaupt keine Hilfe war, sondern jeden Abend vor dem Fernseher einschlief und vergaß, Windeln zu kaufen. Sie hatte sogar sein Handy durchforstet, um zu sehen, ob es da eine andere gab. Ich konnte es nicht glauben. Gab es denn keine Beziehung mehr, die funktionierte? Würde ich irgendwann rausfinden, dass Mum eine Langzeitaffäre mit dem Milchmann hatte (Jess war schon immer merkwürdig groß gewesen)?

Da saß ich also in meiner schmuddeligen Mietwohnung und die einzigen lebenden Wesen, die mir Gesellschaft leisteten, waren die Schimmelsporen in den Badezimmerfugen. Nachts wurde ich von lautem Geschrei und dem Geruch brutzelnder Okraschoten aus der Wohnung unter mir wachgehalten. Sollte man im Leben nicht eigentlich Fortschritte machen und mit dreißig mehr verdienen als mit dreiundzwanzig? Wenn man ein Haus besessen hatte, sollte man danach nicht ein noch größeres Haus kaufen und nicht für eine Bruchbude Miete bezahlen? Sollte man nicht ein Auto statt eines Fahrrads haben, das man hinter der Lewisham-Bücherei gekauft hatte und das mit großer Wahrscheinlichkeit gestohlen war? Wenn das Leben eine Leiter war, hatte ich ziemlich übel das Gleichgewicht verloren und lag nun am Boden mit einem gebrochenen Bein.

In meinen dunkelsten Zeiten verfasste ich Listen über »Dinge, die ich nicht habe« (Hund, Auto, Ehemann, Haus, Job, Käsereibe, Jamie-Oliver-Flavourshaker) und »Dinge, die ich vermasselt habe« (Ehe, Selbstständigkeit und natürlich Patrick). Patrick. Ich gab mir wirklich große Mühe, nicht an ihn zu denken – den Geruch seines Pullovers, den Klang seiner Stimme, wenn er in der Küche sang –, doch nachts im Bett konnte ich nicht anders. Mir passierte auch ständig diese schreckliche Sache, bei der man merkt, dass das Herz ununterbrochen nach diesem einem Menschen Ausschau hält, der nicht da ist. Immer wenn ich einen Mann mit dunklem Brillengestell oder Schaffelljacke sah, hüpfte es mir fast aus der Brust. Mein Herz war sehr, sehr dumm. Warum sollte Patrick in einer Supermarktschlange in Lewisham stehen und dabei etwas über die Nationalpartei in sein Handy brüllen?

Die einzig gute Sache dabei war, dass ich mich ohne Fernseher und jemanden, mit dem ich sprechen konnte, in die Arbeit stürzte wie nie zuvor. Ich folgte keinem einzigen Link mehr auf Facebook, um danach den gesamten Nachmittag Videos anzuschauen, in denen Katzen gegen Wände rannten. Ich wachte früh auf, wenn die Familie unter mir zu schreien begann, und nach einigen Minuten des Selbstmitleids machte ich mir einen Tee – wenigstens das konnte ich mir noch leisten – und setzte mich an meinen Zeichentisch. Ich ging meine Comicstrips durch und begann zu zeichnen. Ich verfolgte verschiedene Ideen, aber meistens kam ich zu der zurück, die Patrick so gefallen hatte: Max, das maulende Hündchen. Es machte mir Spaß, das kleine Gesicht zu zeichnen, die traurigen Augen und die große Nase. Ich gab ihm sogar eine menschliche Gefährtin an die Seite, die zwei dunkle Zöpfe und eine sarkastische Lebenseinstellung hatte – irgendwo zwischen mir, Emma und Cynthia. Ich nannte sie Anne Hedonia nach der Anhedonie, der Unfähigkeit, Freude am Leben zu empfinden. Während ich daran arbeitete, musste ich immer wieder an Max denken, dessen rosa Zunge vom anstrengenden Treppenaufstieg fast auf dem Teppich hing. Wie er aufs Bett hüpfte, obwohl er das nicht durfte, und dort in der Sonne döste und mir zusah. Ich vermisste auch Alex, wie er in seiner Weste und den Gummistiefeln von der Schule hereingetrampelt kam und, während er seine »Mezinin« bekam, von Lokomotiven und Keksen plapperte. Ich vermisste das Haus selbst, den Geruch nach altem Holz und wie sich die Leute vor den Buntglasfenstern der Tür grün und lila verfärbten, wenn man durch den Flur ging, um sie hereinzulassen. Ich wollte nicht darüber nachdenken, was ich sonst noch vermisste.

So vergingen die Tage, und ich begann damit, über Verluste nachzudenken, wenn ich mich in meiner kalten Wohnung in die Decken hüllte oder vom Ein-Pfund-Laden nach Hause kam, vollgepackt mit Wäschekörben und Klobürsten, oder im Bett lag und mal wieder las, weil ich keinen Fernseher hatte. Aber es war in Ordnung. Ich hatte einen Ort, an dem ich leben konnte, und ich hatte meine Zeichnungen und die Freiheit zu kommen und zu gehen, wann es mir beliebte, mit Leuten zu reden und das Lächeln eines Fremden in der U-Bahn zu erwidern, mit Freunden auszugehen und nicht in ein dunkles Haus zurückzukehren, zu jemandem, der steif vor Groll im Bett lag. Auch wenn es wie ein Klischee klang, aber diese Art von Freiheit war unbezahlbar, auch wenn ich nicht wusste, wie ich meine Chucks ersetzen sollte, von denen sich bereits die Sohlen lösten. Aber, oh Gott, ich vermisste sie so sehr. Ich musste immer wieder an die weiche Umarmung von Alex denken, als ich ging.

»Tschüss, Rachel. Kommst du bald vorbei?«

»Na ja, kann sein, dass wir uns ein Weilchen nicht sehen.«

»Du meinst nach der Schule?« Seine dunklen Augen brachen mir das Herz, sie waren so voller Vertrauen, wie die von Max.

»Ich glaube, etwas länger.«

Ich konnte sehen, wie er allmählich begriff, und es war kaum zu ertragen. »Du gehst? So wie Mummy?«

»Nein, nicht wirklich. Ich wohne nicht auf der anderen Seite vom Meer. Ich bleibe in der Nähe.«

Aber würde ich ihn je wiedersehen? Er war nur der Sohn meines ehemaligen Vermieters. Wir waren keine Familie, es gab keine Verbindung. Ich konnte mir nicht vorstellen, wie ich ein Teil seines Lebens bleiben könnte.

37. Kapitel

Eines Tages, es war im April, kam Emma vorbei, um mich zu besuchen, und brachte eine Topfpflanze und Neuigkeiten mit.

»Geht es dir gut, Schnecke?« Sie ließ sich auf meinem abgewetzten braunen Sofa nieder.

»Ja, du weißt schon, immer weitermachen und so.«

»Tut mir leid, dass ich in letzter Zeit so wenig für dich da war. Es ist nur ...«

»Ist schon in Ordnung.« Wir lebten nun an entgegengesetzten Enden Londons, und ich wusste, dass sie viel Arbeit hatte und damit beschäftigt war, die Sache mit Ian zu klären. Nach Monaten der Trennung wirkte sie müde und abgespannt.

»Wie läuft es mit der Arbeit?«, erkundigte sie sich.

»Eigentlich gar nicht schlecht. Ich habe ein Jobangebot bekommen. So was in der Art zumindest.«

Ich hatte einen Anruf von Louisa aus der netten Werbeagentur bekommen. Ihr gefielen die Anne-Hedonia-Comics sehr, die ich ihr geschickt hatte, und sie wollte sie an verschiedene Blogs verkaufen. So wäre ich immer noch selbstständig tätig, hätte jedoch ein kontinuierliches Einkommen. Und dank Patricks Ratschlag bezüglich Hochzeitsmessen und dergleichen kamen auch verstärkt Anfragen für meinen anderen Arbeitsbereich rein. Jedenfalls sah es so aus, als müsste ich am Ende doch keinen Bürojob annehmen. Aber ich wollte jetzt nicht über Patrick nachdenken.

»Was gibt es Neues bei dir?«

»Wir haben bei der Arbeit neue Buntstifte bekommen, und ich habe mein Fahrrad verkauft ... Ach ja, und Ian hat mir einen Antrag gemacht.« Sie lächelte verlegen.

»Was? Aber ich dachte, ihr seid nicht mehr ...?«

»Waren wir auch nicht. Er hat Ewigkeiten auf dem Sofa geschlafen, es war schrecklich. Dann, neulich Abend, kam ich nach Hause und er kniete sich im Flur vor mir hin, inmitten des ganzen Durcheinanders, und sagte ... Wie war das noch mal? ›Emma, ich weiß, dass du mich momentan hasst, und ich weiß, dass ich eine Weile so dämlich war, hinter deiner Freundin her zu sein, und ich weiß, dass du meine Witze und meine Motorräder und meinen Job nicht ausstehen kannst, aber ich liebe dich. Ich kann mir nicht vorstellen, je mit jemand anderem ins Bett zu gehen, ohne dein komisches Gebrabbel im Schlaf und ohne deine kalten Füße und piksigen Zehennägel zu spüren. Willst du mich heiraten?‹«

Ich starrte sie an. »Das hat er nicht gesagt!«

»Hat er doch.«

»Das ist ... Das ist ...« Ich konnte nicht anders, ich brach in Gelächter aus. »Das ist so Ian!«

Auch Emma musste lächeln. »Ich weiß, ein traumhafter Antrag. Wer will schon *nicht* seine Zehennägel in einer Liebeserklärung erwähnt haben?«

Mir kam ein Gedanke. »Du hast aber nicht Ja gesagt, oder?«

»Natürlich nicht. Ich will meinen Kindern nicht erzählen müssen, dass Daddy mir einen Antrag im Flur gemacht hat, mit Motoröl verschmiert, und dass er, als er sich hinkniete, gegen das Werkzeugregal stieß und ein Schraubenschlüssel herausfiel und ihn am Kopf traf.«

»Aber ...«

»Aber ich habe Ja dazu gesagt, es noch einmal zu versuchen.« Sie sah mich trotzig an. »Ich schätze, du hältst mich jetzt für dämlich, weil ich ihm eine zweite Chance gebe.«

»Ganz ehrlich? Ich glaube, wenn du es nicht getan hättest, wäre es der größte Fehler deines Lebens gewesen. Noch schlimmer als damals, als du in der windigsten Nacht des Jahres als Xena die Kriegerprinzessin verkleidet mit nur zwei Tüchern am Körper ausgegangen bist. Das, was Ian getan hat, war nicht so schlimm. Er hat einen Fehler gemacht, jeder macht mal einen.«

»Außer ich, wenn man dir glauben darf«, sagte sie trocken.

»Tja, das mit dem Tücheroutfit hatte ich vergessen.«

»Danke, Rachel. Du bist eine echte Freundin.«

»Du auch!«

Nachdem Emma weg war, sah ich mich in meiner kleinen feuchten Bude um. Es war nicht viel, aber es war meins, und ich bezahlte dafür mit der Arbeit, die ich selbst machte, mit meinen eigenen Händen und meiner eigenen Kreativität. Und das war doch etwas. Das war es wirklich. Ich ging in die Küche und warf einen Blick in die Schränke. Es war nicht viel da, aber ich hatte Mehl und ein paar Päckchen Trockenhefe, die noch übrig waren von dem Tag, als Patrick mich beim Singen erwischt hatte. Ich hatte zwar keinen Patrick mehr, aber ich konnte immer noch backen. Ich konnte mich um mich selbst kümmern. Ich konnte das Beste aus dem machen, was mir geblieben war.

Fünfzehn Minuten später hatte ich eine feste Kugel geschmeidigen Teigs hergestellt, der darauf wartete, in eine Schüssel gelegt zu werden, damit die Hefe ihre Wunder wirken und er aufgehen konnte. Man konnte nie sehen, wie es passierte, aber wenn man in die Küche zurückkam, war alles anders. Die perfekte Beziehung sollte genauso sein – nicht klebrig, nicht bröckelnd, sondern stark und elastisch und sich wie ein Zuhause anfühlen. Ich merkte, dass ich den Teig zusätzlich salzte, als zwei Tränen runterfielen. Ich wischte sie mit dem Handrücken weg. Es würde mir wieder besser gehen. Ich hatte schon Schlimmeres überstanden. Und letztendlich war es doch so: Wenn man nicht zurückkonnte, musste man eben vorwärtsgehen.

Bald schon war ein weiterer Monat vergangen. Ich hatte alle meine Klamotten ausgepackt und einen stolzen Stapel Zeichnungen vom mauligen Max und Anne Hedonia angehäuft und war gerade dabei, mich zu fragen, was ich mit dem Rest meines Leben anfangen sollte.

Als er kam.

Es war ein ganz normaler Tag. In einer Liebeskomödie hätte ich soeben geduscht und mich in ein Handtuch gewickelt. Ich hätte einen rosafarbenen Schimmer auf den Wangen gehabt, und einige lockige Strähnen hätten sich aus den hochgesteckten Haaren gelöst. Oder ich säße auf meiner Türschwelle, barfuß in einem geblümten Kleid und mit einer Brille, die mich nur noch hübscher machte. Wer bitte schön sah so aus, wenn er alleine zu Hause war? Ich erwartete niemanden, zumal ich in London wohnte, wo unangemeldet bei jemandem vorbeizuschauen als öffentliches Ärgernis galt. Ich steckte in meiner Arbeitskluft – einer Jogginghose, die ich in meine weißen Bommelsocken gestopft hatte, und einem T-Shirt, auf dem *I love Robbie Williams* stand. Meine Haare waren ungewaschen und zu einem unordentlichen Dutt geknotet, und, wo wir schon bei unordentlich sind, ich hatte soeben Zitronenkuchen gegessen und mein Dekolleté damit vollgekleckert. Als es also an der Tür klingelte, erstarrte ich mit meiner Hand in der Cornflakespackung und legte meine abgegriffene Taschenbuchausgabe von Jilly Coopers *Spieler* ab. Draußen trommelte der Regen beständig gegen die Fensterscheiben. Mein erster Gedanke war: Das müssen die Nachbarn sein, um sich wieder über meine ultimative Musicalcompilation zu beschweren, oder vielleicht der Vermieter, um Maß für die Vorhänge zu nehmen, die er mir versprochen hatte. Ich ignorierte alle Warnungen meines Vaters bezüglich Türketten und Spionen und riss in all meiner unbedachten Bommelsockenpracht die Tür auf. »Sorry, aber das ist das *Phantom der Oper*, und wenn Sie das nicht mögen, haben Sie kein Herz…«

»Hi, Rachel.«

Es war Patrick. Von Kopf bis Fuß, ein Meter achtundachtzig ganz und gar Patrick, inklusive teurer Lederjacke, Zitrusduft und grimmiger Attraktivität. Und das auf meinem nach Katzenpipi stinkenden Treppenabsatz. Selbstverständlich war ich unfreundlich zu ihm. Ich hatte ihn seit Monaten nicht gesehen und die ganze Zeit nichts anderes getan, als an ihn zu denken, daher war meine erste Reaktion, ihn sonst wohin zu wünschen.

»Was tust du hier?« Ich hielt die Tür nur einen Spaltbreit offen, um mein dreckiges T-Shirt zu verbergen.

Er wirkte ernst. Die Haare klebten ihm regennass an der Stirn, und er hielt einen großen braunen Briefumschlag in der Hand. »Das hier ist für dich angekommen. Ich dachte, es sei vielleicht wichtig.«

»Wie hast du mich gefunden?«

Er runzelte die Stirn. »Du hast eine Nachsendeanschrift hinterlassen.«

»Äh ja, natürlich.« Ich streckte die Hand nach dem Umschlag aus. Vermutlich das vorläufige Scheidungsurteil. Für einen Moment starrten wir uns nur an.

»Nun, ich hoffe, dir geht es gut.« Er machte Anstalten, sich zum Gehen zu wenden.

»Warte! Willst du ... einen Tee oder so? Ein Handtuch? Komm wenigstens kurz rein.«

Er schwieg eine gefühlte Ewigkeit, bevor er antwortete: »Okay, nur eine Minute.«

Ich wuselte umher, holte ihm ein Handtuch, setzte Wasser auf und entfernte unauffällig ein mit Gesichtsmaske verkrustetes Haarband vom Sofa. Natürlich musste ich meine allerhässlichsten Klamotten tragen, wenn Patrick vorbeikam. »Möchtest du einen Kaffee? Ach nein, ich habe ja gar keinen, sorry. Tee?«

»Okay.« Er stand tropfend mitten im Raum herum. Ich fragte mich, ob er die fadenscheinigen Stellen im Teppich und den Schimmel zwischen den Küchenfliesen bemerkt hatte.

Plötzlich spürte ich Wut in mir hochkochen, schließlich konnten sich nicht alle Menschen ein dreistöckiges Haus mit Erkertürmchen leisten. Ich war arm, aber wenigstens war ich unabhängig.

»Du bist also nicht nach Surrey zurück?«, fragte er.

Ich zuckte mit den Schultern. »Es ist vorbei. Das wusste ich bereits. Es gab keinen Weg zurück.«

»Hmm.« Er sah sich um. »Du wohnst hier also allein?«

»Natürlich«, erwiderte ich verwundert. »Wer ...? Ich meine, ich muss alleine wohnen. Wegen der Arbeit.«

Er sagte nichts, und mir wurde klar, dass er an Simon dachte. »Ich wohne allein«, wiederholte ich. »Patrick, das, was Dan gesagt hat, ist ewig her. Es war nichts und es sollte nie etwas werden.«

»Das geht mich nichts an«, sagte er gepresst und tat so, als wäre er an meiner Sammlung Matrjoschkas interessiert. »Ich hätte nicht sagen sollen, was ich gesagt habe.«

»Nein, du hattest recht. Das war keine schöne Sache, es war sogar das Schlimmste überhaupt. Aber weißt du, solche Dinge passieren eben. Manchmal ist man einfach unglücklich, und man glaubt nicht, dass man zu so etwas fähig ist, bis man sich plötzlich in der Situation befindet.«

Er nickte. Es war mir peinlich, als ich an Michelle und ihren Liebhaber dachte, daran, wie Patrick sich fühlen musste, was er von mir denken musste.

»Es ist einfach passiert«, wiederholte ich lahm.

»Das weiß ich.«

»Jedenfalls bin ich alleine«, sagte ich. »Kein Dan und auch niemand sonst. Das hier sind wahrscheinlich unsere Scheidungsunterlagen. Er ist endgültig weg.«

»So wie Michelle«, sagte er und betrachtete meine Bücher, meine Poster, meine Wäsche, die peinlicherweise auf den Heizungskörpern trocknete. Alles, nur nicht mich. »Sie ist fort, meine ich.«

»Hmm?« Ich war wie erstarrt. Meine Hände zitterten so sehr, dass ich Tee auf mein T-Shirt kleckerte.

»Sie ist weg. Zumindest für eine Weile.«

»Alex auch?«

»Nein, er ist bei mir. Wir haben begriffen – nun, sie hat beschlossen –, dass es nicht richtig wäre, ihn von der Schule zu nehmen, nicht nachdem es ihm so schlecht ging. Drüben in den USA haben sie die Versicherung für die Behandlung gedeckelt. Wenn ihm etwas passiert, könnte das Hunderttausende kosten. Ganz zu schweigen von Max, er würde nicht durch die Quarantäne kommen, und es wäre nicht richtig, ihn von Alex zu trennen.«

»Also wirst du ...«

»Ich bleibe. Sie wird so bald wie möglich zurückziehen. Ich schätze, sie und Alan werden nebenan wohnen. Es wird nicht einfach, aber wir sehen keine andere Lösung.«

»Oh.« Mir fiel der Tee wieder ein, und ich reichte ihm eine Tasse. Es war fast wie in alten Zeiten, nur dass wir in meiner schmuddeligen Bude saßen und jedes Wort hören konnten, das meine Nachbarn sich brüllend an den Kopf warfen.

»Mein Freund hat sich übrigens noch einmal bei mir gemeldet«, sagte er, wobei seine Augen an meinem Poster vom Eiffelturm hingen, der vom Blitz getroffen wurde.

»Welcher Freund?«

»Der bei der Zeitung arbeitet.«

»Aber ich habe mich doch gar nicht ...«

»Du hast ein paar von deinen Zeichnungen in deinem Zimmer vergessen, zusammen mit vier Socken, einer Haarbürste, einem einzelnen Flipflop und fünf Tassen.«

»Tut mir leid.«

»Jedenfalls habe ich sie ihm gezeigt. Ich hoffe, es macht dir nichts aus. Und ich weiß, dass du gesagt hast, dass ich es dir nicht sagen solle, falls er Nein sagt. Der Grund, warum ich dir also davon erzähle, ist, dass er interessiert ist. Er würde gerne mehr von deinen Arbeiten sehen.«

»Du machst Witze.«

»Natürlich nicht.« Und es stimmte, ich hatte ihn selten ernster erlebt. »Ich werde dich mit ihm in Kontakt bringen, dann könnt ihr vielleicht ein Treffen vereinbaren. Es könnten zumindest ein paar nette Honorare drin sein.«

»Das ist ... Danke schön. Das sind tolle Neuigkeiten.«

»Schon okay.«

Wir verfielen wieder in Schweigen.

»Sie vermissen dich«, sagte Patrick plötzlich. »Alex fragt ständig nach dir, und Max hockt vor der Tür und wartet.«

»Ich wollte nicht gehen«, nuschelte ich. »Aber ich musste. Ich konnte nicht ewig auf dich angewiesen bleiben. Ich musste raus in die echte Welt. Selbst wenn sie muffelig und feucht ist und nach Katzenpisse stinkt.«

»So ist die echte Welt?«

»Frag nicht.«

»Ich mag die Vorstellung nicht, dass du alleine bist.« Er betrachtete wieder meine Wäsche.

»Das sind wir alle. Wenn man es genauer betrachtet, ist es einsamer, zu jemandem nach Hause zu kommen, den man nicht liebt, als in eine leere Wohnung.«

»Ich war nicht einsam, wenn ich zu dir nach Hause kam.« Er starrte auf den Teppich.

»Nein, ich war auch nicht einsam.«

»Was glaubst du, was das bedeutet?«

»Ich habe keine Ahnung.« Worauf wollte er hinaus?

»Nein?«

Ich wusste nicht, was ich sagen sollte. Wir sahen uns immer noch nicht an. »Nein.«

Für einen kurzen Moment sackten Patricks Schultern nach vorne. Er stellte die Tasse ab. »Na dann. Ich wollte dir nur den Brief geben und sagen, dass es mir leidtut, was ich zu dir gesagt habe. Und dass ich dich vermisse. Ich weiß, dass es dumm ist und dass es nicht funktioniert hätte, und ich weiß, dass ich viel älter bin und nicht unbedingt das, was sich jemand wünschen würde. Aber ich vermisse dich. Das ist alles. Tschüss, Rachel.« Und bevor ich ihn aufhalten konnte, war er zur Tür raus. Ich konnte seine schweren Schritte im Hausflur hören.

Ich stand reglos da und betrachtete den nassen Fleck, wo er Tee auf den Teppich verschüttet hatte. Mich überkam der absurde Drang, mich einfach hinzuwerfen und laut loszuweinen. »Was bedeutet das?«, hatte er wissen wollen. *Was bedeutete es?* Ich fühlte mich elend, doch damals, mit ihm, war ich glücklich gewesen. Und auch er war glücklich gewesen, und nun sah er aus wie ich – müde, bleich, bedrückt.

Immer behaupten wir, dass wir auf der Suche nach der großen Liebe sind oder dass wir Angst davor haben, sie nie zu finden. Die Wahrheit ist, wir sind bereits von Liebe umgeben – der unserer Familien, unserer Freunde, sogar unserer Haustiere. Und die Antwort besteht gewiss darin, mehr zurückzugeben. Sei wie ein Baum der Liebe. Nimm die Schläge des Lebens auf und verwandele sie in Liebe. Verströme diese Liebe wie Sauerstoff. Wie schon Karen Carpenter sang, es ist das Einzige, von dem es zu wenig gibt. Zugegebenermaßen hat sie es geschrieben, bevor die Ölkrise kam, aber dennoch, ich denke im Wesentlichen hat sie recht.

Eine Liste der wirklich schlechten Entscheidungen in meinem Leben

1. *Mich auch nur in die Nähe von Simon Caulfield zu begeben*
2. *Mir mit zwölf die Augenbrauen von Lucy Coleman zupfen zu lassen*
3. *Zu heiraten, in die Vorstadt zu ziehen, meinen coolen Job aufzugeben*
4. *Meine Freundinnen zu vernachlässigen, um mich im Selbstmitleid zu suhlen*
5. *Mich mit Patrick zu streiten und den Ort zu verlassen, an dem ich in meinem ganzen Leben am glücklichsten war*
6. *Die, die ich womöglich gerade im Begriff bin zu fällen ...*

Mit einem Satz war ich zur Tür raus, rannte die nach Katzenpisse stinkende Treppe nach unten und riss die Eingangstür auf. Draußen war es eklig nass. Meine Socken sogen sich augenblicklich voll, während ich zitternd im Regen stand. In welche Richtung war er gegangen? Ich sah die belebte Straße hoch und runter. Er war mit dem Auto gekommen, überlegte ich, also konnte er überall sein. Ich erblickte Bremslichter weiter unten an der Straße und sprintete los. Glücklicherweise war

Patrick ein enorm umsichtiger Fahrer, so umsichtig, wie er mit allen Dingen in seinem Leben war. Das Gegenteil von mir, die überall dagegenrempelte und für Chaos sorgte. Ich holte ihn ein und hämmerte auf die Motorhaube.

Er öffnete die Tür und stieg aus. »Was um Himmels willen tust du da? Ich hätte dich über den Haufen fahren können!«

»Ich ... wollte ... dir ... etwas sagen.« Gute Güte, ich musste wirklich fitter werden. Selbst der kurze Sprint hatte mich völlig außer Atem gebracht. »Es tut mir leid, okay? Ich bin eine Idiotin. Ich vermassele alles, das war schon immer so.«

»So geht es mir auch«, sagte er und starrte in die Pfützen. »Kein Wunder, dass mich alle Frauen verlassen.«

»Das habe ich doch gar nicht. Du hast mich rausgeworfen!«

»Was ich an jenem Tag gesagt habe, das habe ich nicht so gemeint. Ich war nur wütend. Und dann warst du weg. Was mich angeht, ist es eine Sache, aber Alex hat keine Ahnung, was los ist. Meistens finde ich ihn vor deinem Zimmer, wo er traurig auf der Treppe herumsitzt. Und Max ist noch mauliger als früher.«

»Tut mir leid«, sagte ich zerknirscht. »Ich habe wirklich Mist gebaut. Dabei war es so schön bei euch.«

»Warst du glücklich?«

»Natürlich war ich das.«

Er sah mich ernst an. »Ich glaube, ich war noch nie so glücklich.«

Ich sagte nichts. Ich konnte nicht.

Er räusperte sich. »Ich habe mir übrigens eine Nummer zehn überlegt. Für meine Liste, meine ich.«

Ich versuchte, die Tränen zurückzukämpfen. »Cocktails mixen? Ich wusste es!«

»Nein.«

»Was mit Haien? Ich habe doch gesagt, alles nur das nicht!«

»Keine Haie.«

»Ähm, irgendwas mit Kotzen?«

»Nein. Obwohl. Möglich wäre es schon.«

»Was ist es denn?«

»Glücklich zu sein. Mit oder ohne Tauchen oder Ferien oder Besäufnissen oder Verabredungen oder irgendeinem anderen Tagesprogramm. Ich will einfach nur so glücklich sein, wie es geht, und zwar jeden Tag. Mit Alex und Max und hoffentlich auch mit dir.«

»Einfach nur glücklich sein?«

»Ja.«

»Das ist alles?«

»Alles? Hast du eine Ahnung, wie schwierig das ist? Und hast du überhaupt den Teil gehört, als ich gesagt habe ›mit dir‹?«

»Äh, ich versuche immer noch, das zu verarbeiten.«

»Dann verarbeite schneller. Bitte!«

»Ich denke … das ist machbar.«

»Ja?«

»Alles, was wir brauchen, ist eine richtig gute Liste.« Der Regen saugte sich in den Saum meiner Jogginghose, kroch meine Beine hinauf. Die Haare hingen mir strähnig ins Gesicht. Der perfekte Look für eine romantische Ansprache. »Patrick, hast du je daran gedacht, eine gemeinsame Liste zu machen? Eine für uns beide?«

Er sah mich an, als wäre ich übergeschnappt. »Was meinst du?«

»Nun ja, Punkt eins könnte sein, aus diesem Regen zu kommen.«

»Regnet es noch? Habe ich gar nicht bemerkt.« War das ein Lächeln?

»Und Punkt zwei könnte sein, ich lebe hier, du lebst dort, aber wir könnten uns treffen ... Irgendwo anders.«

»Du meinst zu einer im Voraus arrangierten romantischen Zusammenkunft an einem Ort, der beiden Beteiligten behagt?«

»So in etwa. Solange es sich nicht um Fulham handelt. Punkt drei, wir reden über normale Dinge: Hunde und Ferien und Reality-TV, keine Scheidungen und Untreue und lebensbedrohliche Krankheiten oder Ähnliches.«

Er sah mich an. »Rachel, ich bin alt. Ich schleppe mehr Gepäck mit Altlasten herum als ein ganzer Kofferladen. Ich trage Cordhosen, ich bin ein Griesgram.«

»Tja, und ich bin echt unordentlich, viel mehr, als dir klar ist. Die Rachel bei dir zu Hause, das war die Rachel, die sich besondere Mühe gegeben hat. Und ich habe Angst vor allem und jedem, und ich habe keinen richtigen Job oder Geld. Ich habe nicht mal eine Käsereibe.«

»Aber das weiß ich doch alles. Na ja, außer das mit der Käsereibe, was natürlich ein ziemlicher Schock für mich ist, aber ich glaube, ich kann's verkraften. Ich kenne dich, Rachel. Wir steigen quasi beim zehnten Date ein.«

»Ist das gut oder schlecht?«

»Unseren Erfahrungen mit ersten Dates nach zu urteilen, würde ich sagen, dass es gut ist.«

»Hmm.« Ich betrachtete ihn. Mein Herz schlug mir bis zum Hals, und das nicht nur, weil ich eben gerannt war.

»Das ist also deine neue Liste. Was ist Punkt vier?« Er

machte einen Schritt auf mich zu. Der Regen rann ihm über die Schultern und tropfte aus seinen Haaren.

»Na ja, wenn wir beide Spaß haben und das Gefühl, dass es gut läuft, vielleicht könntest du mich dann ...«

»Ja?«

»Küssen.«

Patrick legte eine Hand an meine Wange. »Ich persönlich bringe die Reihenfolge meiner Liste immer gerne durcheinander. Lebe wild und gefährlich und so.« Er fuhr mit dem Daumen über meine Lippen.

Mein Herz drohte zu explodieren, ich konnte kaum atmen. »Du bist ein ... echt wilder Typ.«

»Das bin ich, seit es dich gibt.« Er lächelte mich an. »Komm her, Rachel. Punkt vier.«

Dann war sein Mund auf meinem, fest und warm, unsere Gesichter kalt und nass, und ich streckte mich ihm entgegen und fühlte, wie er mit den Händen über meinen Rücken wanderte, während ich ihm die feuchten Haare von den Wangen strich. Punkt vier. Punkt vier. Punkt viiier! Und auch schon ein bisschen von Punkt fünf. Ich löste mich von ihm und legte meinen Kopf an seine Brust. Er strich über meine nassen Haare, und wir blieben eine Weile so stehen, während der Regen weiter auf uns niederprasselte.

Mir kam ein Gedanke. »Meinst du, du könntest den Punkt mit dem Klettern auf deiner alten Liste wiederbeleben? Also, so ungefähr jetzt?«

Er blinzelte und sah mich verwirrt an. »Ich denke schon. Warum?«

»Ich habe mich ausgesperrt.«

Epilog

Ich betrachtete das Brautkleid, das an der Tür hing. Es war perfekt – Spitze, Seide und kleine glitzernde Steinchen, die den Rock durchwirkten, sodass sie das Licht reflektierten, während man zum Altar schritt und seinem Bräutigam ein zaghaftes, errötendes Lächeln zuwarf. Das war alles, was man sich wünschen konnte. Der perfekte Tag, das perfekte Kleid, der perfekte Mann. Glücklich bis ans Ende aller Tage. Nur dass ich allzu gut wusste, dass es so etwas nicht gab. Nach der Hochzeit kam lediglich der Beginn der Ehe, in der man versuchte, Tag für Tag angesichts von Problemen, Verlusten und Sorgen miteinander auszukommen. Aber das Kleid ... so makellos, strahlend und vollkommen wie die Hoffnung selbst. Während ich es ansah, konnte ich für einen Moment beinahe alles vergessen, was im letzten Jahr passiert war. Fast konnte ich glauben, dass ein Neubeginn möglich war.

»Ich schätze, ich ziehe das dumme Dinge dann mal an«, sagte Emma, während sie in ihrer eher unbräutlichen M&S-Unterwäsche dastand. Sie hatte sich geweigert, ein komplettes neues Outfit für die Hochzeit zu kaufen, weil sowieso niemand außer Ian sie in Unterwäsche sehen würde, und der sei ihren Anblick inzwischen gewöhnt. Die Haare hatte sie sich dennoch machen lassen und ihrer Mutter erlaubt, ihr einen Kopfschmuck aus Perlen und Strass aufzusetzen, also vermutete ich stark, dass sie dem ganzen »Hochzeitsmist«, wie sie so schön zu sagen pflegte, doch nicht ganz abgeneigt war.

»Und du willst ganz bestimmt diese Chucks tragen?«, fragte ich.

»Natürlich, es hat mich ein Vermögen gekostet, die Dinger mit Glaskristallen verzieren zu lassen. Außerdem ist es total die coole Anspielung auf *Vater der Braut*.«

Emmas Mum, die sich im Badezimmer Lippenstift auftrug, rief: »Es wird nicht mehr so cool sein, wenn der Saum dieses hübschen Kleides durch den Dreck gezogen wird!«

»Kann dich nicht hören«, brüllte Emma zurück.

»Ein bisschen Absatz ist doch völlig in Ordnung, der verleiht dir etwas Haltung.«

»Mum! Ich werde mir an meiner Hochzeit auf keinen Fall freiwillig die Füße abbinden lassen! Und überhaupt, du bist auf der Ladefläche eines Vans zu deiner Hochzeit gefahren, der Ausgaben vom *Socialist Worker* ausgeliefert hat. Tu nicht so scheinheilig!«

Ach, meine gute alte Emma, es gab sie immer noch. Nach einem Monat hatte sie seinem überarbeiteten Antrag zugestimmt. Dieses Mal war er etwas sorgfältiger geplant gewesen und hatte ihre Lieblingsmusik, Kerzen und ein vegetarisches Abendessen mit einem aus Karotten geschnitzten *Heirate mich!* enthalten.

Ian ging weiterhin seiner regulären Arbeit nach, sein gesamtes Geld und seine Freizeit gingen dafür drauf, Comedyauftritte zu besuchen, und er war glücklich. Und Emma sprach davon, sich für einen richtigen Bastel- und Handwerkskurs einzuschreiben. Unnötig zu erwähnen, dass sie während ihrer Hochzeitsvorbereitungen zu einer noch regelmäßigeren Besucherin des Bastelbedarfs geworden war und jedes Namensschildchen, jede Einladung und jedes Gastgeschenk von ihr selbst zusammengeschnibbelt worden war. Ich war nicht sicher, ob ich den Glitzerkleber je wieder aus meinen Haaren bekommen würde.

»Ich kann nicht glauben, dass du uns zwingst, die hier zu tragen«, stöhnte Cynthia, die aus dem Flur hereinkam, wo sie geübt hatte, in den lila Chucks zu gehen, die Emma zu den farblich darauf abgestimmten Brautjungfernkleidern ausgewählt hatte. Ich fühlte mich in meinem ziemlich cool, wie eine Kellnerin in einem Rollschuh-Drive-in, aber Cynthia war weniger begeistert.

»Am Ende des Tages wirst du es mir danken«, entgegnete Emma, während sie sich das Gesicht puderte. »Keine Blasen. Und du kannst die ganze Nacht durchtanzen. Außerdem warst du doch die letzten Wochen sowieso nur in Flipflops unterwegs.«

Cynthia war bis vor einem Monat in Jamaika gewesen, wo sie ihren Vater und dessen Familie kennengelernt hatte. Sie war entspannt und glücklich zurückgekehrt. Ihre Haare waren zu ihrem natürlichen Afroheiligenschein gewachsen, und sie hatte – dank des ganzen köstlichen Jamaikahähnchens mit Reis und den Kochbananensandwiches, mit denen ihre Verwandten sie vollgestopft hatten – ein paar Pfund zugelegt. Und sie hatte endlich auch ein bisschen Kochen gelernt. »Meine Oma war total entsetzt, dass ich das nicht kann«, erklärte sie. »Sie hat mich in die Küche gescheucht und gezwungen zuzuschauen, wie sie ein Huhn köpft. Danach erschien mir der Rest ganz einfach.« Sie hatte vor, in ein paar

Monaten noch einmal hinzufliegen. Rich und sie ließen sich offiziell scheiden, und sie war in ein kleineres, aber dennoch sehr stylishes Loft in den Docklands gezogen. Nach einem Job wollte sie sich umschauen, sobald ihr danach war, sagte sie. Obwohl sie wegen der Trennung traurig war, fand ich, dass sie viel entspannter wirkte als in den ganzen letzten Jahren.

Emmas Dad kam jammernd herein. Er trug einen Vintageanzug, denselben, den er bei seiner eigenen Hochzeit 1978 getragen hatte, obwohl er diesmal keine Ausgabe des *Socialist Worker* bei sich hatte und auch keinen Che-Guevara-Bart trug.

Ich würde all das in mein Comicbuch über die Hochzeitsfeier mit aufnehmen, das ich Ian und Emma schenken wollte. Es war nur noch nicht so weit gediehen, da ich ziemlich eingedeckt war mit den Aufträgen von Louisa und Matt, Patricks Freund bei der Zeitung, deren Honorare sich sehr hübsch auf meinem Bankkonto anhäuften und mich davor bewahrten, vor Sorge um den Dispokredit die ganze Nacht wach zu liegen.

»Sie sind bereit«, sagte Emmas Dad düster. »Ich schätze, wir gehen dann mal lieber und lassen die Stellvertreter dieses kapitalistischen Staates nicht warten.«

Emma tätschelte seinen Arm. »Schon gut, Dad, das ist eine spaßige Hochzeit, nichts Formelles.« Cynthia und ich wechselten einen Blick. Wir hatten diesen Spruch schon oft gehört, und dennoch hatte Emma denselben Eiertanz mit Gästelisten, Sitzplänen, Musik und Farbschema veranstaltet wie jede andere Braut auch. »Ich finde einfach keinen Glitzerkleber, der vom Farbton her zu den Brautjungfernkleidern passt. Die Hochzeit ist *abgeblasen*!«

»Ich weiß nicht, warum wir bei einer Spaßhochzeit *Sports*chuhe tragen müssen«, sagte ihre Mutter und kam mit einem Fascinator auf dem Kopf aus dem Bad, der Ähnlichkeit mit einem Wald hatte.

»Ganz ihrer Meinung, Mrs. P.«, murmelte Cynthia, dann gingen wir in einer geschlossenen Truppe die Hoteltreppe hinunter in den Saal, in dem die Zeremonie stattfinden sollte.

Wir verbringen so viel Zeit damit, unsere Hochzeiten zu planen, wollen sie möglichst besonders und individuell gestalten, doch letztendlich sind sie im Kern alle gleich. Alle recken den Hals, um die Braut zu sehen, wenn sie hereinkommt, und schauen, was die anderen Leute tragen, und winken durch die Kirche/das Standesamt Freunden und Bekannten zu, die sie kennen. Ich weine immer ein bisschen am Anfang und dann noch mal, wenn sie sich küssen. Es gibt immer langweilige Unterhaltungen, ein sich ewig hinziehendes Essen und etwas zu viel Wein, und die Reden sind immer witzig... traurig... dämlich... süß.

Dies war die erste Hochzeit nach meiner Scheidung, und es war nur zu einfach, mich in Erinnerungen am meine eigene zu verlieren – das Anschwellen der Musik, als ich an Dads Arm in die Kirche trat, die Gesichter, die sich mir zuwandten, die verschwommene Gestalt eines Mannes am Ende des Mittelgangs. Der Duft von Lilien, von Parfüm und Kerzenwachs. Ich holte tief Luft, als ich mit Cynthia neben mir eintrat, und konzentrierte mich darauf, einen Fuß vor den anderen zu setzen. Ich hielt nach ihm Ausschau, voller Sorge, ihn nicht in der Menge zu sehen, aber da war er, ziemlich weit hinten, und lächelte mich an. Alex winkte und trug einen Anzug, der dem von Patrick ähnelte. Ich winkte zurück.

Das ist das Schöne an Hochzeiten – egal, was man selbst durchgemacht hat, um dorthin zu gelangen, oder wie schlimm das eigene Liebesleben gerade ist, oder welche Verluste man hinter sich hat, dieser Tag verkörperte reinste Freude, Hoffnung und Optimismus. Es ist eine Art zu sagen: »Hey, das Leben ist hart, und manchmal geht alles schief, und die Leute lassen einander im Stich, aber ich liebe dich, und das hier ist ein ganz besonderer Tag, um zu sagen, wie großartig das ist.« Außer natürlich, man ist ein Charakter aus einer Seifenoper. In diesem Fall ist es der Tag, um deinem künftigen Ehepartner zu gestehen, dass du eine Affäre mit ihrem/r Vater/Mutter/Boss hast und das Baby eigentlich nicht von ihm ist, oh, und du reißt dir die Einnahmen des Bräunungsstudios unter den Nagel und beginnst ein neues Leben in Magaluf.

Später, nach der Trauung mit personalisierten Ehegelübden – Emma: »Ich verspreche, immer über deine Witze zu lachen, und wenn ich das nicht kann, weil ich sie wortwörtlich fünfhundertmal zuvor gehört habe, werde ich zumindest nicht die Augen verdrehen.« Ian: »Ich verspreche, betrunken auf dem Heimweg keine BiFis zu kaufen und sie im Zahnputzbecher zu verstecken, damit du nicht aufwachst und deine Zahnbürste nach Formfleisch riecht.« –, und nach der Musik von den Smashing Pumpkins und Hole, und nach der Lesung aus Emmas Lieblingskinderbuch *Goodnight Moon*, und nachdem wir nach draußen geströmt waren, wo der Fotograf hoffnungslos versuchte, uns in Grüppchen zu arrangieren, während wir versuchten, unsere trägerlosen Kleider davon abzuhalten, sich bis zu den Hüften runterzurollen, nahm mich Patrick beiseite.

»Sollen wir bisschen Konfetti werfen?« Er öffnete seine Hand und enthüllte einen Haufen Papierschnipsel mit bunter Schrift darauf.

»Ich hoffe für dich, das ist keiner deiner Versuche von Wahlmanipulation, den du vertuschen willst.«

»Erkennst du es denn nicht?« Er hielt einen Schnipsel hoch, auf dem *Mache Stand-up-Comedy* stand.

»Die Listen?«

»Die Listen. Ich habe sie aufbewahrt, auch wenn es etwas kitschig ist.«

Ich betrachtete die Papierstreifen. »Weiß du, ich denke nicht, dass es falsch war, sie zu machen. Sie haben uns zusammengebracht, und wir haben eine Menge über einander gelernt. Zum Beispiel, dass du Angst vor süßen Ponys hast und eine total miese Aura.«

»Und dass du Angst vor allem hast, was höher ist als deine Schulter.«

»Womöglich. Aber wenigstens weiß ich jetzt, dass ich nie einer von diesen Menschen sein will, die Fallschirmspringen gehen oder ständig Yoga machen und Tango tanzen.«

Er lächelte. »Trotzdem hat es Spaß gemacht, oder?«

»Ja, in dem Sinn, dass man einfach nur heilfroh war, wenn es vorbei war.«

»Ich denke, sie haben ihren Zweck erfüllt, findest du nicht auch?«

Ich beugte mich vor, um ihn zu küssen, und atmete dabei seinen Geruch nach Seife und Limonen ein. »Und wie.«

Und dann schleuderten wir die Schnipsel in die Luft, ein Durcheinander aus Hoffnungen, Träumen und Zukunftsplänen – und dann bekamen wir Ärger mit dem Hausmeister, weil mir eben solche Sachen passierten.

Als wir endlich zu den Tischen gerufen wurden, die nach Orten benannt waren, an denen Emma und Ian zusammen gewesen waren – Frankreich, Antigua, Southend –, war es Zeit für die Reden. Ian stand auf und klopfte mit seiner Gabel ans Glas (übrigens keines für siebzig Pfund). Er trug einen lila Samtanzug und ein geblümtes Hemd und sah aus wie ein Austin-Powers-Imitator. »Hi, alle zusammen! Ich hoffe, ihr hattet bisher einen tollen Tag. Da dies hier keine traditionelle Hochzeit ist und wir keinen Ehren-und-Gehorchen-Scheiß abziehen, wie diese hübsche Dame neben mir es nennt, wird diese Ansprache gemeinsam gehalten, von mir *und* meiner Frau!«

Jubel und Beifall ertönten, als Emma aufstand und das Mikrofon ergriff. »Hallo, alle zusammen. Wir sind wirklich glücklich, dass ihr heute mit uns hier sein könnt. Und jeder, der sich zu früh ins Bett schleicht, wird am morgigen Tag auf Facebook entfreundet, okay? Gut. Mein ... Ehemann ... und ich«, sie hielt kurz inne, als alle jubelten, »haben beschlossen, ein paar Sachen mit euch zu teilen, die wir über die Liebe gelernt haben. Eine kleine Liste, wenn man so will. Inspiriert durch die Lieblingsbeschäftigung einer unserer besten Freundinnen, ohne die wir vielleicht heute nicht hier wären ... Rachel!«

Plötzlich jubelten alle mir zu. Ich blinzelte verwirrt. Was zum Henker?

Emma und Ian lasen abwechselnd von Karteikärtchen

vor, die ganz in Emmas Stil und in den Hochzeitsfarben Lila und Silber aufgepeppt worden waren.

Emma begann. »Nummer eins: Der perfekte Partner ist wie das perfekte Paar Schuhe, stützend, bequem, passt zu allen Gelegenheiten und schnürt nicht zu sehr ein.«

Ich lächelte in mich hinein und scharrte mit den bequemen Chucks unter dem Tisch.

Ian: »Nummer zwei: Manchmal bedeutet Liebe, deine Reifenschläuche nicht in der Badewanne zu deponieren. Zumindest hat man mir das so gesagt.«

Gelächter.

»Nummer drei: Menschen machen Fehler. Es ist kein Fehler, ihnen zu vergeben.« Ich konnte sehen, dass Emma zu Cynthia hinübersah, während sie vorlas, sie tauschten ein Lächeln.

»Nummer vier: Es ist wichtig, sich jeden Tag Zeit zu nehmen, um zu reden, zu lachen und zusammen zur Titelmelodie von *University Challenge* abzurocken.«

»Nummer fünf: Wenn deine Frau denkt, dass sie mit einer Antwort bei *University Challenge* recht hat, und du denkst, dass sie es nicht hat, ist es manchmal besser, es gut sein zu lassen. Liebe ist wichtiger als Quizfragen.«

Ian beugte sich zum Mikro vor. »Das hat *sie* geschrieben. Ich bin noch nicht überzeugt. Sei's drum ... Nummer sechs: Wenn du den richtigen Menschen findest, dann behandle deine Beziehung jeden Tag wie ein richtig teures Auto. Tank sie auf, beschütze sie, putze sie und lasse sie nie im Regen stehen.«

Bei der Erwähnung von Autos vermied ich sorgfältig Patricks Blick, das war immer noch ein kleiner wunder Punkt zwischen uns.

»Nummer sieben: Sich verlieben heißt nicht, seine Freunde verlieren. Deine Freunde sind wie deine Familie – wenn sie den Menschen nicht mögen, denn du liebst, solltest du es dir vielleicht noch mal überlegen. Wenn sie dir raten, bei ihm zu bleiben, dann solltest du vielleicht auf sie hören.« Bei diesem Punkt konnte ich nicht zu Emma schauen, ich hatte Angst zu weinen.

»Nummer acht: Respektiert eure seltsamen Angewohnheiten, denn sie sind der Grund dafür, dass ihr euch überhaupt erst ineinander verliebt habt – selbst wenn sie vegetarische Ernährung und Stand-up-Comedy einschließt.«

»Nummer neun: Geld kann keine Liebe kaufen. Aber es finanziert Kurzurlaube, Schokolade und eine Spülmaschine, sodass ihr euch nicht ums Spülen streiten müsst ... Ian, hast du das hier geändert?« Emma schlug liebevoll nach ihm, während alle lachten.

Ian hielt die letzte Karte hoch. »Und jetzt bitte einen Tusch ... Oh, Moment, die Band ist ja noch gar nicht da. Nummer zehn: Vergesst nie, dass Liebe wirklich die Antwort ist, wie schon die Beatles sagten.« Ian hielt feierlich sein Glas hoch. »Prost, alle zusammen. Auf die Liebe!«

»Auf die Liebe!«, echoten wir im Chor.

Ich begegnete Patricks Blick. »Sorry wegen des Wagens«, formte ich stumm mit den Lippen.

Er lächelte und flüsterte mir ins Ohr, während die anderen ihre Gläser leerten: »Ich hoffe, du behandelst mich besser als meinen sehr teuren Wagen. Ich würde es nicht überleben, im dritten Gang quer durch London gequält und dann gegen einen Torpfosten gerammt zu werden.«

Ich streckte ihm die Zunge aus, und Patrick lächelte, und ich wusste, soweit man das überhaupt wirklich wissen konnte, dass dies der Mensch war, den ich für den Rest meines Lebens dazu bringen wollte, sich vor Lachen in die Hosen zu machen.

Dann gab es Sekt und Kuchen, Tanz und Musik. Alex führte das Kommando am Kindertisch und brachte den anderen Poker bei. Emma und Ian hatten ihren ersten Tanz zu *Stand Inside Your Love,* und Emmas Vater hielt eine flammende Rede, dass er, obwohl die Ehe eine spießige, von kapitalistischen Lehnsherren erfundene Institution war, froh sei, dass seine Tochter – wenn sie es sich schon antun musste – den Bund der Ehe mit Ian schloss. Danach spielte Patrick auf seinem Bass einen Song mit der Hochzeitsband, wir gaben unsere Tangokünste zum Besten und Cynthia wurde von einem unfassbar gut aussehenden französischen Kellner in ein Gespräch verwickelt.

Ganz am Ende der Feierlichkeiten legte Patrick den Arm um mich, und ich hörte seine Stimme an meinem Ohr. »Ich glaube, das ist meine Nummer zehn. Einfach hier sein, mit dir. Ich denke, das ist es.«

Dinge, die an einer Scheidung nicht zum Kotzen sind, Nummer eins: Es bedeutet, dass du ganz von vorne anfangen und eine neue Seite aufschlagen kannst; es ist die Chance, alles neu anzugehen und es vielleicht, ganz vielleicht, dieses Mal richtig zu machen.

Danksagung

Hallo, ich hoffe, dass ihr Spaß dabei hattet, *Die Glücksliste* zu lesen (und dass ihr jetzt womöglich eure eigenen Listen aufsetzt oder zerreißt). Ich habe es wirklich genossen, dieses Buch zu schreiben, und ich hoffe, dass, falls ihr ebenfalls ein etwas anstrengendes Jahr (oder Jahrzehnt) hinter euch habt, ihr euch darin wiederfinden könnt und vielleicht merkt, dass es auch für euch wieder bergauf gehen wird.

Ein großes Dankeschön ist meiner Agentin Diana Beaumont geschuldet, die dieses Buch sanft, aber bestimmt in Form gebracht hat. Ohne ihre weisen Worte wäre es nicht annähernd so gut geworden. Dank auch an Anna Baggaley und alle bei Harlequin für ihre Begeisterung für dieses Buch, das ist für einen Autor immer eine tolle Erfahrung. Und ein Dankeschön an die Marsh Agency für die fantastische Arbeit, die sie bei der Rechtevergabe ins Ausland leisten.

Man sagt, gute Schriftsteller borgen, aber großartige Schriftsteller stehlen. In diesem Fall muss ich echt großartig sein, denn ich habe mich schamlos bei vielen, vielen Witzen meiner Freunde bedient, um sie in dieses Buch zu packen. Ich möchte so vielen Menschen dafür danken, und auch dafür, dass sie mir durch meine eigene »Katastrophenbarung« geholfen haben, indem sie mich zum Lachen brachten, mir Wohnraum anboten, meinem Gejammer lauschten und mich mit Wein und guter Laune versorgten. Ich übertreibe nicht, wenn ich sage, dass ich es ohne euch nicht geschafft hätte. Ich danke euch allen sehr. Einen ganz besonderen Dank an Sarah und Angela – zumindest teilweise für die Erfindung der »Spox«, aber größtenteils für die Rund-um-die-Uhr-Unterstützung, Vetos, wenn sie nötig waren, und zu viele LOLs, um sie zu zählen. Danke auch an Kerry für die ausführlichen Diskussionen zum Konzept des Romans und dafür, mich in Wien so zum Lachen gebracht zu haben, dass die Passanten beinahe die Polizei riefen. Danke auch an: Alex, Beth, Kelly, Hannah, Isabelle, Jillian, Gareth, Tom, Sarah, Sara, Jill, Kate, Jo, Margaret, Jake, Edwin, Stav, Imogen, Jamie, Katherine, Ali und alle, die in den letzten Jahren für mich da waren. Geheime Dankesgrüße an die Freundin, die für die Unterhosenanekdote verantwortlich ist, und an alle, deren Erfahrungen ich wissentlich (oder unwissentlich) geborgt habe.

Dank auch an meine Familie, die meine anhaltenden Katastrophenbarungen offenbar nicht stören, die jedoch ab und an eine sanfte Erinnerung an die Weihnachtsstrümpfe benötigt (Ich bin *nicht zu alt!*). Ich sollte anmerken, dass mein Vater nie ein Schiff in eine Flasche gestopft hat und kein Interesse an Morris-Dance oder dergleichen hat. Und ich glaube auch nicht, dass meine Schwester jemals etwas bei Boden gekauft hat.

Ein Dankeschön an meinen Schwager, dafür, dass er den »Banjo's Ghost« mit mir erschaffen hat.

Wenn ihr mehr über Hämophilie erfahren wollt, dann besucht die Seite www.haemophilia.org.uk.

Und zuletzt danke an euch fürs Lesen – ohne euch wäre das hier nur eine endlose Anhäufung von Witzen, die ich mir selbst erzählen und dann allein im Bus darüber lachen würde. Und das will doch niemand.

Alles Liebe,
Eva
X

Manchmal hat das Schicksal einfach keinen Schimmer!

384 Seiten. ISBN 978-3-7341-0121-2

Alles ist vorbestimmt, und das eigene Schicksal lässt sich nicht verändern – mit dieser Überzeugung ist Willa Chandler-Golden aufgewachsen, dank ihres Vaters, Autor eines Selbsthilfe-Bestsellers, der die Welt veränderte. Doch das Universum scheint es mit Willa nicht besonders gut zu meinen, denn ihr Leben geht gerade in jeder Hinsicht den Bach runter. Zeit, die Dinge selbst in die Hand zu nehmen! Wie gut, dass Willas beste Freundin Vanessa zur Stelle ist – mit dem ultimativen Schicksalsexperiment …

Lesen Sie mehr unter: **www.blanvalet.de**

Wenn sich »der Richtige« als Frosch entpuppt, ist dann »der Falsche« der Prinz?

416 Seiten. ISBN 978-3-442-38095-4

Rory Carmichael ist nach elf Jahren Beziehung – und damit sozusagen zum ersten Mal in ihrem Erwachsenenleben – wieder Single. Und obwohl Martin nicht unbedingt der Prototyp des Traummanns war, ihr Herz ist gebrochen! Rory flüchtet erst einmal zu ihrer Tante, um den Kopf wieder frei zu bekommen. Und wie gut, wenn auch gleich ein Ablenkungsplan parat steht: Triff dich mit so vielen unpassenden Männern wie möglich, schreibe eine Kolumne darüber und stürze dich völlig haltlos kopfüber ins Chaos …

Lesen Sie mehr unter: **www.blanvalet.de**

Traummänner
fallen nicht vom Himmel …

448 Seiten. ISBN 978-3-442-38328-3

Arbeitslos, getrennt und verzweifelt. Das ist Kate. Ihre Ehe ist am Ende. Ihren tollen TV-Job ist sie auch los. Genau deswegen flüchtet sie aus London in ihr Heimatstädtchen Lyme Regis. Doch dort kommt es noch schlimmer, denn plötzlich muss Kate ihre vier Wände mit Ben teilen, dem völlig idiotischen und faulen Verlobten ihrer Schwester. Ben ist einer, der simple Anweisungen braucht. Kate ist eine, die Herausforderungen sucht. Auch wenn ihre eigene Ehe nicht mehr zu retten ist, ist es vielleicht die ihrer Schwester. Daher fasst sie einen Entschluss: Sie will Ben heimlich zu einem selbstlosen Ehemann erziehen – als Hochzeitsgeschenk für ihre Schwester …

Lesen Sie mehr unter: **www.blanvalet.de**